LA SALVACIÓN DE LOS TEMPLARIOS

LA SALVACIÓN DE LOS TEMPLARIOS

Raymond Khoury

Traducción de Cristina Martín

EDICIONES B
GRUPO ZETA

rcelona • Bogotá • Buenos Aires • Caracas • Madrid • México D.F. • Miami • Montevideo • Santiago de Chile

Título original: *The Templar Salvation*
Traducción: Cristina Martín
1.ª edición: enero 2012

© 2010 by Raymond Khoury
© Ediciones B, S. A., 2012
    Consell de Cent, 425-427 - 08009 Barcelona (España)
    www.edicionesb.com

Printed in Spain
ISBN: 978-84-666-5020-5
Depósito legal: B. 38.923-2011

Impreso por LIBERDÚPLEX, S.L.U.
Ctra. BV 2249 Km 7,4 Polígono Torrentfondo
08791 - Sant Llorenç d'Hortons (Barcelona)

Para mi padre,
la persona más bondadosa que he conocido

Prólogo

Constantinopla
Julio de 1203

—Quedaos agachado y guardad silencio —susurró el del pelo gris al tiempo que ayudaba al caballero a subir a la pasarela—. Las murallas están repletas de guardias, y este asedio los tiene muy nerviosos.

Everardo de Tiro miró a derecha y a izquierda, escrutando la oscuridad, por si descubría alguna amenaza. No había nadie alrededor. Las torres que se alzaban a uno y otro lado estaban lejos, las parpadeantes antorchas de los centinelas nocturnos apenas resultaban visibles en aquella noche sin luna. El Guardián había escogido bien el punto de entrada. Si actuaban deprisa, había bastantes posibilidades de que consiguieran escalar el resto de las fortificaciones y penetrar en la ciudad sin que nadie lo advirtiese.

Claro que volver a salir sanos y salvos... era otra cosa muy distinta.

Dio tres tirones a la cuerda para hacer una señal a los cinco caballeros hermanos que aguardaban abajo, en las sombras de la gran muralla exterior. Uno por uno fueron subiendo por los nudos de la maroma, y el último se encargó de recogerla. A continuación, con las espadas desenvainadas y fuertemente asidas con sus encallecidas manos, se deslizaron por el adarve en silencio, en fila de a uno, detrás de su anfitrión. Desenrollaron la cuerda, esta vez por la cara interior de la muralla. Unos minutos después todos habían tocado suelo firme y caminaban detrás de un hombre que ninguno de ellos conocía, adentrándose poco a poco en una ciudad que jamás habían pisado.

Caminaban agachados, sin saber hacia dónde los conducía el Guardián, preocupados de que los descubrieran. Llevaban sobrevestes negras y debajo, túnicas oscuras, en lugar de los tradicionales mantos de color blanco con la distintiva cruz roja. No había necesidad de proclamar su verdadera identidad, viajando a través de territorio enemigo, y menos todavía al entrar de manera furtiva en una ciudad sitiada por cruzados del papa Inocencio. Al fin y al cabo, ellos mismos eran cruzados. Para los habitantes de Constantinopla, los templarios eran hombres del Papa. Eran el enemigo. Y Everardo era plenamente consciente del sórdido destino que aguardaba a los caballeros que caían prisioneros detrás de las líneas enemigas.

Pero el monje guerrero no consideraba que los bizantinos fueran enemigos suyos, y no había venido por petición del sumo pontífice.

Ni mucho menos.

«Cristiano contra cristiano», pensó cuando pasaron por delante de una iglesia que estaba cerrada por ser de noche. «¿Es que nunca va a acabarse esta locura?»

El viaje había sido largo y difícil. Habían cabalgado días enteros sin descanso, haciendo brevísimas pausas, y casi habían matado de agotamiento a los caballos. El mensaje que les llegó de los Guardianes, desde el corazón de la capital de Bizancio, fue inesperado... y alarmante. La ciudad de Zara, situada en la costa de Dalmacia, había sido saqueada inexplicablemente por el ejército del Papa. Era inexplicable porque se trataba de una ciudad cristiana, y no sólo eso, sino católica. Otra vez se había puesto en acción la flota veneciana que transportó a los rapaces hombres de la Cuarta Cruzada. Su siguiente objetivo era Constantinopla, a todas luces con el fin de restaurar en el trono al emperador, que había sido depuesto y dejado ciego, y al hijo de éste. Y dado que la capital de Bizancio ni siquiera era católica, sino ortodoxa griega —y dada también la matanza que había tenido lugar allí un par de décadas atrás— los augurios de la ciudad no eran nada halagüeños.

De modo que Everardo y sus caballeros hermanos salieron a toda prisa de la fortaleza templaria de Tortosa y tomaron el camino del norte. Al llegar a la costa torcieron hacia el oeste, atravesaron el territorio hostil del reino armenio de Cilicia y de los musulmanes selyúcidas, recorrieron los áridos páramos de la Capadocia con cuidado de no pasar cerca de poblaciones ni asentamientos a fin de evitar cualquier posible confrontación. Para cuando llegaron a los alrededores de Constantinopla, la flota de los cruzados —compuesta por más de doscientas galeras y transportes para caballos, y mandada por el formidable dogo de Venecia en persona— ya había echado anclas en las aguas que rodeaban la ciudad más magnífica de su época.

El asedio había comenzado.

Se estaba agotando el tiempo.

Buscaron refugio en las sombras cuando pasó por su lado una patrulla de soldados de infantería, y después continuaron detrás del Guardián, que los hizo atravesar un cementerio pequeño para internarse a continuación en un bosquecillo, donde los esperaba un carretón tirado por caballos. Junto a éste, sujetando las riendas, aguardaba otro hombre de cabello grisáceo, cuya expresión solemne no lograba ocultar una profunda inquietud. «El segundo de tres», pensó Everardo al tiempo que lo saludaba con una breve inclinación de la cabeza mientras sus hombres subían a la parte de atrás. Al poco, estaban ya adentrándose en lo más recóndito de la ciudad, mientras el fornido caballero echaba alguna que otra mirada furtiva por la estrecha rendija que dejaba la lona de la carreta.

Nunca había visto un sitio igual.

A pesar de aquella oscuridad casi absoluta lograba distinguir las portentosas siluetas de iglesias espigadas y palacios monumentales, edificios de un tamaño que él jamás había imaginado. Y resultaba increíble que hubiera tantos. Roma, París, Venecia...

Había tenido la suerte de visitarlas años atrás, cuando acompañó a su gran maestre en un viaje al Temple de París. Todas palidecían al compararse con ésta. La Nueva Roma era, en efecto, la más grandiosa de todas. Y cuando el carro llegó por fin a su destino, el panorama que lo aguardaba no fue menos asombroso: un magnífico edificio con una imponente fila de columnas corintias en la fachada, cuyos fustes, en aquella semioscuridad, se perdían de vista en lo alto.

El tercer Guardián, el mayor de todos, los estaba esperando en la suntuosa escalinata de la entrada.

—¿Qué lugar es éste? —preguntó Everardo.

—La biblioteca imperial —afirmó el otro, señalando con la cabeza.

En la expresión de Everardo se reflejó la sorpresa. ¿La biblioteca imperial?

El Guardián se percató de su asombro, y se le iluminó el rostro al tiempo que esbozaba una sonrisa.

—¿Qué mejor lugar para esconder una cosa que a la vista de todo el mundo? —Se volvió y echó a andar—. Seguidme. No tenemos mucho tiempo.

El hombre escoltó a los caballeros escaleras arriba, los hizo cruzar el vestíbulo de entrada y penetrar en las profundidades del edificio. Las salas se hallaban desiertas. Era tarde, pero había algo más. Se hacía palpable la tensión que reinaba en la ciudad. El aire húmedo de la noche estaba impregnado de miedo, un miedo alimentado por la incertidumbre y la confusión que no hacían sino aumentar cada día que pasaba.

Siguieron avanzando a la luz de las antorchas, pasaron junto a los amplios *scriptoriums* que guardaban gran parte del saber del mundo antiguo, innumerables estanterías llenas de pergaminos y códices con textos recuperados de la desaparecida biblioteca de Alejandría. Descendieron por una escalera de caracol situada al fondo del edificio y recorrieron un laberinto de pasadizos estrechos y más escaleras, proyectando sus sombras sobre las paredes de piedra, hasta que llegaron a un corredor sin iluminar en el que había varias puertas gruesas. Uno de los anfitriones abrió con llave la última y los hizo entrar por ella. Se trataba de un almacén de buen tamaño, uno de muchos, supuso Everardo. Estaba atestado de cajas de madera y en los muros llenos de baldas cubiertas de telarañas descansaban rollos de pergamino y códices de tapas de cuero. El aire olía a rancio, pero se notaba fresco. Quien había construido aquel lugar sabía que era necesario evitar la humedad para que pudieran sobrevivir los manuscritos de pergamino y de vitela. Y así había sido... durante varios siglos.

Y por este motivo habían acudido a aquel lugar Everardo y sus hombres.

—No hay buenas noticias —les dijo el más viejo de los Guardianes—. El usurpador Alejo carece de valor para atacar al enemigo. Ayer partió acompañado de cuarenta divisiones, pero no se atrevió a presentar batalla a los francos ni a los venecianos. No consiguió volver a entrar por las puertas lo bastante aprisa. —El viejo calló un instante, con una expresión de desprecio en la mirada—. Me temo lo peor. Podemos dar la ciudad por perdida, y cuando caiga...

Everardo ya estaba imaginando cómo se vengarían los latinos de los nerviosos habitantes de Constantinopla si lograban penetrar en sus defensas.

Sólo habían pasado unos veinte años desde que los latinos de Constantinopla habían sido aniquilados. Hombres, mujeres, niños..., no se perdonó a nadie. Miles de seres humanos exterminados en un frenesí homicida como no se había visto jamás desde la toma de Jerusalén, durante la Primera Cruzada. Mercaderes venecianos, genoveses y pisanos, que llevaban mucho tiempo asentados en Constantinopla y que controlaban el comercio marítimo y las finanzas —la totalidad de la población católica de la urbe—, fueron asesinados junto con sus familias en un súbito arrebato de rabia y resentimiento por la envidiosa población local. Los barrios donde vivían quedaron reducidos a cenizas, sus tumbas fueron profanadas, y los supervivientes acabaron vendidos como esclavos a los turcos. El clero católico no corrió mejor suerte a manos de sus enemigos, los ortodoxos griegos: vieron cómo quemaban sus iglesias, y cómo decapitaban en público al representante del Papa después de atar su cabeza a la cola de un perro y arrastrarla por las calles anegadas de sangre, ante la muchedumbre jubilosa.

El viejo se volvió y llevó a los caballeros hacia el fondo del almacén, hasta una segunda puerta que estaba parcialmente oculta por unas estanterías cargadas hasta los topes.

—Los francos y los latinos hablan de recuperar Jerusalén, pero vos y yo sabemos que no conseguirán llegar hasta allí —dijo al tiempo que acariciaba la cerradura de la puerta—. Y en cualquier caso, en realidad no tienen intención de reclamar el Santo Sepulcro. Ya no. Lo único que les preocupa ahora es llenarse los bolsillos. Y al Papa nada le gustaría más que ver caer este imperio y poner su iglesia bajo la autoridad de Roma. —Se volvió, con el semblante sombrío—. Hace mucho tiempo que se dice que sólo los ángeles del cielo conocen la fecha del fin de nuestra gran ciudad. Pero me temo que ahora no son ellos los únicos que lo saben. Constantinopla será conquistada por los hombres del Papa —añadió, mirando a los caballeros—, y cuando eso ocurra no me cabe duda de que habrá entre ellos un pequeño contingente cuya única misión sea la de echar la zarpa a esto.

Abrió la puerta y les indicó que entrasen. La habitación estaba vacía, salvo por tres grandes arcones de madera.

A Everardo se le aceleró el corazón. Como era uno de los pocos escogidos que pertenecían a los grados más altos de la orden, sabía lo que había dentro de aquellos baúles sencillos y sin ornamentos. Y también sabía lo que tenía que hacer a continuación.

—Vais a necesitar el carro y los caballos, y de nuevo os ayudará Teófilo —prosiguió el anciano a la vez que señalaba con un gesto de la cabeza al más joven de los tres Guardianes, el que había ayudado a Everardo y sus hombres a entrar en la ciudad—. Pero hemos de darnos prisa. En cualquier momento las cosas podrían cambiar. Incluso se dice que el emperador piensa huir. Tenéis que estar de camino con las primeras luces.

—¿Cómo? —Everardo se sorprendió al oír eso—. ¿Y vos? Venís con nosotros, ¿no es así?

El anciano intercambió una mirada triste con sus compañeros y luego negó con la cabeza.

—No. Tenemos que cubrir vuestro rastro. Que los hombres del Papa crean que la presa que perseguían sigue estando aquí, que lo piensan durante el tiempo suficiente para que quedéis libres de todo peligro.

Everardo quiso protestar, pero se daba cuenta de que no habría forma de convencer a los Guardianes. Éstos habían sabido siempre que era posible que sucediese algo así, y se habían preparado, como habían hecho todas las generaciones de Guardianes que los habían precedido.

Los caballeros fueron subiendo los arcones a la carreta de uno en uno, agarrándolos entre cuatro mientras otros dos vigilaban. Cuando por fin emprendieron el regreso, el amanecer ya trazaba las primeras pinceladas en el cielo.

La puerta que habían elegido los Guardianes, la de la Primavera, era una de las más alejadas de la ciudad. Estaba flanqueada por sendas torres, pero tenía también una puerta menor a un lado de la entrada principal, y allí fue adonde se dirigieron.

Al ver aproximarse una carreta conducida por dos figuras cubiertas por un manto, de inmediato acudieron a cerrarle el paso tres soldados. Uno de ellos alzó una mano para dar el alto y preguntó:

—¿Quién va?

Teófilo, que llevaba las riendas, soltó una tos dolorida y después farfulló con voz grave que necesitaban llegar con urgencia al monasterio de Zoodochos, que se encontraba nada más trasponer las puertas. A su lado iba sentado Everardo, observando en silencio el efecto que surtió la respuesta del Guardián, pues el soldado puso cara de intrigado, se acercó un poco más y formuló otra pregunta.

Por debajo de la capucha de la túnica, el templario vio al hombre que se acercaba y esperó a tenerlo más cerca. Entonces se arrojó sobre él y le hundió la daga en el cuello. En aquel instante salieron tres caballeros de la parte de atrás de la carreta y silenciaron a los otros soldados antes de que pudieran dar la voz de alarma.

—Marchaos —siseó Everardo mientras sus hermanos corrían a la caseta de guardia y él se quedaba con otros dos agachados y escudriñando las torres. Hizo una seña a Teófilo de que se pusiera a cubierto, tal como habían acordado. El anciano ya había cumplido con su cometido, y ése no era un lugar adecuado para él; Everardo sabía que en cualquier momento podía estallar la pelea... y así sucedió, cuando surgieron dos soldados más de la caseta justo en el momento en que los caballeros acababan de retirar el primero de los maderos.

Los templarios recuperaron las espadas y derribaron a los soldados con una eficiencia asombrosa, pero uno de ellos consiguió soltar un chillido lo bastante sonoro para alertar a sus compañeros de las torres. En cuestión de segundos empezaron a sonar las voces de alarma mientras en lo alto de las murallas se movían frenéticamente antorchas y faroles. Everardo miró hacia la puerta y vio que sus hermanos aún intentaban liberar el último de los maderos que la bloqueaban... Justo en ese momento sintió una lluvia de flechas que se clavaban en el suelo reseco, a su lado y junto a los cascos de los caballos, uno de los cuales se salvó por muy poco de resultar herido. Debían actuar sin tardanza. Si perdían un caballo, la huida quedaría muy comprometida.

—Tenemos que irnos —gritó mientras disparaba con su ballesta. Alcanzó a un arquero cuya silueta iluminada se recortaba en lo alto, y lo hizo caer del adarve.

Acto seguido se le sumaron los dos caballeros, y los tres volvieron a cargar las ballestas y dispararon de nuevo, lanzando cuadrillos hacia la muralla, con lo que mantuvieron a raya a los centinelas, hasta que uno de los caballeros dio una voz y las puertas comenzaron a abrirse.

—¡Vámonos! —chilló Everardo, indicando a sus hombres que se apresurasen.

Cuando estaban subiendo de nuevo a la carreta, el caballero

que tenía a su lado fue alcanzado por una flecha que le penetró por el costado, se desvió hacia el hombro y quedó alojada en el centro del pecho. El caballero, que se llamaba Odo de Ridefort y era fuerte como un buey, cayó al suelo manando sangre por la herida.

Everardo corrió a su lado y lo ayudó a incorporarse al tiempo que llamaba a los demás. Al cabo de unos segundos todos rodeaban al herido, tres de ellos disparaban hacia arriba, a la defensiva, mientras los demás lo ayudaban a subir a la carreta. Everardo, protegido por sus compañeros, se apresuró a sentarse en el pescante al tiempo que volvía la cabeza para despedirse de Teófilo con una mirada de gratitud, pero el Guardián ya no estaba donde lo había visto por última vez. Entonces lo descubrió... a escasa distancia de allí, tendido en el suelo, inmóvil, con el cuello atravesado por una flecha. Lo miró por un instante apenas, pero fue suficiente para que la visión quedara grabada para siempre en su memoria. A continuación subió de un salto a la carreta y azuzó a los caballos.

Los otros caballeros subieron también, justo en el momento en que el carro arremetía contra las puertas y salía de la ciudad bajo una lluvia de flechas. Antes de poner rumbo norte, Everardo fue hasta un cerro y volvió la vista hacia el mar que relucía a sus pies. Las galeras de guerra se deslizaban frente a las murallas con las banderas y los estandartes ondeando en los castillos de popa, los escudos al descubierto, los baluartes guarnecidos, y las escalas y las catapultas levantadas en actitud amenazante.

«Una locura», pensó otra vez con el alma dolorida mientras iba dejando atrás la sublime Constantinopla y la gran catástrofe que no tardaría en abatirse sobre ella.

El viaje de vuelta fue más lento. Habían recuperado los caballos, pero el torpe movimiento de la carreta y la pesada carga que transportaba los estaban retrasando. Evitar aldeas y todo contacto humano les resultaba más difícil que cuando iban a caballo y podían desviarse de las rutas más transitadas. Más grave todavía era la situación de Odo, que estaba perdiendo mucha sangre, y ellos no podían hacer gran cosa para parar la hemorragia sin detenerse. Pero lo peor era que ya no viajaban de incógnito. La salida de la ciudad sitiada no había sido, ni mucho menos, tan discreta como la entrada. Seguro que saldría tras ellos un contingente de hombres armados, esta vez procedentes de fuera de las murallas.

Y en efecto así fue, antes de que se pusiera el sol de la primera jornada.

Everardo había enviado a dos caballeros de avanzadilla y ordenado a otros dos que cabalgaran detrás, para que les advirtieran de cualquier amenaza. Aquella primera tarde su previsión resultó acertada. Los que cubrían la retaguardia vieron una compañía de caballeros francos que se aproximaban al galope por el oeste, pisándoles los talones. Everardo envió a un jinete en busca de los dos caballeros que iban delante y seguidamente abandonó la ruta sudeste, la más transitada y la que seguramente los cruzados habían dado por supuesto que tomarían, y se dirigió más al este, hacia las montañas.

Era verano, y aunque las nieves ya se habían fundido aquel paisaje sombrío resultaba difícil de cruzar. Las colinas verdes y suaves pronto dieron paso a montañas escarpadas y agrestes. Los escasos senderos que podía seguir la carreta eran angostos y peligrosos, algunos apenas eran más anchos que el espacio entre las ruedas, y discurrían al borde de barrancos que producían vértigo. Y con cada nuevo día empeoraba el estado de Odo. El inicio de un fuerte aguacero convirtió una situación que ya era terrible en una auténtica pesadilla, pero Everardo, al verse sin alternativas, continuó llevando a sus hombres por terrenos elevados cada vez que podía y siguió avanzando penosamente, despacio. Comían lo que encontraban o conseguían cazar, llenaban las calabazas con agua de lluvia, y se detenían cuando menguaba la luz, pasando las desapacibles noches al sereno, siempre bajo la tensión de saber que sus perseguidores no renunciaban a encontrarlos.

«Tenemos que conseguir regresar», pensaba, lamentando el

desastre que se había abatido sobre él y sobre sus hermanos sin previo aviso. «No podemos fracasar, hay demasiado en juego.»

Pero era más fácil desearlo que hacerlo.

Al cabo de varios días de avanzar con paso renqueante, la situación de Odo se hizo desesperada. Lograron arrancarle la flecha y frenar la hemorragia, pero le sobrevino una fiebre a causa de la herida infectada. Everardo sabía que iban a tener que hacer un alto para permitirle que pasara unos días inmóvil y sin mojarse, si querían que volviera vivo a la fortaleza. Pero los caballeros de la retaguardia confirmaron que los perseguidores aún no se habían dado por vencidos, con lo cual debieron seguir lidiando con aquel terreno hostil, con la única esperanza de que ocurriera un milagro.

Un milagro que se produjo al sexto día, en forma de un monasterio pequeño y aislado.

Lo habrían pasado totalmente de largo si no hubiera sido por un par de cuervos que volaban trazando círculos en lo alto y que atrajeron la aguda mirada de uno de los caballeros que iban oteando el terreno. El monasterio, un puñado de apretadas habitaciones excavadas en la roca, era casi indetectable y se hallaba perfectamente disimulado entre las montañas, agazapado en la grieta de un acantilado que se erguía, protector, por encima de él.

Los caballeros se acercaron tanto como les fue posible, luego dejaron las monturas y subieron a pie el resto del camino tallado en la roca viva. Everardo se maravilló al apreciar la dedicación de los hombres que habían construido aquel claustro en un lugar tan remoto y traicionero —a simple vista, daba la impresión de tener muchos siglos—, y se preguntó cómo había logrado sobrevivir en aquella región, continuamente recorrida por bandas de guerreros selyúcidas.

Se aproximaron con suma cautela, con la espada desenvainada, aunque dudaban de que en un sitio tan inhóspito pudiera vivir alguien. Para su asombro, sin embargo, los recibieron una docena de monjes, ancianos curtidos por los años y discípulos más jóvenes, que enseguida se percataron de que eran, como ellos, seguidores de la Cruz, y les ofrecieron alimento y refugio.

El monasterio era exiguo, pero estaba bien aprovisionado a pesar del lugar tan apartado. Acomodaron a Odo en un jergón seco y le dieron de beber y algo caliente para comer a fin de que reviviesen las agotadas defensas de su organismo. A continuación, Everardo y sus hombres subieron los tres arcones que transportaban en la carreta y los colocaron en una estancia pequeña y sin ventanas. Al lado había un impresionante *scriptorium* que contenía una amplia colección de manuscritos atados con cordeles. Sentados en los pupitres había un puñado de escribas, tan concentrados en su trabajo que apenas levantaron la vista para saludar a los visitantes.

Los monjes —de la regla de san Basilio, como no tardaron en descubrir los caballeros— quedaron atónitos al conocer la noticia que les dieron. Les costó hacerse a la idea de que el ejército del Papa hubiese puesto sitio a otros cristianos y hubiera saqueado ciudades cristianas, incluso después del gran cisma. Aislados como estaban, no se habían enterado de que Jerusalén había caído en manos de Saladino ni de que la Tercera Cruzada había fracasado. Con cada información nueva que recibían, se les caía un poco más el alma a los pies y nuevas arrugas aparecían en su frente.

A lo largo de la conversación, Everardo evitó cuidadosamente un tema delicado: lo que habían hecho en Constantinopla sus compañeros y él, y el papel que habían desempeñado en el asedio de la ciudad. Era muy consciente de que, a los ojos de aquellos monjes ortodoxos, sus hombres y él fácilmente podían parecer que formaban parte de los latinos que se habían plantado a las puertas de la capital. Y relacionado con este tema había otro aún más espinoso, que el *hegumen* del monasterio —es decir el abad, el padre Filipiccus— finalmente quiso sacar a colación.

—¿Qué es lo que transportáis en esos arcones?

Everardo había advertido que los monjes miraban con curiosidad los baúles, y no sabía muy bien qué contestar. Tras titubear unos momentos, dijo:

—Yo no sé más de lo que sabéis vos. Sencillamente se me ha ordenado que los lleve de Constantinopla a Antioquía.

El abad le sostuvo la mirada mientras reflexionaba sobre aquella respuesta. Al cabo de unos instantes que resultaron sumamente incómodos, asintió con un gesto respetuoso y se puso de pie.

—Es la hora de las vísperas y debemos retirarnos. Mañana podremos seguir hablando.

Ofrecieron a los caballeros más pan, queso e infusiones de anís, y seguidamente el monasterio quedó en silencio para pasar la noche, a excepción del incesante repiqueteo de la lluvia en las ventanas. Aquel suave tamborileo debió de calmar la inquietud de Everardo, porque enseguida se sumió en un profundo sueño.

Cuando despertó, el fuerte brillo del sol hirió sus ojos. Se incorporó, pero se notaba mareado, le pesaban los párpados y tenía una incómoda sequedad en la garganta. Miró alrededor..., Los dos caballeros con los que compartía la habitación ya no estaban.

Intentó levantarse pero no pudo, sentía las piernas flojas y débiles. Junto a la puerta había una jarra de agua y un cuenco pequeño, a modo de invitación. Se puso de pie a duras penas, se acercó hasta allí, tomó la jarra y apuró su contenido, y el hecho de beber hizo que se sintiera mejor. Tras secarse la boca con la manga, se incorporó y se encaminó hacia el refectorio..., pero al instante se dio cuenta de que ocurría algo malo. «¿Dónde están los demás?», se preguntó.

Con los nervios en tensión, echó a andar descalzo por las frías losas del suelo y pasó por delante de un par de celdas y del refectorio. Todo estaba desierto. Oyó un ruido procedente del *scriptorium*, y hacia allí se dirigió. Sentía una debilidad inusual en el cuerpo, y las piernas le temblaban de manera incontrolable. Cuando pasó junto a la entrada de la estancia en la que habían depositado los arcones, lo asaltó un presentimiento. Se detuvo y penetró en la celda, aterrorizado al ver que los arcones habían sido forzados y las cerraduras arrancadas de sus goznes.

Lo invadió una oleada de náuseas y tuvo que apoyarse en la pared para conservar el equilibrio. Hizo acopio de toda la energía que le quedaba para salir de aquella celda y llegar al *scriptorium*.

Lo que descubrió allí, a través de su visión distorsionada, lo dejó paralizado en el sitio.

Sus hermanos yacían tirados por el suelo de la espaciosa habitación, en posturas extrañas y antinaturales, inmóviles, con el semblante rígido y teñido de la palidez de la muerte. No había sangre ni señales de violencia. Era como si hubieran dejado de vivir sin más, como si la vida se les hubiera escapado apaciblemente. Detrás de ellos estaban los monjes, de pie, formando un macabro semicírculo, observándolo a él con gesto inexpresivo y mirada grave, y en el centro de todos el padre Filipiccus, el abad.

Everardo, sintiendo que se le doblaban las piernas, comprendió al fin.

—¿Qué habéis hecho? —dijo, notando que se le trababa la voz en la garganta—. ¿Qué me habéis dado?

Intentó lanzar un golpe hacia el abad, pero cayó de rodillas antes de poder dar un paso. Se incorporó a medias e hizo un esfuerzo por concentrarse, por encontrar sentido a lo ocurrido. Entonces se dio cuenta de que los habían drogado a todos la noche anterior. Aquella bebida anisada... Sí, aquello tuvo que ser. Los monjes los habían drogado para tener tiempo, sin que nadie los molestara, de explorar lo que contenían los arcones. Y luego, por la mañana..., el agua. Tenía que estar envenenada, comprendió Everardo mientras se llevaba las manos al vientre entre espasmos de dolor. La vista empezaba a fallarle y los dedos le temblaban sin control. Se sentía como si un fuego le abrasase las entrañas.

—¿Qué habéis hecho? —repitió, articulando las palabras con dificultad, como si la lengua no le respondiese.

El padre Filipiccus se acercó a él y permaneció de pie contemplando al caballero caído con un gesto de dura resolución en el semblante.

—La voluntad de Dios —contestó al tiempo que alzaba una mano y la movía muy despacio, primero de arriba abajo, después de un lado al otro, trazando con sus dedos flojos la señal de la cruz en aquel aire ya borroso.

Fue lo último que vio Everardo de Tiro.

1

Estambul, Turquía
La actualidad

—*Salam*, profesor. *Ayah vaght darid keh ba man sohbat bo konid?*

Behruz Sharafi se detuvo y se volvió, sorprendido. El desconocido que se había dirigido a él —un hombre elegante y bien parecido, de treinta y muchos años, alto y esbelto, cabello negro y peinado con gomina hacia atrás, jersey de cuello cisne color gris marengo y traje oscuro— estaba apoyado contra un coche aparcado. El hombre le hizo un breve ademán de saludo con el periódico que llevaba plegado en la mano para confirmar su gesto de incertidumbre. Behruz se ajustó las gafas y lo miró. Estaba seguro de que nunca lo había visto, pero no cabía duda de que aquel desconocido era iraní como él, porque su acento farsí resultaba inconfundible. Era sorprendente. Desde su llegada a Estambul, hacía poco más de un año, Behruz no había conocido a muchos iraníes.

El profesor titubeó y a continuación, aguijoneado por la mirada expectante y sugerente de aquel desconocido, se acercó a él. Hacía una tarde agradable, y el ajetreo cotidiano de la plaza frente a la universidad mermaba por momentos.

—Perdone, ¿nos...?

—No, no nos conocemos —confirmó el desconocido mientras tendía la mano con amabilidad y conducía al profesor hacia la portezuela del coche, que acababa de abrir para él.

Behruz se detuvo, tenso a causa de una súbita inquietud que lo paralizó. Hasta ese momento, su estancia en Estambul había resultado una experiencia liberadora. Con cada día que pasaba había ido disminuyendo la preocupación que le hacía mirar hacia atrás una y otra vez y tener cuidado con lo que decía, precauciones propias de un profesor sufí de la Universidad de Teherán. Alejado de las luchas políticas que estaban estrangulando el mundo académico en Irán, aquel historiador de cuarenta y siete años había disfrutado llevando una vida nueva en un país menos aislado y peligroso, que incluso abrigaba la esperanza de formar parte algún día de la Unión Europea. Pero el hecho de que un desconocido vestido con un traje oscuro lo invitara a subir a un coche había hecho trizas en un segundo aquel sueño.

—Disculpe —dijo el profesor, levantando las manos—, no sé quién es usted y...

El desconocido volvió a interrumpirlo, empleando el mismo tono cortés y nada amenazante:

—Por favor, profesor. Le pido perdón por abordarlo de esta forma repentina, pero necesito hablar un momento con usted. Se trata de su mujer y de su hija. Podrían correr peligro.

Behruz sintió una punzada de pánico y otra de cólera.

—Mi mujer y... ¿Qué les ocurre? ¿De qué me está hablando?

—Por favor —dijo el otro sin una pizca de alarma en la voz—. Todo va a salir bien. Pero tenemos que hablar, de verdad.

Behruz miró a ambos lados, pero no conseguía enfocar bien. Aparte de la estremecedora conversación que estaba teniendo, todo lo demás parecía normal. Era una normalidad que, lo sabía, a partir de ese momento iba a desaparecer de su vida.

Subió al coche. Aunque era un BMW nuevo y de gama alta, desprendía un olor extraño y desagradable que hirió inmediatamente sus fosas nasales. Aún no había logrado averiguar a qué se debía cuando el desconocido se sentó al volante y se incorporó al escaso tráfico.

—¿Qué ha sucedido? —dijo Behruz, incapaz de contenerse—. ¿Qué significa eso de que podrían correr peligro? ¿Qué clase de peligro?

El desconocido mantuvo la vista fija al frente.

—Lo cierto es que no son sólo ellas dos. Son ustedes tres.

La actitud tranquila y serena con que dijo aquello hizo que sonara aún más inquietante.

El desconocido le dirigió una mirada de soslayo.

—Tiene que ver con su trabajo —añadió—. O más concretamente, con algo que usted ha descubierto hace poco.

—¿Algo que he descubierto yo? —Behruz quedó desconcertado una fracción de segundo, pero entonces comprendió a qué aludía aquel tipo—. ¿La carta?

El desconocido asintió.

—Usted ha intentado entender a qué se refiere, pero hasta el momento no lo ha conseguido.

Era una afirmación, no una pregunta, y expresada con tal seguridad y firmeza que resultaba todavía más amenazadora. Aquel desconocido no sólo estaba enterado del asunto; por lo visto, también sabía los escollos con que estaba topando en su investigación.

Behruz jugueteó nerviosamente con las gafas.

—¿Cómo sabe usted eso? —preguntó.

—Por favor, profesor. Mi trabajo consiste en saber todo cuanto atraiga mi curiosidad. Y su hallazgo ha atraído mi curiosidad. Y mucho. De la misma manera que usted es meticuloso con su forma de trabajar y de investigar, lo que resulta admirable, yo también soy meticuloso con la mía. Hay quien diría que incluso soy un fanático. De modo que sí, estoy enterado de lo que ha estado haciendo usted. Dónde ha estado. Con quién ha hablado. Sé lo que ha conseguido deducir y lo que todavía no alcanza a comprender. Y sé muchas cosas más. Detalles periféricos. Como que la señorita Deborah es la maestra preferida de su hija Farnaz en el colegio. Como que su esposa le ha hecho *geimeh bademyan* para cenar. —Calló unos instantes y después añadió—: Lo cual es muy amable por su parte, teniendo en cuenta que usted se lo ha pedido con muy poca antelación, anoche mismo. Pero claro, su esposa se encontraba en una posición vulnerable, ¿no?

Behruz sintió que le desaparecían de la cara los últimos vestigios de vida y que lo inundaba una oleada de pánico. «¿Cómo ha hecho para...? ¿Nos está vigilando, nos escucha? ¿Dentro de nuestro dormitorio?» Tardó unos momentos en recuperar el control como para articular unas pocas palabras:

—¿Qué es lo que quiere usted de mí?

—Lo mismo que quiere usted, profesor. Encontrarlo. El tesoro al que se refiere la carta. Lo quiero para mí.

Behruz, cuyo cerebro se estaba hundiendo en un abismo de irrealidad, hizo un esfuerzo para hablar con coherencia.

—Estoy intentando dar con él —dijo—, pero... Es como ha dicho usted. Tengo dificultades para entenderlo.

El desconocido volvió la cabeza hacia él un momento; la mirada con que lo taladró fue como si le hubiera propinado un puñetazo.

—Pues tendrá que esforzarse más —le espetó. Después volvió a mirar al frente y agregó—: Tendrá que esforzarse como si de ello dependiera su vida. Que es precisamente el caso.

Salió de la vía principal y entró en una calle estrecha, flanqueada de tiendas cerradas, y allí detuvo el coche. Behruz miró brevemente alrededor. No había nadie, y tampoco se veían luces en los edificios, por encima de los locales comerciales.

El desconocido pulsó el botón del contacto para apagar el motor y se volvió para mirar a Behruz.

—Quiero que sepa que estoy hablando en serio —le dijo, sin dejar de emplear aquel tono suave que tan irritante resultaba—. Quiero que entienda que para mí es muy, muy importante que usted haga todo lo posible, todo, por terminar ese trabajo. Quiero que comprenda que es crucial para su bienestar, y para el de su esposa y su hija, que dedique a este asunto todo su tiempo y toda su energía, que recurra a todos los recursos que tenga usted dentro y que solucione este tema. A partir de ahora, no debe pensar en ninguna otra cosa. En nada.

Hizo una pausa para dejar que calara lo que acababa de decir.

—Al mismo tiempo —prosiguió—, quiero que entienda que si se le ocurre la fantasía de acudir a la policía a pedir ayuda sería, francamente, catastrófico. Es de vital importancia que comprenda ese detalle. Ahora mismo podríamos ir a una comisaría, pero, le puedo garantizar, el único que sufriría las consecuencias sería usted, y una vez más, dichas consecuencias serían catastróficas. Quiero convencerlo de ello. Quiero que no le quede absolutamente ninguna duda de lo que estoy preparado para hacer, de lo que soy capaz de hacer y hasta dónde estoy dispuesto a llegar, para cerciorarme de que usted va a hacer esto por mí.

El desconocido cogió el llavero y abrió la portezuela de su lado pulsando una vez.

—Puede que haya una manera de conseguirlo. Venga —dijo, y se apeó.

Behruz hizo lo mismo, y se bajó del coche con las piernas temblorosas. El desconocido fue hasta el maletero del BMW. Behruz miró hacia arriba, buscando algún signo de vida. Por un instante se le pasó por la cabeza la loca idea de echar a correr pidiendo socorro a gritos, pero se limitó a acompañar a su atormentador caminando sin fuerza, como si formara parte de una cadena de prisioneros. El desconocido pulsó un botón del llavero y la puerta del maletero se abrió con un chasquido. Behruz no quería mirar dentro, pero cuando el desconocido introdujo la mano no pudo evitarlo. Gracias a Dios, el maletero estaba vacío, a excepción de un pequeño bolso de viaje. El desconocido lo acercó al borde, y en el momento en que lo abrió Behruz se vio asaltado por un olor putrefacto que le produjo náuseas y lo hizo retroceder. Al desconocido, en cambio, no pareció importarle; metió la mano en el bolso y sacó con naturalidad un amasijo de cabellos, piel y sangre que sostuvo en alto para mostrárselo sin el menor asomo de vacilación ni incomodidad.

Behruz sintió que lo que tenía en el estómago le subía a la garganta en cuanto reconoció la cabeza cortada que el desconocido sostenía.

Se trataba de la señorita Deborah. La maestra preferida de su hija.

O lo que quedaba de ella. Behruz perdió el control y vomitó violentamente al tiempo que se le doblaban las rodillas. Se derrumbó en el suelo tosiendo, escupiendo e intentando respirar, medio ahogado, mientras se tapaba los ojos con una mano para no ver aquel horror.

Pero el desconocido no le dio tregua. Se agachó para situarse a su nivel, lo agarró por el pelo y le obligó a levantar la cabeza para que no pudiera evitar mirar a la cara aquel espantoso trozo de carne ensangrentada.

—Encuéntrelo —le ordenó—. Encuentre ese tesoro. Haga lo que tenga que hacer, pero dé con él. O de lo contrario usted, su esposa, su hija, sus padres allá en Teherán, su hermana y su familia...

Y lo dejó allí, seguro de que el profesor había captado el mensaje.

2

Ciudad del Vaticano
Dos meses después

Mientras cruzaba el patio de San Dámaso, Sean Reilly iba mirando con cansancio los grupos de turistas que visitaban la Santa Sede con los ojos muy abiertos, y se preguntó si él tendría alguna vez la oportunidad de contemplar dicho lugar con el mismo abandono y la misma placidez.

Esto era cualquier cosa menos tranquilo.

Él no estaba allí para admirar la magnífica arquitectura ni las exquisitas obras de arte, ni tampoco había ido en peregrinación.

Él estaba allí para intentar salvar la vida de Tess Chaykin.

Y si tenía los ojos muy abiertos, se debía a que estaba intentando mantener a raya el *jet-lag* y la falta de sueño, y conservar la mente despejada para encontrarle la lógica a la crisis demencial que había caído sobre él en menos de veinticuatro horas. Una crisis que no entendía del todo, pero que necesitaba imperiosamente entender.

Reilly no se fiaba del hombre que caminaba a su lado, Behruz Sharafi, pero no tenía mucho donde elegir. En aquel momento, lo único que podía hacer era repasar mentalmente una vez más la información que tenía, desde la llamada desesperada de Tess hasta lo que le había contado a toda prisa aquel profesor iraní durante el trayecto en taxi desde el aeropuerto de Fiumicino. Tenía que cerciorarse de no pasar nada por alto..., aunque no era gran cosa lo que sabía. Un imbécil estaba obligando a Sharafi a que le encontrase a saber qué, y para demostrarle que hablaba en serio le había cortado la cabeza a una mujer. Y ahora aquel mismo pirado había secuestrado a Tess para obligarlo a él a intervenir en el juego. Reilly odiaba encontrarse en aquella posición —no activa sino reactiva—, aunque, dado que era el agente especial del FBI, encargado de dirigir la Unidad de Antiterrorismo de la oficina de Nueva York, contaba con amplia formación y experiencia en reaccionar a las crisis.

El problema era que por lo general dichas crisis no tenían que ver con seres queridos.

Frente al pórtico del edificio los aguardaba un sacerdote joven con sotana negra, sudando bajo el sol del verano. Los condujo al interior, y cuando empezaron a recorrer aquellos frescos pasillos enlosados y a subir por las imponentes escalinatas de mármol, a Reilly le costó ahuyentar los incómodos recuerdos de la anterior visita que había hecho a aquel suelo sagrado, tres años antes, y de los turbadores retazos de una conversación que jamás se le había borrado de la memoria. Y dichos recuerdos regresaron con mayor intensidad aun cuando el sacerdote empujó la gigantesca puerta de madera tallada de roble, y llevó a los dos visitantes a la presencia de su jefe, el cardenal Mauro Brugnone, secretario de Estado del Vaticano. El segundo hombre al mando después del Papa, un individuo de hombros anchos, dotado de un impresionante físico más propio de un agricultor de Calabria que de un eclesiástico, era el contacto de Reilly y, al parecer, la razón del secuestro de Tess.

El cardenal, que pese a encontrarse ya al final de la sesentena seguía siendo tan vigoroso y robusto como lo recordaba Reilly de la visita anterior, se adelantó para recibirlo con los brazos abiertos.

—Estaba deseando volver a tener noticias de usted, agente Reilly —dijo con una expresión agridulce que le nublaba el semblante—. Aunque esperaba que fuera en circunstancias más halagüeñas.

Reilly dejó en el suelo el bolso de viaje que había hecho a toda prisa y estrechó la mano del cardenal.

—Lo mismo digo, eminencia. Y le agradezco que haya accedido a vernos habiendo sido avisado con tan poca antelación.

Reilly le presentó al profesor iraní, y el cardenal hizo lo propio con los otros dos hombres que había en la sala: monseñor Francesco Bescondi, el prefecto de los Archivos Secretos del Vaticano, un individuo de constitución menuda, cabello rubio y ralo y perilla pulcramente recortada; y Gianni Delpiero, el inspector general del Corpo della Gendarmería, la policía del Vaticano, que era un hombre más alto y más robusto, con una tupida cabellera negra y facciones duras y angulosas. Reilly procuró no mostrarse inquieto por que se hubiera requerido la presencia del jefe de la policía vaticana. Le estrechó la mano al inspector con una media sonrisa cordial y se dijo que debería haberse esperado aquello, dada la urgencia con que había solicitado una audiencia..., y dado el organismo para el que trabajaba.

—¿Qué podemos hacer por usted, agente Reilly? —preguntó el cardenal mientras los conducía hacia los mullidos sillones junto a la chimenea—. Dijo usted que nos lo explicaría cuando llegase.

Reilly no había tenido mucho tiempo para pensar en la forma de llevar aquello, pero sabía que si pretendía que accediesen a su petición no podía revelarles todo.

—Antes de nada, quiero que sepan que no he venido en visita profesional. No me ha enviado el FBI. Es un asunto personal. Necesito tener la seguridad de que ustedes están conformes al respecto.

Al recibir la llamada de Tess, había solicitado un par de días de permiso por asuntos personales. En Federal Plaza nadie, ni su compañero Aparo ni el jefe Jansson, sabía que estaba en Roma. Lo cual, pensó, tal vez había sido una equivocación, pero así fue como decidió actuar.

Brugnone no hizo caso de aquella advertencia.

—¿Qué podemos hacer por usted, agente Reilly? —repitió, esta vez poniendo énfasis en la palabra usted.

Reilly asintió, agradecido.

—Me encuentro en una situación delicada —le dijo a su anfitrión—. Necesito su ayuda. Eso está claro. Pero también necesito que no me pidan más información que la que puedo proporcionarles en este momento. Lo único que estoy en situación de decirles es que hay vidas en juego.

Brugnone intercambió una mirada de preocupación con sus colegas del Vaticano.

—Díganos qué es lo que necesita.

—El profesor Sharafi, aquí presente, precisa cierta información. Una información que, a su juicio, sólo puede encontrar en sus archivos.

El iraní se ajustó las gafas y asintió con un gesto.

El cardenal miró fijamente a Reilly, contrariado por lo que acababa de oír.

—¿Qué clase de información?

Reilly se inclinó y repuso:

—Necesitamos consultar un fondo concreto del archivo de la Congregación para la Doctrina de la Fe.

Todos se movieron incómodos en sus asientos. La petición de ayuda de Reilly estaba resultando menos inocente a cada segundo que pasaba. En contra de lo que la gente creía, los Archivos Secretos del Vaticano no contenían nada que fuera tan secreto; la palabra «secreto» quería decir, sencillamente, que dichos archivos formaban parte del «secretariado» personal del Papa, de sus documentos privados. Sin embargo, el registro al que necesitaba acceder Reilly, el *Archivio Congregatio pro Doctrina Fidei*, el archivo de la Inquisición, era algo totalmente distinto; en él se guardaban los documentos más sensibles de los archivos vaticanos, incluidos todos los expedientes relativos a juicios de herejes y libros prohibidos. El acceso a ese material estaba cuidadosamente restringido, con el fin de mantener a raya a los que se dedicaban a propalar habladurías. Los sucesos que cubrían sus *fondi* —un *fondo* era un conjunto de documentos que trataban de un tema concreto— no representaban precisamente los momentos más gloriosos del papado.

—¿Y qué fondo sería ése? —inquirió el cardenal.

—El *Scandella* —respondió Reilly en tono tajante.

Sus anfitriones parecieron desconcertados por un instante, pero se relajaron al oír el nombre. Domenico Scandella era un molinero relativamente insignificante del siglo XVI que no sabía mantener la boca cerrada. Las ideas que tenía acerca de los orígenes del universo se consideraron heréticas, y acabaron por conducirlo a la hoguera. Lo que podían querer Reilly y el profesor iraní de la transcripción de su juicio no constituía motivo de alarma. Se trataba de una petición inofensiva.

El cardenal lo miró fijamente, con expresión de perplejidad.

—¿Eso es todo lo que necesita?

Reilly asintió.

—Así es.

El cardenal miró a los otros dos funcionarios vaticanos, que se encogieron de hombros en un gesto de indiferencia.

Reilly supo que había logrado convencerlos.

Ahora venía la parte difícil.

Bescondi y Delpiero acompañaron a Reilly y al iraní a través del patio Belvedere, a la Biblioteca Apostólica, donde se guardaban los archivos.

—He de reconocer —confesó el prefecto de los archivos con una risa nerviosa— que temía que usted pidiera algo más difícil de... conceder.

—¿Como qué? —preguntó Reilly con aire juguetón.

El rostro de Bescondi se ensombreció mientras buscaba la respuesta que fuera menos comprometida.

—Como las profecías de Lucía Dos Santos, por ejemplo. Sabe quién es, ¿no? La vidente de Fátima.

—De hecho, ahora que lo menciona... —Reilly dejó la frase sin terminar y le dedicó una leve sonrisa.

El sacerdote emitió una risa breve y asintió aliviado.

—El cardenal Brugnone me ha dicho que era usted de fiar. No sé por qué me he preocupado.

Aquello incidió de manera incómoda en la conciencia de Reilly. Se detuvieron ante la entrada del edificio. Delpiero, el inspector general, se excusó, dado que por lo visto ya no lo necesitaban.

—Si hay cualquier cosa en que pueda serle de ayuda, agente Reilly —ofreció el policía—, hágamelo saber.

Reilly le dio las gracias, y Delpiero se fue.

En las tres salas de la biblioteca, que deslumbraban con sus ornamentadas paredes de taraceado y frescos de vívidos colores que representaban las donaciones hechas al Vaticano por diversos soberanos de Europa, reinaba un silencio inquietante. Eruditos, sacerdotes de varios países y otros académicos con antecedentes impecables cruzaban los suelos de mármol yendo o viniendo de la tranquilidad de las salas de lectura. Bescondi llevó a los dos intrusos hasta una imponente escalera de caracol que bajaba al sótano. Allí abajo hacía más fresco, el aire acondicionado tenía que esforzarse menos que en la planta de la calle para mantener a raya el calor del verano. Pasaron junto a un par de archiveros auxiliares que saludaron respetuosamente al prefecto con breves inclinaciones de la cabeza y llegaron a una espaciosa zona de recepción. Un miembro de la Guardia Suiza, vestido con un sobrio uniforme azul oscuro y boina negra, estaba sentado detrás de un mostrador y de una hilera de discretos monitores de un circuito cerrado de televisión. El guardia tomó nota de sus nombres y, tras pulsar cinco veces en el teclado de seguridad, les dio paso al sanctasanctórum del archivo, cuya esclusa de aire se cerró a sus espaldas con un suave siseo.

—Los *fondi* están colocados por orden alfabético —dijo Bescondi, señalando las pequeñas placas escritas con letra elegante que había en las estanterías y tratando de orientarse—. A ver..., Scandella tiene que estar por aquí.

Reilly y el iraní se adentraron con él en aquella cripta grande y de techo bajo. Aparte del ruido de los tacones en el suelo de piedra, lo único que se oía era el zumbido grave y constante del sistema de aire que regulaba el nivel de oxígeno e impedía que entrasen bacterias. Las largas filas de estanterías estaban abarrotadas de pergaminos y códices encuadernados en cuero, intercalados con libros más recientes y cajas de cartón. Ristras enteras de manuscritos antiguos se asfixiaban bajo sábanas de polvo, ya que, en algunos casos, llevaban décadas, si no siglos, sin que nadie los tocara ni consultase.

—Aquí está —dijo Bescondi, indicando una caja en una estantería baja.

Reilly volvió la vista hacia la entrada del archivo. Estaban solos. Dio las gracias al sacerdote con una breve inclinación de cabeza y le dijo:

—Lo cierto es que en realidad necesitamos ver otro fondo.

Bescondi parpadeó, confuso.

—¿Otro fondo? No entiendo.

—Lo siento, padre, pero... No podía correr el riesgo de que usted y el cardenal no nos dieran permiso para bajar aquí. Y es imperativo que obtengamos acceso a la información que necesitamos.

—Pero —balbució el archivero— esto no lo han mencionado ustedes, y... Necesito la autorización de su eminencia para poder mostrarles cualquier otro...

—Padre, por favor —lo interrumpió Reilly—. Tenemos que verlo.

Bescondi tragó saliva.

—¿De qué fondo se trata?

—Del *Fondo Templari*.

El archivero abrió más los ojos y miró instantáneamente hacia la izquierda, por el pasillo. Luego alzó las manos a modo de protesta y dio un paso atrás.

—Lo lamento, pero eso no es posible sin que antes lo apruebe su eminencia...

—Padre...

—No, es imposible, no puedo permitirlo sin antes hablarlo con... —Dio otro paso atrás y después se volvió de costado, en dirección a la entrada.

Reilly tenía que actuar.

Extendió el brazo y cerró el paso al archivero...

—Lo siento, padre.

Introdujo la otra mano en el bolsillo, extrajo un pequeño aerosol para el mal aliento y lo acercó al rostro atónito del archivero para rociarlo con una nube de gas. El sacerdote miró a Reilly con horror mientras la niebla le envolvía la cabeza..., y a continuación tosió dos veces y se le doblaron las piernas. Cuando cayó, Reilly lo sostuvo y lo depositó con delicadeza en el suelo.

Aquel líquido incoloro e inodoro no era para el mal aliento.

Y para que el archivero no se muriese por haberlo aspirado, Reilly tenía que hacer alguna otra cosa..., y rápido.

Buscó en el otro bolsillo y sacó una jeringuilla, le quitó el capuchón y la hundió en una vena que destacaba en la frente del sacerdote. Seguidamente le tomó el pulso y esperó hasta tener la seguridad de que el antídoto había hecho efecto. Sin él, el fentanil —un opiáceo anestésico de acción rápida que formaba parte del pequeño arsenal secreto de armas no letales del FBI— podría hacer entrar en coma al prefecto, o, como sucedió en el trágico caso de más de un centenar de rehenes retenidos en un teatro de Moscú unos años antes, incluso acabar con su vida. Para que el archivero continuase respirando era imprescindible administrar cuanto antes una dosis de naxolona..., y eso era lo que estaba haciendo.

Reilly se quedó con él lo suficiente para confirmar que la droga había surtido efecto, procurando no hacer caso del remordimiento por lo que acababa de hacer a su confiado anfitrión, pensando en Tess y en lo que le había contado Sharafi que había hecho el secuestrador a la maestra de escuela. Cuando comprobó que la respiración del archivero se había estabilizado, hizo un gesto con la cabeza.

—Vía libre —dijo.

El iraní señaló el pasillo.

—Al mencionar usted el fondo, el archivero ha mirado hacia allí. Y tiene sentido, porque la siguiente letra es la T.

—Disponemos de unos veinte minutos hasta que despierte, puede que menos —indicó Reilly, y echó a andar por el pasillo—. De modo que vamos a aprovecharlos bien.

3

A Tess Chaykin le dolían los pulmones. Y también los ojos. Y la espalda. En realidad, no había muchas partes del cuerpo que no le dolieran.

«¿Cuánto tiempo pensarán tenerme así?»

Había perdido por completo la noción de las horas, y la noción de todo. Sabía que le habían tapado los ojos con cinta adhesiva. Y también la boca. Y las muñecas, a la espalda. Y las rodillas y los tobillos. Estaba convertida en una momia del siglo XXI envuelta en reluciente cinta aislante y... Algo más. Notaba alrededor una envoltura blanda, gruesa, mullida. Como un saco de dormir. La palpaba con los dedos. Sí, un saco de dormir. Eso explicaba que estuviese empapada en sudor.

Pero aquello era todo lo que sabía.

Desconocía dónde estaba. Por lo menos con exactitud. Tenía la sensación de encontrarse en un espacio estrecho. Estrecho y caluroso. Pensó que quizá fuese la parte de atrás de una camioneta, o el maletero de un coche. No estaba segura, pero le parecía oír unos ruidos distorsionados y amortiguados, procedentes del exterior. Eran los de una calle llena de gente. Automóviles, motos grandes y pequeñas que pasaban tronando. Sin embargo, los ruidos tenían algo que la intrigaba, algo que no encajaba, fuera de lugar..., pero no acababa de descubrir qué podía ser.

Se concentró e intentó hacer caso omiso de la pesadez que sentía en la cabeza y abrirse paso a través de la niebla que le bloqueaba la memoria. Entonces empezaron a tomar forma una serie de recuerdos vagos. Se acordó de que la capturaron a punta de pistola cuando regresaba de la excavación de Petra, en Jordania, de que los capturaron a los tres: a ella, a su amigo Jed Simmons y al historiador iraní que los había ido a buscar. ¿Cómo se llamaba...? Sharafi. Exacto, Behruz Sharafi. Se acordó de que la encerraron en una habitación parecida a una cueva, sin ventanas. No mucho después, su secuestrador la obligó a llamar a Reilly a Nueva York. Y luego la drogaron, le inyectaron algo. Todavía notaba el pinchazo en el brazo. Y ya está, aquello era lo último que recordaba. ¿Cuánto tiempo habría pasado? No tenía ni idea. Horas. ¿Un día entero, quizá? ¿Más? Ni idea.

Odiaba estar metida allí dentro. Hacía mucho calor, casi no había espacio, estaba oscuro, el suelo era duro y olía, en fin, a maletero de coche. No al maletero de un coche viejo y mugriento con suciedad pegajosa por todas partes. Aquel coche, si es que era un coche, estaba claro que era nuevo, pero seguía siendo desagradable.

Y aún se hundió más al pensar en su situación. Si estaba dentro del maletero de un coche, y si oía los ruidos de la calle... quizá se encontraba en una vía pública. Sintió que la inundaba el pánico.

«¿Y si me han dejado aquí tirada, para que me pudra? ¿Y si nadie se da cuenta de que estoy aquí dentro?»

Empezó a latirle una vena del cuello, y la cinta aislante que le tapaba los oídos convirtió a éstos en dos cámaras de resonancia. El cerebro le funcionaba a toda velocidad, espoleado por aquel enloquecedor redoble dentro de la cabeza, y se preguntó cuánto aire le quedaría allí dentro, cuánto tiempo lograría sobrevivir sin comida y sin agua, si podría asfixiarse con la cinta aislante. Empezó a imaginar una muerte dolorosamente lenta, horrible, se vio a sí misma arrugada a causa de la sed, el hambre y el calor, consumida en el interior de una caja oscura como si la hubieran enterrado viva.

El pánico la reanimó como si le hubiesen arrojado un cubo de agua helada. Tenía que hacer algo. Probó a torcer el cuerpo para cambiar de postura y empujar con las piernas la puerta del maletero o lo que demonios fuera aquello, pero no pudo moverse. Algo se lo impedía. Estaba amarrada, sujeta por una especie de atadura en torno a los hombros y las rodillas.

No podía moverse en absoluto.

Dejó de luchar contra las ligaduras y se recostó dejando escapar un suspiro entrecortado que retumbó en sus oídos. Se le llenaron los ojos de lágrimas al pensar en la muerte. En su desesperación vio el rostro sonriente de Kim, su hija de trece años, abriéndose paso hasta su conciencia para hacerle señas. La imaginó de vuelta en Arizona, disfrutando del verano en el rancho de Hazel, la hermana mayor de Tess. Otra cara más entró a formar parte de aquella ensoñación, la de su madre, Eileen, que también estaba con ellas. Pero pronto se disiparon los rostros y la inundó una sensación de frío por dentro, la rabia y el arrepentimiento de haber cambiado Nueva York por el desierto de Jordania, hacía ya muchas semanas, a fin de investigar para su siguiente novela. La excavación en compañía de Simmons, que era un contacto de su antiguo amigo Clive Edmondson y uno de los principales expertos en templarios, en su momento había parecido una buena idea. Ir al desierto le permitiría pasar algo de tiempo con Clive y le daría la oportunidad de ampliar conocimientos sobre la Orden del Temple, que constituían la columna vertebral de su nueva carrera. Además, lo que no era menos importante, tendría tiempo para reflexionar sobre temas más personales.

Y ahora, esto.

Sus remordimientos recalaron en toda clase de territorios sombríos al imaginar otra cara, la de Reilly. La invadió un sentimiento de culpabilidad y se preguntó en qué lo habría metido con aquella llamada telefónica, si estaría sano y salvo o no..., y si sería capaz de dar con ella. Aquella idea prendió una chispa de esperanza. Quiso creer que Reilly la encontraría. Pero la chispa se extinguió tan rápidamente como había surgido. Sabía que estaba engañándose a sí misma. Reilly se encontraba a dos continentes de distancia, y aunque intentara dar con su paradero —y ella tenía la certeza de que lo intentaría—, estaría fuera de su elemento, sería un desconocido en un terreno ignoto. Aquello no iba a suceder.

«No puedo creer que vaya a morir así», pensó.

De pronto se filtró un leve ruido..., igual de amortiguado que los otros, lo que contribuyó a torturarla aún más. En cambio logró distinguir que era una sirena. Un coche de la policía o una ambulancia. Sonaba cada vez más fuerte, con lo cual renacieron sus esperanzas... Pero terminó por apagarse. Aquello le preocupó, aunque por otra razón. Se trataba de un sonido característico; por lo visto todos los países tenían una sirena concreta para sus vehículos de emergencia. Y en esta sirena había algo que no encajaba. No estaba segura, pero en Jordania había oído las sirenas de las ambulancias y de la policía, y ésta sonaba diferente. Muy diferente.

Desde luego, era un sonido que había oído antes, pero no en Jordania.

Sintió que la invadía una oleada de pánico.

«¿Dónde diablos estoy?»

4

Archivos de la Inquisición, Ciudad del Vaticano

—¿Cuánto tiempo nos queda? —quiso saber el historiador iraní mientras descartaba otro grueso códice, revestido en cuero, y lo dejaba en el montón que tenía a sus pies.

Reilly consultó el reloj y frunció el entrecejo.

—Esto no es una ciencia perfecta, podría despertarse en cualquier momento.

El iraní asintió nervioso, con la frente perlada de sudor.

—Sólo una estantería más.

Se ajustó las gafas, sacó otro fajo de pliegos y procedió a desatar la correa de cuero que lo sujetaba.

—Tiene que estar aquí, ¿no? —Reilly echó otra ojeada más en dirección al sacerdote dormido y a la puerta de entrada del archivo. Aparte del zumbido constante del sistema de control del aire, todo estaba en silencio..., de momento.

—Eso fue lo que dijo Simmons. Estaba seguro. Está aquí, en alguna parte. —Dejó la resma de pliegos atados y cogió otro volumen.

El fondo templario ocupaba tres estanterías enteras del extremo de la sala y eclipsaba los fondos que había alrededor. Lo cual no era de sorprender. Aquel asunto había sido el mayor escándalo político y religioso de su época. Se habían asignado varias comisiones papales y un pequeño ejército de inquisidores para que investigaran la orden, desde antes de que se emitieran los decretos de detención en el otoño de 1307 hasta la definitiva disolución de la orden en el año 1312 y la ejecución del Gran Maestre en la hoguera en 1314.

Aunque el archivo de los propios templarios se había perdido —el último paradero conocido era la isla de Chipre, adonde había sido trasladado en 1291, cuando cayó la ciudad de Acre—, el Vaticano había creado un abultado registro propio. Informes de inquisidores ambulantes, transcripciones de interrogatorios y confesiones, declaraciones de testigos, actas de deliberaciones papales, listas de posesiones y documentos confiscados de casas de templarios de toda Europa; todo estaba allí dentro, un exhaustivo informe forense del infame fin que tuvieron aquellos monjes guerreros.

Y, al parecer, todavía guardaba secretos en el interior de aquellas páginas descoloridas.

De pronto, el historiador se volvió con el rostro iluminado por la emoción.

—Aquí está.

Reilly se acercó para ver mejor. El iraní sostenía entre las manos un grueso volumen encuadernado en cuero. Era pesado y difícil de mantener, del tamaño de un álbum de fotos grande. Las tapas estaban raídas y quebradizas, y las tablillas de madera que tenía por dentro del revestimiento de cuero sobresalían por las esquinas. Behruz lo tenía abierto por la primera página. Una página en la que no había nada, salvo una mancha en el ángulo inferior derecho, grande, de color morado y pardo, resultado del ataque de las bacterias, y un título en el centro: *Registrum Pauperes Commilitones Christi Templique Salomonis.*

El registro de los templarios.

—Éste es el que buscamos —insistió el profesor, volviendo las páginas con sumo cuidado. Las hojas de papel de lino parecían estar cubiertas con textos en prosa, escritos con letra cursiva. Algunas contenían un mapa rudimentario, y en otras había listas de nombres, lugares, fechas y otras informaciones que Reilly no supo descifrar.

—¿Está seguro? —preguntó Reilly—. No vamos a tener otra oportunidad.

—Creo que sí. Simmons no llegó a verlo, pero es tal como lo ha descrito. Estoy seguro.

Reilly echó una ojeada más a los volúmenes que quedaban en la estantería y comprendió que tenía que fiarse del criterio de Sharafi. Estaban perdiendo unos segundos preciosos.

—De acuerdo. Pues vámonos de aquí.

Justo en aquel momento se oyó un gemido grave, pasillo adelante. Reilly se quedó paralizado. El archivero del Vaticano estaba volviendo en sí. Con un ojo atento por si descubría alguna cámara del circuito cerrado de televisión que lo hubiera visto al entrar, Reilly echó a correr por el estrecho pasillo y alcanzó al sacerdote justo cuando éste se estaba incorporando a medias. Bescondi se apoyó en una estantería y se pasó las manos por la cara. Reilly se agachó para acercarse a él.

El archivero lo miró con expresión confusa y temblorosa.

—¿Qué... qué ha pasado?

—No estoy seguro. —Reilly lo tranquilizó, poniéndole una mano en el hombro—. Ha estado unos minutos inconsciente. Estábamos a punto de llamar pidiendo auxilio. —Qué poco le gustaba mentir.

Bescondi tenía cara de no entender nada, se le notaba que intentaba encontrarle sentido a la situación. Reilly sabía que no iba a acordarse de nada, al menos de momento. Pero ya se acordaría. Dentro de poco.

—Quédese aquí —le dijo—. Voy a llamar para que venga alguien.

El archivero asintió.

Reilly le hizo a Sharafi un gesto con la cabeza que quería decir «vámonos» y giró discretamente los ojos hacia el códice. El iraní captó el mensaje. Ocultó el voluminoso libro debajo del brazo, de modo que no pudiera verlo el archivero, esquivó a éste al pasar y caminó detrás de Reilly.

Llegaron a la esclusa de aire. Los dos juegos de puertas correderas parecieron burlarse de ellos cuando las cruzaron en dos tiempos, lentos y sincronizados, y a continuación se abrieron por fin las puertas exteriores, y Reilly y el profesor iraní se encontraron en la zona de recepción. El guardia ya estaba en pie y alerta, con el entrecejo fruncido, captando la urgencia de sus movimientos y extrañado de que no los acompañase el archivero.

—A *monsignor* Bescondi le ha ocurrido algo, acaba de desmayarse —barbotó Reilly, señalando el archivo mientras hacía lo posible para sacar a Sharafi del campo visual del guardia—. Necesita un médico.

El hombre tomó la radio con una mano mientras con la otra intentaba bloquear el paso a Reilly y al iraní, indicándoles que no se movieran del sitio.

—Un momento —ordenó.

Pero Reilly no se detuvo.

—Necesita un médico, ¿no lo entiende? ¡Lo necesita ya mismo! —insistió con un dedo en alto, en un intento de espolear al guardia para que traspusiera la esclusa de aire.

Éste titubeó un instante, preocupado de dejar a aquellos dos visitantes sin atender, pero apurado por la necesidad de ver qué le ocurría al archivero, mientras...

... En el interior del archivo, el sacerdote empezó a mirar el pasillo que tenía a su derecha, luego el de su izquierda..., y entonces vio el montón de códices y cajas que cubrían el suelo.

La importancia del descubrimiento se abrió paso entre sus sentidos adormecidos con la ferocidad de un desfibrilador. Aturdido y con la boca abierta por la impresión, se incorporó a duras penas y fue con paso inseguro hasta la esclusa de aire. Llegó a tiempo para ver al agente Reilly y su colega iraní debatiendo acaloradamente con el guardia. Todavía mareado, apretó el botón que accionaba las puertas y luego empezó a aporrear el cristal interior de la esclusa mientras esperaba a que ésta se abriese, lanzando unos gritos que rebotaban en el vidrio reforzado y levantaban un eco ensordecedor, y...

... aquella visión surrealista, que en la recepción resultaba muda por efecto de la esclusa de aire, terminó por atraer la atención del guardia.

El hombre fue rápido de reflejos: enseguida adoptó una postura tensa y felina, y se llevó una mano a la pistola que tenía en la sobaquera al tiempo que tomaba el micrófono para dar la voz de alarma, dos acciones que Reilly tenía que parar en seco si quería salir de allí con Sharafi. Y aunque el guardia, como todos los miembros del ejército más pequeño del mundo, era un soldado que había recibido instrucción en el ejército suizo, fue una fracción de segundo más lento que Reilly, quien se abalanzó sobre él y le desvió el arma con el brazo izquierdo a la vez que con la otra mano le quitaba la radio y la ponía fuera de su alcance. El guardia arremetió contra Reilly con el brazo que le quedaba libre, dirigiéndole un gancho a la cabeza. Pero éste lo eludió echándose hacia atrás y contraatacó con otro gancho, que acertó al guardia en plena caja torácica y le dejó sin aire. A resultas del puñetazo, el hombre perdió la fuerza en la mano derecha, lo suficiente para que Reilly le arrebatase la pistola al tiempo que lo embestía con todo su peso y lo empujaba contra el mostrador. Vio que la pistola rebotaba por el suelo, lejos del guardia, que había quedado aturdido por la colisión con el mostrador..., y entonces dio media vuelta y agarró a Sharafi.

—¡Muévase! —le chilló a la vez que tiraba de él en dirección a la escalera.

5

Irrumpieron en la planta baja y cruzaron a la carrera las diversas salas palaciegas sin hallar obstáculos, aunque Reilly sabía que aquello no podía durar. En efecto, al cabo de pocos segundos oyeron silbidos y pisadas en su persecución —el guardia suizo del sótano se había recuperado y ya no estaba solo—, mientras que delante de ellos, al fondo de la tercera sala, se acercaban cuatro *carabinieri* con las pistolas en alto.

«Esto no está saliendo según el plan», se reprendió Reilly al tiempo que frenaba y doblaba a la izquierda, lanzando una mirada a Sharafi para cerciorarse de que lo seguía. El archivero había recuperado la conciencia demasiado pronto. Ya sabía que podía ocurrir. La dosis de analgésico que le había administrado a Bescondi era baja adrede. No quería correr el riesgo de matarlo o dejarlo en coma, y tuvo que jugar sobre seguro. Demasiado seguro, a ojos vistas. Y ahora iba a tener que pensar otra manera de salir de la ciudad santa, porque de ningún modo podrían llegar hasta el conductor que los esperaba junto al Palacio Apostólico, y aunque llegasen, ni de milagro iban a salir de allí en coche, llevando detrás una legión de policías vaticanos.

—¡Por aquí! —le chilló al profesor iraní, lanzándose a la carrera por otro lujoso salón para entrar en las salas contemporáneas de la nueva ala del museo Chiaramonti. Tuvieron que esquivar a tanta gente, que fueron dejando tras de sí un rastro de gritos de sobresalto y exclamaciones indignadas, conscientes de que cualquier colisión sería desastrosa. Detrás, sus perseguidores formaban ahora una patrulla frenética que les pisaba los talones.

Reilly detectó una de las entradas principales a mano derecha y torció rápidamente hacia ella, pero tuvo que frenar de golpe cuando tres policías entraron a la carrera por sus grandes puertas acristaladas. Miró a la izquierda; había otra salida en el extremo opuesto del vestíbulo, justo enfrente. Echó a correr hacia allí con el iraní pegado a su espalda, salió disparado por las puertas y se encontró en un rellano al aire libre, parecido a una azotea, que coronaba dos escalinatas ceremoniales y simétricas.

El intenso calor estival lo atacó igual que el tubo de escape de un autobús. Tragando grandes bocanadas de aire, se volvió hacia Sharafi haciéndole señas con las manos.

—Páseme el libro, no puede correr cargando con él.

Pero el iraní se negó, aferró el libro con más fuerza y dijo, extrañamente sereno:

—No me estorba. ¿Por dónde vamos?

—Ni idea, pero aquí no podemos quedarnos —contestó Reilly antes de lanzarse a bajar los peldaños de tres en tres.

De pronto oyó el crepitar de un *walkie-talkie*, miró por la balaustrada de mármol y alcanzó a ver las gorras de otros dos *carabinieri* que subían a toda velocidad por la escalinata, para acorralarlos. En un segundo, iban a estar cara a cara con aquellos policías italianos... No era lo ideal.

«A la mierda.»

Tomó impulso, salvó la balaustrada de un salto y aterrizó pesadamente encima de los policías. Así consiguió tirarlos al suelo y dejar el camino despejado para el profesor.

—¡No se detenga! —le gritó a Sharafi mientras los *carabinieri* arremetían contra él tratando de agarrarle los brazos y las piernas..., pero consiguió zafarse y no tardó en huir por la escalinata, en pos del profesor.

Uno al lado del otro cruzaron a la carrera el cuidado césped del patio central y después se agacharon para escurrirse por un pasadizo abovedado que atravesaba el edificio y llevaba al espacio abierto del Stradone dei Giardini y a la larga hilera de automóviles aparcados a uno y otro lado de la calle. Reilly se detuvo un momento y dejó pasar unos cuantos segundos muy valiosos mientras escrutaba los alrededores en busca de alguien que estuviera subiendo o bajando de un coche, una moto, lo que fuera. Esperaba una oportunidad, la posibilidad de pillar un transporte que tuviera ruedas y que los sacara de allí de una vez. Pero ya se les había acabado la suerte. No se veía movimiento alguno por ninguna parte, no se oía el pitido de ningún control remoto que estuviera desactivando la alarma de un coche, no había a la vista ningún objetivo al que dirigirse..., y de repente apareció otra patrulla de *carabinieri* que echó a correr hacia ellos desde el fondo de la calle, tal vez a cien metros de donde estaban.

Reilly se devanó los sesos intentando orientarse y ubicar su posición en el mapa del Vaticano que no había tenido tiempo de estudiar debidamente antes de emprender aquella desafortunada incursión. Sabía dónde estaban —más o menos—, pero la ciudad santa tenía una distribución irregular, era un laberinto de edificios que se cruzaban entre sí y de vías serpenteantes, capaces de confundir al más avezado de los exploradores. No detectó ninguna ruta de escape, de modo que de nuevo se hizo cargo de la situación el instinto de supervivencia de Reilly, que lo obligó a mover las piernas y a huir del peligro.

Condujo al profesor hasta la otra fila de coches aparcados y lo hizo subir por una callejuela estrecha que daba a una ancha extensión de césped surcada por dos senderos que se cruzaban. Se trataba del Giardino Quadrato, situado delante de otro museo..., y en ese momento se dieron cuenta de que estaban acorralados. Aparecieron varios policías del Vaticano y miembros de la Guardia Suiza surgidos de todas partes. Dentro de nada los tendrían encima. Se encontraban en campo abierto y sin disponer de una ruta clara de escape que llevase a algún edificio donde pudieran esconderse. Reilly miró alrededor, negándose a aceptar lo inevitable..., y entonces se acordó. Se le despejó la mente para percatarse de dónde estaban y de lo que había allí cerca, tentadoramente al alcance de la mano.

—Por aquí —azuzó al profesor, indicando el fondo de aquel solemne jardín y un alto muro de hormigón sin ninguna abertura.

—¿Está loco? Ahí sólo hay una tapia.

—Usted sígame —contestó Reilly.

El iraní salió disparado detrás de él..., y justo antes de llegar al muro se abrió el suelo que tenían delante y apareció una ancha rampa de hormigón que bajaba hacia una especie de construcción subterránea.

—¿Qué hay ahí abajo? —jadeo el iraní.

—El museo de Carruajes —respondió Reilly con la respiración agitada—. Vamos.

6

Reilly y Sharafi llegaron al final de la rampa y siguieron corriendo.

El museo de Carruajes, la adquisición más reciente de los Museos Vaticanos, consistía en una inmensa vitrina subterránea que semejaba un túnel infinito..., lo cual a Reilly le venía que ni pintado. Aminoró la marcha nada más entrar en la primera sala, con el fin de dar tiempo a su mapa mental del Tesoro a que entrase en funcionamiento. El ambiente era estilizado y moderno, en fuerte contraste con el estilo recargado de los objetos que se exhibían: desde suntuosas sillas de mano hasta carruajes decimonónicos forrados de oro, terciopelo y damasco, una asombrosa colección de obras maestras apoyadas en soportes de madera o sobre ruedas.

Su cómplice miraba en torno, confuso.

—¿Qué estamos haciendo aquí? Es un callejón sin salida, y no creo que estos aparatos vayan a llevarnos a ninguna parte, mucho menos sin caballos.

—No estamos aquí por los carruajes —replicó Reilly, y seguidamente obligó a Sharafi a adentrarse más en el museo.

Los carruajes dorados dieron paso a una colección de automóviles.

Pasaron junto a un trío de enormes limusinas negras de los años treinta que parecían recién salidas de una película de Al Capone, con aquella carrocería hecha a mano, aquellos faros delanteros en forma de tambor y aquellos parachoques volantes que lo retrotraían a uno a una época más elegante.

—Me está tomando el pelo, ¿no? —Sharafi se permitió una risita.

Pero antes de que Reilly pudiera responderle, oyó una conmoción a su espalda, junto a la entrada. Era un grupo de *carabinieri* y guardias suizos que irrumpían en la sala, abriéndose paso entre los sorprendidos turistas. Uno de los policías había descubierto a Reilly y al iraní entre la gente y los señalaba con la mano, gritando fuera de sí.

Reilly frunció el entrecejo.

—Tenga fe —le dijo a Sharafi a la vez que volvía a ponerse en marcha.

Tirando del iraní, pasó por delante de una calesa oriental blanca y de tres ruedas, con el sello papal en las puertas, y penetró en el sector más alejado del museo, donde se alojaban los papamóviles más recientes. Se dirigió hacia el fondo pasando como una exhalación junto a un Mercedes 600 *Landaulet*, un Lincoln Continental descapotable de cuatro puertas y un Chrysler Imperial, todos de los años sesenta, relucientes como la obsidiana.

Sharafi miró hacia atrás. Sus perseguidores estaban cada vez más cerca.

—¿Cómo piensa salir de aquí? ¿Es capaz de hacer un puente a uno de estos coches?

—Espero no tener que recurrir a eso —repuso Reilly, y en ese momento descubrió lo que estaba buscando: una puerta junto a una ancha persiana enrollable, encajada en la pared posterior y pintada a juego—. Por aquí —añadió al tiempo que torcía hacia aquel lugar.

El profesor se apresuró a seguirlo.

Cuando llegaron a la puerta, ésta se abrió y entraron por ella dos técnicos de mantenimiento vestidos con monos blancos, ajenos al revuelo. Reilly los empujó a un lado y se lanzó hacia la puerta antes de que volviera a cerrarse. Oyendo gritos de protesta a su espalda, apremió a Sharafi y juntos se metieron en un túnel lo bastante ancho para que pasara un coche. Corrió con toda su alma, sintiendo un fuerte escozor en los pulmones y en los muslos, lanzando miradas hacia atrás para confirmar que el profesor lo seguía..., sorprendido y aliviado de que así fuera. El túnel los llevó hasta un garaje de buen tamaño en el que había tres mecánicos trabajando en los papamóviles actuales: un Mercedes G500 SUV de techo descubierto, que utilizaba el pontífice para desplazarse por las inmediaciones, y un par de Mercedes ML430 modificados, provistos de la conocida cabina elevada con paredes de cristal a prueba de balas, para cuando viajaba al extranjero, todos con el acabado que el fabricante alemán denominaba «blanco místico del Vaticano». Había otra rampa que salía del garaje, en la dirección contraria a la que traían ellos.

Una salida.

«Quizá.»

En una fracción de segundo Reilly recalculó las probabilidades y se lanzó como una fecha hacia el ML en el que trabajaban los mecánicos. Estaba colocado en sentido opuesto, de espaldas a la rampa de salida, pero contaba con la ventaja de tener la capota levantada y el motor en marcha. Los mecánicos, sorprendidos, reaccionaron con efecto retardado e hicieron ademán de enfrentarse a ellos, pero Reilly estaba de adrenalina hasta el cuello y ya no tenía tiempo, de modo que no perdió un segundo. Fue derecho hacia el primer mecánico, le agarró el brazo, se lo retorció y se sirvió de él para lanzarlo contra su compañero. Los dos se estrellaron contra unas mesas de herramientas. El tercer mecánico vaciló y dio unos pasos hacia atrás, palpó otra mesa con la mano, cogió una enorme llave inglesa, y empezó a acercarse a los intrusos.

—¡Suba! —ladró Reilly a Sharafi al tiempo que sacaba de su montura el soporte de la capota y cerraba ésta para después arrojarse en el asiento del conductor.

Vio que Sharafi se apresuraba a rodear el coche, lo perdió de vista un momento detrás de la cabina acristalada..., y de pronto descubrió al mecánico de la llave inglesa, que había aparecido por el costado del pasajero y venía directo hacia él. Dudó, sin saber muy bien si debía o no socorrer al profesor, pero entonces alcanzó a verlo reflejado en el espejo retrovisor y se quedó de piedra al observar que despachaba a su atacante, propinándole sendos puntapiés en la rodilla y en la cara con la eficiencia propia de un cirujano.

Sharafi subió al coche con la respiración agitada pero en absoluto alterado, todavía aferrando entre las manos el libro sustraído del archivo. Ambos cruzaron la mirada —una fracción de segundo para reconocer sin necesidad de palabras la eficiencia con que había resuelto el problema el iraní—, y de pronto irrumpieron los *carabinieri* en el garaje, procedentes del museo, vociferando y empuñando pistolas. Se oyó un grave zumbido proveniente de atrás que llamó la atención de Reilly. Se volvió y vio que la persiana que cerraba la rampa de salida estaba descendiendo. Uno de los mecánicos se había recobrado y estaba de pie junto a la pared, con la mano puesta en el botón de control remoto y una sonrisa satisfecha en el rostro.

—Agárrese —rugió Reilly al tiempo que metía la marcha atrás y pisaba a fondo el acelerador. Las cuatro toneladas del vehículo dieron un bandazo hacia atrás y los neumáticos chirriaron ruidosamente contra el revestimiento acrílico del suelo. Reilly enfiló el túnel y la corta rampa de subida procurando no rebotar contra las paredes laterales y con el ojo puesto en la persiana, que iba cerrándose poco a poco. Consiguió por los pelos deslizarse por debajo de ella, aunque arañando violentamente el cristal reforzado de la cabina..., y por fin salieron a la luz del día, al otro extremo de la calle que habían cruzado sólo unos minutos antes.

Reilly giró el volante para enderezar el papamóvil, accionó la palanca de cambios automática para meter primera y salió disparado. La calle era estrecha y estaba llena de coches aparcados que cubrían la alargada fachada de la Biblioteca Apostólica.

—Ha estado usted impresionante con el mecánico —comentó Reilly, mirando de reojo al profesor iraní.

—Desde que nací, mi país ha estado en guerra de forma más o menos constante —dijo Sharafi con un encogimiento de hombros—. De modo que tuve que pasar un tiempo en el ejército, igual que todo el mundo. —Luego miró a su alrededor y preguntó—: ¿Sabe dónde estamos?

—Más o menos. La entrada se encuentra al otro lado de este edificio —respondió Reilly, señalando la biblioteca que iban dejando atrás rápidamente—. Si no me equivoco, por aquí tiene que haber un pasaje que lleve al patio donde estaban aparcados los coches...

Y no se equivocaba. Un instante después entró en el estrecho túnel que desembocaba en el patio Belvedere.

Maniobró por entre los vehículos aparcados y los turistas que se apresuraban a quitarse de en medio y dejar pasar a aquel papamóvil que iba dando tumbos y que llevaba la matrícula de SCV 1, Stato della Città del Vaticano, aunque la mayoría de los romanos bromeaban diciendo que en realidad quería decir *Se Cristo Vedesse* («si lo viera Cristo»), una manera de criticar que, con los siglos, los papas habían vuelto completamente del revés el mensaje original de Jesucristo de predicar con la pobreza. Un pasaje abovedado que había a un costado del patio los llevó al otro lado de la biblioteca..., y les permitió rodar sin obstáculos por la Via del Belvedere hasta la Porta Sant'Anna y el exterior de la ciudad.

—No podemos seguir yendo por ahí con este trasto —observó Sharafi—. Es como un faro.

—Todavía no hemos salido de ésta —replicó Reilly sin apartar la vista del camino.

Por una calle lateral aparecieron dos coches de *carabinieri*, dos Alfa Romeo modernos y de color azul, con radiadores amenazadores como las fauces de un tiburón, luces azules y estroboscópicas en el techo y sirenas estridentes, que se interpusieron entre ellos y la salida, a toda velocidad.

«Decididamente, esto no está saliendo en absoluto de acuerdo con el plan», pensó Reilly, frunciendo el ceño ante la perspectiva de tener que ponerse a jugar a ver quién era más valiente con la policía italiana al volante de un papamóvil robado. Pero ya estaba jugando. Y los policías venían rectos hacia él, y no tenían pinta de querer ser los primeros en ceder. Y justo en aquel momento se imaginó el rostro de Tess, encerrada en algún lugar inmundo, encadenada a un radiador, impotente, vigilada de cerca por aquel psicópata. No podía retroceder, y tampoco podía fracasar en el intento de salir de aquella situación llevándose consigo el libro. Tenía que lograrlo... Por ella.

De modo que no levantó el pie del acelerador.

—Agente Reilly... —Sharafi se puso en tensión y se agarró al reposabrazos.

Pero Reilly no parpadeó.

Faltaba un nanosegundo para chocar de frente contra los policías, cuando de pronto la calzada se abrió a una amplia *piazza* que había al pie de la torre de Nicolás V, una imponente fortificación redonda que formaba parte de las murallas originales del Vaticano. Reilly dio un volantazo hacia la derecha para salirse de su trayectoria suicida en el momento justo en que los dos coches de policía pasaban rozándole, y a continuación dio un segundo volantazo para volver. Miró en el espejo y vio que los dos Alfas pegaban un frenazo sincronizado que hizo brillar los neumáticos y daban media vuelta para reanudar la persecución.

Por delante la vía estaba despejada, y la salida ya se encontraba a menos de cien metros. Era el camino que había tomado para penetrar en el Vaticano, ya dos veces, una elegante entrada con dos columnas de mármol coronadas por águilas de piedra y una robusta verja de hierro forjado; la misma verja que ahora estaba apresurándose a cerrar la Guardia Suiza.

Mal, muy mal.

Reilly mantuvo pisado a fondo el acelerador y notó cómo se le endurecían las entrañas. Seguido de cerca por los dos Alfas, pasó como una flecha junto a unos cuantos coches que estaban esperando a que les dieran permiso para salir a la vía principal, raspó las ruedas izquierdas contra el bordillo para poder colarse, y embistió la verja aplastándola en medio de un estruendo ensordecedor de hierro y acero retorcidos. De inmediato se oyó una explosión de cristales rotos cuando la alta cabina de seguridad del papamóvil chocó contra el intrincado voladizo que cubría la parte superior de la verja y se hizo mil pedazos.

Los peatones se dispersaron a toda prisa y se apartaron a un lado al ver a Reilly girar hacia la izquierda con un fuerte chirrido y enfilar la Via di Porta Angelica. Sharafi miró atrás y vio que el primero de los dos Alfas salía por la verja y también doblaba violentamente a la izquierda para perseguirlos... Justo en aquel momento una tremenda deflagración hizo vibrar la calle y su onda expansiva casi tiró a Reilly del asiento.

«Pero ¿qué...?»

Instintivamente, Reilly se agachó al sentir la explosión e intentó controlar los bandazos del papamóvil, hasta que por fin clavó los frenos y se paró en seco. Con los oídos sordos, la cabeza mareada y el cuerpo rígido a causa de la conmoción, se volvió hacia Sharafi sin pronunciar palabra, aturdido y confuso. Éste le devolvió la mirada con una expresión fría y tranquila, como si no hubiera pasado nada. Reilly estaba demasiado ocupado en recuperarse e intentar encontrarle lógica a la escena surrealista que lo rodeaba, pero el gesto inescrutable del iraní seguía maravillándole cuando se volvió para mirar en derredor.

La calle presentaba un estado apocalíptico, como si se encontraran en el centro de Bagdad. Había una densa columna de humo negro que surgía de un vehículo incendiado, un coche bomba. Debió de explotar justo cuando pasaba por su lado el Alfa de los policías, porque éste estaba estampado contra la muralla exterior del Vaticano, contra la que había chocado de costado. Un bulto que parecía ser el segundo Alfa también estaba hecho pedazos, subido encima de varios coches. Por todas partes había escombros, cascotes de hormigón y trozos de metal que llovían alrededor. Varias personas aturdidas por la explosión cojeaban desorientadas, buscando a seres queridos o permanecían de pie, rígidas, contemplando la escena con incredulidad. Tenía que haber muertos, a Reilly no le cupo ninguna duda, y montones de heridos.

—Tenemos que marcharnos —dijo el iraní.

Reilly lo miró de soslayo, todavía atontado por la sacudida.

—Vamos, salga de aquí enseguida —insistió el profesor—. Tiene que pensar en Tess.

Reilly miró atrás. Había un par de *carabinieri* que habían salido de la nube de humo y venían corriendo hacia ellos empuñando las pistolas..., y de pronto empezaron a disparar. Varias balas se incrustaron en la parte posterior del papamóvil.

—¡Muévase! —rugió el iraní.

Reilly apartó la vista de aquel pandemónium y pisó el acelerador. Mientras el vehículo blindado escapaba rápidamente por aquellas callejuelas sin un destino concreto, en su ralentizado cerebro surgió de pronto una revelación, una luz que le causó una sensación dolorosa en el pecho.

Los diversos detalles que había venido observando cuajaron por fin. La actitud que había mostrado el iraní cuando estaban huyendo a la carrera, como si hubiera salido a correr por deporte, cuando él mismo estaba sin resuello. La manera en que se libró del mecánico, con la destreza de un guerrero ninja. El hecho de que no se hubiera inmutado cuando explotó la bomba. El detalle de que no pareciera afectado al ver aquellos cuerpos destrozados.

«Ay, Dios.»

Se volvió hacia el hombre que iba sentado a su lado y le preguntó:

—¿Quién diablos es usted?

7

A Reilly se le paralizó el corazón. El hombre que iba sentado en el asiento del pasajero lo miraba sin una pizca de emoción. Sin una sonrisa maliciosa. Sin el ceño fruncido de un loco. Nada. Tan sólo una mirada serena, fría. Cabría pensar que había salido a dar un paseo en coche por ser domingo, que estaba contemplando el paisaje mientras charlaba de nimiedades con su chófer.

Sin embargo, lo que dijo sonó de manera muy distinta.

—Si quiere conservar la vida —le dijo a Reilly—, siga conduciendo.

Por la mente de Reilly cruzó toda una colección de fragmentos de audio y vídeo de cada minuto que había transcurrido desde la llamada telefónica de Tess. Y todos los fragmentos confirmaban la misma cosa: que había sido un instrumento del cabrón que tenía sentado al lado.

Estranguló el volante con los dedos y clavó las uñas en el forro de cuero del mismo.

—Esa bomba... ha sido usted.

—Una póliza de seguro —confirmó el otro. Seguidamente sacó un teléfono móvil del bolsillo y lo sostuvo en alto con la mano derecha, fuera del alcance de Reilly—. Y, por lo visto, era necesaria.

Reilly comprendió. La bomba había sido accionada por medio del teléfono móvil. Sintió que le hervía la sangre en las venas, le entraron ganas de arrancarle el corazón a aquel tipo, metérselo por la garganta y contemplar cómo se ahogaba.

—¿Y el verdadero Sharafi?

—Supongo que estará muerto. —El tipo se encogió ligeramente de hombros—. Estaba dentro del maletero de ese coche.

Ni la más mínima pizca de emoción en la voz.

La siguiente pregunta le daba vueltas a Reilly por dentro, deseando salir al exterior. Pero no quería soltarla. Ya sabía la respuesta que iba a recibir. Sin embargo, su boca la articuló de todas formas:

—¿Y Tess?

La mirada del otro se endureció levemente.

—Ahí atrás hay otro coche. Con otra bomba. —Volvió a enseñar el móvil, para que Reilly entendiera bien el mensaje—. Dentro está Tess.

Reilly sintió que le estallaba una tormenta en el pecho al tiempo que la ciudad iba pasando por su lado velozmente, una mancha borrosa de coches aparcados y paredes grises.

—¿Qué? ¿Está diciendo que Tess está aquí, en Roma?

—Sí. Y más cerca de lo que cree usted.

Reilly había pensado que se encontraría todavía en Jordania, donde estaba cuando le llamó. Cuando fue raptada por el cabrón enfermo que tenía sentado al lado. El corazón le latía enloquecido, muy por encima de la línea roja, ensordeciéndolo e inundándolo de adrenalina y de bilis. La urgencia de encontrar a Tess eclipsaba todos los demás pensamientos. Analizó decenas de jugadas posibles a un tiempo, las evaluó todas, buscó una ventaja, se negó a aceptar la idea de que aquel hijo de puta iba a poder irse de rositas.

—¿Está viva? —tuvo que preguntar, aun cuando no podía saber si la respuesta del otro sería verdadera o falsa. Lo único posible era mirarlo a los ojos y tratar de detectar si decía la verdad o no.

Pero el semblante del terrorista presentaba una impasibilidad capaz de volver loco a cualquiera.

—Está viva.

Reilly estaba demasiado ocupado en procesar aquella información para pensar en reducir la velocidad cuando el maltrecho papamóvil cruzó por el medio del mercado de flores y atravesó el cruce del Circonvallazione Trionfale como si fuera sobre raíles, con lo cual obligó a los coches que venían a pisar el freno y ocasionó un revuelo de colisiones.

—Siga recto y no pierda la concentración —ordenó el terrorista—. Si nos matamos, no le hará ningún bien a Tess. No sé cuánto tiempo podrá seguir respirando metida en ese maletero.

Reilly no sabía qué creer. Parpadeó, hizo rechinar los dientes. Le costaba trabajo resistir el impulso de arrearle un puñetazo a aquel tipo. En vez de eso, miró con gesto furioso la calzada que tenía delante y se desahogó con el pedal del acelerador pisándolo con más fuerza. El motor del Mercedes cogió revoluciones y lanzó al papamóvil blindado a toda velocidad. La Via Trionfale fue torciendo con suavidad a derecha y a izquierda, hasta que las filas de edificios de apartamentos de escasa altura dieron paso a zonas verdes y la carretera inició la subida de una colina arbolada.

Reilly llevaba el acelerador a fondo, con lo que el motor de 4,3 litros aullaba conforme iba dejando atrás los árboles. Estaban remontando lo que parecía ser un bosquecillo que crecía en medio de Roma, pero en realidad se trataba de un pequeño parque verde de unas seis hectáreas que llevaba al Cavalieri Hilton que había en la cumbre. Reilly había desviado brevemente la vista hacia el costado, nervioso, pues había advertido que el terrorista iba aferrado al reposabrazos para no resbalarse, de modo que se sobresaltó cuando surgió de improviso una curva muy cerrada hacia la izquierda. Luchó contra el volante por recuperar el control y por mantener dentro de la carretera el pesado papamóvil, cuyos neumáticos chirriaron al agarrarse al asfalto. El vehículo se salió ligeramente de la curva y continuó subiendo, pero un poco más adelante aguardaba otra curva igual de cerrada, esta vez hacia la derecha.

—¡Le he dicho que conduzca recto, maldita sea! —ladró el pasajero.

«Que te jodan», gruñó Reilly para sus adentros, y entonces lo vio: un pequeño claro, una entradilla que, gracias a Dios, estaba desierta y que lo llamaba a él reluciendo al sol, al final de un breve sendero que había justo antes de llegar a la curva.

Levantó el pie fingiendo que aminoraba para tomar la curva, pero a continuación aceleró otra vez y lanzó el coche en sentido contrario. El papamóvil se salió de la carretera y entró en el camino de grava derrapando sin parar, hasta que Reilly dio un fuerte volantazo a la izquierda y tiró del freno de mano. El coche giró sobre sí mismo con un rugido, los neumáticos se abrieron paso entre los montones de grava que iban acumulándose..., y Reilly aprovechó aquel impulso lateral para abalanzarse contra el terrorista: levantó el codo, lo situó en posición y apuntó directamente a la cara de su víctima.

Pero el otro fue rápido como el rayo, y alzó el enorme códice a modo de escudo para protegerse. El libro se llevó lo peor del golpe propinado por Reilly y lo desvió. Reilly aún disponía de cierta ventaja, así que aplastó al terrorista contra la puerta del coche. Pero el otro sacó una mano y la abrió. Entonces Reilly agarró el libro con una mano y utilizó la otra para asestarle un puñetazo. El otro se agachó para esquivarlo, y al hacerlo se inclinó tanto que quedó medio fuera del coche, circunstancia que aprovechó Reilly para quitarle el libro de la mano y empujarlo.

El terrorista cayó al suelo. Reilly se apeó y fue rápidamente hacia él, pero el otro se rehízo enseguida y puso una distancia de unos diez metros entre el agente y él. Transcurrieron lentamente los minutos mientras ambos se miraban en silencio el uno al otro, bajo el caluroso sol de Roma, midiéndose mutuamente en aquel claro de la carretera. Reinaba un silencio sobrecogedor, sobre todo después del pandemónium que habían dejado atrás, y lo único que rompía la quietud era el coro de cigarras y algún que otro gorjeo de un pájaro.

—Cálmese —le dijo el terrorista a Reilly, levantando el teléfono móvil en una mano mientras con la otra agitaba un dedo con gesto amenazante—. Un solo movimiento por mi parte, y Tess está muerta.

Reilly lo miraba furibundo, aferrando el libro contra sí.

Los dos se estudiaron mutuamente dando cortos pasos de costado, moviéndose a la vez, manteniendo la misma distancia entre ellos.

—¿Dónde está? —preguntó Reilly.

—Todo a su tiempo.

—No va a salir de ésta por las buenas. —Reilly tenía la mirada fija en él, los sentidos alerta, el cerebro procesando la información que tenía a mano, buscando una ventaja.

—No estoy de acuerdo —replicó el terrorista—. Tenemos claro que a usted le importa mucho esa mujer. De no ser así, no habría venido en avión desde el otro extremo del mundo para llevarme a mí al Vaticano. Y eso quiere decir que no va a impedir que me vaya, si al hacerlo le ocasiona la muerte a ella. Cosa que sucedería, sin duda alguna.

—Ya, pero yo tengo este libro. Y tenemos claro que es muy importante para usted, ¿no es así?

El otro dio la razón a Reilly con un gesto.

—Muy bien, pues vamos a hacer lo siguiente —propuso Reilly—: Usted quiere el libro, y yo quiero a Tess. De una pieza. De modo que vamos a hacer un trato. Lléveme a donde se encuentra ella, demuéstreme que está viva, y podrá llevarse el libro.

El terrorista negó con la cabeza, burlándose.

—No puedo hacer eso. No tengo la seguridad de que si vuelvo allí en este momento no vaya a ocurrirme nada, no sé si me entiende. No, va a tener que ir a buscarla usted solo. Así que a ver qué le parece mi plan: el libro a cambio del sitio donde está ella. Y mi palabra de que se encuentra viva, sana y salva.

«Su palabra.» Reilly apretó la mandíbula. Sabía que no tenía otra alternativa.

—Y ese móvil que tiene en la mano —agregó.

El terrorista reflexionó un momento y luego se encogió de hombros.

—Me parece justo.

«Hay que joderse, que este cabrón enfermo hable de lo que

es justo o no», masculló Reilly. Pero hizo un esfuerzo por reprimir la furia y terminar de una vez.

—De acuerdo, pues vamos a hacerlo de la siguiente manera —dijo—. Usted deja el teléfono en el suelo y me dice en qué coche está encerrada Tess y dónde. Yo también dejo el libro en el suelo. Después nos movemos los dos hacia un lado, dando un paso cada vez, como si recorriéramos un círculo imaginario. Despacio. Luego usted coge el libro y yo cojo el teléfono.

—¿Y después?

—Después, a lo mejor usted escapa... Por el momento. Pero no se confunda, tarde o temprano lo cogeré. —Reilly se lo estaba grabando con láser en el cerebro, estaba memorizando cada uno de sus poros, de sus arrugas, todos los detalles de su cara.

El terrorista lo miraba como si estuviera sometiendo aquel plan a una última prueba de estrés.

—Está dentro de un BMW.

A Reilly se le aceleró el pulso.

El otro levantó en alto las llaves de un coche y jugueteó un poco con ellas, para atormentar a Reilly. Causaban el mismo efecto que enseñar un trapo de color rojo a un toro enfurecido.

—De la serie cinco. Azul oscuro. Con matrícula de Brindisi. Está aparcado junto a la entrada de Porta Petriano.

Aquello tenía sentido, pensó Reilly. Era una póliza de seguro, por utilizar la misma expresión sórdida que había usado el terrorista, por si hubieran salido del Vaticano por la otra puerta.

El terrorista sostuvo las llaves en alto unos instantes más, y después se volvió y las lanzó a su espalda, ligeramente hacia un lado. Fueron a caer en un pequeño parche de hierba. Entonces miró a Reilly y esbozó una sonrisa glacial que surcó apenas la superficie hermética que llevaba pegada en la cara.

—También le vendrá bien esto otro —añadió, enseñándole el teléfono. De nuevo se volvió y lo arrojó al suelo.

A Reilly se le encogió el pecho al ver girar el móvil varias veces en el aire antes de aterrizar en el mismo parche de hierba, al lado de un par de bancos. Se quedó petrificado en el sitio, con todos los músculos del cuerpo en tensión y a punto de romperse, las orejas enhiestas como dos banderas, temiendo oír una explosión a lo lejos..., pero no captó nada.

—Ahora deje el libro y recoja esas cosas —ladró el terrorista, señalando el césped con el dedo.

Reilly, con los pies clavados al suelo, vaciló. No podía seguir sujetando el libro y al mismo tiempo pasar junto al terrorista para recoger el teléfono, a éste no le costaría nada interceptarlo. Le hormigueaban las piernas a causa de las señales contradictorias que estaban recibiendo: quedarse quietas o echar a correr. Entonces hizo la jugada. Se volvió y lanzó el códice lo más lejos que pudo para que cayera bien atrás, muy apartado del terrorista, y después echó a correr hacia el teléfono.

El terrorista saltó en el mismo instante. Los dos se abalanzaron hacia sus respectivos trofeos sin perderse de vista el uno al otro y buscando la distancia más segura. Reilly recurrió a toda su fuerza de voluntad para resistir el impulso de desviarse de su trayectoria y reducir al terrorista, porque no podía hacer tal cosa. No podía arriesgarse, pues si fallaba condenaría a Tess a una muerte segura. De modo que se atuvo al plan y llegó al parche de hierba en cuestión de segundos. Recogió el teléfono del suelo y se lo quedó mirando con incredulidad, con la esperanza de que el hecho de que no hubiera oído ninguna explosión en la ciudad significara que aquel móvil no la había provocado, con el pulso desbocado... y luego se volvió.

El terrorista había desaparecido.

Y el libro también.

8

Reilly se movía con la rigidez de un androide, como si ya no tuviera el control de su cuerpo. Tenía que hacer una cosa, una sola, y no podía consentir que nada se interpusiera.

Subió la cuesta hecho una furia y atravesó el hotel sorprendiendo a los refinados clientes con la pinta desastrada que llevaba. Pero ni siquiera reparó en ellos. Se limitó a cruzar a la carrera hasta la entrada, paró un taxi que se disponía a recoger a una pareja elegantemente vestida, pasó por delante y se metió dentro.

—Al Vaticano, entrada Petriano —ordenó al taxista. Éste, irritado por su manera de actuar, empezó a decir algo en italiano, pero apenas había pronunciado unas pocas palabras cuando Reilly le plantó en la cara su placa del FBI al tiempo que señalaba hacia delante y rugía—. Al Vaticano. Ya. Vamos.

Se encontraban quizás a poco más de medio kilómetro de la plaza de San Pedro cuando el tráfico se detuvo.

Toda la zona estaba afectada a consecuencia de la explosión. Había cordones policiales para proteger las calles que llevaban al Vaticano y se veían hordas de turistas asustados que la policía se llevaba a otro lado. En las calzadas se peleaban los taxis y los autocares turísticos en el intento de salir de aquel embrollo, todos bajo una nube de humo negro que pendía encima de la cúpula de San Pedro.

Reilly se apeó del taxi y se abrió paso a empujones a través de la riada de vehículos y personas. Descubrió un letrero que decía «Cancello Petriano» e indicaba hacia una calle estrecha abarrotada de turistas a la fuga. Se arrimó a la fachada de un edificio y luchó por vadear aquel torrente humano, en dirección a la parte posterior de la columnata de la plaza San Pedro. Entre el mar de gente alcanzó a ver otro letrero que indicaba la puerta en cuestión, esta vez señalando hacia la izquierda.

Dejó atrás el edificio, dobló a la izquierda y respiró hondo tras salir del gentío. La puerta se encontraba a menos de cien metros, y delante había un aparcamiento para unas pocas decenas de coches. A Reilly se le aceleró el pulso.

«Un BMW azul oscuro con matrícula de Brindisi.»

Tenía que estar allí.

Ya había echado a andar hacia los coches aparcados cuando de pronto se le cruzó un policía que estaba organizando la evacuación y quiso cerrarle el paso. Decía algo incomprensible en italiano y le brillaba la cara de sudor a causa del estrés. Reilly lo apartó a un lado sin aminorar el paso y continuó andando. El policía se recobró, lo alcanzó y lo agarró por el brazo, esta vez con fuerza, gritándole y blandiendo con la otra mano una porra de acero para que Reilly diera media vuelta y se sumara al éxodo. Reilly se metió la mano en el bolsillo para sacar sus credenciales, pero en eso se acordó de que no podía utilizarlas allí; en aquellos momentos probablemente figuraba en la lista de los delincuentes más buscados. Le sostuvo la mirada al policía, y éste pareció advertir su inseguridad.

No había dónde elegir.

Reilly alzó las manos en actitud defensiva con una media sonrisa tímida.

—*Prego, signore...*

Pero luego decidió que aquello iba a llevarle demasiado tiempo, así que le sacudió un puñetazo al policía en el estómago y a continuación le arreó otro en la mandíbula.

El policía se derrumbó.

Reilly se puso de nuevo en marcha y recorrió con la mirada los coches aparcados, buscando con desesperación el BMW. Pensó en hacer uso del mando a distancia para accionar los cierres de las puertas y guiarse por el pitido de la alarma para ubicar el coche, pero no quiso arriesgarse, pues lo preocupaba que el terrorista, pensando precisamente en aquel detalle, hubiera puesto una trampa.

De pronto oyó un silbido que rompió su concentración. El policía abatido estaba poniéndose otra vez en pie y pedía refuerzos. En cuestión de segundos Reilly se vio rodeado de agentes que convergían hacia él desde la puerta y desde atrás. Y justo en el momento en que lograba alcanzarlo uno de ellos, vio el coche: azul marino, matrículas blancas con las letras BR, que tenían que corresponder a Brindisi.

Un policía le estaba gritando «*Alt*», y venía hacia él para bloquearle el paso. Reilly le dio un empujón y siguió andando, ahora que ya estaba a escasos metros del BMW. Llegó otro policía, y los dos se pusieron a vociferar como locos, agitaban los brazos y empuñaban las armas, ordenándole que se quedase quieto. Reilly extendió los brazos en un gesto evidente de frustración y les indicó por señas que se calmasen... Sin dejar de acercarse poco a poco hacia el BMW.

—El coche —contestó en un tono cargado de tensión—. Dentro de ese BMW hay una mujer. —Apuntaba hacia allí con el dedo, con el gesto distorsionado por la furia—. Dentro de ese maldito coche —repitió— hay una mujer encerrada. —Juntó las muñecas para imitar la actitud de una persona que tuviera las manos atadas.

Los policías ponían cara de no entender nada y avanzaban a la par que él, con los brazos muy abiertos, intentando acorralarlo, pero Reilly los miró fijamente y continuó andando hasta que llegó al BMW.

Otra vez les hizo gestos a los policías implorándoles con las manos y con una expresión desesperada en la cara que le concedieran un segundo para mirar dentro del maletero del coche. Le bullían un montón de preguntas en la cabeza: «¿Estaría Tess allí dentro? ¿Estaría aún viva? ¿Habría también una bomba? ¿Estaría por allí cerca el terrorista, esperando a hacerlos volar a todos por los aires de un momento a otro, con una segunda detonación por control remoto? ¿Necesitaba siquiera hacer tal cosa? ¿Y si aquel hijo de puta había puesto una trampa en la puerta del maletero?»

Los *carabinieri* no tardaron en interrumpir los pensamientos que lo atormentaban. Uno de ellos se le echó encima con la intención de golpearlo con la porra de acero, pero Reilly reaccionó al momento: le sujetó la mano con las suyas para frenar el golpe y seguidamente le retorció el brazo para hacerle soltar el arma, lo volvió de espaldas y lo empujó contra su compañero. Ahora que estaba armado con la porra, fue rápidamente hasta el lado del conductor e intentó abrir la portezuela del coche. Estaba cerrada con llave. Entonces rompió la ventanilla con la porra, lo cual disparó la alarma, y los policías se abalanzaron sobre él. Pero no pudieron impedirle que metiera la cabeza dentro del coche, y él, rezando mentalmente, dejándose llevar por el instinto y deseando con todas sus fuerzas no estar cometiendo un error garrafal, buscó debajo del asiento del conductor y tiró de la palanca que abría el maletero. Rápidamente se volvió de espaldas, deseando absurdamente que la explosión lo hiciera trizas, y entonces vislumbró que la tapa del maletero se abría con un chasquido y comenzaba a levantarse inofensivamente, justo en el momento en que los policías lo sujetaban con fuerza contra el coche y lo dejaban sin respiración, al tiempo que llegaban más agentes para ayudarlos.

Reilly, sin poder moverse, con la cara aplastada contra el techo del BMW y haciéndose daño en la mejilla y la oreja, no dejaba de chillar y forcejear, en su desesperación por levantar la cabeza y ver lo que había dentro del maletero. Y entonces lo oyó: uno de los policías, que se había acercado a la parte de atrás para inspeccionar, se puso hecho una furia y empezó a vociferar como loco.

«Tess.»

Reilly, en tensión y sintiendo pánico y esperanza a la vez, intentaba comprender lo que decía el policía.

—¡En inglés! —gritó—. Dígalo en inglés, maldita sea. ¿Está ahí dentro? ¿Se encuentra bien?

Vio el miedo reflejado en los ojos del policía y oyó la palabra bomba pronunciada varias veces. El significado estaba meridianamente claro incluso en italiano. Luego oyó otra palabra: *donna*. La repetían una y otra vez. Aquello le destrozó el corazón. Había una *donna*, una mujer. Pero ¿estaba viva...? O...

Buscó fuerzas donde no sabía que las tuviera y separó el cuerpo del coche, se zafó de los policías y se abrió paso a brazo partido hasta el maletero del BMW para mirar.

Allí estaba.

Envuelta en un saco de dormir y atada al suelo del maletero, con los ojos y la boca tapados con cinta aislante. Tan sólo se le veían la nariz y dos franjas de piel de la cara.

No se movía.

Y al lado de ella, en la parte derecha del maletero, una maraña formada por paquetes de Semtex de color gris, cables y un detonador digital provisto de un pequeño led rojo que indicaba que estaba activado.

Reilly no miró dos veces. Rodeó suavemente con las manos el cuello de Tess y apoyó el dedo pulgar en la mejilla, buscando el pulso.

La cabeza se movió levemente hacia un lado.

A Reilly se le iluminó la cara de puro alivio. Miró a los policías que tenía al lado, los cuales observaban la escena sin decir nada, estupefactos, y a continuación retiró con sumo cuidado la cinta aislante que cubría la cara de Tess, primero la tira que le tapaba la boca, luego la de los oídos y los ojos.

Ella lo miró con los ojos llenos de lágrimas de alegría y de miedo. Temblaba su labio inferior.

Fue lo más bonito que Reilly había visto jamás.

9

Mansur Zahed miró el espejo retrovisor por última vez antes de penetrar en la entrada para coches. No vio nada que le preocupara. La casa de alquiler que le había conseguido la agencia se encontraba en una calle residencial muy tranquila. No había vecinos curioseando, sobre todo porque el pequeño camino de entrada estaba protegido de la calle por una alta puerta metálica.

No tenía previsto quedarse allí mucho tiempo. Ahora que tenía encima del asiento lo que había venido a buscar, se dijo que probablemente su misión en Roma había terminado. Simmons, el historiador norteamericano, no tardaría en confirmárselo. Y con ello, esperaba que también supiera cuál iba a ser el destino siguiente. El instinto le decía que pronto estaría otra vez en marcha y que se iría de la Ciudad Eterna habiendo añadido otro sangriento apartado a su infame, aunque anónimo, currículum vítae.

Repasó mentalmente los sucesos de aquel día y se sintió razonablemente satisfecho. Las cosas no habían transcurrido sin tropiezos como había esperado, pero lo único que importaba era que ya estaba aquí, sano y salvo, y tenía el códice en su poder. «Misión cumplida», pensó con una sonrisa de satisfacción. Le encantaba aquella expresión y la deliciosa ironía que contenía ahora. Pero mientras reproducía mentalmente la jornada, su pensamiento se trababa una y otra vez en lo que había hecho el agente del FBI y le provocaba un hormigueo de intranquilidad en todo el cuerpo. Y Mansur Zahed no estaba acostumbrado a aquellas cosas. Tampoco las toleraba.

El agente en cuestión resultó fácil de manipular. Consiguió hacerlo venir a Roma. Le engañó para que creyera que él era aquel insulso, erudito, Sharafi. Pulsó las teclas indicadas para conseguir que lo llevase hasta lo más recóndito del sanctasanctórum de su religión. Sean Reilly no se inmutó en aquel momento, y tampoco se inmutó en todos los momentos que siguieron. Hizo lo que tenía que hacer sin titubear. Se convirtió en un delincuente y se saltó a la torera el epicentro mismo de su fe sin preocuparse por las consecuencias.

Y todo ello lo inquietaba sobremanera.

No estaba acostumbrado a ver tanto celo en aquellos blandos occidentales. No era que hubiera subestimado al agente Reilly; aunque no sabía mucho de él antes de conocerlo en persona, lo que había logrado averiguar sugería que no era un peso ligero y que tampoco le preocupaba demasiado atenerse a las normas. Y aquello le había gustado. La misión que iban a llevar a cabo los dos juntos requería una persona que tuviera la espalda de acero. Sin embargo, había un punto de inflexión en el que precisamente las cualidades que se le exigían a dicha persona podían convertirla en una auténtica pejiguera.

Y ya se había rebasado con creces dicho punto de inflexión.

No sabía si había cometido un error al dejar a Reilly con vida, y frunció el entrecejo al pensar en ello. Había tenido la oportunidad. Podía haber hecho la jugada cuando Reilly echó a correr en busca del teléfono, cuando pasaron uno al lado del otro, pero en el calor del momento sintió una punzada de duda, no tuvo muy seguro si iba a lograr vencer a aquel tipo en un combate mano a mano. De modo que retrocedió. Algo había visto en Reilly, una chispa de determinación y seguridad en sí mismo que lo obligó a sopesar mejor sus propias habilidades. Y aquello tampoco estaba acostumbrado a verlo. Ni a tolerarlo.

Mansur Zahed se reprochó por haber sufrido aquel fallo momentáneo. Debería haber acabado con Reilly, y haberse ido sin la preocupación que ahora lo roía por dentro: la de que aquel agente del FBI pudiera convertirse en una molestia seria para él.

«Si volvemos a cruzarnos, él va a correr peor suerte que yo», decidió; acto seguido dio por finalizado aquel tema y se concentró en asuntos más inmediatos.

Esperó a que se cerrasen las puertas antes de apearse del coche, un Fiat Croma alquilado. Se trataba de un turismo familiar que no llamaría la atención. Lo había dejado en el Trastevere, no muy lejos del Tíber, antes de dirigirse en taxi al aeropuerto para recoger a Reilly. Luego, una vez que tuvo el códice en su poder, para ir a buscarlo tuvo que improvisar: bajó de la colina a todo correr, sacó a un pobre adolescente de su moto Piaggio y la utilizó para recuperar el coche. No le preocupaba que pudieran dar con él, estando en Roma. Si se encontrase en Londres las cosas habrían sido muy distintas; esa ciudad se había apuntado sin vergüenza alguna a vigilar a sus ciudadanos como en la sociedad orwelliana, y había instalado cámaras de televisión en todas las calles. Pero Roma era diferente. El Viejo Mundo. Poca tecnología. Lo cual le venía muy bien a él... y a la Cosa Nostra, que influía en la mayoría de las decisiones que se tomaban en el Ayuntamiento.

Por fin entró en la casa. Dentro flotaba el típico olor de una vivienda sin habitar desde hace unos meses. Los pocos muebles estaban tapados con sábanas y mantas viejas que él no se había molestado en retirar. Dio dos vueltas a la llave de la puerta y pasó al salón, haciendo antes un alto en el espejo del vestíbulo. Miró atentamente la figura que le devolvió la mirada con tranquilo desdén. Las pronunciadas entradas del cabello, las gafas baratas, las ropas sin gracia... Todos los detalles necesarios para urdir el engaño. Se alegró de recuperar una personalidad con la que se sentía más cómodo.

Tomó las escaleras que bajaban al sótano y abrió la puerta de un trastero. Entró y accionó el interruptor de la luz. Tal como esperaba, encontró a Simmons donde lo había dejado: en el suelo, de espalda a la pared, con la boca tapada con cinta aislante y la muñeca derecha sujeta a un radiador con hilo de nailon.

Jed Simmons oyó crujir la puerta antes de que se encendiera la bombilla desnuda que colgaba de un cordón en medio del trastero. Levantó la vista hacia la escalera de piedra. Tras la oscuridad en que había pasado las últimas horas, hasta el resplandor más amortiguado resultaba doloroso. Aparte de eso, el mero hecho de abrir los párpados ya constituía un esfuerzo olímpico. No se reconocía a sí mismo en aquel patético estado, estaba tan débil que apenas podía mover las extremidades, le costaba trabajo respirar, y notaba el cerebro embotado, sumido en una niebla en la que no se veían salidas.

El breve, cruel, instante de esperanza —de que hubieran venido a rescatarlo, de que alguien hubiera descubierto lo que estaba ocurriendo y viniera a poner fin a su pesadilla— desapareció rápidamente cuando distinguió la silueta ya familiar de su secuestrador.

Sintió un torrente de adrenalina que le recorría todo el cuerpo, provocado por un acceso de ira. Era un ultraje que lo retuviera así un individuo cuyo nombre e intención desconocía. Su secuestrador había sido sumamente disciplinado a la hora de respetar su código de confidencialidad. Simmons no sabía nada más que los detalles básicos: que estaba allí para ayudar a aquel tipo a recuperar algo que se había llevado de Constantinopla un pequeño grupo de templarios. Aparte de eso, ni quién era aquel sujeto ni para quién trabajaba ni por qué buscaba aquello; no sabía nada más.

Se preguntó si moriría sin saberlo. Y aquel pensamiento lo enfureció más aún.

Sintió un escalofrío al ver el códice que traía consigo el secuestrador. Con gesto impotente, observó cómo el otro se agachaba en cuclillas y, de un tirón rápido, le quitaba la cinta aislante de la boca.

—Buenas noticias —dijo al tiempo que dejaba el trozo de cinta en el suelo—. Ya lo tengo. Y eso quiere decir que usted todavía me resulta de utilidad.

—Y Tess..., ¿dónde está? ¿Se encuentra bien? —pronunció Simmons con voz débil y gangosa.

—Perfectamente, Jed. Me ayudó, así que la he dejado libre. ¿Lo ve? Haré lo mismo con usted si hace lo que yo le diga y me ayuda a encontrar lo que estoy buscando. ¿Qué le parece?

Simmons lo miró fijamente, sintiendo un odio que le quemaba las entrañas. Deseaba creerle, deseaba creer que Tess estaba bien, pero sin saber por qué, dudaba de que fuera cierto.

—¿Y Sharafi?

El otro sonrió.

—También está bien. Ya no lo necesito, así que lo he dejado en libertad. Así de simple. —Estiró el brazo y dio un paternal tironcito en la mejilla a Simmons—. Bueno, ¿que tal si le pongo en un sitio cómodo y agradable, donde pueda estar despierto, para que se ponga a trabajar?

A continuación sacó una jeringuilla del bolsillo y un frasco de medicación. Hundió la aguja en el tapón de goma y absorbió el líquido transparente, luego sostuvo la jeringuilla en alto para lanzar el obligatorio chorrito y eliminar posibles burbujas de aire.

El arqueólogo miró la aguja sin decir nada. Se limitó a asentir y bajó los ojos vidriosos hacia aquel libro antiguo, lamentando en su fuero interno el día en que oyó hablar de él, deseaba no haber mencionado su existencia.

10

La Oficina Central de la Gendarmería del Vaticano, escondida en el Palacio del Tribunal que había detrás de la catedral de San Pedro, se encontraba en pleno colapso. Por los tenebrosos pasillos de aquel edificio medieval se oían los pasos apresurados de gente que iba y venía, por todas partes sonaban teléfonos insistentes, por todas las oficinas y las puertas se transmitían a voz en grito preguntas e informaciones. Aquel caos de sonidos discordantes taladraba los oídos a Tess y retumbaba dolorosamente en el interior de su cerebro.

Reilly y unos cuantos *carabinieri* la habían sacado del coche bomba, la habían traído a este lugar y la habían sentado en un sofá de una sala de espera. Habían llamado a un par de enfermeros para que le hicieran una revisión. Estaba deshidratada y debilitada por el hambre, pero por lo demás no había sufrido daños. Le habían dado bebidas para rehidratarla, una botella de Gatorade, y habían enviado a alguien a buscarle ropa limpia y algo de comer. Todo había ocurrido muy deprisa, excepto una pregunta que no se le iba de la cabeza:

«¿Roma? ¿Cómo demonios he acabado yo en Roma?»

Miró a Reilly, que estaba hablando con los sanitarios. Éste debió de notar su mirada, porque se volvió y le sonrió. Tess vio que daba las gracias a los enfermeros y venía hacia ella.

—¿Cómo estás?

—Mucho mejor ahora que no estoy encerrada en ese maldito ataúd. —Tenía un millón de preguntas para él, pero aún se sentía atontada y le costaba trabajo ordenar las ideas.

—Voy a sacarte de aquí en cuanto pueda. Van a buscarte una habitación y una cama.

—Gracias. —Tenía la voz débil, sentía la garganta rasposa, y todavía no se le había ido aquella expresión de susto de los ojos—. Necesito un teléfono —le dijo—. Tengo que llamar a Kim y a mi madre.

Reilly le pasó su Blackberry.

—Ya conoces la clave de seguridad.

—Sí —respondió ella con una débil sonrisa que le iluminó la cara.

De pronto los interrumpió una voz procedente de la puerta.

—Reilly.

Reilly se volvió.

El que estaba allí era Doug Tilden, el agregado jurídico del FBI en Roma, un individuo alto, de cabello gris, peinado hacia atrás, y gafas finas y sin montura, que también daba la impresión de estar sufriendo su particular colapso.

—Te necesitamos aquí dentro.

Reilly respondió con un breve gesto de asentimiento, se volvió de nuevo hacia Tess y le tomó la cara suavemente con una mano.

—Si necesitas algo, estoy en la habitación de al lado.

—Vete. Yo me quedo aquí tan contenta, con mis cosas —replicó ella, mostrando las botellas y el teléfono, con la expresión alicaída pero esbozando a duras penas una sonrisa dolorida.

Reilly se puso de pie, pero Tess lo agarró del brazo y tiró de él para acercarle la cara.

—Perdóname. No tenía ni idea de que esto iba a...

Reilly la interrumpió, negando levemente con la cabeza.

—No te preocupes por eso, ¿vale?

Tess le sostuvo la mirada un instante, y después lo acercó otro poco más y le depositó un beso suave en los labios.

—Gracias —susurró—. Por encontrarme.

Reilly sonrió al tiempo que le telegrafiaba con los ojos que el alivio era mutuo, y seguidamente salió de la habitación con Tilden.

—La verdad es que nos has metido en una buena —le dijo Tilden cuando iban hacia el despacho del inspector general—. ¿Por qué no dijiste nada de antemano? Podríamos haberte ayudado.

Tilden era un agente federal de carrera, y en calidad de agregado jurídico del FBI para Roma, era el responsable de las operaciones que se llevaran a cabo en Italia, así como de los enlaces con los organismos de seguridad del sur de Europa, Oriente Medio y el África no francófona. Sin duda, estaba acostumbrado a afrontar crisis, pero ésta había quemado los fusibles de su termómetro. El hecho de que estuviera presente no le facilitaba las cosas a Reilly, que ya lo conocía de antes, de unos años atrás, cuando ambos formaban parte de un equipo especial que trabajaba con la DEA. Fue una misión dolorosa que terminó en tragedia, como la de hoy. En ambas ocasiones murieron transeúntes inocentes, aunque en la ocasión anterior fue el propio Reilly el que apretó el gatillo. Aquel tiroteo jamás había dejado de obsesionarlo, y era algo que preferiría que no le hubiera sido recordado por la presencia de Tilden, precisamente hoy.

—Ya sabes cómo se complican estas cosas de vez en cuando, Doug —comentó Reilly.

—Y, además, lo de Tess, ¿no?

Reilly le miró como diciendo: «¿A ti qué te parece?»

Tilden asintió de mala gana.

—Bueno, pues me alegro de que les dijeras que habías venido por motivos personales. Así me quitas a mí un poco la carga de los hombros.

—En todo caso, fue cosa mía.

Tilden le lanzó una mirada grave de soslayo.

—Muy bien —masculló—. Hazme sólo el favor de no complicar más las cosas.

—¿Necesito buscarme un abogado?

—Probablemente —replicó Tilden en tono tajante—. Suponiendo que te dejen salir vivo de aquí.

A juzgar por la cara que le pusieron Delpiero y los otros dos hombres que había en la sala cuando entró, Reilly supo que no estaba todo dicho.

Delpiero, el jefe de la policía vaticana, presentó rápidamente a Reilly a los otros dos agentes (uno pertenecía a la unidad antiterrorista de la Policía Estatal, el otro era del servicio de inteligencia italiano) y acto seguido abrió las manos como diciendo: «¿Qué diablos ha pasado?»

—Hace apenas una hora, lo dejé a usted en compañía de monseñor Bescondi y del profesor, y le dije que estaba a su disposición por si necesitaba cualquier cosa. ¿Y así es como nos paga usted nuestra generosidad?

Reilly no tenía una respuesta fácil que darle, de modo que preguntó:

—¿Qué ha ocurrido con la segunda bomba?

—Ha sido desactivada.

Ahora tocaba la parte difícil.

—¿Y la primera? ¿Ha habido muchos daños?

El semblante de Delpiero se endureció.

—Tres muertos. Más de cuarenta heridos, dos de ellos en estado crítico. Eso es cuanto sabemos hasta el momento.

Reilly frunció el ceño mientras digería aquella terrible noticia. Sintió que se le petrificaban las venas de rabia y remordimiento. Al cabo de unos instantes dijo:

—En el maletero del primer coche había un hombre encerrado.

Delpiero se volvió hacia uno de sus colegas y le preguntó algo en italiano. Tuvieron un diálogo breve e intenso que le hizo ver a Reilly que era la primera noticia que tenían de aquello.

—¿Cómo lo sabe usted? —inquirió Delpiero.

—Me lo dijo el individuo que estaba conmigo.

—Y ese hombre del maletero, ¿sabe quién era?

—Behruz Sharafi —informó Reilly—. El auténtico.

—Así que el individuo que lo acompañaba a usted...

—Era un impostor. —Esta idea provocó que le subiera la bilis a la garganta. Vio que Delpiero y los demás no entendían.

Delpiero, enfadado y confuso, elevó el tono de voz:

—¿Así que usted trajo a ese... ese terrorista aquí, al Vaticano, sin saber siquiera quién era en realidad?

—No es tan sencillo —protestó Reilly, procurando contener la furia, furia contra el terrorista y, aún más, contra sí mismo—. Me dijo que tenía que llevarlo a los archivos, o de lo contrario matarían a esa mujer que está sentada ahí fuera —explicó, apuntando furiosamente con el dedo hacia la puerta del despacho—. Ese cabrón, quienquiera que sea, representó el papel a la perfección, y pueden tener la seguridad de que no habría tenido el menor problema para enseñarme un falso carnet de identidad con el nombre de Sharafi, si se lo hubiera pedido. —Sacudió la cabeza en un gesto de rencor—. Oiga, ese tipo me engañó, ¿vale? Ni por lo más remoto podía yo esperarme algo así. Simplemente intentaba salvarle la vida a una amiga.

—Y de paso, ha logrado usted matar a tres personas y herir a varias decenas —replicó Delpiero.

Aquel comentario le provocó a Reilly una punzada en el pecho, y cualquier protesta airada que tuviera ganas de soltar se le quedó en la garganta y perdió fuerza. Habían muerto varias personas, otras habían resultado heridas, y él se sentía responsable. Aquel hijo de puta, fuera quien fuese, se la había jugado bien, y le había ganado la partida. Casi. Procuró consolarse pensando que también podría haber muerto él mismo. Si le hubiera dado ni media oportunidad cuando se encontraban fuera del Vaticano, estaba seguro de que el terrorista lo habría matado. Con lo cual, probablemente también habría muerto Tess. Por lo menos había conseguido darle la vuelta a aquella parte del plan. Le importaba un carajo lo del libro y haber destrozado el coche del Papa; le había salvado la vida a Tess, que era lo que pretendía. Pero así no. Esto no formaba parte del trato. Había muerto gente, gente inocente a la que no tenía derecho de implicar en aquel drama, y jamás lograría compensarlo con nada.

Tilden advirtió la expresión atormentada de Reilly y se acercó.

—Con el debido respeto, *ispettore*. Pienso que es necesario que conozcamos todos los hechos antes de que alguien diga algo que luego pueda lamentar.

—Estoy de acuerdo —intervino una voz desde atrás.

Había entrado en el despacho el cardenal Brugnone. Lo acompañaba monseñor Bescondi, el prefecto de los Archivos Secretos del Vaticano, que por lo visto se había recuperado de la inyección que le había administrado Reilly. Ninguno de los dos sonreía.

A Reilly le costó trabajo mirarlos a los ojos.

—Es necesario que conozcamos todos los hechos para saber por qué razón se ha permitido este ultraje —rugió Brugnone—. Agente Reilly, ¿por qué no nos cuenta lo que debería habernos contado cuando llegó?

Reilly comenzó a sentir un potente dolor de cabeza.

—Voy a contarles lo que sé, pero ni siquiera yo conozco todos los hechos. Para conocer el tema en su totalidad tenemos que consultar a Tess... la señorita Chaykin, que está ahí fuera.

—¿Y por qué no la invitamos a que venga? —sugirió el cardenal.

—No estoy seguro de que ya esté recuperada —repuso Reilly.

El cardenal le dirigió una mirada grave.

—¿Por qué no se lo preguntamos a ella?

11

—Todo empezó en Jordania —explicó Tess ante el grupo reunido en el despacho.

En aquel momento era lo último que le apetecía hacer. Aún se sentía agotada, y el hecho de recordar lo que había sucedido le provocaba escalofríos. Así y todo, sabía que aquello era importante. Los hombres presentes en aquella sala —Reilly, el cardenal Brugnone, el inspector Delpiero, el archivero Bescondi y los dos detectives de la unidad antiterrorista— necesitaban que les contase lo que le había ocurrido. Tenía que hacer todo lo que estuviera en su mano para ayudarlos a atrapar a aquel individuo y rescatar a Simmons, quien debía de seguir con vida, esperaba. Claro que en realidad no quería pensar cuánto tiempo más le quedaría.

—Yo estaba acompañada de otro arqueólogo, Jed Simmons. Jed tiene una excavación cerca de Petra con financiación de Brown y... —Se interrumpió para recordarse que debía ceñirse a lo que fuera pertinente y no irse por los cerros de Úbeda—. En fin, apareció un historiador iraní, que conocía a alguien que conocía a Jed.

—Behruz Sharafi —apuntó Reilly.

Tess afirmó con la cabeza.

—Sí. Era un individuo amable y callado. Atento, y además sumamente culto. —Reilly le había contado lo que le había sucedido al iraní, y sólo pensar que había muerto le provocaba mayores escalofríos todavía. Hizo acopio de fuerzas y prosiguió—:

Sharafi necesitaba ayuda para averiguar no sé qué. Un contacto suyo le había sugerido que hablase con Jed, porque..., bueno, aunque el trabajo que estaba realizando Jed en Petra tenía que ver con la historia de la cultura nabatea, también es una de las personas de este planeta que más saben de los templarios. Por eso estaba yo con él.

Se fijó en que Brugnone dirigía una mirada de reojo a Reilly, como si pensara que todo empezaba a encajar.

—Tess..., la señorita Chaykin, es arqueóloga —explicó Reilly a los presentes—. Bueno, lo fue. Actualmente es novelista. Y el primer libro que ha escrito trata de los templarios.

—Es ficción histórica —especificó Tess, con la repentina sensación de que las paredes se cernían sobre ella. Miró a su alrededor y captó la reacción de Brugnone; daba la impresión de que le sonaba lo que acababan de mencionar Reilly y ella.

—Su libro —murmuró el cardenal, perforándola con la mirada— tuvo una buena acogida, si no me equivoco.

—Así es —afirmó Tess con gesto afable, pero un tanto incómoda. Sabía a qué se refería el cardenal. Aunque su novela, ambientada en las cruzadas, era percibida por el público simplemente como una obra de ficción histórica, ella sabía que Brugnone era muy consciente de que lo que se contaba en aquellas páginas no era del todo fruto de su imaginación. Experimentó una punzada de inquietud y procuró recordar que ella no había hecho nada malo. Se había ceñido a lo que había acordado con Reilly: a guardarlo para sí, a no hablar de ello, a no contar a nadie, sobre todo a Brugnone y al jefe que tenía Reilly en el FBI, lo que había sucedido realmente durante aquella tormenta y en aquella isla de Grecia. Pero eso no quería decir que no pudiera utilizar lo que había vivido ella y lo que de paso había descubierto acerca de los templarios para la base de una novela, y además una novela que tuvo bastante éxito, la verdad, pero que únicamente las mentes más radicalmente conspiratorias llegarían a pensar que estaba basada en la historia auténtica. Aquel libro había sido para ella el inicio de una carrera nueva y de una vida nueva, y también había sido una agradable catarsis.

Ahora todo había cambiado.

El cardenal le sostuvo la mirada durante unos momentos que se hicieron incómodos y después dijo:

—Continúe, por favor.

Tess bebió un sorbo y se removió en la silla.

—Sharafi había encontrado algo en Estambul, en la Biblioteca Nacional. Algo que había en los antiguos archivos otomanos. Lo descubrió por casualidad. Él estaba viviendo allí, en Estambul; se había ido de Teherán y daba clases en una universidad, y como era un experto en sufismo, en su tiempo libre investigaba la historia de los sufíes. Él mismo era un sufí, sabe usted. —Todavía le dolían los labios por culpa de la cinta aislante, y le costaba trabajo concentrarse—. En fin, que era el sitio perfecto para ese tema de investigación, porque fue en Turquía donde comenzó el sufismo, en el siglo XIII, con Rumi y sus poemas.

—¿Y allí encontró algo que era de los templarios? —preguntó Brugnone, una manera de incitarla suavemente a que fuera al grano.

—Más o menos. Estaba rebuscando en los archivos antiguos, ya sabe usted que tienen literalmente decenas de miles de documentos amontonados sin más, esperando a que alguien los clasifique. Pues bien, Sharafi se topó con un libro. Un volumen de peso, con tapas de cuero muy bien hechas, de principios del siglo XIV. Contenía escritos de un viajero sufí que él no había visto nunca. Pero también tenía otra cosa: unas cuantas páginas sueltas de vitela que se habían introducido debajo de la encuadernación. Llevaban siglos ocultas. Sharafi las descubrió y, como es natural, sintió curiosidad. Así que sin decírselo a nadie y sin pedir permiso, se las llevó. La primera sorpresa fue que no estaban escritas en árabe, como el libro en sí, sino en griego. En griego medieval. Copió unas cuantas frases y le pidió a un colega que se las tradujese. Resulta que eran una carta. Y no sólo una carta, sino una confesión. La confesión de un monje que vivió en un monasterio ortodoxo bizantino. —Se concentró para recordar el nombre—. El monasterio del monte Argeo.

Calló unos instantes y miró en derredor, buscando señales de que aquello le sonara a alguien. Pero no halló ninguna.

Bescondi, el prefecto de los archivos, se inclinó hacia delante. Se le veía confuso.

—Dice que ese tal Sharafi encontró la confesión de un monje de un monasterio bizantino. ¿Qué tiene eso que ver con los templarios?

Una sola palabra acudió a los labios de Tess.

—Todo.

12

Constantinopla
Mayo de 1310

—¿Quinientos hiperpiros? Eso es... insultante —barbotó el obispo francés.

Conrado de Trípoli no se inmutó. Sostuvo la mirada al anciano con la serenidad de una persona que había hecho aquello muchas veces, y se encogió de hombros. Pero no fue un encogimiento de hombros frío ni despectivo; se cercioró de conservar un aire de cordialidad y, por encima de todo, de respeto.

—La verdad es que no deberíamos regatear por unas cuantas piezas de oro, padre. Y menos, tratándose de algo tan sagrado.

Se hallaban sentados a una mesa discreta, escondida en un rincón oscuro de una taberna del distrito de Gálata, la colonia de genoveses situada en la orilla norte del Cuerno de Oro. Conrado conocía bien al dueño de la taberna y con frecuencia acudía allí a cerrar negocios. Podía contar con que le concedería la intimidad que necesitaba y le echaría una mano si las cosas se ponían desagradables. Aunque Conrado no necesitaba mucho que lo ayudasen; había visto más peleas y había derramado más sangre de las que eran capaces de imaginar muchos hombres, pero aquello pertenecía a un pasado lejano que guardaba para sí.

El relicario dorado descansaba en el centro de la mesa. Era una pequeña obra maestra adornada con un repujado de motivos florales en un lado y una cruz en la tapa. Por dentro estaba forrado con un terciopelo raído que parecía tener siglos de antigüedad. Cuando Conrado se lo ofreció por primera vez al obispo, los huesos que contenía habían sido envueltos con una hoja de vitela que llevaba las marcas y el sello del Patriarca de Alejandría. Ahora estaban depositados a la vista sobre el fondo almohadillado del relicario, y su color amarillo grisáceo contrastaba vivamente con el tono granate del terciopelo.

Al obispo le temblaron los dedos, delgados y de largas uñas, al tocar de nuevo aquellos huesos. Estaban todos, desde el talo hasta los metatarsos.

—Sagrados, en efecto. El pie de san Felipe —musitó con una mirada reverente—. El quinto apóstol. —Surcó suavemente el aire con los dedos al persignarse otra vez.

—El hombre que llevó la predicación hasta sus últimas consecuencias, incluso cuando lo crucificaron boca abajo —dijo Conrado—. Un verdadero mártir.

—¿Cómo os habéis hecho con estos huesos? —preguntó el obispo.

—Por favor, padre. No estamos en confesión, ¿no es así? —Conrado sonrió, bromeando un instante, y después se acercó y dijo bajando el tono—: En esta ciudad hay muchas criptas. Debajo de la capilla de la Santísima Virgen de Faro, dentro de las murallas del Gran Palacio, en la iglesia de Pammakaristos... Si uno sabe dónde buscar, encuentra cosas. Los tesoros más sagrados que han existido, ocultos para que no sufrieran daño alguno justo antes del gran saqueo, y que ahora aguardan a ser exhumados y devueltos a la gloria que les corresponde por derecho. Como podrá deciros cualquiera, yo conozco esas mazmorras como la palma de mi mano —sonrió otra vez y levantó la mano derecha—, pero necesito saber si éste lo queréis o no, padre. Hay otros compradores esperando..., y necesito el dinero para continuar con mi trabajo, si es que alguna vez quiero posar la mano en el tesoro más importante de todos.

El obispo abrió unos ojos como platos.

—¿Qué tesoro es ése?

Conrado se inclinó un poco más.

—El Mandylion —susurró.

El obispo lanzó una exclamación ahogada, y se le iluminó el semblante.

—¿El Mandylion de Edesa?

—El mismo. Y me parece que ya estoy cerca.

Los dedos del obispo comenzaron a temblar de avaricia.

—Si por ventura lograseis encontrarlo —dijo—, yo tendría sumo interés en adquirirlo para nuestra catedral.

Conrado ladeó la cabeza.

—Como muchos de mis clientes. Pero no estoy seguro de que deseara desprenderme de él. Dado que lleva impresa la mismísima imagen de Nuestro Señor.

Al viejo obispo ya le temblaban los labios, y sus dedos arrugados palpaban el aire.

—Os lo ruego. Debéis prometerlo. Cuando lo tengáis en vuestro poder, hacédmelo saber. Os pagaré generosamente.

Conrado tomó los marchitos brazos del anciano y los volvió a apoyar en la mesa.

—Antes vamos a concluir este asunto, si os parece bien. De lo demás ya hablaremos cuando llegue el momento.

El obispo lo miró fijamente durante unos instantes y luego esbozó una sonrisa de labios finos y dientes podridos que hacía bastante juego con los huesos que estaba comprando. Acordaron una fecha en la que volverían a encontrarse para hacer el intercambio, y seguidamente el anciano se levantó y salió.

Conrado, con una sonrisa satisfecha, recogió los huesos y pidió a voces una jarra de cerveza. Se puso a contemplar el bullicio que reinaba en la taberna. Mercaderes, aristócratas, gente del pueblo y prostitutas, todos trapicheando, haciendo negocios y emborrachándose en una barahúnda de italiano chapucero, la lengua franca del Gálata, y fuertes risotadas.

Un cambio notable respecto de la austera vida que había llevado anteriormente, cuando era un monje guerrero de los Pobres Soldados de Cristo y del Templo de Salomón, los templarios.

Sonrió. Aquella ciudad se había portado bien con él. Lo había acogido y le había permitido iniciar una vida nueva, lo cual no había resultado fácil, después de todos los inconvenientes y los desastres que les habían acaecido a él y a sus hermanos, después de que todos ellos se hubieran convertido en perseguidos. Pero ahora le iban bien las cosas. Su reputación crecía con cada venta que cerraba. Y en particular le gustaba el hecho de prosperar a expensas de los que habían ocasionado la caída de su orden, y que él hubiera ido a parar a Constantinopla.

«Si lo supieran», pensó con gran satisfacción.

Al igual que su ciudad adoptiva, Conrado había resurgido de las cenizas de una calamidad alimentada por el Vaticano. Sus desdichas habían comenzado con la derrota de Acre, en 1291, casi dos décadas antes, una batalla desastrosa tras la cual él, sus hermanos templarios y el resto de los cruzados perdieron la última plaza fuerte que poseía la cristiandad en Tierra Santa, y que tuvo como consecuencia las detenciones de 1307, orquestadas por el Papa y el rey de Francia para acabar con la orden. La Reina de las Ciudades ya había sufrido una catastrófica conmoción alrededor de un siglo atrás, en 1204, cuando el ejército papal la violó y la saqueó después de haberla sitiado durante casi un año. Corrió la sangre por las calles hasta la altura de los tobillos. Tremendos incendios durante días y días arrasaron una tercera parte de los edificios. Lo poco que quedó en pie fue víctima del saqueo y del pillaje hasta quedar irreconocible. Después de aquello, todo el que pudo permitírselo se marchó a otra parte. La Nueva Roma, la que había sido el mercado del mundo y el orgulloso hogar del emperador de Dios en la Tierra, quedó convertida en una ciudad de ruinas.

Sus conquistadores no disfrutaron mucho gobernándola. El primer emperador latino, Balduino, fue capturado por los búlgaros durante una escaramuza que se libró cerca de Adrianópolis cuando llevaba menos de un año en el trono. Le cortaron los brazos y las piernas y lo arrojaron a un barranco, donde, según se cuenta, sobrevivió tres días enteros. A sus sucesores no les fue mucho mejor; tan sólo consiguieron aguantar cinco décadas antes de que las luchas intestinas y la incompetencia llevasen su reinado a un fin humillante.

El emperador bizantino que retomó la ciudad en 1261, Miguel VIII, se consideró un nuevo Constantino y tomó la decisión de devolverle su antiguo esplendor. Se reformaron palacios e iglesias, se repararon las calles, se fundaron hospitales y escuelas. Pero estas ambiciones no tardaron en caer bajo la losa de la realidad. Por una parte, el dinero escaseaba. El Imperio bizantino ya no era tal imperio; era mucho más pequeño que antes, no abarcaba más que un estado griego menor, lo cual quería decir que sus gobernantes recibían tan sólo una fracción de los impuestos y aduanas de lo que percibían antes. Y más grave todavía era que los flancos orientales sufrían ataques constantes. Las bandas de turcos nómadas seguían debilitando un imperio ya fracturado y encogido. Los refugiados de las provincias acosadas, sin dinero y desesperados, habían invadido la capital y vivían míseramente en poblados de chabolas y en los vertederos de basuras, lo cual añadía mayor tensión a la economía de la ciudad. El duro invierno no había hecho más que empeorar la situación, pues una escarcha de última hora había arrasado los cultivos y agudizado la escasez de alimentos.

El caos y la confusión le convenían a Conrado. Él necesitaba el anonimato que ofrecía una ciudad en estado de agitación. Y además había mucho dinero que ganar, si uno sabía dónde encontrarlo: en los bolsillos de los clérigos crédulos que acudían desde las iglesias y las catedrales del rico Occidente.

Tal vez Constantinopla hubiera sido despojada de todo cuanto poseía de valor cien años antes, pero seguía siendo la cueva de Aladino en lo que se refería a reliquias sagradas. Se creía que había centenares repartidas por la ciudad, ocultas en sus muchos monasterios e iglesias, esperando a ser robadas y vendidas. Tenían gran valor para los sacerdotes de la Europa occidental. Una catedral, una iglesia o un priorato que se encontraba alejado de Tierra Santa crecía enormemente en estatura —y por lo tanto, en contribuciones— cuando pasaba a ser el depositario de una reliquia importante venida de tan lejanas costas. Los fieles no necesitaban embarcarse en peregrinaciones largas y carísimas ni viajar por tierra y por mar para ver, y acaso hasta tocar, el hueso de un mártir o una astilla de la Verdadera Cruz. Razón por la que muchos clérigos acudían a Constantinopla, en busca de un trofeo que pudieran llevarse consigo a la iglesia de su país. Los había que pagaban buenos dineros, otros maquinaban y robaban; lo que fuera, con tal de asegurarse el premio.

Conrado había venido a ayudar.

Aun cuando, con frecuencia, el premio no fuera exactamente lo que él afirmaba.

Conrado sabía que, como en todo truco de magia barata, la presentación lo es todo. Había que invertir en el envoltorio adecuado, preparar una buena historia de fondo, y enseguida se formaría una fila de compradores ávidos de hacerse con un trocito de la Corona de Espinas o con un fragmento de la túnica de la Virgen María.

—¿Otro cliente satisfecho? —le preguntó el dueño de la taberna, que le traía una jarra de cerveza.

—¿Es que los hay de otro tipo?

—Bendito seas, hijo mío. —Rio el tabernero. Dejó la jarra sobre la mesa y señaló la trastienda con un gesto—. Ahí detrás, en la calle, alguien te está esperando. Un turco. Ha dicho que se llama Qassem, y que tú le conoces.

Conrado se sirvió un vaso y se lo bebió de un solo trago, luego lo dejó en la mesa y se limpió la boca con el dorso de la mano.

—¿Ahí detrás? ¿Ahora?

El tabernero asintió.

Conrado se encogió de hombros y le acercó el relicario.

—Guárdame esto hasta que vuelva, ¿quieres?

Encontró al hombre fuera, junto a la entrada posterior de la taberna, esperando al lado de una pila de barriles vacíos. Había conocido a Qassem y a su padre hacía algo más de un año, poco después de llegar a Constantinopla, y al instante le había inspirado un profundo desagrado. Era un individuo adusto, musculoso y joven, de veintipocos años, y mirada fría. El padre, Mehmet, era distinto: orondo como un tonel y velludo como un oso, con una frente ancha, ojos saltones y cuello corto y grueso. Además era un mercader consumado, capaz de vender una mercancía y recomprarla al instante a mitad de precio, y dejar a su víctima convencida de que le había hecho un favor.

Y también tenía acceso a cualquier cosa que necesitara Conrado para perpetrar sus estafas, y no hacía demasiadas preguntas.

—Mi padre tiene una cosa que tal vez os interese —le dijo Qassem.

—Voy a buscar mi caballo —contestó Conrado, sin saber que aquel trivial anuncio del joven turco estaba a punto de dar un giro a su vida.

Reconoció las espadas de inmediato.

Eran seis, enfundadas en sus vainas de cuero, sobre una mesa de madera de la tiendita que tenía Mehmet. Junto a ellas había otras armas que no hicieron sino confirmar el sorprendente descubrimiento de Conrado: cuatro ballestas, unas dos docenas de arcos de asta y un surtido de dagas y cuchillos.

Armas que él conocía muy bien.

Lo que más le interesaba eran las espadas. Aunque tenían una apariencia modesta, eran formidables piezas de guerra. De una eficiencia brutal, fabricadas por manos expertas, perfectamente equilibradas, pero sin los adornos que se veían en las empuñaduras y las guardas de las espadas de la nobleza. La espada de un templario no constituía una ostentosa exhibición de riqueza, ni tampoco podría; aquellos caballeros guerreros respetaban estrictamente el voto de pobreza. Era un arma de guerra, pura y simple. Poseía una cómoda empuñadura cruciforme y una hoja formada por muchas capas de metal, diseñada para cercenar la carne y el hueso de cualquier enemigo, y también la cota de malla que aspirase a protegerlos.

Sin embargo, aquellas espadas poseían un pequeño rasgo distintivo, apenas discernible pero presente de todas formas: las iniciales de su dueño, grabadas a uno y otro lado de una cruz potenzada no muy grande, la *croix pattée* que utilizaba la orden, en la parte superior de la hoja, debajo de la guarda cruciforme.

Unas iniciales que Conrado reconoció al momento.

Enseguida lo inundó una avalancha de imágenes y sentimientos.

—¿Dónde has encontrado estas espadas?

Mehmet lo miró sin disimular su curiosidad, y su carnoso rostro se relajó en una sonrisa satisfecha.

—Entonces, ¿te gusta mi humilde colección?

Conrado se esforzó por reprimir la desazón que bullía en su interior, pero sabía que aquel comerciante turco no era fácil de engañar.

—Me llevaré el lote completo al precio que pidas, pero necesito saber dónde has encontrado las espadas.

El turco lo miró con más curiosidad todavía, y después inquirió:

—¿Por qué?

—Eso es asunto mío. ¿Quieres venderlas o no?

El mercader frunció los labios y se frotó la barbilla con sus dedos rollizos. Finalmente cedió.

—Se las he comprado a unos monjes. Hace tres semanas coincidimos con ellos en un caravasar.

—¿Dónde?

—Al este de aquí, aproximadamente a una semana a caballo.

—¿Dónde? —presionó Conrado.

—En la Capadocia. Cerca de la ciudad de Vanessa —dijo el turco un tanto a regañadientes.

Conrado afirmó con la cabeza, absorto en sus pensamientos. Él y sus dos compañeros, cuando se dirigían a Constantinopla, habían escapado a través del paisaje increíble que dominaba aquella región. Habían rodeado varios caravasares, enormes centros de trueque que salpicaban la ruta de la seda, construidos por los sultanes y los grandes dignatarios selyúcidas para estimular y proteger a los mercaderes que recorrían las caravanas de camellos que unían Europa con Persia y que incluso llegaban hasta China.

—¿Es ahí donde se encuentra su monasterio?

—No. Lo único que dijeron fue que quedaba en las montañas —replicó el turco—. Estaban haciendo acopio de provisiones y vendiendo todo lo que podían. Han sufrido una dura sequía que ha acabado con lo que sobrevivió a la helada. —Dejó escapar una risita—. Sea como sea, da lo mismo dónde se encuentre ese lugar. No creo que estés pensando en acercarte por allí.

—¿Por qué no?

—Es un territorio peligroso, sobre todo para un franco como tú. Para llegar, tendrías que atravesar media docena de *beyliks* diferentes y te arriesgarías a tropezarte por el camino con diez veces más bandas de *gazis*.

Conrado sabía que el turco tenía razón. Desde la caída del sultanato selyúcida de Rum, toda la región situada al este de Constantinopla se había dividido en un mosaico de *beyliks* independientes, emiratos gobernados por un bey. Los ejércitos de los beys estaban repletos de mercenarios *gazis*, guerreros musulmanes que ansiaban la victoria o lo que ellos denominaban las «mieles del martirio», sin mostrar preferencia especial por lo uno ni por lo otro. Luchaban con ferocidad y dominaban con mano firme las tierras que controlaban. Ya les había costado bastante a él y a sus hermanos escabullirse sin que los detectasen. Pero esta vez las circunstancias serían completamente distintas: actuar dando la cara, haciendo preguntas, intentando localizar un monasterio que probablemente no quería ser localizado.

—Por otro lado, nosotros tendríamos muchos menos problemas para llegar hasta ese lugar —sugirió el turco, recostándose en su asiento con una sonrisa de satisfacción que multiplicó los pliegues que le reforzaban la barbilla—. Y no resultaría muy difícil disfrazarte y llevarte como si fueras uno de nosotros.

Conrado miró fijamente al mercader. Había olfateado algo de valor, se notaba bien a las claras.

Pero ya se ocuparía de aquello cuando llegara el momento. Lo primero era lo primero.

—¿Cuánto?

—Depende de lo que estés buscando —repuso el turco.

—Una charla.

Obviamente, aquello no era lo que esperaba el mercader turco. Claro que en realidad no esperaba que Conrado le dijera toda la verdad.

El turco se encogió de hombros.

—En ese caso, se duplica el precio de esos exquisitos objetos —dijo, indicando con una mano rolliza el conjunto de espadas y cuchillos—. Por cada trayecto.

Aquel precio era, en las palabras que había empleado el anciano obispo, insultante. Pero los falsos huesos lo cubrirían de sobra.

Además, era por una causa digna.

La más digna de todas.

—Ya te lo haré saber —dijo Conrado.

Mehmet le ofreció una sonrisa y ejecutó una breve reverencia teatral.

—Estoy a tu servicio, amigo mío.

Guardaron las espadas y los cuchillos en un saco de arpillera que Conrado ató al pomo de la silla de montar. Estaba alejándose al trote de la tienda cuando se la tropezó. Era Maysun, la hermana de Qassem, regresando a la tienda de su padre.

Al verla Conrado sintió una turbación instantánea.

Después de los años de celibato que había pasado en las fortalezas de Tierra Santa, ya se sentía razonablemente cómodo en presencia de las mujeres ahora que vivía entre ellas. Pero ésta tenía algo que le aceleraba el corazón. Una belleza que lo dejaba a uno sin respiración. Era una mujer joven, alta y grácil, de penetrantes ojos turquesa, de cutis perfecto color miel, y dotada de una cascada de curvas sensuales que se insinuaban por debajo de aquella túnica oscura y ondulante. No había forma de pasarla por alto.

Cuando la vio pasar por su lado, tiró de las riendas para frenar bruscamente a su semental, a punto de pararlo en seco, en el intento de alargar aquel momento. Se miraron el uno al otro.

No era la primera vez, y, al igual que en la ocasión anterior, ella no desvió la vista. Mantuvo su enigmática mirada clavada en él, prendiendo una hoguera incontrolable. En la media docena de veces que se habían visto, no habían intercambiado más que unas pocas palabras de cortesía. Siempre se hallaban presentes su padre o su hermano, y eso acortaba el encuentro. El lenguaje corporal de Qassem, en particular, proyectaba una feroz actitud posesiva sobre su hermana, que ella respetaba en silencio. En una ocasión Conrado había reparado en unos ligeros hematomas que mostraba alrededor de un ojo y junto a la boca, pero no había tenido la oportunidad de averiguar a qué se debían. Nunca estaba a solas con ella, nunca podía dirigirse a ella como quería. Aquel encuentro no iba a ser distinto, pues todavía estaban a la vista de la tienda; lo único que pudo hacer fue saludarla levemente con un gesto de la cabeza y observar con impotencia que se alejaba desafiándolo con la mirada, antes de apartar los ojos y desaparecer.

Se resistió al impulso de volverse para ver cómo se perdía de vista y azuzó al caballo para que iniciara un galope tranquilo. No podía pensar en otra cosa. Ya se había enfrentado otras veces a aquel conflicto, y seguía sin saber cómo solucionarlo. Hasta hacía poco, toda su vida de adulto había girado en torno al sacrificio. Se había entregado a una estricta orden monástica y había hecho el voto de obedecer su regla sin vacilaciones. Al igual que cualquier monje, se había comprometido a llevar una vida rígidamente regulada y carente de toda posesión material, esposa y familia. Como monje guerrero, había tenido que hacer frente a la posibilidad de que su vida fuera segada por una cimitarra o una flecha. El sacrificio ya le había costado muy caro, porque había dejado una parte de sí mismo en el suelo ensangrentado de Acre, una parte que no recuperaría jamás.

Pero todo aquello pertenecía al pasado.

La orden había dejado de existir.

Ahora era un hombre libre de las extremas restricciones de su vida anterior. Y, sin embargo, todavía se sentía atrapado entre ambos mundos, todavía le costaba trabajo abrazar plenamente su nueva libertad.

Ya le había costado trabajo antes de conocer a Maysun.

Pensando ahora en ella, le vino a la memoria una norma de los templarios, que prohibía a sus miembros que se dedicaran a la caza, excepto si había que cazar leones. Era una norma peculiar, dado que no había leones que merodeasen por las tierras en las que vivían y luchaban. Muy pronto, comprendió que se trataba de una alusión al simbolismo de las Escrituras: «Tu adversario, el demonio, merodea como un león, buscando alguien a quien devorar.» Sabía que se refería a la lucha entre el hombre y la bestia del deseo, un conflicto que los caballeros se esforzaban constantemente por superar.

Conrado no estaba muy seguro de poder sobrellevarlo mucho más tiempo. Y ello le causaba una gran desazón, ahora que el pasado que él creía haber dejado atrás había extendido la mano y lo había aferrado por la garganta.

Tenía trabajo que hacer.

—Se acabó, Conrado —le dijo Héctor de Montfort—. Ya sabes lo que han hecho esos bastardos de París. A estas alturas también han llevado a la hoguera a los demás.

Estaban sentados con las piernas cruzadas bajo un manto de estrellas, alrededor de una pequeña fogata que habían encendido en una habitación de una mansión antigua y ruinosa, sin techo y sin dueño desde varias décadas atrás. Tres antiguos hermanos en las armas, tres hombres aguerridos que habían escapado a una injusta orden de detención y que ahora estaban reinventándose en una tierra extranjera.

Conrado, Héctor y Miguel de Tortosa.

La noticia que les había llegado unas semanas antes les produjo una profunda conmoción. En el mes de febrero, más de seiscientos hermanos de la orden que habían sido detenidos en Francia habían cambiado de opinión y se habían retractado de lo confesado anteriormente. Decidieron defender la orden contra las desorbitadas acusaciones del rey. Una actitud valiente, pero desafortunada, porque al negar su confesión anterior se convirtieron en herejes relapsos, lo cual acarreaba el castigo de muerte en la hoguera. Aquel mes de mayo habían muerto cincuenta y cuatro de ellos en París, quemados en la pira. Y por toda Francia otros templarios sufrieron la misma suerte.

Varios centenares más aguardaban su turno.

—Tenemos que intentar salvarlos —insistió Conrado—. Tenemos que intentar salvar nuestra orden.

—Ya no hay nada que salvar, Conrado —replicó Miguel al tiempo que volvía a arrojar una de las espadas al montón de vainas y cuchillos que les había enseñado su compañero—. Desde lo de Acre y la pérdida del *Falcon Temple,* nuestra orden está muerta y enterrada.

—Pues entonces tenemos que devolverla a la vida —dijo Conrado con el semblante resplandeciente de fervor—. Escuchadme. Si logramos recuperar lo que perdieron Everardo y sus hombres, podremos resucitarla.

Héctor miró a Miguel. Los dos tenían el gesto cansado, se apreciaba a las claras que todavía estaban asimilando lo que les había contado Conrado cuando les mostró las armas, aquella misma tarde. Dado que era uno de los favoritos del que estaba al mando, había sido invitado a formar parte del estrecho círculo de caballeros que conocían la verdadera historia de la orden. Estaba enterado de la misión que se les había encomendado a Everardo de Tiro y a sus hombres allá por el año 1203. En cambio, Héctor y Miguel no. Desconocían los secretos de la orden, hasta esta noche.

Era mucho que digerir.

—Sé realista, hermano —suspiró Miguel—. ¿Qué pueden hacer tres hombres frente a un rey y un papa? Nos subirían a la hoguera antes de que lográsemos pronunciar una sola palabra.

—Si contamos con la ventaja, no —repuso Conrado—, si sabemos jugarla bien. No es la primera vez que se han puesto de rodillas. Nueve hombres consiguieron levantar un pequeño imperio. Nosotros podemos hacer lo mismo, podemos reconstruir lo que teníamos y continuar su obra.

Miró largamente a sus compañeros. Estaban muy cambiados. Más viejos, para empezar. Habían transcurrido casi veinte años desde que lucharon juntos en Acre. Estaban más viejos, más corpulentos, más lentos a causa de la molicie de una vida libre de ataduras. Sintió el aleteo de la duda y se preguntó si él mismo creía en sus propias palabras. Lo que les pedía a sus hermanos era una dura exigencia, un enorme sacrificio en aras de una empresa incierta.

—Podemos quedarnos aquí, dar la espalda a nuestro pasado y vivir la vida así —les dijo—. Pero también podemos acordarnos del voto que hicimos. De la misión que teníamos. Podemos acordarnos de todos los que han dado la vida por nuestra causa y hacer lo posible para que su muerte no haya sido en vano. No nos queda otro remedio, hemos de intentarlo. —Alargó una mano y tomó una de las espadas—. Estas espadas podrían haber terminado en manos de algún mercader de esta tierra, pero no ha sido así. Me han encontrado a mí. A nosotros. Y eso no podemos pasarlo por alto. Nuestros hermanos nos están llamando desde la tumba. Decidme que no vais a hacer oídos sordos a su súplica.

Miró a Héctor. El francés le sostuvo la mirada durante largos instantes, y luego asintió muy despacio. Conrado hizo lo propio, y después se volvió hacia Miguel. El español miró a Héctor, y seguidamente sacudió la cabeza con una breve risa antes de hacer un gesto de asentimiento que rezumaba cierta renuencia.

Partieron cuatro días después: Conrado, sus dos compañeros, Mehmet y el hijo de éste, además de otros cuatro hombres que había traído consigo el turco a modo de refuerzo.

Conrado no iba a caballo, detalle que despertó la curiosidad del mercader. A diferencia de Héctor y de Miguel, que sí iban montados, él conducía un viejo y destartalado carretón sin techo, tirado por caballos.

—No dijiste nada de traer un carro —le dijo el turco—. Esto nos va a retrasar considerablemente.

—Lo cual repercutirá en el precio acordado, ¿no es así?

Mehmet, fingiendo sentirse ofendido, le respondió con una amplia sonrisa:

—¿Alguna vez te he tratado injustamente?

—Eres un dechado de virtudes —repuso Conrado—. Vamos, dime cuál es tu precio para ponernos en marcha.

No tardaron en salir de Constantinopla, y pusieron rumbo hacia el sol naciente. Al cabo de un día abandonaron el territorio bizantino y penetraron en una tierra controlada por los diferentes beys.

Territorio enemigo.

Haciendo caso del consejo del mercader turco, los caballeros se vistieron con las mismas ropas que sus acompañantes: mantos y túnicas sencillos de colores oscuros, dolmanes de lino y bandas de tela en la cintura. Llevaban el rostro parcialmente oculto por el turbante, y al cinto no portaban espadas, sino cimitarras.

La estratagema funcionó. Junto con la habilidad verbal de Mehmet, les sirvió para salir sanos y salvos del encuentro con un par de bandas de *gazis*.

Al cabo de ocho días de duras jornadas a caballo llegaron al Sari Han, un gigantesco caravasar de piedra, bajo y ancho, que no tenía ninguna abertura en los muros salvo un portal de entrada bellamente decorado.

Una vez que estuvieron dentro, preguntaron por el monasterio. Pero ninguno de los caravaneros, ni tampoco el que regentaba el *han*, parecían saber de su existencia. Prosiguieron viaje y probaron en unos cuantos caravasares más, sin éxito. Iban pasando los días sin que apareciera ningún indicio prometedor, hasta que su insistencia por fin rindió fruto: se toparon con un sacerdote de una iglesia de piedra de la propia Capadocia que conocía el monasterio.

A pesar de lo impreciso de las explicaciones del clérigo, y después de superar pendientes escarpadas y barrancos vertiginosos, terminaron dando con el pequeño grupo de construcciones enclavadas al pie de una pared de roca, escondidas del resto del mundo.

Conrado pidió a Mehmet que se acercara con él a echar una ojeada más de cerca. Dejaron los caballos y la carreta al cuidado de los demás y emprendieron la subida por un pequeño repecho, hasta situarse detrás de una enorme piedra, lo bastante cerca para identificar a los monjes que entraban y salían del monasterio.

Mehmet no tardó en reconocer a uno de los que le habían vendido las espadas.

Del resto se encargaría Conrado.

Se reunieron con los demás. Conrado recuperó su montura y se dirigió al monasterio, solo.

Todavía estaba ascendiendo por el sendero excavado en la roca cuando salieron a su encuentro dos acólitos jóvenes, alertados por los relinchos del caballo y por el ruido que levantaban los cascos. Cuando por fin llegó al monasterio, todos los pobladores lo esperaban fuera, observándolo con curiosidad y en silencio. El abad, un anciano marchito llamado Nicodemo, salió y lo contempló con cautela antes de invitarlo a pasar al interior.

Tomaron asiento en el refectorio, rodeados por media docena de monjes. Conrado, después de aceptar un poco de agua, no malgastó mucho tiempo en charlas ociosas: sólo les dijo su nombre —el auténtico— y que venía de Constantinopla, a pesar de que los monjes estaban deseosos de tener alguna noticia de la capital.

—No estoy aquí por accidente, hermano —le dijo al abad.

—Oh.

—Mi visita se debe a unos objetos que vendisteis hace no mucho tiempo.

—¿Que vendimos? ¿Qué hemos podido vender nosotros?

—Unas espadas. —Calló un momento para observar cada una de las arrugas que bordeaban los ojos y las comisuras de los labios del abad, y luego añadió—: Unas espadas templarias.

Aquella palabra alteró visiblemente al monje. Conrado no tuvo dificultad en advertir los gestos que le delataron: el parpadeo, los labios resecos, los dedos nerviosos, los cambios de postura. Los monjes habían pasado la vida recluidos, apartados de toda relación social. No eran muy versados en el arte del engaño. Así y todo, no estaba tan claro el motivo de que el abad se hubiera turbado tanto.

—Sabéis de qué espadas estoy hablando, ¿verdad?

El monje titubeó, y luego contestó con un tartamudeo:

—Sí, lo sé.

—Necesito saber cómo llegaron a vuestro poder.

El abad dejó pasar unos segundos sin decir nada, asimilando aquella petición, a la defensiva. Entonces curvó la boca en una sonrisa incómoda.

—¿Y por qué razón, si se me permite preguntarlo?

Conrado mantuvo el semblante sereno y la mirada implacable.

—Porque pertenecían a unos hombres que eran hermanos míos.

—¿Hermanos?

Conrado desenvainó lentamente su espada y la depositó encima de la mesa, delante del abad. Tocó con el dedo lo que estaba grabado en lo alto de la hoja.

El abad se inclinó para verlo mejor.

Conrado señalaba la cruz potenzada.

—Eran caballeros templarios —le dijo—. Como yo.

Al abad se le multiplicaron las arrugas de la frente.

—¿Cómo fueron a parar a vuestras manos? —preguntó Conrado.

—Pues... no estoy seguro. Eran muy antiguas, sabéis. Llevaban una eternidad guardadas en uno de estos cuartos. Pero es que con el frío y la sequía ya no teníamos nada que comer. Nos vimos en la necesidad de vender algo. Y, como veis, aquí no hay mucho más que se pueda vender.

Aquel anciano monje le estaba causando una impresión desagradable.

—¿Y vos no sabéis cómo llegaron a este lugar?

El abad negó con la cabeza.

—Llevaban aquí mucho tiempo, muchísimo. Desde antes de estar yo.

Conrado asintió y sopesó despacio la información, dejando claro que no se sentía satisfecho con la respuesta, prolongando de manera consciente la incomodidad de su anfitrión.

—En el monasterio lleváis una crónica, ¿no es cierto? —preguntó por fin.

Aquella pregunta pareció sorprender al abad.

—Por supuesto. ¿Por qué?

—Quisiera echarle una ojeada.

El parpadeo del abad se intensificó.

—Nuestras crónicas son... son documentos privados. Estoy seguro de que lo comprenderéis.

—Y lo comprendo —repuso Conrado sin sonreír—. Pero aun así necesito verlas. Hubo unos hermanos míos que desaparecieron. Su rastro termina aquí, con estas espadas. En vuestro monasterio. Estoy seguro de que lo comprendéis.

Los ojos del abad iban y venían del rostro de Conrado. No era capaz de aguantar la mirada del caballero.

—Necesito ver lo que está anotado desde el año de Nuestro Señor de 1203 en adelante —agregó Conrado—. Que es la fecha en que desaparecieron. E imagino que el día en que llegaron a este lugar sus espadas y el resto de sus armas sería un acontecimiento que sin duda mereció ser mencionado en vuestro registro. Y, sin embargo, ¿me estáis diciendo que ninguna de las personas que se encuentran aquí ha leído dicha crónica? —Recorrió con la mirada las expresiones rígidas de los demás monjes presentes; eran en su mayoría jóvenes y delgados, de rostros flacos y pálidos. Lo miraban todos con la boca fuertemente cerrada, varios meneando apenas la cabeza—. ¿Nadie? —preguntó de nuevo—. ¿Ni siquiera el hermano que escribe las crónicas? ¿Quién es el encargado de esa tarea?

Uno de los presentes vaciló levemente, y a continuación levantó una mano con ademán tímido dando un corto paso al frente.

Conrado le preguntó:

—¿Vos no tenéis noticia de dicho acontecimiento?

El monje sacudió la cabeza.

—No.

Conrado volvió la atención hacia el abad.

—Por lo visto, nos aguarda un breve ejercicio de lectura.

El abad hizo una inspiración profunda y asintió. Ordenó al escriba que llevase a Conrado a ver los libros.

—Enseguida os veré en el *scriptorium* —le dijo al caballero—. Estáis pálido y cansado, hermano Conrado. Estoy seguro de que no os vendría mal comer algo después de tan largo viaje.

Conrado fue detrás del escriba hasta la espaciosa sala sin ventanas, llena de pupitres y estanterías con libros, iluminada por decenas de velas en candelabros de gran tamaño. El monje fue hasta una estantería del fondo, examinó los lomos de los códices encuadernados en cuero y extrajo dos volúmenes. Los depositó encima de una gran mesa de caballete e invitó a Conrado a que los estudiara.

Conrado se sentó a la mesa y empezó a leer las anotaciones de la fecha en cuestión. Sabía que Everardo y sus hombres habían partido de Tortosa a comienzos del verano de aquel año. Aún estaba escrutando cuidadosamente aquellas frágiles páginas de vitela cuando reapareció el abad acompañado de su séquito de jóvenes acólitos. En una mano traía un plato con un poco de queso y un pedazo de pan de hogaza; en la otra, sostenía una copa.

Depositó las viandas en un tablero liso que salía de un costado de la mesa.

—No es gran cosa, pero me temo que es todo cuanto puedo ofreceros —dijo.

Conrado lo observó. Extrañamente, al abad le temblaban las manos, por lo que la copa bailoteó un poco antes de posarse sobre el tablero.

—Es más que suficiente —contestó Conrado con una arruga en la frente—. Os estoy muy agradecido, hermano.

Tomó un mendrugo de pan, se lo metió en la boca, y a continuación levantó la copa. Estaba llena de un líquido caliente, amarillo dorado. Conrado se lo acercó y lo olfateó. El aroma le resultó desconocido.

—Lleva anises —explicó el abad—. Los cultivamos aquí mismo, cuando lo permiten la escarcha y la sequía.

Conrado se encogió de hombros y se llevó la copa a la boca.

En el momento de tocarla con los labios, posó la mirada en el abad, y de pronto se disparó una alarma en lo más recóndito de su cerebro. Ocurría algo malo. El anciano mostraba excesivo interés, y los pequeños gestos de antes se habían acentuado.

El cerebro de Conrado estableció la relación con la información que tenía. Y en aquel instante pensó lo impensable.

«No es posible», se dijo. «No puede ser que estén ocultando algo así.»

Y, sin embargo, allí estaba. Una estridente voz de alarma que le gritaba en los oídos. Los años que había pasado lidiando con la traición en Tierra Santa habían aguzado sus sentidos y le habían enseñado que cualquiera podía traicionarlo a la vuelta de la esquina. Estar viviendo de incógnito en una tierra extranjera había servido para agudizar todavía más su percepción. Y ahora le advertía de que lo impensable en realidad explicaba muchas cosas.

Mantuvo la copa suspendida en el aire y, sin beberla, escrutó el semblante del abad.

La retiró apenas de la boca, muy ligeramente.

—Sabéis —dijo—, vos también estáis muy pálido. Tal vez os haga esto más falta que a mí. —Extendió el brazo y le ofreció la copa.

—No, no, yo me encuentro perfectamente —replicó el abad al tiempo que retrocedía un paso—. Os lo ruego. Ya comeremos cuando haya finalizado la jornada.

Conrado no pestañeó. Se inclinó hacia delante y acercó la copa otro poco más, a la vez que apoyaba la otra mano, muy claramente, en la empuñadura de un puñal alargado que llevaba al cinto.

—Insisto —dijo.

Mantuvo la copa a escasa distancia del rostro del monje. De pronto, diminutos temblores le agitaron al anciano las comisuras de los labios, las fosas nasales, los párpados.

—Tomadla —ordenó Conrado.

El abad obedeció con mano temblorosa.

—Bebed —siseó Conrado.

Al monje la mano le temblaba de manera ostensible, hasta el punto de que casi derramó la bebida al acercársela a la boca. La copa le llegó a los labios. El abad la sostuvo allí unos instantes, con un temblor más pronunciado todavía, los ojos llenos de miedo y alternando entre Conrado y el líquido.

—Bebed, hermano —presionó Conrado en tono calmo pero imperativo.

El monje cerró los ojos y pareció que bebía un sorbo, mas se detuvo de repente y desistió. La copa se le cayó de las manos y se hizo añicos contra el suelo de piedra.

Conrado perforó al monje con la mirada al tiempo que se sacaba el puñal del cinto y lo dejaba encima de la mesa.

—Ahora, ¿qué tal si me contáis cómo llegaron las espadas a este monasterio?

—No nos va a ocurrir nada —le dijo Conrado al mercader al tiempo que le entregaba la bolsa—. Desde aquí podemos arreglarnos solos.

Mehmet echó un vistazo rápido a las piezas de oro que había dentro de la bolsa, cerró los cordones y se la guardó debajo del cinturón.

—El camino de vuelta a Constantinopla es largo, y éstas son tierras peligrosas. Hay muchos *gazis* merodeando por ahí.

—No nos sucederá nada —repitió el templario—. No vamos a regresar a Constantinopla.

—Oh.

Conrado se limitó a hacer un gesto de asentimiento y le tendió la mano dejando claro que no iba a dar muchas más explicaciones. El orondo mercader frunció el ceño, pero luego aceptó su mano y se la estrechó de mala gana.

—Pues buen viaje, entonces —dijo Mehmet.

—Lo mismo digo.

Se quedó de pie al lado de Héctor y de Miguel, contemplando cómo se marchaban los turcos. No se hacía ilusiones respecto de lo que seguramente estaba pasándole por la cabeza al mercader. Le había pagado una pequeña fortuna para que los guiara hasta aquel lugar, y habían traído consigo una carreta. Una carreta para transportar algo. Algo que tenía que ser muy valioso, para merecer aquel riesgo y aquel coste.

Algo que Mehmet, el mercader, codiciaría por instinto.

—Supongo que habrás descubierto algo —le dijo Héctor.

—Exacto —repuso Conrado sin apartar la mirada de los seis jinetes hasta que desaparecieron montaña abajo—. Exacto —repitió.

El abad Nicodemo, sentado a la mesa de trabajo del escriba, sentía cada vez más náuseas con cada frase que iba escribiendo. El peso de aquella carga le nublaba la mente y convertía la selección de cada palabra en un trabajo hercúleo. Aun así, tenía que continuar. No había camino de vuelta.

«Deberíamos haberlo quemado», pensaba. «Deberíamos haberlo quemado hace mucho tiempo.» Muchas veces a lo largo de los años, se había imaginado haciéndolo, incluso había estado a punto en un par de ocasiones. Pero, al igual que sus predecesores, no tuvo valor. No se atrevió a hacerlo por miedo a cometer una transgresión y hacer recaer sobre sí una cólera que no era de este mundo.

Sentía las miradas de sus acólitos, todos presentes, pero no se atrevía a levantar el rostro y mirarlos de frente. De modo que se concentró en las páginas de vitela y en procurar manejar la pluma con mano firme.

«Le he fallado a mi Iglesia», escribió. «Le ha fallado a nuestra Iglesia y a Nuestro Señor, y para eso no existe redención posible. Temo que el caballero Conrado y sus compañeros templarios hayan sellado nuestro destino. Ahora viajan por esta tierra en dirección a Corycos, para desde allí embarcarse hacia costas desconocidas, llevando consigo la obra del diablo, escrita por su mano con veneno sacado de las profundidades del infierno, una obra cuya infausta existencia representa una amenaza para la roca en la que asienta sus cimientos nuestro mundo. No deseo implorar perdón ni misericordia por este fracaso. Lo único que puedo ofrecer es este simple acto de liberar a nuestro padre celestial de la carga de tener que ocuparse de nuestras miserables almas.»

Leyó una vez más lo escrito con los ojos cansados y acuosos. Cuando terminó, dejó la pluma a un lado, y sólo entonces se atrevió a levantar la vista hacia los monjes que tenía delante. Todos lo miraban en silencio, con el rostro más flaco y pálido que nunca, los labios y los dedos temblorosos.

Cada uno tenía enfrente un sencillo cuenco de terracota.

El abad los recorrió con la mirada y una expresión desamparada. A continuación asintió con la cabeza dirigiéndose a todos y se llevó su cuenco a los labios.

Cada uno de ellos hizo lo propio.

El abad asintió nuevamente.

13

Ciudad del Vaticano
En la actualidad

Se hizo un pesado silencio en la habitación.

Tess escrutó las caras que la rodeaban, intentando calcular si debía continuar o no. Al cardenal Brugnone y al prefecto de los archivos, monseñor Bescondi, se les notaba particularmente afectados por lo que acababa de relatar. Era comprensible. Para el clero, la idea de que unos monjes —no monjes guerreros como los templarios, sino hombres buenos y piadosos que se habían apartado de la sociedad para dedicar su vida a la oración y el estudio— recurrieran al asesinato, por el motivo que fuera, resultaba inconcebible.

Reilly también se había quedado perplejo al saber lo que contenía la confesión del abad.

—¿De manera que el primer grupo de templarios poseía algo por lo que los monjes estaban dispuestos a matar? ¿Y luego, cien años después, llegan otros tres templarios que recogen la pista de sus compañeros desaparecidos, se presentan en el monasterio, recuperan lo que les pertenecía y dejan a esos monjes tan aterrorizados que se suicidan todos?

—Eso es lo que dice la carta del abad —confirmó Tess.

—El impostor que vino aquí con el agente Reilly —inquirió Tilden—, ¿quién era?

—No lo sé —contestó Tess—. Y tampoco lo sabía Sharafi. Verá, cuando Sharafi encontró la confesión, tuvo el pálpito de que había tropezado con algo importante. Y deseó investigarlo un poco más, pero al mismo tiempo aquello lo turbaba. Y mucho. Acuérdense de que el abad escribió: «La obra del diablo, escrita por su mano con veneno sacado de las profundidades del infierno, una obra cuya infausta existencia representa una amenaza para la roca en que asienta sus cimientos nuestro mundo.» Quizás era algo que nadie debía encontrar. Aun así, Sharafi no pudo resistirse, pero sabía que tenía que andarse con cuidado. Sabía que una cosa así podía ser peligrosa, y más todavía, tal vez, si caía en las manos de quien no debía. Así que sacó la carta de los archivos, la robó, y se puso a trabajar en ella en sus ratos libres, con la esperanza de descubrir lo que les había ocurrido a aquellos templarios y qué fue lo que se llevaron consigo. Pasaba muchas horas en la biblioteca, buscando más pistas. El viajero sufí no había escrito nada acerca de la confesión que había escondido en su libro; no dejó nada que indicara dónde la había encontrado ni qué había hecho con ella después de encontrarla. Sharafi pensaba que debió de quedarse tan intrigado como él. Así y todo, el libro del sufí hablaba de los viajes que había hecho por la zona, lo cual ya constituía un punto de partida, aunque Sharafi sabía que muchos de los topónimos y referencias del paisaje han cambiado varias veces con el paso de los siglos. De modo que fue a echar una ojeada a la zona por la que anduvo el sufí, el área que rodea el monte Argeo, que ahora se llama de otra forma, y estuvo preguntando a la gente, intentando encontrar los restos del monasterio. También estuvo indagando en todo el material que encontró sobre los templarios. Pero una y otra vez chocaba contra un muro. La zona en la que buscaba está muy poco habitada, y no logró encontrar el monasterio. Claro que tampoco esperaba encontrar nada, después de tanto tiempo. Tampoco halló ninguna mención de Conrado, ni siquiera en los documentos templarios a los que pudo acceder. Estaba a punto de abandonar cuando de pronto, hace un par de meses, se le presentó ese tipo en Estambul, a la puerta de la universidad. Estaba enterado de todo lo que había descubierto, y le dijo que quería que encontrase los escritos de los que hablaba el monje. Y le amenazó a él y a su familia.

Tess miró a Reilly. Éste asintió para mostrarle que contaba con su apoyo. Ella tragó saliva y se puso rígida.

—Sharafi estaba... aterrado. Ese tipo le había enseñado una cabeza cortada, la de una mujer a la que había matado, una maestra de escuela que era la preferida de su hija. La había decapitado... sólo para demostrar que iba en serio.

Tras aquellas palabras, en el aire de la habitación quedó flotando una sensación de inquietud.

—¿Cómo supo ese tipo en qué estaba trabajando Sharafi? —preguntó Reilly—. Yo le hice esa pregunta en el taxi, cuando veníamos del aeropuerto, creyendo que era el auténtico Sharafi, y me contestó que él no se lo había comentado a nadie.

—También se lo preguntamos nosotros —contestó Tess—. Y nos dijo que habría sido por el ayudante de investigación que tenía en la universidad. Era la única persona que estaba enterada, aparte de su mujer. Y cuando se lo planteó al ayudante, éste no lo negó. Le reprochó a Sharafi que no hubiera dado parte de ello, y dijo que su deber era hacerlo.

—¿Su deber? ¿Y quién era él?

—Un alumno licenciado. De Irán.

—¿Y el propio asesino? ¿Dijo Sharafi algo respecto de dónde era?

—Dijo que también de Irán.

—No creo que estuviera muy seguro —Reilly notó que se le aceleraba el pulso.

Tess hizo memoria.

—Dijo simplemente que el hombre era de Irán. Y no dio la sensación de que tuviera dudas.

Reilly frunció el entrecejo. Estaba claro que aquélla no era la respuesta que esperaba..., pero después de todo lo que había sucedido, tuvo que aceptarla. Aquello estaba empezando a parecerse sospechosamente al trabajo sucio de un organismo de inteligencia. El organismo de inteligencia de un país que no tenía fama precisamente de andarse con chiquitas. Lo cual le daba muy mala espina.

—Sea como sea, Sharafi captó el mensaje —prosiguió Tess—. Necesitaba obtener resultados. Y cuando vio que ya no podía avanzar más por sí solo, decidió pedir ayuda a un experto en templarios.

—De modo que se fue a Jordania —añadió Tilden— a consultar a su amigo Simmons.

Tess asintió.

—No estaba en buena forma. Al principio intentó disimularlo, no nos contó la historia completa. Dijo únicamente que había estado trabajando en algo para un ensayo que estaba escribiendo, que intentaba hallar la pista de un caballero templario llamado Conrado que apareció en Constantinopla en 1310.

—Pero yo tenía entendido que a todos los templarios los detuvieron en 1307 —terció Reilly.

—Sí, las órdenes de detención se emitieron en octubre de 1307. Pero unos cuantos consiguieron huir antes de que les echaran la zarpa los senescales del rey Felipe. Por ejemplo, muchos templarios franceses terminaron en España y en Portugal, donde las órdenes religiosas locales gozaban más o menos de la protección de los reyes. Y cuando se presentaban los inquisidores del Papa buscándolos, se cambiaban el nombre para que no los detuvieran. Y en Oriente, los templarios ya habían perdido mucho antes todas las plazas que tenían en Tierra Santa. Acre cayó en 1291, ¿no? Pues el último bastión que poseían allí se encontraba en Ruad, una pequeña isla situada frente a la costa de Siria. De Ruad los expulsaron en 1303, y los templarios que sobrevivieron terminaron huyendo a Chipre, donde se metieron en problemas por ayudar al hermano del rey a asaltar el poder. Cuando el rey recuperó el trono, mandó ejecutar a los cuatro templarios cabecillas ahogándolos, y a los demás los envió al exilio. Estos exiliados no podían regresar a su Europa natal, pues los aguardaba la detención. Sabemos muy poco de lo que les ocurrió.

—Así que el tal Conrado es, supuestamente, uno de los que escaparon —especuló Reilly.

—Eso era lo que pensaba Jed —repuso Tess—. Consultó los documentos que tenía y halló la mención de un caballero llamado Conrado justo antes de que tuvieran lugar las detenciones de Chipre. Después de eso, se perdía la pista. No consiguió encontrar nada más, lo cual no es de sorprender. Una vez que fueron desterrados por el rey de Chipre, Conrado y sus compañeros no pudieron regresar a Europa, donde los esperaban los inquisidores para echárseles encima. Jed pensaba que lo más probable era que hubieran vivido de incógnito en ciudades grandes, como Antioquía y Constantinopla. Y eso fue todo. Y entonces apareció Sharafi y nos dijo lo que estaba ocurriendo. Y Jed, en fin, llegó a la conclusión de que tenía que hacer todo lo que estuviera en su mano para ayudarlo. Y yo también. Aquello no era simplemente una investigación académica trivial, estaba claro que el individuo que lo había amenazado no iba a aceptar un fracaso. Sharafi estaba muerto de miedo de que fuera a hacerle algo a su mujer o a su hija para presionarlo aún más. Teníamos que hacer algo. Y cuando Jed ya no pudo avanzar en su investigación, nos habló del Registro. Lo conocía, sabía que existía y que estaba guardado en las entrañas del Vaticano..., pero también sabía que no estaba permitido verlo.

Tess calló un momento con la esperanza de que alguien recogiera la pelota.

La recogió Reilly. Se volvió hacia Brugnone y le preguntó:

—¿Eso es verdad?

Brugnone, sin abandonar su ceño fruncido, se encogió de hombros y asintió.

—Sí.

—¿Y por qué? —presionó Reilly.

Brugnone miró de reojo a Tess y después volvió a centrar la atención en Reilly.

—Nuestros archivos guardan documentos muy sensibles. Hay muchas cosas que podrían malinterpretarse fácilmente y distorsionarse en manos de personas maliciosas poco honradas. Y procuramos poner un límite a eso.

—¿Y el tal Registro?

Brugnone hizo un gesto con la cabeza en dirección a Bescondi, el cual intervino para decir:

—Se trata de una recopilación completa de la detención de los templarios y la disolución de la orden. En ella se da cuenta de todo lo que descubrieron los inquisidores, de todas las personas con las que hablaron. Figuran los nombres de los miembros de la orden, desde el Gran Maestre hasta el más humilde de los escuderos, lo que les sucedió, dónde acabaron, quién dijo qué, quién vivió y quién murió... Las propiedades de la orden, las fortalezas que tenía por toda Europa y en el Levante, las cabezas de ganado, los libros de sus bibliotecas... Todo.

Reilly reflexionó un instante.

—De manera que Simmons estaba en lo cierto. Sabía que si existía algún rastro de lo que le había ocurrido a Conrado, constaría en ese libro.

—Sí —ratificó Bescondi.

Reilly advirtió que el archivero miraba fijamente al cardenal. Ambos intercambiaron un diálogo en silencio, y después el cardenal respondió con un gesto de asentimiento casi imperceptible. El archivero contestó con otro gesto idéntico.

Reilly volvió a centrar la atención en Tess.

—Y... entonces fue cuando me llamaste a mí.

Tess sacudió la cabeza con gesto contrito.

—Lo siento. Es que... pensé que tú eras la única persona que conocía yo que sería capaz de hacer entrar a Sharafi para que echara un vistazo. Nada más. Así y todo, estuve pensándolo mucho antes de pedirte una cosa así. Sobre todo teniendo en cuenta lo que habíamos... —Dejó la frase sin terminar y posó la mirada en Reilly durante largos segundos. No hacía falta que los demás se enterasen de sus problemas—. Primero lo consulté con Jed. No estaba segura, todavía no lo había decidido..., y de repente se presentó ese tipo en la oficina de Jed con una pistola en la mano, nos subió a una camioneta y nos llevó a un sitio oscuro, no sé cuál. Nos metió a los dos en un cuarto que debía de ser un sótano o algo así y nos puso unas esposas de plástico en las muñecas y en los tobillos. Vimos que Sharafi ya estaba allí dentro, esposado como nosotros. Y entonces me vinieron a la memoria todas esas imágenes horribles de la maestra decapitada, y de los rehenes de Beirut y de Iraq. —Tess empezó a sentir frío. Aquella conversación estaba haciéndola revivir la pesadilla. Miró a Reilly y le dijo—. Él me obligó a llamarte.

—¿Cómo estaba enterado él de todo aquello? —inquirió Reilly—. ¿Lo comentaste con alguien más?

—No, por supuesto que no. A lo mejor estuvo escuchando cuando hablamos Jed y yo, a lo mejor tenía puesto un micrófono en la oficina de Jed, no sé.

Reilly caviló durante unos instantes.

—Ese individuo, quienquiera que sea, y para quienquiera que trabaje, y en ese sentido me parece que tenemos varias ideas que sopesar, cuenta con recursos importantes. Se presenta en Estambul y no se le ocurre otra cosa que asesinar a una mujer para motivar a Sharafi. Luego lo sigue como si fuera su sombra en Jordania y consigue enterarse de algo que habéis hablado Simmons y tú en la intimidad. Os saca a los tres de Jordania y consigue llevaros, por lo menos a dos, si no a los tres, nada menos que hasta Roma, sin que nadie se dé cuenta. Y después tiene cojones para ir a recogerme a mí al aeropuerto y conseguir que me trague el cuento y que lo traiga aquí para recuperar ese Registro, pero no sin antes preparar un par de coches bomba que le sirvan para despistar a la policía, por si los necesita. —Meneó la cabeza y dejó escapar un fuerte suspiro—. Ese tipo tiene acceso a la inteligencia que necesita, posee recursos que le permiten viajar por donde se le antoje, puede conseguir explosivos, detonadores, coches y Dios sabe qué más. Y conserva una sangre fría estando bajo presión que no he visto en nadie. —Miró a su alrededor para recalcar lo que pretendía decir—. Este tipo no es un aficionado, este tipo sabe lo que hace. Y también vamos a necesitar nosotros recursos importantes para tener siquiera alguna oportunidad de agarrarlo.

Delpiero, el policía del Vaticano, reaccionó indignado:

—Oh, tenemos la intención de hacer todo lo que podamos para llevar a ese hombre ante la justicia —confirmó en tono de burla—. Pero, por eso mismo, en mi opinión usted tiene mucho que contestar al respecto. Por lo visto, se le olvida que usted ha sido cómplice suyo en este delito.

—No se me ha olvidado en absoluto —replicó Reilly—. Yo soy el primero en querer agarrar a ese tipo.

—Quizá no me esté explicando con claridad —dijo el inspector—. Vamos a presentar cargos contra usted. Fue usted el que trajo a ese individuo al Vaticano. Si no hubiera sido por usted, no habría logrado entrar en los archivos, no habría tenido necesidad de detonar ninguna bomba, y...

—¿Eso es lo que cree usted? —contraatacó Reilly—. ¿Cree que habría dado el día por finalizado y se habría marchado a su casita? ¿Me toma por tonto? Ya ha visto cómo opera. Si yo no lo hubiera traído aquí, él se habría buscado otra manera de entrar. No sé, a lo mejor hubiera buscado el modo de convencer a monseñor Bescondi. Tal vez decapitando a otra persona, para cerciorarse de que lo tomaran en serio.

—Usted drogó a monseñor —rugió Delpiero—. Ayudó a ese terrorista a escapar.

—Eso fue antes de que supiera que era un maldito terrorista o que tenía siquiera una bomba —protestó Reilly—. Hice lo que tenía que hacer para conseguir ese maldito libro y salvar a los rehenes. ¿Qué hubiera hecho usted si yo le hubiera dicho que ese tipo quería examinar el Registro templario? ¿Le habría dejado entrar como si tal cosa y le habría permitido verlo? ¿O habría querido saber exactamente quién era y para qué necesitaba verlo?

Delpiero titubeó buscando una respuesta, y a continuación miró a Bescondi y a Brugnone. El archivero y el cardenal estaban igual de perplejos por la pregunta.

—¿Y bien? —insistió Reilly en tono agresivo.

El gesto de encogerse de hombros que hicieron los tres le dio la respuesta.

Se pasó las manos por la cara y procuró contener la furia.

—Oigan —propuso en tono más calmado, pero resuelto—, es posible que ustedes piensen que estoy equivocado, que debería haber actuado de otra manera, y puede que tengan razón. Pero en ese momento no vi ninguna otra alternativa. Estoy dispuesto a hacer frente a las consecuencias de mis actos, del todo. Pueden hacer conmigo lo que quieran..., pero cuando esto haya terminado. Cuando ese tipo ya esté bajo custodia o en el depósito de cadáveres. Pero hasta entonces, necesito formar parte de esto, necesito ayudar a capturarlo.

Delpiero le sostuvo la mirada sin pestañear.

—Muy admirable por su parte, agente Reilly. Pero hemos consultado el tema con sus superiores, y coinciden con nosotros.

Reilly siguió la mirada del inspector, que se dirigió a Tilden, quien le respondió con un encogimiento de hombros como diciendo: «¿Qué demonios te esperabas?»

—No estabas aquí en una misión encargada por el FBI; peor todavía: no nos informaste de lo que te proponías hacer en realidad. Eso no ha caído muy bien entre las altas esferas, allá en casa. A no ser que me falte enterarme de algo, diría que deberías considerarte suspendido —le dijo el agregado—, y a la espera de la investigación que lleven a cabo el Vaticano y las autoridades italianas.

—No puedes dejarme fuera de esto —protestó Reilly—. Ya me ha metido ese tipo. Necesito continuar. —Miró a los presentes y reparó en que Brugnone lo estaba mirando fijamente.

Tilden abrió las manos en un gesto de resignación e impotencia.

—Lo siento, pero así son las cosas por el momento.

Reilly se levantó de golpe del asiento.

—¡Esto es demencial! —bramó agitando las manos—. Tenemos que movernos deprisa. Tenemos una escena del crimen que analizar, una bomba sin explotar que inspeccionar. Tenemos huellas dactilares en los coches y en los archivos, y cintas de vídeo de las cámaras de seguridad. Necesitamos emitir una orden de búsqueda dirigida a todos los puertos de entrada, dar aviso a la Interpol. —Se concentró en Delpiero—. No tire piedras a su tejado. Ya sé que está furioso. Yo también, pero puedo serle de ayuda, y estoy aquí. Tiene a su disposición los recursos del FBI, y no puede permitirse el lujo de esperar hasta que los de arriba decidan a quién enviar y lo hagan llegar aquí. Para entornes, ese tipo puede que ya se haya largado.

Delpiero no pareció conmovido por el alegato de Reilly. Sin embargo, tres sillas más allá, Brugnone se aclaró la voz para captar la atención de todos y se puso en pie.

—Sugiero que no nos precipitemos. —Dirigió una mirada a Reilly y le dijo—: Agente Reilly, hágame el favor de acompañarme a mis dependencias.

Delpiero se levantó al instante.

—*Eminenza vostra...*, le pido perdón, pero... ¿Qué pretende hacer? Este hombre ha de ser puesto bajo arresto.

Brugnone lo apaciguó con un lánguido gesto de la mano que, aunque discreto, transmitía una gran autoridad.

—*Predersela con calma.* —«Cálmese.»

Aquello bastó para que Delpiero se quedase quieto en el sitio.

Reilly se levantó, miró inseguro a Tilden y a Delpiero y fue detrás del cardenal.

14

Reilly acompañó al cardenal y juntos atravesaron el jardín de la piazza Santa Marta. Ya eran más de las doce del mediodía, y hacía calor. Cincuenta metros a la izquierda se alzaba la fachada posterior de la catedral de San Pedro. Sólo quedaban unas volutas de la nube de humo negro provocada por la explosión del coche bomba, pero la plaza, que en aquella época del año bullía de automóviles, autocares y turistas, estaba desierta. Aunque la segunda bomba había sido desactivada y retirada, el Vaticano parecía una ciudad fantasma, y al verlo así Reilly se sintió aún peor de lo que se había sentido en el despacho del inspector.

El cardenal caminaba en silencio, con las manos en la espalda. Sin volverse para mirar a Reilly, le preguntó:

—Desde la última vez que estuvo usted por aquí, no habíamos tenido la oportunidad de hablar... ¿cuánto tiempo ha pasado, tres años?

—Exacto —confirmó Reilly.

Brugnone asintió, sumido en sus pensamientos. Al cabo de un momento preguntó:

—Tampoco en esa ocasión le resultó agradable a usted, ¿verdad? Las preguntas que tenía, las respuestas que le dieron... y después de todo aquello, se vio arrastrado a aquella tormenta catastrófica...

A Reilly le vinieron a la memoria los recuerdos de aquel

episodio. Aunque habían pasado tres años, todavía notaba el sabor del agua salada en la garganta y el frío intenso de las largas horas que había pasado medio muerto en el mar, flotando en una improvisada balsa a muchas millas de la costa, frente a una minúscula isla griega. Pero lo que más frío le causó fue recordar lo que le dijo el cardenal en aquel entonces: «Me temo que la verdad es la que usted teme que sea.» Eso le recordó que no había obtenido una respuesta que zanjara definitivamente su pregunta. Se acordó de cuando estaba en aquel acantilado con Tess, contemplando con impotencia cómo salían volando aquellos pergaminos para perderse en el fuerte oleaje y le robaban la posibilidad de saber si eran auténticos o tan sólo una buena falsificación.

—Lo de hoy tampoco ha sido llegar y besar el santo —replicó Reilly.

El cardenal no lo entendió.

—¿Qué santo?

—Quiero decir que no ha resultado precisamente fácil —aclaró Reilly—. No sé por qué, pero en todas mis visitas surgen problemas.

Brugnone se encogió de hombros y desechó aquel comentario con un gesto de su manaza.

—Este lugar es la sede de un gran poder, agente Reilly. Y donde hay poder, seguro que hay conflicto.

Cruzaron la calle y entraron en la sacristía, un edificio de tres plantas adosado al costado sur de la catedral. Una vez dentro, doblaron a la izquierda para atravesar las suntuosas salas del Museo del Tesoro. A cada paso que daban, Reilly se sentía más apabullado por tanto mármol y por los bustos de bronce de antiguos papas. Hasta el último rincón de aquel lugar hundía sus raíces en la historia, en los cimientos mismos de la civilización occidental, una historia que él ahora comprendía mejor.

El cardenal le preguntó:

—Cuando nos conocimos, era usted una persona bastante devota. ¿Sigue asistiendo a misa?

—La verdad es que no. Los domingos por la mañana, cuando puedo, ayudo al padre Bragg con los partidos de béisbol para niños, pero nada más.

—¿Y por qué, si permite que se lo pregunte?

Reilly sopesó lo que iba a decir. La aventura a la que habían sobrevivido Tess y él tres años antes, más los inquietantes descubrimientos que trajo aparejados, le habían dejado huella, pero aún estimaba a Brugnone y no quería faltarle al respeto.

—Desde que nos conocimos he leído mucho... He reflexionado bastante y... Supongo que ya no me siento tan cómodo como antes con la idea de la religión institucionalizada.

Brugnone reflexionó profundamente sobre aquella respuesta, sus ojos entrecerrados adoptaron una expresión ensimismada. Ninguno de los dos habló hasta que llegaron al final de aquella galería adornada con frescos y entraron en el transepto sur de la catedral. Reilly no había estado nunca en el interior de la grandiosa iglesia, y el panorama que vio lo dejó boquiabierto. Sin duda alguna era la obra de arquitectura más sublime del planeta, todos sus detalles deslumbraban los ojos y elevaban el alma. A su izquierda alcanzó a ver el altar papal cubierto por un prodigioso baldaquino esculpido por Bernini, formado por cuatro columnas salomónicas y un exquisito techo, que resultaba empequeñecido por la gigantesca cúpula que se alzaba encima de él. A su derecha logró vislumbrar la lejana entrada de la basílica, situada al fondo de la nave. Por las ventanas del alto claristorio se filtraban haces de luz que bañaban la catedral con un resplandor etéreo y lograron reavivar en Reilly una llama que en aquellos últimos años había estado apagada.

Brugnone pareció darse cuenta del efecto que causaba todo aquello en Reilly, y se detuvo unos instantes en el punto donde se cruzaban los brazos del transepto para darle tiempo de saborearlo.

—Nunca ha tenido tiempo para visitar debidamente la basílica, ¿cierto?

—Cierto —contestó Reilly—, y tampoco voy a tenerlo esta vez. —Calló un momento y luego preguntó—: Hay algo que necesito saber, eminencia.

Brugnone no se inmutó.

—Quiere saber qué hay dentro de esos archivos.

—Sí. ¿Sabe usted qué es lo que persigue ese hombre?

—No estoy seguro —respondió el cardenal—. Pero si es lo que imagino... nos perjudicaría aún más de lo que andaba buscando aquel tal Vance. —Hizo una mínima pausa y añadió—: Pero después de lo que ha hecho hoy... ¿Qué más da?

Reilly se encogió de hombros. A su eminencia no le faltaba razón.

—Así es. Pero nos vendría bien saberlo. Necesitamos atraparlo.

Brugnone afirmó con la cabeza. Estaba claro que tomaba nota mentalmente de la petición de Reilly. Lo miró fijamente unos instantes y le dijo:

—He prestado atención a lo que ha dicho antes. Y aunque no perdono lo que hizo ni coincido con su decisión de excluirnos de sus deliberaciones, me doy cuenta de que se encontraba en una posición difícil. Y lo cierto es que estamos en deuda con usted. Hace tres años nos prestó un servicio muy importante, que le costó mucho asimilar, estoy seguro. Pero, a pesar de sus dudas, ha seguido siendo fiel a sus principios y ha puesto su vida a nuestra disposición, y eso no lo habría hecho cualquiera.

Reilly sintió una punzada de culpabilidad. Lo que estaba diciendo Brugnone era cierto en parte, pero es que el cardenal no sabía toda la verdad. Tres años atrás, cuando volvió de Grecia con Tess, ambos acordaron contar una versión ligeramente reducida de lo que había sucedido en realidad. Mintieron. Les dijeron a la policía, al FBI y al representante del FBI en Nueva York que la tormenta había acabado con la vida de todos los implicados, excepto con ellos dos, claro está, y que no se encontraron los restos del naufragio del *Falcon Temple*. Prometieron no hablar de lo que les ocurrió tras la incursión en el Museo Metropolitano, cuando cuatro jinetes vestidos de caballeros templarios irrumpieron en la gran gala del Vaticano y arrasaron con todo para después marcharse, llevándose consigo un antiguo decodificador templario. Allí acabó la historia. Que el Vaticano supiera, Reilly había luchado valientemente hasta el final por defender su causa... Lo que tampoco era cierto del todo. Y no le ayudaba precisamente el hecho de que ahora el cardenal y él estuvieran junto al Altar de la Mentira, un monumental mosaico de Adami que representaba lo que, según reconoció Reilly, era el castigo de una pareja que le mintió a San Pedro al decirle cuánto dinero habían cobrado por un terreno y ambos cayeron muertos al instante por engañarlo.

—En aquella ocasión necesitábamos de su ayuda, y a pesar de todo usted accedió a ayudarnos —le dijo el cardenal—. Lo que necesito saber es cómo se siente ahora. ¿Ha cambiado algo? ¿Aún está dispuesto a luchar por nosotros?

Reilly percibió que se abría una rendija. Pero no por ello modificó la respuesta:

—Mi trabajo consiste en que los individuos como ése no vuelvan a tener ocasión de dañar a otras personas. A personas inocentes, como las que han muerto hoy fuera de estos muros. En realidad no me importa lo que hay en esos archivos, eminencia. Lo único que quiero es encerrar a ese tipo de por vida o meterlo dos metros bajo tierra, si es lo que prefiere.

Brugnone le sostuvo la mirada unos instantes; después, sus deliberaciones internas parecieron llegar a un veredicto porque asintió para sí, muy despacio.

—Bien, agente Reilly..., por lo visto vamos a tener que darle permiso para que continúe con este asunto.

Después de todo lo que había sucedido, y todavía con las emociones a flor de piel, Reilly no estuvo muy seguro de haber oído bien.

—¿Qué está diciendo? Creía que estaba detenido.

Brugnone desechó aquel comentario con un gesto.

—Lo que ha sucedido esta mañana empezó aquí, dentro de la Ciudad del Vaticano. Nos corresponde a nosotros decidir la forma de tratarlo..., y como usted sabe, también gozamos de cierta influencia sobre lo que ocurre fuera de estos muros.

—¿Esa influencia llega hasta Federal Plaza? Porque creo que el FBI quiere retirarme la placa.

Brugnone le respondió con una sonrisa cómplice.

—En este asunto, no creo que haya muchos sectores que queden fuera de nuestra esfera de influencia. —A continuación empleó un tono más firme—: Deseo que forme usted parte de esta investigación, agente Reilly. Quiero que encuentre a ese hombre y ponga fin a esta barbarie. Pero también necesito saber que va a velar por nuestros intereses, que si llega a encontrar lo que él está buscando, me lo traerá primero a mí dejando a un lado todas las demás consideraciones... e influencias. —Esta última palabra la pronunció con un énfasis especial.

Reilly notó la pulla.

—¿Qué quiere decir?

—Que es posible que algunos de sus socios o amigos tengan otras ideas respecto de lo que se debería hacer con un hallazgo de proporciones históricas. —De nuevo pronunció una palabra con un tono especial: «amigos».

Reilly creyó entender.

—¿Está usted preocupado por Tess?

Brugnone se encogió de hombros.

—Cualquier persona sería preocupante en una situación como ésta. Por eso necesito saber que usted va a tomarse muy en serio los intereses de la Iglesia, por encima de todos los demás. ¿Me da usted su palabra, agente Reilly?

Reilly ponderó lo que le decía el cardenal. Por un lado, tenía la sensación de que le estaban haciendo chantaje. Por el otro, tampoco se le pedía que hiciera algo que no hubiera hecho ya. Además, en ese momento su prioridad era capturar al terrorista culpable de aquella carnicería. Lo que hubiera dentro de los archivos tenía una importancia secundaria. Muy secundaria.

—Le doy mi palabra.

Brugnone respondió con una breve inclinación de cabeza.

—Pues en ese caso tiene que ponerse a trabajar. Ya me encargo yo de hablar con la *Polizia* y con sus superiores. Puede usted empezar.

—Gracias. —Reilly le tendió la mano, sin saber muy bien si resultaba apropiado terminar con un apretón de manos.

Brugnone le envolvió la mano con las suyas.

—Encuéntrelo. Y deténgalo.

—No va a ser fácil. Ya ha conseguido lo que había venido a buscar, y teniendo ese Registro en su poder nos lleva buena ventaja. Si contiene alguna información relativa a lo que le ocurrió a Conrado, ahí es donde encontraremos a nuestro terrorista. Pero él tiene el libro, y nosotros no.

Brugnone esbozó una sonrisa misteriosa.

—Yo no diría tanto. —Dejó que calaran aquellas palabras y seguidamente añadió—: Verá, hace tiempo que nos hemos dado cuenta de que el archivo se ha vuelto demasiado extenso para administrarlo empleando métodos tradicionales. Tenemos más de ochenta y cinco kilómetros de estanterías, todas rebosantes de materiales. De modo que, hará unos ocho años, iniciamos un proyecto de archivo electrónico. Ya casi hemos escaneado la colección completa.

A Reilly se le iluminó ligeramente la cara. Ya sabía lo que le iba a contestar Brugnone, pero dijo:

—Espero que no lo estén haciendo por orden alfabético.

—Lo estamos haciendo por orden de importancia —replicó el cardenal con una sonrisa de complicidad—. Y los templarios, sobre todo después de lo que ocurrió hace tres años, son bastante importantes, ¿no cree?

15

El resto de la tarde fue una mancha borrosa, ruidosa y caótica.

Reilly y Tess lo pasaron en las oficinas de la Gendarmería, donde se había instalado un puesto de mando provisional. La frenética actividad no cedía ni un segundo mientras Tess prestaba una declaración completa de lo que le había ocurrido, y Reilly se encargaba de que la policía local no perdiera la menor pista que pudiera servir para atrapar al secuestrador.

Para alivio de Reilly, se mostraron colaboradores. Emitieron una orden de búsqueda de alta prioridad que fue enviada a los organismos de seguridad de todo el país y se transmitieron alarmas a los principales puertos de entrada. La Interpol iba a encargarse de que el aviso se enviara a los países vecinos. En cambio, la información con que se contaba era limitada. El terrorista, que se suponía era un iraní que estaba utilizando un pasaporte falso de algún otro país, se las había arreglado para no mirar directamente a las cámaras de seguridad que había en el Vaticano. Las únicas imágenes que se había podido obtener de él hasta el momento eran parciales y poco nítidas. Se habían enviado equipos de la policía científica para que intentasen recuperar las huellas dactilares que pudiera haber en el archivo, en el BMW y en el maltrecho papamóvil, con la esperanza de que ayudaran a identificarlo, mientras que sus colegas de los laboratorios de la brigada antiterrorismo examinaban la bomba desactivada en busca de algún indicio de su procedencia.

También incluyeron en la alerta a Simmons, por si acaso, al igual que Tess y que Sharafi, el terrorista lo hubiera traído a Roma. Se envió a la embajada una petición urgente de información relativa a su pasaporte; entretanto, Tess ayudó a los detectives a buscar fotos de él en Internet.

Reilly se puso en contacto con el agregado jurídico del FBI destacado en Estambul para decirle que era necesario localizar a la esposa y la hija de Sharafi e informarlas de lo sucedido. También le pidió que ordenase a la policía turca que buscara al ayudante de investigación de Sharafi, el que se había ido de la lengua, aunque en realidad no abrigaba demasiadas esperanzas de que dieran con él.

Mientras sucedía todo esto, Bescondi encargaba a todos los especialistas en los archivos que buscaran en el escaneado del Registro cualquier referencia sobre un caballero templario llamado Conrado.

Reilly trató de no hacer caso de la evidente irritación que sentían Delpiero y los detectives de la *Polizia* por verlo allí todo el tiempo. La intercesión de Brugnone a su favor no había sentado lo que se dice muy bien; los policías no hacían el menor esfuerzo por disimular lo que pensaban: que Reilly debería estar detrás de unos barrotes en lugar de trabajar con ellos. Tuvo un par de tensos enfrentamientos con algunos, pero se contuvo y evitó hacer más desagradable la situación. Procuró permanecer delante de ellos lo menos posible, y pasó la mayor parte de la tarde quemando las líneas telefónicas y aguantando las broncas que le echó su jefe por actuar por su cuenta. Después informó a los diversos jefes de Federal Plaza, Langley y Fort Meade de una multiconferencia que tendría lugar una vez que todos se pusieran en marcha.

Cuando comenzó a hacerse de noche ya no quedaba mucho más que pudieran hacer. Las alertas se habían enviado, los investigadores estaban examinando datos y vídeos de las cámaras de seguridad, los técnicos del laboratorio trabajaban como descosidos en sus puestos de alta tecnología y los especialistas escrutaban atentamente los textos medievales. Ahora tocaba esperar.

Tilden dejó a Reilly y a Tess en el Sofitel, un discreto hotel de tamaño mediano que utilizaba frecuentemente la embajada para sus visitas. Se registraron con nombres falsos y les dieron dos habitaciones de la última planta, comunicadas entre sí. A la puerta del hotel se apostaron dos policías vestidos de paisano, dentro de un Lancia sin distintivos aparcado en Via Lombardia. Era una calle tranquila y de sentido único, lo cual facilitaba la tarea de vigilancia.

Las habitaciones eran espaciosas y gozaban de una estupenda vista de los jardines de la Villa Borghese y de las cúpulas de la iglesia de San Carlo al Corso y, más hacia el oeste, San Pedro. Era un panorama maravilloso a cualquier hora, y más aún con aquel cielo encendido por la puesta de sol, pero Tess sólo consiguió disfrutarlo tres segundos, porque enseguida se apartó de la ventana y se dejó caer en la mullida cama tamaño gigante. Para sus músculos doloridos y su mente agotada, aquello fue el paraíso.

Estiró los brazos y dejó que la cabeza se le hundiera un poco más en las almohadas de pluma.

—¿Cuál es el hotel ese que está siempre presumiendo de las camas tan maravillosas que tiene?

Reilly apareció en la puerta que comunicaba las dos habitaciones secándose la cara con una toalla.

—El Westin.

—Ya. Bueno, pues éste no tiene nada que envidiarle. —Se dejó hundir más todavía, con los brazos extendidos hacia los bordes de la cama, y cerró los ojos con placer.

Reilly fue hasta el minibar y miró qué había dentro.

—¿Quieres algo de beber?

Tess no levantó la mirada.

—Vale.

—¿Qué te apetece?

—Sorpréndeme.

Oyó el ruido placentero de una botella al abrirse (no sabía por qué, pero en Europa no parecían muy habituales los tapones de rosca) y luego otra. Acto seguido se hundió ligeramente el colchón, cuando Reilly se sentó en el borde de la cama.

Tess se incorporó apoyándose en las almohadas y aceptó la botella de cerveza Peroni fría que le ofreció Reilly.

—Bienvenida a Roma —dijo Reilly al tiempo que chocaba su botella contra la de ella con una expresión triste y cansada.

—Bienvenido a Roma —repitió ella con el semblante nublado por el desconcierto. Todavía no entendía muy bien cómo había sucedido todo aquello. Aunque habían pasado el día entero en las oficinas de la Gendarmería, aún le resultaba surrealista encontrarse allí. En Roma. En la habitación de un hotel. Con Reilly a su lado.

Bebió despacio, con gran satisfacción, sintiendo cómo le bajaba por la garganta aquella cerveza fría antes de depositarse en su estómago con un agradable hormigueo, y estudió el semblante de Reilly. Lucía un par de hematomas pequeños, uno en la mejilla izquierda y otro encima de la ceja derecha, más pronunciado y magullado. Se acordó de los muchos hematomas que tenía en la cara cuando lo conoció. Pero después de aquello, una vez que regresaron a Estados Unidos, una vez que empezaron a salir juntos y una vez que, al poco tiempo, él se fue a vivir a casa de ella, los hematomas desaparecieron... Si bien fueron reemplazados por un dolor de otro tipo. Se dio cuenta de que había echado de menos ver a Reilly como el superagente salvador cubierto de heridas, todo intensidad y urgencia, y ese pensamiento le resultó incómodo.

—De modo que aquí estamos otra vez —comentó ella.

—Pues sí. —Su mirada tenía una expresión distante, cansada, como si él tampoco se hubiera hecho todavía a la idea de estar allí.

—¿Me has echado de menos? —preguntó Tess sin poder contenerse, con una sonrisa traviesa.

Vio que Reilly le recorría la cara con la mirada... Oh, Dios, cuánto había echado de menos aquella mirada, y seguidamente dejaba escapar una risa ligera, desenfadada, para después beber otro trago largo de cerveza.

—¿Qué? —presionó ella.

—Oye, no fui yo el que salió huyendo a la carrera por medio mundo.

Tess advirtió, profundamente aliviada, que el tono no contenía resentimiento alguno.

—Eso no es obstáculo para que me hayas echado de menos —lo aguijoneó.

Reilly rio y sacudió la cabeza en un gesto de incredulidad.

—Eres increíble, ¿sabes?

—¿Eso es un sí? —Le obsequió con una sonrisa amplia que actuó como un potente rayo abductor. Sabía que las defensas de él no iban a aguantar mucho más.

Reilly le sostuvo la mirada unos instantes y dijo:

—Pues claro que te he echado de menos.

Tess alzó las cejas en un gesto de sorpresa fingida.

—Pues entonces, ¿por qué no dejas de mirarme así y...?

No tuvo la oportunidad de terminar la frase. Reilly ya se había lanzado sobre ella, le había tomado la cabeza entre las manos y la estaba besando con un ansia urgente, primaria. Las botellas de cerveza semivacías rodaron de la cama y cayeron a la moqueta produciendo un ruido sordo, mientras ellos se entrelazaban y se palpaban con manos frenéticas bajo la ropa buscando una piel que ya conocían.

—Estoy hecha una guarra —le susurró Tess cuando él le arrancó la blusa y comenzó a devorarla en dirección al vientre.

Reilly no se detuvo.

—Ya lo sé. Y me gusta —dijo entre bocados ávidos y húmedos.

Tess, entre gemidos de placer, dejó escapar una risa distraída, maliciosa.

—No, quiero decir que estoy hecha una guarra, de suciedad.

Reilly persistió.

—Ya te digo que eso forma parte del atractivo.

Tess le tomó la cabeza entre las manos, cerró los ojos y arqueó la espalda al tiempo que hundía la cabeza entre dos almohadas.

—Quiero decir que necesito una ducha, tonto.

—Los dos la necesitamos —murmuró sin detenerse—. Luego.

16

Luego terminó siendo al cabo de dos horas. Llevaban cuatro meses sin verse. De hecho, no sabían cuándo iban a verse otra vez, si es que se veían, dado que no se habían despedido de una manera precisamente amistosa. Y aunque el hecho de pasar un par de horas perdidos el uno en el otro y olvidados del mundo no iba a compensar aquellos cuatro meses de deseo reprimido ni las experiencias cercanas a la muerte que acababan de vivir, para empezar no estaba mal.

Después de pasarse un buen rato juntos en la ducha de mármol, volvieron a la cama, esta vez envueltos en gruesos albornoces, y se dedicaron a dar buena cuenta del *risotto parmigiano* y los *scaloppine al limone* que les subió el servicio de habitaciones.

Reilly contempló cómo comía Tess. A pesar de lo demencial que habían sido las pasadas veinticuatro horas, le resultaba natural estar con ella. Otra vez. Estar con ella hacía que todo volviera a cobrar vida, todo lo que había echado en falta mientras no la tuvo. Aquellos ojos verde esmeralda que brillaban tanto de inteligencia como de malicia; aquellos labios exquisitamente formados y aquellos dientes perfectos, conspiradores de una sonrisa luminosa; aquellos rebeldes rizos rubios que enmarcaban el conjunto y contribuían a la actitud indómita que irradiaba. La risa. El humor. La vitalidad y la energía. La magia con que inundaba cualquier habitación nada más entrar. Al contemplarla ahora, engullendo la comida con el placer de quien se come la vida a bocados, le costaba creer que la hubiera dejado salir de su mundo. Y, sin embargo, lo había hecho, aunque ahora las razones de la ruptura parecían, si no triviales, desde luego mal llevadas. Claro que era muy fácil decirlo a toro pasado.

Debería haber dicho algo en aquel entonces, haber interrumpido aquella erosión lenta, las frustraciones, la sensación de no encajar bien. Pero no hubo una solución fácil. Ya habían dado el salto de iniciar una vida juntos. Tess tenía una hija, Kim, de su exmarido, y un juicio pendiente por acoso sexual contra un presentador de informativos que se había trasladado a la costa Oeste. Reilly, por su parte, no se había casado nunca ni tenía hijos. Lo cual supuso un problema cuando entró en acción el carácter caprichoso de la reproducción humana. Reilly no quería ser simplemente un padrastro de Kim, quería ser padre por sí mismo, y aquello, tal como ocurría cada vez más con las mujeres de treinta y tantos, no resultó ser tan fácil. El regalo de la vida estaba demostrando ser de lo más esquivo. Las pruebas que se hicieron demostraron que el problema no estaba en él, que seguramente la culpa había que achacársela a los años que llevaba Tess tomando la píldora. De modo que, cuando el anhelo primitivo que invadía a Reilly también invadió a Tess, comenzó a crecer un sentimiento de melancolía, agravada por los tratamientos de fertilización in vitro, y el vínculo que los unía empezó a perder fuerza. Cada nuevo intento fallido era como pasar por un divorcio. Al final, Tess sintió la necesidad de escapar. La angustia mental y la sensación de estar fallando a Reilly eran demasiado profundas. Y él no hizo demasiados esfuerzos para disuadirla, aunque en aquel momento se sentía tan vacío y agotado como ella.

Sí, debería haber dicho algo, pensó mientras la miraba sin apartar los ojos. Se prometió que jamás volvería a permitir que se apartara de su vida, pero al mismo tiempo se recordó a sí mismo que aquello no dependía únicamente de él.

Tess debió de notar que la estaba perforando con los ojos, y le dirigió una mirada de soslayo.

—¿Vas a terminarte eso? —le preguntó con la boca llena, señalando el plato con el cuchillo.

Reilly rio y le pasó el plato. Ella recogió lo que quedaba de los escalopines y se lo llevó a la boca. Transcurrida una pausa, él preguntó:

—¿Qué es lo que ha pasado?

—¿Cómo dices?

Reilly intentó ordenar sus pensamientos.

—Esto. Nosotros. Aquí. Otra vez mezclados en asesinatos y temas de templarios.

—A lo mejor es lo que nos ha tocado hacer en la vida —dijo Tess, sonriendo entre un bocado y otro.

—Hablo en serio.

Tess, se encogió de hombros y miró a Reilly con expresión penetrante.

—Todavía hay muchas cosas que desconocemos de ellos. ¿Por qué crees que acudí a consultar a Jed? Es lo que intenté explicarte... antes de irme. Merecen que se los tome en serio. Llevan décadas como parte de un territorio del mundo académico, prohibido, sirviendo de pasto para fantasías y teorías conspiratorias. Pero nosotros sabemos algo más, ¿no? Todo lo que creíamos que eran mitos y tonterías... ha resultado ser verdad.

—Puede —replicó Reilly—. Al final no tuvimos oportunidad de ver si los documentos del *Falcon Temple* eran auténticos o simples falsificaciones.

—Aun así... existían, ¿no es cierto?

Reilly tuvo que conceder que aquello era verdad..., y ratificaba la idea que tenía Tess respecto de la orden.

—Bueno, y ahora que tu trabajo y tus libros tienen que ver únicamente con los templarios, ¿es que vas a tener que interponerte en la línea de fuego cada vez que a un pirado le dé por pensar que tiene una pista que lo va a llevar a descubrir uno de sus secretos?

—Ese tipo no me buscaba a mí —le recordó Tess—, sino a Jed. Yo me encontraba allí por casualidad.

—Esa vez —señaló Reilly.

—Bueno... —Tess se le acercó y le dio un beso húmedo— si vuelve a suceder, ¿me prometes que vas a acudir a rescatarme?

Reilly reflexionó unos instantes, sin decir nada; luego se apartó ligeramente con expresión pensativa y contestó:

—A ver si lo he entendido bien. Me pides que sólo si te secuestra un psicópata asesino, y sólo en ese caso, la petición que me hiciste de que te diera un poco de «espacio» —hizo el signo de las comillas en el aire— y de que no me acercase a ti para que tuvieras tiempo de «aclarar las cosas» —más comillas— queda sin efecto. —Hizo una pausa fingiendo que estaba pensando intensamente y después asintió con gesto irónico—. De acuerdo. Por mí, vale.

A Tess, al oír aquello, se le nubló el semblante, como si de pronto le hubiera caído encima la cruda realidad.

—¿No podríamos... no sé, disfrutar de este momento y no hablar de lo nuestro?

—¿Es que existe algo «nuestro»? —Reilly seguía hablando en tono ligero y jovial, aunque en su fuero interno aquella frase era todo menos una pregunta.

—Acabamos de pasar dos horas ensayando prácticamente todas las posturas del Kama Sutra. Yo creo que eso tiene que tener algún efecto en la relación que hay entre nosotros, digo yo. Pero, por favor, por qué no lo dejamos para otra ocasión... ¿no?

—No hay problema. —Reilly esbozó una ancha sonrisa para quitar hierro a la situación y decidió dejar el tema por el momento. Lo que acababan de pasar ambos no era el telón de fondo más adecuado para hablar seriamente de la postura que tenían el uno respecto del otro. No le pareció justo para Tess, después del calvario que había vivido.

Así que cambió de tema.

—Dime una cosa... Esos archivos, los textos a los que se refiere la confesión del monje. El cardenal no se mostró muy dispuesto a darme una respuesta directa respecto de lo que podían contener. Pero tú debes de haberlo comentado con Simmons. ¿Tienes alguna idea?

—Alguna, pero... Son sólo especulaciones.

—Pues especulemos.

Tess frunció el ceño.

—«La obra del diablo, escrita por su mano con veneno sacado de las profundidades del infierno», y todo lo demás. Da miedo como suena, ¿no te parece? Y no es algo que se asocie normalmente con los templarios.

—Pero ¿tú crees que sí?

Tess se encogió de hombros.

—Más o menos. Hay que comprender el contexto, el entorno. Los acontecimientos que narra el diario, Conrado y los monjes... El hecho de que todo sucediera en 1310. Es decir, tres años después de que se arrestara a todos los templarios. Y si sabemos cómo sucedió, por qué sucedió y cuándo sucedió, podremos explicar mejor de qué va todo esto.

—Continúa.

Tess se enderezó, y se le iluminó la cara como le ocurría siempre que se apasionaba con algo.

—Bien, la historia es la siguiente. A finales del siglo XIII y principios del XIV, Europa occidental estaba viviendo momentos difíciles. Después de haber tenido varios siglos de clima cálido, el tiempo se había vuelto irregular e imprevisible, mucho más frío y más lluvioso. Las cosechas estaban perdiéndose, las enfermedades se extendían. Éste fue el inicio de lo que se ha llamado la Pequeña Glaciación, la cual, de forma bastante curiosa, duró hasta hace unos ciento cincuenta años. Para el año 1315 ya llevaba lloviendo casi tres años de forma ininterrumpida, lo que desencadenó la Gran Hambruna. De modo que la gente del pueblo empezó a pasarlo mal de verdad. Y encima de eso, se acababa de perder Tierra Santa. El Papa les había dicho que las cruzadas obedecían a la voluntad de Dios y que contaban con la bendición divina..., y sin embargo habían fracasado. Los cruzados perdieron Jerusalén y finalmente, en 1291, fueron expulsados del último bastión que le quedaba a la cristiandad, Acre. Hay que tener en cuenta que la Iglesia había pasado varias décadas preparando la llegada del nuevo milenio, que iba a marcar el hito de sus mil años de antigüedad, y decía que era el momento de la *parusía*, o Segundo Advenimiento. Se advertía a la gente de que, antes de aquella fecha, tenía que abrazar el cristianismo y someterse a la autoridad de la Iglesia, o de lo contrario perdería la oportunidad de obtener la recompensa eterna. Así que hubo un gran resurgimiento del fervor religioso, y cuando se vio que no sucedía nada, que llegaba el nuevo milenio y se iba sin que tuviera lugar el Gran Acontecimiento, la Iglesia tuvo que buscar alguna otra cosa que distrajera a la gente, casi una excusa. Y decidió liberar los Santos Lugares de los musulmanes que se habían apoderado de ellos. El Papa imaginó las cruzadas como algo que Dios estaba esperando, el logro que coronaría todo aquel movimiento, el nacimiento de una era nueva y triunfal para la cristiandad. La Iglesia había llegado incluso a modificar radicalmente su postura, pasó de predicar la paz, la armonía y el amor al prójimo a hacer todo lo contrario: ahora el Papa promovía la guerra de forma activa y decía a sus seguidores que «Dios los absolvería de todos los pecados que hubieran cometido anteriormente si acudían a Tierra Santa a pasar a cuchillo a los paganos». De modo que en eso de recuperar Tierra Santa había muchas más cosas. Y cuando la empresa fracasó, supuso un tremendo mazazo. Tremendo. Además, la gente se asustó muchísimo, temía que Dios se hubiera enfadado. O que aquello fuera obra de algo poderoso y malvado que estaba minando los esfuerzos de Dios. Y si así era, ¿quiénes eran sus agentes, y qué poderes tenían?

»Mientras sucedía todo esto, al mismo tiempo se estaba cociendo otra cosa —continuó Tess—. La gente de la Europa occidental, y me refiero a los poderosos, los sacerdotes y los monarcas, los pocos que sabían leer y escribir, hacía un tiempo que habían empezado a tomarse en serio los peligros de la magia y la brujería. Cosa que no habían hecho durante muchos siglos, ya que estas inquietudes habían desaparecido con el paganismo. La magia y la brujería se consideraban ridículas, simples supersticiones de viejas fantasiosas. Pero cuando a finales del siglo XI los españoles reconquistaron el centro de España de manos de los moros, descubrieron un mundo entero de textos en algunos sitios como la biblioteca de Toledo, textos científicos antiguos y clásicos que habían traído consigo los árabes y que habían sido traducidos del griego original al árabe, y de éste al latín. Así que Occidente redescubrió todos aquellos textos perdidos, obras de grandes pensadores y científicos que habían quedado totalmente olvidados, como Platón, Hermes y Ptolomeo, además de otros muchos que no se conocían. Libros como el *Picatrix*, el *Kyranides* y los *Secreta Secretorum*, que exploraban la filosofía y la astronomía, y también las ideas mágico-religiosas, las pociones, los hechizos, la nigromancia, la astromagia, amén de ideas de todas clases que aquella gente no había visto jamás. Y lo que leyeron los dejó muertos de miedo. Porque aquellos textos, por muy primitivos o equivocados que los consideremos nosotros actualmente, hablaban de ciencia y de entender cómo funcionaba el universo, cómo se movían las estrellas, cómo se podía curar el cuerpo humano, y, fundamentalmente, cómo podía el hombre dominar los elementos que lo rodeaban. Y eso les daba mucho miedo. Era la primera ciencia, y la primera ciencia se consideraba magia. Y como aquello socavaba el concepto de «voluntad divina», los sacerdotes la tacharon de «magia negra» y afirmaron que todo lo que se consiguiera gracias a ella tenía que deberse a la adoración del diablo.

En aquel momento, a Reilly le vino a la memoria un detalle de la ocasión anterior en que trató con los monjes guerreros, y preguntó:

—¿No se acusó a los templarios de adorar no sé qué cabeza demoníaca?

—Por supuesto. El Bafomet. Respecto de ese detalle hay diversas teorías, pero todavía no sabemos a ciencia cierta qué significaba. Pero eso es de lo que estoy hablando, precisamente. Para entender por qué los templarios fueron arrestados y acusados de todas esas cosas tan ridículas, es necesario entender la mentalidad que existía por entonces.

—Así que tenemos al pueblo creyendo que Dios estaba furioso con él y que los agentes del diablo se proponían acabar con todo el mundo, y a los sacerdotes y los reyes suponiendo que de verdad existía la magia negra.

—Exacto. Y como telón de fondo todas esas cosas. Cuando

los monjes guerreros, arrogantes y acaudalados, que habían perdido Tierra Santa, regresaron a Europa, no parecían demasiado avergonzados de la derrota que habían sufrido. Todavía conservaban sus inmensas posesiones y vivían a cuerpo de rey mientras el resto el mundo se moría de hambre. La gente empezó a hacer preguntas. Empezó a extrañarse de que aquellos monjes estuvieran librándose de la miseria, y no tardó en preguntarse si aquellos monjes no contarían con alguna clase de poderes maléficos, si no estarían aliados con el diablo, si no serían brujos adoradores del demonio. Este miedo a la magia negra constituyó la base de los juicios de los templarios. Naturalmente, su acusador, el rey de Francia, tenía motivos de sobra para querer acabar con ellos. Influyeron la avaricia y la envidia. Él les debía mucho dinero y estaba sin blanca, y además lo enfurecía su arrogancia y la flagrante falta de respeto que mostraban hacia él. Pero, aparte de eso, él se consideraba realmente el más cristiano de los reyes, el defensor de la fe, y más aún tras la muerte de su mujer, ocurrida en 1307, el mismo año en que ordenó las detenciones, un momento en el que se había refugiado en la religiosidad, de la que ya no salió nunca. Se veía a sí mismo como un elegido por Dios para llevar a cabo su divina obra en la Tierra y proteger al pueblo de la herejía. Tenía la esperanza de lanzar otra cruzada. Y ni él ni sus consejeros lograban comprender cómo podían aquellos templarios mostrarse tan arrogantes y despectivos con el elegido de Dios, si no era porque estaban recibiendo la ayuda de algún poder demoníaco.

Reilly dejó escapar una risita.

—¿De verdad pensaban semejante cosa?

—Ya lo creo. Si los templarios habían hecho un pacto con el diablo, si poseían conocimientos capaces de transformar el mundo y arrebatar el poder a quienes lo detentaban, había que destruirlos. Y esto no es tan descabellado como parece. El conocimiento es poder, en todos los sentidos, y las armas del ocultismo constituyen un hilo común a lo largo de la historia. Siempre ha habido megalomaníacos que buscan esa ventaja adicional, ese poder divino, esos conocimientos arcanos que les permitan conquistar el mundo. Hitler estaba obsesionado con el ocultismo. Los nazis estaban fascinados con la magia negra y con las runas, y no sólo en la película *En busca del Arca perdida*. Mussolini tenía un ocultista personal bastante chiflado que se llamaba Julius Evola. Te quedarías asombrado de las supersticiones y las disparatadas creencias que se toman en serio muchos líderes mundiales de hoy.

Reilly sentía la cabeza embotada.

—Entonces, esos archivos...

—Son «la obra del diablo, escrita por su mano con veneno sacado de las profundidades del infierno, una obra cuya infausta existencia representa una amenaza para la roca en la que asienta sus cimientos nuestro mundo» —le recordó Tess—. ¿Qué contienen esos libros que tanto asustó a aquellos monjes? ¿Podría haber algo de verdad en las acusaciones que se presentaron contra los templarios? ¿De verdad eran ocultistas que practicaban la magia negra?

Reilly puso cara de dudarlo.

—Venga ya. Podría ser que fuera todo puramente metafórico. —De pronto le vino a la memoria la entrevista que había tenido con Brugnone tres años atrás—. Se me están ocurriendo otros escritos que sacudirían un poco el mundo de cualquier monje.

—Desde luego —convino Tess—. Pero tienes que conservar una mentalidad abierta. Voy a ponerte el ejemplo que dio Jed. Ya sabes que en España y en Portugal había muchos templarios. Su presencia era muy importante allí. Bueno, pues en cierto momento del siglo XIII empezaron a tener problemas y se vieron obligados a empeñar la mayoría de las posesiones que tenían en Castilla. De todos los enclaves que allí poseían, el único que conservaron fue una iglesia pequeña e insignificante, perdida en medio de la nada. No tenía sentido. No se encontraba en un lugar estratégico, ni siquiera tenía tierras que produjesen ingresos suficientes para que los frailes enviasen fondos a sus hermanos de Tierra Santa. Pero fue la única encomienda que decidieron conservar. Lo que no resultó tan obvio de inmediato fue que aquella pequeña iglesia sí que contaba con un rasgo interesante: su ubicación. La habían construido justo en el centro de España, equidistante de los puntos más alejados. Y quiero decir perfectamente equidistante, al milímetro.

—Venga —cuestionó Reilly—, ¿qué quieres decir con que era perfectamente equidistante? ¿Cómo iban a calcular algo así, hace setecientos años? Ni siquiera hoy, con el GPS y...

—Pues está situada en el mismísimo centro, Sean —insistió Tess—. Norte-sur, este-oeste; si trazas esas líneas y ves dónde se cruzan, verás que coincide con el sitio. Jed lo comprobó utilizando las coordenadas del GPS. Es el punto exacto. Y esa ubicación tiene un importante significado oculto: el hecho de controlar el epicentro de un territorio otorgaba el dominio mágico del mismo. Y, además, esa ubicación tiene otras peculiaridades geográficas relacionadas con el Camino de Santiago y con otras fortalezas templarias. ¿Qué, es todo una simple coincidencia? Puede que sí. O puede que los templarios creyesen de verdad en esas supersticiones. Y también puede que sean algo más que supersticiones.

Reilly lanzó un fuerte suspiro. Fuera lo que fuese, estaba claro que el tipo que andaba buscando estaba preparado para matar por ello. Y a lo mejor aquello era lo único que necesitaba saber.

—En resumen, que podría ser cualquier cosa —concluyó Reilly.

—Pues sí —afirmó Tess a la vez que se terminaba el último trozo de escalopa.

Reilly la miró con curiosidad, luego sacudió la cabeza despacio y dejó escapar una risa irónica.

Tess lo miró interrogante.

—¿Qué pasa?

—Te conozco. Estás buscando la manera de convertir todo esto en material para otro libro, ¿a que sí?

Tess dejó el tenedor y se estiró perezosamente, después volvió a recostarse contra las almohadas y se volvió de costado para mirarlo.

—¿Por qué no hablamos de otra cosa? —Sonrió con expresión soñadora—. Aún mejor, ¿qué tal si pasamos un rato sin hablar de nada?

Reilly le sonrió, retiró los platos de la cama, los dejó encima del carrito del servicio de habitaciones y se echó encima de ella.

Lo sobresaltó el zumbido de un teléfono que tenía el mismo tacto aterciopelado que una pistola eléctrica, y lo sacó de un sueño profundo que le había costado varias horas conciliar.

Se había pasado el tiempo dando vueltas en la cama. Había sido un día agotador en el plano emocional, lleno de altibajos que lo habían acosado de forma mareante. Y la noche había sido peor. La alegría que debería sentir por estar de nuevo con Tess resultaba asfixiada por las imágenes de la devastación y la carnicería que había tenido lugar en el Vaticano. Reproducía mentalmente una y otra vez lo sucedido, intentaba racionalizar lo que había hecho, pero no lograba eludir la idea obsesiva de que él era el responsable de todo aquello, y se preguntaba cómo iba a vivir soportando el sentimiento de culpa que crecía en su interior.

Se incorporó apoyado en los codos, un tanto mareado. Por las estrechas aberturas de las persianas se filtraban delgados haces de sol. Tardó un par de segundos en hacerse a la idea de dónde estaba. Miró el radiodespertador que había en la mesilla de noche. Eran poco más de las siete de la mañana.

Cuando contestó al teléfono, Tess se rebulló a su lado.

Escuchó un momento y luego dijo:

—Pásamelo.

Mientras él respondía con monosílabos, Tess se incorporó, atontada y con el pelo revuelto, mirándolo con gesto interrogante.

Reilly tapó el auricular con una mano.

—Es Bescondi —susurró—. Han encontrado algo. En el Registro.

—¿Ya? —A Tess se le iluminaron los ojos—. ¿Conrado?

—Conrado.

17

Aeródromo de Parqui di Preturo, L'Aquila, Italia

Cuando dejó atrás la última curva de aquella especie de montaña rusa y se dirigió hacia la verja que había al final de la panorámica carretera, Mansur Zahed se sintió una vez más satisfecho con el piloto que había elegido. El aeródromo estaba tan soñoliento como cuando aterrizaron en él dos días antes. El piloto que había contratado, un sudafricano llamado Bennie Steyl, se notaba que sabía lo que hacía.

Enclavado en un tranquilo valle de la región de Abruzzo, aquel pequeño aeropuerto se encontraba a sólo hora y media de Roma, yendo en coche. Al aproximarse advirtió que, como la vez anterior, se distinguía una escasa actividad. En Italia los vuelos de recreo eran mucho más caros que en el resto de Europa, debido a los fuertes impuestos que llevaba el combustible de aviación y a lo mucho que se cobraba por todo, desde el uso del espacio aéreo hasta los servicios de limpiar la nieve y descongelar las alas (un gasto obligatorio, incluso en Sicilia y en pleno verano), y aquel tranquilo aeródromo había ido deteriorándose poco a poco, hasta que en la primavera de 2009 tuvo lugar un terremoto de fuerza 6,3 que causó graves daños en la zona. Las carreteras estrechas y llenas de curvas que entraban y salían de allí quedaron obstruidas por la gente que huía, en cambio aquellas instalaciones tan apartadas y destartaladas, a tiro de piedra de los pueblos y las aldeas que quedaron derruidos, hicieron posible proceder a un rescate masivo y enviar ayuda humanitaria. Esto, a su vez, inspiró al primer ministro italiano a trasladar la cumbre del G8 prevista para aquel verano en Cerdeña a la pequeña ciudad medieval de L'Aquila, con el fin de mostrar solidaridad con las víctimas del terremoto. El aeródromo se acondicionó a toda prisa para recibir a los líderes del mundo desarrollado, pero después regresó a su estado natural de adormecimiento.

Un estado que a Zahed le venía a las mil maravillas.

Llegó hasta la pequeña caseta de la entrada. A lo lejos avistó la avioneta de Steyl, esperando ociosamente en la pista, con su fuselaje de color blanco brillando al sol. Se trataba de una Cessna Conquest de dos motores, aparcada a un costado, apartada de la media docena de aparatos más pequeños, de un solo motor, propiedad del Aero Club de L'Aquila, que estaban a lo largo de la corta pista de asfalto. El rechoncho encargado de la entrada dejó a un lado el periódico de páginas rosadas, la *Gazetta Dello Sport,* y lo saludó con un gesto apático. Zahed esperó a que aquel individuo desaliñado y barrigudo se levantase de su silla de mimbre y se acercara con su andar cansino hasta el coche. Le explicó que necesitaba entrar con el vehículo para descargar el equipaje y otros bultos que había que subir a la avioneta. El hombre asintió lentamente, regresó hasta la barrera y apoyó su regordeta mano en el contrapeso. El listón se levantó lo justo para que Zahed pudiera pasar con el coche, y así lo hizo éste, tras dar las gracias al perspicaz guarda con amabilidad.

El guardián no le preguntó por el individuo de gafas oscuras que iba, medio dormido, en el asiento del pasajero. Tampoco esperaba Zahed que le preguntase. En un aeródromo tan tranquilo y apartado de la civilización, por lo cual debía dar las gracias una vez más a Steyl, la seguridad no era ni la mitad de importante que los últimos resultados de fútbol.

Zahed llegó hasta la avioneta y se situó al costado. Steyl la había ubicado de tal modo que la puerta de la cabina quedaba oculta a la vista de los otros aviones, del hangar del club y de la sencilla estructura de color amarillo y azul que había un poco más adelante, donde estaban las oficinas y la modesta torre de control. Probablemente era innecesario tomar aquellas precauciones; allí no había nadie más.

El piloto, un individuo alto y fibroso, con barba, cabello pelirrojo peinado hacia atrás y ojos grises y hundidos, apareció por la puerta de la cabina y ayudó a Zahed a trasladar a Simmons, que iba tan sedado que estaba casi inconsciente. Entre los dos lo subieron por la escalerilla y lo acomodaron en uno de los anchos sillones de cuero. Zahed le echó un vistazo. Detrás de las gafas oscuras se le veían los ojos vacíos, sin expresión. De la boca, ligeramente abierta, le colgaba un hilo de saliva seca junto al labio inferior. Seguramente necesitaría algo que lo reanimara antes de que aterrizasen en Turquía.

—Vámonos de aquí —le dijo Zahed a Steyl.

—Estamos listos —contestó el sudafricano. Habló en tono hosco, pero Zahed sabía que era su forma de ser—. Deja el coche a un lado de la pista de rodadura, para que no llame la atención. Voy a encender los motores.

Zahed hizo lo que le indicó el piloto y abandonó el coche alquilado al costado del hangar. Cuando inició el camino de vuelta a la Cessna las turbohélices ya estaban cobrando vida, y en el momento de llegar a ella vio salir del edificio que albergaba la torre a un individuo de camiseta blanca y pantalón negro con tirantes, calzado con unas botas enormes. Cada pernera lucía una banda reflectante en sentido vertical. Llevaba unos papeles en la mano y daba la impresión de tener prisa. Más que eso, sus gestos denotaban una cierta agitación cuando subió a una bicicleta vieja y empezó a pedalear hacia ellos.

Zahed llegó a la avioneta antes que él y entró. Halló a Steyl en la cabina del piloto, accionando interruptores según la lista de comprobaciones previas a volar. Señaló por la ventanilla al hombre que se les acercaba en la bicicleta.

—¿Quién es ése?

El piloto levantó la vista.

—Un bombero. Tienen que tenerlos a todas horas, para poder justificar lo que nos cobran. Y como las probabilidades de que tengan que apagar un incendio son prácticamente nulas, hacen también de administrativos y ayudan al tipo de la torre con el papeleo. A éste se le ve un poco alterado, pero no nos causará muchos problemas mientras le soltemos la pasta.

Zahed se puso en tensión.

—¿Qué es lo que quiere?

Steyl lo observó con curiosidad.

—Y yo qué sé. Ya le he pagado la tasa de aterrizaje y le he entregado nuestro plan de vuelo.

Se quedaron mirando al bombero hasta que se detuvo delante de la avioneta, alzó la mano derecha y luego la movió en sentido horizontal, como cortándose el cuello, que es la señal internacional que significa que el piloto debe apagar los motores. Steyl asintió y obedeció.

—Deshazte de él —dijo Zahed.

Steyl salió de la cabina. Zahed lo siguió hacia la puerta posterior.

El bombero, que era un hombre de mediana edad y calvicie incipiente, hecho un manojo de nervios, subió a la escalerilla plegable y se asomó al interior de la avioneta. Apestaba a tabaco, y la camiseta que llevaba tenía grandes manchas de sudor. Se le notaba acalorado, molesto y un poco desorientado, como si lo hubieran obligado a ponerse en marcha gritándole al oído. En la mano sostenía unos documentos que agitó en dirección a Steyl.

—*Mi scusi, signore* —jadeó, respirando a bocanadas. Tenía la frente perlada de sudor—. Lamento la molestia —continuó, haciendo un esfuerzo para buscar las palabras adecuadas—, pero, como usted sabe, ayer hubo en Roma un importante atentado terrorista. Así que ahora nos obligan a revisar el pasaporte de todas las personas que entren o salgan de este aeropuerto, y a rellenar estos papeles.

Steyl lo miró con aire pensativo durante unos segundos, y después dirigió una mirada de reojo a Zahed y le sonrió al bombero de oreja a oreja.

—No hay ningún problema, amigo. Ningún problema en absoluto. —Se volvió hacia Zahed—. Aquí el caballero necesita ver su pasaporte, señor.

—Naturalmente —contestó Zahed muy educado.

Acto seguido, Steyl indicó la cabina de pilotaje con la mano y le habló al bombero muy despacio, pronunciando exageradamente, como si estuviera intentando explicarle algo a un niño de Marte.

—Voy a coger mi pasaporte de la bolsa de vuelo, ¿de acuerdo?

El bombero asintió y se secó la frente con un pañuelo.

—*Grazie mille.*

Zahed volvió a entrar en la cabina, buscó el maletín y sacó los pasaportes, ambos falsos. El que escogió para sí mismo, entre un surtido de diferentes nacionalidades, era saudí. El que había confeccionado a toda prisa para Simmons decía que éste era ciudadano de Montenegro, como los que había fabricado para Tess Chaykin y Behruz Sharafi, gracias a un montón de pasaportes en blanco que había adquirido previamente de un empleado corrupto del Ministerio del Interior de aquel país. Zahed no había necesitado dichos documentos al venir; dos días antes, después de aterrizar en aquel aeródromo, Steyl cerró la avioneta con llave, desembarcó solo y se dirigió con toda naturalidad a la torre para cumplimentar las formalidades relativas al aterrizaje. Aquella misma tarde regresó a la Cessna con el coche de alquiler y ayudó a Zahed a trasladar a sus compañeros sedados al amparo de la oscuridad. Esto estaba complicándose, cosa que Zahed ya esperaba más o menos. Y al mirar al bombero, vio que éste había reparado en Simmons, que continuaba sentado en el sillón, mirando al frente, inmóvil e inexpresivo, con los ojos ocultos por las gafas de sol. Zahed sintió una punzada de inquietud, y, oculto a la vista de Steyl y del bombero por el respaldo del asiento, rebuscó en su maleta, extrajo su pistola ligera Glock 28, que tenía un cartucho expandido de diecinueve balas, su favorita, y se la guardó a la espalda, bajo el cinturón.

Steyl y él volvieron a juntarse en la puerta de la avioneta, pasaporte en mano.

—¿Su amigo... se encuentra bien? —inquirió el bombero.

—¿Éste? Ah, perfectamente. —Zahed se encogió de hombros y entregó los pasaportes al italiano con un guiño de complicidad—. Anoche se pasó un poco con ese *Montepulciano* que tienen ustedes, nada más.

—Ah. —El bombero se relajó y se puso a examinar los pasaportes.

Zahed no le quitaba ojo, con los músculos en tensión y los sentidos alerta.

El agitado bombero estaba rellenando uno de los impresos apoyándose en la rodilla y al mismo tiempo intentando que no se le cerrase el pasaporte de Zahed. Cuando terminó, colocó éste en la parte de atrás del montón, abrió el de Simmons, pero lo dejó a un lado mientras hojeaba los papeles que tenía en la mano. Era evidente que estaba buscando algo. Miró a Zahed y a Steyl un tanto avergonzado, les dirigió una sonrisa tímida y volvió a centrarse en los papeles... y de pronto apareció uno que le llamó la atención. Lo pasó de largo, se detuvo y volvió atrás. Acto seguido lo sacó del montón y lo estudió más detenidamente. Y entonces hizo una cosa que no debería haber hecho: miró a Simmons. No fue una mirada natural ni accidental, sino una mirada furtiva, rebosante de información. Una mirada que incitó a Zahed a llevarse una mano a la espalda y, con un movimiento tranquilo y fluido, sacar la pistola y apuntar con ella a la cara del bombero.

Seguidamente, se acercó la otra mano a los labios y le hizo al bombero el gesto de que guardara silencio. Después tendió la misma mano hacia él y le indicó con una seña que le entregara el fajo de papeles y los pasaportes. Al bombero se le congestionó aún más la cara y comenzó a mover los ojos nerviosamente a izquierda y derecha, un gesto que delataba que estaba estudiando alternativas. Pero Zahed le hizo un ademán negativo con el dedo, de modo que claudicó y le entregó toda la documentación.

Zahed apartó los ojos del bombero durante una fracción de segundo para decirle a Steyl:

—Ayuda a nuestro amigo a subir al avión, ¿quieres?

Steyl vaciló, pero luego respondió:

—Cómo no.

Se agachó y cerró una mano en torno al antebrazo del bombero. Éste asintió nervioso y entró en la avioneta. Se quedó en la puerta, sudando aún más profusamente, con el miedo reflejado en la cara, el cuerpo encorvado para no tropezar con el techo del fuselaje.

Zahed repasó los documentos y encontró el papel causante del problema. Era la alerta que habían enviado a todos los puertos. Incluía una foto de Simmons. Detalle interesante, no contenía ninguna foto de él. Zahed dedujo que su rostro no había aparecido con suficiente nitidez en ninguno de los vídeos de las cámaras de seguridad del Vaticano, y aquello era una buena noticia. Tenía que procurar que continuara siendo así.

Levantó la vista hacia el bombero y lo invitó con un gesto a que tomara asiento al otro lado del pasillo, frente a Simmons.

—*Prego.*

El bombero accedió. Pero cuando se volvió de espaldas para ir a sentarse, Zahed levantó la pistola y se la descargó con fuerza en la cabeza en un golpe oblicuo. El acero reforzado del cañón se estrelló contra el cráneo del italiano produciendo un ruido sordo. El hombre se desmoronó pesadamente sobre el asiento, de bruces. Había empezado a manarle de la nuca un reguero de sangre que iba manchando el cuero del sillón. No se movía.

—Vaya, hombre —protestó Steyl con fastidio—. Lo va a poner todo perdido.

—Por eso no te preocupes —le dijo Zahed con calma al tiempo que levantaba al bombero del sillón y lo dejaba caer en el suelo—. Vámonos de una vez.

—Pero no podemos aterrizar en nuestro destino llevándolo a él a bordo, lo sabes perfectamente —advirtió Steyl.

El iraní reflexionó no más de un segundo y luego se encogió de hombros.

—Pues no lo llevamos. —Y miró al piloto con gesto elocuente.

Steyl comprendió.

El piloto cerró la puerta de la avioneta, se sentó en su sitio y volvió a encender los motores. Guio la avioneta por la pista de despegue y unos segundos después ya estaban remontando el vuelo en dirección a un cielo totalmente despejado. Zahed iba sentado en sentido contrario a la marcha, con Simmons enfrente. Miró por la ventanilla y esperó.

Unos momentos después de despegar, Steyl se quitó el auricular derecho de la oreja y se inclinó hacia la puerta de la cabina para informar a Zahed.

—Tenemos permiso para volar a cinco mil pies —le dijo.

La vista era espectacular, tanto más cuando Steyl inclinó la avioneta a mitad del ascenso. Las altas mesetas que rodeaban L'Aquila dieron paso a montañas alfombradas de bosques. La pequeña aeronave no tardó en atravesar la ciudad fortificada de Castel del Monte, y en cuestión de pocos minutos estuvieron ya bordeando una hilera de afiladas cumbres y, a su izquierda, la cima nevada del Gran Sasso, el pico más alto de Italia.

Steyl se inclinó otra vez hacia atrás.

—Voy a nivelarme a cinco mil pies —le dijo a Zahed—. Dispondremos aproximadamente de un minuto, después tengo que volver a subir.

Zahed notó que la avioneta aminoraba y supo que Steyl estaba adoptando una velocidad del aire de cien nudos. Cuando percibió que ya se habían estabilizado, se levantó del asiento, le quitó las gafas de sol a Simmons, se las guardó en el bolsillo y lo examinó por encima. Simmons estaba despierto, pero aún se encontraba fuertemente sedado y miró a Zahed con una expresión casi inconsciente. Zahed dio un tirón al cinturón de seguridad del arqueólogo para comprobar que estaba bien sujeto, le dio una paternal palmadita en la cara y se acercó a la puerta.

La puerta de la Conquest constaba de dos secciones que se abrían igual que una almeja: el panel superior, que ocupaba un tercio de la abertura, se giraba desde arriba y se abría también hacia arriba; el otro, que contenía la escalerilla, se abría hacia abajo. Zahed agarró la palanca con las dos manos y la giró despacio. Luego contuvo un segundo la respiración y empujó la sección superior de la puerta un par de centímetros. Se abrió al instante, cuando incidió en el borde del panel el flujo de aire que presionaba contra el fuselaje. A continuación Zahed soltó la palanca del panel inferior, y éste también se abrió.

Al momento penetró un fuerte chorro de aire que llenó la cabina con un rugido ensordecedor. Zahed se preparó. Tenía que actuar con rapidez, los de control del tráfico aéreo ya estarían dando a Steyl la orden de que ascendiera hasta el siguiente nivel de vuelo, y si éste no reanudaba el ascenso empezarían a cuestionarlo. Fue hasta donde estaba el bombero, se agachó, lo agarró por debajo de las axilas y tiró de él. Gruñó al sentir el peso, y ya había empezado a arrastrarlo cuando notó que el italiano se removía. Estaba atontado, pero consciente, y agitaba los brazos débilmente. Zahed se movió con más urgencia todavía. Medio izándolo, medio arrastrándolo, llevó al bombero hasta la puerta y se mantuvo en todo momento de costado, alerta a cualquier movimiento inesperado. Pero no hubo ninguno. Al llegar a la puerta dejó al bombero en el suelo, se situó a sus pies y comenzó a empujarlo.

Primero salió la cabeza. Al chocar con el intenso flujo de aire se torció violentamente a un lado y a otro, con lo cual el bombero se despertó del todo y sus sentidos volvieron a la vida. Fue algo que probablemente hubiera preferido evitar. Abrió los ojos de golpe y, tras un breve instante de desconcierto, entendió lo que le estaba pasando cuando miró fijamente la parte trasera de la avioneta. Hizo fuerza contra el viento y volvió los ojos hacia Zahed, que lo tenía firmemente sujeto por las piernas... y continuaba empujando.

Los dos se miraron un instante, el tiempo suficiente para que Zahed advirtiera el terror absoluto que reflejaba la expresión del bombero... y le propinó el empujón final. El cuerpo salió disparado de la avioneta y se perdió de vista al instante acompañado de un brevísimo alarido. Zahed se sujetó bien, porque en el momento en que el bombero salió volando la avioneta inclinó el morro hacia abajo violentamente y desplazó el centro de gravedad hacia arriba, tal como le había advertido Steyl. El piloto controló la maniobra y estabilizó la avioneta. Zahed se volvió hacia la cabina de pilotaje. Steyl lo miró a su vez. Zahed afirmó con la cabeza. Steyl le respondió con el mismo gesto y volvió a mirar al frente.

Zahed sintió que la avioneta viraba levemente hacia la izquierda, como si estuviera apoyada en un disco giratorio que alguien hubiera hecho girar en el sentido contrario al de las agujas del reloj. El aquel momento la Cessna tenía los alerones y el timón en direcciones opuestas y, tal como estaba previsto, iba resbalando hacia delante. Ahora avanzaba formando un ángulo ligeramente desplazado del eje principal del fuselaje. La maniobra había redireccionado el flujo de aire que circulaba alrededor del aparato: en lugar de venir del morro, ahora se enroscaba en torno a él desde el costado de barlovento, y golpeaba los paneles de la puerta desde atrás. Zahed estaba preparado. El viento golpeaba los paneles de tal forma que ahora estaban situados casi horizontalmente, fáciles de alcanzar. Zahed asió el más grande de los dos, el de abajo, tiró de él y lo fijó en su sitio. A continuación aferró el panel superior y lo cerró igualmente. El ruido que invadía el interior de la avioneta pasó de rugido huracanado a zumbido de cortadora de césped. Zahed se relajó y respiró hondo. Después se volvió y vio a Steyl asomando la cara por la cabina. El piloto le hizo la señal de pulgares arriba; él se lo devolvió e hizo otra inspiración profunda.

Se acomodó en su asiento a la vez que la avioneta reanudaba el ascenso. Notó cómo se ponía en marcha la presurización de la cabina, cerró los ojos y se recostó contra el mullido reposa-sacabezas, medio embriagado por la intensa sensación que le recorría todo el cuerpo.

Mansur Zahed había experimentado cosas que la mayoría de los hombres no podrían ni imaginar siquiera, pero aquello no lo había hecho nunca. Se necesitaba mucho para que a él se le acelerase el pulso, y desde luego en aquel momento lo tenía a cien por hora. Se sentía electrizado. Respiró hondo y permitió que aquella sensación se grabara más a fondo en su memoria. Le agradó sobremanera darse cuenta de que, incluso para una persona como él, en la vida todavía quedaban experiencias por vivir.

Ya había hablado de esto con Steyl, unos años atrás, cuando lo contrató por primera vez para una de sus operaciones secretas. Estuvieron hablando de la posibilidad de que algún día sucediera algo parecido. Una noche, con unas cuantas cervezas en el cuerpo, Steyl le habló de cuando estuvo en las guerrillas de Angola y transportaba a rebeldes de UNITA en una vieja Cessna Caravan. Le contó que uno de los pasatiempos favoritos de los rebeldes consistía en coger a un puñado de hombres capturados de la SWAPO (las fuerzas gubernamentales soviético-cubanas contra las que luchaban) y lanzarlos desde la avioneta entre aullidos y risotadas, empapados de alcohol. Zahed se quedó muy intrigado con aquella historia, pero hasta este momento no había tenido ocasión de experimentarla de primera mano.

Sin embargo, la espera había merecido la pena.

Abrió lentamente los ojos para salir de su ensoñación y se topó con la mirada del hombre que iba sentado enfrente. Simmons estaba despierto y consciente, pero luchaba por mantener los ojos abiertos. A juzgar por el terror que se veía pintado en ellos, comprendió que el arqueólogo había presenciado lo que había hecho.

Le obsequió una sonrisa corta, carente de humor.

El hecho de saber que Simmons había visto todo aquello envuelto en el entumecimiento y la impotencia sirvió para que el acontecimiento resultara más memorable todavía.

18

Estambul, Turquía

Reilly avistó a Vedat Ertugrul en el momento en que se abrió
la puerta del Airbus de Alitalia. El agregado jurídico de la sub-
oficina del FBI en Estambul, un robusto norteamericano descendiente de turcos que tenía mofletes de trompetista y abul-
tadas bolsas en los ojos, los estaba esperando a la entrada del
dique de embarque. Se habían visto brevemente tres años atrás,
en la localidad de Antalya, situada en la costa meridional, y en
aquella ocasión el agregado demostró ser una persona muy eficiente y de trato fácil. Reilly, acompañado de Tess, acudió a su
encuentro esperando que lo fuera todavía.

Junto a Ertugrul aguardaban dos hombres de piel más oscura,
uno vestido con un uniforme azul marino de agente de policía,
con una estrella en cada hombro, y el otro vestido con traje gris
marengo y camisa blanca. Ambos poseían unos ojos marrón oscuro, sin una pizca de humor, corte de pelo militar y severos bi-
gotes que complementaban la expresión adusta del rostro. Tras
unas breves presentaciones, Ertugrul, el jefe de la policía, y el
tipo siniestro condujeron a Reilly y a Tess hasta el exterior del
dique de embarque, los hicieron pasar por una puerta lateral y
bajar una escalera que llevaba a las pistas. Aunque ya eran las
últimas horas de la tarde, todavía se notaba el aire seco y caliente, más asfixiante aún por culpa del tufo a queroseno.

Al lado del tren de aterrizaje delantero del avión había dos monovolúmenes blindados de color negro, esperándolos. Un momento después salían como una exhalación por las puertas de seguridad del aeropuerto y ponían rumbo a la Reina de las Ciudades.

Ertugrul, que iba sentado en la fila de en medio, directamente enfrente de Reilly, lo miró y le entregó un arma enfundada en una pistolera y una caja de munición.

—Esto es para usted.

Reilly tomó la pistola y la examinó. Era una Glock 22 estándar, con cartucho para quince balas, sin arañazos y recién engrasada. Se ató la pistolera al cinturón y volvió a enfundar el arma.

—Gracias.

—Necesito que me firme un recibo —dijo Ertugrul al tiempo que le pasaba los impresos y un bolígrafo—. Mientras ustedes aterrizaban he hablado con Tilden —añadió—, y, en fin, la cosa no pinta muy bien que digamos.

—¿Han sacado algo de las huellas dactilares? —inquirió Reilly a la vez que firmaba los papeles.

Ertugrul negó con la cabeza.

—Nueva York va a ponerse en contacto con Langley, con la Agencia de Seguridad Nacional y con el Departamento de Defensa para intentar averiguar la identidad de ese individuo, pero por el momento no han encontrado nada.

—Tenemos que tenerlo fichado en alguna parte —gruñó Reilly, devolviendo los papeles—. Ese tipo no es ningún aficionado, esto ya lo ha hecho más veces.

—Pues si lo ha hecho más veces, es que se le da muy bien huir de los focos.

Reilly, enfadado, volvió la vista hacia el cielo sin nubes. Había varios aviones alineados ejecutando la aproximación final, una hilera de puntos plateados que se prolongaba hasta donde alcanzaba la vista. En Estambul era temporada alta, y acudían en masa turistas de todo el mundo.

—¿Y los controles fronterizos turcos?

El jefe de la policía, que también iba sentado en la fila central, al lado de Ertugrul, se volvió y lo miró.

—Ese tipo va a venir a Estambul —le dijo Reilly—. Si es que no ha venido ya.

—Supone usted que ya ha llegado a las mismas conclusiones que los encargados del Archivo Vaticano —comentó Ertugrul.

—Estoy seguro de ello —insistió Reilly—. Todavía tiene en su poder a Simmons, para que le averigüe las cosas.

Ertugrul y el policía intercambiaron unas cuantas frases en turco, y seguidamente Ertugrul le dijo a Reilly:

—Nuestros amigos tienen el país cerrado. La mayoría de los aeropuertos son también aeródromos militares, y de todos modos, dada la situación que se vive con los kurdos y lo que está sucediendo en Iraq, por lo general las medidas de seguridad son muy rigurosas. El problema es que no tenemos gran cosa para empezar a investigar. Ni siquiera sabemos qué clase de pasaporte estará utilizando. —Rebuscó en su maletín y extrajo dos hojas impresas por ordenador que pasó a Reilly—. La única cara que podemos ordenar que busquen es la de Simmons.

Reilly leyó lo que contenía el papel: una orden de alerta dirigida a todos los puertos. Tenía párrafos paralelos en turco y en inglés, el encabezado era el típico de las notificaciones urgentes, con letra resaltada en negrita, e incluía un par de párrafos breves y descriptivos y dos fotografías: una del terrorista, poco nítida, y por lo tanto bastante inútil, tomada por las cámaras de seguridad del Vaticano; y la otra era una foto de pasaporte de Simmons con gesto sonriente, en la que se veía a un hombre de recio atractivo, cabello ondulado y ojos penetrantes. Un hombre joven y bien parecido.

Era la primera vez que Reilly veía una foto del arqueólogo desaparecido. Sorprendido, se volvió hacia Tess, que iba sentada a su lado en la última fila de asientos.

—¿Éste es Jed Simmons?

—Sí, ¿por qué?

Reilly la miró con expresión divertida y se encogió de hombros.

—Por nada.

—¿Qué pasa?

Vio que Ertugrul y el policía turco estaban conferenciando entre ellos, y se inclinó un poco más hacia Tess.

—Cuando me dijiste que era un arqueólogo famoso, un gran experto en los templarios y todo eso... No sé, me imaginé un tipo de más edad. Y más excéntrico. —Calló un momento y soltó—: Y puede que también más feo.

Tess dejó escapar una risita.

—Pues no es así —repuso—. Y además está hecho un toro. Dios, deberías haberlo visto haciendo *kitesurf*. Ésos sí que son músculos.

—El profesor Jed Simmons, hecho un cerebrito, un rompecorazones y un cachas. ¿Quién iba a decirlo? —murmuró Reilly en tono irónico.

Tess lo observó unos segundos con curiosidad y luego rompió a reír.

—Ay, Dios. Estás celoso, ¿a que sí?

Antes de que Reilly pudiera buscar qué responder, Ertugrul se volvió de nuevo para mirarlos.

—También nos hemos puesto en contacto con la mujer y la hija de Behruz Sharafi. Anoche fui a ver a la esposa. Está destrozada, como puede imaginar. Nuestros amigos la tienen bajo protección.

Reilly frunció el ceño.

—¿Qué van a hacer?

—Se trata de un caso difícil. No pueden regresar a Irán, teniendo en cuenta quién podría ser el artífice de todo esto.

—¿Ha hablado con los nuestros? —le preguntó Reilly.

Ertugrul asintió.

—Sí. El jefe de la comisaría ha hablado con el embajador y con el cónsul. No tiene que haber dificultades para que se les conceda la condición de refugiados políticos. Ella tiene unos primos en San Diego, de modo que existe una posibilidad.

—¿Y el ayudante de investigación?

—De ése no hay ni rastro. Por lo visto, ya ha puesto tierra

de por medio. Más o menos al mismo tiempo que Sharafi se fue a Jordania, parece ser. —De pronto pareció acordarse de otra cosa, y se le oscureció el semblante—. Pobre idiota. A saber si todavía estaba vivo antes de... —Miró con gesto de inseguridad a Tess, y no llegó a terminar la frase. Luego le vino otro detalle a la memoria, se puso a hojear la documentación que tenía en la mano y le pasó un papel a Reilly—. A ese respecto, algo tenemos —le dijo—. La bomba que quedó sin explotar, la que estaba con usted dentro del maletero, señorita Chaykin. —La miró con expresión contrita—. Ya ha llegado el informe de los artificieros. Al parecer se trataba de una bomba muy potente. Diez kilos de C4 conectados a un teléfono móvil.

Reilly estaba leyendo el informe.

—¿No han encontrado marcadores?

—Ninguno.

—¿Qué marcadores son ésos? —inquirió Tess.

—Los fabricantes de explosivos como C4 y Semtex están obligados por convenios internacionales a añadir a sus productos marcadores químicos distintivos, que sirvan para identificar su origen en caso necesario —explicó Ertugrul—. Y, cosa sorprendente, es un sistema que funciona. Rara vez se ve material sin marcar. En cambio, uno de los lugares en que lo hemos visto es Iraq. En coches bomba.

—En coches bomba atribuidos a insurgentes respaldados por Irán —añadió Reilly.

Ertugrul se volvió hacia Reilly.

—Además, la arquitectura era idéntica a la de los dispositivos que hemos visto allí. La manera en que habían hecho el puente en la tarjeta de circuitos, los puntos de soldadura de los detonadores, directamente en el cableado. El que lo montó tuvo al mismo maestro de la yihad. —Miró a Reilly con gesto elocuente—. Es posible que no tengamos gran cosa, pero lo que tenemos apunta todo a Teherán.

Reilly captó un endurecimiento perceptible en la mandíbula del agente de inteligencia turco cuando dijo aquello. Los turcos y los iraníes no eran exactamente amigos del alma. No era un secreto que los iraníes llevaban más de dos décadas apoyando a los separatistas del Partido de Trabajadores Kurdos dentro de Turquía, que les proveían de armas y de explosivos y que participaban en sus operaciones de contrabando de drogas. El hecho de que los militantes kurdos en los últimos tiempos hubieran ampliado su teatro de operaciones hasta el interior del propio Irán sólo proporcionaba un escaso consuelo a los años de agravios que llevaban sufriendo los turcos. Si su presa, que ya era un delincuente buscado en Turquía por haber decapitado a la maestra de la hija de Sharafi, era un agente iraní, nada agradaría más a los turcos que ponerle las manos encima y ahorcarlo ante la mirada profundamente indignada del mundo.

La autopista se transformó en una pendiente cuando llegaron al gran nudo de carreteras de Karayolu, desde el cual se divisaba una nítida panorámica de la ciudad en todo su esplendor. Sus siete colinas subían y bajaban a lo lejos, cada una de ellas coronada por una mezquita monumental de cúpulas ciclópeas y minaretes espigados con forma de cohete que conferían a la ciudad imperial aquel singular perfil, que la hacía parecer de otro mundo. Más a lo lejos, a la derecha, se encontraba la más gigantesca de todas, Santa Sofía, la iglesia de la sagrada sabiduría, que durante casi mil años había sido la catedral más grande del mundo, antes de que se convirtiera en mezquita cuando Constantinopla fue conquistada por los otomanos en 1453. Aquella ciudad, que en otro tiempo se conoció como «la ciudad que desea el mundo», la capital imperial que había soportado más asedios y ataques que ninguna otra urbe de la Tierra, era la única del mundo que estaba situada a caballo de dos continentes. Desde su fundación, ocurrida más de dos mil años antes, había sido el lugar donde se encontraban, y luchaban, Oriente y Occidente. Un papel doble que aún hoy, por lo visto, estaba destinada a desempeñar.

—Entonces, esta información... ¿Dice usted que el individuo piensa venir a Estambul a intentar averiguar la ubicación de no sé qué monasterio antiguo? —preguntó Ertugrul.

—Todo esto gira alrededor de un caballero templario llamado Conrado. Existe muy poca información acerca de él, pero los del Archivo Vaticano han hallado referencias suyas en los textos escaneados del Registro —explicó Reilly—. Y eso es lo que busca nuestro hombre. Verá, Conrado estuvo en Chipre después de que los cruzados fueran expulsados de Acre en 1291. Eso Simmons ya lo sabía, pero en el Registro había más información respecto de lo que le sucedió después.

Le pasó el relevo a Tess. Ésta prosiguió con la explicación:

—En los meses y años que siguieron a la emisión de las órdenes de detención, que tuvo lugar en 1307 —le dijo a Ertugrul—, se envió un pequeño ejército de inquisidores con la misión de capturar a todos los templarios fugitivos y confiscar las propiedades templarias a las que pudieran echar la zarpa. Uno de aquellos inquisidores, un sacerdote enviado a Chipre para que detuviera a los templarios que habían estado exiliados en dicha isla, llegó al continente y pasó un año entero recorriendo la zona que se extendía desde Antioquía hasta Constantinopla, persiguiéndolos. En su diario anotó que llegó a un monasterio en ruinas escondido en las montañas que estaba sembrado de esqueletos de los monjes que lo habían habitado. A continuación anotó que había hallado las tumbas de tres templarios en un cañón no muy lejos de allí. A juzgar por las marcas que encontró junto a las tumbas, uno de los caballeros allí enterrados es nuestro hombre, Conrado.

—¿A qué montañas se refería?

—Al monte Argeo —contestó Tess—. Es el nombre que tenía antiguamente en latín. Probablemente le suene más como monte Erciyes.

Ertugrul afirmó con la cabeza, pues conocía dicho nombre.

—Erciyes Dagi. Es un volcán extinguido. —Los miró con cierta duda—. Es muy grande.

—Ya lo sé —replicó Reilly con gesto sombrío.

—Se encuentra en mitad del país, en Anatolia. Cerca de él hay una estación de esquí. —Ertugrul reflexionó unos instantes—. ¿Y ése es el monasterio que quieren ayudarlos a localizar los del Patriarcado?

Reilly afirmó con la cabeza.

—En estos momentos, la pista de Conrado termina en su tumba. Yo creo que hay muchas posibilidades de que nuestro hombre se dirija a ese lugar, con la esperanza de encontrar alguna pista que conduzca hasta lo que recuperaron los caballeros de los monjes. Pero no sabemos con exactitud dónde se encuentran dichas tumbas, y él tampoco. En su diario, el inquisidor se limitó a indicar la ubicación del cañón, pero en relación con el monasterio. Desconocemos dónde puede estar.

—¿No podemos extrapolar el viaje que hizo intentando encajarlo con el terreno que rodea el monte?

—Esa zona está llena de cañones y vaguadas. Sin saber de dónde partió el inquisidor, todo serían elucubraciones —replicó Tess—. Necesitamos saber dónde está el monasterio, para poder tomarlo como punto de partida y así saber en qué dirección buscar.

—Lo que sí sabemos es que se trataba de un monasterio basiliano —apuntó Reilly—. Es decir, un monasterio ortodoxo.

—Y si existe alguna información acerca de él, el primer sitio donde buscar sería en el corazón de la Iglesia ortodoxa —dedujo Ertugrul.

—Exacto —ratificó Reilly—. Si damos con el monasterio, desde allí podremos seguir las indicaciones del inquisidor que llevan a las tumbas de los templarios. Y si llegamos nosotros primero, puede que nos encontremos allí con nuestro terrorista... Y con Simmons.

—Bueno, después de hablar con usted estuve hablando con el secretario del arzobispo —le informó Ertugrul—. Nos están esperando. —Luego añadió, encogiéndose de hombros—: A lo mejor tenemos suerte.

Reilly sintió una burbuja de furia por dentro al acordarse de la perfección con que había representado su papel el terrorista, desde el momento en que lo recogió en el aeropuerto de Roma hasta que él lo interrogó a bordo del papamóvil. Por lo visto no había dejado nada al azar, y Reilly no pensaba que en esta ocasión pudieran abrigar la esperanza de que les sonriera la suerte. Atrapar a aquel tipo iba a requerir bastante más.

Salieron de la autopista y se incorporaron al caótico tráfico del centro de Estambul. Atravesaron la ciudad rodeados por airados bocinazos de automóviles y un mar de eructos de combustible diésel de camiones y de autobuses que eran verdaderas antiguallas, y se dirigieron hacia las murallas de defensa que bordeaban las tranquilas aguas del Cuerno de Oro. La pequeña comitiva torció por unas cuantas calles y por fin enfiló una calzada estrecha y de sentido único que subía ligeramente acompañada por una alta tapia a su izquierda.

—Ahí está el Fanar —les dijo Ertugrul a la vez que señalaba por la ventanilla, refiriéndose al Patriarcado con el apodo por el que era conocido.

Reilly y Tess se volvieron para mirar. Al otro lado de la tapia se encontraba el Patriarcado Ortodoxo Griego, que era para la Iglesia ortodoxa lo que el Vaticano para la católica, aunque ni mucho menos tan grandioso. La Iglesia ortodoxa no era un movimiento unificado y no poseía un único líder espiritual. Estaba fragmentada y tenía un patriarca distinto allí donde contaba con un número grande de seguidores, como Rusia, Grecia o Chipre. No obstante, el Patriarca Ecuménico de Estambul era considerado su líder ceremonial, el «primero entre iguales», pero aun así su Patriarcado no era más que un humilde conjunto de edificios nada imponentes.

El complejo se había construido alrededor de la catedral de San Jorge, una iglesia simple y carente de cúpula que había empezado siendo un convento. La iglesia entera, probablemente, podría haber cabido dentro de la nave de la catedral de San Pedro, y aún habría sobrado espacio. Así y todo, era el centro espiritual de la ortodoxia, un templo bellamente decorado que contenía varias reliquias muy valoradas, entre ellas una parte de la Columna de la Flagelación junto a la que ataron y azotaron a Jesucristo antes de crucificarlo. También había un monasterio, unas cuantas oficinas de administración y, lo más interesante para Reilly y Tess, la Biblioteca del Patriarcado.

Al llegar a unos setenta metros de la entrada, los coches que iban delante de los monovolúmenes blindados aminoraron la marcha. La calle de acceso, que subía hasta la cima de la colina para después volver a bajar suavemente, estaba llena de coches aparcados a ambos lados y tenía el ancho justo para que circulara un solo vehículo. Por esa causa, el tráfico había ido deteniéndose. Un par de conductores impacientes se apresuraron a tocar el claxon para protestar. Reilly, frustrado por el atasco, se echó hacia un lado para ver mejor. Al frente, una docena de coches más allá, se había congregado un pequeño grupo de gente alrededor de la entrada principal del Patriarcado. Se los notaba agitados, y todos miraban hacia el interior del complejo, señalando con la mano. También había una furgoneta turística pequeña y un taxi descargando visitantes y parando el tráfico, con los conductores en la calle y mirando en la misma dirección.

Reilly les siguió la mirada y vio qué era lo que estaban contemplando todos: una columna de humo negro que se elevaba desde la esquina del fondo de uno de los edificios.

Y luego vio otra cosa más.

Una figura solitaria que salía andando del complejo.

Un hombre de cabello corto y oscuro, vestido con sotana de sacerdote, que caminaba con naturalidad, tal vez un poco deprisa, pero sin llamar la atención.

Reilly sintió que se le agolpaba la sangre en las sienes.

—Ahí está —barbotó, levantándose del asiento para señalar al frente—. Ese sacerdote que va por ahí. Es nuestro hombre. El muy hijo de puta está aquí mismo.

19

Dentro del monovolumen estalló el pánico cuando los seis ocupantes concentraron la atención todos a la vez en la gente que iba amontonándose a la entrada del Patriarcado.

—¿Dónde? —preguntó Ertugrul, torciendo el cuello a izquierda y derecha y buscando también frente a sí—. ¿Dónde está?

—¡Ahí mismo! —rugió Reilly, ya tan levantado de su asiento que casi se había subido a la espalda del agregado. Se esforzó por no perder de vista a su objetivo, pero el individuo de la sotana se alejaba rápidamente y terminó desapareciendo detrás de la multitud—. Vamos a perderlo —masculló, y en vista de que los coches no iban a ninguna parte, pasó por encima de la fila de asientos de en medio y por encima de Ertugrul, abrió la portezuela del monovolumen y saltó a la calle.

Cuando estaba apeándose del coche oyó que el jefe de la policía ladraba algo a su joven chófer en tono furioso, seguramente para que hiciera lo peor que podría haber hecho: pegar la mano al claxon y sacar la cabeza por la ventanilla para decirle al conductor del coche de delante, a voces y gesticulando, que se quitase de en medio.

Reilly ya había echado a correr cuando vio que el terrorista reaccionaba a aquel estallido de furia tan mal calculado. Sin aflojar el paso, volvió la cabeza, y entonces se tropezó con la mirada de Reilly.

«Mal hecho», maldijo Reilly para sus adentros, al tiempo que se lanzaba a la carrera y desenfundaba el arma. «Muy mal hecho.»

Cuando Zahed vio a Reilly apearse a toda prisa del vehículo, sus piernas cobraron vida. No había ni un segundo que perder. Reilly venía lanzado, pistola en mano, como a una docena de coches de distancia de donde se encontraba él. Además vio a varios hombres más que se bajaban de aquel monovolumen negro y de otro que había detrás.

Todo aquello lo tomó por sorpresa.

«Son muy buenos», siseó. «No, todos no», se corrigió. «Reilly. Reilly es muy bueno.»

Pero dejó a un lado aquella preocupación; había asuntos más urgentes que atender.

Había aparcado el coche de alquiler bajando por la cuesta del Patriarcado, y al instante se dio cuenta de que iba a tener que abandonarlo. Estaba unos cincuenta metros más adelante, demasiado lejos para llegar hasta él sano y salvo; además no había tiempo para sacarlo con maniobras del estrecho hueco en el que se encontraba estacionado.

Así que decidió tomar una ruta de escape mucho más segura.

Moviéndose con la naturalidad y la calma de quien ha ensayado un centenar de veces para la función definitiva, dobló a la derecha, volvió sobre sus pasos y fue cuesta arriba, cruzando por medio del gentío y en dirección a Reilly, precisamente para ir en línea recta hacia los vehículos que se hallaban detenidos frente a la entrada del complejo.

Introdujo una mano por debajo de la sotana y extrajo una enorme Glock.

Y sin perder un segundo, comenzó a disparar.

Los primeros seis tiros los lanzó al aire, al tiempo que vociferaba, agitando la pistola como un loco:

—¡Fuera! ¡Muévanse! ¡Vamos!

El efecto fue instantáneo: una explosión de gritos y chillidos y una avalancha de gente presa del pánico que se lanzó en estampida buscando refugio, con lo cual le despejó el camino a él e irrumpió de lleno en la trayectoria de Reilly.

Zahed continuaba avanzando a paso vivo, y llegó hasta el conductor del primer vehículo de la fila del atasco. El chófer en cuestión estaba de pie junto a la puerta de su camioneta y, entre la sorpresa y la confusión, no se había movido de allí. Zahed le disparó prácticamente a quemarropa, y antes de que lograra siquiera darse cuenta de lo que se le venía encima le abrió el pecho con una bala calibre 380 que lo empujó violentamente hacia atrás. Y después siguió andando. Haciendo caso omiso del caos que lo rodeaba, salvó la puerta abierta de aquella camioneta y volvió a levantar el arma, esta vez para apuntar al taxi que estaba detenido a continuación. El taxista, que estaba fuera del coche, miró aterrorizado a aquel sacerdote que se le acercaba empuñando una pistola y alzó los brazos al tiempo que se le doblaban las piernas de puro miedo. Al momento le apareció una mancha húmeda y oscura en la entrepierna. Zahed le sostuvo la mirada unos instantes, y luego sus ojos carentes de toda emoción se apartaron de aquel hombre a la misma vez que su pistola para centrarse en el neumático derecho del taxi. Zahed apretó el gatillo una vez, y luego otra más, y una tercera, hasta que el neumático quedó hecho trizas y el coche se desequilibró y cayó pesadamente sobre la llanta.

Miró por encima del techo del taxi y acertó a ver a Reilly batallando con la riada de gente que huía. Ya lo tenía a menos de treinta metros. Entonces alzó la pistola e intentó centrar al americano en la mira, pero el tumulto era excesivo, por lo tanto le resultaba imposible encontrar una línea de tiro despejada.

Había llegado el momento de poner pies en polvorosa.

Todavía empuñando el arma, se sentó de un salto tras el volante de la furgoneta, metió primera y pisó el acelerador a fondo.

Reilly había perdido de vista a su objetivo apenas el tiempo que se tarda en respirar dos veces, cuando de repente los primeros disparos hicieron que la multitud huyera despavorida en su dirección.

Le vinieron por la derecha hombres y mujeres de todas las edades y todos los tamaños, chillando y corriendo despavoridos. Intentó esquivarlos y abrirse paso entre ellos, pero ya tenía bastante trabajo con procurar mantenerse en pie. Transcurrieron unos segundos preciosos mientras pasaban por su lado cuerpos y más cuerpos, unos segundos durante los cuales oyó otro disparo, y luego varios más. Cada uno de aquellos tiros le espoleó las neuronas y lo incitó a seguir caminando.

Mantuvo la pistola cerca de la cara y se sirvió del otro brazo para abrirse un espacio entre la maraña de gente, chillando «¡Agáchense!» y luchando por avanzar... Y entonces oyó el gemido de un motor sobrecargado y el chirriar de unos neumáticos, y cuando logró salir por fin de entre la muchedumbre vio la camioneta que huía cuesta abajo a toda velocidad.

Echó a correr detrás lo más rápido que pudo, luego frenó en seco, apuntó con cuidado y apretó el gatillo una vez, dos, tres... pero a aquella distancia resultaba inútil. La camioneta ya se perdía de vista. Entonces giró sobre sus talones y dejó que su instinto realizara una evaluación rapidísima de la situación. Vio que la columna de humo negro salía ahora de la ventana de un piso superior de un edificio del complejo y que los sacerdotes abandonaban el Patriarcado presas del pánico. También vio a Ertugrul y a los policías turcos corriendo hacia él, al muerto tirado en el suelo, a otro hombre de pie junto a un taxi con la mirada petrificada, el taxi ladeado y caído sobre el lado del conductor, más el detalle de que estaba cerrando el paso a todos los coches que tenía detrás y que por lo tanto no iba a ir a ninguna parte, al menos en un futuro inmediato.

Todo lo cual le dijo que tan sólo le quedaba una alternativa: correr, lo más rápido que pudiera, y abrigar la esperanza de que ocurriera un milagro.

Se puso a perseguir a la camioneta que acababa de desaparecer por una curva de la calzada. Salió disparado, con la respiración a tope, cortando el aire con las palmas de las manos, impulsándose con los codos, golpeando el asfalto con las suelas de los zapatos en un rápido y nítido *staccato*. Debía de llevar recorrida una distancia como de unos veinte coches cuando de pronto surgió el milagro que esperaba; una mujer de mediana edad que estaba subiendo a su automóvil, un pequeño Polo de color granate.

No había tiempo para dar explicaciones.

En cuestión de segundos, Reilly, tras balbucir unas pocas palabras para disculparse, le arrebató las llaves de la mano, se sentó al volante y se apartó del bordillo con un agudo chirrido de neumáticos. Atrás quedó la mujer gritando enfurecida, mientras él se lanzaba como una flecha en pos de su presa.

20

Mansur Zahed miró a través del parabrisas, más concentrado que nunca.

Conocía Estambul más o menos, era una ciudad que había visitado varias veces con ocasión de diversos encargos. Pero no conocía muy bien la configuración de las calles, y desde luego tampoco conocía lo bastante bien el distrito del Fanar para saber adónde se dirigía. La verdad era que le daba lo mismo desembocar en un sitio que en otro; ya tenía lo que había ido a buscar a la Biblioteca del Patriarcado. Lo único que necesitaba hacer ahora era dejar una prudente distancia de seguridad entre el complejo ortodoxo y él, y cerciorarse de que no lo vinieran siguiendo, a continuación abandonar aquella camioneta y tomar un taxi para reunirse con Steyl y el arqueólogo que tenían cautivo.

Al llegar a una intersección giró a la derecha, en dirección al mar y a la serpenteante autopista que discurría por la orilla sur del Cuerno de Oro. Si pudiera incorporarse a ella, estaría libre. Se trataba de una arteria principal por la que podría circular cómodamente para distanciarse de Reilly y su brigada. Tenía que estar cerca del mar, pensó, notando que comenzaba a disiparse la tensión que sentía en todo el cuerpo. Tenía que estar a muy pocas calles de allí.

Pero su alivio se cortó en seco ante el chirrido de un vehículo que salió en aquel momento de un recodo.

Miró en el espejo. Había aparecido un coche de tres puertas que se le acercaba peligrosamente por detrás.

Un breve vistazo al conductor bastó para hacerle ver que se trataba de Reilly.

«*Madar yendeh*», juró para sus adentros al tiempo que pisaba el acelerador a fondo y aferraba el volante con más fuerza.

Al llegar a un cruce abarrotado de tráfico, tuvo que clavar el freno y ponerse a tocar el claxon y a dar voces. Miró el espejo retrovisor, tenso como un arco, y de pronto oyó el aullido con efecto Doppler del claxon de un coche y vio al tres puertas surgiendo del caos del cruce y lanzándose contra él igual que un terrier furibundo.

Atravesó dos cruces más como una exhalación, pasó por delante de varios conductores coléricos y se valió del gran tamaño de la camioneta para apartarlos a un lado, como si estuviera en una competición de monstruos a motor, y de ese modo consiguió poner unos cuantos coches entre Reilly y él. Luego se metió por otra calle delante de un camión enorme y aceleró, sin dejar de mirar en el espejo exterior para ver cuántos coches de distancia le había ganado a su perseguidor gracias a aquella maniobra... y entonces sobrevino el desastre. Había llegado a la rampa de entrada de la autopista de la costa, una vía que constaba de dos carreteras de dos carriles, una que se dirigía hacia el norte y otra que iba hacia el sur, y que en algunos puntos discurrían juntas y en otros muy separadas.

El problema era que la rampa de acceso estaba bloqueada por el tráfico. Clavó los frenos y miró lo que había delante. La carretera a la que llevaba la rampa, la que se dirigía hacia el norte, estaba totalmente atascada. La que iba hacia el sur, detalle frustrante, aparecía totalmente despejada, pero aquélla no podía tomarla, habiendo tantos camiones y coches detrás de él y barreras de aluminio de medio metro de altura a cada lado.

Estaba atrapado.

Peor, cuando miró en el espejo retrovisor vio, unos siete coches más atrás, uno de color granate con la portezuela abierta para dejar salir a Reilly.

Hizo una mueca de fastidio, impresionado y enojado a partes iguales por la persistencia de aquel agente, y se apeó de la camioneta a toda prisa.

Echó a correr por la rampa de acceso, salvó de un brinco una de las barreras de protección y se lanzó a la carrera atravesando un tramo de hierba reseca en dirección a la carretera principal. Miró atrás y vio a Reilly corriendo en pos de él; pensó en sacar la pistola y dispararle, pero luego decidió que mejor no. Siguió corriendo, sorteó los vehículos atascados, saltó por encima de otra barrera y cruzó otro tramo de hierba y más adelante otra barrera más, para alcanzar por fin los carriles que iban en dirección sur, por los que el tráfico avanzaba con fluidez.

Miró a su espalda. Reilly se le estaba acercando. Echó una ojeada a los coches que venían y descubrió un sedán blanco que llevaba dentro un único ocupante. Entonces se plantó en medio de la carretera y se puso a mover los brazos como si estuviera pidiendo socorro. Calculó que la sotana que llevaba puesta le serviría de ayuda, y así fue, porque el sedán blanco aminoró la velocidad y se detuvo junto a la barrera. También tuvieron que frenar un par de coches que venían detrás, con un fuerte chirrido de neumáticos y tocando el claxon. Pero Zahed no les hizo caso; se aproximó al conductor llevando en la cara una expresión tímida y amigable. El conductor, un individuo de constitución menuda y calvicie incipiente, empezó a bajar la ventanilla. Apenas la había abierto unos centímetros cuando de improviso Zahed introdujo una mano y tiró del mando de la puerta, seguidamente soltó el cinturón de seguridad del desvalido conductor, agarró a éste y lo sacó del coche sin contemplaciones. Lo arrojó contra el asfalto como si estuviera descargando un saco, más allá de la línea divisoria, y un camión que venía por el otro carril se vio obligado a dar un volantazo para no aplastarlo. Zahed no se percató; ya había ocupado el sitio de aquel bolo humano y se había sentado al volante de su Ford Mondeo para salir disparado con vía libre.

Reilly salvó de un salto la última barrera de protección y llegó al tumulto que se había formado en la autovía a tiempo para vislumbrar brevemente la trasera del coche que acababa de robar Zahed. Con la respiración agitada, vio al calvo hablando agitadamente con los conductores de un par de coches que se habían detenido. Estaban bloqueando uno de los carriles y causando un efecto dominó de gritos encolerizados y bocinazos varios.

«No puedo permitir que escape. Otra vez no.»

Fue hasta los que hablaban y señaló el primero de los vehículos con la urgencia de un maníaco.

—¿Es éste su coche? —le preguntó a uno de ellos—. ¿Es suyo?

El calvo y uno de los otros lo miraron con suspicacia y dieron un paso atrás negando con la cabeza para decir que no, pero el tercero, un individuo de complexión fuerte, cuello de toro y piel correosa, le plantó cara y empezó a soltarle un torrente de frases airadas en turco al tiempo que agitaba las manos con ademán desafiante.

«No tengo tiempo para esto.»

Reilly se encogió de hombros, se llevó una mano a la espalda y cogió su pistola. La sostuvo en alto, alzando también la otra mano, mostrando las palmas con gesto apaciguador.

—Cálmense, ¿quieren? —les ordenó—. ¿Quieren que se escape ese tipo? ¿Eso es lo que quieren?

El calvo puso cara de ir a decir algo, pero el gorila enfurecido no estaba impresionado; de nuevo arremetió con otro torrente de palabras, a todas luces poniéndolo verde a él, y agitando los brazos para demostrar que no le daba miedo la artillería que había sacado.

«A la mierda», pensó Reilly. Con cara de pocos amigos, bajó la pistola y disparó tres tiros al suelo, junto a los pies del gorila. Éste dio un salto hacia atrás como si hubiera pisado una serpiente.

—¡Las llaves! —gritó Reilly, señalando de nuevo el coche y apuntando la boquilla humeante del arma a la cara de King Kong—. Deme las malditas llaves del coche, ¿entendido?

El otro, con una mueca de perplejidad, le tendió las llaves del coche. Reilly se las arrebató de la mano y contestó con un reacio «Gracias». Acto seguido corrió al coche, un monovolumen de origen incierto. Se sentó al volante procurando no toser al sentir el tufo a colillas rancias que salía del cenicero y arrancó para lanzarse una vez más en persecución de su presa.

Los dos primeros kilómetros pasaron sin que hubiera casi coches que adelantar, a consecuencia del atasco que había dejado atrás. Entonces avistó un punto blanco a lo lejos, y eso le hizo cobrar nuevas energías, aunque ya no había mucho más que pudiera pedirle al motor del monovolumen que conducía. Estaba adelantando a toda mecha a un autocar viejo y cargado hasta los topes cuando de pronto lo sobresaltó un timbre que se oyó en el interior de su chaqueta. Agarró el volante fuertemente con una mano, y con la otra sacó el Blackberry.

Su oído fue invadido por la voz entusiasta de Nick Aparo, tan nítida como si le estuviera llamando desde otro coche y no desde Federal Plaza, Manhattan.

—Hola, ¿cómo va eso? ¿Mejoran algo tus vacaciones en Europa, Clark?

Por el cerebro agotado de Reilly pasó raudamente una vaga asociación con una película antigua de Chevy Chase, pero estaba demasiado concentrado en seguirle los pasos a aquel sedán blanco para descubrir qué era.

—Ahora no puedo hablar —dijo sin aliento, con la mirada puesta en la carretera.

—Te va a gustar lo que voy a decirte, Clarkie —insistió Aparo, aún ajeno a la situación que estaba viviendo su compañero—. Es referente a tu hombre misterioso. Hemos hallado una coincidencia.

21

—Luego me lo cuentas —replicó Reilly—. Necesito que llames por mí a Ertugrul, ahora mismo. Dile que estoy yendo por la autovía de la costa en un monovolumen... —bajó la vista al volante, el cual, menos mal, llevaba un nombre y no un logo difícil de desentrañar— ... un Kia de color azul, y nuestro objetivo va en un sedán blanco, justo delante de mí, y nos dirigimos... —echó una ojeada rápida al cielo para ver dónde estaba el sol y calcular mentalmente la dirección— ... hacia el sur, creo, siguiendo la costa.

Aparo, como de costumbre, cambió el tono de voz de jovial a superserio bruscamente, como si obedeciera la orden de un hipnotizador.

—¿Qué objetivo? ¿El terrorista?

—Sí —dijo Reilly—. Tú haz esa maldita llamada, ¿quieres?

El tono de voz de Aparo cambió una vez más y se tornó maníaco:

—No cuelgues, voy a llamarlo por la otra línea. ¿Qué coche conduce ese cabrón?

—No estoy seguro, no he podido verlo bien. Pero no será difícil de localizar, con la velocidad que lleva.

Reilly puso el teléfono en manos libres y lo dejó en el asiento de al lado a la vez que pasaba a velocidad de vértigo junto al tráfico estancado en sentido contrario. La autovía torcía ligeramente a derecha e izquierda, aunque en general mantenía un trazado en línea recta, y a Reilly se le aceleró el pulso al ver que el sedán blanco realizaba un viraje brusco a la izquierda para intentar adelantar a un *dolmu*, un taxi colectivo lento y abarrotado de pasajeros que circulaba renqueante, pisando la raya que separaba ambos carriles. Al fin lo consiguió, pero aquel pesado minibús lo había retrasado, de modo que ahora Reilly tenía a aquel hijo de puta a su alcance. Con las luces encendidas y tocando el claxon sin parar, adelantó al *dolmu* sin perder un segundo, con lo cual le ganó un terreno precioso al sedán blanco. Ahora distinguió que se trataba de un Ford.

Con los dedos enroscados al volante y ya sintiendo que tenía a su presa al alcance de la mano, vio aparecer allá delante el primero de los dos puentes que atraviesan el Cuerno de Oro. Consiguió ganarle otro poco de terreno al Mondeo cuando éste aminoró ligeramente para pasar por un nudo de carreteras en forma de hoja de trébol, y en cuestión de segundos lo tuvo ya mucho más cerca, al empezar a cruzar el puente Ataturk. Era viejo, parecía más una calzada normal que un puente, puesto que estaba apoyado en pilares de hormigón y tenía dos carriles en cada sentido y una estrecha acera peatonal a cada lado. En aquellos momentos soportaba una gran intensidad de tráfico, lo cual ralentizó al Mondeo y permitió a Reilly acortar todavía más la distancia y pegarse al parachoques de su presa, que intentaba abrirse paso por entre los desventurados conductores turcos a base de frenazos, volantazos y empujones.

—¡En estos momentos estoy justo detrás de él, estamos cruzando un puente! —chilló Reilly, inclinándose hacia el costado, en dirección al Blackberry, a la vez que adelantaba a un vehículo más lento—. Al otro lado veo una torre antigua, a la derecha, se parece a un castillo antiguo.

—Entendido —respondió la voz metálica de Aparo, esta vez amortiguada por el asiento—. Ertugrul va a pasarle el tema a un policía que lo acompaña. No le pierdas de vista, colega.

«Esto va demasiado deprisa», pensó Reilly. «No van a poder ayudarme. Tengo que hacerlo solo.»

—Lo que estás viendo es la torre Gálata —informó Aparo,

tan falto de resuello como su compañero—. Ya han localizado por dónde vas. Aguanta firme.

Reilly mantuvo el acelerador pisado a fondo y corrió como una flecha, a escasos metros del Mondeo... y así continuó, persiguiendo sin cejar aquel coche blanco, atento al giro que hizo a la izquierda, luego otro a la derecha, para luego recuperar la línea recta.

Otra vez pisó el pedal a fondo y se lanzó en pos de él.

El Kia estaba ya tan cerca, que Mansur Zahed prácticamente veía el ansia que reflejaban los ojos de Reilly.

«*Madar yendeh*», volvió a jurar para sí al ver en el espejo cómo se le iba aproximando aquel coche azul. Pisó el acelerador a fondo y se desvió para huir, a fin de colocarse entre dos coches más lentos y evitar que le pisara los talones.

Vio que Reilly se quedaba rezagado cuando los coches que llevaba detrás aminoraban la marcha y volvían a sus carriles.

«Ese americano está poseído. No me va a resultar nada fácil quitármelo de encima. Y menos ahora, después de todo esto.»

Zahed sabía que el tráfico podía complicarse en cuanto salieran del puente. Tenía que hacer algo ya, rápido, si quería evitar otra persecución a la carrera con el perro rabioso que le venía resollando en el cuello.

Con la mano pegada al claxon del Mondeo, adelantó unos cuantos coches más, incluso a uno de ellos lo obligó a subirse al bordillo de la acera. Aquello, y un autocar abarrotado que iba delante, un Mercedes viejo, de los años setenta, con el techo repleto de equipajes, que iba soltando por el tubo de escape un humo denso y negro, le trajo la inspiración.

Siguió avanzando a toda velocidad hasta ponerse casi a la altura del autocar, y acto seguido dio un volantazo a la izquierda, otro a la derecha, y embistió al autocar de costado. El autocar se quejó y rebotó a la derecha y sus ventanillas aparecieron de repente llenas de caras de viajeros sorprendidos, las maletas y las cajas que iban en el techo se soltaron de sus anclajes y cayeron al suelo, en medio de los coches que venían detrás. Entonces Zahed dio otro bandazo para seguir con el Mondeo arrimado al costado del autocar, con el fin de obligarlo a describir una trayectoria diagonal y subirlo al bordillo de la acera. Tras pulverizar la barandilla metálica, el viejo autobús salió volando del puente.

Zahed enderezó su trayectoria y miró en el retrovisor. Para su satisfacción, Reilly estaba haciendo exactamente lo que él esperaba que hiciera.

Reilly contrajo el rostro al ver que el Mondeo blanco lanzaba a aquel viejo autocar puente abajo.

Salió volando casi sin hacer ruido y se perdió de vista durante un nanosegundo antes de provocar una gigantesca cascada de agua en el estuario. Teniendo en cuenta la montaña de equipaje que llevaba atado precariamente en el techo, Reilly dedujo que seguramente iba abarrotado de gente, gente que sin duda estaba a punto de ser arrastrada al fondo del agua.

El coche que tenía delante clavó los frenos de golpe y porrazo, y él hizo lo mismo. A su espalda oyó un concierto de chirridos de frenos y golpes de parachoques. Vio que había espacio suficiente para adelantar a los vehículos que tenía delante, pero no podía hacer tal cosa, ahora que posiblemente había un montón de personas ahogándose.

Tenía que socorrerlas.

Se apeó del coche y echó a correr hacia la enorme brecha que se había abierto en la barandilla. Vio a lo lejos que la trasera del Ford blanco desaparecía del puente, y por un instante imaginó la cara de satisfacción de su presa. «Qué hijo de puta», pensó, y la frustración y la rabia lo estimularon a correr hasta el borde del puente. Acudieron también varias personas de otros coches y miraron hacia abajo, señalando y hablando agitadamente.

En el agua, el viejo autocar era visible sólo a medias, la parte trasera del techo sobresalía de la superficie igual que un diminuto témpano de hielo. Reilly escrutó la superficie, pero no vio a nadie flotando. Las ventanillas del autocar parecían herméticas, únicamente contaban con una estrecha sección en la parte superior que podía abrirse, pero que no tenía en absoluto la anchura suficiente para que saliera por ella una persona. Reilly aguardó uno o dos segundos más, pensando si las puertas serían de apertura hidráulica, si se habrían quedado bloqueadas al interrumpirse la electricidad, si los pasajeros estarían demasiado conmocionados para averiguar dónde se encontraban las salidas de emergencia. No se veía salir a nadie. Estaban todos atrapados en el interior. Y nadie estaba haciendo nada al respecto.

Observó las caras aturdidas que tenía a su alrededor, una mezcla de personas jóvenes y no jóvenes, de hombres y mujeres, todos conmocionados, hablando sin parar y mirando el autocar con expresión grave, y se puso en acción.

«No va a haber más muertos. No por mi culpa. Siempre que yo pueda evitarlo.»

Se descalzó, se quitó la chaqueta y saltó al agua.

A su alrededor flotaban equipajes y cajas de cartón que le estorbaban para avanzar, pero logró llegar a la trasera del autocar y asirse a la barandilla del techo justo antes de que ésta desapareciera con un último eructo de aire.

Aguantó mientras el autocar iba hundiéndose lentamente. En aquellas aguas turbias acertó a ver las caras fantasmales y desencajadas por el miedo de los pasajeros al otro lado de la ventanilla trasera. Estaban tirando de la palanca de emergencia, pero ésta no respondía, y aporreaban el cristal con desesperación. Reilly, agarrado con una mano, extrajo su pistola y se la mostró a los pasajeros que tenía más cerca, con la esperanza de que lo entendiesen. Los pasajeros no se apartaron, pero eso no le impidió actuar. Apoyó la pistola contra la parte más superior del cristal y la orientó hacia arriba, apuntando a la cara interior del techo, y disparó, una y otra vez. Cinco tiros seguidos que atravesaron el cristal y luego se perdieron en el agua que iba llenando el autocar. Los disparos debilitaron el cristal lo suficiente para que él pudiera romperlo a base de patadas y golpes con la culata del arma, hasta que finalmente cedió y dejó salir una gigantesca burbuja de aire retenido que a punto estuvo de hacerle soltar la barandilla.

Uno tras otro, los pasajeros atrapados fueron saliendo, frenéticos y desesperados, una maraña de brazos que buscaban a Reilly para aferrarse a la mano que éste les tendía y después subían pataleando en dirección a la luz. Él aguantó todo lo que dieron de sí sus pulmones, y por fin se soltó y fue con ellos hacia la superficie. La alegría de saber que todos los pasajeros se encontraban a salvo no bastó para compensar la amarga frustración que lo carcomía por dentro.

22

Para cuando Reilly pudo regresar al Patriarcado, el complejo ya se hallaba sumido en el caos. La carretera que llevaba hasta él estaba atestada de camiones de bomberos, ambulancias y coches policiales. Por todas partes pululaban miembros del personal de los servicios de emergencia, haciendo lo que mejor sabían hacer.

Había llegado a nado hasta uno de los pilares de apoyo del puente y había vuelto a subir a éste. Finalmente se presentó un policía en la escena y, tras una breve discusión, accedió a llevarlo de nuevo al Fanar. Se quitó la camisa y se puso la chaqueta, que había dejado allí antes de lanzarse al agua, pero los pantalones los tenía empapados, un detalle que tampoco lo ayudó a congraciarse con el policía. Debido al revuelo que se había creado y al bloqueo de la zona por motivos de seguridad, tuvo que recorrer los doscientos últimos metros andando, y encontró a Tess de pie junto a la entrada. La acompañaba Ertugrul, además de un par de jóvenes paramilitares que tenían demasiada pinta de ser de gatillo fácil para inspirar tranquilidad. A los policías, frustrados, les estaba costando mucho trabajo mantener a raya a los periodistas y a los curiosos, mientras por las tapias y las aceras de alrededor se había desplegado un pequeño ejército de gatos sentados (en Estambul se los reverencia porque dan buena suerte) que observaban apaciblemente lo que sucedía.

Tess puso una enorme cara de alivio al ver aparecer a Reilly, pero su expresión pasó a ser de curiosidad cuando reparó en que venía sin camisa y con los pantalones chorreando agua.

Le dio un beso rápido y lo tomó por los brazos.

—Tienes que quitarte esa ropa.

—¿Todavía está mi bolso en el coche? —le preguntó a Ertugrul.

—Sí —contestó el aludido—. Está aparcado en la calle, un poco más abajo.

Reilly echó una ojeada al interior del complejo y vio a unos sanitarios introduciendo una camilla en la ambulancia. El cuerpo que yacía en ella estaba tapado con una manta gris, incluida la cabeza. A su alrededor se apiñaba un grupo de sacerdotes, todos con una expresión desconsolada y los hombros hundidos.

Reilly miró a Ertugrul con gesto interrogante.

—El padre Alexios. Era el gran archimandrita de la biblioteca. Una sola bala, justo en medio de los ojos.

—También han hallado el cadáver de un sacerdote en un callejón de ahí abajo —agregó Tess.

—Sin la sotana —dedujo Reilly.

Tess afirmó con la cabeza.

Reilly ya se lo esperaba.

—¿Y el incendio?

—Ya está apagado, pero la biblioteca ha quedado hecha un desastre, como se puede imaginar —dijo Ertugrul. Dejó escapar un gruñido de frustración y añadió—: Supongo que ese tipo se ha llevado lo que vino a buscar.

—Otra vez —observó Reilly en tono ácido.

Permaneció unos instantes allí de pie, con los puños cerrados de rabia, observando la escena en silencio, y después dijo:

—Ahora vuelvo. —Y se encaminó hacia el coche para cambiarse de ropa.

Llevaba recorrido medio trecho cuando de pronto se acordó de una cosa, y sacó el Blackberry del bolsillo de la chaqueta. Aparo contestó al primer timbrazo.

—Infórmame, tío —le instó su compañero.

—Lo he perdido. Ese tipo es un lunático. —Al momento le

vino a la memoria el golpe de costado que catapultó al autocar y lo sacó del puente—. ¿No dijiste que tenías algo que contarme?

—Sí —confirmó Aparo—. Por fin hemos encontrado una coincidencia en inteligencia militar. Hablando de cosas difíciles, hay que ver lo agarrados que son esos tipos a la hora de compartir información.

—Bueno, ¿y quién es?

—No tenemos el nombre, sólo una operación anterior.

—¿Dónde?

—En Bagdad, hace tres años. ¿Te acuerdas de aquel experto en informática, el que procedía del Ministerio de Finanzas?

Reilly estaba enterado. Había causado furor en su momento, en el verano de 2007. Al individuo en cuestión, un norteamericano, lo habían sacado del centro de tecnología del ministerio junto con sus cinco guardaespaldas. Los secuestradores se presentaron ataviados con el uniforme completo de la Guardia Republicana iraquí, entraron sin más y se los llevaron fingiendo que estaban «detenidos». El especialista había llegado a Bagdad justo el día anterior, con la misión de instalar un programa nuevo de software, muy sofisticado, que iba a permitir seguir la pista a los miles de millones de dólares procedentes de la ayuda internacional humanitaria y de los ingresos del petróleo que pasaban por los ministerios de Iraq, unos miles de millones que desaparecían casi con la misma rapidez con que llegaban. Diversas fuentes de inteligencia sabían que una gran parte de los fondos que desaparecían se desviaban hacia las milicias iraníes que operaban en Iraq, gracias a los instructores iraníes que ocupaban muchos puestos de responsabilidad en el gobierno iraquí y que, sin ninguna duda, de paso se reservaban una jugosa comisión para ellos. Nadie quería que cesara la corrupción, ni tampoco que saliera a la luz. El Ministerio de Finanzas se había resistido durante más de dos años, sin ninguna vergüenza, a que se implantara dicho software; así que el hombre que trajeron por fin para que pusiera fin al desfalco fue secuestrado menos de veinticuatro horas después de aterrizar en el país, sentado ante el teclado, en el corazón mismo del ministerio.

Su secuestro había sido planeado y ejecutado meticulosamente, y se atribuyó a la fuerza de Al-Quds (que era el nombre de Jerusalén en árabe), una unidad especial que poseía la Guardia Republicana iraní para ejecutar operaciones encubiertas en el extranjero. Cuando un par de semanas más tarde se encontró al especialista norteamericano y a sus guardaespaldas ejecutados, la retórica de la Casa Blanca contra Irán se disparó hacia las nubes. Las fuerzas estadounidenses capturaron y detuvieron a media docena de altos cargos iraníes en el norte del país. Los dirigentes de Irán, que nunca habían sido de los que se resisten a avivar las llamas de un conflicto de forma temeraria, a través de una milicia aislada, supuestamente no afiliada, denominada Asaib Al-Haq, es decir la «Liga Justa», procedió a lanzar un ataque todavía más descarado, esta vez contra la sede provincial de Kerbala, durante una reunión de alto nivel que celebraban dignatarios americanos e iraníes. Fue una operación incluso más audaz y desvergonzada que el secuestro anterior. A la entrada de la base se presentaron una docena de operativos de Al-Quds a bordo de una flota de monovolúmenes de color negro idénticos a los que utilizaban allí los contratistas militares norteamericanos. Iban vestidos exactamente igual que los mercenarios y hablaban inglés a la perfección, tanto era así que los iraquíes que guardaban la entrada quedaron convencidos de que eran americanos... y los dejaron pasar. Cuando estuvieron dentro, se comportaron como enajenados. Mataron a un soldado americano y apresaron a otros cuatro, a los que ejecutaron al poco de irrumpir en el complejo. Aquel día terminó siendo el tercero más sangriento de Iraq para las tropas norteamericanas. Cosa sorprendente, en la incursión no resultó herido ningún iraquí.

—Estuvo allí, tu objetivo. Era uno de los que irrumpieron en la base —le dijo Aparo—. Sus huellas dactilares coinciden con las que dejaron en uno de los coches que abandonaron. Y según la inteligencia de que disponemos, las dos operaciones fueron llevadas a cabo por el mismo equipo, de modo que es posible, incluso probable, que nuestro hombre participara también en el secuestro del informático.

—¿Sabemos algo de él?

—Nada —respondió Aparo—. Nada en absoluto. Los autores de las dos operaciones desaparecieron sin dejar rastro. Lo único que puedo decirte es que parece que nuestro hombre tomó parte en ellas. Pero eso nos da una idea de lo que debe de haber en su historial, a saber en qué más mierdas se ha metido ese cabrón. Me da en la nariz que es el tipo al que recurren cuando necesitan llevar a cabo una operación especial.

Reilly frunció el ceño.

—Pues qué suerte la nuestra.

Sabía que si había que fiarse de la historia, aquello no resultaba prometedor precisamente. En todas las confrontaciones que había habido entre Estados Unidos e Irán desde 1979, cuando subió Jomeini al poder, siempre había ganado Irán.

—Tienes que atrapar a ese tío, Sean. Encuéntralo y bórralo de la faz de la Tierra.

De pronto sonó una sirena que sobresaltó a Reilly. Se volvió y vio una de las ambulancias bajando por la cuesta a toda velocidad, y se hizo a un lado para dejarla pasar.

—Primero tenemos que encontrarlo —le dijo a Aparo—, y después, lo que tengo pensado hacer con él no es precisamente compartir una cerveza.

23

Dadas las tensiones políticas tanto internas como externas que atenazaban a su país, los turcos se tomaban muy en serio los asuntos de seguridad nacional, y con éste no hicieron ninguna excepción. Una hora después de haber vuelto al Patriarcado, Reilly, junto con Tess y Ertugrul, estaba ya sentado en una sala de reuniones de la sede central de la Policía Nacional de Turquía, en el distrito Aksaray, despachando preguntas y respuestas con media docena de agentes de seguridad turcos.

Había una cuestión que frustraba sobremanera a Reilly:

—¿Cómo ha hecho para entrar en este país? —preguntó, todavía molesto por aquel despiste—. Yo creía que ustedes imponían en los aeropuertos una seguridad de nivel militar.

Ninguno de sus anfitriones dio la impresión de tener preparada una respuesta inmediata que darle.

Suleyman Izzettin, el capitán de policía que estaba en el aeropuerto con Ertugrul, fue el que rompió aquel incómodo silencio:

—Estamos investigándolo. Pero recuerde —dijo, a todas luces igual de molesto que Reilly— que nuestros controles fronterizos no tenían una foto nítida de él ni tampoco un nombre supuesto. Además, puede que no haya venido en avión.

—Eso es imposible —replicó Reilly—. No ha tenido tiempo para venir por carretera desde Roma. Ha venido en avión, sin duda. —Recorrió la sala con la vista y decidió hablar un poco más despacio de lo normal y recalcando ligeramente las sílabas, para que lo entendieran todos—: Este tipo se las arregló para trasladar a sus rehenes de Jordania a Italia sin problemas. Ahora está aquí, y todavía tiene a uno de ellos en su poder. Hemos de averiguar cómo hace para ir saltando de un país a otro. Y sería de gran ayuda descubrir por cuál de sus aeropuertos se ha colado.

Los agentes de seguridad estallaron en un acalorado debate en turco. Estaba claro que no les había gustado nada que los pusieran en evidencia delante de un agente extranjero. Izzettin los llamó al orden y luego repitió, simplemente, lo que ya había dicho antes:

—Estamos investigándolo.

—Muy bien. Y también necesitamos averiguar cómo se mueve de un lugar a otro ahora que está aquí —presionó Reilly—. Si queremos capturarlo, tenemos que saber lo que estamos buscando. ¿Cómo ha hecho para llegar al Patriarcado? ¿Tenía un coche aparcado por allí, al que abandonó cuando nos vio llegar a nosotros? ¿O simplemente tomó un taxi? ¿O tenía a alguien esperándolo? ¿Cuenta con gente de aquí que le está ayudando?

—Y además —intervino Ertugrul—, suponiendo que se haya traído consigo a Simmons, ¿dónde lo tuvo encerrado mientras tanto?

—Después del tiroteo, asumimos el control de la zona inmediatamente —le dijo Izzettin—. Estoy bastante seguro de que no tenía un hombre con un coche esperándolo. De allí no salió nadie en ningún vehículo.

—Podría ser que dejase el coche y huyera a pie —replicó Reilly.

—El ayudante de investigación —dijo Tess a Ertugrul—, el soplón que puso en marcha todo este lío delatando a Sharafi, ¿están seguros de que ha salido del país?

El otro afirmó con la cabeza.

—Hace mucho.

—Este tipo se mueve demasiado deprisa para actuar en solitario —dijo Reilly—. Tiene que contar con alguien que le apoya.

Acuérdense de que desconocía que la pista condujera de nuevo a Estambul hasta anoche, cuando se llevó el Registro del Vaticano. No parece que haya tenido mucho tiempo para planificar esto. Está improvisando. Actúa según le va llegando la información, igual que nosotros, pero nos lleva ventaja. —Se volvió hacia Ertugrul—. Ese monasterio... ¿Con quién más podemos hablar para averiguar dónde se encuentra?

—Estuve un momento hablando de eso con el secretario del Patriarca, después del tiroteo —respondió Ertugrul—. El hombre no tenía la cabeza muy clara para pensar, pero me dijo que no le sonaba de nada.

—Eso no es sorprendente —terció Tess—. El inquisidor que lo encontró dijo que estaba abandonado, y eso fue a principios del siglo XIV. Después de setecientos años, lo más probable es que ya no queden más que escombros, unas cuantas ruinas en mitad de la nada.

—El secretario va a hablar con los otros sacerdotes del Patriarcado —informó Ertugrul—. Puede que alguno de ellos sepa algo.

Reilly se dirigió a sus anfitriones con gesto contrariado:

—Tienen que consultar a algún experto de la universidad, alguien que conozca la historia.

El jefe de policía se encogió de hombros.

—Se trata de la Iglesia ortodoxa, agente Reilly. Y no sólo es la ortodoxa, sino además la griega. Y este país es musulmán. No constituye un campo lo que se dice prioritario para nuestros académicos. Si en el Patriarcado no hay nadie que sepa nada...

Reilly asintió con expresión alicaída. Era muy consciente de que entre los griegos y los turcos no había afecto precisamente, desde el ascenso de los selyúcidas y, posteriormente, del Imperio otomano. Era una animosidad muy arraigada que se remontaba más de mil años y continuaba en la actualidad, pues afloraba de vez en cuando con ocasión de asuntos espinosos, como la división de la isla de Chipre.

—De modo que en estos momentos lo único que sabemos es que se encuentra en la región del monte Argeo, las montañas

Erciyes Dagi. ¿Qué extensión tiene la zona de la que estamos hablando?

Ertugrul cruzó unas palabras con sus anfitriones, y uno de ellos tomó el teléfono y murmuró algo en turco.

Un instante después entró un policía más joven trayendo un mapa plegado que extendieron sobre la mesa. Ertugrul intercambió varias frases más con los presentes y luego se volvió hacia Reilly.

—Lo cierto es que no es una cordillera sino una única montaña, aquí está —explicó al tiempo que señalaba una zona amplia y de tono más oscuro que había en el centro del país—. Es un volcán inactivo.

Reilly miró la escala del mapa, que figuraba al pie del mismo.

—Tiene aproximadamente... a ver... unos quince kilómetros de largo, y otros tantos de ancho.

—Eso es mucho —dijo Tess.

—Muchísimo —convino Ertugrul—. Y, además, no es un área fácil de recorrer en absoluto. Tiene altitudes de tres mil o tres mil quinientos metros, y las laderas son muy accidentadas, están llenas de repechos y hendiduras. No es de extrañar que ese monasterio lograse sobrevivir tantos años, incluso después de la conquista otomana. Podría esconderse en cualquiera de esas grietas. Van a tener que ir hasta allí para encontrarlo.

Reilly se disponía a contestar cuando de pronto intervino Tess:

—¿Sabe si podría conseguir un mapa detallado de esa zona? —le preguntó a Ertugrul—. A lo mejor un mapa topográfico, como los que utilizan los montañeros.

Ertugrul reflexionó unos instantes y luego dijo:

—Supongo que deberíamos poder. —El tono que empleó menospreciaba un poco aquella petición. Se lo explicó a los demás en turco, y uno de ellos volvió a levantar el teléfono, supuestamente para proporcionarle a Tess lo que solicitaba.

Reilly la miró un momento, sorprendido, y después volvió a concentrarse en el mapa.

—¿A qué distancia está?

—¿Desde aquí? A ochocientos kilómetros, más o menos.

—¿Y qué medio utilizaría ese tipo para llegar hasta allá? ¿El coche? ¿El avión? ¿Una avioneta, tal vez un helicóptero?

Sus anfitriones intercambiaron unas pocas palabras y negaron vigorosamente con la cabeza.

—Podría ir en avión —contestó Ertugrul—. Cerca de allí está la población de Kayseri, que tiene aeropuerto. Hay un par de vuelos al día que salen de aquí. Pero no creo que ese tipo vaya a necesitar eso. Dependiendo del tráfico y de la carretera que tome uno, son once o doce horas en coche, en comparación con las dos que se tarda en avión, pero es menos arriesgado, sobre todo ahora que los aeropuertos están en situación de alerta.

«Y también, supuestamente, estaban anoche, pero eso no le impidió huir», quiso decir Reilly, mas se contuvo.

—También está el tren —recordó el jefe de policía—. Pero si tiene consigo un rehén, en realidad no es viable.

—Muy bien, si pretende llegar hasta allá por carretera, ¿dónde podría conseguir el coche? —preguntó Reilly a Ertugrul—. ¿Qué sabemos de los coches que utilizó en Roma, en los que encerró a Sharafi y a Tess?

Ertugrul repasó sus papeles y dio con el informe pertinente.

—Lo único que tienen por el momento es que llevaban matrículas falsas. El estudio preliminar del número de chasis del vehículo en que estuvo la señorita Chaykin indica que no hubo denuncia del robo, pero las denuncias de robo de coches pueden tardar un tiempo en detectarse. Y en el caso del otro vehículo es demasiado pronto para saber nada, antes tienen que encontrar la pieza donde está el número de chasis.

—Es el mismo modus operandi con coches bomba que hemos visto en Iraq y en Líbano —observó Reilly—. Los coches son robados, o bien los han comprado con dinero en efectivo con identidades falsas. Sea como sea, por lo general no averiguamos la verdad hasta que vuelan por los aires. —Soltó un bufido de rabia—. Necesitamos saber qué coche está usando en este momento.

—Vamos a necesitar una lista de todos los coches que han sido robados desde, digamos, ayer —le dijo Ertugrul a Izzettin—. Y también que nos informen de inmediato conforme vayan llegando partes nuevos.

—Muy bien —contestó el policía.

—¿Cuántas carreteras llevan a esa montaña? —le preguntó Reilly—. ¿Podría poner controles en ellas? Sabemos que nuestro hombre se dirige hacia allí.

El jefe de policía negó con la cabeza al tiempo que volvía a inclinarse sobre el mapa.

—Aun sabiendo que saldrá desde Estambul, hay muchas carreteras distintas que podría tomar. Y depende de la parte de la montaña a la que se dirija. Por todos lados hay diferentes accesos.

—Además —aportó Ertugrul—, seguiríamos teniendo el mismo problema que en los aeropuertos: no contamos con una foto clara ni con un nombre que proporcionar a los de los controles de carreteras. El único al que pueden buscar es a Simmons.

—No es posible —finalizó Izzettin—. La zona que rodea esa montaña es muy frecuentada por los turistas. Capadocia está llena de gente en esta época del año. No podemos detener a todo el mundo.

—Está bien —dijo Reilly con un encogimiento de hombros y la mirada apagada, a causa de la frustración.

De pronto irrumpió la voz de Tess en aquel grave silencio:

—Si dice usted que nuestro hombre podría estar trabajando para los iraníes, ¿no podría que ser los iraníes tuvieran gente aquí que lo estuviera ayudando? —inquirió—. Esa gente podría conseguirle un coche, un piso franco, armas.

—Es posible —convino Reilly. Él también había pensado algo parecido, pero sabía que era territorio escabroso. Le preguntó a Ertugrul—: ¿Qué nivel de seguridad tenemos en la embajada de Irán?

Ertugrul dudó un momento, y luego esquivó la pregunta.

—La embajada no se encuentra aquí, sino en la capital, Ankara. Aquí sólo existe un consulado. —Y no dijo más. A ningún agente de inteligencia le gustaba hablar delante de sus homólogos extranjeros de lo que vigilaban o dejaban de vigilar sus colegas y él, a no ser que supiera que eran de fiar... Cosa que, por regla general, no ocurría nunca.

—¿Los tenemos bajo vigilancia? —presionó Reilly.

—No es a mí a quien debe preguntar eso. Es competencia de la Agencia —replicó el legado para recordarle a Reilly que de recabar inteligencia extranjera se encargaba la CIA.

Reilly comprendió y dejó el tema de momento. Frustrado, se volvió hacia uno de los turcos que estaban sentados a la mesa, Murat Çelikbilek, del Mili Istihbarat Teskilati, órgano también conocido como Organización Nacional de Inteligencia.

—¿Qué me dice de su gente? —le preguntó—. Ustedes deben de tener algún sistema de vigilancia.

Çelikbilek lo observó unos instantes con la concentración inescrutable de un buitre, y después dijo:

—En realidad no es una pregunta que se pueda contestar a la ligera, sobre todo delante de un civil. —Señaló a Tess con un gesto de la cabeza un tanto despectivo.

—Oiga, no me hace falta conocer los sórdidos detalles de lo que traman ustedes —dijo Reilly con una media sonrisa que desarmó a su interlocutor—. Pero si tienen a los iraníes vigilados de cerca, en particular a los del consulado, es posible que alguien haya visto algo que pueda venirnos bien. —Le sostuvo la mirada a Çelikbilek durante unos segundos. Finalmente, el jefe de inteligencia parpadeó e hizo un breve gesto de asentimiento.

—Veré si tenemos algo —dijo.

—Eso sería estupendo. Tenemos que actuar deprisa —reiteró Reilly—. Ese tipo ya ha matado a tres personas en Turquía, y la cosa podría empeorar. Lo más probable es que ya se haya puesto de viaje hacia el monasterio, y a no ser que logremos averiguar qué coche lleva o adónde va exactamente, dispone de vía libre total. —Hizo una pausa lo bastante larga para dejar calar aquel comentario, y después se volvió hacia Ertugrul y le dijo en tono más bajo—: Vamos a tener que hablar con los de la Agencia. Digamos que ya mismo.

24

Llevando en el espejo retrovisor un sol poniente que parecía una potente lámpara incandescente, Mansur Zahed se incorporó al intenso tráfico vespertino que salía de Estambul y se concentró en la carretera que tenía frente a sí.

Miró a un costado. Allí iba Simmons, en el asiento del pasajero, con la cabeza ligeramente caída y la expresión vacía que tenía últimamente en los ojos. Una vez más, el tranquilizante le había quitado toda la vitalidad y lo había transformado en un animalito dócil y sumiso. Zahed sabía que iba a tener que llevarlo sedado bastante tiempo; tenían por delante un viaje muy largo, mucho más que el que habían realizado aquella mañana. No le hacía ninguna gracia verse otra vez en la carretera. No era lo suyo perder tanto tiempo, sobre todo después de lo que había hecho en el Vaticano. Hubiera preferido ir hasta Kayseri en avión, como también hubiera preferido volar directamente desde Italia hasta un aeródromo que estuviera cerca de Estambul. Steyl le quitó la idea de la cabeza; los dos sabían muy bien que los militares turcos vigilaban muy de cerca los aeródromos de todo el país. Steyl le recordó que, después de lo de Roma, el riesgo que corrían era demasiado grande, y Zahed no cuestionó su criterio. Sabía que en lo referente a entrar y salir de un país en avión sin llamar mucho la atención respecto de la carga ilegal que pudiera llevar a bordo, Steyl sabía con toda exactitud lo que era factible y lo que no. Se podía contar con él para transportar cualquier carga útil casi a cualquier sitio y para pasar los controles de los aeropuertos sin problemas, pero también se podía contar con él para que no lo metiera a uno en turbulencias, por emplear una metáfora. De manera que fueron con la avioneta ligeramente hacia el norte, a Bulgaria, y aterrizaron en Primorsko, una modesta localidad turística de la costa del mar Negro. Tenía un pequeño aeródromo civil, no militar, de esos en los que las autoridades locales no están pensando en quién puede ser el que viaja a bordo de una avioneta. Y además se encontraba a menos de treinta kilómetros de la frontera de Turquía, con lo cual el trayecto de cinco horas en coche desde el aeródromo hasta Estambul no resultó demasiado pesado.

Este trayecto iba a ser más del doble de largo, pero no había otra alternativa. No estaba disfrutando en absoluto de pelear con el tráfico interminable, de pesadilla, que inundaba Estambul en la hora punta. Aquel caótico sálvese quien pueda le recordó los aspectos menos atractivos de Isfahan, la ciudad de Irán en la que vivía él, otra muestra de arquitectura bellísima pero mellada por la insensata forma de conducir de sus habitantes. Sin embargo, en contraste con la salida que había hecho anterior a ésta, cuando iba escapando de Reilly, observó un comportamiento de lo más comedido al salir de Estambul y se abstuvo de picarse en competiciones para ver quién la tenía más grande con taxistas agresivos y conductores de *dolmus*, y les dejó que se abrieran paso a empellones, sabedor de que el más mínimo abollón podría tener consecuencias muy graves, dado que conducía un coche robado y transportaba a un pasajero fuertemente dopado.

Siguiendo aquella autopista serpenteante, que primero describía varias curvas rápidas y amplias y después subía una serie de cerros suaves, notó que le costaba trabajo relajarse. Nunca había visto tantos autobuses y camiones, mastodontes cargados hasta los topes que circulaban a toda pastilla por la *otoyol* que comunicaba Estambul y Ankara, nombre por el que se conocía a aquella autopista de seis carriles, ajenos al estado del firme, que a menudo estaba lleno de baches peligrosos, y haciendo caso omiso de la limitación de 120 kilómetros por hora. Turquía tenía uno de los peores índices de accidentes de tráfico del mundo, y el coche que le habían dado, un Land Rover Discovery de color negro, si bien resultaba ideal para la parte de aquel viaje que iba a discurrir fuera de la carretera, desde luego era demasiado alto para circular con comodidad por una autopista. Igual que un frágil velero atrapado en una tempestad, sufría constantes bandazos a causa del aire que desplazaban los pesos pesados que lo adelantaban, con lo cual Zahed se veía obligado a rectificar el rumbo y aguantar las turbulencias para poder conservar la línea recta.

Como hacía siempre al completar cada fase de un encargo, procedió a realizar una rápida evaluación mental del estado actual de la misión. Hasta el momento no había tenido contratiempos importantes. Había conseguido entrar en Turquía sin ser detectado. Se había hecho con la información que necesitaba del Patriarcado. Había escapado de Reilly, el cual, de alguna manera, se las había arreglado para dar con él haciendo gala de una eficiencia que resultaba inquietante. Volvió a acordarse de lo sucedido el día anterior, en el Vaticano, y eso desencadenó un torrente de placenteras imágenes en su cerebro. Al momento lo inundó una profunda sensación de placer al revivir la emoción que sintió al ver comentadas sus proezas en los informativos de televisión y en los periódicos. No iba a ser la última vez, estaba seguro, después de la breve visita que había hecho al Patriarcado. Pensó en la búsqueda en la que estaba embarcado y experimentó un inmenso consuelo ante el hecho de que, aun cuando no lograra encontrar lo que había destapado Sharafi, o aun cuando resultara ser algo carente de valor, esta aventura por sí sola ya había demostrado que merecía la pena. Era mejor que cualquier otra cosa que hubiera conseguido en Beirut o en Iraq. Mucho mejor. Le había dado la oportunidad de atacar a sus enemigos en el corazón mismo de su fe. Los medios de comunicación, sedientos de noticias, pasarían varios días exprimiendo el asunto, lo grabarían a fuego en la memoria del público al que se dirigían. Los mercados financieros ya estaban aportando su cuota de sufrimiento y se desplomaban, tal como estaba previsto, y con ello limpiaban miles de millones de dólares de las arcas del enemigo. No, su hazaña no iba a olvidarse en mucho tiempo, de eso estaba seguro. Y con un poco de suerte aquello sería sólo el principio, se dijo, porque a lo mejor servía de espoleta para que otros mil guerreros más vieran lo que se podía hacer.

Sus recuerdos divagaron hacia otro comienzo, otra época, y de repente visualizó los rostros de sus hermanos y su hermana, todos menores que él. Los oyó de nuevo, correteando, jugando por la casa de Isfahan, sus padres siempre a la vista. Luego pensó en sus padres, en lo orgullosos que se habrían sentido de su hijo en estos momentos... Si estuvieran vivos para presenciarlo. También le vinieron a la cabeza los recuerdos de aquel aciago día y avivaron el fuego de la furia que lo consumía desde entonces, desde aquel domingo, el 3 de julio de 1988, húmedo y muy caluroso, el día en que su familia fue barrida del cielo, en que su hermano de catorce años fue incinerado, en que él mismo volvió a nacer. «Ni siquiera una sola palabra pidiendo perdón», pensó, acordándose de los ataúdes vacíos que había enterrado. Sintió la bilis que le subía a la garganta. Nada. Solamente un poco de dinero a modo de recompensa para él y para todos los demás que habían perdido a sus seres queridos. Y medallas, recordó furibundo. Medallas, entre ellas la de la Legión del Mérito, nada menos, para el comandante de la nave y para el resto de los infames perpetradores de aquel crimen en masa.

Reprimió la cólera, respiró hondo y procuró tranquilizarse. No había necesidad de lamentarse de lo ocurrido ni, como les gustaba decir a sus paisanos, lo que estaba predestinado a ocurrir. Al fin y al cabo, decían una y otra vez, todo estaba escrito. Rio para sus adentros burlándose de aquella idea, tan atrasada e ingenua; lo que él había terminado creyendo era que las vidas de sus padres y de sus hermanos no se habían perdido en vano. Después de todo, su vida había asumido una misión mucho más importante de la que habría tenido si las cosas no hubieran sucedido así. Sólo necesitaba cerciorarse de haber conseguido lo que se había propuesto. Porque de no ser así, deshonraría la memoria de sus familiares, y aquello, simplemente, no podía hacerlo.

Pensó en el futuro inmediato y se dijo que dentro de pocas horas iba a tener que parar. No quería conducir por la noche, cuando hubiera poco tráfico y pudieran aparecer controles de carretera. Pero tampoco podía correr el riesgo de pernoctar en un hotel. Habría sido más factible parar en un motel, pero Europa nunca había aceptado bien el concepto de anonimato que ofrecían dichos establecimientos. No, Simmons y él pasarían la noche dentro del todoterreno. Cuando llevase recorridos unos cientos de kilómetros, aproximadamente la mitad del viaje, se detendría en un área de descanso, se escondería entre los grandes camiones de dieciocho ruedas y, después de administrar a Simmons una dosis potente, esperaría a que fuera de día. Seguidamente continuaría viaje, fresco y despejado, por aquella *otoyol* en dirección este, hacia Ankara, luego proseguiría hasta Aksaray, y por último enfilaría la antigua ruta de la seda para ir hasta Kayseri y hasta el premio que ansiaba con tanta desesperación.

25

—La cosa es que con un área tan extensa —dijo el jefe de la oficina de la CIA a Reilly y a Ertugrul—, va a resultar difícil dar con algo que nos sirva.

Se encontraban en una sala sin ventanas, en las entrañas del Consulado de Estados Unidos, un achaparrado búnker de hormigón que se elevaba en actitud defensiva tras un complejo de muros reforzados y controles de seguridad. Ubicado unos veinte kilómetros al norte de la ciudad, parecía más una cárcel moderna que un orgulloso emblema de la nación que representaba. Distaba mucho de poseer la elegancia antigua y señorial del Palazzo Corpi, el consulado anterior, que se codeaba con los bazares y las mezquitas del bullicioso casco antiguo de Estambul. Aquel consulado, tristemente, ya formaba parte de un mundo que había desaparecido hacía mucho. El nuevo, construido sobre roca maciza poco después del 11 de septiembre, se parecía a una cárcel, y había un motivo para ello: debía mantenerse imperturbable ante cualquier clase de ataque. Y lo había demostrado, porque uno de los terroristas que fueron capturados tras el bombardeo del Consulado Británico y de un banco inglés dijo a las autoridades turcas que en realidad sus hombres y él tenían como primera intención atacar el Consulado de Estados Unidos, pero que lo encontraron tan bien pertrechado que, para citar las palabras del propio terrorista, «allí ni siquiera permiten volar a los pájaros».

Unos años más tarde hubo un nuevo intento de atacarlo, por parte de tres hombres. Los tres fueron abatidos a tiros antes siquiera de llegar a la entrada.

—¿Qué quiere decir? —preguntó Reilly.

—Pues que seguramente podremos reprogramar un satélite para que pase por encima de esa zona dentro del espacio de tiempo requerido, pero no vamos a recibir imágenes de vídeo en tiempo real ni de forma constante, sólo veremos lo que ocurra durante el tiempo en que el satélite barra esa área en cada órbita. Y eso no va servirle de nada a usted.

Reilly meneó la cabeza.

—No. No sabemos cuándo va a aparecer nuestro hombre.

—Mejor sería ver si podemos hacer venir de Qatar a uno de nuestros UAV para que realice una búsqueda constante en cuadrícula, pero...

—Nuestro hombre lo descubrirá —interrumpió Reilly. Negó con la cabeza para descartar la sugerencia de utilizar un avión no tripulado para observación, accionado por control remoto.

—No estoy hablando de los Predators, sino de tecnología nuevecita. RQ-4 Global Hawks. Esos juguetes operan a una altitud de doce mil metros. Su hombre no tiene visión biónica, ¿no?

Reilly frunció el entrecejo. No le gustaba.

—Incluso a esa altitud... Ese tipo sabe lo que hace. En esta época del año el cielo suele estar muy despejado, podría descubrirlo. ¿No podemos utilizar uno de los satélites grandes?

Reilly, al igual que el jefe de aquella oficina, sabía que los satélites de observación más utilizados, los del tipo Keyhole, popularizados por el cine y la televisión, no iban a servir en aquel caso. Resultaban más apropiados para vigilar un punto determinado una vez cada dos horas, por ejemplo para detectar la construcción de una central nuclear o la aparición de lanzamisiles. Lo que no podían hacer era proporcionar imágenes constantes y en directo de un lugar concreto. Para eso, Reilly necesitaba una cosa que la Oficina Nacional de Reconocimiento procuraba mantener en secreto: un satélite de vigilancia capaz de mantenerse en órbita geosíncrona en la vertical de un punto fijo de la superficie terrestre y transmitir imágenes de vídeo en tiempo real. Era algo muy difícil de conseguir. Los satélites se desviaban de su posición debido a perturbaciones de todo tipo: variaciones del campo gravitatorio de la Tierra ocasionadas en parte por la luna y por el sol, por el viento solar, por la presión de la radiación. Hacía falta recurrir a pequeños cohetes impulsores y a complejos programas de ordenador para que el satélite permaneciera un período largo de tiempo encima de su objetivo. Y como los satélites tenían que situarse a una altitud de casi 36.000 kilómetros, también necesitaban contar con una tecnología de toma de imágenes sumamente avanzada. Y por esa razón eran más grandes que un autobús escolar y se rumoreaba que costaban más de dos mil millones de dólares cada uno... Si es que existían, claro está. Y por esa misma razón no eran muy numerosos.

El jefe de la oficina arrugó el gesto ante aquella petición.

—Eso es imposible. Con todo lo que está ocurriendo en esa idílica parte del mundo, están ocupados todo el tiempo. Sería imposible agenciarnos uno. Además, no creo que pudiéramos siquiera reprogramarlo dentro del espacio de tiempo del que me habla usted.

—Pues necesitamos algo —insistió Reilly—. Ese tipo ya ha causado daños graves, y está empeñado en seguir causando más.

El jefe abrió las manos en un gesto apaciguador.

—Fíese de mí. Conseguirá lo que necesita empleando un RQ-4, y más todavía. Los chicos que tenemos en Iraq y en Afganistán cuentan maravillas. Y, además, es lo único que va a poder utilizar, de modo que yo diría que se contente con él y rece para que funcione lo mejor posible.

El jefe estaba subestimando los talentos del Global Hawk. Se trataba de una maravilla de la tecnología. Una aeronave de gran tamaño, con una envergadura de más de treinta metros de punta a punta, no tripulada, accionada por control remoto, capaz de recorrer mil kilómetros para llegar hasta su objetivo y una vez allí llevar a cabo una «permanencia prolongada» (lo cual quería decir que podía pasar muchas horas vigilando el mismo punto) y operar abarcando un área muy amplia. Era capaz de transportar toda clase de cámaras y radares: electro-ópticos, de infrarrojos, de apertura sintética, y podía transmitir imágenes del objetivo ya fuera de día o de noche, con independencia del tiempo que hiciera. Tenía un coste por unidad de treinta y ocho millones de dólares, pero constituía una manera asombrosamente potente y muy eficiente de obtener IMINT (inteligencia de imágenes) sin correr el riesgo de acabar en una debacle como el caso de Francis Gary Powers, el piloto americano que en 1960 fue derribado por la Unión Soviética mientras realizaba un vuelo espía sobre dicho país.

El jefe estudió una vez más el mapa de la montaña.

—A ver, suponiendo que contemos con uno, seguimos teniendo problemas. Por un lado, hay numerosas rutas de acceso que vigilar. La zona en cuestión es demasiado amplia para obtener una imagen constante de una resolución que resulte útil. A menos que podamos reducir el campo, vamos a tener que rotar alrededor. En ese caso podríamos pasar de largo a nuestro objetivo.

—Pues es toda la información de que disponemos en este momento —gruñó Reilly.

El jefe caviló unos instantes y luego asintió.

—Muy bien, voy a hablar con Langley. A ver si podemos convencer a los de Beale para que nos dejen libre uno de esos aparatos ya mismo.

—Sólo lo necesitaríamos para uno o dos días —le dijo Reilly—. Pero tienen que dárnoslo ahora mismo. Si no, no merece la pena.

—Vamos a partirnos el culo para conseguirlo —reafirmó el jefe—, pero seguimos sin saber qué es lo que buscamos, ¿no es verdad?

—Usted préstame los ojos —replicó Reilly—. Ya me encargo yo de que tengan algo que buscar.

Encontró a Tess en una sala de interrogatorios vacía, sentada ante una mesa abarrotada de mapas gigantes. Tenía su portátil y estaba sumida en profundas cavilaciones. Tan sólo se percató de su presencia cuando lo tuvo de pie al lado, y entonces levantó la vista hacia él.

—¿Y bien? —inquirió—. ¿Qué tal ha ido?

A juzgar por el tono de la pregunta, se notaba que estaba más bien deprimida.

Reilly se encogió de hombros.

—No podemos utilizar el satélite que quiero, pero me parece que vamos a conseguir una nave de vigilancia. Sin embargo, la zona es demasiado extensa... La franja que abarcaremos no va a ser tan precisa como me gustaría.

—¿Qué quiere decir eso?

—Que seguramente se nos pasará algo —contestó Reilly en tono sombrío y lento a causa del cansancio. Acercó una silla y se dejó caer en ella.

Tess sonrió.

—A lo mejor yo te puedo echar una mano.

Reilly frunció el entrecejo, pero consiguió esbozar una débil sonrisa.

—No es momento para tentarme con un masaje de espalda.

Tess lo fulminó con la mirada.

—Estoy hablando en serio, idiota. —Tomó un mapa del país entero, lo puso encima del mapa topográfico del monte Erciyes y señaló con el dedo Estambul, que aparecía en el ángulo superior izquierdo.

»Echa una ojeada.

Reilly se acercó un poco más.

—Bien —empezó Tess—. Aquí está Constantinopla, que es de donde partieron Everardo y sus amigos, los primeros templarios que visitaron el monasterio.

Miró un momento a Reilly para cerciorarse de que estaba atendiendo. Él le hizo un gesto con la cabeza que quería decir: «Adelante, soy todo oídos.»

—Intentaban regresar aquí —prosiguió—, a Antioquía, la fortaleza templaria que tenían más cerca. —Indicó en el este del Mediterráneo la situación que correspondía a la Siria moderna—. Pero, como sabemos, sólo consiguieron llegar hasta aquí —dijo moviendo el dedo hasta el centro del mapa—, el monte Argeo, donde se encuentra el monasterio.

—Es, simplemente... Asombroso —se mofó Reilly.

—Observa esta montaña, so ganso. Es redonda. Redonda como son los volcanes inactivos. Podrían haberla rodeado sin dificultad, ¿no? —Recalcó con sorna la palabra «rodeado» y dobló el dedo alrededor del mapa—. No era una pared ni una barrera que tuvieran que cruzar. Y, sin embargo, por alguna razón, decidieron escalarla.

Reilly pensó un momento.

—No parece razonable... A no ser que estuvieran intentando ocultarse a la vista.

Tess sonrió de oreja a oreja, con fingida admiración.

—Dios, esos cursillos que te dieron en Quantico, hay que ver lo bien que asocias las cosas más difíciles... Se queda una alucinada, de verdad.

—Pues desalucínate y dime qué es lo que piensas.

Tess volvió a adoptar un tono serio.

—Efectivamente, Everardo y sus chicos pretendían ocultarse. No les quedaba otro remedio. Todo esto sucedió en 1203, y en aquella época los turcos selyúcidas se habían apoderado de una gran parte de esta zona. —Rodeó con los dedos el centro del país—. Así que para los templarios era un territorio enemigo, plagado de bandas de *gazis* fanáticos. De modo que si tenían dos dedos de frente, nuestro grupito de templarios sin duda procuró evitar los espacios abiertos. Por eso se ciñeron a las sendas de montaña, siempre que encontraban una. Y por eso tuvieron que hacer una parada técnica en el monasterio.

—Espera un momento, ¿un monasterio cristiano en territorio musulmán?

—Los selyúcidas toleraban el cristianismo. Los cristianos gozaban de libertad para practicar su fe sin esconderse. No estaban perseguidos. Pero eso era antes de los sultanes y del Imperio otomano. Esta zona era igual que el Salvaje Oeste, con todos esos bandidos sedientos de sangre... Un poco al estilo de los grupos de soldados confederados después de la guerra de Secesión. Eran peligrosos, y por eso las iglesias y los monasterios estaban ocultos en cuevas y en montañas, y no a la vista de todo el mundo.

—De acuerdo, pero en realidad eso no nos ayuda en nada —le dijo Reilly—. Una vez que Everardo y los suyos empezaron a subir, podrían haber ido según las agujas del reloj o al contrario, ¿no? Lo cual quiere decir que tenemos que vigilar la montaña entera.

—Puede. Pero mira una cosa. —Tess, ya visiblemente entusiasmada, retiró el mapa para montañeros—. Fíjate en las líneas de los contornos, aquí y aquí. —Estaba señalando una zona situada al oeste de la cara norte de la montaña, más o menos en la línea que indicaba las once—. ¿Ves lo juntas que están?

Las líneas de contorno que indicaban la variación de desnivel, y que en este caso aparecían a intervalos regulares de cincuenta metros, habían convergido y estaban prácticamente unas encima de otras, lo cual quería decir que aquella parte estaba en fuerte pendiente. De hecho, más que una pendiente era una caída en vertical.

—Es un acantilado —explicó Tess. Le brillaban los ojos de la emoción—. Y bastante grande. Debieron de verlo cuando empezaron a acercarse a la montaña. Y tuvieron que continuar en el otro sentido, al contrario de las agujas del reloj. Lo cual resulta que es la ruta más directa, de todos modos.

Reilly, picado por la curiosidad, se inclinó para verlo mejor.

—¿Y si se acercaron desde más al este? Habrían acometido la montaña por el otro lado de ese acantilado y la habrían rodeado por el otro camino.

—Lo dudo —replicó Tess—. Fíjate en esta zona de aquí, al norte de la montaña. Kayseri lleva existiendo más de cinco mil años. Fue una de las ciudades más importantes de los selyúcidas. Si nuestros templarios pretendían pasar inadvertidos, les convenía no acercarse a ella tampoco, y como venían del noroeste, debieron de rodearla desde el oeste, tal vez pasando por los valles de Capadocia, ya que en ellos seguramente pudieron refugiarse con las comunidades cristianas que se cobijaban en las cuevas y las ciudades subterráneas de aquella zona desde los primeros días del cristianismo. Y además he indagado un poco más. ¿Ves esta parte de aquí? —Indicó el flanco noroeste del monte—. Es muy popular entre los montañeros, durante todo el año. Se me ha ocurrido que si estuvieran ahí las ruinas del monasterio, yo habría encontrado alguna mención en Internet. Y esta otra parte, la cara norte, es donde está la estación de esquí. Y vuelve a ocurrir lo mismo, esa ladera debe de estar más que explorada. Alguien habría visto el monasterio y habría escrito una reseña. —Dirigió a Reilly una mirada fija, cargada de adrenalina—. ¿Quieres una zona de búsqueda más reducida? Pues olvídate del lado derecho de la montaña, Sean. Concéntrate en la mitad occidental.

Reilly estudió el mapa durante unos segundos y luego miró a Tess.

—Si estás equivocada, nuestro objetivo se nos pasará de largo.

Tess reflexionó brevemente y afirmó con la cabeza.

—Se nos pasará de todas maneras si tenemos que escudriñar toda la montaña. De verdad, estoy convencida de que ésta es la forma correcta de actuar.

Reilly le sostuvo la mirada, disfrutando del resplandor que le iluminaba el rostro, contagiado de su entusiasmo y su seguridad en sí misma.

—Muy bien —dijo—. Voy a decírselo.

Tess sonrió. Se notaba que se sentía complacida con aquella reacción. Cuando Reilly retiró la silla para levantarse, le dijo:

—Deberíamos estar allí, sabes. Esperándole.

Reilly se volvió, y estaba punto de contestar algo, pero ella se lo impidió.

—No.

Reilly puso cara de no entender.

—¿Qué?

—No empieces con el sermón.

Reilly estaba confuso de verdad.

—¿Qué sermón?

—Ya sabes, ese que ibas a echarme, de que tú vas a ir pero yo debo quedarme aquí porque es demasiado peligroso, y yo iba a contestar que no, que necesitas que te acompañe porque yo entiendo mejor todo eso de los templarios, y luego tú ibas a insistir en que no iba a suceder tal cosa, y yo en que sin mí es posible que pierdas la única pista que puede llevarte hasta el objetivo, y luego ibas a jugar sucio y decirme que debería pensar en Kim y ser una buena madre, y yo iba a enfadarme contigo por sacar el tema e insinuar que soy mala madre... —De pronto su rostro se distendió en una sonrisa juguetona e interrogante—. ¿De verdad vamos a discutir esto? ¿En serio? Porque ya sabes que voy a terminar yendo de todos modos. Lo sabes perfectamente.

Reilly se la quedó mirando, desconcertado, todavía oyendo el eco de aquella parrafada en su cerebro. A continuación, sin decir nada, alzó una mano en ademán de derrota y se fue.

Tess aún estaba sonriendo cuando lo vio salir de la habitación.

26

Jed Simmons fue despertándose poco a poco, con la boca seca y la resaca propia de una noche de juerga. Sin embargo, la visión que se ofreció a sus ojos conforme los iba enfocando disipó rápidamente cualquier vaga ilusión de que aquello fuera el resultado de algo siquiera remotamente agradable. Se encontraba en el asiento del pasajero de un todoterreno, al parecer, viajando por un territorio desconocido: vastas llanuras azotadas por el sol que daban la impresión de no tener fin. El hormigueo que notaba en la muñeca derecha le confirmó la sensación de incomodidad: estaba atado al reposabrazos de la puerta con una esposa de plástico automática.

Y al oír la voz del hombre que ocupaba el asiento del conductor, de pronto revivió la pesadilla en su totalidad.

—Vaya, ya se ha despertado —dijo su secuestrador—. En la bolsa que tiene a los pies hay una botella de agua y unas cuantas chocolatinas. Le conviene tomar algo. Supongo que en estos momentos notará la boca bastante reseca.

Simmons estaba demasiado cansado y enfadado para resistirse. Gracias al tiempo que había pasado en el desierto de Jordania, sabía lo crucial que era estar siempre bien hidratado, tanto para el cuerpo como para la mente, y en aquellos momentos su cuerpo y su mente se encontraban en un estado lamentable.

Alargó la mano que le quedaba libre para coger la bolsa, y al inclinarse notó algo incómodo alrededor de la cintura, algo que no había notado antes. Miró y se revolvió en el asiento, lo palpó intentando descubrir qué era. Allí había algo, debajo de la ropa.

Estaba a punto de subirse la camisa, cuando el conductor le dijo:

—Cuanto menos lo toquetee, mejor.

Simmons detuvo el brazo en seco y miró al secuestrador.

Éste tenía la vista fija en la carretera e iba concentrado en conducir, el semblante impávido como una piedra.

—Pero qué... ¿Esto me lo ha puesto usted?

El otro asintió.

Simmons tenía miedo de preguntar, pero lo que dijo le brotó del inconsciente, despacio, como si no pudiera controlarlo.

—¿Qué es?

El conductor reflexionó unos instantes, luego se volvió hacia Simmons:

—Pensándolo bien, no le vendría mal echarle un vistazo.

Simmons miró fijamente al iraní, sin saber muy bien si quería o no ver de qué se trataba, fuera lo que fuese. Pero su resistencia se vino abajo y terminó por levantarse la camisa.

Tenía algo puesto alrededor de la cintura, cerca del pantalón. Una especie de cinturón, con unos tres centímetros de ancho, de un material duro y brillante, como una lona. Parecía bastante inofensivo... hasta que levantó un poco más la camisa y descubrió el candado que unía dos ojales metálicos que sujetaban el cinturón para que no se moviese. Y entonces vio otra cosa aún más alarmante: un bulto en la parte delantera del cinturón. Llevaba algo cosido, algo duro no más grande que una baraja. No se podía acceder a ello, no se veía ni bolsillo, ni cremallera, ni tira de velcro. Estaba metido dentro del cinturón.

Simmons sintió una punzada de pánico.

—¿Qué es esto? —De repente las sienes le palpitaban hacia fuera—. ¿Qué ha hecho?

—Es una bomba pequeña. Nada complicado. Un poco de Semtex y un detonador. Se acciona por control remoto. —Sacó el teléfono y se lo mostró a Simmons, y después volvió a guardarlo en el bolsillo—. Es lo bastante grande para hacerle un agujero en la barriga del tamaño de mi mano. —Alzó la mano y extendió los dedos como si estuviera agarrando una pelota de béisbol para explicar gráficamente lo que quería decir—. Cuando explote, si explota, lo más probable es que no lo mate instantáneamente. Es posible que viva un minuto, puede que más, y de hecho podrá ver el cráter que se ha formado. Claro que no resulta muy agradable —agregó—, yo no lo recomendaría.

A Simmons le entraron ganas de vomitar. Cerró los ojos e intentó aspirar un poco de aire, pero le costaba trabajo respirar. No entendía el efecto que le estaba causando aquel artefacto, pero lo único que logró articular fue un tímido:

—¿Por qué?

—Porque sirve de motivación.

Simmons se lo quedó mirando, con el cerebro embotado por el miedo.

—Motivación para provocar determinada conducta —le dijo su secuestrador—. Vamos a hacer un poco de turismo, y necesito cerciorarme de que no se le ocurra ninguna tontería. De modo que espero que la amenaza de que esa bomba le reviente las tripas y se las saque por la espalda sea una motivación eficaz para que haga lo que se le diga. Por lo general funciona. —Lanzó una mirada de reojo a Simmons para observar su reacción, y añadió—: Ah, y no intente desabrochar la hebilla, porque está bloqueada. —Sonrió—. Hágase la idea de que lleva puesto un cinturón de castidad, para reprimir los impulsos que puedan asaltarle.

Simmons se dejó caer en el asiento, hundido en la desesperación. De vez en cuando pasaba un coche en sentido contrario, pero por aquella carretera estrecha y desigual circulaban pocos vehículos.

—¿Adónde vamos? —preguntó por fin el arqueólogo, sin saber si iba a servir de algo saberlo.

—A las montañas. Opino que el aire fresco le vendrá muy bien —repuso el conductor, ahora con una ligera sonrisa—. Está un poco pálido.

De pronto a Simmons le vino a la memoria lo sucedido antes.

—¿Sabe dónde está el monasterio?

—Más o menos —contestó el secuestrador, y no dijo más.

El guía los estaba esperando en el punto que habían acordado, el cual no resultó demasiado difícil de encontrar. Llevar un navegador GPS en el coche suponía una ventaja considerable, tanto para eludir las carreteras principales que llevaban a Kayseri y evitar posibles controles, como para reunirse con una persona que Mansur Zahed no conocía y en un lugar remoto que jamás había pisado.

La ruta que escogió, un desvío que sumaba más de una hora al viaje, dejaba la ciudad a un costado y se aproximaba a la montaña desde el oeste, pasaba por unas cuantas poblaciones soñolientas y cruzaba el parque nacional y la reserva natural de las Marismas del Sultán, para después ascender por las estribaciones que rodeaban aquel agreste volcán dormido.

La montaña ofrecía una vista imponente. Ya desde que surgió su silueta allá delante, a lo lejos, más de una hora antes, a Zahed le costó trabajo despegar los ojos de aquel perfil majestuoso, perfecto para una postal, que se erguía cada vez más grande y parecía llamarlo a cada kilómetro que recorría. Al igual que el Kilimanjaro y otros volcanes inactivos, era un monte aislado, un inmenso cono de roca achatado, que presidía triunfal las llanuras en las que había surgido. Y aunque era pleno verano y la temperatura que se indicaba en el salpicadero del Discovery era nada menos que de treinta y cinco grados, todavía conservaba una bella corona de nieve en la cumbre.

Entró en el lugar de encuentro acordado, una vieja gasolinera que había a las afueras de Karakoyunlu. El guía, que se llamaba Suleyman Toprak, lo aguardaba de pie junto a un Jeep Toyota, que evidentemente había pasado muchos años dándose palizas por sendas de montaña en las extenuantes excursiones para las que había sido diseñado.

Zahed se detuvo. Alargó un brazo hacia atrás y encontró

una pistola, que se guardó en la chaqueta a la vista de Simmons. Miró a su cautivo y le hizo un gesto con el dedo para prevenirlo, sin que lo viera el guía, que ya había echado a andar hacia ellos.

—No se olvide de actuar según el guion. Su vida... y la de éste —advirtió, señalando al guía— dependen de ello.

Simmons apretó la mandíbula y asintió de mala gana.

Zahed lo miró por espacio de unos instantes.

—Muy bien —dijo, y se apeó del coche.

Toprak, un tipo gregario en la veintena, parecía haber hecho un viaje en el tiempo desde la época de los hippies. Tenía una densa melena negra dividida en el medio y una perilla geométrica como dibujada con un cincel. Llevaba unas bermudas de estilo militar con bolsillos en la pernera, una camisa blanca y sin cuello desabotonada hasta el ombligo, y sandalias de senderista. Un manojo de collares de cuero sobresalían entre una exuberante mata de pelo en el pecho.

—¡Profesor Sharafi! —saludó, dirigiéndose a Zahed.

Zahed respondió con un breve gesto de la mano y asintiendo con la cabeza.

—Soy Suleyman Toprak, pero puede llamarme Sully —dijo el guía con una amplia sonrisa. Su acento casi americano que parecía deberse más a la costumbre de ver televisión norteamericana que a haber estado en Estados Unidos. Se estrecharon la mano.

—Ali Sharafi —dijo Zahed al tiempo que examinaba rápidamente al nativo con ojo experto. No halló nada incongruente—. Me alegro mucho de que haya podido venir avisándole con tan poca antelación. —Lo había escogido entre varios guías que tenían una web anunciando sus servicios, y lo había contratado antes de salir de Estambul.

—Y yo me alegro de que me llamara —repuso Sully—. Esto tiene pinta de ser divertido.

Zahed indicó a Simmons.

—Éste es mi colega, Ted Chaykin.

Zahed había elegido nombres que su cautivo no olvidase con facilidad, algo que había aprendido por la práctica, pero también le produjo una agradable y perversa sensación de hormigueo ver la reacción de Simmons al oírlos.

El guía contestó:

—Encantado de conocerlos. Espero que hayan tenido un viaje agradable.

—Sin contratiempos, salvo que Ted sufre problemas de vientre. Hemos tenido que parar unas cuantas veces. —Zahed hizo una mueca de dolor que expresaba falsa solidaridad—. Normalmente está mucho más animado.

—Son cosas que pasan a veces —afirmó Sully—. Pero eso se cura rápidamente con un buen vaso de *raki*. Y, por suerte, yo llevo una botella en el coche. Para cuando volvamos, naturalmente. —Otra vez esbozó una sonrisa radiante al tiempo que guiñaba un ojo a Simmons con complicidad, y luego se volvió hacia Zahed—: Bueno, y ese monasterio que dice que está buscando, ¿dijo que tenía más información respecto de dónde podía estar situado?

Zahed extrajo una libreta pequeña en la que había anotado la información que encontró y tradujo el padre Alexios, el gran archimandrita de la biblioteca, poco antes de que él le metiera un balazo en mitad de la frente.

—Aún estamos buscando más pistas, pero por el momento lo mejor que tenemos es el diario de un obispo de Antioquía que cuenta que visitó ese monasterio en el siglo XIII.

—Genial, deme un segundo. —Fue a buscar algo en su coche y volvió trayendo un mapa de montañero de gran tamaño, que extendió encima del capó del Toyota—. Nosotros estamos aquí, esta zona de aquí es la montaña —explicó a sus clientes señalando los lugares en el mapa.

—Ya, bueno... Lo que sabemos es lo siguiente: el obispo cuenta que se dirigió al norte partiendo de Sis, que en aquella época era la capital del reino armenio de Cilicia. —Zahed hablaba con despreocupación y seguridad, como si todo aquello fuera tan normal para él—. Y Sis, como sabrá, es el antiguo nombre de la ciudad de Kozan.

Al guía se le iluminaron los ojos al reconocer aquel nombre.

—Kozan. Eso está aquí —dijo, indicando su posición en el mapa—. Unos cien kilómetros al sur de donde estamos ahora.

—Exacto —prosiguió Zahed—. A continuación, el obispo visitó la fortaleza de Baberon y penetró en territorio selyúcida pasando por las Puertas Cilicias.

—Ése es el paso Gülek, que está aquí. —Sully lo señaló—. Es la única forma fácil de atravesar los montes Tauro.

—Luego cuenta que torció al noreste, hacia el monte Argeo, y, cito textualmente, «nos internamos en las montañas, pasamos por huertos resplandecientes de manzanas, nueces y membrillos, atravesamos pastos llenos de ovejas y cabras, y cruzamos una pronunciada pendiente y un bosquecillo de álamos. Después pasamos junto a una maravillosa cascada y llegamos al más piadoso de los monasterios, dedicado a san Basilio».

Al guía se le nubló la expresión. Estudió el mapa con un gesto que indicaba que estaba repasando todos los lugares que había visto a lo largo de los años. Al cabo de un momento dijo:

—Pues si partió de Baberon, seguramente siguió este camino, que lleva muchos siglos siendo una ruta comercial. —Señaló en el mapa la zona a la que se refería—. Y en este lado de la montaña, me vienen a la memoria tres, puede que cuatro, cascadas espectaculares que podrían ser la que menciona él. Y con los árboles pasa igual; en esta zona hay varios bosques. —Su tono de voz perdió fuerza—. ¿No tiene nada más?

—Bueno, describe la puesta de sol que se veía a lo lejos, lo que nos indica que se encontraba más o menos por aquí, en las laderas que dan al oeste. Pero también hay otro detalle, una misteriosa referencia a algo que vio por el camino —dijo Zahed—. Algo que él describe con gran reverencia diciendo que es una piedra procedente del navío del Señor, que lleva inscritas unas cruces y el signo de Nemrod.

—¿El signo de Nemrod?

—Un diamante —explicó Zahed—. Nemrod aparece en la Biblia hebrea. Era el nieto de Noé, el primer rey que hubo tras el Diluvio.

Al guía se le iluminó el rostro.

—Una piedra grande que lleva unas cruces grabadas. Del Arca de Noé.

—¿La conoce? —inquirió Zahed.

Sully afirmó despacio, mientras iba encajando mentalmente las piezas, y por fin su rostro se distendió en una sonrisa de satisfacción.

—Vamos a buscar ese monasterio. —Plegó el mapa y se dirigió al trote hacia su coche—. Ustedes síganme, ¿de acuerdo? —voceó—. La primera parte podemos subirla en coche.

—Como usted diga —contestó Zahed. Vio que el guía encendía el motor del Toyota, después miró a Simmons y le hizo un gesto de satisfacción con la cabeza—. Vamos a buscar ese monasterio, Ted.

En cuestión de minutos, los dos todoterreno avanzaban lentamente montaña arriba.

27

Las aguas del Bósforo resplandecían en un tono dorado que resultaba hipnotizante bajo el sol matinal cuando el pequeño reactor cruzó Estambul y sacó de Europa a Reilly, Tess y Ertugrul para hacerlos entrar en Asia. La aeronave, una elegante Cessna Citation VII de color blanco perteneciente a las fuerzas aéreas de Turquía, debía llevarlos hasta la ciudad de Kayseri, en el centro mismo del país, donde los estaría aguardando una unidad de las Fuerzas Especiales para transportarlos hasta la montaña.

Mientras la avioneta alcanzaba su altitud de crucero, Reilly contemplaba el panorama de cúpulas y minaretes que iba quedando atrás con ojos llenos de sueño, que a duras penas conseguía mantener abiertos. Ya había perdido la cuenta de los cafés que se había tomado en las últimas veinticuatro horas, y que debería multiplicarse por dos o por tres para calcular de verdad la potencia del café turco. Así y todo, si quería ser de alguna utilidad en aquella operación de campo, necesitaba dormir un rato.

Los tres habían trabajado hasta muy tarde en el consulado, y al final no se molestaron en reservar un hotel sino que terminaron de pasar la noche allí mismo. Tess había matado el tiempo intentando comprender mejor hacia dónde pudieron dirigirse Conrado y sus hombres, mientras que Reilly y Ertugrul pasaron largas horas estudiando la información de los servicios de vigilancia, tanto de la CIA como de fuentes turcas, a la busca de algo que se saliese de lo corriente y que pudiera sugerir un vínculo con el terrorista del Vaticano. Además, hubo que hacer una serie de llamadas a los superiores de Nueva York, y también a Langley y a Fort Meade, la sede de la ASN, donde se estaban analizando las conversaciones y las voces por si aparecía algo que ayudara a responder la pregunta más acuciante: cómo pretendía desplazarse el terrorista desde Estambul hasta su destino.

Para cuando salió el sol todavía no había habido frutos. Lo único que tenían era la actualización más reciente de la *polis* local, que les informaba de qué coches se habían robado en las cuarenta y ocho últimas horas en Estambul y alrededores. Tal como era de prever, no habían sido tantos, puesto que la franja de tiempo había sido muy corta. En la lista figuraban cincuenta y siete. Reilly y Ertugrul habían logrado eliminar más de la mitad, que no resultaban adecuados para un viaje de diez o doce horas. Después esperaron a que se introdujeran los datos en la red de información y seguridad de la policía denominada MOBESE, la cual procedió a enlazar más de un millar de cámaras de seguridad repartidas por todo Estambul con el centro de seguimiento de vehículos y reconocimiento de placas de matrícula. Varios de los coches que figuraban en la lista de robados habían sido captados en vídeo en diversas ubicaciones, y como Reilly y Ertugrul sabían qué dirección iba a tomar el terrorista, pudieron estrechar la búsqueda, hasta un número de catorce vehículos que podían ser de algún interés. Más tarde, poco después del amanecer, les comunicaron desde el Mando de Combate Aéreo que habían accedido a prestarles uno de los Global Hawks. El aparato se encontraba en tierra, en la base aérea Al Udeid de Qatar, en el golfo Pérsico, preparándose para la misión, y se encontraría sobre la zona indicada a media mañana. La lista de coches robados se envió a los controladores del Global Hawk, ubicados en la 9.ª Ala de Reconocimiento de la Base de las Fuerzas Aéreas, situada en Beale, California, cuyos ordenadores analizarían las imágenes de vídeo que les transmitiera el aparato para buscar coincidencias.

No había nada más que hacer, salvo esperar. Y tener esperanza. Y procurar no pensar demasiado en lo que había sucedido hasta el momento ni en los posibles errores cometidos.

Reilly volvió la mirada al asiento que tenía enfrente. Tess lo percibió y levantó la vista de su portátil. Incluso después de haber pasado la noche prácticamente en blanco en la incomodidad de una sala de juntas del consulado, no había perdido la chispa de la mirada ni el gesto travieso de los labios. Reilly tuvo que sonreír, pero fue una sonrisa tan débil que no logró extenderse a los ojos.

Tess se percató.

—¿Qué pasa?

Reilly estaba demasiado cansado para contestar. Así que desvió la pregunta y dijo:

—¿Ya tienes algún veredicto?

Tess lo miró unos instantes, como si estuviera debatiendo si debía dejarlo pasar o no. Por fin volvió a bajar la vista a la pantalla y respondió:

—Creo que sí. No estoy segura de que sea suficiente para que nos ayude a encontrar la tumba de Conrado sin saber en qué lado de la montaña está el monasterio, pero podría ser que sí.

—Cuéntame —pidió Reilly, inclinándose hacia delante.

Tess giró el portátil para que él pudiera ver y señaló el mapa que aparecía en la pantalla.

—En la carta que escribió el monje al morir, dice que Conrado y sus hombres se dirigían a Corycus, que está aquí abajo, en la costa. —Señaló una pequeña localidad situada en el sur de Turquía—. En la actualidad se llama Kizkaleşi.

—Pudo equivocarse —apuntó Reilly—. Pudieron mentirle.

—Quizá, pero yo creo que no. A ver, tiene lógica, no les quedaban muchas alternativas. Para el año 1310 la orden ya había sido abolida. En Europa occidental eran delincuentes buscados por la justicia, de modo que no podían regresar. Y tampoco podían ir al este, porque los musulmanes habían recuperado toda la costa y habían derruido sus fortalezas.

—¿Y adónde fueron entonces?

—El único sitio lógico era Chipre, otra vez. Probablemente Conrado tenía amigos allí. Además, en Chipre los hombres del Papa no eran poderosos. Podría llevar una vida discreta y relativamente segura, y planificar el movimiento siguiente. Eso quiere decir que, con independencia del punto de la montaña en que se encontrasen, iban a tener que encaminarse hacia el sur, hacia uno de esos pasos que atraviesan los montes Tauro, para llegar a la costa. La pregunta es qué paso eligieron.

Reilly asintió, pero sin estar muy centrado en lo que contaba Tess.

Ella lo miró unos momentos y luego le dijo:

—Ayer me hiciste pasar mucho miedo, ¿sabes?

Reilly frunció el entrecejo.

—¿De qué me hablas?

—De lo del Patriarcado. Cuando te lanzaste tras el terrorista y te pusiste a perseguirlo como si fueras un ejército de un único hombre... Y luego, cuando te tiraste al río. —Calló unos instantes y luego añadió—: No es culpa tuya, Sean.

—¿Qué no es culpa mía?

—Lo que sucedió en el Vaticano. Las bombas y todo eso. Dios, soy yo más responsable que tú. —Se inclinó hacia él y le cogió la mano—. Ya sé que quieres capturarlo. Y yo quiero que borres a ese cabrón de la faz de la Tierra, más que tú. Pero no puedes seguir actuando de forma tan irracional, tienes que reprimir la rabia, porque vas a terminar haciéndote daño. Y eso me da muchísimo miedo. No quiero que te pase nada.

Reilly asintió despacio con la cabeza. Sabía que en cierto modo Tess tenía razón. Estaba permitiendo que su rabia le nublara el razonamiento. El único problema era que con un tipo como aquel terrorista no valían las medias tintas. Si quería tener alguna posibilidad de atraparlo, tenía que actuar de forma temeraria. Formaba parte de su cargo. Pero era un detalle que no había por qué recordárselo todo el tiempo a Tess.

Esbozó una media sonrisa.

—No pasa nada, en serio. Me han entrenado para eso, ¿sabes?

Pero la expresión de Tess no se suavizó. No se lo creía. Le soltó la mano y contestó:

—Estoy hablando en serio, Sean. No quiero verte morir en mis brazos. Ni aquí ni ahora. Nunca. Todavía nos quedan muchas cosas que hacer juntos, ¿no crees?

Aquel comentario lo tomó por sorpresa y le hizo rememorar tiempos pasados, lo que habían vivido juntos unos meses atrás. Tras unos instantes, dijo:

—No te preocupes. No pienso irme a ninguna parte.

Por el rostro de Tess cruzó una expresión de tristeza.

—Pero yo sí que me fui. Te dejé plantado. Y lo siento. Lo siento muchísimo. Pero lo entiendes, ¿verdad? Entiendes por qué tuve que irme, ¿verdad?

Reilly recordó algunos fragmentos de la última conversación que habían tenido.

—¿Ha cambiado algo?

Tess hizo una inspiración profunda y volvió la vista hacia la ventanilla. No era una pregunta sobre la que le apeteciera mucho reflexionar.

—¿Y si no sucede? —dijo por fin—. ¿Alguna vez seremos capaces de pasar página de verdad, o esto va a convertirse en un agujero de tu vida que yo jamás voy a poder reparar?

Reilly sopesó la cuestión un instante y luego se encogió de hombros.

—Teniendo en cuenta a lo que nos dedicamos, lo que nos ha vuelto a juntar aquí... Me hace preguntarme si deberíamos haberlo intentado siquiera.

De repente Tess mostró su sorpresa y desconcierto.

—¿Ahora lo estás pensando mejor? ¿Lo de tener un hijo?

—Ahora seguramente es un punto discutible, ¿no?

—¿Y si no lo fuera?

Reilly pensó otra vez, y se sorprendió al darse cuenta de que ya no estaba tan seguro.

—No lo sé. Dímelo tú. A ver, los dos nos dedicamos a esto. Tú, con tus misterios antiguos, que por lo visto atraen a psicópatas salidos de no se sabe dónde. Yo, con mi trabajo de perseguir a tipos que sueñan con estrellar un avión contra una torre. ¿Qué padres habríamos sido?

Tess descartó la pregunta con un ademán.

—¿Y qué vamos a hacer, dejarlo todo y jugar todas las noches al parchís tomando un té relajante? Como tú dices, esto es lo que somos y a lo que nos dedicamos. Y con independencia de eso, seríamos unos padres estupendos. No lo dudo ni por un segundo. —Le ofreció una media sonrisa y volvió a apretarle la mano—. Mira, no te preocupes. Eres hombre, y se supone que no comprendes estas cosas. Déjamelas a mí, ¿vale? Lo único que necesito es que me digas que si no nos sale bien en ese aspecto vamos a ser capaces de pasar página... Y que mientras tanto no vas a ponerte demasiado a tiro de ese loco. ¿Conforme?

Reilly sintió que lo invadía una aguda sensación de cansancio. Asintió sonriendo débilmente. Notaba los párpados como si los tuviera de plomo.

—Conforme.

A pesar de lo que había dicho Tess y a pesar del agotamiento, en lo más recóndito de su cerebro continuaban bailando las imágenes de la masacre del Vaticano. Cerró los ojos y decidió que lo mejor era una siestecita, después de todo, y se recostó contra el reposacabezas. Pero a pesar de lo mucho que necesitaba dormir, no le venía el sueño ni le vendría en un futuro cercano, estaba seguro.

Hasta que hubiera finalizado aquella persecución.

28

Los prados de alta montaña y los extensos campos de viñedos y frutales dieron paso a un terreno más áspero y rocoso. Zahed y Simmons iban cuesta arriba siguiendo al maltrecho todoterreno del guía. La vieja carretera asfaltada, con el firme agrietado y cuarteado a causa de los bruscos cambios de temperatura que sufría cada estación, era apenas más ancha que los coches. Al cabo de dos o tres kilómetros se convirtió en un camino todavía más estrecho que hubiera costado trabajo incluso a una mula, pero nada parecía perturbar al guía, que continuaba subiendo.

El cansado motor diésel de su Toyota remontaba aquella traqueteante pendiente, aunque sus ballestas se estirasen y se comprimiesen como un tirachinas, llevándolos por aquel terreno desolado. Por fin la senda terminó en un pequeño claro que se abría al pie de una gigantesca pared de roca.

Sully observó el sol del mediodía y consultó el reloj.

—Por el momento vamos a dejar aquí las tiendas y todo lo demás, y viajaremos ligeros —les dijo a Zahed y a Simmons—. Así podremos recorrer un mayor trecho. Pero tenemos que haber vuelto para cuando se haga de noche, dentro de unas ocho horas.

—Espero que nos haya conseguido equipos de senderismo —dijo Zahed.

—Creo que tengo todo lo que necesitan. —Sacó de su coche

una mochila de gran tamaño y se la pasó a Zahed—. Ahí dentro van camisetas, pantalones cortos, polares, calcetines y zapatos. Vamos allá, caballeros —sonrió—. La montaña nos espera.

Una vez que emprendieron la caminata por el sendero que serpenteaba por la empinada pared de roca que partía del claro, la primera hora les resultó relativamente fácil. Atravesaron varios *yaylas*, unos prados de alta montaña que bordeaban el volcán formando colinas onduladas. Pese al sol de agosto, el aire se notaba más límpido y seco a cada metro que ascendían, en vivo contraste con el horno de humedad que se respiraba en la base de la montaña. Encontraron varios rebaños de ovejas, vacas y cabras de Angora, que daban fama a la región, pastando apaciblemente en aquellos agrestes pastos; en lo alto vieron volar alguna que otra bandada de pinzones rosados que se acercaban a echar un vistazo y luego reanudaban su ballet en el aire.

A pesar de la bucólica serenidad que rodeaba a Zahed, éste no caminaba tranquilo. Se estaba agotando el tiempo, un tiempo en el que Reilly y el resto de sus enemigos podrían encontrar su pista y estrechar el cerco, y en cambio allí estaba él, disfrutando de una agradable excursión de senderismo, con escasa información y no muchas esperanzas de que el desconocido elegido a toda prisa como guía supiera lo que hacía.

Simmons no había dicho gran cosa a lo largo de todo el camino, como él le había ordenado. En cambio Sully lo tenía más que harto, al límite de su paciencia, porque hablaba sin parar. Estaba claro que sufría otra modalidad de diarrea.

El terreno no tardó en volverse más difícil, porque la pendiente se hizo más pronunciada y los prados dieron lugar a un pedregal formado por grava suelta y resbaladiza, y roca volcánica. Desde allá arriba se divisaba una serie de agujas de piedra que delineaban el fondo del valle. Cuando llevaban dos horas subiendo, el guía sugirió que hicieran un descanso al amparo de unos árboles. Les entregó botellas de agua y unos sándwiches de *suyuk* picante, y también unas cuantas barritas energéticas.

De todo ello dieron buena cuenta mientras contemplaban el impresionante paisaje.

A sus pies se extendía la llanura de Anatolia, una infinita meseta de color crema dorado salpicada por unas cuantas manchas de sombra a causa del sol de últimas horas de la tarde. A lo lejos se distinguían globos de aire caliente que se desplazaban muy despacio, semejantes a gominolas multicolores que flotaban por encima de los valles y de los cañones escondidos. Incluso desde aquella distancia se podía distinguir los rasgos característicos que convertían a la región en uno de los paisajes más insólitos y espectaculares del planeta.

Hace más de treinta millones de años, en la era Cenozoica, aquella región se encontraba arrasada a causa de las erupciones volcánicas del Argeo y de algún otro volcán. Toda la zona fue cubierta de lava de manera intermitente por espacio de decenas de miles de años. Cuando por fin cesaron las erupciones, las tormentas, los ríos y los terremotos se confabularon para remover los sedimentos y transformarlos en toba, una piedra blanda y maleable compuesta por lava, barro y ceniza. Después vinieron varios siglos de erosión, que fueron dando forma a la meseta y tallando valles y cañones, y los revistieron de un sorprendente paisaje de formaciones rocosas onduladas y sensuales que parecían gigantescos pegotes de nata montada, extensiones interminables de agujas de piedra de un tamaño enorme y «chimeneas de las hadas», extrañas columnas de toba de un tono blanco marfil que parecían puntas de espárragos coronadas por unas piedras de basalto marrón rojizo que desafiaban a la gravedad. Y por si la obra de la naturaleza no fuera lo bastante fantasmagórica, el ser humano había contribuido otro poco cavando madrigueras en la toba siempre que le fue posible. Aquellas formaciones rocosas de todos los tamaños y figuras estaban sembradas de orificios diminutos, ventanas que comunicaban con inesperadas viviendas, valles enteros convertidos en ciudades subterráneas, cuevas de ermitaños, iglesias de piedra y monasterios.

—Es una belleza, ¿a que sí? —dijo Sully.

—Ya lo creo —contestó Zahed.

El guía bebió un trago de su cantimplora y dijo:

—Usted es de Irán, ¿verdad?

—Sí, en origen. Pero mi familia abandonó el país cuado yo tenía siete años. —Mentía con facilidad; era una historia que ya había contado en otras ocasiones.

—El nombre de toda esta región, Capadocia —informó Sully—, es de origen persa, ¿sabe? Katpatuka.

—«La tierra de los caballos hermosos» —dijo Zahed.

Sully afirmó con la cabeza.

—Hace mucho tiempo, los había por todas partes. Pero ya no. Debió de ser algo digno de ver, encontrarse con caballos salvajes que corrían en libertad por un paisaje como éste. —Paseó la mirada por aquel exótico paraje respirando lentas bocanadas de aire, y luego preguntó—: ¿Han tenido ocasión de explorar los valles?

—Lo cierto es que este viaje no ha sido planeado de antemano, y tenemos que volver a la universidad muy pronto.

—Oh, pues han de buscar tiempo para explorarlos antes de irse —lo aguijoneó Sully—. No se parece a nada que hayan visto antes. Eso de ahí abajo es otro planeta. Y todo por culpa de este monstruo —agregó, señalando la cumbre del volcán extinguido que se erguía sobre ellos.

Zahed se encogió de hombros fingiendo desilusión.

—Se intentará.

Sully afirmó otra vez con la cabeza, y de pronto esbozó una sonrisa de satisfacción.

—No se han fijado en dónde estamos, ¿a que no?

Zahed miró en derredor, sin saber muy bien a qué se refería el guía. Entonces captó la mirada de Simmons... El arqueólogo estaba mirando los árboles.

—Álamos —dijo Simmons—. Son álamos.

—Pues sí. —Sully estaba disfrutando—. Y si me hacen el favor de seguirme, hay una roca que me gustaría enseñarles.

Media hora después llegaron a la roca.

Era una piedra grande, vertical y de forma rectangular, tallada con tosquedad para que tuviera el contorno de una lápida gigantesca, como de dos metros y medio de altura, y estaba encajada en una estrecha vaguada que separaba dos repechos. En la cara frontal tenía varias cruces grabadas, y también un dibujo en forma de diamante en el ángulo inferior derecho. Cerca del borde superior se veía un orificio de unos veinte centímetros de diámetro practicado por la mano humana.

Zahed miró con curiosidad.

—¿Qué es?

Simmons también miraba con atención. Aquella piedra le había vuelto a insuflar un poco de vida.

—Hay más piedras como éstas al este, cerca de la frontera de Armenia. Hay quien piensa que son anclas de piedra, que las utilizaban los marineros antiguos para suspenderlas de la popa de la embarcación a fin de aminorar la velocidad y ganar estabilidad cuando el mar estaba picado. Pero como nos encontramos muy tierra adentro, dicen que pertenecieron al Arca de Noé. Que Noé las arrojó por la borda antes de quedar varado en el monte Ararat. —Su tono había adquirido un tinte de burla y de lástima.

—¿Usted no está de acuerdo? —le cuestionó Zahed.

Simmons lo miró sereno pero sorprendido.

—¿Usted cree que yo podría aceptar algo así? —se mofó—. Parece que no me conociera, «Ali». —Esta última palabra la recalcó a propósito.

Antes de que Zahed pudiera seguir debatiendo intervino Sully, ajeno al juego de Simmons.

—¿No cree usted en el Arca?

El arqueólogo dejó escapar un suspiro.

—Pues claro que no. La historia del Arca no se escribió para que la tomáramos en sentido literal. Por amor de Dios, está en el libro del Génesis, y... —Se encogió de hombros como si ni siquiera supiera por dónde empezar—. Esta roca, por ejemplo. Es de basalto. Volcánica. Natural de aquí. Y el Arca, según el

Antiguo Testamento, zarpó de Mesopotamia. Allí no hay volcanes. Y cabe esperar que las anclas de piedra se fabricasen con materiales extraídos del lugar del que zarpaban los barcos, no del lugar en que quedaban varados, ¿no?

Sully preguntó:

—Y, entonces, ¿qué cree usted que es?

—Una piedra pagana, de mucho antes de que llegara el cristianismo. Hay numerosas piedras desperdigadas por Armenia y por el este de Turquía. Las cruces se grabaron mucho después, cuando el cristianismo se impuso al paganismo. Precisamente de ahí proviene el concepto cristiano de grabar cruces en las lápidas. Primero fue una costumbre pagana. Y después, cristiana.

—¿Y el agujero?

—Un nicho para poner una lámpara, simplemente.

Zahed oteó los alrededores y dijo:

—Está bien. ¿Y la cascada?

—Me parece que ya sé cuál es la nuestra —respondió Sully—. Es la única que encaja, dado que el obispo pasó por aquí.

No tardaron mucho en llegar a la cascada. Y una hora más tarde ya estaban explorando las ruinas del monasterio.

Claro que no había gran cosa que explorar.

Después de setecientos años de abandono quedaba poco que demostrase que había sido algo más que una serie de cuevas primitivas, si bien de forma cúbica y provistas de unas aberturas rectangulares en los muros. Las ruinas estaban tapadas por hierbajos y matorrales silvestres, y cuando Sully, Zahed y Simmons consiguieron abrirse paso entre aquella frondosa vegetación y penetrar en las habitaciones del monasterio, no hallaron nada aparte de unas paredes frías y desnudas, y los fantasmas de murales borrados mucho tiempo atrás, que representaban, suponían, escenas bíblicas.

Así y todo, no fue en modo alguno una decepción. No habían ido hasta allí para encontrar otra cosa que no fuera el monasterio mismo.

Decidieron tomarse un descanso y se sentaron en cuclillas en unas grandes piedras que había fuera, encima de un repecho situado en el inicio de la pronunciada pendiente rocosa que subía al monasterio.

En el cielo de media tarde trazaba lentos círculos una solitaria águila ratonera, flotando en una corriente térmica, mientras que allá abajo los valles habían cambiado de aspecto y componían un panorama más serio, de tonos morados y grises. Sully estaba abriendo pistachos *helva* con una navaja multiusos y se los iba pasando a sus clientes. Había sacado de nuevo el mapa y lo tenía desplegado junto a sí. Ya había marcado en él la posición del monasterio.

—¿Así que a partir de este punto tienen que seguir otra serie de indicaciones? —le preguntó a Zahed entre un bocado y otro.

—Sí. Las de un viajero que pasó por aquí en el siglo XIV. —Extrajo una hoja de cuaderno doblada y se la pasó al guía. Allí estaban los detalles del viaje del inquisidor, que él mismo había tomado del Registro Templario—. Necesitamos encontrar el cañón que menciona.

Sully miró el papel y luego miró a Zahed.

—Pero ¿de qué va todo esto, si puede saberse? —Su rostro se distendió en una sonrisa de oreja a oreja, como si les hubiera descubierto el juego—. ¿Están buscando un tesoro, o algo así?

Zahed rio.

—¿Un tesoro? ¿Tenemos pinta de ser buscadores de tesoros? —Se volvió hacia Simmons, señalando a Sully con gesto divertido y meneando la cabeza, como para descartar semejante sugerencia—. Ve usted demasiadas películas, amigo.

Simmons emitió una breve risa que no le afectó a los ojos.

—Bueno, entonces, ¿qué es? —insistió Sully—. ¿A qué viene toda esta prisa?

—No teníamos pensado venir aquí. Estamos dando los últimos toques a un libro que trata de las cruzadas, y estas tumbas podrían demostrar que hubo caballeros que sobrevivieron aquí más tiempo del que suponemos, lo cual entraría en contradicción con lo que decimos en el libro. Pero, como tenemos un presupuesto muy ajustado, no podemos estarnos aquí eternamente. Debemos regresar a la universidad dentro de dos días.

Sully puso cara de desilusión.

—Entonces, ¿no hay tesoro?

Zahed se encogió de hombros.

—Una pena. Pero con mucho gusto le enviaremos un ejemplar firmado de nuestro libro.

—Eso sería genial. —Sully sonrió. Se le notaba a las claras que no quería parecer desilusionado. Luego miró de nuevo el papel que le había pasado Zahed y lo estudió con atención, mirando alternativamente el papel y el mapa, poniendo toda su energía mental en el esfuerzo.

Pasados unos momentos, al parecer llegó a un veredicto.

—La descripción es un poco vaga para estar seguro, pero teniendo en cuenta lo que hay aquí... Si yo tuviera que hacer un cálculo, diría que intentásemos llegar hasta el paso Gülek, el paso de montaña que también tomó el obispo cuando se dirigía al norte. Era la única manera de atravesar los montes Tauro, lo cual quiere decir que el cañón del que habla esto se encuentra al sur, en esta zona. —Rodeó con el dedo el área a la que se refería—. Pero por allí hay muchos cañones; sin hacer ese viaje y seguir los pasos del obispo, suponiendo que no me haya equivocado en lo primero, no sé cuál podría ser.

Zahed asintió pensativo.

—Pues eso es lo que debemos hacer. Será lo primero que hagamos mañana. —Calló un momento, luego sonrió y agregó—: Tenemos que adelantarnos a los demás buscadores de tesoros.

Sully soltó una risita.

—No hay problema —contestó, y de repente se le ocurrió una idea que le iluminó la cara—. ¿Saben una cosa? Voy a llamar a mi tío Abdülkerim. Es bizantinista, antes daba clases en una universidad de Ankara. Ahora trabaja de guía turístico. Les va a caer muy bien. Vive en Yahyali, que está cerca de los cañones que les he dicho. Él los conoce mejor que nadie, si hay una persona capaz de ayudarnos a dar con el que estamos buscando, es él. —Sacó el teléfono móvil, lo miró un momento y pareció acordarse de algo—. Maldita sea, se me había olvidado —dijo sosteniendo el aparato en alto con un gesto contrito—. Aquí arriba no hay señal para el móvil.

A Zahed se le pusieron los nervios en tensión. Sabía dónde iban a encontrar eco aquellas palabras, y lanzó una mirada a Simmons.

La expresión que vio en los ojos del arqueólogo bastó para confirmárselo.

29

«No hay señal.» El comentario incendió las neuronas de Simmons.

No funciona el detonador.

No funciona la bomba.

Era ahora o nunca, sobre todo cuando vio que su secuestrador metía la mano en su mochila, donde sabía que llevaba una pistola.

—¡Tiene una pistola! —chilló, abalanzándose contra Zahed.

Lo alcanzó justo en el momento en que sacaba el arma. Le propinó un manotazo para apartarla a un lado al tiempo que flexionaba el brazo derecho para golpear a Zahed con el codo en la cara. Aferró la muñeca derecha del iraní con todas sus fuerzas y desvió la pistola de su objetivo justo en el momento en que ésta se disparaba con un ruido atronador. El estruendo hirió a Simmons en los oídos y reverberó montaña arriba, a su espalda, pero no le hizo perder velocidad en el codo derecho, que alcanzó el rostro del secuestrador una fracción de segundo después. Entonces Zahed hizo uso del entrenamiento que había recibido y consiguió esquivar lo peor del golpe echándose hacia atrás, pero aun así el fornido antebrazo del arqueólogo se hundió en la cara de su víctima con un crujido y un impacto que le causó un intenso dolor en el hombro. El ímpetu de la colisión arrastró a los dos hombres y los hizo caer de la piedra donde estaban, Simmons aferrado a la mano con que Zahed empuñaba la pistola y forcejeando para hacerse con ella, ambos retorciéndose uno encima del otro y resbalando hacia atrás, hasta que terminaron chocando contra el suelo.

El iraní se golpeó la cabeza violentamente contra las piedras sueltas que alfombraban la pendiente y dejó escapar un aullido de dolor... y también aflojó los dedos con que agarraba la pistola. Simmons, todavía medio sordo por la detonación, vio la oportunidad y la aprovechó. Asió la muñeca de Zahed con las dos manos y empezó a golpearla con fuerza contra el suelo, una vez, dos, tres, pulverizándola contra los trozos de grava, haciendo brotar la sangre, hasta que Zahed aflojó el arma... y de pronto sintió una punzada de dolor en el costado derecho. Simmons le había hundido el puño con la fuerza de una taladradora. El golpe le hizo tambalearse. Soltó un alarido y luchó por seguir controlando a su víctima el tiempo suficiente para asestarle un último puñetazo, y lo consiguió, pero al tirar violentamente de la muñeca de Zahed, sin querer hizo que la pistola saliera volando por los aires y cayera rodando por la pendiente rocosa que había detrás.

A Simmons se le paró el corazón cuando vio que la pistola quedaba fuera de su alcance. Entonces clavó las uñas en la muñeca de Zahed para inmovilizarlo contra el suelo de grava mientras pensaba lo que debía hacer a continuación. Vio allí de pie a Sully, mirándolo desde un poco más arriba con expresión conmocionada, y le gritó:

—Haga una cosa, ayúdeme a coger la...

De pronto sintió un agudo dolor en el pecho que le vació todo el aire de los pulmones. Zahed le había propinado otro golpe, esta vez con el canto de la mano que tenía libre. Simmons cayó hacia atrás, luchando por respirar; sentía como si le hubieran llenado la caja torácica de napalm y le hubieran prendido fuego. Al tiempo que él caía Zahed se levantaba; se incorporó y arremetió contra Simmons, lanzando un chillido de furia capaz de helar la sangre. Atacó la garganta de Simmons poniendo los dedos como si fueran los colmillos de una cobra y apretó con una fuerza brutal. Simmons torcía la cabeza a un lado y a otro intentando escapar de aquella garra mortal, agitando los brazos sin control y lanzando insignificantes manotazos de muñeco a su atacante. Zahed le había aprisionado la cabeza de lado, en una posición que le aplastaba el ojo izquierdo contra los afilados guijarros del suelo, y le estaba quitando la vida poco a poco. Simmons notó que se le nublaba la vista y que se le escapaban los últimos vestigios de fuerza, y en ese momento pensó que tal vez aquella forma de morir fuera mejor que ver salir sus tripas por un agujero en mitad del vientre... Y de pronto vio algo que le llamaba, algo que había allí en el suelo, a su alcance, una piedra del tamaño de un mango posada allí mismo, en su ángulo de visión, ofreciéndole la salvación. A aquellas alturas ya casi había perdido toda la sensibilidad de los brazos, pero, sin saber cómo, consiguió mover la mano hasta la piedra, ordenar a sus dedos que se cerrasen a su alrededor y a sus músculos que hicieran un último esfuerzo.

El golpe le acertó a Zahed justo debajo de la oreja, y lo aturdió lo suficiente para que sus labios temblaran y lanzaran hacia un lado un hilo de saliva mezclada con sangre. Jadeando desesperado por aspirar aire, Simmons empujó al iraní con ambos brazos para librarse de él. Zahed se desplomó hacia atrás, de costado, y soltó un fuerte bufido sacudiendo la cabeza, con los ojos semicerrados, al tiempo que retiraba la mano de la herida empapada de sangre. Entonces abrió los ojos de golpe y, clavándolos en Simmons con una furia primitiva que el arqueólogo jamás había visto, se puso en pie como si estuviera poseído.

Simmons se incorporó de un salto, con la respiración agitada y todas las alarmas disparadas en el interior de su cerebro, diciéndole que no debía quedarse allí y enfrentarse de nuevo a aquel individuo.

Unas alarmas que le decían que saliera corriendo de allí mientras pudiera.

Subió hasta las piedras para volver con Sully, que todavía estaba allí de pie, en trance, con la cara empapada de sudor y una mezcla de confusión y horror en la mirada. El guía empezó a decir algo:

—¿Qué va a hac...

Pero se interrumpió al ver que Simmons no estaba escuchando. El arqueólogo tenía el pensamiento puesto en una única cosa y escudriñaba el suelo frenéticamente, desesperado por encontrarla... y de pronto la vio en el mismo sitio en que la había visto la última vez. En la mano de Sully.

La navaja multiusos.

—Deme su navaja —rugió, y sin aguardar respuesta se abalanzó contra el guía y le arrebató el cuchillo. Luego miró en derredor para orientarse y percibió un movimiento a su costado. Se volvió y vio a Zahed, que subía hacia ellos.

El iraní traía algo en la mano. La pistola. El cabrón se las había arreglado para recuperarla.

—¡Huya! —le chilló al guía al tiempo que lo aferraba de la camisa y lo empujaba hacia la pendiente rocosa, para alejarlo del monasterio.

A Zahed todavía le dolía la cabeza a consecuencia del porrazo, pero sabía lo que tenía que hacer para olvidarse del dolor hasta que hubiera terminado lo que se proponía. No podía consentir que un insignificante arqueólogo le echara a perder los planes. Ya le iba a enseñar él lo que valía un peine, le iba a dar una lección de respeto que no se le iba a olvidar nunca.

Pero antes tenía que agarrarlo.

Llegó a la última piedra a tiempo para ver que el arqueólogo se había escabullido pendiente abajo y ya estaba como a cien metros de distancia, procurando no resbalar entre aquellas piedras sueltas. Lo seguía de cerca el guía, pero con movimientos más inseguros. Y también había otra cosa... estaba perdiendo el tiempo mirando continuamente hacia atrás, temeroso de que él los persiguiera. A diferencia de Simmons, al guía todo aquello le resultaba nuevo, le había llegado de manera totalmente inesperada, y no sabía con seguridad lo que estaba pasando, llevaba dentro una duda infinitesimal que lo estaba retrasando ligeramente.

Y aquella duda era lo único que necesitaba Zahed.

Recogió su mochila a toda prisa, metió en ella la pistola y se la echó al hombro. Y a continuación se lanzó en pos de ellos. Iba con la vista fija en el terreno que pisaba, para ir escogiendo los mejores puntos de apoyo en su descenso por aquella pendiente rocosa. Llevaba el pensamiento puesto en los detalles inmediatos de la tarea que tenía entre manos: no tropezar y torcerse un tobillo, respirar profundamente para no perder energía, evaluar las posiciones cambiantes de sus enemigos y hacer microajustes en su trayectoria para ganarles los segundos que pudiera.

Y le estaba funcionando.

Con cada zancada fue ganando terreno a sus presas, que salvaron a saltos un tramo de grava suelta y seguidamente cruzaron en diagonal una ladera de pronunciada pendiente para llegar a un repecho ancho, cubierto de hierba. Sully ya se encontraba bastante rezagado de Simmons, como unos diez metros, y cuando se volvió para mirar atrás otra vez, Zahed ya estaba lo bastante cerca para apreciar el miedo que se le reflejaba en los ojos. Aquello le provocó una descarga de adrenalina que insufló vida en sus piernas como si se hubiera encendido un cohete de reserva, y no tardó en tener al guía al alcance de la mano.

Derribó a su primera presa en una profunda hondonada llena de grava. Ambos rodaron pendiente abajo, Zahed con los brazos aferrados al cuello de Sully. Y no los retiró hasta que llegaron al fondo de la pendiente. Entonces Zahed se apresuró a ajustar la posición de las manos: agarró la cabeza de Sully haciendo una fuerte tenaza y después apretó las manos salvajemente para partirle el cuello. Éste cedió al instante con un sonoro crujido de huesos y cartílagos, la cabeza cayó inerte hacia un lado y el cuerpo sin vida se desmoronó en el suelo.

Zahed no perdió tiempo. Rebuscó rápidamente en los bolsillos de Sully, encontró el teléfono móvil y se lo guardó en su mochila. También le quitó las llaves y la cartera. Luego miró alrededor y vio un afloramiento de rocas a unos diez o doce metros de allí. Entonces asió al guía muerto por los tobillos y lo arrastró hasta un punto donde quedara oculto. Los segundos que estaba dejando pasar aumentarían la distancia que lo separaba de Simmons, pero confiaba en alcanzarlo a tiempo, y dado que todavía le quedaban muchas cosas que terminar en Turquía, era mejor no dejar cadáveres a la vista.

De inmediato reanudó la persecución.

Simmons era una silueta de pequeño tamaño a lo lejos, pero bastaba. Zahed no tenía tanta prisa por darle alcance; aún se encontraban a varias horas de donde habían dejado los coches, y, en lo que a él se refería, cuanto más deprisa llegasen a ellos, mejor. Simplemente tenía que procurar no perder de vista a Simmons y motivarlo para que continuase corriendo todo lo deprisa que pudiera, dos cosas que lograba simplemente con seguirlo desde una distancia segura.

Cuando ya llevaba aproximadamente una hora así, Zahed se dijo que había llegado el momento de acelerar. Simmons había aminorado el paso y se movía con torpeza, y el iraní adivinó lo que se proponía hacer.

Llegó a su altura junto a una estrecha grieta de grava que había al inicio de una vaguada. Simmons lo vio aparecer y dejó de correr. Se dobló hacia delante con la navaja en la mano y se puso a serrar con desesperación el cinturón de la bomba, intentando cortarlo. Zahed se quedó donde estaba, como a unos diez metros de él, haciendo inspiraciones profundas, regularizando los latidos del corazón, y se secó la frente.

Simmons levantó la vista jadeando, e imprimió mayor velocidad a las manos para serrar con más frenesí.

Pero no le funcionó. El material era demasiado duro.

—Yo no me molestaría —voceó Zahed en dirección a él—. Está hecho de fibra Kevlar, no se puede cortar. Por lo menos con esa navaja.

Simmons se volvió hacia él furibundo, chorreando sudor por la cara y con el miedo pintado en los ojos. Entonces se derrumbó de rodillas y continuó trabajando con más ahínco, desesperado por cortar el cinturón.

—Además —dijo Zahed al tiempo que sacaba su teléfono y le echaba una ojeada—, ¿sabe una cosa? —Le enseñó la pantalla a Simmons, sabiendo que éste estaba demasiado lejos para ver lo que ponía en ella, pero disfrutando de atormentarlo—. Vuelvo a tener señal.

Simmons lo miró, sin resuello, con el rostro contorsionado por la desesperación y el agotamiento.

—De usted depende —voceó Zahed—. ¿Quiere vivir? ¿O está preparado para hacer las maletas?

Simmons cerró los ojos y dejó pasar unos momentos sin moverse. A continuación, sin levantar la vista, soltó la navaja de la mano. Ésta cayó entre la grava con un tintineo metálico. Él no se movió ni levantó la vista. Se quedó donde estaba, inmóvil, derrotado y cabizbajo, con la barbilla hundida en el pecho y los brazos alrededor de la cintura. Le temblaba todo el cuerpo.

—Eso ya está mejor —dijo Zahed a la vez que echaba a andar hacia él. Se quedó de pie a su lado, igual que un torero erguido sobre el toro muerto, y a continuación le propinó una feroz bofetada de revés que lo levantó del suelo y lo arrojó contra las piedras.

30

—Aquí el mando del Hawk. La retirada tendrá lugar dentro de menos de treinta minutos.

Reilly oyó la voz del controlador del aparato por el auricular inalámbrico con tal nitidez, que no parecía que su interlocutor se encontrase cómodamente sentado y con la palanca en la mano a miles de kilómetros de allí, en las onduladas colinas del norte de California. Pero lo que dijo no fue ninguna sorpresa. El aparato había pasado la noche entera trazando círculos en lo alto. Era capaz de aguantar mucho tiempo en posición estática, pero no de forma indefinida, y además le quedaba mucho camino que recorrer para regresar a casa.

Reilly frunció el ceño.

—Recibido —respondió—. Un momento. —Despegó los ojos de las dos manchas anaranjadas que se veían en la pantalla de su portátil para posarlos en el fornido comando que estaba en cuclillas a escasos metros de él y en Ertugrul—. ¿Cuánto tiempo nos queda? —preguntó, empleando por precaución un tono de voz bajo.

El capitán Musa Keskin, de la Unidad de Fuerzas Especiales de la Gendarmería turca (la Özel Yandarma Komando Bölügü), consultó el reloj y observó el cielo nocturno. Faltaba poco para que amaneciera. El sol escalaría la cumbre de la enorme montaña que tenían delante para que pudieran verlo, pero mucho antes su resplandor ya inundaría la zona. Keskin era un individuo corpulento, con un cuello que parecía el tronco de un árbol y unos antebrazos que habrían matado de envidia a Popeye. Contestó a Reilly con un gesto de la cabeza que indicaba que no les quedaba casi nada y a continuación le hizo con la mano la señal de cinco minutos. Seguidamente se volvió hacia sus hombres y les hizo otra señal idéntica.

Reilly asintió y oteó la oscuridad del paisaje.

—Nos movemos dentro de cinco minutos —le dijo al controlador.

—Recibido. Y buena suerte —respondió la voz—. Los estaremos viendo.

Reilly sintió un escalofrío. Si estaban allí se debía más a la falta de alternativas que a la certeza de estar en el lugar acertado. Varias horas atrás, antes de que se pusiera el sol, el aparato espía había localizado un vehículo que encajaba con la descripción y el color de un coche que habían robado en Estambul el día anterior. Igual de importante era que no había localizado ningún otro vehículo en la zona que encajara con alguno de la lista que les habían dado a Reilly y Ertugrul. A causa de las características del terreno, el Hawk no había podido captar con precisión la matrícula, pero el vehículo en cuestión, un Land Rover Discovery negro, había aparecido estacionado al lado de otro todoterreno en las estribaciones del volcán, en un área que por lo general no era frecuentada por los montañeros y dentro del cuadrante que según Tess era el que tenía más posibilidades. Aquello de ningún modo confirmaba que habían dado con el objetivo, pero era todo cuanto tenían.

El terrorista del Vaticano —si es que se trataba de él— les había puesto difícil la tarea. No había manera de que un francotirador o un ojeador pudiera detectar visualmente quién andaba por allí arriba. Los dos todoterrenos estaban aparcados en un pequeño claro al lado de una enorme pared de roca. Eso eliminaba cualquier posibilidad de obtener una visual desde la parte de atrás o desde varios lados sin correr el riesgo de alertar al iraní de su presencia. La única tecnología visual con que contaban era la térmica y la de infrarrojos, y además les venía desde una altura de nueve mil metros y después de pasar por los operadores del Hawk, que se encontraban en la base de las Fuerzas Aéreas de Beale.

También causaba dificultades la ubicación del claro. La única forma de llegar a él era por un estrecho y tortuoso camino de mulas cubierto de grava, lo que impedía acercarse sin llamar la atención. El ruido de los vehículos los delataría mucho antes de llegar. Reilly, Ertugrul y la patrulla paramilitar turca se habían visto obligados a dejar los vehículos —y a Tess— a poco más de un kilómetro y subir el resto del camino a pie. Ahora se encontraban ocultos detrás de un bosquecillo de tilos jóvenes y matorrales silvestres que crecían al borde de un pequeño *yayla*, a unos cincuenta metros del claro y ligeramente por debajo de éste.

Las dos manchas anaranjadas de la pantalla no se movían. A juzgar por la forma oblonga que tenían, daban la impresión de estar tumbadas, dormidas, lo cual no era de sorprender, teniendo en cuenta la hora. El micrófono direccional de larga distancia que habían instalado no registraba conversaciones ni ronquidos. La cuestión era saber de quién se trataba. ¿Sería uno de ellos el terrorista que buscaban, o eran simplemente dos civiles que estaban durmiendo bajo las estrellas? Y si uno de ellos era el objetivo, ¿quién era el otro? ¿Simmons? ¿O el dueño del segundo todoterreno? Y en este segundo caso, ¿dónde estaba Simmons?

El plan consistía en atacar antes de que saliera el sol. Aprovechar la ventaja de contar con el equipo adecuado, el Hawk que vigilaba desde lo alto, sabiendo que si las cosas no salían tal como estaba previsto no faltaba mucho para que amaneciera. Reilly miró a su alrededor. Los hombres del Özel Tim estaban haciendo los últimos preparativos, examinaban sus armas y se ajustaban las correas de las gafas de visión nocturna. En total eran dieciséis: tres abajo con Tess, y los demás aquí arriba con Reilly y Ertugrul, a las órdenes de Keskin. Todos procedían del estamento militar y habían recibido un entrenamiento especial antiguerrilla. Iban bien equipados y armados hasta los dientes, y por lo que había visto Reilly hasta el momento, parecían saber lo que hacían.

Reilly procuró deshacer el nudo de tensión que notaba en la nuca. Se dijo a sí mismo que las cosas pintaban bien, que si el terrorista estaba allí arriba, el muy hijo de puta estaba acorralado, superado en número y en armamento. Pero era posible que tuviera un rehén. Y él sabía que aquellas cosas rara vez salían bien.

Cruzó la mirada con Keskin. El corpulento capitán hizo un gesto de asentimiento, alzó un megáfono y lo orientó hacia arriba, a los dos todoterrenos.

—*Dikkat, dikkat* —bramó. «Atención, atención»—. Ustedes, los de los coches —exclamó en turco—. Les habla la Yandarma. Se encuentran rodeados. Salgan con las manos donde podamos verlas. —Repitió la orden y después la dijo en inglés con acento fuerte y entrecortado.

Reilly aguzó la vista en la oscuridad y luego volvió a mirar la pantalla del ordenador. Las manchas anaranjadas que brillaban en ella cobraron vida de repente. Se movieron alrededor de los vehículos y se fundieron una en la otra como dos moléculas flotando en una placa de Petri. A Reilly se le engrosaron las venas del cuello intentando visualizar lo que estaba ocurriendo allá arriba. Los segundos se transformaron en un minuto, y entonces Keskin alzó su megáfono y repitió la advertencia.

Las formas permanecieron fusionadas durante varios segundos de tensión, casi un minuto entero. Keskin se dirigió a Reilly y Ertugrul con total seguridad en sus duras facciones.

—Si los que están ahí arriba fueran civiles normales, habrían contestado algo —les dijo—. Me parece que se trata del hombre que buscan.

—La cuestión es saber quién está con él —replicó Reilly—. ¿Es Simmons o un cómplice?

—Sea lo uno o lo otro, puede hacernos creer que es un rehén —apuntó Ertugrul. Luego, dirigiéndose al capitán, preguntó—: ¿Cómo piensa actuar?

—Vamos a concederles otro minuto, pero no más. Y después los atacaremos con granadas de fogueo y subiremos a por ellos. —Se volvió hacia sus hombres y les lanzó una serie de órdenes en turco. Seguidamente se retiró sin hacer ruido mientras indicaba por señas a su equipo que se preparase.

Reilly volvió a la pantalla del ordenador. Las figuras seguían fusionadas en una sola mancha y continuaban en la misma posición, detrás del Discovery. De pronto empezaron a moverse: se deslizaron hacia la trasera del coche... Y se separaron de éste. Una de ellas se quedó detrás, la otra se detuvo un momento y luego echó a andar. Hacia terreno abierto.

Reilly se llevó a los ojos los prismáticos de visión nocturna al tiempo que estallaban a su alrededor una serie de voces entrecortadas. Vio aparecer una figura solitaria por detrás del Discovery, una silueta de color verde claro en medio de un mar de negrura. Entornó los ojos para enfocar mejor. Decididamente, la figura parecía ser la de un hombre. Venía andando hacia ellos, despacio, de mala gana. Reilly desvió la mirada brevemente hacia la pantalla del portátil; la otra mancha anaranjada seguía detrás del Discovery, pero se había trasladado hasta la trasera misma.

—¿Quién es? —preguntó Ertugrul, que también estaba siguiendo el avance de la figura solitaria con prismáticos de infrarrojos.

—Aún no estoy seguro —repuso Reilly sin despegar los ojos de la figura.

El hombre comenzó a bajar por el estrecho camino que llevaba hasta ellos. El teleobjetivo de 3,5 milímetros permitió distinguirlo con nitidez. Se hicieron visibles el rostro, el cabello largo, la constitución atlética.

—No disparen —siseó Reilly—. Es Simmons.

Una serie de breves órdenes dadas en turco recorrió la fila de los paramilitares. Simmons se encontraba ya apenas a cincuenta metros, y Reilly lo vio con más claridad. Llevaba puesto un cortavientos y tenía las manos a la espalda; cuando se volvió para mirar atrás, Reilly advirtió que se las habían atado con cinta aislante. También llevaba cinta aislante en la boca.

La otra mancha seguía agazapada detrás del Discovery.

Simmons estaría como a unos treinta metros de distancia

cuando Keskin ladró otra orden. De los árboles y las rocas que había detrás surgieron media docena de hombres equipados con trajes de camuflaje, pasamontañas negros y gafas de visión nocturna, y convergieron sobre él. Lo agarraron y lo llevaron rápidamente hacia un lugar seguro.

Reilly no apartaba los ojos de Simmons. El arqueólogo parecía profundamente angustiado, incluso dominado por el pánico, y no dejaba de retorcerse y de sacudir la cabeza haciendo gestos negativos. Forcejeaba con los comandos y emitía débiles gemidos a través de la cinta aislante.

De pronto Reilly sintió que comenzaba a aullar una sirena dentro de su cerebro.

«¿Por qué forcejea de ese modo? ¿Cómo es que no da saltos de alegría?»

Entonces posó la mirada en el fino cortavientos que llevaba Simmons y advirtió que la cremallera estaba subida del todo y que daba la impresión de estar mucho más gordo de lo que cabría esperar en el torso musculoso de un deportista como él.

«Mierda.»

Una oleada de sangre inundó el cerebro al levantarse de un salto agitando los brazos como loco y gritando a todo pulmón.

—¡No, apártense de...!

Y Simmons voló por los aires.

31

La noche se iluminó con un potente fogonazo que impidió ver nada más, y un nanosegundo después la onda expansiva alcanzó a Reilly. Le expulsó todo el aire de los pulmones, le hizo perder el equilibrio y lo lanzó de espaldas contra el suelo de grava. En un abrir y cerrar de ojos, toda la información proveniente de sus sentidos quedó interrumpida y se encontró sumergido en una burbuja de oscuridad y silencio.

No había sido la pequeña carga explosiva del cinturón.

Ésta habría matado únicamente a Simmons, y no habría herido a nadie más, a no ser que hubiera una persona tumbada encima de él.

No, aquello era otra cosa totalmente distinta.

Aquello era un explosivo plástico de unos quince kilos que le habían atado al arqueólogo a la cintura. Un cinturón de explosivos en toda regla, el típico de los terroristas suicidas. Y el efecto fue devastador.

A medida que recuperaba la conciencia, Reilly tuvo la sensación de que le habían vuelto los oídos del revés. No oía nada, aparte de su propia respiración áspera, y se notaba mareado y desequilibrado, como si se hubiera sumergido muy profundo bajo el agua y no lograra discernir por dónde se salía a la superficie. También tenía dificultades para ver, pero de las formas desdibujadas que iba distinguiendo dedujo que estaba tendido de espaldas. Probó a mover los brazos y las piernas, pero éstos no reaccionaron a la primera. Entonces apretó los dientes y sacó fuerzas para rodar muy despacio y quedar tumbado sobre el costado derecho, con la intención de comprobar que no le faltaba ninguna extremidad. Levantó las manos y vio que por lo menos las seguía conservando. Fue a tocar la pistola que llevaba en la sobaquera, pero al instante se dio cuenta de que estaba muy caliente y se apresuró a retirar la mano.

Entonces se incorporó a medias apoyándose en un codo y miró alrededor.

La montaña se había convertido en una visión del infierno.

Los árboles ardían despidiendo un humo negro y acre que le raspaba la garganta. Oyó ecos de gritos y gemidos. A través del humo acertó a ver restos humanos desparramados por el suelo de grava: un brazo, una pierna que sobresalía de una bota suelta. Por todas partes había comandos caídos que intentaban restañar sus heridas y pedían socorro. La explosión había hecho trizas el cuerpo de Simmons y después había destrozado a los comandos que lo escoltaban hacia un lugar seguro. Todos sus huesos, y hasta el reloj de pulsera y la hebilla del cinturón, habían quedado convertidos en partículas de metralla recalentada que saltaron por los aires y se llevaron por delante toda la carne humana que encontraban en su trayectoria.

Reilly recorrió con la mirada la carnicería y se detuvo un momento en un par de cuerpos incendiados que ardían junto a los árboles y que impregnaban el aire con un horrendo olor a carne quemada. Uno de ellos todavía estaba vivo, pues se movía lentamente gateando, envuelto en llamas. Entonces descubrió a Ertugrul, más cerca de donde estaba él, unos diez metros a su izquierda. Estaba sentado en el suelo, sin moverse y sin emitir ningún ruido, y lo miraba conmocionado, desconcertado, la mano derecha en la cara, con los dedos hacia un boquete de gran tamaño que tenía en la cabeza, una herida de metralla de la que manaba sangre.

—*Vedat* —articuló Reilly, pero aquel nombre se le quedó atorado en la garganta y le hizo toser. Intentó ponerse en pie para auxiliar a Ertugrul pero falló, lo intentó de nuevo y consiguió incorporarse... y entonces fue cuando sucedieron dos cosas.

En primer lugar, se oyeron más explosiones por allí cerca, detonaciones menores, pero aun así lo bastante sonoras y potentes para que se tambalease. Comprendió que se trataba de las granadas que llevaban encima los comandos, que estallaban al ser alcanzadas por las llamas.

Después oyó a lo lejos el gemido de un coche. Que venía directo hacia él.

Dio un paso inseguro y se volvió, todavía con la mente confusa, sin saber a qué atribuir aquel ruido, notando un reguerillo de sangre que le rezumaba del oído izquierdo y le bajaba por el cuello. Por entre el humo distinguió a duras penas la reluciente parrilla del radiador del Discovery saliendo de las llamas y enfilando el camino de mulas con el motor a tope. Vio que un comando solitario se lanzaba contra él por el lado del conductor, con el arma en alto, y disparaba una ráfaga de balas... y luego vio un brazo empuñando una pistola que asomaba por la ventanilla del coche y oyó tres nítidos disparos que rasgaron el aire, tras lo cual el comando perdió pie y se estrelló de bruces contra el suelo.

El Discovery venía recto hacia él, ya lo tenía tan cerca que hasta logró distinguir las facciones del iraní a través de la luna tintada del parabrisas. Sacudió la cabeza e intentó aspirar un poco de aire para concentrarse en el individuo que iba dentro de aquel coche, en lo mucho que deseaba verlo muerto. Estaba llevando la mano a la pistola cuando de pronto se interpuso delante otra persona, Keskin, el comandante del Özel Tim. Estaba cubierto de sangre y cojeaba a causa de un tremendo cráter en el muslo y otro que tenía en el hombro, pero parecía inmune al dolor, como si estuviera drogado. Con mirada enajenada y llevando una automática en la mano, caminaba derecho hacia el todoterreno que se acercaba a toda velocidad.

De pronto se detuvo, alzó la automática, tomó puntería...

Reilly, aturdido, contempló con incredulidad el brazo que volvía a asomar por la ventanilla del conductor, sólo que esta vez apuntaba hacia el frente...

—¡No! —chilló...

... y saltó en dirección a Keskin. Sintió cómo se estremecía el corpachón del capitán a causa del impacto de las balas en el momento en que él lo derribaba y lo apartaba de un empellón del Discovery.

Los dos cayeron al suelo en el preciso momento en que el coche pasaba por el punto en que estaban ellos un segundo antes, para a continuación alejarse por el camino y perderse de vista.

Reilly, sin resuello, sintió que oscilaba al borde de la inconsciencia. Vio a Keskin borrosamente. Éste lo miraba sin expresión, con los ojos muy abiertos y echando sangre por la boca. Reilly sintió que lo inundaba la impotencia y una rabia animal que jamás había experimentado en su vida, una caldera de odio en ebullición que le removía las entrañas. Notó que se le escapaban las últimas fuerzas que le quedaban en el cuerpo, y empezó a gustarle la idea de perder el conocimiento y sumirse en un sueño profundo, hasta que en medio de su aturdimiento y su furia vio dibujada una palabra que le recordó quién se encontraba en la trayectoria que llevaba el terrorista:

Tess.

Tess oyó la explosión y el corazón le dio un vuelco.

Aquello no formaba parte del plan. Peor aún, había sido una deflagración demasiado grande, mucho más de lo que correspondía a la artillería que pudieran llevar encima Reilly y los comandos. Eso quería decir que había sido obra de otra persona, lo que no le gustó nada. Máxime teniendo en cuenta lo hábil que era con los explosivos el hombre al que estaban persiguiendo.

Apagó la linterna que estaba utilizando para estudiar el mapa de la zona que había llevado consigo y observó la montaña. Transcurrieron unos segundos de angustia, y entonces volvieron a oírse nuevas explosiones. Más pequeñas, diferentes, más amortiguadas, como estampidos sordos, pero explosiones de todas formas que rebotaron por el monte. Después se oyó un tiroteo entrecortado, y a aquellas alturas Tess ya era presa del pánico. Aquello sonaba igual que Iwo Jima.

Los comandos que la acompañaban estaban tan desconcertados como ella. Intercambiaron frases nerviosas en turco que no entendió, aunque sus gestos ya resultaban bastante elocuentes. Ellos tampoco sabían qué estaba ocurriendo. Uno cogió su radiotransmisor y, con voz controlada, llamó a los demás. No obtuvo respuesta alguna. Probó de nuevo, esta vez en un tono de suma alarma. Nada.

En eso se oyó a lo lejos el gruñido de un motor diésel que bajaba rechinando por la pronunciada pendiente, a causa del esfuerzo de sofrenar al pesado todoterreno. Tess no vio ninguna luz que viniese de la montaña... Y de pronto, bajo el débil resplandor de la luna, distinguió una forma oscura y cuadrada que tomaba una curva muy cerrada y luego desaparecía de la vista. Los comandos la vieron también y al momento entraron en acción: prepararon las armas y se colocaron las gafas de visión nocturna, comunicándose a voces. Uno de ellos aferró a Tess, la obligó a ponerse a cubierto detrás de un Cobra, un vehículo blindado ligero, y acto seguido se colocó en posición para protegerla. Los demás se agacharon detrás de los dos Humvee que también estaban aparcados allí, y aguardaron.

Transcurrieron más segundos de psicosis. El rugido del motor subía y bajaba siguiendo la pista de la montaña... Y entonces surgió a la vista. Una forma oscura que venía hacia ellos en línea recta.

Los comandos titubearon, sin saber muy bien si debían abrir fuego o no, y de pronto se encendieron los faros del coche. El conductor había puesto las largas, en toda su intensidad.

Para cegarlos.

Al momento se quitaron las gafas de infrarrojos, pero sus retinas ya habían quedado deslumbradas, y durante los preciados segundos que tardaron en rehacerse estuvieron desprotegidos. Enseguida uno de los comandos resultó alcanzado por una ráfaga de disparos que lo hicieron caer de costado, como si lo hubieran azotado. Otros disparos se incrustaron en el Humvee que servía de parapeto al tercer soldado, mellaron la chapa y agujerearon la lona del techo.

Tess se agazapó todo lo que pudo y se tapó los oídos cuando el comando que la protegía salió y empezó a disparar con su fusil MP5. Las balas acertaron en uno de los faros del todoterreno y perforaron la parrilla del radiador, pero no consiguieron frenarlo; al contrario, éste viró y se fue derecho contra el Humvee. Lo embistió por el costado izquierdo y lo levantó en vilo para hacerlo caer encima del segundo soldado. Moviéndose con una velocidad y una precisión inusitadas, Zahed clavó los frenos, se apeó del todoterreno, fue hasta la parte de atrás y disparó dos balazos al comando caído.

Cada tiro fue acompañado de un chillido de angustia, seguido de horribles gemidos de dolor. Tess miró nerviosa a su guardián, al principio sin saber del todo qué estaba ocurriendo, pero después lo entendió. El terrorista no había matado al comando; estaba jugando con su víctima, la estaba matando poco a poco, con el fin de provocar a los adversarios que quedasen y ponerlos nerviosos. Lo que no sabía era que sólo quedaba un hombre vivo.

Un hombre y Tess.

Los gemidos duraron casi un minuto entero, y finalmente se apagaron. El claro quedó en silencio, a excepción del ronroneo metálico del motor diésel al ralentí. Tess miró a su guardián para saber qué debía hacer. Éste se llevó un dedo a los labios y se inclinó hacia un lado para mirar. Tess tragó saliva y se apretó contra el frío casco del vehículo blindado. Cuando miró el suelo, de repente reparó en el amplio espacio que había debajo de aquel coche y se arrimó un poco más al comando. Los dos se escondieron detrás de uno de los gigantescos neumáticos. Su protector estaba atento al exterior, con la frente fruncida por la concentración, y una solitaria gota de sudor que brillaba en la penumbra conforme iba resbalando lentamente por la cara.

Se le notaba igual de asustado que ella... Y de pronto se oyó un chasquido metálico que rasgó el silencio, seguido por el sonido que hizo algo al surcar volando el aire.

Al instante, el comando abrió los ojos en un gesto que indicaba que sabía lo que era aquello. Agarró a Tess, la arrojó al suelo y se echó encima de ella para protegerla con su cuerpo. Fuera lo que fuese lo que había surcado el aire fue a caer a un lado del Cobra, entre la grava suelta, y rebotó un par de veces con un tintineo metálico antes de estallar. El soldado sabía cómo sonaba la anilla de una granada al soltarse, pero la habían lanzado demasiado lejos para que los alcanzase.

En eso, Tess vio unas botas que venían corriendo hacia ellos, notó que el comando retiraba el peso de su cuerpo y oyó las balas que lo alcanzaban y lo arrojaban al suelo.

El terrorista no había querido matarlo con la granada; simplemente necesitaba distraerlo.

Tess levantó la vista y descubrió al iraní de pie junto a ella, mirándola al tiempo que escrutaba los alrededores por si quedaba alguna amenaza. Tess sabía que ya no había ninguna más.

Zahed recogió el fusil del comando muerto y le ordenó:

—En pie.

La voz era tal como la recordaba: seca, monótona, carente de la más mínima emoción.

Se incorporó con dificultad, temblando de brazos y piernas al tener ante sí al individuo que la había secuestrado en Jordania y la había encerrado en el maletero de un coche junto a una fuerte carga de explosivos. Y ahora aquí estaba, en mitad de la nada, sola con él. A su merced.

Una vez más.

Abrigó la esperanza de que no pronunciara las palabras que más temía oírle decir. Pero no hubo suerte.

—Vamos —le dijo.

Se le pasó por la cabeza echar a correr, arrearle un puñetazo por todo lo que sabía que había hecho, pero sabía que no iba a servir de nada. Dejó que el terrorista la llevara hasta el Discovery y se quedó mirando con impotencia mientras él disparaba varios tiros a los neumáticos de los Humvee y del Cobra para inmovilizarlos. Subió al coche y no dijo nada cuando abandonaron la escena del tiroteo y se perdieron en Anatolia en mitad de la noche.

32

El solo hecho de ponerse de pie ya le supuso un esfuerzo titánico. Reilly se sentía igual que un boxeador noqueado una vez tras otra, demasiadas, incapaz de hacer otra cosa que abrazarse a la lona y aguantar la cuenta hasta diez. Pero no podía quedarse allí, estando Tess en peligro.

Al fin consiguió incorporarse y mantenerse erguido. A su alrededor había varios incendios pequeños que iluminaban una macabra escena de dolor. El olor acre de la muerte cubría como un sudario la tierra abrasada. El fornido Keskin seguía estando allí, junto a él, pero ya no se movía.

Reilly se esforzó por recuperar un poco de lucidez, por ordenar sus ideas deshilachadas y formar un plan coherente. A unos treinta metros vio a Ertugrul. Estaba tendido de espaldas y tampoco se movía. Más allá distinguió a un par de comandos que parecían ilesos y que estaban socorriendo a los heridos. Echó a andar hacia ellos con la esperanza de que estuvieran en contacto por radio con sus camaradas, los que se habían quedado ladera abajo protegiendo a Tess. Entonces se acordó de su propio equipo de comunicaciones y, de forma instintiva, se llevó una mano a la oreja. El auricular inalámbrico había desaparecido, sin duda arrastrado por la explosión. Se palpó los bolsillos, pero tampoco encontró el transmisor. Se detuvo un momento y bajó la vista al suelo por si lo veía caído por allí, pero enseguida llegó a la conclusión de que era inútil; desde la explosión se había desplazado de un sitio a otro, y además cabían pocas esperanzas de encontrar el aparato a oscuras. De modo que echó a andar de nuevo por el claro en dirección a los comandos, pero al llegar a Ertugrul se detuvo otra vez. El legado tenía la cabeza en medio de un charco de sangre que oscurecía el suelo, y parecía que no respiraba. Tenía la mirada perdida en la nada, sin parpadear. Reilly se arrodilló a su lado y le puso dos dedos en el cuello. La carótida no palpitaba. Estaba muerto.

Apoyó una mano en el hombro del agente caído y dejó escapar un profundo suspiro. Miró alrededor con ojos llameantes, hundido por la frustración. Y entonces lo vio, iluminado por el resplandor del fuego, a escasos metros detrás de él: el auricular de Ertugrul. Se levantó, lo recogió y lo examinó con dedos temblorosos y sucios de sangre y barro. Parecía intacto. Se lo introdujo en la oreja con la esperanza de que aún funcionase y, en un tono de voz débil y ronco, murmuró:

—¿Mando del Hawk? Responda, mando del Hawk.

Al instante le llegó tronando la voz del controlador.

—Por Dios santo, ¿se puede saber qué es lo que ha ocurrido ahí? ¿Se encuentra bien?

—Yo me encuentro bien, pero Ertugrul ha muerto —contestó Reilly. Había vuelto a donde estaba tendido el legado para hurgar en sus bolsillos en busca del transmisor, y se sentía como un buitre—. Y varias personas más. Esto es grave, muy grave. Vamos a necesitar ambulancias. Tienen que mandarlas ahora mismo.

—Recibido. No cuelgue —le dijo el controlador—, voy a pasarle con mi superior.

—Espere —lo interrumpió Reilly—. ¿Donde está el Hawk? ¿Sigue en su sitio?

—Afirmativo. La retirada es dentro de siete minutos.

Reilly cerró los ojos con fuerza para no ver la carnicería que lo rodeaba e intentar concentrarse.

—El vehículo que buscábamos. ¿Lo están siguiendo?

—Afirmativo. Justo después de la explosión se ha desplazado montaña abajo. ¿Qué es lo que ha explotado?

Reilly sabía que la detonación debió de registrarse como un

intenso fogonazo en los sensores de infrarrojos del Hawk, pero prefirió ignorar la pregunta.

—¿Y qué ha pasado después? ¿Adónde ha ido?

—Llegó al destacamento que aguardaba al pie de la ladera, y por lo que parece se estrelló contra uno de los Humvee. Se apeó una persona, suponemos que se trataría de su hombre, ¿correcto?

Reilly sintió una tenaza que le retorcía las entrañas.

—¿Y qué pasó después?

—Suponemos que tuvo lugar un intercambio de disparos. Hubo algo de movimiento. Vemos a tres colaboradores abatidos.

Reilly, con la tenaza convertida en garrote, trataba desesperadamente de hacer memoria, de calcular cuántos comandos se habían quedado con Tess.

—¿Tres? ¿Está seguro?

—Afirmativo. Luego volvieron a subir dos personas al vehículo y huyeron.

«Dos personas.» A Reilly se le aceleró el corazón.

—¿Dónde se encuentra ahora el vehículo?

—Aguarde un momento. —Transcuridos unos instantes, volvió a oírse la voz—: Está aproximadamente cuatro cuadrículas al sur de su posición, dirigiéndose hacia una población llamada Cayirozu.

—Continúen siguiéndolo todo el tiempo que puedan, creo que nuestro hombre tiene a Tess en su poder y...

El controlador lo interrumpió, empleando un tono distante y robótico:

—La retirada es dentro de menos de cinco...

—No los pierda, ¿me oye? —rabió Reilly—. Sígalos de cerca. Y llame al mando de la Yandarma y dele su posición. Yo salgo ahora tras ellos.

Sus dedos encontraron el transmisor de Ertugrul. Se lo metió en el bolsillo, dirigió una última mirada a su colega muerto, se puso nuevamente en pie y echó a andar ladera abajo.

Sabía que no tardarían en perder de vista al Discovery, en cuanto el Hawk tuviera que largarse y poner rumbo a la base de Qatar antes de que se le agotara el combustible. En Beale no había nadie que pudiera autorizar la decisión de tirar a la basura un juguete de tantos millones de dólares y equipado con la última tecnología secreta, sólo para seguirle el rastro al objetivo de Reilly. Y aun con la mejor voluntad del mundo, iba a llevar un tiempo que aprobasen la salida de otro Hawk y lo reprogramasen. Para entonces el Discovery ya habría desaparecido haría mucho, y Tess con él.

Así que no era aquello en lo que tenía que concentrarse ahora, con la interminable caminata cuesta abajo que tenía por delante, en la semioscuridad, por una pista que era un pedregal y con unas piernas que casi no podían sostenerlo.

Tardó veinte minutos en llegar al claro en el que había dejado a Tess. Por detrás de la montaña se apreciaban ya las primeras luces del amanecer, que pintaban el paisaje de un suave tono dorado. Pero la escena que se encontró contrastaba vivamente con aquel entorno pastoral: tres comandos muertos. Tres vehículos inutilizados. Y ni rastro de Tess.

Se recostó contra el Humvee junto al que la había visto de pie para recuperar el aliento. Supuso que a aquellas alturas los turcos ya habrían enviado refuerzos, pero necesitaban tiempo para llegar. Tenía que decidir lo que iba a hacer. Si se quedaba allí a esperarlos, era probable que se viera envuelto en un tira y afloja respecto de las jurisdicciones y que lo apartaran a un lado. Los turcos no iban a tomarse nada bien la masacre que había ocurrido, y no iban a querer que un forastero interfiriese en la caza del terrorista. Además, había que tener en cuenta la barrera del idioma. Para cuando se hubiera tirado de los hilos adecuados para que él pudiera seguir en aquella operación, ya se habría perdido un tiempo muy valioso.

Más importante aún era que la prioridad de los militares turcos no iba a ser la de recuperar a Tess sana y salva; estarían desesperados por echarle el lazo al terrorista, aquél sería su objetivo primordial. La seguridad de Tess quedaba muy por detrás. Si para dar caza al iraní era necesario sacrificar a Tess, Reilly no se hizo ilusiones: sabía que para ellos la chica no era imprescindible. Tampoco lo era él. Claro que no había sido muy eficaz a la hora de proteger a Simmons. No, no podía confiar en que otra persona intentase rescatar a Tess.

Tenía que continuar adelante, él solo. Y adelantarse a los soldados.

No quedarse atrás.

Si querían seguirle los pasos e intervenir, serían bien recibidos. De hecho, pensaba llamarlos e invitarlos a que participaran... pero cuando Tess estuviera ya fuera de peligro.

Buscó la mochila que había dejado dentro del Humvee y la recuperó. Todavía tenía dentro su Blackberry y su cartera. De pronto vio algo en el asiento que le llamó la atención: un mapa plegado precipitadamente, junto a una linterna. Reconoció aquel mapa. Cuando se separó de Tess, ella estaba intentando trazar la trayectoria que había seguido el inquisidor, ahora que ya sabían dónde se encontraba situado el monasterio. Lo abrió. Efectivamente, Tess había marcado la posición aproximada del monasterio, basándose en la ubicación de los todoterrenos aparcados y en el supuesto de que Simmons y su secuestrador hubieran dado realmente con él. A continuación había dibujado las rutas posibles y había escrito anotaciones en ellas, y se había servido de los contornos del terreno para intentar seguir los apuntes del inquisidor. La ruta se dividía en diferentes ramales en un par de puntos, de manera que Tess había puesto signos de interrogación. Sin embargo, había un camino que estaba marcado más fuerte y que parecía destacar de los demás. Por lo visto, era el que Tess consideró más acertado.

Reilly estudió el mapa durante unos instantes y después lo plegó.

—Qué lista eres —dijo en voz baja. Sus agotadas reservas de adrenalina acababan de llenarse ligeramente.

Registró los vehículos, cogió una cantimplora, unos prismáticos potentes, una pistola y tres cartuchos, lo metió todo en la mochila junto con sus cosas y emprendió de nuevo la marcha.

33

Tess iba sentada sin decir nada, paralizada por el pánico, mientras el Discovery atravesaba aquel pueblo dormido. A esa hora tan temprana las carreteras estaban desiertas. Aquí y allá se veían escasas señales de vida: un anciano conduciendo lentamente por la cuneta un carro desvencijado tirado por un caballo, otro hombre y su hijo cruzando a pie un viñedo, pero Tess en realidad no se percataba de nada; lo único en que pensaba y la hacía sufrir era lo sucedido allá arriba, en la montaña, quién podría seguir aún con vida, quién habría muerto. Había visto a aquel individuo matar muy de cerca, sabía cuán eficaz era asesinando, y por mucho que intentara consolarse y no perder la esperanza, no dejaba de roerle las entrañas el pensar que Reilly podía estar tirado en el suelo, desangrándose... O algo peor.

Vio que su secuestrador consultaba el reloj y después volvía a mirar al frente. Era evidente que estaba trazando planes.

—¿Llegamos tarde a algún sitio? —inquirió Tess, procurando adoptar una actitud estoica y eludir la pregunta que la quemaba por dentro.

El iraní no reaccionó de inmediato. Después se volvió hacia ella, imperturbable como siempre, y le ofreció una sonrisa desdeñosa teñida de lástima.

—¿Me has echado de menos?

Tess sintió que se le ponía rígida la espalda, pero trató de que no se le notara. Se le ocurrieron una o dos contestaciones hoscas con que atacarlo, pero prefirió seguir manteniendo una barrera entre los dos. Así que al final sucumbió a la necesidad desesperada de saber algo, y se lo preguntó.

—¿Qué ha ocurrido allá arriba?

El iraní la ignoró durante unos instantes, y luego respondió:

—He tenido que improvisar.

Desprendía un aire de satisfacción que enfureció a Tess. Le entraron ganas de agarrarle la cabeza y golpeársela una y otra vez contra el volante, y descubrió que imaginarse haciendo aquello ya le proporcionaba una pizca de placer. Estudió mentalmente un par de jugadas: arrebatarle el volante y sacar el coche de la carretera, esperar a que llegase una curva lenta y saltar por la puerta, pero llegó a la conclusión de que era mejor no hacer nada. No iba a funcionar. De modo que se resignó a la idea de que necesitaba matar el tiempo y aguardar a que se presentara una oportunidad más prometedora.

Se calmó y preguntó:

—¿Y Jed?

El iraní la miró con curiosidad.

—¿Preguntas por ése, y no por tu novio? ¿A pesar de todo lo que ha hecho Reilly para rescatarte?

Tess en realidad no quería darle la satisfacción de saber que podía jugar con sus sentimientos, pero tenía que saber qué había pasado.

—¿Todavía están vivos?

El iraní se encogió de hombros

—Puede que sí. Puede que no. Allá arriba estaba todo muy oscuro. Pero no deberías preocuparte por ellos, piensa en ti misma y en lo que puedes hacer tú para seguir viva. —Hizo una pausa y añadió—: Puedes empezar diciéndome cómo han hecho para encontrarme.

Tess se quedó petrificada, con mil ideas contradictorias. No podía esperar mucho tiempo para contestarle, de manera que dijo:

—No lo sé. —Antes de terminar de pronunciar la frase se dio cuenta de lo poco convincente que resultó.

Su secuestrador la miró de reojo sin creerla, y a continuación se llevó una mano a la cintura y extrajo una pistola. Describió un arco con ella y se la apoyó en la mejilla.

—Por favor. Tu novio es el que encabeza la operación, y tú no eres precisamente una tierna flor. Así que te lo voy a preguntar por última vez: ¿cómo me habéis encontrado?

El cañón de acero le producía a Tess una sensación molesta en la mandíbula.

—Pues... lo adivinamos. —Pensó que la pausa y la inevitable réplica del iraní la harían ganar tiempo.

—¿Cómo que lo adivinasteis?

—Bueno, disponíamos de algo de información. Estudiamos la ruta que posiblemente tomaron los templarios desde Constantinopla, en qué cara de la montaña era más probable que estuvieran cuando tropezaron con el monasterio. Después estudiamos varios mapas topográficos de la zona y sumamos los apuntes del inquisidor que aparecían en el Registro. Y tuvimos suerte.

—Es una montaña muy grande —presionó el iraní—. ¿Cómo disteis con nuestra posición exacta?

—Utilizaron un satélite —mintió Tess—. Le dieron los detalles que proporcionó la policía de Estambul respecto de los coches que se habían robado recientemente.

Abrigó la esperanza de que el secuestrador ya supiera lo que hacía muy poco que había sabido ella gracias a Reilly: la diferencia existente entre la capacidad de observación de un punto fijo de un satélite y la de un aparato espía no tripulado. Si lo sabía, y si se tragaba aquella trola, a lo mejor no le preocupaba que todavía pudiera haber un artilugio semejante en el cielo, siguiéndoles la pista.

El iraní sopesó un momento la explicación, luego retiró el arma y volvió a guardarla. Fijó la vista en la carretera y, al llegar a la siguiente curva, aminoró la velocidad y finalmente detuvo el todoterreno junto a un pinar. Estacionó al amparo de los árboles y sacó la llave del contacto.

—Espera aquí —le ordenó a Tess.

Ella observó cómo se apeaba del coche y se acercaba hasta el borde de la sombra de los árboles. Después se quedó quieto y se puso a mirar el cielo, en dirección a la montaña.

Zahed escrutó el cielo con la mirada, buscando el punto negro que confirmase sus sospechas.

Tess era lista, eso tenía que admitirlo. Sabía distorsionar finamente la verdad con el fin de conservar una cierta ventaja. Pero el especialista era él, no ella. Y teniendo en cuenta lo que necesitaban sus perseguidores y la urgencia del asunto, y calculando de modo realista los recursos que era posible conseguir con rapidez, sabía que era más probable que hubieran empleado un aparato espía no tripulado que un satélite.

Y, en efecto, no tardó en descubrirlo: un punto diminuto que flotaba sin hacer ruido en el virginal cielo del amanecer, siguiendo sus movimientos. Trazaba círculos a gran altitud, pero dado que poseía la envergadura de un avión 737, no era lo que se dice invisible. Lo miró con el ceño fruncido, estudiando su trayectoria. Esquivarlo sería muy peligroso, y más aún cargando con un prisionero.

Entonces vio algo totalmente inesperado: el aparato espía inició una prolongada maniobra de viraje y seguidamente se alejó en dirección este, de nuevo hacia la montaña. Zahed lo siguió con la vista hasta que dejó de verlo y se puso a escrutar el cielo de nuevo, en busca de otro puntito. Pero no vio ninguno.

Sonrió para sus adentros. El aparato espía debía de haber alcanzado el límite de su tiempo de permanencia, y le dio en la nariz que no habían previsto la necesidad de sustituirlo por otro para continuar con la misión. Se quedó otros diez minutos donde estaba, a la sombra de los pinos, observando el cielo, para cerciorarse de que no aparecía un segundo avión espía. Cuando estuvo seguro de que no iba a venir ninguno más, sacó su teléfono móvil y pulsó dos veces para marcar de nuevo el último número. Era un número que había sacado del móvil de Sully.

Al cabo de dos timbrazos se oyó una voz soñolienta.

Zahed adoptó un tono de lo más sociable:

—¿Abdülkerim? Buenos días. Soy Ali Sharafi, un cliente de Suleyman. Estuvimos hablando anoche.

Se advertía claramente que la persona a la que había llamado, Abdülkerim, el tío de Sully, el experto al que quería llamar el guía cuando se encontraban junto a las ruinas del monasterio, estaba durmiendo. Pasados unos momentos de silencio, la explicación pareció calar por fin.

—Ah, sí, buenos días —barbotó el otro. Se le notaba poca fuerza al hablar, estaba claro que lo había sorprendido aquella llamada tan temprana y que todavía se hallaba un tanto adormilado.

—Perdone que lo llame a esta hora de la mañana —continuó Zahed—, pero hemos cambiado de planes y hemos llegado un poco antes de lo que teníamos previsto. No sé si le vendría a usted bien que adelantásemos un poco la cita, quizá para dentro de una hora o así... Ya sabe, para empezar cuanto antes. Por desgracia, disponemos de un margen de tiempo muy limitado, de manera que cuanto antes nos pongamos en marcha, mejor, la verdad.

Abdülkerim carraspeó y respondió:

—Por supuesto, por supuesto. No hay problema. Siempre es mejor madrugar, calienta menos el sol.

—Estupendo —dijo Zahed—. Bueno, pues hasta luego. Y gracias por ser tan flexible.

Tomó nota del lugar y la hora en que habían quedado y cortó, satisfecho del resultado. Luego fue hasta el coche y miró por el parabrisas trasero. Distinguió la cabeza de Tess desde atrás y le cambió el estado de ánimo; había una cosa más que tenía que hacer.

Abrió la puerta trasera del Discovery, sacó algo y volvió a cerrar. Seguidamente fue hasta la portezuela de Tess y la abrió de par en par.

—Sal —le dijo.

Tess se lo quedó mirando un instante, sorprendida, y luego se apeó. Permaneció de pie frente a él, en silencio. El iraní se limitó a mirarla sin pronunciar palabra y a continuación, con la agilidad del rayo, le propinó una tremenda bofetada de revés con la mano izquierda.

La cabeza de Tess se torció violentamente por efecto del golpe. Cayó al suelo y se quedó allí, inmóvil, con el rostro vuelto, sin decir nada. Al cabo de un momento se incorporó y, al tiempo que se limpiaba la tierra de las manos, se encaró con su secuestrador. Tenía los ojos llorosos, pero la mirada desafiante. En la mejilla enrojecida se apreciaban claramente las huellas de una mano y unos dedos.

—No vuelvas a mentirme —le advirtió el iraní—. ¿Entendido?

Tess no reaccionó. El iraní alzó la mano con gesto amenazador, preparado para abofetearla de nuevo, pero ella no se inmutó. En cambio, esta vez asintió débilmente.

Entonces el iraní alzó la otra mano. En ella sostenía un cinturón ancho de lona. Se lo mostró y le dijo:

—Necesito que te pongas esto.

34

Reilly se movía deprisa, todo lo rápido que le daban de sí las piernas. Le estaba resultando un poco más fácil ahora que la pista empinada y desigual que bajaba de la montaña se había transformado en un camino sin asfaltar llano y más liso. Así y todo, a duras penas conseguía tenerse en pie. Para llegar al pueblo más cercano, un pequeño conjunto de casas apiñadas al pie del volcán, todavía faltaba casi un kilómetro. Necesitaba encontrar algún transporte para darle un respiro a sus músculos, si no quería que el cuerpo se declarase en huelga por el maltrato que estaba recibiendo. Y tenía que encontrarlo deprisa.

Porque sabía que el avión espía se había ido hacía mucho.

De modo que ahora cada segundo contaba.

Al salvar un ligero montículo descubrió algo que se movía unos doscientos metros más adelante. Era una persona montada en algo. Aquello le infundió nuevas fuerzas. Cuando lo tuvo más cerca, vio que era un anciano a lomos de un caballo flaco. El pobre animal iba cargado con dos enormes cestos de mimbre, uno a cada lado de la grupa, y avanzaba con paso cansino, ajeno al enjambre de moscas que revoloteaban a su alrededor.

Reilly apretó el paso y voceó:

—¡Eh! —Agitó los brazos frenéticamente al ver que el anciano volvía la cabeza con ademán indiferente, sin aflojar el paso—. ¡Eh! —gritó otra vez, y otra más, hasta que por fin el hombre tiró de las riendas y el caballo se detuvo.

»Su caballo —le dijo Reilly señalando y gesticulando como loco, con un jadeo incoherente que no hizo sino aumentar la confusión del hombre—. Necesito su caballo.

El rostro marchito del anciano se tensó de repente cuando vio el arma que portaba Reilly en el cinturón. Pero en lugar de caer presa del pánico se puso a chillarle a Reilly, como si lo reprendiera por semejante afrenta. Ya fueran jóvenes o viejos, fuertes o débiles, los hombres que se estaba encontrando Reilly no parecían fáciles de convencer. Negando con la cabeza, alzó las manos e hizo todo lo posible para apaciguar al anciano.

—Por favor, escúcheme. Necesito que me ayude, ¿vale? Necesito su caballo —le dijo, haciendo toda clase de ademanes que se le ocurrieron para indicar humildad y respeto.

El anciano seguía mirándolo con desconfianza, pero al cabo de un momento se calmó un poco.

De pronto Reilly se acordó de una cosa, y hurgó en un bolsillo interior para sacar la cartera.

—Tenga —le dijo, a la vez que sacaba todo el dinero en efectivo que llevaba encima. No era mucho, pero aun así era más de lo que valía aquel animal viejo y cansado—. Por favor, cójalo. Vamos. No me haga sacar la pistola. —Sabía que el anciano no le entendía ni una palabra.

El hombre lo miró unos instantes, luego musitó algo y cedió. Se bajó del caballo con una agilidad sorprendente y le entregó las riendas.

El anciano ablandó el gesto. Reilly le sonrió con gratitud y miró los cestos; estaban llenos de uvas.

—Tenga, quédese con los cestos —le dijo mientras desataba las correas que los sujetaban al animal y ayudaba a su dueño a depositarlos a un lado de la carretera. Acto seguido se subió a las mantas raídas que hacían las veces de silla de montar, sacó el mapa de Tess y lo examinó detenidamente.

Pensó en preguntar al anciano para confirmar que iba bien, pero sabía que la montaña no tardaría en ser invadida por los refuerzos de la Yandarma, y no quería darles ventaja, de modo que se sirvió de la posición del sol para orientarse. La carretera que iba desde allí hasta la zona de destino marcada por Tess, un lugar denominado valle Ihlara, daba muchos rodeos. Aquélla sería la que habría tomado el terrorista. También había otra ruta más en línea recta por terreno abierto, como quien dice a vuelo de pájaro, mucho más corta y al parecer libre de obstáculos importantes como ríos o cordilleras. Y dado que su corcel no era precisamente un purasangre, decidió que todo trecho que pudiera sacar de ventaja suponía un regalo que no debía rechazar.

Así que guardó el mapa, se despidió del anciano con un gesto, y espoleó al caballo para que reemprendiera la marcha en dirección a campo abierto, con la esperanza de que aquel pobre animal no se le muriera antes de llegar adonde necesitaba llegar.

35

Los kilómetros pasaban raudos a bordo del Discovery, que viajaba en sentido sur por una carretera llena de curvas y baches. Lo baldío del paisaje no hacía sino acentuar el entumecimiento que sentía Tess, tanto en el cuerpo como en el alma, un entumecimiento aguijoneado únicamente por las dolorosas preguntas para las que aún no tenía respuesta.

Volvió la vista hacia su captor. Éste percibió la mirada y se volvió.

—Dentro de unos diez minutos llegaremos al punto de encuentro —le informó, y a continuación le explicó la tapadera que iban a emplear, la misma que había usado con Sully, según la cual él era un profesor universitario llamado Ali Sharafi.

Tess se puso tensa al ver con qué naturalidad utilizaba el nombre del historiador muerto.

—No tiene usted vergüenza —le dijo—. Usar así su nombre, después de lo que le hizo.

Como no era una pregunta, el iraní no contestó.

—¿Por qué estoy aquí, si puede saberse? —presionó Tess—. ¿Para qué me necesita? Los turcos no van a negociar con usted porque me tenga a mí prisionera, después de lo que ha hecho.

El iraní se encogió de hombros.

—No eres un rehén, Tess. Estás aquí por tu experiencia. Esto no puedo hacerlo yo solo. Y como he tenido que renunciar a tu querido amigo Jed, necesito que su lugar lo ocupes tú.

Tess no supo muy bien a qué se refería, no le quedó claro si Simmons se encontraba sano y salvo o no. Pero, teniendo en cuenta los precedentes de Roma, lo dudó. Al pensarlo se le subió la bilis a la garganta.

—¿Y qué es exactamente lo que no puede hacer usted solo?

Zahed la miró de soslayo con gesto divertido.

—Venga, Tess, tú leíste la confesión del monje, viste los términos que empleó para describir ese... tesoro escondido. Aquellos monjes, aquellos amables y piadosos siervos de Dios, lo cierto es que recurrieron al asesinato para mantenerlo oculto. Así que dime, Tess, ¿qué crees tú que ando buscando?

No merecía la pena hacerse la tímida.

—¿La obra del diablo? ¿Algo capaz de remover la roca misma en la que nuestro mundo asienta sus cimientos?

Zahed sonrió.

—Merece la pena encontrarlo, ¿no te parece?

—De esta forma, no —replicó Tess—. ¿Quién es usted? ¿Qué pretende hacer con ello?

El iraní no respondió, y se limitó a continuar con la vista fija en la carretera. Al cabo de unos instantes dijo:

—Mi país y el tuyo... llevan más de cincuenta años librando una guerra sucia, no declarada. Soy simplemente un patriota que intenta ayudar a los suyos.

—Con los suyos quiere decir Irán —aventuró Tess.

Zahed la miró un momento y sonrió de manera enigmática.

—No estamos en guerra con ustedes —le dijo Tess—. Y sean cuales sean los problemas que tengan, la causa no somos nosotros.

Zahed alzó una ceja en ademán dubitativo.

—Ah, ¿no?

—Oiga, no somos nosotros los que financian a terroristas y amenazan con borrar del mapa a otros países.

Aquella declaración no pareció alterar lo más mínimo al iraní, que preguntó con total frialdad:

—¿Sabes lo que fue la Operación Ajax, Tess?

A Tess no le sonaba de nada.

—No.

—Ya me lo imaginaba. Ése es en parte vuestro problema, ¿comprendes? No sabéis apreciar la historia. Sólo tenéis tiempo para el Twitter y el Facebook, y para ver a quién se está follando Tiger Woods. Y a las cosas importantes, las guerras capaces de matar a miles de personas y destrozar millones de vidas, ni siquiera os molestáis en ver qué hay detrás de los titulares, ni siquiera dedicáis un momento a leer para enteraros del porqué y para buscar la verdad tras los discursos de los políticos o la histeria de los locutores de televisión.

Tess soltó un bufido.

—¡Ésta sí que es buena! Me da lecciones de sutileza respecto de la historia y de los grandes fallos de nuestra democracia un individuo que le ha cortado la cabeza a una mujer inocente sólo para demostrar que iba en serio. Sí que tiene usted mucho que enseñarnos, ¿verdad?

Zahed se volvió nuevamente hacia ella, sólo que esta vez su mirada tenía un brillo que resultaba inquietante. Tess había metido el dedo en algo muy oscuro y siniestro. El iraní bajó la mano y la posó en el muslo de ella; Tess sintió un escalofrío de pánico que le recorrió todo el cuerpo. Zahed, sin decir nada, dejó pasar unos segundos que se hicieron interminables, y finalmente le apretó apenas el muslo y le dio una palmadita paternalista.

—Eres una mujer muy atractiva, Tess. Atractiva y lista. Pero de verdad que necesitas repasar un poco la historia de tu país —le dijo, mirándola pero con un ojo puesto en la carretera—. Infórmate acerca de la Operación Ajax. Es un hito importante de la historia de nuestros respectivos países. Y, ya que estás, entérate de lo que ocurrió la mañana del 3 de julio de 1988. Lo que ocurrió de verdad. —Su semblante se oscureció todavía más. El mero hecho de mencionar aquella fecha pareció remover una caldera de odio que llevaba en el fondo del alma. Le sostuvo la mirada unos instantes y después volvió a centrarse en la carretera.

A Tess le retumbaba el corazón como si tuviera dentro un *alien* deseando salir. Hizo un esfuerzo por mantener la compostura mientras se devanaba los sesos intentando adivinar a qué podía referirse el iraní, y la invadió la frustración al ver que no se le ocurría nada. La irritaba sobremanera no saber de qué hablaba, no poder hacer que se tragase sus arrogantes suposiciones.

—Me parece que es aquí —anunció por fin el iraní, y señaló al frente—. Y ése tiene que ser nuestro hombre. Esperemos que sepa mucho de lo suyo.

Tess le siguió la mirada. Carretera adelante, junto a un cruce polvoriento en el que confluían tres ramales, vio un destartalado puesto de frutas y verduras y una gasolinera pequeña. Allí había un hombre, de pie al lado de un Jeep Cherokee color mostaza. Tendría cincuenta y muchos años y ofrecía una imagen un tanto incongruente con sus pantalones militares, su camisa vaquera y su sombrerito de tela color caqui. Tenía que tratarse de su contacto, Abdülkerim, el tío bizantinista de Sully. Como confirmación, saludó con la mano al verlos llegar.

El iraní aminoró la velocidad y en el momento de frenar el coche lanzó a Tess una mirada severa.

—Esto no tiene por qué acabar mal para ti. Lo entiendes, ¿no?

—Claro —afirmó Tess, procurando que aquella palabra sonara a sarcasmo, no a miedo.

En efecto, Abdülkerim sabía mucho de lo suyo. Las indicaciones que se mencionaban en el diario del inquisidor resultaban incompletas, pues tenían que ver con puntos de referencia naturales de aquella época, de hacía más de setecientos años, que bien podrían haber sido erosionadas, si no borradas del todo. Pero Abdülkerim no sólo conocía aquella región y sus singulares rasgos geográficos como la palma de su mano, además comprendía a fondo su historia. Lo cual le permitía situar los escritos dentro del adecuado contexto histórico —cuáles eran las poblaciones principales de cada época, dónde se encontraban las rutas comerciales, qué valles estaban poblados y cuáles no— sin salirse de la trayectoria que siguió el inquisidor.

Avanzaban por fuera de la carretera, los tres a bordo del Ckerokee de Abdülkerim. Cuando éste sugirió que fueran todos juntos a Zahed le pareció perfecto, así podría dejar tirado el Discovery, un vehículo robado y ya localizado, que aparcó detrás de la gasolinera, oculto a la vista. Como habían partido muy temprano pudieron recorrer mucho terreno y disponer de varias horas más de luz. Abdülkerim exprimía el Cherokee al máximo. Siguiendo la pista de su fantasma de setecientos años de antigüedad, atravesaron mesetas a todo trapo y subieron y bajaron cerros; se detuvieron un par de veces para preguntar a algún paisano si iban bien, volvieron a subir todos al coche y reanudaron el viaje.

El sol se encontraba casi en su cénit en medio de un cielo perfecto y sin mácula, cuando Abdülkerim detuvo el coche junto a una pronunciada pendiente y apagó el motor. Bebieron agua mineral y comieron obleas de pan *lahmacun*. Después, el bizantinista llevó a sus pasajeros por una pista larga y estrecha que discurría entre unas extrañas formaciones rocosas semejantes a agujas y que llevaba al lecho del valle, el inicio del cañón que, según sospechaba, guardaba las tumbas de los templarios.

El cañón, conforme iba extendiéndose hacia el sur, se ensanchaba y se estrechaba. A uno y otro lado, la pared de piedra se elevaba hasta más de sesenta metros, una espectacular roca blanda, blanqueada, horadada por ríos que habían desaparecido hacía mucho tiempo. El suelo era seco y polvoriento debido al verano, pero en él crecían matorrales verdes y nutridas arboledas de álamos y sauces que mitigaban la sensación de aridez.

—Estos *valle* no eran tan frecuentados como los que estaban más al norte —explicó Abdülkerim. Tenía una forma peculiar de expresarse; hablaba inglés con soltura, teniendo en cuenta que no era su lengua materna, a excepción de un rasgo curioso: tenía la costumbre de olvidarse de vez en cuando de poner la s de los plurales—. Se encuentran situados demasiado al sur, demasiado cerca de los pasos de montaña que utilizaban los musulmanes en sus incursiones. Aquí no encontrarán muchas *iglesia* excavadas en la roca ni ciudades subterráneas, por eso no se ven muchos *turista* recorriendo estos parajes. Están todos en Goreme y Zelve, que resultan mucho más espectaculares.

—Eso tenemos entendido —dijo Zahed mientras contemplaba la belleza salvaje del paisaje—. Pero si los templarios estaban intentando llegar a la costa sin que los descubriesen los bandoleros *gazis*, tiene su lógica que viajaran por estos cañones, ¿no?

—Desde luego. Algunos de estos cañones miden más de quince *kilómetro* de largo. Es una distancia muy grande para abarcarla, pero también es un lugar perfecto para una emboscada.

Se dividieron en dos grupos: Zahed se quedó con Tess y Abdülkerim se situó en el otro lado del cañón. Moviéndose muy despacio, fueron peinando las dos paredes de roca en busca de las marcas que había mencionado el inquisidor. El sol calentaba con fuerza, caía a plomo sobre ellos y convertía cada paso en un esfuerzo ímprobo. Se turnaron para trabajar en el lado de sombra cuando había alguna sombra que aprovechar, pero ni siquiera eso daba un respiro.

Al cabo de un par de horas, la labor comenzó a resultarles más liviana porque el sol descendió en el cielo y el cañón quedó totalmente en sombra. A lo largo de otro kilómetro o dos se toparon con un par de capillas de piedra, dos ermitas que habían sido excavadas siglos atrás en la blanda toba volcánica. Lucían unos frescos sencillos en las paredes y en los techos, ya casi borrados, pero poco más. Hasta que de pronto el bizantinista los llamó.

—¡Aquí! —exclamó, indicando su lado del cañón.

Tess y Zahed corrieron hacia él.

Estaba agachado, mirando de cerca la pared rocosa que formaba la base del acantilado y barriéndola suavemente con su mano enguantada. Al principio fue evidente qué era lo que le había llamado la atención, pero luego se vio con más claridad: unas marcas muy débiles, grabadas con cincel en la roca lisa, cuyos bordes aparecían erosionados por el paso de los siglos.

El dibujo que estaba limpiando de polvo Abdülkerim tenía unos treinta centímetros de lado. Aunque el tallado era muy tosco, aun así se apreciaba que era una cruz, lo cual no era sorprendente, dada la gran presencia de cristianos en la región durante los mil primeros años de la fe. Había abundantes cruces repartidas por todo el paisaje, en cambio resultaba inusual la ubicación, en la base del acantilado, sin que hubiera ninguna iglesia de piedra a la vista, y también la forma que tenía la cruz. No era una cruz cualquiera. Tenía los brazos más anchos por el extremo que por la base, un rasgo distintivo de la *croix pattée* que utilizaron varios grupos a lo largo de la historia, entre ellos los templarios.

—Podría ser ésta —dijo el historiador, visiblemente emocionado. No dejaba de limpiar la superficie que rodeaba la cruz por arriba y por abajo. Fueron apareciendo más inscripciones, apenas discernibles al principio, pero más nítidas con cada barrido.

Eran letras. Nada intrincado, no eran la obra de un maestro artesano. Daban la impresión de haber sido hechas con prisa, empleando las herramientas que había a mano, pero existían, y eran legibles.

Tess se agachó al lado del historiador con los ojos pegados a la pared de roca. Sentía un hormigueo en la piel al ver cómo iban tomando forma las letras. Y cuando leyó las palabras que formaban —eran tres, colocadas una debajo de otra— su cerebro empezó a trabajar a toda velocidad para digerir la importancia de aquel hallazgo.

—Héctor... Miguel... y —levantó la vista hacia su secuestrador— Conrado.

36

El iraní afirmó con la cabeza y observó las inscripciones con el ceño fruncido.

—O sea —dijo al fin— que nuestro templario está enterrado aquí.

Abdülkerim estaba radiante de emoción.

—No hay sólo uno, sino tres. Podrían estar enterrados todos aquí, a nuestros pies. —Retrocedió un par de pasos y bajó la mirada para escrutar el suelo del acantilado. Se apreciaba un leve abultamiento del terreno, que por lo demás era uniformemente liso. Volvió la vista hacia el valle y a continuación hacia la inmensa pared de roca que se erguía protectora por encima de ellos—. Esto es maravilloso. Podríamos estar pisando la tumba de tres caballero templarios, aquí, en una zona en la que nunca se ha registrado la presencia de templarios.

Tess no le prestaba atención, estaba concentrada pensando lo que significaba aquel hallazgo, y una mirada furtiva que le dirigió el iraní le indicó que él estaba haciendo lo mismo.

La expresión del bizantinista se trocó en asombro ante aquella falta de euforia de sus clientes... Y ante la evidente tensión que se respiraba entre ambos.

—Esto era lo que estaban buscando, ¿no?

Tess no le hizo caso.

—Si Conrado está enterrado aquí —le dijo a su secuestrador—, aquí es donde termina la pista, ¿no? —Titubeó, sin saber muy bien si dicha conclusión pintaba bien para el turco y para ella, y luego añadió—: Hemos acabado, ¿no es así?

El iraní no parecía convencido.

—Pero ¿quién los enterró? Sabemos que del monasterio partieron tres caballeros. Y lo llevaban consigo. ¿Qué les sucedió en este lugar? ¿Cómo murieron? ¿Y quién los enterró? ¿Quién grabó sus nombres en la roca?

—¿Y qué importa eso? —replicó Tess.

—Importa mucho, porque ésa es la continuación del rastro. Después de lo que sucedió aquí, hubo alguien que huyó, y necesitamos saber quién fue.

Abdülkerim estaba totalmente confuso.

—¿A qué se refieren cuando dicen que lo llevaban consigo? ¿Qué se llevaban? Yo tenía entendido que simplemente estábamos buscando esta tumba. ¿Qué más saben ustedes de esos *caballero*?

Tess volvió a ignorarlo y siguió hablando con su secuestrador:

—¿Y cómo vamos a hacer eso? Hace setecientos años que murieron, lo único que tenemos son las inscripciones de esta pared. Esto es todo. No hay por dónde seguir, ni en el Registro Templario ni en el diario del inquisidor. Es el final del camino.

El iraní reflexionó.

—No es el final del camino. No sabemos qué hay enterrado aquí debajo, y hasta que lo sepamos, no habremos llevado esta búsqueda hasta su límite. —La perforó con una mirada decidida y le dijo—: Tenemos que exhumarlos. Que nosotros sepamos, podrían haberlo enterrado aquí con ellos.

A Tess se le cayó el alma a los pies ante aquella sugerencia. El terrorista no se rendía.

El bizantinista también abrió los ojos incrédulo.

—¿Exhumarlos? ¿Nosotros?

Zahed se volvió hacia él.

—¿Le supone algún problema?

Aquella mirada fija desarmó al turco.

—No, claro que no. Pero hay que seguir un protocolo. Tenemos que obtener un permiso del ministerio, es un proceso muy complicado y ni siquiera tengo la seguridad de que vayan a...

—Olvídese de los permisos —lo interrumpió el iraní—. Vamos a hacerlo nosotros mismos. Ahora.

Abdülkerim se quedó con la boca abierta.

—¿Ahora? ¿Pretende usted...? No puede hacer tal cosa, en esta zona tenemos leyes muy estrictas. No se puede excavar sin más.

Zahed se encogió de hombros, introdujo la mano en su mochila con indiferencia y extrajo una pistola automática de color gris grafito. Seguidamente metió una bala en el cargador y encañonó al bizantinista, apuntando directamente a la cara.

—Si usted no lo denuncia, yo tampoco.

Sostuvo el arma en alto, a escasos milímetros de los ojos de Abdülkerim. En la frente del turco comenzaron a aparecer gotitas de sudor, como si le hubieran encendido un riego automático dentro del cráneo. Alzó las manos de forma instintiva y quiso dar un paso atrás, pero el iraní se le acercó aún más y le apretó la pistola contra la frente.

—Cavamos. Miramos a ver qué hay. Nos vamos. Y no pasa nada. ¿De acuerdo? —le dijo en tono tranquilo y calmo.

Abdülkerim asintió con gesto nervioso.

—Bien —respondió el iraní al tiempo que retiraba la pistola—. Pues cuanto antes empecemos, antes podremos largarnos de aquí. —Se guardó la pistola en el cinto, luego hurgó otra vez en su mochila y sacó una herramienta compacta de cámping que tenía una pala por un lado y un pico por el otro.

Desplegó el mango, colocó los extremos en posición y se la pasó a Tess.

—La experta eres tú, ¿no?

Tess lo miró ceñuda, pero cogió la herramienta a regañadientes.

—Esto podría llevarnos bastante tiempo —dijo, observando con gesto irónico el modesto artefacto.

—No necesariamente. Cuentas con un ayudante muy capaz, que se muere por ayudarte —sonrió Zahed. Acto seguido se volvió hacia el bizantinista y le hizo un ademán a modo de invitación. Abdülkerim asintió y fue con Tess.

Los dos se arrodillaron y se quedaron mirando el suelo, pensando en lo inevitable de la tarea que tenían por delante, y se pusieron manos a la obra.

Se sirvieron del pico para levantar la primera capa de tierra, que estaba seca y compacta. Abdülkerim apartaba los terrones de barro seco que Tess iba rompiendo, y los dejaba en un montón alejados de la pared. No tardaron mucho en despejar un área de unos dos metros de lado, y a continuación Tess comenzó a cavar más hondo.

De repente el pico tocó roca. No parecía demasiado grande, sino una piedra como del tamaño de una bola de bolera. Retiró la tierra de alrededor y Abdülkerim la ayudó a sacarla. Estaba rodeada de otras piedras, y un poco más adentro aparecieron dos capas de piedras muy juntas que cubrían lo que había enterrado debajo.

—Estas piedras no se encontraban aquí de forma natural —observó Tess—. Mire la forma en que están colocadas. Las puso alguien. —Vaciló un momento y agregó—: Para que los animales salvajes no pudieran alcanzar los cadáveres.

Zahed asintió.

—Bien. Pues entonces todavía deberían estar los huesos.

Miró a Tess indicándole que continuara adelante, de modo que ella volvió a la tarea. Fue sacando las piedras y pasándoselas a Abdülkerim, quien las iba tirando detrás. Trabajaban de manera coordinada, en paralelo, y con buen ritmo, hasta que algo lo interrumpió.

Una mirada del turco, una mirada interrogante y preocupada.

Había reparado en el cinturón explosivo con candado que llevaba Tess debajo de la camisa.

Ella le dirigió una mirada intensa para tranquilizarlo y movió la cabeza de forma imperceptible para indicarle que no preguntase. No sabía si su captor se habría dado cuenta de la reacción del turco. Si era así, desde luego no había dicho nada. Vio que Abdülkerim apretaba la mandíbula antes de responder con otra leve inclinación de la cabeza y reanudar el trabajo.

No tardaron mucho en retirar todas las piedras, y de nuevo el pico comenzó a hundirse en tierra suelta, a medio metro de la superficie. Entonces apareció el primer hueso. Un fémur. Y a continuación otros huesos más pequeños esparcidos a su alrededor, falanges de lo que parecía ser una mano izquierda.

Tess trabajaba con los dedos, retirando la tierra con cuidado. Enseguida surgió el resto del esqueleto.

Los huesos tenían una coloración marrón, a causa de la tierra que llevaba siglos cubriéndolos. Y aunque el suelo de aquella región no tenía un grado de acidez elevado, Tess no había esperado encontrar mucho más. No había muchas cosas capaces de sobrevivir setecientos años enterradas; ya se encargaban de ellas los ejércitos de gusanos y lombrices. De pronto sus dedos tropezaron con unas hebillas de aleación de cobre, lo único que quedaba de un cinturón y de unas botas, dos objetos de cuero que se habían desintegrado mucho tiempo atrás, pero no vio nada más. Así, de momento, no tuvo muy claro si se trataba de los restos de una mujer o de un hombre, pero a juzgar por la longitud y el contorno de los huesos de los brazos y de las piernas, se dijo que era probable que correspondieran a un hombre.

—Aquí no hay nada que nos diga quién era este personaje —observó al tiempo que se incorporaba y se secaba la frente con la manga. Estaba agotada, el arduo esfuerzo le había robado las pocas fuerzas que le quedaban después de haber pasado la noche entera sin dormir montando guardia en la montaña. Y para mayor incomodidad, con cada movimiento que hacía el cinturón bomba la rozaba y se le clavaba en el cuerpo, pero sabía que no podía hacer nada para evitarlo.

El iraní estaba de pie a su lado, examinando los restos. Consultó el reloj y dijo:

—De acuerdo, buen trabajo. Vamos a seguir.

Tess meneó la cabeza en un gesto de desesperación y desdén, y bebió otro poco de agua de la cantimplora que le había entregado Abdülkerim. Después volvió a arrodillarse y continuó trabajando.

Una hora más tarde, habían exhumado los restos de otro cadáver.

De uno solo, no de dos.

Tess practicó unos pequeños orificios a uno y otro lado de la tumba común, pero no halló nada. Allí no había más capas de piedras, no había nadie más enterrado, por lo menos cerca de los dos esqueletos.

Eso quería decir que el rastro no terminaba allí. Y que su calvario no se había acabado.

Se incorporó, empapada en sudor, y se apoyó contra la pared de roca haciendo inspiraciones profundas para aminorar el ritmo cardíaco. Abdülkerim rebuscó en su mochila y compartió con ella el último bizcocho de miel que le quedaba. Tess masticó despacio aquella masa blanda y pastosa paladeando el sabor, y notó que el efecto le recorría todo el cuerpo. Intentó dejar de pensar un momento en lo que podía significar aquel hallazgo.

—Dos cadáveres, no tres... Y en cambio en la tumba hay tres nombres —dijo el iraní, claramente complacido con el resultado—. Lo cual plantea muchas preguntas, ¿no te parece?

Le dirigió a Tess una mirada de curiosidad, ligeramente divertida.

Ella estaba demasiado agotada para entretenerse en jueguecitos, pero tenía que intentar algo, de modo que contestó:

—Como por ejemplo, qué dos, ¿verdad? Bueno, pues si le apetece hacer de policía científica y proponer una hipótesis, adelante.

Zahed continuó con la misma expresión divertida.

—¿En serio, Tess? ¿Eso es todo lo que sabes hacer?

Abdülkerim quiso decir algo para salir en defensa de Tess:

—Estos esqueletos tienen setecientos años. ¿Cómo vamos a saber a quiénes pertenecieron?

El iraní miró a Tess con un gesto que pretendía espolearla.

—¿Tess?

Lo dijo como si ya supiera la respuesta. Tess sintió un escalofrío de miedo al pensar en las consecuencias de que su secuestrador supiera que estaba mintiendo... otra vez. Finalmente cedió, pues no sabía cuánta información le habría proporcionado Jed.

—No creo que ninguno de éstos sea Conrado.

—¿Por qué no? —inquirió Abdülkerim.

Tess miró al iraní. Éste asintió con un gesto.

—Porque estos esqueletos... están completos. Los dos.

El bizantinista puso cara de no entender.

—¿Y...?

—Conrado fue herido en la batalla de Acre. Herido de gravedad. —Sintió que la inundaba un profundo desánimo y que se le caía el alma a los pies al pensar que la tumba que acababa de abrir no servía para poner fin a aquel infierno—. Éste no es él.

37

Capadocia
Mayo de 1310

La primera noche la pasaron en una estrecha vaguada de la montaña, bajando del monasterio. Acamparon alrededor de una roca alta y rectangular que tenía grabadas una serie de cruces y otras marcas.

Al día siguiente partieron temprano y se alejaron unos de otros: Héctor a la cabeza, Conrado un poco más atrás con el carro y su pesada carga, y Miguel rezagado un buen trecho para vigilar la retaguardia. Los tres avanzaban muy conscientes de los peligros que podían sorprenderlos y deseosos de llegar al sur, un territorio relativamente más seguro.

Conrado aún no tenía claro cuál era la mejor maniobra que realizar. Todo había sucedido demasiado deprisa. Tenía varias decisiones importantes que tomar, la primera, dónde esconder la carga que llevaban. Una vez decidido esto, tenía que pensar cómo utilizarla para conseguir que el Papa dejase en libertad a sus hermanos y rescindiera las acusaciones sobre la orden.

Pensó en llevar la carga a Francia. El Papa, que era francés, actualmente se encontraba en Aviñón. En Francia estaban también sus hermanos encarcelados, así como el causante de su destrucción, el rey Felipe. Si quería abordar al Papa y supervisar el resultado de la maniobra, iba a tener que hacerlo desde Francia.

Pero era un país peligroso. Los senescales del rey estaban por todas partes. Sería difícil viajar llevando una carga tan llamativa, y Conrado no conocía allí a nadie de quien pudiera fiarse. La otra opción era Chipre. En aquella isla tenía amigos, y la presencia de los francos era muy escasa. Allí podría esconder el tesoro, y dejar a Héctor y a Miguel custodiándolo. Así podría él aventurarse a viajar solo a Francia para llevar a cabo su jugada. Pero antes tenían que llegar a un puerto, el mismo al que habían arribado cuando partieron de Chipre: Corycos. Había además otra razón lógica para encaminarse hacia este último: cuando hubieran cruzado los montes Tauro se encontrarían en el reino armenio de Cilicia, que era territorio cristiano.

El problema radicaba en que la marcha era lenta. Aquel viejo carro traqueteaba torpemente, el caballo tenía que esforzarse mucho para arrastrar la pesada carga que cubría la lona. Y más difícil todavía se hacía la empresa debido a que habían tenido que evitar la ruta fácil, pues lo último que deseaban era tropezarse con una partida de bandoleros *gazis*. Por consiguiente, se vieron obligados a eludir los caminos más transitados y viajar por un terreno pedregoso, inestable, y atravesar densos bosques, lo cual los estaba retrasando aún más.

Al final de la jornada siguiente llegaron a una ancha llanura que se extendía hasta la lejana cordillera que debían atravesar. El terreno abierto que tenían ante sí no les ofrecía resguardo alguno, y Conrado se inquietó. La única alternativa que tenía resultaba poco atractiva: los cañones largos y estrechos que serpenteaban por el llano y hendían el paisaje como heridas causadas por la garra de un gigante. Teniendo en cuenta la carga y dado que no llevaban cotas de malla ni armas de guerra, si se topaban con una horda de bandidos en alguno de aquellos cañones se enfrentarían a una derrota segura. Sin embargo, las posibilidades de tropezar con una eran menores que las de ser detectados en terreno abierto. Tras un breve debate, optaron por la ruta de los cañones y acamparon en un repecho, a la entrada del que les pareció más adecuado, uno que tenía unas insólitas agujas de piedra que les servirían de protección.

El razonamiento era bueno, pero la amenaza llegó procedente de otro sitio.

Las primeras flechas cayeron a la mañana siguiente, un par de horas después de haber reemprendido la marcha. Héctor iba en cabeza, guiando el pequeño convoy por entre las curvas y los recodos del cañón, cuando de improviso se le clavó un proyectil en el pecho, bajo el hombro derecho, lo bastante para perforarle el pulmón. Otras dos flechas alcanzaron a su yegua, una la hirió en la pata delantera y le hizo doblar las rodillas. Héctor aguantó las riendas mientras su montura relinchaba de dolor y finalmente se desplomó entre una nube de sangre y polvo.

Conrado avistó a dos arqueros apostados en lo alto del cañón, delante de ellos, y tiró con fuerza de las riendas para obligar al caballo a dar media vuelta, previendo lo que se les venía encima por la retaguardia y abrigando la esperanza de equivocarse.

Pero no se equivocaba.

Aparecieron cuatro jinetes que le resultaron familiares: el mercader, su hijo y dos de los hombres que habían llevado consigo.

Sintió acidez en la boca del estómago. Sabía que el mercader era avaricioso, pero había puesto mucho cuidado en cubrir el rastro que iban dejando y había ordenado a Miguel que se cerciorase de que no los seguía nadie.

Pero estaba claro que no había puesto el cuidado suficiente.

Veinte años atrás, en el fragor del combate, no habría dudado lo más mínimo en presentarles batalla. Armado con yelmo y cota de malla, lanza, espada y maza, además de un caballo bien protegido, cualquier caballero templario no se lo habría pensado ni un segundo para enfrentarse a cuatro enemigos.

Pero esto era distinto. No era como veinte años atrás, esto estaba sucediendo ahora. Después de lo de Acre. Después de la derrota que le había costado la mano.

La perdió luchando contra una cimitarra mameluca que le seccionó la muñeca, un corte limpio que estuvo a punto de matarlo. Jamás había sufrido el dolor que sintió cuando el enfermero se esforzó por cauterizarle la herida con una hoja al rojo vivo. Había perdido gran cantidad de sangre, y tras huir en barco con sus hermanos de la ciudad vencida pasó muchos días oscilando al borde de la muerte, hasta que, sin saber cómo, su cuerpo recibió una ráfaga de viento vital que lo apartó del abismo. Durante su larga recuperación, en Chipre, procuró consolarse con la idea de que era la mano izquierda y no aquella con que empuñaba la espada, pero eso no le animó. Sabía que nunca volvería a ser el formidable guerrero que había sido. Más adelante encontró a un habilidoso herrero chipriota que le fabricó una prótesis de cobre, una mano falsa que encajaba a la perfección en el muñón y se sujetaba con correas de cuero. Era de bella factura y tenía cinco dedos fijos bastante parecidos a los que había perdido, flexionados de tal forma que le permitían realizar algunas tareas importantes, como asir las riendas del caballo, levantar una jarra de agua, llevar un escudo o propinar un puñetazo en el mentón a cualquiera que le llevase la contraria.

Con todo, dada su minusvalía, sabía que la suerte no estaba de parte suya y de Miguel. Un instante después, aquella suerte se redujo todavía más, de cuatro a uno, cuando otra flecha se le clavó al español en la espalda y lo descabalgó.

Conrado desenvainó su cimitarra y luchó por controlar al caballo, que intentaba retroceder, mientras Mehmet y sus hombres iban estrechando el cerco. Los dos jinetes contratados embistieron a todo galope y se lanzaron, uno por cada lado, directamente a por el carro. Conrado blandió su arma describiendo un amplio arco y alcanzó a uno de ellos en pleno rostro; le abrió una brecha tremenda por debajo del oído, de la que brotó un torrente de sangre. Pero el otro jinete lo hirió en el muslo al tiempo que se abalanzaba sobre él, y lo arrojó al suelo.

Cayó en tierra como un saco. Logró amortiguar el impacto con los brazos, pero entretanto soltó la cimitarra. Se incorporó con dificultad y reconoció la situación con mirada borrosa. Los tres estaban derribados: Héctor aprisionado bajo su caballo herido, sangrando por la boca a borbotones y esforzándose por respirar; Miguel otra vez en pie, pero tambaleándose como un borracho a causa de la herida; y él cojeando, con la pierna herida, pudo enderezarse con el tiempo justo para ver al mercader y a su hijo, que se acercaban a todo galope.

Qassem venía recto hacia él. Conrado escudriñó el suelo en busca de algo, de cualquier cosa que pudiera servirle de arma. Pero no vio nada a su alcance, y tampoco tenía tiempo para pensar. De modo que su cuerpo reaccionó de forma instintiva y saltó sobre el turco justo en el momento en que éste pasaba por su lado, con la mano de cobre por delante, dejando que ésta se llevase la peor parte del golpe que le asestó el otro con la espada. Al mismo tiempo asió a su enemigo por el cinturón para arrojarlo a tierra.

Ambos se enzarzaron en una maraña de brazos y piernas, codos y puños, pero Conrado sabía que aquella pelea habría de perderla él. El turco le propinó un puntapié en la herida del muslo que le causó una cuchillada de dolor y lo hizo caer de rodillas. Después recibió un codazo en el pómulo que lo tumbó. Se revolvió entre el polvo que alfombraba el cañón notando otra vez el sabor metálico de la sangre, una sensación que lo hizo volver a una época ya olvidada, una época que también había terminado en derrota.

Levantó la vista. El mercader había desmontado y se acercaba a grandes zancadas hacia su hijo, que se erguía orgulloso encima del vencido. Detrás de ellos, Conrado vio a Miguel, muerto a los pies de los dos jinetes que lo habían atacado, y un poco más allá el cuerpo de Héctor, tendido boca abajo.

—Ya te dije que estas tierras no eran seguras —se mofó el mercader—. Deberías haberme hecho caso.

Conrado se incorporó a medias y escupió un grumo de sangre que manchó las botas del hijo. Qassem hizo ademán de propinarle una patada en la cara, pero su padre se lo impidió.

—Alto —ordenó Mehmet—. Lo necesito despierto. —Miró ceñudo a su hijo durante unos momentos, luego volvió la atención hacia el cañón y sonrió satisfecho.

Conrado siguió su mirada. Los arqueros habían bajado de sus puestos de emboscada y estaban trayendo el carro.

El mercader les indicó por señas que se acercasen.

—¿De modo que así es como tratas a tus socios? —le dijo a Conrado—. Acudes a mí para que te ayude con tus pequeños trapicheos, y luego, cuando surge la oportunidad de hacer un negocio de importancia, decides quedártelo para ti solo y despedirme como si fuera un siervo leproso.

—Esto no te concierne a ti —masculló Conrado.

—Si tiene algún valor, sí me concierne —replicó el mercader al tiempo que se apartaba unos pasos para inspeccionar la carga—. Y tengo la impresión de que esto tiene mucho valor.

Trepó al carro e hizo una señal a sus hombres. Éstos soltaron los cierres del primero de los arcones y lo abrieron.

El mercader miró dentro, y seguidamente se volvió hacia Conrado con cara de perplejidad.

—¿Qué es esto?

—No te concierne a ti —repitió Conrado.

Mehmet ladró una serie de órdenes haciendo grandes ademanes con las manos, a todas luces contrariado. Sus hombres se movieron con rapidez y abrieron los otros dos arcones.

Cuando Mehmet vio lo que contenían, su semblante se oscureció todavía más.

Saltó al suelo, fue hasta Conrado y lo arrojó al suelo de un violento puntapié. Acto seguido se sacó una daga del cinto y se agachó para encararse con el templario; lo asió por el cabello para echarle la cabeza hacia atrás y le puso la daga en el cuello.

—¿Se puede saber qué significa esta farsa? —rugió—. ¿Qué clase de tesoro es éste?

—No tiene ningún valor para ti.

Mehmet apretó un poco más el cuchillo.

—Dime qué es eso. Dime por qué lo deseabas tanto.

—Vete al infierno —contestó el caballero, y de improviso se revolvió igual que una serpiente enroscada y apartó la daga con una mano al tiempo que con la otra, la de metal, asestaba un fuerte puñetazo a su agresor.

El mercader lanzó un aullido y cayó al suelo soltando un fino reguero de sangre por la boca y la nariz. Conrado se abalanzó sobre él, pero Qassem se le echó encima para apartarlo de su padre; después recabó ayuda de sus esbirros y entre los tres apalearon al templario hasta someterlo.

Conrado, apenas consciente, vio entre brumas al hijo del mercader, puñal en mano, que se le acercaba para asestarle el golpe definitivo. Se preparó, pero no fue lo que esperaba. Qassem no le abrió el vientre ni le cercenó la garganta. En cambio, se agachó, le apoyó una rodilla en el pecho a fin de inmovilizarlo, cortó las correas de la mano de cobre y se la arrancó. A continuación la sostuvo en alto, ufano, y la contempló durante unos instantes como si fuera la cabellera de un enemigo antes de exhibirla con orgullo frente a los demás.

El mercader se levantó del suelo a duras penas y se apoyó en su hijo para recuperar el equilibrio, escupiendo sangre y con una intensa furia en la mirada.

—Siempre has sido un tozudo cabrón.

Qassem blandió su daga y se agachó al lado de Conrado.

—Ya me encargo yo de hacer hablar al infiel.

Pero el mercader lo frenó cortándole el paso con el brazo.

—No —replicó sin dejar de mirar al caballero caído con ojos relampagueantes—. No me fío de lo que vaya a decirnos. Además, no lo necesitamos. Está claro, lo que hay en esos arcones posee un gran valor, y estoy seguro de que en Konya encontraremos a alguien que nos diga de qué se trata.

—¿Y qué hacemos con él? —preguntó Qassem.

El turco frunció el entrecejo y miró en derredor, hacia el cañón desierto. Todo estaba en silencio, aparte de los gemidos que lanzaba el caballo herido. El sol ya estaba muy por encima de las paredes del cañón y calentaba con la fuerza del pleno verano.

Conrado vio que el mercader observaba el cielo. Allá en lo alto había tres buitres trazando círculos, atraídos por los muertos y heridos. Luego vio que el mercader bajaba la vista hacia el caballo ensangrentado, a continuación se volvía hacia su hijo y esbozaba una dolorosa media sonrisa.

Se imaginó el destino que lo aguardaba, y deseó haber sido alcanzado también por una flecha.

El calor era sofocante, y no sólo por culpa del sol.

Sino por culpa del caballo.

Al que lo habían cosido.

Tomaron el caballo moribundo de Héctor, le abrieron el vientre de un tajo, sacaron los intestinos y a continuación metieron a Conrado dentro, mirando hacia atrás, y cosieron la abertura alrededor de él. Lo pusieron tumbado de espaldas, con la cabeza asomando por lo que había sido el ano del animal. También dejaron fuera los brazos y las piernas, asomando por unos orificios que practicaron en la piel del caballo, y, con la excepción del muñón del brazo izquierdo, le ataron las extremidades a unas estacas de madera que habían clavado en el duro suelo.

Lo dejaron tal cual, crucificado contra el lecho del cañón, y seguidamente se marcharon llevándose los caballos, el carro y todo lo que éstos transportaban.

Allí dentro hacía un calor insoportable. Pero peor que el calor era el olor. Y los insectos. A su alrededor, el suelo estaba cubierto de carne en putrefacción y sangre coagulada, secándose al sol. Sin que el mercader y sus hombres se hubieran perdido aún de vista, ya habían convergido las moscas y las avispas sobre él y sobre los cadáveres de sus hermanos para darse un festín con aquella abundancia de restos, y no cesaban de zumbar y chupar las heridas abiertas que tenía en los labios y en la cara.

Pero aquello no había hecho más que empezar.

El sufrimiento de verdad llegaría cuando atacaran los tres buitres que trazaban círculos en lo alto. Descenderían sobre él, hundirían las garras en el caballo y comenzarían a desgarrarle las carnes con sus afilados picos. Después romperían la piel del animal y empezarían a devorarlo a él, pedazo a pedazo, primero la carne y luego los órganos internos.

Conrado sabía que la muerte no le llegaría rápido.

Ya había oído hablar de aquella tortura, denominada escafismo; era un nombre derivado de una palabra griega, *skafos*, que significaba «casco de nave», ya que el método original consistía en encerrar a la víctima entre dos barcas encajadas la una en la otra. Algunas veces se la cubría con miel y se la obligaba a beber leche y miel hasta que no podía contener las necesidades, y se la dejaba flotando en medio de un charco de agua estancada, de ahí que se utilizaran barcas. Con la presencia de las heces aparecían los insectos. Otras veces se dejaba a la víctima al sol, encerrada en un tronco vaciado o en el cadáver de un animal. Conrado había oído contar que los turcos y los persas eran muy entusiastas de practicar el escafismo, que los restos del torturado quedaban horribles de ver cuando los descubrían finalmente, pero nunca lo había presenciado. En cierto modo, era una suerte que estuvieran allí los buitres, porque en las zonas en las que sólo había insectos para devorar a la víctima ésta podía tardar varios días en morir. Conrado había oído la historia de un sacerdote griego que había sobrevivido diecisiete días mientras los insectos y la gangrena se lo comían por dentro, antes de que por fin su cuerpo decidiera rendirse.

Era una muerte especialmente humillante, pensó Conrado mientras veía volar en círculo a los buitres, sabedor de que no tardarían mucho en bajar del cielo.

Y así fue.

Dos de ellos descendieron veloces el uno detrás del otro y se posaron pesadamente encima del caballo. El tercero se conformó con el cadáver del español. Empezaron a tironear de la carne del animal con el pico y con las garras, con insólito frenesí, como si llevaran varias semanas sin comer. Conrado, en el afán de ahuyentarlos, volvió espasmódicamente la cabeza a izquierda y derecha, pero tenía los movimientos muy restringidos a causa de las ligaduras y no logró espantar a los buitres. Éstos lo ignoraron y siguieron absortos en su tarea de desgarrar, arrancar y masticar la carne del cadáver, de la cual se desprendían de vez en cuando porciones pequeñas que le caían a Conrado en la cara. De pronto el que tenía más cerca de la cara se volvió hacia él, lo miró fijamente y le dio un picotazo para probar. Conrado volvió la cabeza a un lado y al otro lanzando chillidos, pero el carroñero sabía lo que hacía y continuó a lo suyo, impertérrito. Conrado retrajo la cabeza todo lo que pudo hacia el interior del caballo, pero no consiguió gran cosa. Estaba mirando fijamente al buitre, que tenía el pico abierto y preparado para atacar de nuevo, cuando de repente algo chocó contra el cuerpo del animal con un golpe seco y lo sacó de su vista. Ocurrió demasiado rápido para poder ver lo que era, y para que sus sentidos entumecidos comprendieran qué había pasado.

Oyó al carroñero batir las alas débilmente contra el suelo, pero no alcanzó a verlo porque había caído por detrás. El segundo buitre no se inmutó; cambió de postura encima del cadáver del caballo para ocupar el sitio de su compañero, pero en aquel momento algo también impactó contra él y lo arrojó al suelo, esta vez más cerca de Conrado, con lo que éste pudo ver:

El buitre tenía el cuerpo atravesado por una flecha.

Con el corazón bombeando como loco y los sentidos aturdidos, retorció la cabeza en el esfuerzo de averiguar quién estaba allí, quién le había salvado la vida... y entonces la vio corriendo hacia él, con una ballesta en las manos.

Maysun.

Lo invadió una oleada de alegría.

Vio que la joven se acercaba a la carrera, soltaba la ballesta y sacaba un puñal de gran tamaño, en el preciso instante en que notaba una súbita ráfaga de aire a su alrededor y unas plumas le rozaban la cara. De pronto se le posó en el pecho el tercer buitre; hundió las garras en el pellejo del caballo y se inclinó para picotearlo. Pero Maysun dio un salto en el aire, como una pantera, lo agarró por el pescuezo y lo abrió en canal con el cuchillo.

Arrojó el buitre a un lado y se volvió para mirar a Conrado jadeante, con el rostro empapado de sudor y una expresión feroz en los ojos. Apartó a manotazos la nube de insectos y seguidamente se agachó para cortar las ataduras de la mano y de los pies, y liberar al templario de aquel horrendo ataúd.

Conrado contempló cómo iba abriendo el costurón. Le buscó los ojos, y ella le sostuvo la mirada un instante, serena, sin dejar de trabajar con mano experta, el semblante concentrado. A él, en su estado de entumecimiento y deshidratación, aún le costaba trabajo creer que Maysun estaba allí de verdad, que seguía vivo, ni siquiera cuando ella lo ayudó a salir del vientre del caballo y ponerse en pie.

Se quedó inmóvil en el sitio, encorvado y con la respiración agitada, cubierto de sangre y fragmentos de intestinos, mirando a Maysun con una mezcla de confusión y asombro.

—¿Cómo...? ¿Qué estás haciendo tú aquí?

Ella esbozó una sonrisa franca.

—Salvarte la vida.

Conrado sacudió la cabeza. Aún estaba estupefacto.

—Además de eso. —Sonrió, y al hacerlo notó un dolor en las heridas de los labios—. ¿Cómo has llegado hasta aquí?

—Te he seguido. A ti, a mi hermano y a mi padre. Os he venido siguiendo desde Constantinopla.

Conrado tenía dificultades para pensar con rapidez.

—¿Por qué?

—Los oí hablar. Sospechaban que perseguías algo importante y que no pensabas compartirlo con ellos. Así que decidieron quedarse con todo. Yo quise advertirte, pero no pude salir. Ya sabes cómo son conmigo.

—Pero son... tu padre, tu hermano...

Maysun se encogió de hombros.

—Son malvados. Yo sabía que tú no ibas a renunciar a tu tesoro, fuera lo que fuese, sin pelear. Y también sabía lo que estaban dispuestos a hacerte con tal de arrebatártelo.

—Así que los seguiste... ¿por mí?

Maysun, sin apartar la mirada, hizo un gesto de asentimiento.

—Tú habrías hecho lo mismo por mí, ¿no es verdad?

La franqueza de su respuesta le hizo comprender todo con total nitidez. Pues claro que sí. No lo dudó ni por un segundo. Había entre ambos una comprensión tácita que no necesitaba expresarse, una atracción que había ido creciendo a lo largo de semanas y meses de encuentros frustrados. Conrado era muy consciente de aquello. Pero que Maysun arriesgara la vida de esta forma superaba con creces lo que él podía imaginar.

Maysun le entregó un odre de cuero.

—Necesitas agua. Bebe.

Conrado quitó el tapón y bebió un largo trago.

—¿Qué es todo esto? —preguntó Maysun, mirando fijamente al templario—. ¿Qué buscabas en ese monasterio?

Conrado le devolvió el odre y la miró unos instantes. A continuación la llevó al amparo de la sombra que formaba un voladizo del cañón y se lo contó todo. Desde el principio. Toda la verdad y nada más que la verdad.

El origen de la orden. Lo que decidieron hacer los Guardianes. Todo lo que salió bien y todo lo que salió mal. Everardo y sus hombres en Constantinopla. La derrota de Acre. La desaparición del *Falcon Temple*. Los años perdidos en Chipre. La maniobra del rey de Francia en contra de la orden. El viernes trece. Su nueva vida en Constantinopla. El momento en que la conoció a ella. Las espadas. El monasterio. Los textos. La emboscada.

Era lo mínimo que se merecía Maysun.

Maysun lo escuchó hasta el final con atención, sin interrumpirlo más que un par de veces para pedir alguna aclaración. Y cuando Conrado terminó de explicarle todo, los dos permanecieron unos momentos en silencio, sentados sin más, Maysun pensando en la información recibida, Conrado evaluando su situación actual e intentando decidir qué debía hacer.

Maysun observó que se frotaba el muñón del antebrazo, y se lo indicó con un gesto de cabeza.

—¿Eso te lo hicieron ellos?

Conrado asintió.

—Sí.

Maysun lo miró largamente sin comentar nada y luego le dijo:

—Sé en qué estás pensando.

Conrado exhaló un profundo suspiro.

—Tengo que intentar regresar.

—Ellos son seis, y nosotros somos dos.

Conrado alzó el brazo amputado y esbozó una sonrisa de desprecio por sí mismo.

—Uno y medio. —Después frunció el entrecejo y añadió—: Hay una cosa más que he de recuperar. Tu padre dijo que iban a llevarla a Konya. ¿Sabes dónde está ese lugar?

—Naturalmente. Es nuestra tierra, el sitio en el que me crie.

—¿A qué distancia se encuentra?

Maysun reflexionó unos instantes.

—A unos cuatro días a caballo. Quizá tres a buen galope.

—Ellos van sobrecargados por culpa de la carreta y de la carga. Nosotros avanzaremos mucho más deprisa. Además, tendrán que buscar un sitio resguardado para pasar la noche, donde no los vean, y eso no resulta tan fácil llevando tantos caballos. —Caviló un poco más, miró en derredor, y finalmente tomó una decisión—. Pero antes necesito que me ayudes. Debo enterrar a mis amigos.

—Pues tendremos que darnos prisa. Nosotros no debemos darles demasiada ventaja.

—¿Nosotros?

Maysun le contestó con una mirada sardónica:

—Te he salvado la vida, por si no te acuerdas.

—Pero ellos son tu familia.

Maysun frunció el ceño. Resultaba obvio que aquel tema le causaba incomodidad.

—No me conoces lo suficiente.

—¿Y si te conociera?

—Lo comprenderías mejor. —El tono que empleó fue claro y sereno, y no dejaba mucho espacio para debatir—. No hay que perder el tiempo, ya hablaremos por el camino. —Sonrió—: Pero hasta que te laves, vas a tener que viajar a favor del viento respecto de mí.

—Nos han dejado sin caballos. Si hemos de montar en la misma silla, no podré ponerme a favor del viento.

Maysun lo miró fijamente.

—Yo he traído dos caballos, por si uno de ellos resultaba herido. Constantinopla está muy lejos.

Conrado asintió y después volvió la vista hacia el cadáver de Héctor.

—Héctor tiene más o menos el mismo tamaño que yo. Voy a ponerme su ropa hasta que encontremos un arroyo donde pueda lavarme.

Con la daga de Maysun y las manos abrieron un hoyo de forma rectangular en el suelo, al pie de la pared rocosa, e introdujeron en él los cuerpos de Héctor y de Miguel, el uno al lado del otro. Seguidamente los cubrieron con piedras a fin de protegerlos de los buitres y de otras aves carroñeras que merodeaban por aquellos valles y taparon todo con una capa de tierra. Conrado se sirvió de la daga para grabar sus nombres en la pared, y dibujó encima una cruz templaria.

Se incorporó y contempló largamente la tierra apisonada y los nombres grabados en la roca. No era la tumba que a él le hubiera gustado para sus hermanos caídos, pero era lo mejor que podía darles.

Maysun captó el sentimiento de pena que reflejaba su semblante.

—«Puede que parezca el fin» —dijo—. «Puede que parezca un ocaso, pero en realidad es un amanecer. Porque cuando la tumba nos encierra en su seno es cuando se libera el alma.»

Conrado la miró con expresión interrogante.

—Son versos de Rumi —explicó ella.

Conrado seguía sin entender.

—Ya te lo explicaré —dijo Maysun—. Tenemos que irnos.

—De acuerdo. —Conrado contempló la tumba unos instantes más, pero antes de darle la espalda decidió hacer otra cosa.

Grabó también su propio nombre. Debajo de los otros.

Esta vez fue Maysun la que lo miró sin comprender.

—Es por si acaso alguien viniera buscándome —dijo el templario.

Y a continuación se pusieron en marcha. Recorrieron al galope el cañón hasta el final y salieron a las llanuras para seguir la pista que habían dejado el turco y su séquito.

Aquel primer día no cubrieron mucha distancia. Cuando llegaron a un pequeño riachuelo que serpenteaba a través de unos altozanos frondosos, el sol ya estaba poniéndose a toda velocidad. Era un buen sitio para pasar la noche, un lugar seguro. Al día siguiente darían alcance a su presa.

Conrado se lavó en el arroyo y experimentó un placer inmenso al sentir el frescor del agua en las heridas. Pensó de nuevo en lo que había vivido en aquellas últimas jornadas, en el cambio brusco que había tenido lugar en su vida, en la trampa que le había tendido el destino. Pero no tuvo mucho tiempo para recrearse en tales pensamientos, porque éstos enseguida pasaron a posarse en algo mucho más placentero: la visión de Maysun quitándose la ropa y entrando también en el arroyo para acudir a su lado. Y en aquel mismo momento decidió que ya no deseaba debatirse en más dilemas acerca de juramentos de antaño y normas disciplinarias.

Atrajo a Maysun hacia sí y la besó con una sed febril. Y cuando se enterró en el cuerpo de ella, enterró también los últimos vestigios de su vida como monje guerrero.

A partir de aquel instante, el monje quedaba suprimido para siempre. En adelante iba a ser únicamente un guerrero.

38

—Las manos. Están todas, las cuatro —gruñó Tess—. Pero ninguna es de Conrado. Conrado no murió aquí.

Abdülkerim la miró totalmente confuso.

—Entonces, ¿por qué está grabado su nombre en la pared?

Tess hizo caso omiso de la pregunta y se puso en cuclillas, rodeó su cara con las manos y se aisló del mundo unos instantes. Tenía ganas de que desapareciese todo aquello. Lo único que quería era estar de nuevo en su casa, en Nueva York, cerca de Kim y de su madre, y pasar los días llenando de palabras la pantalla del ordenador y las noches acurrucada junto a una copa de vino blanco fresco, oyendo las suaves baladas de Corinne Bailey Rae y con Reilly a su lado. Jamás le había resultado tan atractivo lo trivial, ni tan fuera de su alcance, y se preguntó si alguna vez volvería a disfrutar de aquellas cosas tan sencillas.

—Tess, nuestro amigo te ha hecho una pregunta.

El tono sobrecogedor del iraní, de tan frío, la devolvió a la triste realidad del cañón en que se encontraba.

Levantó la vista algo mareada, e hizo un esfuerzo para ordenar las ideas. Por supuesto, los dos seguían estando allí, el iraní de pie con gesto impaciente y el bizantinista sentado en una roca que había enfrente.

—¿Que por qué está grabado en la pared el nombre de Conrado? —repitió con un tonillo de exasperación—. ¿Y cómo diablos voy a saberlo yo?

—Piensa —insistió el iraní con voz tajante.

Tess sentía que las paredes del cañón se cernían sobre ella con gesto amenazante. Se dijo si no sería mejor continuar siendo de utilidad para el iraní, pues dudaba mucho de que éste la dejara marcharse sin más, si veía que era como hablarle a una pared; pero su cerebro no la acompañaba en absoluto. No se le ocurría absolutamente nada.

—No lo sé.

—Pues piensa más. —El tono del iraní era terminante.

—¡No lo sé! —replicó Tess, enfadada—. Yo no sé más que usted. A saber lo que sucedió aquí. Ni siquiera sabemos si estos esqueletos son de verdad los de los otros templarios.

—Pues estudiemos ambas posibilidades. ¿Y si lo fueran?

Tess se encogió de hombros.

—Si en efecto estos huesos son de los caballeros que fueron al monasterio con Conrado, él es el único que falta. Y en tal caso, yo diría que fue él quien enterró a sus compañeros y grabó los nombres en la pared, incluido el suyo.

—¿Y para qué iba a hacer tal cosa?

A Tess se le ocurrió una respuesta. No quería expresarla en voz alta, pero no le quedaba otra alternativa.

—Para ganar un poco de tranquilidad. Para disuadir a cualquiera que le estuviera siguiendo la pista.

—Eso tiene sentido si transportaba algo importante, algo que quería proteger.

—Tal vez —contestó Tess, furiosa—. Aquí no está su esqueleto, ¿no? Pero si no murió aquí, podría estar en cualquier parte... Aunque no creo que pudiera llegar muy lejos un hombre manco y solo en territorio enemigo, aunque fuera un caballero templario.

—A no ser que lograra refugiarse en una de las comunidades cristianas que había al norte de aquí —especuló el iraní.

En aquel preciso momento Tess vio algo que captó su atención. Una reacción, leve pero perceptible, del bizantinista.

El iraní también la advirtió.

—¿Qué pasa? —preguntó.

—¿A mí? No es nada —musitó Abdülkerim con gesto poco convincente.

El iraní sacó la mano con tal velocidad que ni Tess ni el turco la vieron venir. La bofetada acertó de lleno al historiador en el mentón, lo empujó de lado y lo hizo caerse de la piedra. Cayó al suelo con un golpe sordo, en una densa nube de polvo.

—No pienso volver a preguntárselo —le dijo el iraní.

Abdülkerim permaneció en el suelo, temblando. Al cabo de un momento alzó la vista hacia el iraní. Estaba aniquilado por el miedo.

—Podría haber algo —balbució— no muy lejos de aquí. —Luego se volvió hacia Tess—. ¿Sabe usted qué mano le faltaba a Conrado?

—La izquierda. ¿Por qué?

Abdülkerim arrugó el ceño como si no estuviera seguro de que le conviniera decir lo que iba a decir.

—En la iglesia de piedra del valle Zelve hay un fresco. Esa iglesia está en ruinas, como todas, pero... la pintura aún se conserva. En ella aparece un hombre, un guerrero. Un personaje que gozaba de gran estima entre los *aldeano* del lugar. Un protector.

—¿Y qué tiene que ver eso con Conrado? —inquirió el iraní.

—En el mural se le llama «la mano verdadera» que combatía el paganismo. Tiene una mano visible, pero le falta la otra, la izquierda. Yo siempre he supuesto que se trataba de una metáfora, ya saben, una de esas *leyenda* de la época de las cruzadas. —Hizo una pausa y después agregó—: El personaje que aparece en el fresco está enterrado en la cripta de la iglesia. Yo diría que es el Conrado que buscan ustedes.

—«La mano verdadera» —repitió el iraní, y dirigió a Tess una mirada de satisfacción. Aquello le sonaba prometedor—. Me parece que me gustaría ver esa iglesia.

El caballo que montaba Reilly aminoró el paso al llegar al montículo que bordeaba el *yayla* que acababa de cruzar. La ladera aparecía alfombrada de matas de lavanda y arbustos de ajenjo, y más adelante se veía una vasta llanura que se extendía hacia el sur y llegaba hasta las montañas del fondo. Hizo un alto para orientarse, con la espalda y los muslos doloridos a causa de montar tanto tiempo sin silla. El caballo, que jadeaba intensamente tras aquel viaje, también necesitaba urgentemente un respiro.

El aire estaba en calma y en el valle reinaba el silencio. Reilly percibió un movimiento por su costado izquierdo y volvió la vista. Había una anciana de pie bajo unos almendros, golpeando las ramas con un bastón. Iban cayendo hojas al suelo, de las que daba buena cuenta un pequeño rebaño de ovejas. Los almendros estaban atrofiados, de varios siglos soportando semejante trato. La anciana notó que Reilly la observaba y se volvió hacia él. Lo miró un momento con escaso interés, luego volvió la cabeza y siguió con lo que estaba haciendo.

Reilly sacó su mapa y lo comparó con el paisaje que se extendía ante él. El valle era un lienzo de color arcilla bordeado por suaves formaciones rocosas y salpicado de pinares, huertos de albaricoques y viñedos. Se fijó de forma especial en la parte izquierda y recorrió con la vista la zona que había rodeado Tess en el mapa con un círculo. Distinguió las grietas oscuras de varios cañones tallados en el lecho del valle, pero no vio ningún signo de vida, simplemente naturaleza imperturbable, kilómetros y kilómetros...

... y de pronto distinguió algo.

Una perturbación.

Un punto que se movía, a poco más de un kilómetro de su posición, al borde de uno de los cañones.

Sacó los prismáticos.

Estaban lejos, pero eran unas siluetas inconfundibles. Eran ellos: Tess, el iraní y otra persona, un individuo que no conocía de nada.

Se sintió igual que si lo hubieran liberado de una trampa para osos. El hecho de ver a Tess provocó una oleada de alivio que le recorrió todo el cuerpo. No estaba libre ni sana y salva, pero por lo menos la había alcanzado.

Las tres figuras diminutas llegaron a un bosquecillo en el que había un vehículo aparcado, un monovolumen de color crema que le pareció un Jeep Cherokee, un modelo pequeño y compacto de un par de generaciones atrás. Centró su atención en la tercera figura preguntándose si sería amigo o enemigo, y vio que los tres subían al coche. El nuevo se sentó al volante, Tess a su lado y el iraní en la parte de atrás. No había nada que indicara si el que conducía era un aliado del iraní u otra persona, acaso alguien del que se estaba sirviendo el terrorista para que los llevara en su coche o algún guía. Por el momento, tenía que suponer que aquel individuo era un enemigo. Claro que tampoco importaba mucho; se le estaban encogiendo las tripas al comprender lo que estaba ocurriendo.

En efecto, se largaban de allí, y él estaba casi a un kilómetro, montado en un caballo medio muerto.

Espoleó al jamelgo, le dio puntapiés, chilló y lo golpeó en la grupa para que echase a andar. El animal, agotado, dio unos pasos con ademán titubeante; no se animaba a bajar por aquella ladera.

—¡Vamos, maldita sea, arranca de una vez! —vociferó Reilly al tiempo que probaba a azuzar al caballo apretando los muslos y empujándolo suavemente en cada una de las patas delanteras. El animal, de mala gana, adquirió un poco de velocidad y, entre relinchos de protesta y nubes de polvo, finalmente comenzó a descender por el repecho. Reilly guio a su montura cuesta abajo, procurando no perder de vista los movimientos del Jeep. Vio que el coche atravesaba la llanura dando saltos, enfilando hacia el oeste. En cuanto llegó al llano, hizo girar al caballo hacia la derecha para dirigirse hacia el Jeep en diagonal, pero todavía lo separaban de él varios centenares de metros. Entonces el Jeep llegó a una carretera y comenzó a circular. Empezó a alejarse en línea recta, y a Reilly se le cayó el alma a los pies al comprender que ya no iba a poder hacer gran cosa para alcanzarlo.

Aun así continuó adelante, apelando al vaquero que llevaba dentro, instando a su montura como mejor pudo. Cuando llegó a la carretera el monovolumen ya se había perdido de vista.

Condujo al caballo hasta la agrietada cinta de asfalto, pero sabía que estaba moviéndose demasiado despacio para poder dar alcance a Tess. Tenía que buscar otra manera de continuar, un coche, un camión, una moto, cualquier vehículo motorizado... hasta una camioneta vieja y destartalada, hundida bajo el peso de una montaña de sandías, que fue lo que encontró. Apareció rodando por la carretera y le tocó la bocina para que se hiciera a un lado.

No tenía mucho donde elegir.

Situó al caballo en medio de la carretera y tiró de las riendas para obligarlo a ponerse de costado, bloqueando el paso. La camioneta frenó derrapando a escasos centímetros de él. Dentro iban dos hombres: el conductor accionando el claxon con enfado, el acompañante asomado por la ventanilla, ambos vociferando y gesticulando para que Reilly se quitara de en medio.

La cosa no duró mucho.

Un simple movimiento con la pistola consiguió el efecto deseado con gran eficacia. Al cabo de unos segundos de frenética actividad, Reilly estaba de nuevo en marcha, lanzado a toda velocidad en dirección al Jeep invisible, llevando a la espalda un monumental cargamento de sandías.

39

A cada paso que daba siguiendo a Zahed y a Abdülkerim por aquel terreno desconocido, Tess notaba que la realidad iba alejándose un poco más de ella.

Ya no estaba segura de dónde se encontraba. Le costaba mucho esfuerzo mirar, y sentía los pies como de plomo. La tensión de los últimos días, sumada al calor y a la falta de sueño, le provocaba una debilidad extrema. Pero lo peor de todo era la inquietud que sentía por Reilly. Estaba desesperada por saber que se encontraba bien, que no había muerto en la montaña, pero sabía que no iba a poder averiguarlo pronto, posiblemente nunca. Aquella incertidumbre la agobiaba, y se sumaba a la desorientación, una sensación que se acentuaba al contemplar el desconcertante paisaje.

El valle que estaban atravesando a pie era muy diferente del cañón en el que habían hallado la tumba de los templarios. De hecho, no se parecía a nada que ella hubiera visto. Era más ancho y estaba bordeado por extrañas formaciones rocosas, conos y torretas enormes, de un color blanco rosáceo. La llanura aparecía salpicada de multitud de «chimeneas de las hadas», columnas con forma de seta que se elevaban hasta seis metros de altura o más, coronadas por unas caperuzas de basalto de color rojo óxido. Y enmarcando aquel espectáculo surrealista había unos suaves taludes que ascendían hacia una cornisa de toba vertical. Y aunque aquel desconcertante valle pudiera parecerse a una trampa para moscas, lo que más asombraba a Tess era el cañón que discurría por su interior, el que ahora estaban recorriendo. Dondequiera que mirase se encontraba con oscuras grietas en las formaciones rocosas que la miraban a ella. Era uno de los tres cañones paralelos que albergaban la antigua —y actualmente desierta— aldea de Zelve, con sus paredes plagadas de huecos que servían de vivienda, ermitas, iglesias y monasterios, todo excavado en el insólito lugar. Desde la más estrecha «chimenea de las hadas» hasta las imponentes paredes de roca que formaban los barrancos, no se veía una sola porción de piedra que no estuviera horadada por un ventanuco. Toda aquella región estaba saturada de centenares de refugios excavados en la roca, escondidos en sus valles y en lo hondo de sus cañones, y sus muros llenos de arte bizantino constituían un verdadero tesoro.

Desde los primeros tiempos de la fe cristiana, la Capadocia fue una importante cuna del cristianismo ortodoxo, tan sólo por detrás de Constantinopla. Pablo de Tarso, san Pablo, predicó por aquella zona apenas veinte años después de la crucifixión. La Capadocia no tardó en convertirse en un refugio para los primeros seguidores de la cruz que huían de la persecución de los romanos, dado que su laberíntico paisaje proporcionaba amparo natural para protegerse del peligro. En el siglo IV Basilio el Magno, el obispo de la cercana Kayseri y uno de los denominados «Padres Capadocios» de la fe, conoció la vida monástica en un viaje que hizo a Egipto y regresó trayendo consigo dicho concepto. Aquella región comenzó a poblarse de monjes que parecían topos, que construían de todo, desde celdas individuales para rezar en el interior de columnas de piedra de tres metros de ancho hasta iglesias excavadas en la roca de un esplendor inusitado, y monasterios de varios niveles encaramados en los acantilados.

Pero la práctica de excavar la roca no sólo se aplicó al aire libre; estando en su apogeo la conquista de los mongoles y los musulmanes, abarcó también el subsuelo. Toda aquella zona estaba llena de decenas de ciudades subterráneas —algunas se remontaban a los tiempos de los hititas— y muchas comprendían hasta doce niveles por debajo de la superficie, tal vez incluso más, en forma de enormes laberintos de túneles, viviendas y almacenes. Provistas de conductos de ventilación ingeniosamente diseñados y singulares rocas de una tonelada de peso para impedir la entrada del enemigo, sirvieron de refugio a comunidades enteras cada vez que en la superficie se acercaban hordas invasoras, y ayudaron a que la población cristiana ortodoxa se afianzara en aquellos valles y lograra sobrevivir a varios siglos de gobierno selyúcida y otomano sin sufrir grandes daños.

Resulta irónico que los cristianos no fueran expulsados definitivamente hasta 1923, con el surgimiento de la república turca secular. En virtud del acuerdo de repatriación obligatoria que firmaron Turquía y Grecia tras librar una guerra que duró cuatro años, la población local ortodoxa fue reasentada en Grecia, mientras que los turcos musulmanes se trasladaron a los valles. Después del éxodo, la mayoría de iglesias y monasterios fueron deteriorándose a causa del descuido y el vandalismo, un triste final para el último vínculo que quedaba con la gloria de Bizancio, iniciada más de un milenio y medio antes.

Mientras avanzaban entre conos de piedra de diez metros de alto, a Tess le costaba imaginar que aquel cañón había estado habitado por seres humanos. Agotada como se encontraba, le parecía más lógico que allí hubieran vivido duendes malévolos, y su cerebro no dejaba de invocar turbadoras imágenes de *morlocks* y habitantes de las arenas surgiendo de aquellos oscuros recovecos para raptarla.

La voz de Zahed interrumpió su ensoñación:

—¿Dónde están los turistas? —preguntó, dirigiéndose a Abdülkerim—. Esto parece una ciudad fantasma.

Aunque aquel valle era un parque nacional, no se habían tropezado más que con media docena de grupos de senderistas, y todos de apenas un puñado de personas.

—Allá por los años cincuenta, este cañón y los dos que tiene a los lados se consideraron inseguros —explicó el bizantinista—. Las *cueva* se estaban desmoronando. Se reubicó a los *aldeano* en una localidad unos pocos kilómetros más allá, y en la actualidad los operadores *turístico* prefieren limitarse a las zonas seguras, como Göreme.

—Cuantos menos seamos, mejor lo pasaremos —dijo Zahed, examinando la pista que estaban recorriendo—. ¿Cuánto queda?

—Ya casi hemos llegado.

Unos momentos después habían dejado atrás la aldea de piedras cónicas. Se detuvieron junto a una pared de roca totalmente lisa. El sol estaba mucho más bajo y sus rayos incidían en un ángulo oblicuo que bañaba el paisaje lunar con una asombrosa mezcla de tonos rosados y azules.

—Aquí es —anunció el historiador.

No lo parecía, hasta que el experto señaló hacia arriba. Tess volvió la mirada hacia allí y vio un gran agujero de forma cuadrada que se abría en la pared, unos quince metros por encima de su cabeza. Se trataba de una estancia a la vista, en realidad una parte de una estancia, excavada en la roca.

—El muro exterior de la iglesia se hundió hace siglos, en un desprendimiento de rocas —explicó Abdülkerim—, y arrastró consigo el túnel de entrada y la escalera que conducía al interior.

—¿Y cómo vamos a subir hasta ahí arriba? —inquirió Zahed.

—Por aquí —dijo el turco al tiempo que se acercaba al borde de la pared y señalaba los puntos de apoyo que se habían tallado en la blanda toba.

—Usted primero —indicó Zahed.

Abdülkerim encabezó la subida, seguido por Tess y por último Zahed. Fueron ascendiendo a cuatro patas por la quebradiza cara de la roca y lograron llegar a una cornisa pequeña. Desde allí partían unos escalones muy empinados y erosionados que llevaban a la estancia en cuestión. Al llegar no vieron ninguna barandilla; el suelo terminaba sin más, con una caída en vertical por la pared de piedra.

Tess miró abajo e hizo una mueca de disgusto.

—Ya veo por qué no está esto abarrotado de turistas.

El turco se encogió de hombros.

—Éste era el vestíbulo de la iglesia —explicó—. Vengan, a la nave se va por aquí.

Los condujo por una estrecha abertura y encendió su linterna.

La estancia en la que se encontraban los sorprendió por su tamaño: unos doce metros de profundidad y otros seis de anchura. A un lado y al otro había sendos pasillos separados de la nave por columnas puramente decorativas, ya que no sostenían nada, porque la iglesia entera había sido excavada en la roca viva. La nave se elevaba hacia un techo con bóveda de cañón y terminaba en lo que parecía ser un ábside en forma de herradura.

—El mural está por aquí —dijo Abdülkerim, adentrándose en la iglesia—, y debajo de nosotros se encuentra la cámara mortuoria.

Tess fue detrás de él al tiempo que recorría con la mirada los frescos bizantinos que cubrían hasta el último centímetro de las paredes y el techo. Iluminadas por el haz de luz tenue e irregular de la linterna, distinguió escenas bíblicas que le resultaron familiares, como la Ascensión de Cristo y la Última Cena, y también imágenes de la iconografía religiosa local, como un mural de Constantino el Grande y su madre, santa Elena, que sostenía en sus manos la «Verdadera Cruz», la cruz real en la que crucificaron a Jesucristo, que ella estaba convencida de haber encontrado en una peregrinación a Jerusalén en busca de reliquias en el año 325.

En las paredes había también una inquietante imaginería. Un fresco representaba un monstruo de tres cabezas y cuerpo de serpiente devorando a los condenados. En otro se veía a una mujer desnuda atacada por serpientes, y en otro un saltamontes gigante ahuyentado por dos cruces. Un detalle acentuaba la sensación desagradable: casi todas las figuras de los murales carecían de ojos, y en ocasiones del rostro entero, pues se los habían borrado los invasores musulmanes, creyendo que de aquel modo mataban al personaje representado en la pintura. Sin embargo, los frescos de más arriba y los que decoraban la bóveda del techo se encontraban intactos, quizá porque costaba más trabajo llegar hasta ellos. Mostraban semblantes fríos e impactantes, de ojos almendrados, cejas negras y muy pobladas, y bocas finas de gesto adusto, teñidos de una pintura lisa que hacía pensar que la piel en sí misma había sido adherida a la pared con pegamento.

Abdülkerim se detuvo al fondo de la nave, junto al ábside. Entonces Tess cayó en la cuenta de que a causa de la oscuridad no se habían percatado de que en realidad había tres ábsides rodeando la nave. Junto a uno de ellos había una puerta, y al otro lado de la misma Tess distinguió un pasadizo.

El bizantinista alumbró con la linterna un mural pintado en la media cúpula de uno de los ábsides. Era una obra de dibujo muy intrincado, delicada y hecha con sumo cuidado, en la que dominaban los tonos claros de rojo ocre y verde. Un detalle crucial era que también se hallaba intacta. Mostraba un hombre, a pie, enzarzado en una lucha contra cuatro guerreros. No llevaba ni yelmo ni cota de malla, y no tenía caballo. A su espalda había varios aldeanos escondidos en las grietas de una pared de piedra.

Los guerreros, dado que usaban turbante y empuñaban cimitarras, sin duda eran musulmanes. La figura que luchaba contra ellos blandía una espada de hoja ancha en la mano derecha; sostenía en alto el brazo izquierdo, desafiante.

Tess se acercó para ver mejor.

Era evidente que a la figura le faltaba la mano izquierda, pero no porque se hubiera desconchado la pintura, sino simplemente porque no la habían dibujado. El antebrazo terminaba en un muñón redondeado.

Vio la inscripción que figuraba en el mural. Estaba escrita en griego y con letras unciales. Trató de traducirla recurriendo a los escasos conocimientos que poseía, pero que hacía mucho no desempolvaba. El bizantinista se acercó y la sacó del apuro.

—«La mano verdadera descarga su cólera sobre los invasores paganos» —leyó en voz alta.

Tess miró al iraní. Si éste sentía alguna emoción, desde luego no se le notaba. Se volvió hacia el mural. Había otra inscripción, en letras más pequeñas, encima y a la derecha de las figuras que luchaban.

—¿Qué dice esa frase de ahí? —preguntó.

—«En cuanto al dolor, igual que una mano amputada en el combate, considera que el cuerpo es una túnica que llevas puesta. Las acciones preocupadas y heroicas de un hombre y de una mujer son nobles para el pañero, donde los derviches disfrutan de la brisa liviana del espíritu.» Es de un poema. Un poema sufí, escrito nada menos que por el propio Rumi.

Aquello dejó a Tess estupefacta.

—¿Un poema sufí? ¿Aquí? ¿Y escrito en griego?

El historiador afirmó con la cabeza.

—Es poco habitual, pero no muy sorprendente. Rumi vivió y murió en Konya, que sólo está unos trescientos *kilómetro* al oeste de aquí. Konya era el centro del sufismo, y lo es aún en la actualidad, por lo menos en sentido espiritual. Los sufíes y los *cristiano* de este valle eran más o menos aliados, forasteros, seguidores de una fe alternativa que vivían en un mar de musulmanes suníes.

—Vamos a ver la tumba —interrumpió el iraní. Por una vez, su voz denotaba cierta impaciencia.

Abdülkerim lo miró con callada resignación y se encogió de hombros.

—Es por aquí —murmuró.

Los tres avanzaron en fila india, siguiendo el haz de luz de la linterna por el estrecho pasadizo que discurría junto al ábside lateral. Ya apenas se filtraba luz natural procedente del exterior, pero el resplandor de la linterna era lo bastante intenso para alumbrar el techo, que cobraba vida un instante con un intrincado dibujo de cruces talladas en bajorrelieve dentro de una maraña de losanges y luego volvía a sumirse en la oscuridad.

El pasadizo llevaba a un empinado tramo de escaleras descendentes. Al pie de la misma había un breve vestíbulo que daba a cinco estancias. Estaba demasiado oscuro para ver lo que había en ellas. Abdülkerim dirigió el haz de luz hacia cada una de ellas para orientarse y luego dijo:

—Es ésta.

Los condujo al interior de la cripta. Se trataba de un espacio alargado y de techo bajo. En el suelo, Tess advirtió que había dos hileras paralelas de rectángulos de tierra apisonada, cada una a un lado de la estancia. Costaba trabajo distinguirlas, pero allí estaban, talladas en la misma toba en que se había excavado la iglesia entera. Cada rectángulo parecía ser lo bastante grande para albergar un cuerpo humano, y las paredes que tenían detrás lucían inscripciones repartidas a espacios más o menos regulares. Observando más de cerca, Tess vio que eran nombres.

—Son ancianos de la iglesia y donantes —explicó Abdülkerim—. Costó mucho dinero excavar y decorar esta iglesia, solamente la pintura ya costaba una pequeña fortuna. Estas personas, al dar dinero a esta iglesia, se compraban un billete para el Cielo. Y un lugar de enterramiento aquí mismo.

Tess examinó los nombres y se detuvo en una de las tumbas. Fue reconociendo las letras griegas.

—Aquí es —dijo.

Zahed y Abdülkerim fueron hasta ella.

—«La mano verdadera» —leyó.

Se volvió hacia el iraní adivinando lo que vendría a continuación. En efecto, Zahed ya estaba descargando el pico-pala para entregárselo.

—A trabajar.

40

Esta tumba era más difícil de excavar, pero por lo menos era una sola.

La estrechez de aquel espacio resultaba asfixiante, lo cual, sumado al resplandor cada vez más débil de la linterna y al polvo que se levantaba, sirvió para que Tess trabajase con más ahínco.

Lo único que deseaba era verse fuera de allí lo más rápidamente posible.

El cuerpo que encontraron estaba envuelto en bandas de lino blanco de sesenta centímetros de ancho, como una momia, y cubierto de semillas que se habían petrificado hacía mucho tiempo. Tess y Abdülkerim se agacharon un poco más y retiraron con sumo cuidado la rígida tela. Los huesos que había dentro estaban sueltos y revueltos, pero enseguida estuvo claro una cosa: sólo había huesos suficientes para una mano.

Y también había algo más.

Una prótesis, una mano de cobre. Estaba corroída y oxidada, y había adquirido una pátina de color marrón oscuro salpicada de manchas verdiazuladas. Para tener setecientos años de antigüedad, presentaba una factura sorprendente por lo detallada y por la calidad de la ejecución.

Tess se la mostró al iraní.

—Es Conrado —dijo, y lo miró como preguntando: «¿Y ahora qué?»

Zahed reflexionó unos instantes y respondió:

—Si tenía el tesoro consigo, ha de estar aquí, en alguna parte. Puede que lo enterrasen con él. —Caviló un instante más y agregó—: Sacadlo. Vamos a ver si ahí abajo hay alguna otra cosa.

Tess y el bizantinista levantaron el cuerpo envuelto en lino y lo depositaron en el pasillo central. Acto seguido, Tess volvió a bajar al foso, se puso de rodillas y empezó a cavar. Tras dar unos pocos golpes con el pico chocó con algo duro. Al momento la invadió un torrente de adrenalina. Con renovados bríos y empleando las manos, empezó a despejar la tierra que rodeaba el objeto.

—Deme un poco más de luz —pidió a Abdülkerim.

El hombre le iluminó las manos con la linterna mientras ella removía la tierra y extraía lo que parecía ser un objeto oscuro y de forma redonda. Retiró un poco más de tierra, y entonces se apreció que se trataba de un cuenco de arcilla para cocinar, ancho y poco profundo, como de cuarenta centímetros de diámetro y la mitad de alto. Se quedó sin respiración. Estudió el cacharro durante unos instantes, lo sacó con sumo cuidado y lo depositó en la parte plana de la tumba.

A continuación se puso a examinarlo detenidamente. Era común y corriente, carecía de decoración externa y tenía una especie de tapa honda que había sido sellada con betún.

Abdülkerim miró alternativamente al cuenco, a Tess y al iraní.

—¿Qué cree usted que puede haber ahí dentro?

—Sólo hay una forma de averiguarlo —replicó Zahed.

Le quitó el pico a Tess, y antes de que ésta pudiera impedírselo, lo hundió con fuerza en el cuenco. La tapa se hizo añicos. Seguidamente, retiró los fragmentos que aún habían quedado en el sitio, tomó la linterna del bizantinista y alumbró el interior del cuenco. Se volvió hacia Tess invitándola con un gesto.

—Haz tú los honores —le dijo—. Después de lo mucho que has trabajado, te lo mereces.

Tess le dirigió una mirada de soslayo y se inclinó. Lo que vio le provocó un vuelco en el corazón. Alargó la mano y extrajo el contenido del cuenco: dos códices, dos libros pequeños y antiguos, encuadernados en cuero, cada uno del tamaño de una novela.

Maravillada, Tess los sostuvo con dedos temblorosos, cuidadosamente, como si fueran de la más frágil de las porcelanas. En ese instante de felicidad, los horrores que había vivido, aquel monstruo iraní a escasos centímetros de ella..., todo se desvaneció de repente. Apoyó uno de los libros en sus rodillas y examinó el otro.

—¿Qué son? —inquirió Abdülkerim en un susurro.

Tess desenrolló con delicadeza la correa de cuero que rodeaba el primero de los códices. La cubierta posterior contaba con una solapa triangular que se doblaba sobre la cubierta anterior. Levantó dicha solapa y a continuación, muy despacio, abrió el libro.

Las hojas de papiro tenían un color marrón dorado y estaban muy quebradizas, incluso se habían desintegrado parcialmente por los bordes. No se atrevió a pasar una sola página, no fuera a causar daño al manuscrito, pero el texto que aparecía en la primera hoja le bastó para saber qué estaba viendo.

—Es texto alejandrino —contestó Tess—. Está escrito en griego.

—¿Y qué dice? —quiso saber el iraní.

Tess lo leyó, luego levantó la vista hacia Abdülkerim y se lo enseñó. Incluso a la tenue luz que iluminaba la caverna se hizo evidente el asombro que reflejaba su rostro.

No había duda de que el bizantinista conocía la escritura griega, era su especialidad.

—El Evangelio de la Perfección. —Miró a Tess—. Es la primera noticia que tengo.

—Igual que yo. Pero está en griego, en griego koiné —respondió Tess al bizantinista, recalcando la palabra.

Cuando Abdülkerim comprendió a qué se refería Tess, su semblante reflejó la misma sorpresa que ella... Detalle que no se le escapó al iraní.

—¿Y qué importancia tiene que esté escrito en griego? ¿Por qué es tan sorprendente? —preguntó.

—Porque en la época romana el griego koiné era la *lingua franca*, el idioma de trabajo, de Oriente Próximo. Es la lengua en la que se habría escrito cualquier evangelio en la época de Jesucristo. Pero no tenemos ningún ejemplar original de un evangelio de dicha época; las biblias más antiguas están en griego, pero datan del siglo IV o V. Los textos más antiguos de que disponemos no proceden de la Biblia, son evangelios gnósticos, no canónicos, como el Evangelio de Tomás, que se encontró en Egipto en 1945, y además son traducciones al copto de textos anteriores escritos en griego. —Levantó en alto el códice—. Esto no es Mateo, Marcos, Lucas ni Juan, pero está escrito en griego koiné, lo cual significa que es original, y no una traducción. Podría ser el evangelio completo más antiguo jamás descubierto.

El historiador tenía cara de no entender.

—¿Y por qué estaba aquí? ¿Cómo se ha enterado usted de su existencia?

—¿Y el otro? —interrumpió el iraní sin hacer caso a Abdülkerim.

Tess dejó el primer códice y tomó el segundo. También lo abrió con sumo cuidado. Aunque ambos libros eran similares por fuera, éste constaba de hojas de pergamino cosidas, no de papiro, lo cual indicaba que probablemente era más reciente que el primero. En cambio, el tipo de texto era el mismo y también estaba escrito en griego koiné.

—El Evangelio de los Hebreos —leyó. Era un título que sí le sonaba. Levantó la vista y dijo—: Éste es uno de los evangelios «perdidos». Varios fundadores de la Iglesia lo mencionan en sus escritos, pero nunca se ha encontrado. —Pasó los dedos por la hoja abierta con profunda reverencia—. Hasta ahora.

Con el corazón acelerado, estaba pasando las primeras páginas muy despacio, observando la letra diminuta, intentando comprender lo que decía, cuando de repente vio algo más: un folio suelto de pergamino, intercalado entre las hojas del libro. Al sacarlo se dio cuenta de que no era uno solo, sino cuatro, todos plegados unos sobre otros. Tenía que tratarse de algún documento oficial, puesto que estaba preservado con un sello de cera de color marrón rojizo que había dejado una impresión en las páginas del códice.

Tess acercó la linterna de Abdülkerim para ver mejor y dobló ligeramente hacia atrás una esquina de la primera hoja, pero no alcanzó a ver gran cosa aparte de unas cuantas letras, distintas de las de los códices.

—Me parece que es latín, pero no puedo ver lo que hay dentro sin romper el sello —informó a Zahed.

—Pues rómpelo —repuso el iraní.

Tess dio un suspiro de frustración. No servía de nada discutir con aquel individuo. De modo que maldijo para sus adentros e introdujo los dedos por debajo del pliegue. Separó el sello del pergamino con toda la delicadeza posible, pero no pudo evitar que se partiera en dos. El sello había cumplido su misión durante varios cientos de años.

Tess abrió levemente las hojas para no romperlas. En efecto, el tipo de escritura era distinto. Las palabras estaban escritas en caracteres cursivos literarios romanos, es decir, en latín, no en griego.

—¿Qué es eso? —preguntó Abdülkerim.

—Parece una carta. —Tess la examinó entornando los ojos—. No se me da muy bien el latín. —Se la pasó al bizantinista—. ¿Sabe leerla usted?

Éste negó con la cabeza.

—Con el griego no tengo ningún problema, pero el latín no es mi especialidad.

Tess estudió el texto con atención y su mirada se posó rápidamente en el final de la última hoja:

—*Osius ex Hispanis, Egatus Imperatoris et Confessarius Beato Constantino Augusto Caesari* —leyó en voz alta. Calló unos instantes, con las neuronas incendiadas al comprender la importancia que podía tener lo que sostenía en sus manos, que temblaban como una hoja. Perdida por un instante en su propio mundo, articuló con un hilo de voz—: Osio de Hispania, legado imperial y confesor del emperador Constantino.

Zahed enarcó las cejas en un insólito despliegue de curiosidad.

—Osio —observó Abdülkerim—. El obispo de Córdoba. Uno de los padres fundadores de la Iglesia.

—El que presidió el Concilio de Nicea —añadió Tess. De pronto se le ocurrió una cosa, y la expresó en voz alta—: Nicea está cerca de aquí, ¿no?

El historiador asintió con el ceño fruncido.

—Está cerca de Estambul, pero sí, supongo que no queda muy lejos de aquí. En la actualidad se llama Iznik.

Tess se percató de que el hombre estaba deseoso de formularle un centenar de preguntas y le costaba mucho contenerse. Nicea era un nombre emblemático relacionado con los primeros tiempos del cristianismo. Había aún muchos interrogantes respecto de lo que había sucedido realmente en aquel encuentro histórico que tuvo lugar en Nicea en el año 325, cuando Constantino el Grande convocó a los principales obispos de la cristiandad y los obligó a que resolvieran sus disputas y llegaran a un acuerdo sobre las creencias que debían sostener los cristianos.

Tess se volvió hacia Zahed.

—Necesitamos que nos traduzcan esto —le dijo.

El iraní también estaba sumido en sus pensamientos.

—Más adelante —repuso—. Pásame los libros.

Tess echó una última ojeada al documento, vaciló, y a continuación lo dobló y volvió a introducirlo dentro del códice, tal como lo había encontrado. Le entregó los dos libros al iraní, y éste se los guardó en su mochila.

—A ver si hay alguna cosa más enterrada ahí dentro —dijo al tiempo que volvía a darle el pico a Tess.

Tess estaba desconcertada. Al iraní no se le veía ni mínimamente emocionado por lo que acababan de descubrir. Pensó en planteárselo, pero decidió que mejor no. En lugar de eso, volvió a arrodillarse y reanudó la tarea de cavar y buscar alrededor de la tumba.

Pero allí no había nada más enterrado.

Se volvió hacia el iraní.

Éste no parecía satisfecho.

—Hay algo que se nos escapa.

Tess no pudo aguantarse más, y por fin dio rienda suelta a su exasperación.

—¿Qué es lo que se nos escapa? —explotó furiosa—. Esto es lo que hay, hemos hecho todo lo que hemos podido. Por Dios, hemos encontrado la tumba de Conrado, hemos encontrado esos textos, y lo que quiera que contengan constituye un hallazgo importantísimo. Esos evangelios... Son únicos. Y ese otro, el tal Osio, era el sacerdote principal de Constantino. Estuvo presente cuando Constantino decidió hacerse cristiano. Estuvo en Nicea, por Dios, estuvo presente cuando se discutió lo que hizo Jesús y quién era en realidad, y también cuando el cristianismo se convirtió en lo que conocemos hoy en día. Allí fue donde formularon el Credo Niceno que todavía se recita en la misa los domingos. Su carta puede proporcionarnos mucha información acerca de lo que sucedió en realidad. ¿Qué más quiere? Y ya de paso, ¿qué diablos estamos haciendo aquí? ¿Qué más cree que va a encontrar?

El iraní sonrió.

—La obra del diablo, por supuesto. Toda ella.

—No existe ninguna obra del diablo. Son evangelios antiguos. —En el mismo momento en que pronunció estas palabras, hizo una mueca de disgusto. En medio del polvo y de la oscuridad, de repente había tenido una revelación.

—No lo entiendes, ¿verdad? —dijo el iraní burlándose de ella—. Estos escritos y las demás cosas que transportasen aquellos templarios aterrorizaron tanto a los monjes que éstos se dispusieron a asesinarlos con tal de que no salieran a la luz. Y seguidamente, cuando perdieron el control de aquel tesoro, se suicidaron. No son simples evangelios; para ellos eran la obra del diablo. Algo capaz de devastar su mundo, su mundo cristiano. —Hizo una pausa y luego agregó con énfasis—: El mundo vuestro.

—¿Y por eso quiere usted hacerse con ellos?

La sonrisa del iraní se iluminó.

—Naturalmente. Tu mundo ya está derrumbándose. Y calculo que esto ciertamente podría ayudarlo a precipitarse en una espiral. ¿Después de todos esos escándalos de pedofilia que el Vaticano se ha apresurado a suprimir? El momento no podría ser más oportuno.

Tess sintió un desagradable escalofrío que le recorría la nuca, pero procuró que no se le notase.

—¿Cree que le va a resultar tan fácil socavar la fe de la gente?

—Desde luego que sí —contestó el iraní, y se encogió de hombros—. Yo creo que tu gente es más religiosa de lo que crees tú. Y eso la vuelve más vulnerable.

—Ya sé que hay muchas personas profundamente religiosas. Simplemente, no creo que a nadie le interese la letra pequeña.

—Puede que a todos no, pero a muchos sí. Los suficientes para causar problemas de verdad. Y eso me basta a mí, porque de eso se trata. Eso es lo que no entendéis vosotros. Esta batalla, esta guerra, este «choque de civilizaciones», como os gusta llamarlo, es una lucha a largo plazo. No se trata de ver quién tiene el arma más poderosa, no se trata de ver quién asesta el golpe más fuerte. Es una guerra de desgaste. Consiste en matar el cuerpo lentamente, con un montón de puñaladas bien dadas. Consiste en ir despellejando el alma del enemigo a cada oportunidad que se presenta. Y en este preciso momento, tu país se encuentra en mala forma. Vuestra economía está enferma, y también el medio ambiente. Nadie se fía de vuestros políticos ni de vuestros banqueros. Estáis perdiendo todas las guerras en que os metéis. Estáis más divididos que nunca, y en quiebra moral. Estáis de rodillas en todos los frentes. Y merece la pena intentar asestar cada puñalada, cada puñetazo que pueda contribuir a reduciros un poco más. Sobre todo en lo relativo a la religión, porque todos vosotros sois religiosos. Todos. No sólo los que van a la iglesia. Sois incluso más religiosos que nosotros.

—Eso lo dudo —se mofó Tess.

—Por supuesto que sí. En más sentidos de los que imaginas. —Reflexionó unos instantes y dijo—: Voy a ponerte un ejemplo. ¿Te acuerdas del reciente terremoto de Haití, que mató a decenas de miles de personas? ¿Te fijaste en el modo en que reaccionaron las autoridades?

Tess no veía la relación.

—Enviaron dinero, soldados y...

—Sí, claro que sí —la interrumpió el iraní—, pero también el resto del mundo. No, me refiero a lo que sintieron en realidad. Uno de vuestros predicadores más populares salió en la televisión nacional, ¿te acuerdas? Dijo que el terremoto había tenido lugar porque los haitianos habían hecho un pacto con el demonio. Un pacto con el demonio —lanzó una carcajada— para que éste los ayudase a librarse de los tiranos franceses que llevaban tanto tiempo gobernándolos. Y lo más increíble es que el público no se rio de él, ni mucho menos. Sigue siendo una persona muy respetada en su país, aunque se sentó en un plató a decir las mismas ridiculeces que llevan cientos de años diciendo los predicadores cada vez que tiene lugar un terremoto o algún otro desastre natural. Pero, lo que me pareció más interesante, él no fue el único. Vuestro propio presidente, ese presidente tan liberal, intelectual y moderno que tenéis, pronunció un discurso y dijo que «de no haber sido por la gracia de Dios» Estados Unidos podría haberse visto azotado por un terremoto similar. Piénsalo. ¿Qué quiere decir eso de «de no haber sido por la gracia de Dios»? ¿Que los norteamericanos están protegidos por la gracia de Dios y que dicha gracia divina decidió arrasar a los habitantes de Haití? ¿Qué diferencia hay con lo que dijo aquel predicador? ¿De verdad crees que tu presidente es menos religioso, menos supersticioso, que aquel loco?

—No es más que una expresión —contraatacó Tess—. Cuando la gente sobrevive a algo terrible, piensa que Dios la ha protegido. No lo dice en sentido literal.

—Por supuesto que sí. En el fondo, sí. La gente lo cree de verdad, y vuestro presidente también. Estáis convencidos de que vuestro Dios es el verdadero y que por ser el pueblo elegido de Cristo éste os protegerá. Sois tan retrógrados como nosotros. —Rio—. Y por eso todo esto es tan importante para mí.

Y por eso no pienso rendirme hasta que hayamos terminado lo que empezamos.

Tess sintió que le palpitaban las sienes. El iraní no iba a rendirse jamás. Y si llegaba a rendirse, no iba a dejarla a ella marcharse por las buenas.

El iraní la miró sin decir nada, con los ojos convertidos en dos ranuras felinas.

—Esto es un buen comienzo, lo has hecho muy bien. Pero aquí no acaba la historia. Ahora ya sabemos que Conrado vino hasta aquí. Por lo que parece, luchó contra guerreros musulmanes. Puede que también muriera en este lugar. Es posible. Lo que sabemos con seguridad es que cuando salió con sus hombres del monasterio del monte Argeo llevaba consigo tres arcones grandes. Tres arcones que debían de contener algo más que dos simples libros. —Abrió las manos en ademán interrogante—. ¿Así que, dónde está lo que falta?

41

Capadocia
Mayo de 1310

Los alcanzaron al final del segundo día.

Maysun conocía bien el terreno; se había criado en aquella región. Pero se enfrentaban a seis hombres, cinco de ellos muy preparados y capaces, que escoltaban algo que Conrado estaba empeñado en recuperar sin correr el riesgo de causarle daño.

Dado que se encontraban en desventaja, sólo les quedaba una opción: una emboscada. A los turcos les había funcionado, de modo que también tendría que funcionarles a ellos, si escogían bien el lugar.

Tenían que escogerlo sumamente bien.

Siguieron a Qassem y su séquito durante varias horas, y poco antes de que se pusiera el sol, se desviaron y se adelantaron para medir el terreno que iban a recorrer los turcos en la jornada siguiente. Maysun le dijo a Conrado que iban a tener que hacerlo aquella mañana; si esperaban más, el convoy llegaría a las anchas praderas que llevaban hasta Konya, y allí sería prácticamente imposible tomarlo por sorpresa, pues el paisaje era demasiado llano y abierto. Tenían que atacarlo mientras aún estuviera saliendo de las arboledas, de aquellos cerros suaves y tostados por el sol y de las vaguadas.

El problema era que, incluso allí, no había sitios apropiados entre los que elegir. Ninguno en absoluto. El paisaje seguía siendo demasiado abierto para una emboscada. No había características naturales que pudieran aprovechar. Además, como aquella zona carecía de senderos angostos, puentes o pasos que los enemigos no tuvieran más remedio que cruzar, Maysun ni siquiera sabía con certeza qué ruta iban a tomar. Incluso la emboscada tendida con más habilidad podía terminar en agua de borrajas, ya que las víctimas podrían no presentarse.

Les quedaba una sola alternativa: atacar durante la noche, en el lugar en que estuvieran acampados. Lo cual no era una alternativa tan mala, necesariamente. Lo único que tenían que hacer era planificarlo bien.

Sumamente bien.

Uno y medio contra seis.

Tardaron un rato en dar con ellos. Habían acampado en una ladera cubierta de árboles, al pie de una vaguada sinuosa. Conrado y Maysun dejaron los caballos y se acercaron gateando hasta una distancia de veinte metros, guiados por el parpadeo de una fogata que habían encendido y el brillo de una luna casi llena. Recorrieron el perímetro y tomaron nota de las posiciones relativas de lo que vieron: los caballos, ocho en total, atados a unos árboles que había junto al extremo más bajo de la ladera; un hombre, sentado con las piernas cruzadas y la espalda apoyada contra el tronco de un árbol, vigilando a los animales; la carreta, con sus dos caballos todavía enganchados y las siluetas de los arcones visibles bajo una lona; los hombres, dormidos alrededor del fuego; otro montando guardia al otro lado del campamento, al que habrían pasado por alto de no ser porque casualmente cambió de postura y provocó un leve murmullo.

Conrado hizo una seña con la cabeza a Maysun. Ya había visto lo que necesitaba.

Regresaron a una posición segura y Conrado le explicó el plan. Tenían muchas cosas que preparar y no había demasiado tiempo. Se proponía atacar antes de las primeras luces, cuando estuvieran más dormidos.

Al rayar el alba ya lo tenían todo dispuesto.

Después de esconder los caballos fuera de la vista del campamento, Conrado y Maysun volvieron a internarse entre los árboles y los arbustos, llevando consigo los haces de ramas secas y de cuerda que habían confeccionado, y se apostaron en el lugar elegido, desde el que veían las monturas de los turcos. Allí se agacharon y se pusieron a esperar. El que vigilaba los caballos seguía estando donde lo habían dejado, y también seguía despierto. No era lo ideal pero tampoco un desastre. De todas formas, Conrado tenía planes para él, planes que consistían en acercarse sigilosamente por detrás y taparle la boca con el antebrazo al tiempo que le cortaba la garganta con la daga de Maysun.

Planes que llevó a cabo sin el más mínimo tropiezo.

Lanzó un leve silbido a Maysun para comunicarle que estaba despejado, y ella acudió a su lado, junto a los caballos.

Ambos trabajaron deprisa y en silencio. Amarraron un bulto a cada animal.

Conrado lanzó una ojeada en dirección a la carreta. Estaba a unos cuarenta metros de distancia, aunque para llegar hasta ella sin acercarse a su padre y a los demás Maysun iba a tener que tomar una trayectoria más larga, en forma de arco.

Conrado le hizo una señal con la cabeza. Maysun buscó en una bolsa de cuero que llevaba atada al hombro y extrajo las herramientas que iba a necesitar: un eslabón, un trozo de acero en forma de C, recto y afilado en la parte media; una piedra estrecha y alargada para golpear, provista de una ranura en el centro; una bola pequeña, del tamaño de un huevo, de hierba seca; y un pedazo de yesca elaborada con madera y hongos, empapada y cocida en orina.

Se agachó de espaldas al grupo de hombres reunidos en el centro del campamento y extendió bien su túnica para protegerse las manos de cualquier posible golpe de viento. A continuación empezó a percutir el eslabón contra el pedernal dando golpecitos cortos y secos, al tiempo que sostenía la yesca al lado mismo del eslabón. No tardó en saltar una chispa que alcanzó la madera seca y prendió un ascua de color rojo. Seguidamente, con mano experta, Maysun puso la yesca encima de la bola de hierba seca y empezó a soplar con suavidad. Al cabo de un momento surgieron unas llamitas. Entonces Maysun la introdujo debajo de unas ramas secas que, casi instantáneamente, se incendiaron.

La hierba seca y las ramas comenzaron a crepitar en medio de la noche.

Ahora tenían que moverse deprisa.

—Adelante —susurró Conrado—. Yo te sigo.

—Más te vale —replicó Maysun en un susurro. Le plantó un beso rápido en los labios y desapareció.

Conrado aguardó hasta que Maysun estuvo a mitad de camino de la carreta, y acto seguido fue hasta los caballos y comenzó a desatarlos en silencio, de uno en uno, todos menos el que no habían cargado de forma especial. Esperó a ver subir la silueta de Maysun al pescante de la carreta y después tomó unas cuantas ramas de la hoguera y rápidamente fue incendiando los bultos que habían atado a las sillas de los caballos. Uno tras otro fueron estallando en llamaradas, con lo cual los animales, presas del pánico, comenzaron a relinchar como locos y a alzarse de manos, azuzados todavía más por Conrado, que no dejaba de chillar y de golpearlos en la grupa.

La noche cobró vida de pronto.

Los caballos huyeron despavoridos entre los árboles, a todo galope, arrastrando consigo los bultos de ramas ardiendo, con las llamas pegadas a la cola y a la grupa. También hubo otros dos estallidos de actividad que llamaron la atención de Conrado: Por entre los árboles alcanzó a vislumbrar la carreta, que abandonaba el campamento traqueteando y provocando un ruido infernal, con Maysun a las riendas y haciendo restallar el látigo, mientras que junto a la fogata del centro los turcos se habían puesto en pie y corrían de un lado para otro, por lo visto sin saber qué sucedía.

Mientras las bolas de fuego se perdían bosque adentro, Conrado oía a su alrededor gritos enloquecidos y relinchos de pánico. Era el momento de salir de donde estaba. Regresó a la carrera hacia el caballo que había dejado atado al árbol, el que iba a utilizar para huir de allí. Lo separaban tres metros del mismo cuando de improviso apareció un hombre que le cerró el paso. Era uno de los ayudantes contratados por el mercader. Desenvainó una cimitarra enorme, pero Conrado no se inmutó; sin aminorar la marcha, fingió torcer a la izquierda y en cambio se echó a la derecha, con lo cual esquivó el salvaje mandoble de su agresor y le hundió la daga de Maysun en mitad de las costillas. Tan sólo se detuvo lo imprescindible para recuperar el puñal y hacerse con la cimitarra de su enemigo; después fue hasta el caballo, lo montó de un salto y huyó a toda prisa tras la pista de Maysun y la carreta.

Maysun salió disparada sin mirar atrás. Lo único en que pensaba era en imprimir la máxima velocidad a los dos caballos que tiraban de ella y de la sobrecargada carreta.

Se le sacudían todos los huesos del cuerpo, le palpitaban las venas, en el intenso traqueteo del carro por aquella senda tan accidentada. Necesitaba poner la máxima distancia posible entre ella y los hombres de su padre. Vendrían en su persecución, no le cabía ninguna duda, aun cuando no tenían motivos para saber quién era en realidad la persona que conducía la carreta. Les iba a costar mucho trabajo recuperar los caballos, pero terminarían recuperándolos. Las bolas de fuego que llevaban atadas acabarían por consumirse y los caballos dejarían de correr. Incluso era probable que volvieran a buscar a sus amos. Necesitaba ganar toda la ventaja que le fuera posible, de modo que no dejó de azuzar a sus caballos. Sabía que Conrado sería más rápido que ella y acabaría por darle alcance; cuando llegara ese momento, suponiendo que lo lograra, ambos cambiarían el rumbo y enfilarían hacia el sur, hacia tierras cristianas, y se tomarían el tiempo necesario para cubrir sus huellas.

De momento, todo bien.

Hasta que dos manos carnosas la agarraron por detrás y la levantaron del asiento.

En la penumbra que precedía al amanecer y con el frenético traqueteo de la carreta, Maysun tardó unos instantes en comprender quién era su agresor. Cuando se le retiró la melena de la cara, uno y otro se quedaron estupefactos al reconocerse.

Era su padre.

Estaba durmiendo en la parte posterior de la carreta, detrás de los arcones. Y en aquel preciso momento se le veía aún más perplejo que a ella.

—Serás ramera... —rugió al tiempo que le apretaba el cuello con fuerza y la empujaba contra los arcones—. Ramera y traidora. ¿Te atreves a robarle a tu propio padre?

En realidad no estaba dando a su hija muchas posibilidades de responder. Ésta apenas podía respirar. Intentó librarse de los brazos que la atenazaban, pero su padre le apartó las manos y le propinó una violenta bofetada, y seguidamente volvió a hundirle los dedos en la garganta y a asfixiarla otra vez.

—¿Estás intentando robarle a tu propio padre? —le espetó de nuevo, enfurecido—. ¿A mí?

Maysun boqueaba intentando respirar. Los caballos seguían corriendo a todo galope por los senderos naturales de la vaguada y la vieja carreta avanzaba sin control, sufriendo fuertes sacudidas y rebotando con sus delgadas ruedas de madera por encima de las irregularidades del terreno. Maysun sintió que se le cerraban los ojos, que perdía el conocimiento, que el mundo se encogía a su alrededor y que la engullía poco a poco la oscuridad. En eso, una de las ruedas debió de chocar contra una piedra de gran tamaño, porque el carro entero saltó violentamente y se tambaleó a izquierda y derecha sin ningún control, para a continuación enderezarse y reanudar su enloquecida carrera. El brinco hizo que el mercader cayera hacia un costado, con lo cual dejó de apretar la garganta de su hija y le liberó las vías respiratorias. Maysun aspiró con desesperación varias bocanadas de aire y se zafó de su padre, pero al instante se volvió para encararse con él, de espaldas a los caballos.

Mehmet se incorporó, aferrado con una mano al respaldo del pescante para conservar el equilibrio.

—No sé cómo has podido pensar que ibas a salirte con la tuya —ladró al tiempo que introducía la otra mano por debajo de la banda que le cubría la cintura y sacaba una daga de hoja curva. Amenazó con ella a Maysun, sosteniéndola en horizontal a la altura de sus ojos—. Pero voy a encargarme de que no vuelvas a pensar tal cosa.

Acto seguido se abalanzó sobre su hija en un ataque salvaje, con el rostro contorsionado en una mueca de furia. Maysun esquivó cada golpe de daga echándose atrás, agachándose o inclinándose. A duras penas logró eludir la afilada hoja. Entonces su padre le asestó otra bofetada a traición, seguida de un puñetazo que le acertó en el oído y la lanzó de espaldas contra la lona.

El mercader se apresuró a inmovilizarla de nuevo y la aprisionó contra los arcones. Con una mano le comprimía la garganta, ahogándola poco a poco, y con la otra sostenía la daga pegada a su mejilla.

—Lástima. Una joven tan bonita —gruñó a la vez que le apretaba el cuello con más fuerza... y justo en aquel momento vio que los ojos de Maysun volvían a la vida y se abrían con asombro al ver algo que había a su espalda. Estaba tan absorto que no se había percatado del estruendo de un caballo que venía galopando a un costado de la carreta. Se giró en redondo con curiosidad, y lo que vio hizo que se le agarrotaran todos los músculos por efecto del pánico: Conrado, vivo e ileso, a caballo, mirándolo directamente. Traía las riendas en la boca, apretadas entre los dientes, algo que sólo servía para acentuar aún más el brillo demoníaco que reflejaban sus ojos. Mehmet desvió la mirada hacia la izquierda para ver a qué se debía el gesto de su hija, pero su cerebro ya había previsto lo que iba a encontrarse: una cimitarra que venía hacia él describiendo un amplio arco, una hoja de acero que se le clavó en la carne bulbosa del cuello.

El rostro del mercader se retorció en una mueca de sorpresa. Soltó la daga y se llevó la mano al cuello. Sangraba a borbotones, el corazón aún continuaba latiendo y le iba inundando las manos. Las puso en alto y las contempló con incredulidad durante unos instantes. En aquel momento la carreta sufrió otra sacudida, seguramente a causa de un socavón o algún otro obstáculo con que se toparon las ruedas a toda velocidad.

El carro brincó descontrolado y se escoró fuertemente hacia un lado. El mercader, debilitado, perdió el equilibrio y cayó a tierra.

Maysun lanzó un chillido cuando la carreta se levantó del suelo y volvió a caer con un golpe seco. No alcanzó a ver contra qué había chocado, pero fuera lo que fuese debió de causar daños graves, porque la marcha había cambiado de manera drástica. Algo debió de ocurrirle en los ejes o en las ruedas, porque ahora avanzaba bamboleándose de un lado para otro.

Conrado seguía avanzando a todo galope, sólo que se había apartado ligeramente para eludir la trayectoria errática de la carreta, y ahora, aunque continuaba al costado de la misma, se encontraba un poco más lejos. Maysun vio que observaba las ruedas y que después la miraba a ella.

—¡Se ha salido el eje! —gritó Conrado—. La rueda está partida y va a salirse de un momento a otro. ¿Llegas a coger las riendas? —Señalaba frenético con el antebrazo desnudo, indicando los caballos—. Tienes que frenar a los caballos.

Maysun afirmó con la cabeza y seguidamente pasó por encima de los arcones para sentarse de nuevo en el pescante. Buscó las riendas y las vio arrastrando por el suelo, debajo del tiro, entre los dos caballos. Se volvió hacia Conrado y le hizo un gesto negativo.

—¡No puedo alcanzarlas! —chilló a su vez.

Antes de que pudiera decir nada más, la carreta se vino abajo cuando una de las ruedas, la delantera izquierda, se salió de su sitio. Maysun se agarró con todas sus fuerzas mientras el carro daba un bandazo y luego viraba violentamente. Se partieron los ejes y saltaron las abrazaderas. De pronto el destartalado conjunto volcó de costado y lanzó a Maysun al suelo. Ella aguantó asida al pescante, pero salió volando por los aires cuando la carreta se estrelló y recorrió unos metros por la tierra hasta que por fin el tiro no soportó más el ímpetu de los caballos. La carreta terminó por detenerse mientras los caballos se alejaban a todo galope, felices de verse libres de los arreos.

Maysun chocó contra el suelo y dio varias vueltas sobre sí misma antes de quedar inmóvil, tendida de espaldas. Con los ojos borrosos vio que Conrado se apeaba del caballo y acudía a socorrerla.

—¡Maysun! —chilló al tiempo que se hincaba de rodillas a su lado—. ¿Estás bien?

Ella no estaba segura. Permaneció unos momentos en el suelo, mareada, con la respiración jadeante y todo el cuerpo lleno de dolores y magulladuras, y después probó a sentarse, pero la mano le falló y volvió a caer hacia atrás.

—La muñeca —gimió—. Me parece que la tengo rota.

Conrado la ayudó a incorporarse y le sostuvo la mano con delicadeza. Al intentar movérsela le provocó un afilado dolor que le subió por el brazo. Estaba gravemente torcida o fracturada, pero ya fuera lo uno o lo otro no podía utilizarla.

Maysun la levantó en alto con una sonrisa agridulce y dijo:

—Ahora somos dos mitades.

Conrado le tomó la mano, se la besó con dulzura, y acto seguido se inclinó hacia ella y le dio un beso largo e intenso.

Luego la ayudó a ponerse de pie. En la vaguada reinaban la paz y el silencio. No había brisa ni movimiento. El sol estaba empezando a asomar por una ladera escarpada y desierta que se alzaba a la derecha. No tardaría en hacer mucho más calor.

La carreta yacía a unos metros de allí, de costado, rota, acompañada de una estela de escombros de madera que había ido dejando a su paso. Los arcones se habían caído y estaban desperdigados alrededor. Conrado y Maysun se acercaron para evaluar los daños. Había dos arcones intactos, pero el tercero se había abierto con la caída y su contenido se había esparcido por el suelo.

De los caballos no había ni rastro.

—Tenemos que recuperar los caballos —dijo Maysun.

—Hace mucho que han huido —replicó Conrado con desaliento—, no hay motivo para que regresen.

Maysun estaba a punto de contestar, cuando de pronto descubrió algo detrás del templario, a un centenar de metros. Un bulto con forma humana. Frunció el ceño y se lo señaló a Conrado con un gesto de cabeza. Éste se volvió y lo vio también.

Juntos se acercaron al caído. Se trataba del mercader, cuyo cadáver se hallaba contorsionado y cubierto de polvo. Maysun se quedó mirando en silencio a su padre muerto. Pasados unos instantes, exhaló un profundo suspiro y dijo:

—Ahora me toca a mí pedirte que me ayudes a enterrar a una persona.

Conrado la rodeó con el brazo.

—Naturalmente.

Se sirvió de la cimitarra para cavar en aquel suelo tan reseco. Maysun lo ayudó con la mano buena. Al principio, el templario no dijo nada; al parecer, Maysun necesitaba estar a solas con sus pensamientos. Pero al cabo de un rato comentó:

—El otro día, cuando te pregunté la razón por la que hacías esto, me respondiste que si te conociera mejor lo entendería. ¿A qué te referías?

Maysun tardó unos momentos en contestar.

—Mi padre, mi hermano... Las cosas no han sido siempre así. Cuando yo era pequeña, en Konya, éramos felices. Mis padres eran buenos sufíes, sobre todo mi madre, que llenaba nuestro hogar de amor y cariño. Y creo que también mi padre era diferente en aquella época. Todavía tengo recuerdos de cuando estaban juntos. Pero cuando ella cayó enferma y murió..., cambió todo. Nos fuimos de Konya y comenzamos a viajar de un lado para otro. Mi padre fue volviéndose cada día más resentido y desagradable. Mi hermano cayó bajo el hechizo de los *gazis*. Llevaba un tiempo deseando ser uno de ellos. Para él, la idea de difundir la fe empleando la fuerza de la espada tiene un gran atractivo. Y mi padre era un hombre inteligente, sabía ver hacia dónde soplaba el viento, sabía que terminarían conquistando todas estas tierras y quería cerciorarse de pertenecer al bando ganador.

—¿Y tú no estabas de acuerdo con ellos?

—Tú no conoces a Rumi. Tú no sabes lo que significa ser un sufí. Y que ellos le dieran la espalda a algo tan noble, tan sublime... Yo no soporté quedarme sin hacer nada, contemplando cómo se convertían en monstruos.

Conrado hizo un gesto de asentimiento.

—Y ellos no se lo tomaron bien, ¿verdad?

Maysun negó con la cabeza. Su semblante reflejaba una intensa tristeza.

—No. En absoluto.

—¿Y por qué no te fuiste? ¿Por qué no huiste, tal vez a Konya?

—¿Crees que no lo intenté?

Conrado se acordó de los hematomas y asintió. Luego acercó la mano y le hizo una leve caricia en la cara.

—Lamento mucho que las cosas hayan desembocado en esto.

Maysun cerró los ojos y se inclinó hacia la mano de Conrado para disfrutar por un instante de su calor. Luego la besó y la apartó con delicadeza.

—Vamos. Tenemos trabajo.

No era una tumba muy honda, pero iba a tener que servir tal cual. Y Maysun estaba en lo cierto: aún tenían mucho trabajo por delante.

Tenían que encargarse de los arcones y del contenido de los mismos.

No podían llevarlos consigo, pues lo único que tenían era un caballo, el que había utilizado Conrado. Y tampoco podían marcharse y dejarlos allí. Hicieran lo que hicieran, tenían que darse prisa, porque llegaría un momento en que el hermano de Maysun y sus hombres recuperarían sus monturas y vendrían en su busca.

El tiempo se estaba agotando.

En eso Conrado vio algo en la empinada ladera que partía de la vaguada, más visible ahora que el sol estaba más alto.

La superficie de la ladera estaba salpicada de agujeros negros.

Cuevas.

A centenares.

Iban a tener que conformarse con aquello.

Les llevó horas, pero lo consiguieron. Conrado cortó varios cuadrados de la lona protectora, como de un metro de lado cada uno, y los utilizó a modo de improvisado envoltorio para transportar el contenido de los arcones. Maysun lo ayudó a dividir la carga en porciones manejables. Conrado escogió una de las cuevas más altas, una que era lo bastante grande para entrar en ella con comodidad y que quedaba oculta a la vista, y a continuación se echó los bultos al hombro y fue izándolos de uno en uno. Necesitó al menos nueve viajes, pero al final consiguió depositar todo el contenido de los arcones en el interior de la caverna, envuelto en una capa de lona, oculto a la vista.

No se sentía cómodo dejando abandonada la carreta. Cuando la encontraran el hermano de Maysun y sus hombres, tal vez sospechasen que la carga seguía estando por los alrededores. Por otra parte, los turcos no tenían modo de saber quién los había atacado ni cuántos eran ellos. Era de noche, y nadie los había visto a él ni a Maysun lo bastante de cerca para poder identificarlos. Si los arcones desaparecían, los turcos con toda probabilidad creerían que quienes los habían atacado habían traído caballos suficientes para transportarlos.

Siempre y cuando él lograra librarse de los arcones.

Y así lo hizo, ayudándose de la cimitarra para abrir las tapas de los dos que no se habían roto y a continuación llevando los tres, por partes, hasta una cueva distinta. Una vez que hubo hecho esto, borró las huellas en ambas cavernas empleando unas cuantas ramas secas.

Por fin podían seguir adelante.

—¿Te acordarás de cómo llegar hasta aquí? —le preguntó a Maysun.

Maysun estudió con atención la vaguada con el fin de tomar nota de cualquier detalle que pudiera ayudarla a identificar de nuevo aquel lugar. Su mirada se detuvo en el montículo alejado que formaba la tumba de su padre.

—No te preocupes —contestó—, no se me va a olvidar este sitio en mucho tiempo.

Conrado la ayudó a subir al caballo y después montó detrás de ella.

—¿Qué camino tomamos? —inquirió.

Necesitaban encontrar alimento, refugio y caballos, camellos o mulas, cualquier clase de transporte que les permitiera recuperar el tesoro y completar el viaje inicial. Un viaje que, dado que Héctor y Miguel habían muerto, ahora resultaba cuestionable.

Maysun afirmó y dijo:

—Hacia el norte. Allí hay comunidades cristianas, aldeas y monasterios construidos en la roca. Nos proporcionarán cobijo.

Conrado la miró con expresión dubitativa.

—No tienen por qué saber lo que acabas de esconder en esas cuevas —le dijo ella.

Conrado se encogió de hombros. Maysun tenía razón.

Ambos se alejaron al trote y dejaron atrás la tumba del padre de Maysun y el tesoro por el que habían muerto tantas personas, sin saber con certeza qué iban a hacer en adelante.

42

Reilly avanzaba con cautela por el cañón, arrimado a las sombras.

Había descubierto el polvoriento Cherokee aparcado en un pequeño claro, junto a la carretera, ligeramente apartado de otros coches que había en el mismo sitio. Un letrero oxidado escrito en tres idiomas le había indicado que aquel lugar era una escala obligada para los senderistas que pretendían explorar los cañones de Zelve, y rápidamente había presentido el peligro.

Forzó la vista para escrutar el paisaje surrealista que lo rodeaba. Había mucho que examinar: formas raras que proyectaban insólitas sombras, figuras a las que sus ojos no estaban acostumbrados. Aquella zona en su totalidad estaba repleta de oquedades oscuras y amenazantes que daban la sensación de ser un millar de ojos que siguieran cada uno de sus movimientos. Se sentía como si se hubiera sumergido en un cuadro de Dalí o hubiera sido teletransportado a un episodio de *Star Trek* y le resultara imposible vigilarlo todo. Aun así, se concentró en la imagen de conjunto y se cercioró de que su visión periférica permaneciera en estado de alerta por si captaba cualquier indicio de movimiento.

Atravesó un grupo de chimeneas y llegó a una extensión de impresionantes rocas de forma cónica que se asentaban al pie de un escarpado acantilado. Todas tenían un sinfín de ventanucos, vestigios de una comunidad desaparecida hacía tiempo que había vivido en su interior. El acantilado torcía a la derecha y se perdía de vista tras un bosquecillo de almendros. En todo el valle reinaba ahora un silencio espectral que acentuaba la inquietud que invadía a Reilly a cada paso por aquella ciudad fantasma.

Estaba a punto de dejar atrás la última de las formaciones cónicas cuando captó un movimiento al otro lado de los árboles. Rápidamente se ocultó en la entrada de la casa que tenía más cerca. Asomó la cabeza con cuidado al tiempo que buscaba el arma que llevaba en la mochila... Y entonces aparecieron: el hombre desconocido, después Tess, y por último su presa.

Venían hacia él.

Sin percatarse de su presencia.

Sin despegar los ojos de las figuras que se aproximaban, Reilly apoyó la pistola entre el muslo y la pared de roca, introdujo un cartucho y apuntó. Si estaban regresando al Jeep, pasarían por donde se encontraba él. Lo cual le daría una oportunidad de acabar con aquello... De una vez por todas.

Los siguió con la vista mientras rodeaban las rocas cónicas, desaparecían momentáneamente detrás de una de ellas y reaparecían en un hueco que había entre otras dos. Se deslizó con cuidado de un cono a otro sin perderlos de vista, cada vez un poco más cerca, con el arma preparada y fuertemente agarrada con las dos manos, hasta que estuvo a unos treinta metros y tuvo a tiro la espalda del iraní.

Pensó en apretar el gatillo allí mismo. Treinta metros, sin obstáculos visuales... No le costaría demasiado derribar a aquel cabrón en un momento. Estiró los brazos y tomó puntería siguiendo a su objetivo con la mira de la pistola automática. Sintió una opresión en el pecho cuando cerró el dedo alrededor del gatillo. Tan sólo necesitaba hacer un disparo. Un disparo, y el muy hijo de puta dejaría de existir.

Y todas las preguntas se quedarían sin respuesta. Quién era en realidad. Para quién trabajaba. Qué más había hecho. Qué más tenía pensado hacer. Las respuestas morirían con él.

Reilly apretó los dientes con fuerza. Deseaba apretar el gatillo. Lo deseaba vivamente. Pero fue incapaz de cumplir ese deseo. Y en aquel momento de indecisión, en aquellos segundos fugaces, se esfumó la oportunidad. El ángulo de la trayectoria indicaba que ahora el iraní quedaba entre Tess y él, y si disparaba, corría el riesgo de que la bala lo atravesara e hiriera a Tess. Tenía que buscar otra vez un tiro limpio, y pensó en disparar al iraní en el muslo para por lo menos dejarlo incapacitado...

Pero decidió que lo quería vivo, y salió de su escondite.

—¡Tess, hazte a un lado! —vociferó, con el corazón retumbando contra las costillas. Estaba desplazándose en sentido lateral para buscar un ángulo limpio en dirección al iraní e impedirle a éste recuperar el equilibrio, y al mismo tiempo indicaba a Tess que se echase a un lado. Luego señaló al iraní con el dedo—: Usted, levante las manos donde yo pueda verlas. ¡Vamos!

Todos se giraron en redondo, sorprendidos. Reilly lanzó una mirada fugaz a Tess y captó la expresión de alivio que reflejaba su rostro, pero no pudo permitirse nada más; de modo que volvió a clavar la vista en su objetivo.

El iraní había abierto ligeramente los brazos, sin levantarlos demasiado, a la altura de la cintura. Tenía la mirada fija en Reilly y también estaba desplazándose lentamente hacia un costado, señal de que estaba pensando lo mismo que él e intentaba mantener a Tess en un lugar vulnerable por si estallaba un tiroteo.

Reilly lo detuvo con la palma de la mano.

—No pase de ahí, y levante las manos del todo. Vamos —rugió—. Tess, aléjate de él de una vez...

En aquel instante se torció todo.

El iraní se echó encima de Tess, demasiado rápido para que Reilly se arriesgase a disparar, la agarró y la puso delante de él a modo de escudo. Mientras con la mano derecha la sujetaba por el cuello, sacó la izquierda para que Reilly la viera con claridad. Tenía un teléfono.

—¡Lleva atada una bomba! —gritó. Acto seguido, con la mano derecha, abrió la camisa de Tess y dejó al descubierto el cinturón de lona que llevaba ésta a la cintura—. Si no tira esa pistola, pienso volarle las tripas y esparcirlas por todo este jodido cañón.

Reilly sintió que le palpitaba la sangre en las sienes.

—En ese caso, también morirá usted —le espetó, y en aquel momento comprendió que no tenía las de ganar.

El iraní sonrió de oreja a oreja.

—¿Y cree que para un buen musulmán como yo iba a ser un problema morir por su causa? —Luego se le endureció el semblante—. Baje esa puta pistola, o de lo contrario su amiga morirá.

Reilly sentía los pies pegados al suelo y los músculos en tensión, al borde del desgarro. No tenía alternativa. Respiró hondo, lentamente, y a continuación giró la pistola hacia un lado y hacia arriba, para que la viera el iraní, al tiempo que hacía con la otra mano un gesto que pretendía calmarlo.

—Ponga el seguro y tírela al suelo —ordenó el iraní, indicando con la mano que debía arrojar el arma a su derecha—. Bien lejos.

Reilly, sin apartar los ojos del terrorista, puso el seguro. Después lanzó el arma hacia un lado y observó cómo caía a unos diez metros de él haciendo un ruido sordo al chocar contra el suelo. Se sentía destrozado al comprender que lo había echado todo a perder y que probablemente no tardaría en estar muerto.

El semblante del iraní se relajó, y también la mano con que aferraba a Tess. Dio un paso atrás para apartarse de ella, y al mismo tiempo introdujo la mano sigilosamente en su mochila.

Dejó caer la mochila al suelo, a sus pies, a la vez que volvía a sacar la mano, esta vez empuñando una pistola.

—¡Salude a las vírgenes por mí! —gritó mientras apretaba el gatillo.

43

«Va a matar a Sean.»

Tess fue presa de un aluvión de sentimientos descontrolados al ver cómo salía volando la pistola y cómo se estrellaba contra el suelo. En primer lugar, *Sean está vivo... Y no sólo vivo, sino aquí mismo, en pie delante de mí, ileso. Y no sólo eso, además me está rescatando, está apuntando con una pistola a este hijo de puta... ¿Y ahora va a morir?*

¿Por su culpa?

¿Por culpa de su maldita llamada telefónica?

«Ni hablar.»

No podía consentir tal cosa.

«De ninguna forma.»

Así que, profiriendo un alarido feroz, primitivo, se abalanzó contra su captor con toda la furia de un depredador enjaulado. Sin pensar en las consecuencias. Sin pensar si ella misma iba a explotar por los aires. Si se arriesgaba a morir, si el iraní iba a apretar aquel botón, desde luego él moriría con ella.

Lo tomó totalmente por sorpresa. Arremetió con violencia contra él, por el costado izquierdo; la embestida le hizo perder el equilibrio y agitar la mano con que empuñaba la pistola, en el preciso momento en que apretaba el gatillo. Tess no vio hacia dónde fue la bala, no tuvo tiempo para ver si Reilly continuaba en pie, pero su intuición le dijo que había llegado a tiempo y que Reilly tenía que encontrarse bien. Lo que sí vio fue la mano izquierda del iraní, la que sostenía el teléfono. Vio que la levantaba en un reflejo defensivo al ser embestido por ella, la alzaba para protegerse, abría los dedos, y el teléfono caía al suelo... Y en aquel milisegundo sintió que se le cortaba la respiración, que el mundo entero se quedaba paralizado, y esperó la explosión, esperó que se le desgarraban las entrañas... Pero no sucedió nada. No explotó. Seguía estando entera, de una sola pieza, viva para sentir el tremendo codazo que le propinó el iraní en el mentón cuando ambos aterrizaron en el suelo.

A Reilly casi se le paró el corazón al presenciar la jugada que hizo Tess. Fue el corazón el que tomó las riendas, bloqueó todo intento de pensar y espoleó a las piernas para que se despegasen del suelo al instante.

Y eso fue lo que hicieron sus piernas. Primero, echaron a correr como si pretendieran ganar la medalla de oro de los cien metros lisos. O, en este caso, la de acero. El acero endurecido y atemperado de la pistola automática, situada diez metros a su derecha.

Había visto el teléfono salir volando de la mano del terrorista, y también había visto a Tess caer al suelo con él. No tenía tiempo para llegar hasta ellos e intervenir, el iraní volvería a ganar ventaja enseguida. Tenía que recuperar su pistola enseguida y esperar que su puntería fuera tan buena como el mejor día de prácticas de tiro. O más. Conseguiría hacer un disparo, si acaso. Tenía que servir.

Con las piernas a todo correr, lanzó una mirada fugaz hacia un lado pero no pudo ver nada más que una maraña de cuerpos, así que volvió a concentrarse en el suelo, en la pistola caída.

Cinco metros.

Tres.

Uno.

Ya.

Tess sintió que el cerebro se le sacudía por dentro a causa del codazo del iraní, pero no se apartó de él, sino que siguió sujetando la pistola con las dos manos como si éstas fueran las mandíbulas de un lobo rabioso.

Tenía que inmovilizar aquella arma sólo uno o dos segundos más, pues sabía que Reilly sin duda habría entrado en acción y esperaba que acudiese enseguida a ayudarla, pero sólo consiguió sujetar la mano del iraní contra el suelo durante un momento antes de que éste se la quitara de encima empujándola en la cara con la mano. Cayó de espaldas, pero no soltó su presa, ni siquiera cuando el iraní levantó la pistola y la encañonó.

En lugar de retroceder, se sorprendió a sí misma abalanzándose contra la mano del iraní. Tiró de ella para mordérsela con todas sus fuerzas. Oyó la maldición que lanzó el terrorista al sentir que se le clavaban los dientes y notó cómo se rompían tendones y cartílagos por el mordisco. En el frenesí del momento, vio que él aflojaba los dedos de la pistola, y entonces mordió con más ímpetu. El hombre aulló furioso y retrocedió agitando el brazo en el afán de librarse de Tess, pero la arrastró consigo. Ella se retorció sobre sí misma, el cuello se le salía del sitio, pero siguió sin soltar su presa, siguió mordiendo... Hasta que el iraní soltó el arma.

El hombre la golpeó de nuevo con la otra mano y, buscando los ojos, le hundió los dedos en la mejilla. El dolor fue demasiado intenso, y Tess tuvo que abrir la mandíbula. Al verse libre, el iraní dio rienda suelta a su furia y la apartó con un fuerte empujón en el pecho. Tess se replegó para quedar fuera de su alcance y empezó a mirar a izquierda y derecha, buscando la pistola.

Y él también.

Los dos la encontraron al mismo tiempo; estaba detrás del iraní. Tess lo miró a los ojos durante un nanosegundo con una expresión furibunda que resultaba más aterradora que el arma en sí.

Y entonces el iraní se lanzó a por la pistola.

Reilly recogió la pistola del suelo, puso los brazos en posición y la aferró con ambos puños, preparado para disparar, evaluando la situación rápidamente.

Lo primero que registró fue que Tess y el iraní se encontraban a corta distancia de él y que ella estaba libre, lo cual era positivo. No tan positivo era que el iraní tenía la pistola en la mano y le estaba apuntando a él.

Reilly disparó una vez y se arrojó al suelo, hacia su izquierda, para esquivar una ráfaga de balas que pasaron silbando tan cerca que las oyó rasgar el aire a escasos centímetros de su cara. Rodó por tierra en dirección a la vivienda en forma de cono que tenía más próxima disparando cada vez que quedaba boca arriba, pero sabía que así no iba a acertar, sobre todo teniendo en cuenta que el iraní también estaba pegado al suelo y representaba un objetivo de pequeño tamaño. Pero tenía que mantenerlo ocupado el tiempo suficiente para que Tess pudiera huir.

Cosa que, según vio, ya estaba haciendo.

Tess sintió el tronar de las balas en los oídos y se quedó petrificada en el sitio... Pero al instante reaccionó y se puso en movimiento.

Vio que Abdülkerim le hacía señas desde una de aquellas viviendas cónicas y echó a correr hacia él, pero tropezó con algo: la mochila del iraní. Sin detenerse, la agarró por el asa y corrió a reunirse con el historiador. Éste estaba temblando de pánico:

—El teléfono, ¿es que sirve para accionar la...? —Ni siquiera se atrevía a nombrar el artefacto.

—Sí —contestó Tess al tiempo que se encogía con cada disparo que rebotaba por la vaguada.

—¿Dónde está?

—No lo sé —respondió Tess, todavía jadeando—. Se le cayó al suelo.

—Venga conmigo —le dijo el turco—, sígame.

Y echó a andar a través del intrincado laberinto de formaciones cónicas.

—¿Adónde vamos? —quiso saber Tess.

—Aquí dentro —respondió el bizantinista al tiempo que se detenía ante la puerta de una vivienda, igual que todas las demás. Indicando el interior, le dijo—: Debajo de esta aldea hay una ciudad subterránea. Lleva años cerrada al público a causa de los desprendimientos de rocas, pero todavía se puede acceder. Tiene que bajar enseguida, ahí dentro estará sana y salva. Lo más probable es que no haya cobertura para el móvil.

Tess asintió. El hombre tenía razón.

—Está bien, pero usted se viene conmigo, ¿no? También es más seguro para usted.

—No, yo... —Titubeó y miró a ambos lados—. Yo voy a buscar ayuda.

—Hágame caso —insistió Tess, aferrándolo por los hombros—, aquí dentro estará más seguro.

Él la miró, con la frente empapada de sudor, y negó con la cabeza.

—No puedo. Voy a buscar ayuda. Vamos, tiene que bajar ya mismo. Tenga —agregó, sacando la linterna de su mochila.

Tess la cogió, y en aquel momento el bizantinista, con el pánico reflejado en los ojos, señaló a su espalda.

—¡Viene hacia aquí! —barbotó.

Tess, asediada por una confusión de impulsos contradictorios, se volvió y vio al iraní arremetiendo contra ellos. Vio que levantaba la pistola, oyó el disparo y sintió que la sangre de Abdülkerim le salpicaba la cara.

Zahed sabía que tenía que largarse de allí.

Reilly continuaba rodando para ponerse a cubierto. Cuando llegara a un refugio podría tener una línea de tiro más despejada. Zahed se dio cuenta de que estaba demasiado desprotegido, que tenía que huir mientras tuviera una posibilidad.

Había vislumbrado a Tess escapando con su mochila, que contenía los códices y los cartuchos de repuesto para la pistola. Había sacado el arma con la intención de liquidarla, pero el implacable tiroteo de aquel maldito americano lo había obligado a buscar refugio y le había proporcionado a ella una oportunidad de huir. Ahora él tenía que hacer lo mismo.

Sin incorporarse, oteó el terreno buscando el teléfono, y enseguida lo encontró: enfrente de las viviendas cónicas donde necesitaba llegar para ocultarse, las mismas entre las que había desaparecido Tess. De modo que decidió arriesgarse.

Fue hasta allí rodando, al tiempo que disparaba un par de tiros. Llegó en tres vueltas, cogió el teléfono y se permitió hacer un par de inspiraciones profundas para recuperar fuerzas antes de ponerse de pie. Acto seguido echó a correr hacia la vivienda que tenía más cerca sin dejar de hacer fuego contra Reilly, sabedor de que, ahora que ya no tenía munición de repuesto, cada bala contaba mucho. Justo cuando logró ponerse a cubierto, uno de los disparos del americano incidió en la roca a escasos centímetros de su cabeza y levantó una lluvia de fragmentos de toba que se le incrustaron en el cuello, pero por lo demás resultó ileso.

Huyó por entre las viviendas, alerta en todo momento, sin dejar de escrutar las sombras cambiantes. Entonces los vio, dos casas más adelante, a Tess y al historiador junto a una de las entradas. Tenía que llegar hasta ellos; necesitaba recuperar los libros y la munición, y además ella era la única ventaja que necesitaba para lidiar con Reilly.

El bizantinista, en aquel momento, contaba menos.

En realidad era más bien una carga.

Y por eso levantó el arma y disparó.

Tess lanzó un chillido al ver desplomarse a Abdülkerim sangrando a borbotones por la boca, a consecuencia del boquete abierto en su pecho.

Miró a su espalda. El iraní venía lanzado contra ella y ya se encontraba a sólo un par de viviendas. Sintió que la invadía un pánico paralizante. Si se dirigía hacia ella, quizás era porque había recuperado el teléfono. Con una sincronía que helaba la sangre, el iraní levantó la mano con el teléfono, para mostrarle que así era. Su gesto de furia transmitía un mensaje inequívoco: «No des un solo paso más, por tu bien.»

De repente sintió que algo se encendía en su interior. Notó un torrente de cólera que apartó todos sus miedos, y el impulso de luchar se impuso al de huir. Asió con las manos la mochilla por ambos lados y se la colocó en la cintura, de tal forma que quedó pegada a la bomba que llevaba. Advirtió una levísima reacción en el iraní; no fue más que un ligero agrandamiento de los ojos, una presión en la mandíbula y una breve vacilación en el paso, pero resultó perceptible y bastó para inundarla de satisfacción.

Sin embargo, el terrorista siguió avanzando hacia ella.

Tenía que hacer algo.

Lanzó una última mirada al historiador caído en tierra. El borboteo de sangre había cesado y los ojos estaban fijos y vidriosos. Aceptó que no podía hacer nada por él y seguidamente, con la mochilla apretada contra el cuerpo, huyó hacia el interior de la vivienda.

Sabía que tenía que adentrarse lo máximo posible, y deprisa. Aquel lugar era una cueva habitable. La escasa luz que se filtraba del exterior apenas alumbraba gran cosa. Al frente no se veía más que oscuridad. De modo que echó a correr hacia dentro.

Reilly se puso a cubierto detrás de la vivienda cónica y se arriesgó a lanzar una mirada breve, justo a tiempo para ver al iraní corriendo con toda su alma.

Logró hacer un par de disparos, pero tuvo que volver a replegarse para esquivar la andanada de fuego con que le contestó el otro. Maldijo para sus adentros mientras aguantaba un par de segundos y luego se asomó otra vez, sabedor de que el iraní ya no estaría a la vista. Y no estaba.

«Mierda.»

Se levantó de un brinco y fue en pos de él, esperando contra toda probabilidad que el muy cabrón no hubiera alcanzado todavía a Tess.

44

Tess examinó a toda prisa el interior de la caverna. Había sido excavada en aquella roca blanda y las paredes estaban llenas de nichos, unos pequeños, otros lo bastante grandes para dormir dentro de ellos. El suelo se veía lleno de escombros: una silla de ratán rota, un periódico turco amarillento, unas cuantas botellas de agua y varias latas de refresco. Por la pinta, allí hacía años que no vivía nadie.

En un rincón unos escalones ascendían en espiral; se dirigió hacia ellos con la esperanza de que también descendieran... Y de pronto sus pies tropezaron con una trampilla de madera. Se puso de rodillas y pasó la mano por encima para quitarle el polvo. Tenía bisagras a un lado; en el otro había una cuerda vieja en forma de asa, incrustada en la tierra.

Al abrir la trampilla de un tirón, se levantó una nube de polvo que se le metió en la garganta y en los ojos. Tosió e iluminó el hueco con la linterna. Había una escalera empinadísima, también excavada en la toba, que se dirigía hacia abajo.

Un murmullo procedente de fuera, cada vez más audible, unas pisadas que se acercaban, la espoleó a moverse. Con la linterna sujeta firmemente en una mano, comenzó a bajar por la escalera.

Zahed frenó en seco al llegar a la puerta de la vivienda, junto al charco de sangre del bizantinista. No había nadie alrededor, pero aun así no le gustó la idea de dejarlo allí tendido como indicador de lo que había sucedido. Se guardó la pistola en el pantalón y arrastró a Abdülkerim al interior de la casa, para que nadie que pasara por allí lo viera.

Vio la trampilla abierta y la escalera de caracol del fondo. Sacó el arma y se asomó por la trampilla del suelo. No captó ningún indicio de movimiento ni oyó ningún ruido. Reflexionó unos segundos, fue hasta la escalera y subió unos cuantos peldaños para escuchar con atención. No tuvo necesidad de subir más, pues ya veía las basuras que ensuciaban el rellano; era evidente que nadie las había tocado. Su instinto le dijo que Tess había huido por la trampilla. Así que regresó a toda prisa y se metió por el agujero del suelo.

Tess avanzaba jadeando por el angosto túnel.

Las pilas de la linterna de Abdülkerim estaban ya en las últimas, porque la luz que proyectaba se había debilitado. Sabía que no iba a durarle mucho más, de modo que la prendía de manera intermitente, para orientarse un poco antes de avanzar hacia el siguiente punto completamente a oscuras. Por las paredes discurría un cableado eléctrico que unía una serie de apliques de luz. Hacía varios años que no llevaba corriente, pero de todos modos servía de guía, y Tess hizo todo lo posible por seguir con la mano aquel grueso conducto de caucho negro que la iba internando poco a poco en el laberinto subterráneo.

A aquellas alturas, llevando ya a la espalda una docena de cuevas y galerías, tenía el sentido de la orientación completamente anulado. No tenía ni idea de dónde se encontraba. Tal vez aquella «ciudad subterránea» no fuese exactamente una ciudad, pero desde luego desconcertaba a cualquiera, porque constaba de una madeja al parecer interminable de estancias de todo tamaño y forma, unidas entre sí por túneles de techo muy bajo y escaleras estrechas. No había un solo ángulo recto ni un recodo brusco; los bordes estaban redondeados, las paredes y los techos eran curvos, y todo tenía el mismo color adormecedor: un blanco sucio y pizarroso teñido con la pátina marrón del tiempo.

Y además todo era angosto. Angosto hasta resultar asfixiante. Incluso las estancias algo más grandes que se utilizaban como espacios comunes causaban una sensación inquietante y claustrofóbica. Lo peor eran los túneles y las escaleras. Eran poco más anchos que sus hombros, y para pasar se veía obligada a agacharse. Los habían diseñado así. Los invasores, si lograban rebasar el puñado de mojones estratégicamente colocados, que podían desplazarse simplemente con una piedrecilla para bloquear el acceso al laberinto subterráneo, a partir de allí tendrían que desprenderse de sus escudos y avanzar en fila india, con lo cual serían más fáciles de repeler. De hecho, la colmena entera se había diseñado, de forma muy inteligente, a modo de refugio: contaba con grandes estancias para almacenar alimentos, forraje para los animales o vino, y también con pozos de agua y túneles de ventilación. Todo estaba planeado para la defensa, hasta los tubos de las chimeneas se bifurcaban en numerosas salidas más pequeñas antes de asomar a la superficie, con el fin de esparcir el humo y dificultar la localización.

Conforme iba avanzando, Tess hizo lo posible para no acordarse de que el cañón que había encima tenía un suelo inestable y había desprendimientos de tierras. Procuró pensar que encontrarse en aquel lugar era un milagro: seguramente en aquel momento la bomba que llevaba a la cintura no representaba una amenaza. Así y todo, eso no bastaba para calmarla, porque los miedos de antes habían sido reemplazados por otro más aterrador: no sabía si iba a poder salir de aquel laberinto de piedra y volver a la luz del día.

Después de bajar varias escaleras más y de torcer a la derecha hacia un pasadizo especialmente estrecho, se encontró en una estancia más amplia y aireada, con tres toscas columnas. Sería un establo, o tal vez una iglesia; la verdad era que poco importaba. Se detuvo un momento para recuperar el resuello y pensar. Calculó que ahora estaba en el nivel segundo o en el tercero, y comprendió que podía haber muchos más por debajo. No deseaba aventurarse demasiado, aquel sitio era un laberinto y existía un riesgo auténtico de que no lograra encontrar el camino de vuelta. Pero tampoco podía volver a salir hasta que supiera que el iraní y su teléfono móvil habían dejado de ser una amenaza.

—¡Tess!

El grito del iraní la sacudió de pies a cabeza, levantando un eco por aquellas oquedades.

—¡Sólo quiero los libros! —exclamó—. Entrégamelos y te dejaré en paz.

Tess supo que se proponía engatusarla, incitarla a que hiciera un movimiento o un ruido, a que le contestara, cualquier cosa que delatara su posición. Aun así, se le notaba peligrosamente cerca, tanto que llegó a oírlo rozar la pared en dirección a ella.

Zahed avanzaba paso a paso, siguiendo el cableado, atento al menor signo de vida.

Imaginó que Tess también habría seguido el trazado de los cables, aconsejada por su instinto de supervivencia. Sigue los cables hacia abajo, y después podrás seguirlos hacia arriba. Pero ella contaba con una ventaja: la linterna. Había vislumbrado un fugaz resplandor, un brevísimo encenderse y apagarse; fue suficiente para atraerlo igual que la luz de un faro.

Pensó en servirse del móvil para iluminar el camino, y probó. La pantalla no proyectaba demasiada luz, y constituía más un estorbo que una ayuda; no le servía para ver gran cosa y alertaría a Tess de su presencia. Decidió no usarlo. Además, así ahorraría batería, y necesitaba poder contactar con Steyl y con otros ayudantes cuando fuera necesario.

Percibió que salía de un pasillo angosto a un espacio más amplio, y se detuvo a escuchar. No veía nada, pero notó que Tess estaba cerca. Contuvo la respiración y se quedó muy quieto, intentando ubicarla.

Al poco su rostro se distendió en una sonrisa. Apretó la pistola con más fuerza y apuntó al frente. A continuación disparó.

La detonación retumbó por toda la caverna. La bala pasó silbando junto a Tess y fue a incrustarse en la pared. La tomó totalmente por sorpresa y no pudo evitar lanzar un chillido... En aquel instante oyó unas pisadas que se acercaban a toda velocidad.

Aferrando la mochila contra el cuerpo, se apartó de la pared y fue hacia el centro de la estancia maldiciendo por haberse delatado de aquel modo; intentaba recordar la distribución de aquella cámara para no chocar de frente con alguna columna. Sintió que el iraní venía hacia ella y puso el cuerpo en tensión previendo una embestida o, peor aún, otro disparo. A velocidad de vértigo pensó en un desenlace distinto, y cambió su trayectoria apretando el paso con la esperanza de no equivocarse.

Alargó la mano hasta tocar una de las tres columnas cuadradas, y la rodeó para situarla entre ella y su perseguidor, que se acercaba rápidamente. Justo en aquel instante oyó el porrazo, un choque de piel y huesos estampándose contra la piedra, seguido de un alarido de dolor.

«Te pillé, cabrón.»

Había lanzado al terrorista en línea recta contra una de las columnas, pero no había tiempo para recrearse en la victoria. Tenía que salir de allí. Así que retrocedió hacia una abertura que había visto en la pared de enfrente y extendió los brazos para protegerse mientras buscaba el borde del muro. Encontró la esquina de la superficie de roca, avanzó más despacio y se introdujo por el pasadizo con sumo cuidado, sin dejar de pasar la mano por la pared hasta dar de nuevo con el conducto de cables. Estaba claro que ya no tenía por qué usar más la linterna. Dio unos pasos al frente tanteando con los pies el suelo que iba pisando, con cuidado de no caer en alguna trampa... y de pronto lo oyó otra vez.

Un movimiento, esta vez más áspero, más intenso.

Más furioso.

Que se le iba acercando.

Sólo que esta vez venía acompañado del rugido gutural y furibundo de una persona que se ha quedado sin resuello.

Zahed rebotó en la columna de piedra y se desmoronó como una muñeca de trapo. Chocó primero con el brazo extendido, lo cual le dio una fracción de segundo para ladearse un poco y evitar un encontronazo frontal. Así y todo, le dolió una barbaridad. El pecho, el hombro, la cadera, la rodilla y la cara; todo se estrelló a plena aceleración contra la roca maciza. Sintió un sabor metálico en la boca y se limpió con el dorso de la mano. Era sangre.

Su cerebro evaluó rápidamente los daños. No parecía haber nada roto, pero aquella fuerte contusión sin duda iba a ralentizarlo y limitar su agilidad de movimientos durante un rato. Hizo caso omiso del dolor y se concentró en la preocupación más inmediata: la pistola. Se le había caído.

Sin incorporarse, empezó a explorar el suelo describiendo círculos a su alrededor. No tardó en encontrar el arma. Reprendiéndose por su error, se puso en pie otra vez y realizó un barrido con los oídos buscando su objetivo. Escupió otro poco de sangre, llamó a Tess profiriendo un aullido de rabia, y unos segundos después reanudó la persecución.

—¡Tess! ¡Dónde estás, hija de puta!

El alarido reverberó alrededor de Tess y la impulsó hacia delante como el viento en las velas. Oyó al iraní penetrar en el estrecho pasadizo en el preciso momento en que ella llegaba a la cámara situada en el otro extremo.

Esta vez iba a ser más difícil. No podía utilizar la linterna, y tampoco los cables. No sabía cómo era aquella estancia, si era muy grande, qué forma tenía, qué obstáculos o trampas presentaba. Allí dentro era tan vulnerable como el iraní. Peor aún, ella era la presa. Debía explorar el terreno sin hacer ruido. Lo único que tenía que hacer el iraní era seguir el sonido, y en el silencio sepulcral de aquella ciudad subterránea hasta el ruido más leve se amplificaba de manera desproporcionada; era tan discreto como los tambores de una banda municipal.

Se apartó de la pared y del cableado y buscó a tientas en la oscuridad, sin ver nada, con los brazos extendidos para defenderse como las antenas de un insecto, palpando el aire atenta a cualquier obstáculo. Encontró la pared de enfrente, lo que le permitió calcular que aquella estancia tendría unos cinco metros de anchura. Pasó los dedos por aquella superficie lisa, arriba y abajo, y de pronto dio con algo distinto: un nicho en la pared a baja altura, como de un metro y medio de ancho, que nacía casi del suelo y le llegaba hasta la cintura.

Sabía que allí abajo había cavernas de todas clases: bodegas, cocinas, almacenes, todos provistos de cavidades de diverso tamaño, excavadas en las paredes y los suelos. Antes de que pudiera pensar en cuál era la utilidad de ésta, oyó acercarse al iraní y se quedó petrificada.

No se atrevía a continuar avanzando, teniendo al terrorista tan cerca. No le quedaba mucho donde elegir, de modo que se agachó, se metió en el nicho y se arrimó todo lo que pudo al fondo. Tenía una profundidad de sólo medio metro.

Y aguardó.

Tras unos instantes, oyó que las pisadas suaves de su perseguidor cobraban intensidad. Acababa de entrar en la estancia. Tess sintió el fuerte hormigueo del pánico en el vientre y se pegó más a la pared.

Luego oyó que el iraní se acercaba a la pared contraria.

«Así vas muy bien. No te pares.»

Se paró.

Tess dejó de respirar.

Pareció transcurrir una eternidad sin que el iraní emitiera un solo ruido. Lo imaginó allí en medio, a escasos metros de ella, escuchando con suma atención, igual que una pantera en la oscuridad. Procuró encogerse lo máximo posible, el cuerpo rígido a causa de la tensión, los pulmones desesperados por respirar con libertad, el cerebro previendo otro sobresalto, un grito, un disparo, algo intencionado para hacerle dar un brinco.

Y no tardó en llegar.

—Sé que estás aquí, Tess. Te oigo respirar.

Sintió que el corazón se le contraía y se le congelaba, e hizo acopio de fuerzas para la siguiente maniobra del iraní sin dejar de repetirse que no podía permitirse el lujo de reaccionar. Se concentró intensamente en el sistema auditivo y lo utilizó como si fuera un sonar.

Captó un levísimo roce de pies.

Después otro.

El iraní se movía.

Despacio.

En línea recta hacia ella.

45

Tess sintió que toda la sangre le subía a las sienes.

El iraní estaba a escasos metros y se acercaba cada vez más.

Se puso completamente rígida, con todos los músculos atornillados en su sitio. Y ya podía olvidarse de mover un solo dedo. Ni siquiera parpadeaba. Todo estaba canalizado hacia la mandíbula, fuertemente cerrada. Suponía que el iraní intentaría aterrorizarla, sabía que algo iba a suceder, y no podía volver a caer en la trampa.

Aguardó, y cada segundo se le antojó una hora. El iraní estaba cada vez más cerca, tanto que ya le oía respirar. Era una respiración amortiguada, controlada, del que sabe lo que hay que hacer. Debía de estar respirando por la boca, igual que ella. Así se hacía menos ruido. Pero de todas formas lo oía respirar. Era un sonido bloqueado, húmedo, gorgoteante. Un tanto trabajoso. Tal vez a resultas del encontronazo con la columna, se dijo. Pero aquello no le sirvió de mucho para aplacar el terror.

Ahora notaba físicamente su presencia. Sin saber cómo, aunque no estuvieran tocándose, sentía que lo tenía delante. Era como si efectivamente tuviera un sonar y lo hubiera detectado. Oyó el ruido que hicieron sus dedos al posarse en la pared por encima de la cavidad donde estaba acurrucada, percibió el ligerísimo roce de unas uñas contra aquella roca porosa. El iraní estaba justo enfrente de ella, palpando la pared, a escasos centímetros de distancia, con la cintura más o menos a la altura de su cabeza.

El corazón le latía a toda velocidad, a punto de salirse del pecho. El retumbar en los oídos resultaba ensordecedor, le parecía increíble que el iraní no lo oyera también. Sabía que si él bajaba la mano, siquiera un poco, encontraría la cavidad y la encontraría a ella.

Y no estaba dispuesta a permitirlo.

No le quedaba otro remedio que actuar primero.

Saltó de su escondite y arremetió contra él a la altura de los muslos con toda la energía que pudo. Asiendo con las dos manos el extremo de la linterna, utilizó ésta a modo de ariete con la esperanza de causarle daño. Lo oyó soltar un fuerte gruñido acusando el porrazo, y pensó que debía de haberle acertado en el sitio justo. Ante aquella embestida inesperada, el iraní perdió el equilibrio y se desplomó hacia atrás; Tess también cayó encima de él, pero consiguió exponerse de pie. Aunque el terrorista intentó golpearla con los brazos, ella contaba con la ventaja de estar encima y lo esquivó con facilidad.

Rápidamente se zafó y salió disparada de la cueva antes de que el iraní se levantara del suelo. Tenía que moverse lo más rápido posible, pero no podía correr el riesgo de chocar con algo, así que tuvo que emplear la linterna de forma intermitente para guiarse a través de aquel laberinto, sin perder de vista el cableado. Fue pasando de una cámara a otra agachándose para recorrer los túneles, con el corazón oprimido por el pánico. Estaba haciendo demasiado ruido para poder oír a su perseguidor, pero le daba lo mismo; lo único que la preocupaba era poner la mayor distancia posible entre ambos.

Estaba saliendo a la carrera de un pasadizo cuando de pronto sintió dos brazos que la aferraban y tiraban de ella. Quiso soltar un chillido, pero una de aquellas manos le tapó la boca para impedírselo.

—Chist, calla —siseó una voz de hombre—. Soy yo.

El corazón le dio un vuelco.

«Reilly.»

Reilly la atrajo hacia sí y la apartó de la abertura por la que acababa de salir. Sin quitarle la mano de la boca, orientó los oídos hacia el punto del que había venido. No oyó nada, pero sabía que el iraní no iba a tardar en darles alcance.

—¿Cómo me has encontrado? —susurró Tess.

—Gracias a la pantalla de mi Blackberry y a estos cables —contestó Reilly—. Los he seguido y he visto el parpadeo de la luz. ¿Tienes una linterna?

—Sí —respondió Tess en voz baja—. Ese tipo me viene pisando los talones, y está muy cabreado.

Reilly pensó a toda velocidad.

—Bien, pues sigue andando. Yo voy a quedarme aquí. No puede estar muy lejos. Llévalo hasta el exterior y deja que te siga. Cuando pase por aquí, yo me ocuparé de interceptarlo.

—¿Estás seguro de...

—Vete ya, vamos —insistió Reilly, empujándola.

Tess se volvió un momento y le buscó la cara con la mano. Le plantó un beso en los labios y echó a correr otra vez.

Reilly se guardó la pistola en el cinto, a la espalda, y se pegó a la pared junto a la abertura. Notó un sudor frío a lo largo de la columna al entrar en contacto con la roca volcánica. No merecía la pena desperdiciar munición, y además prefería cazar vivo al iraní. Pensó que sería más ágil teniendo las dos manos libres, así podría infligirle más daño, lo cual, en aquel preciso momento, constituía una perspectiva de lo más atrayente.

Vio el parpadeo de la linterna de Tess, que se hacía cada vez más débil a medida que se perdía en las entrañas del laberinto.

Y entonces lo oyó.

Haciendo movimientos frenéticos, aproximándose.

Reilly se puso en tensión.

Las pisadas se hicieron más audibles, la respiración más intensa. Se acercaba a toda marcha, como una locomotora. Casi se olía la furia que lo impulsaba.

Reilly se puso rígido, esperando el enfrentamiento, con los puños cerrados. Cada sonido se convertía en una sensación visual y se proyectaba a la oscuridad impenetrable que lo rodeaba... Cuando de pronto lo oyó salir del pasadizo y se lanzó sobre él.

Se le echó encima con todo su peso y lo aplastó contra la pared. Sabía que el iraní contaba con un arma, de manera que sus manos fueron directamente hacia donde calculaba que debía tenerla. Enseguida dio con la muñeca derecha del terrorista, justo en el instante en que éste efectuaba un ruidoso disparo que iluminó la cueva con un destello blanco. Reilly continuó sujetando con una mano la muñeca de su adversario, y se la golpeó una y otra vez contra la pared, al tiempo que con el otro puño le lanzaba un puñetazo tras otro a la cabeza. Acertó una vez, dos, oyó cómo se rompía el cartílago y brotaba la sangre, y esperó a sentir caer el arma al suelo, pero el iraní seguía aferrándola con tozudez. Reilly estaba por atizarle un tercer mamporro cuando de pronto recibió algo con lo que no había contado: un rodillazo en los riñones, seguido rápidamente de un gancho directo a la barbilla. El primer impacto lo dejó sin aire, y el segundo le zarandeó el cerebro y le hizo aflojar la tenaza un instante... Instante que le bastó al iraní para librarse de él con un grito de rabia.

Y seguía teniendo el arma en la mano.

Reilly se tiró al suelo y rodó sobre sí mismo en el momento justo en que las balas se incrustaban en el piso, a su alrededor. Sintiendo una lluvia de fragmentos de toba que le acribillaban el cuerpo, sacó su pistola y disparó a su vez varios tiros, pero por lo visto todos erraron su objetivo. Con los oídos aturdidos por el tiroteo, le pareció captar que su adversario huía de aquella estancia y lo persiguió con un par de disparos más, pero no le llegó el sonido inconfundible de una bala penetrando en la carne humana ni el consiguiente aullido de dolor.

Peor aún, ahora el iraní se dirigía recto hacia Tess.

Reilly buscó el cableado de la pared y echó a andar frenético, siguiendo su trazado con una mano y aferrando la pistola con la otra, atento para cerciorarse de que el iraní no se hubiera detenido y le tendiera una emboscada.

Hizo un alto a la entrada de otro túnel.

—¡Si yo fuera tú, no saldría por ahí! —le gritó a la oscuridad con la esperanza de ubicar al iraní y distraerlo de su empeño de encontrar a Tess—. Este cañón ya debe de estar totalmente rodeado por la Yandarma, y no van a dejarte salir vivo. —Aguardó una respuesta y agregó—: Si quieres seguir vivo, lo mejor es que salgas conmigo. Las cosas que sabes pueden resultarnos muy valiosas.

Nada.

Recorrió el túnel, después otra caverna, y llegó a la entrada de otro pasadizo.

—¿Es que quieres morir, gilipollas? ¿Es eso?

Ninguna respuesta. Aquel iraní no era un peso ligero. Claro que Reilly ya lo sabía de antes.

Continuó un poco más, recorrió una escalera en curva y atravesó otra estancia, y estaba a punto de ascender por lo que parecía un túnel angosto cuando de pronto oyó a Tess:

—Ven por aquí —le susurró Tess a su derecha al tiempo que extendía una mano para tirar de él.

—¿Ha seguido adelante? —preguntó Reilly.

—Sí —repuso ella—. Cuando tú le estabas hablando. Se detuvo para escucharte, pero no me vio.

—¿Tienes idea de dónde puede estar?

—No, pero hemos subido un poco. Yo diría que debemos de estar como a un par de niveles de la superficie.

—No merece la pena intentar atraer a ese tipo aquí dentro, es demasiado peligroso —advirtió Reilly—. Tenemos que salir.

—Antes tengo que librarme de este cinturón —dijo Tess—. Aquí dentro no hay cobertura, pero no puedo salir con él puesto.

Reilly sintió que se le endurecían las entrañas.

—¿De qué forma está sujeto?

—Hay un candado en la parte de atrás. —Tomó la mano de Reilly y la guio.

Reilly lo tocó, parecía fuerte y macizo. Le dio un tirón para probar, más por frustración que con la esperanza de que cediera.

—¿Puedes darle la vuelta para que el candado quede a un lado del cuerpo?

—Sí, no está tan apretado. ¿Para qué?

—Puedo intentar abrirlo de un balazo, pero necesito luz.

Tess soltó un bufido.

—¿Estás seguro?

—Si te arrimas bien a la esquina de la entrada, puedo dirigir el disparo hacia el interior del túnel. Aunque la bala rebote en el metal, no te alcanzará a ti.

—¿Estás seguro? —repitió Tess, no muy convencida.

—Quiero librarte de esa bomba —insistió Reilly—. Fíate de mí. Pero voy a necesitar que enciendas la linterna, sólo un segundo. Encender y apagar, nada más. ¿De acuerdo?

Rara vez, o ninguna, había visto asustada a Tess. La verdad era que pensaba que no se asustaba nunca.

Pero ahora sí.

La ayudó a colocarse junto al borde de la entrada del túnel siguiente. Ella inclinó la cintura todo lo que pudo y se puso los brazos a la espalda, fuera de la vista. Reilly sacó el candado hacia fuera para que sobresaliera hacia el vacío del túnel y apoyó la pistola en el mismo empujando un poco, a fin de apartarlo más del cuerpo de Tess.

—¿Lista? —preguntó.

—¿Has hecho esto antes?

—La verdad es que no.

Tess se encogió de hombros.

—No era eso lo que esperaba que me dijeras.

—A la de tres. Uno. Dos.

A la de tres, Tess accionó la linterna y Reilly apretó el gatillo. El candado explotó con un crujido ensordecedor y una lluvia de chispas... Y justo en aquel momento sonó a su alrededor una ráfaga de disparos que se incrustaron en la toba.

—¡Atrás! —rugió Reilly, y apartó a Tess para protegerla de la andanada de metralla de roca que los envolvió.

Y entonces lo oyó: el chasquido seco del carro de la pistola, quedándose fijo después de haber escupido la última bala.

—¡Se ha quedado sin munición! —exclamó Reilly al tiempo que le arrancaba a Tess el cinturón y lo arrojaba a un rincón.

Seguidamente cogió la linterna y echó a correr tras el iraní—. ¡Vamos!

Alumbró con el haz de luz y lo descubrió saliendo por el túnel y atravesando otra caverna. Se lanzó tras él, casi volando. Ahora que iba estrechando el cerco a su presa, empezó a paladear el placer inminente de darle caza.

Zahed corría por el interior de la colmena con los dientes apretados. Maldijo a la americana por haberlo metido en aquel lugar, por haberle quitado la mochila, por haberle dejado sin munición.

Había llegado el momento de cortar por lo sano y salir de allí de una vez, suponiendo que pudiera. Desconocía lo que podía aguardarle en la superficie. Sabía que Reilly se había echado un farol cuando dijo que la zona estaba cubierta de gendarmes, pero no estaba seguro. Aunque el cañón no estuviera abarrotado de turistas, alguien tenía que haber oído el tiroteo, y era posible que hubiera llamado a la policía. Aquella zona no tardaría en convertirse en territorio hostil y, dado el número limitado de entradas y salidas que había, no iba a resultar fácil escaparse.

Pero antes tenía que averiguar cómo.

Cruzó a la carrera una estancia de gran tamaño, y se metió por un corredor muy ancho, seguido por el haz de luz intermitente. Le servía de ayuda porque rebotaba en las paredes, iluminaba los pasadizos y le proporcionaba un poco de claridad de vez en cuando, pero mientras lo tuviera a la espalda se sentía igual que un ciervo ante los faros de un coche. Tenía que salir de su radio de alcance. Se movía frenético, tan rápido como le era posible, y no sabía adónde se dirigía. Claro que ya poco importaba; lo único que podía hacer era seguir el cableado de la pared con la esperanza de que lo condujera de nuevo hasta la entrada.

Oyó los pasos de Reilly no muy atrás. Tenía que librarse de él. Atisbó una angosta escalera y comenzó a subirla a toda prisa, saltando los escalones de dos en dos. Llegó a una bifurcación; tomó el ramal de la derecha y se metió por el pasadizo, ya sin tantas prisas, esperando confundir a su perseguidor y ganar un poco de tiempo. Porque tenía que hacer algo. Ralentizarlo de alguna forma.

Y entonces lo vio.

Estaba en la boca del túnel. Un borde redondeado que sobresalía de aquel lado de la pared. Y lo había visto cuando entró.

Se trataba del mojón que servía para bloquear la entrada. Una roca circular, de una tonelada de peso y casi metro y medio de diámetro. Tenía por finalidad impedir la entrada de los invasores y podía volver a colocarse en el sitio rápidamente con sólo soltar un par de cuñas de madera que la mantenían fija.

—No te muevas, gilipollas.

Zahed se volvió.

Allí estaba Reilly, en la otra boca del túnel. Y lo apuntaba a él con la pistola y la linterna al mismo tiempo. La luz le hizo entornar los ojos.

Vio a Tess detrás del agente. Le buscó el cinturón con la vista, pero no lo encontró, y a juzgar por su expresión desafiante dedujo que ya no lo llevaba puesto.

—Debería haberlo matado en Roma —le dijo Zahed a Reilly para ganar tiempo.

—Demasiado tarde, capullo. Tira la pistola.

La mirada de Zahed se desvió un instante hacia la base de la roca de la entrada. Las cuñas de madera que empleaban los habitantes de antaño hacía mucho que habían desaparecido, y en su lugar había una barra de hierro oxidado, una adquisición mucho más reciente, que sobresalía de la pared lateral y sujetaba la piedra en su sitio. Tenía pinta de ser un artilugio bastante burdo instalado varias décadas atrás, antes de que aquellos cañones fueran evacuados. En esta época no eran muchos los turistas que visitaban la Capadocia, de modo que la seguridad no constituía un asunto de importancia primordial para los custodios de aquellas ciudades subterráneas.

Y menos mal.

—No puedo salir de aquí con usted, ya lo sabe —exclamó el iraní a su vez, sin dejar de lanzar miradas rápidas a la barra de hierro, examinando las alternativas posibles, evaluando las probabilidades.

—Tú eliges, tío. O sales de aquí andando conmigo, o dentro de una bolsa negra con cremallera —contestó Reilly—. A mí me da lo mismo lo uno que lo otro.

—Pensándolo bien, ¿sabe una cosa? —El iraní calló unos instantes y luego voceó—: Que le jodan.

Disfrutó brevemente del desconcierto de Reilly, y se puso en acción. Se lanzó hacia su derecha para protegerse con el borde de la piedra y dio vuelta a la pistola para usarla como un martillo.

Y empezó a aporrear la base de la barra de hierro.

El ángulo era perfecto.

La barra se movió y aplastó la roca blanda sobre la que se asentaba. Al porrazo siguiente se movió otro poco más.

Tess chilló algo, y Reilly arremetió contra el iraní disparando su arma.

El tercer golpe consiguió aflojar la barra... Justo en el momento en que un tiro de Reilly le perforaba una mano.

El americano vio que el terrorista se arrojaba hacia un lado y levantaba la pistola como si fuera un martillo. No entendió qué era lo que se proponía, pero supo que no era nada bueno. Con aquella mole de roca que se interponía, no tenía una línea de tiro despejada; le veía únicamente la mano con que agarraba el arma sin balas.

—¡La piedra! —chilló Tess—. ¡Es para bloquear la entrada!

Reilly se lanzó por el túnel como si fuera una bala de cañón, disparando mientras corría. Oyó que Zahed estaba aporreando algo con la mano derecha, porque cada golpe que daba levantaba eco, y el corazón comenzó a latirle al triple de velocidad. Entonces vio brotar la sangre de la mano izquierda del terrorista y oyó el grito de dolor. Le faltaban escasos metros para llegar hasta él cuando el enorme mojón salió rodando de la pared. El suelo se sacudió cuando chocó contra el otro lado del túnel justo en el momento en que llegaba él, y acercó las manos instintivamente para intentar detener la roca, pero tuvo que retroceder al comprender que era inútil.

El túnel quedó bloqueado. Bloqueado completamente, de manera definitiva.

Reilly intentó empujar hacia atrás el mojón de piedra, pero éste no se movió. Lo habían diseñado para que se deslizara hasta aquella posición rodando en pendiente, y pesaba demasiado para que él pudiera colocarlo de nuevo en su posición inicial sin ayuda. Maldijo en voz alta y lo recorrió con los dedos, en un gesto de desesperación. Tenía un pequeño orificio en el centro, de unos ocho centímetros de ancho. Se asomó por él y se le cayó el alma a los pies; al otro lado no se veía nada. Todo estaba sumido en la oscuridad.

Entonces oyó al iraní. Gimiendo, maldiciendo, acusando el violento dolor de la herida. Y le agradó oírlo; al parecer, sufría, y mucho.

Transcurridos varios segundos, se oyó la voz del herido al otro lado de la roca:

—¿Qué, está cómodo ahí, Reilly?

Reilly acercó el cañón de la pistola al orificio de la roca y respondió:

—¿Qué tal la mano, cabrón? Espero no haber estropeado demasiado tu vida amorosa.

Y a continuación introdujo el cañón del arma en el orificio y disparó cuatro tiros. Éstos levantaron un fuerte eco por el interior de las galerías y finalmente se apagaron. De nuevo se oyó la voz del iraní:

—Deje de malgastar balas y empiece a buscar una manera de salir de aquí. —Hablaba en tono alto, pero no lo bastante para enmascarar el dolor que obviamente sufría—. No va a resultar nada fácil, yo diría que es casi imposible. Pero inténtelo. Hágalo por mí. Consiga lo imposible. Y cuando lo consiga, sepa una cosa: que esto no se ha acabado. De alguna manera, donde sea, daré con usted. Iré a buscarlo a usted y a Tess... y entonces terminaremos esto como Dios manda, ¿conforme?

Reilly volvió a meter la pistola por el agujero y vació el cargador con rabia, chillando de frustración, con la esperanza de que una de las balas diera en carne y hueso. Y cuando se extinguió el eco de las detonaciones, lo único que quedó fueron los murmullos furiosos y los pasos del iraní que huía, unos sonidos que fueron apagándose poco a poco hasta que no se oyó más que un silencio sepulcral.

46

—¿Y los topos? Aquí abajo no hay topos, ¿no?

—¿Topos?

—Ya sabes —prosiguió Tess. Le costaba trabajo estarse callada en aquella oscuridad tan opresiva—. Topos. O cualquier otra criatura desagradable de dientes grandes y uñas en las patas. —Guardó silencio unos instantes y añadió—: ¿Y murciélagos? ¿Tú crees que habrá murciélagos aquí dentro? No estamos tan lejos de Transilvania. A lo mejor hay vampiros por ahí. ¿Qué opinas?

—Tess, escúchame —dijo Reilly con calma—. Si pierdes la cabeza, voy a tener que dispararte. ¿Te das cuenta?

Tess se echó a reír. Fue una risa grave, nacida más bien del miedo y del nerviosismo. La realidad de su situación, atrapados allí dentro, en un laberinto subterráneo cerrado al público, varios niveles por debajo de la superficie, estaba empezando a poder más que ella. Por lo general se enorgullecía de no ser una persona temerosa; había vivido unas cuantas situaciones difíciles y las había sobrellevado bien y sin problemas. Normalmente entraba en acción la adrenalina y alimentaba su instinto de supervivencia.

Pero ahora era distinto. Esta situación parecía más bien un final lento, doloroso y frustrante. Como verse perdido en el espacio sin tener a mano la liberación, sin disponer de oxígeno. Era suficiente para volver loco a cualquiera.

Ya había perdido la cuenta del tiempo que llevaban allí abajo. Horas, desde luego. Pero no era capaz de calcular cuántas.

Habían probado a hacer rodar de nuevo el mojón de piedra, pero era imposible. Había sido diseñado para devolverlo a su sitio desde el interior, pero carecían de las cuñas de madera necesarias para hacer palanca. Después buscaron alguna otra forma de salir siguiendo el trazado de los cables eléctricos en todas direcciones. Utilizaron muy poco la linterna, pero ésta terminó sin pilas. Luego recurrieron al débil resplandor que proyectaba la pantalla del Blackberry de Reilly, y ésta también se quedó seca.

Tess sabía que aquellas ciudades subterráneas eran enormes. El número de personas que podían refugiarse en las más grandes variaba notablemente: desde unos pocos miles hasta nada menos que veinte mil. Y eso era mucho espacio que abarcar. Muchos túneles. Y muchos callejones sin salida. Comprendió que iban a tardar demasiado en llegar a alguna parte.

—¿Y si nos quedamos atrapados aquí para siempre?

Reilly la estrechó con fuerza.

—Eso no va a ocurrir.

—Ya, pero ¿y si ocurriera? —insistió ella, estrujándose más contra él—. Lo digo en serio. ¿Qué puede pasarnos? ¿Nos moriremos de hambre? ¿O nos moriremos antes de sed? ¿Nos volveremos locos? Dímelo. Seguro que te prepararon para esto en tu entrenamiento.

—Lo cierto es que no —respondió Reilly—. No es precisamente de las cosas que tienen previstas los de la oficina de Nueva York.

La oscuridad ya era absoluta, hasta el punto de que resultaba cegadora. No se percibía ni un atisbo de luz. Tess no veía nada de Reilly, ni siquiera un leve reflejo que le viniera de sus ojos. Sólo le oía respirar, notaba cómo le subía y le bajaba el pecho y sentía cómo le apretaba la cintura. Sus recuerdos vagaron hasta un pasado no muy distante, a una ocasión en la que también estaba acurrucada con él en la oscuridad, no muy lejos de donde se encontraban ahora.

—¿Te acuerdas de aquella primera noche? —le preguntó—. En la tienda de campaña, antes de que llegáramos al lago.

Percibió que su rostro se iluminaba en una sonrisa.

—Sí.

—Fue maravilloso.

—Bastante alucinante.

—Más que alucinante. —Lo revivió mentalmente, y de pronto experimentó una sensación reconfortante que la llenó por dentro—. Siempre he querido revivir aquel primer beso —confesó—. No se puede comparar con nada, ¿a que no?

—Vamos a poner a prueba esa teoría. —Reilly le tomó la cara entre las manos, la atrajo hacia sí y la besó largamente, con hambre y desesperación, de una forma que decía mucho más que las palabras.

—Podría estar equivocada —dijo Tess por fin, con expresión soñadora—. O puede que tenga algo este aire de Turquía. ¿Qué piensas tú?

—¿Este aire? ¿El de aquí dentro? A mí no es que me haga demasiado efecto, pero bueno, no quiero ser aguafiestas.

A Tess terminaron por invadirla otros pensamientos más siniestros:

—No quiero morir aquí, Sean.

—No vas a morir aquí —le dijo Reilly—. Vamos a salir.

—¿Lo prometes?

—Sin ninguna duda.

Tess sonrió... Y le vino todo a la memoria. Lo que había pasado en los últimos días, cómo habían llegado hasta aquel lugar. Una maraña de pensamientos inconexos que entraban y salían de su cerebro.

—Ese tipo —recordó—, el terrorista, me contó un par de cosas que me dijo que debería consultar. Que eran importantes.

—¿Cuáles?

—Me preguntó si me sonaba de algo la Operación Ajax.

En aquella oscuridad no veía la expresión de Reilly, pero tampoco le hizo falta. La pausa y la respiración le dijeron lo que necesitaba saber. Reilly sí sabía lo que era.

—¿Y la otra cosa? —inquirió Reilly sin levantar el tono de voz.

—Dijo que yo tenía que averiguar lo que ocurrió en la mañana del 3 de julio de 1988.

Reilly hizo otra pausa, y esta vez aspiró y espiró con fuerza.

—¿Qué? —preguntó Tess.

Pasados unos momentos, Reilly dijo:

—Yo diría que nuestro hombre nos está diciendo que es iraní. Y que tiene problemas graves para controlar la rabia.

—Cuéntame algo que no sepa.

Reilly dejó escapar una breve risa.

—La Operación Ajax es elnombre en clave de una vieja operación fallida. Una importante. La llevamos a cabo en Irán, en los años cincuenta.

Tess hizo una mueca.

—Vaya.

Reilly afirmó con la cabeza.

—Sí, no fue nuestro mejor momento.

—¿Qué sucedió?

—Allá por la Primera Guerra Mundial, los británicos controlaban la producción de petróleo de Irán —explicó Reilly—. Cuando eran un imperio. Y lo que hicieron fue arrasar el país. Ellos se llevaban todos los ingresos del petróleo y a los iraníes les dejaban las migajas. El pueblo de Irán, con toda la razón, se enfureció, pero al gobierno británico le importó una mierda y se negó a renegociar las condiciones. Esto duró treinta o cuarenta años, hasta que los iraníes eligieron como primer ministro a un tal Mohamed Mosaddeg. Estamos hablando del primer gobierno iraní elegido democráticamente. Mosaddeg salió elegido por abrumadora mayoría e inmediatamente inició el proceso de recuperar la producción de petróleo y nacionalizarla, pues por eso resultó elegido.

—Imagino que a los británicos les encantó —apuntó Tess.

—Desde luego. Mosaddeg tenía que ser apartado del gobierno. ¿Y adivinas quién se ofreció para ayudar a derrocarlo?

Tess hizo una mueca.

—¿La CIA?

—Naturalmente. Se abalanzaron sobre él y lo echaron del poder. Sobornaron y chantajearon a decenas de personas que había dentro del gobierno, de la prensa, del ejército y del clero. Ensuciaron la reputación de Mosaddeg y de todo el que estaba cerca de él, y luego pagaron a grupos de matones para que salieran a las calles exigiendo su detención. El pobre hombre, que era fundamentalmente un patriota desinteresado, pasó el resto de su vida en la cárcel. Su ministro de Asuntos Exteriores murió fusilado.

Tess exhaló un suspiro.

—Y nosotros pusimos en su lugar al Sah.

—Así es. Un dictador títere, amigo nuestro, con el que podíamos contar para que nos vendiera petróleo barato y nos comprase armas en grandes cantidades. Durante los veinticinco años siguientes ese tipo gobernó Irán con mano de hierro, con la ayuda de una policía secreta entrenada por nosotros, a cuyo lado los del KGB parecían inofensivos gatitos. Y eso duró hasta 1979, cuando el ayatolá Jomeini encauzó la rabia del pueblo y logró convencerlo de que expulsara al Sah del país.

—Y nosotros mismos provocamos una revolución islámica que nos odia.

—A muerte —agregó Reilly.

El semblante de Tess se endureció de pura frustración, y de pronto se le iluminó la mente.

—Mosaddeg no era un líder religioso, ¿verdad?

—No, en absoluto. Era un diplomático de carrera, un hombre moderno y sofisticado. Estaba licenciado en Derecho por no sé qué universidad suiza. Los mulás que gobiernan actualmente Irán ni siquiera lo mencionan cuando se habla del golpe. Era demasiado laico para su gusto. —Hizo una pausa y agregó—: En aquella época no existía la República Islámica, la provocamos nosotros. Antes de que jodiéramos la marrana, Irán era una democracia.

—Una democracia que no nos convenía.

—No es la primera vez que ocurre algo así, y tampoco será

la última. Y todo por tener petróleo barato... Aun así..., imagínate qué distinto sería el mundo en este momento si no hubiéramos hecho aquello —se lamentó.

Tess dejó que calara aquella información y luego dijo:

—No estoy segura de querer saber lo que ocurrió el 3 de julio.

—Fue otro momento estelar del Tío Sam —masculló Reilly.

—Cuéntame.

Incluso en aquella oscuridad densa como boca de lobo, Tess notó que a Reilly se le endurecía el semblante.

—Iran Air, vuelo seis, cinco, cinco —dijo Reilly—. Despega de Irán con llegada a Dubái prevista media hora más tarde. Doscientas noventa personas a bordo entre pasajeros y tripulación, incluidos sesenta y seis niños.

Tess sintió una punzada de horror.

—El que derribamos.

—Exacto.

—¿Por qué? ¿Cómo ocurrió?

—Es complicado. El transpondedor del avión estaba funcionando y enviaba la clave correcta. El piloto volaba dentro del pasillo aéreo que se le había asignado y se encontraba en contacto con el control de tráfico y hablando en inglés. Todo era rutinario, de manual. Pero, por una serie de razones, los nuestros creyeron que se trataba de un F-14 que los atacaba y le dispararon un par de misiles.

—¿Sabían que era un avión civil?

—No, hasta que fue demasiado tarde. El barco tenía una lista de todos los vuelos civiles locales, pero se liaron con las zonas horarias. El barco llevaba la hora de Bahréin, mientras que la lista de vuelos mostraba la hora local de Irán, que tiene una diferencia de treinta minutos.

—Estás de broma.

—No. Y tampoco es la primera vez que ocurre algo así. ¿Te acuerdas de Cuba y la bahía de Cochinos? Una de las principales razones por las que fracasó aquello fue que se hicieron un lío con las zonas horarias. Los terroristas que despegaron de Nicaragua tenían previsto recibir cobertura aérea de varios cazas procedentes de uno de nuestros portaviones. Los terroristas estaban controlados por la CIA y trabajaban con la hora central. Pero los cazas estaban controlados por el Pentágono, que tiene la hora este. No lograron coordinarse, y los terroristas fueron todos derribados.

—Dios santo.

Reilly se encogió de hombros.

—Errores sencillos, pero que no deberían suceder. Con el avión iraní se dio una mezcla de muchos errores. Nuestros barcos cuentan con sistemas que asignan claves a posibles objetivos. Por alguna razón, la clave que recibió el avión comercial se modificó después de haber sido registrada y se adjudicó a otro avión, lo cual fue otra equivocación. Así que el operador de radar, al mirar la pantalla, lo vio localizado en una posición, y cuando volvió a mirar lo vio en otra distinta; era como si estuviera moviéndose a una velocidad increíble. Le entró el pánico y pensó que tenía que tratarse de un caza. Además, las flechas que indican si un avión está ascendiendo o descendiendo son muy difíciles de interpretar. El operador sintió miedo y pensó que el avión estaba lanzándose en picado para atacarlos, de modo que dio la alarma y el capitán disparó los misiles. Al parecer, era un exaltado dado a buscar bronca, de los que primero disparan y después preguntan. El comandante de una fragata que se encontraba allí aquel mismo día comentó que era un tipo demasiado agresivo. Pero fue un error garrafal, una tragedia. Tanto nuestro barco como el avión estaban en aguas y espacio aéreo iraníes. Murió mucha gente, muchos niños. Merecía una disculpa, y de las grandes.

—Una disculpa que no llegó jamás.

—Ni una palabra. Jamás reconocimos que hubiéramos actuado mal. Les dimos a los familiares de las víctimas alguna que otra indemnización pero no aceptamos la responsabilidad del hecho, no pedimos perdón. Peor todavía, los que iban en aquel barco fueron condecorados con medallas. Medallas. Por conducta excepcional. Eso sí que es una bofetada en la cara. Bush padre, que en aquella época era vicepresidente de Reagan, llegó a decir: «No pienso pedir perdón en nombre de los Estados Unidos de América. Nunca. Me da igual cuáles hayan sido los hechos.»

—Palabras nobles y comedidas de un verdadero estadista —comentó Tess en tono irónico.

—Y todavía nos extrañamos de que los chiflados como el presidente que tienen en la actualidad tengan tanto tirón cuando la toman con nosotros y nos llaman «Gran Satanás» —agregó Reilly—. Aunque en realidad ya se vengaron.

—¿Cuándo?

—Cuando el jumbo de la Pan Am se estrelló en Lockerbie —le dijo Reilly.

—Yo creía que ese atentado había sido obra de los libios. ¿No juzgaron a dos de sus agentes, y no es cierto que uno de ellos está muriéndose de cáncer o algo así?

—No está muriéndose. Y ya puedes olvidarte de todo lo que hayas leído. Fue obra de los iraníes.

Tess guardó silencio durante unos instantes.

—¿Qué pasa, que en Quantico os dan lecciones de historia o qué? —preguntó por fin.

Reilly dejó escapar una risa irónica.

—Alguna que otra. Pero de esas cosas no. No es muy buena idea sacar a relucir los trapos sucios delante de agentes durante el entrenamiento básico. No motiva mucho, que digamos.

—¿Entonces?

—Vamos. Fíate de mí. En estos momentos Irán es una patata caliente. De prioridad uno. Y yo necesito conocer todo el historial de la gente con la que estamos tratando, sobre todo ahora que está intentando fabricar armas nucleares.

Tess asintió mientras reflexionaba sobre lo que le había contado Reilly. Al cabo de un momento preguntó:

—¿Y qué se siente al saber que los malos que está persiguiendo uno podrían ser el resultado de algo que hemos hecho nosotros?

Reilly se encogió de hombros.

—La historia es una larga serie de enfrentamientos de unos

países contra otros. Nosotros somos tan culpables como cualquiera, y la cosa continúa. De manera que una gran parte de lo que hago consiste en lidiar con las repercusiones de los errores cometidos por otros, por lo general los genios que dirigen nuestra política exterior. Pero eso no influye en el hecho de que haya que eliminar a capullos como nuestro amigo iraní. Hay que quitarlos de en medio, y yo no tengo ningún problema en hacerlo. A ver, sí, puede que ese tío tenga una larguísima lista de agravios, puede que fuéramos nosotros los que prendimos la chispa que lo convirtió en un hijo de puta... Eso no cambia lo que es ahora ni sirve de justificación para lo que ha hecho.

Tess frunció el ceño, enfrascada en una profunda reflexión.

—¿Tú crees que pudo perder a algún familiar en aquel avión?

—Eso parece. Ocurrió en 1988, o sea hace veintidós años. Digamos que actualmente tenga unos treinta y tantos, lo cual quiere decir que por aquel entonces tenía poco más de diez. No es buena edad para quedarse sin padres, si fue eso lo que sucedió. Es lógico que algo así genere mucho odio.

—Dios santo, sí. —Tess se imaginó al iraní de pequeño, recibiendo la noticia de que sus padres o sus hermanos habían sido asesinados. De repente de acordó de su hija Kim, y por un momento la imaginó viviendo la misma situación. De improviso le vino una idea a la cabeza que la rescató de aquella imagen tan sórdida—. Vosotros debéis de tener la lista de pasajeros de aquel vuelo, ¿no? Una lista de las víctimas.

—Existe una lista, la que emplearon para indemnizar a los familiares. Pero no va a resultar fácil averiguar cuál de las víctimas dejó un hijo, en un país con el que tenemos cero relaciones diplomáticas.

—¿De modo que ni siquiera saber eso puede ayudar a identificarlo?

—Probablemente no.

—No se te ve muy esperanzado.

Reilly volvió a encogerse de hombros y se acordó de lo que iba pensando en el coche cuando Ertugrul los recogió en el aeropuerto.

—Desde lo de Ajax, cada vez que nos hemos enfrentado con los iraníes hemos perdido. La embajada de Teherán. Los helicópteros en el desierto. Los rehenes de Beirut. Irán-Contra. Los insurgentes de Iraq. Hasta la maldita Copa del Mundo de 1998. Hemos perdido siempre.

—Pero esta vez no —replicó Tess, intentando creerlo ella misma.

—Exacto —dijo Reilly, estrechándola contra sí.

Tess se acurrucó contra su pecho. Escuchando su respiración, sintió que se removía algo en su interior: una rabia, una decisión, un deseo urgente. Se irguió, se volvió de frente a Reilly y apoyó su boca en la de él al tiempo que levantaba la pierna izquierda para enroscarla alrededor de su cuerpo.

—Eh —murmuró Reilly.

—Calla —replicó ella.

—¿Qué estás haciendo?

—¿Qué crees tú?

Sus dedos ya estaban afanados en desbrocharle el cinturón.

—Se supone que debemos ahorrar energías —logró decir él entre besos ansiosos.

—Pues entonces deja de hablar. —Se estaba quitando el pantalón.

—Tess... —empezó a decir Reilly, pero ella lo interrumpió apretándole la cara entre las manos.

—Si tenemos que morir aquí —le susurró al oído al tiempo que se ponía encima de él notando el sabor salado de una lágrima solitaria que resbalaba por la mejilla y le humedecía el labio—, quiero morir sabiendo que tienes una sonrisa en la cara. Aunque no pueda verla.

47

Reilly fue el primero en moverse.

Los rodeaba un silencio surrealista, y Reilly tardó unos instantes en recordar dónde estaba. Percibió la presencia de Tess, que yacía dormida a su lado sobre el duro suelo, con una respiración tranquila y poco profunda. No sabía cuánto tiempo había transcurrido desde que ambos se quedaron dormidos el uno en los brazos del otro, y no tenía ni idea de si era de día o de noche.

Se incorporó despacio y volvió la cabeza para aliviar la rigidez del cuello, consciente de que cada movimiento que hiciera —el roce de una tela contra otra, el más mínimo raspar del zapato contra el suelo— resultaría amplificado mil veces, lo cual hacía que aquella cámara aislante natural le pusiera todavía más nervioso. Se frotó los ojos y miró alrededor, más por instinto que por necesidad, dada la negrura de tinta que lo rodeaba, y de pronto captó algo. Algo en lo que no se había fijado antes.

Pero estaba allí.

Un resplandor luminoso y espectral que entraba por alguna parte.

Procedente del exterior.

Sintió renacer la esperanza. Se puso de pie y, con los brazos extendidos para no tropezar, avanzó lentamente por la caverna. El resplandor no era suficiente para alumbrarle el camino, pero se sintió más cómodo moviéndose con él. Parecía provenir de un túnel que partía de la caverna, uno que ya creía haber explorado con Tess. Se agachó y avanzó a cuatro patas por aquel pasadizo palpando las paredes con las palmas.

Halló una abertura en la pared del túnel, a la altura de la cintura. Se trataba de un hueco redondo, como de un metro de diámetro. Por allí era por donde parecía filtrarse la luz. Pasó las manos por la cornisa y dejó que de la exploración se encargara su sentido del tacto. La cornisa medía sólo unos cuarenta centímetros, más allá había un vacío. Un vacío hacia abajo... Y también hacia arriba.

Un respiradero.

Reilly se asomó directamente a él para verlo mejor. Le quedó claro que la luz —luz diurna— entraba por allí. Pero también había otra cosa: un ruido proveniente de abajo. Un suave murmullo de agua. No un torrente, sino más bien una corriente lenta.

Volvió a salir del agujero, se puso en cuclillas y tanteó el suelo con los dedos. Recogió una piedra suelta del tamaño de una ciruela. Se introdujo de nuevo por la abertura, sacó el brazo y dejó caer la piedra. Al cabo de dos segundos, y sin rebotar contra ningún recodo, la piedra cayó en el agua con un chapoteo limpio que levantó un eco hasta donde él se encontraba.

Supo que había encontrado un pozo que desembocaba en una especie de galería de ventilación. Pensó que seguramente el sol se encontraba formando un ángulo favorable para que sus rayos penetrasen por el pozo con suficiente intensidad para llegar hasta el túnel donde estaba él, pero si era así, el resplandor no iba a durar mucho. Empezó a trazar mentalmente un dibujo de la trayectoria que debía de seguir aquel pozo. Durante la infructuosa exploración de la noche anterior, Tess le había dicho que aquellas ciudades subterráneas contaban con complicados sistemas para ventilarse y recoger agua, diseñados para que los habitantes pudieran resistir largos períodos ocultos de los ejércitos invasores. Las galerías de ventilación llegaban hasta el fondo mismo del complejo y apenas eran lo bastante anchas para que pudiera deslizarse por ellas un ser humano. Tenían piedras puntiagudas y portillos para cerrar el paso a los visitantes no deseados. Además permitían un seguro acopio de agua potable que no se podía interrumpir ni manipular desde el exterior. Los habitantes habían excavado pozos que daban acceso a acuíferos subterráneos y otros túneles que recogían agua de lluvia de la superficie. Ambos sistemas tenían que estar bien escondidos, a fin de impedir que los enemigos penetrasen en ellos o los envenenasen.

Reilly reflexionó un momento. Dudaba de que fuera capaz de salir a la superficie a través de un túnel de ventilación. Por otra parte, Tess le había contado que los diversos pozos que había en aquellas ciudades subterráneas por lo general estaban comunicados entre sí mediante un sistema de canales. Dado que se encontraban en pleno verano, calculó que el nivel del agua sería manejable, lo cual quería decir que quizá, sólo quizás, aquel pozo podía servirle para llegar a otra parte del complejo, una que no tuviera cerrado el paso al mundo exterior.

Despertó a Tess y le enseñó lo que había encontrado. El resplandor estaba disminuyendo, sin duda debido a que el sol estaba cambiando de posición. Tenían que darse prisa.

—Voy yo primero —dijo—. Tú estate atenta por si aparece alguien por los túneles que venga en nuestra ayuda.

Tess lo asió del brazo para frenarlo un instante.

—No vayas. Ahí abajo hay agua. ¿Y si no pudieras volver a subir?

—No tenemos otra alternativa —replicó Reilly. Esbozó una sonrisa, aunque resultó apenas visible—. Estamos en verano, el nivel no puede estar tan alto.

—Me lo creería, si no fuera por el agua del deshielo, so tonto.

—No va a pasarme nada —le aseguró Reilly con una leve risa.

Tess frunció el entrecejo.

—Los códices —dijo—. Con el agua podrían estropearse sin remedio.

—Pues déjalos aquí.

—Podría ser que no volviéramos a encontrarlos nunca.

Reilly le acarició la mejilla con la mano.

—¿Qué es más importante, tu vida o esos libros?

Tess no contestó, pero Reilly notó que asentía débilmente. Luego ella volvió a adoptar un tono serio:

—¿Y si no consigues dar con el camino de vuelta?

Reilly distinguió a duras penas la luz que se reflejaba en sus ojos. Aquel comentario era difícil de eludir. Tess tenía razón. De repente se acordó de algo, y vislumbró una posible solución en la pared que tenía Tess detrás.

—Los cables eléctricos. Ayúdame a arrancarlos de la pared.

Recorrieron a oscuras los pasadizos y las cavernas ayudándose con las manos y arrancando todo el cable que pudieron. Lograron juntar unos doscientos metros, y ataron los diferentes tramos uno a otro para obtener una sola pieza.

A continuación, Reilly tomó un extremo y lo amarró a uno de los apliques de luz de la pared. Tiró con fuerza para probarlo; no se movió. El aplique en sí parecía ser lo bastante robusto para sostener su peso, y el cable era fuerte. La parte débil era la blanda roca en la que estaba montado el aplique. No había modo de saber si aguantaría o se desmoronaría sin más. De todos modos soltó el rollo de cable por el pozo, y seguidamente Tess le entregó el conjunto de pico y pala que sacó de la mochila del iraní.

—Tienes la pistola —dijo Reilly—. Si es necesario, úsala.

Tess afirmó con la cabeza. Todavía no se sentía cómoda con la idea de verlo marcharse. Lo besó intensamente, y acto seguido él se subió al hueco de la pared.

—Volveré —dijo Reilly.

—Más te vale —respondió Tess. Le retuvo la mano durante unos segundos más y finalmente se la soltó.

El descenso fue, tal como le gustaba decir al instructor que tenía Reilly en Quantico, de los que sirven para forjar el carácter. Y lento. Fue bajando poco a poco, haciendo un precario movimiento tras otro, con la espalda pegada a la pared del pozo y los brazos y las piernas extendidos contra la otra cara de aquel estrecho pasadizo, sostenido por toda la musculatura en tensión.

El ascenso, si es que tenía que volver a ascender, tampoco iba a resultar muy divertido.

El pozo no tenía ninguna zona más ancha, lo cual le permitió recorrerlo del todo hasta tocar el agua con un pie, al cabo de lo que calculó que había sido una bajada que no andaría muy lejos de los treinta metros. Permaneció allí unos instantes para recuperar el resuello, sin saber qué hacer. No tenía modo de saber cuál era la profundidad del canal. Si se soltaba y se zambullía en él, y resultaba ser demasiado hondo para hacer pie, corría el riesgo de ser arrastrado por la corriente... Y ahogarse si no había ninguna cámara de aire por encima del agua.

No tenía mucho donde elegir.

Se agarró con fuerza al cable y, muy despacio, se separó de la pared para quedar colgado. Las piernas fueron lo último que despegó del túnel. El cable aguantó. Exhaló un suspiro de alivio y a continuación, bajando una mano después de la otra, fue descendiendo hacia el agua. Lo sorprendió que estuviera tan helada. Lo sorprendió porque en la superficie hacía un calor intenso. El comentario que había hecho Tess acerca del deshielo le hizo sonreír. Continuó bajando hasta que el agua le llegó a las axilas... Y de pronto tocó algo con los pies y se posó en suelo firme.

—¡Ya he llegado! —gritó hacia arriba—. ¡Y hago pie!

—¿Ves algo? —gritó Tess a su vez.

Reilly miró corriente abajo. El pálido resplandor de la superficie del agua se perdía en la oscuridad. Se volvió hacia el otro lado, pero estaba igual de oscuro.

Se le cayó el alma a los pies.

—No —respondió, procurando mantener la voz serena.

Tess no dijo nada. Finalmente preguntó:

—¿Qué quieres hacer?

Reilly se apartó de la vertical del pozo y dio dos pasos corriente arriba, sin soltar las manos del cable. Entre la superficie del agua y el techo del canal había un espacio de aire. Si flexionase las rodillas y se agachase, podría ir corriente arriba... Al menos un trecho, porque no alcanzaba a ver hasta dónde continuaba aquella estructura. Intentó lo mismo corriente abajo; allí el techo era más bajo, y después de media docena de pasos desaparecía bajo el agua.

—Voy a ver si hay otro pozo que baje hasta aquí —le dijo a Tess—. Corriente arriba parece factible vadear el canal.

Tess volvió a guardar silencio. Al cabo de unos segundos dijo:

—Buena suerte, tigre.

—Te quiero —contestó Reilly.

—Casi estoy pensando que me ha merecido la pena meterme en este lío sólo para oírte decir eso. —Rio ella.

Reilly tiró del cable y se lo arrolló a la cintura, acto seguido comenzó a caminar por el canal.

El fondo era liso y resbaladizo, ya que la blanda toba había sido pulida por milenios de agua. Tuvo que avanzar despacio y con sumo cuidado, y aunque el caudal de la corriente no era demasiado agobiante, de todas formas había que tenerlo presente. La dificultad estribaba en que se veía obligado a servirse de los brazos para ir palpando el techo, por si aparecía otro pozo. En dos ocasiones estuvo a punto de perder pie a causa de lo incómodo de la postura, pero aquello no tardó en pasar a ser un hecho trivial, porque el techo descendió de pronto y desapareció bajo el agua.

Se acabó la cámara de aire.

Reilly se quedó un momento donde estaba, paralizado, exhausto, con los dedos de las manos y de los pies doloridos por el esfuerzo. Escrutó la oscuridad pensando en lo que iba a suponer regresar con Tess sin haber encontrado una salida. Maldijo para sus adentros y le entraron ganas de gritar para ventilar su rabia y de aporrear las paredes de aquel maldito canal, pero se contuvo. Hizo varias inspiraciones profundas y procuró calmarse.

Se negaba a rendirse.

Tenía que haber una salida.

No podía fallarle a Tess. Y tampoco podía dejar ganar al iraní.

Tenía que seguir adelante.

Llenó los pulmones de aire dos veces y exhaló otras dos, después aspiró una gran bocanada y aguantó la respiración para sumergirse. El agua le congeló los ojos cuando hizo el esfuerzo de ver lo que había más adelante, pero entró en acción y comenzó a nadar corriente arriba. Empujaba furiosamente con los brazos y las piernas intentando avanzar como fuera, y a cada poco levantaba una mano por encima de la cabeza para ir tanteando el techo del túnel con la esperanza de hallar una abertura que le ofreciera otra cámara de aire. Sentía que tenía los pulmones a punto de reventar, así que dio media vuelta y retrocedió. Fue contando el número de brazadas que daba y por fin irrumpió, ansioso, en la bolsa de aire de la que había partido.

Permaneció allí unos momentos, dejando que se le normalizase la respiración y reflexionando. Antes de verse obligado a dar media vuelta, le había parecido que el techo se elevaba ligeramente. El problema consistía en que al aventurarse por aquel túnel había un punto de no retorno, y necesitaba saber cuál era. Llegado un momento tendría que decidir si regresar o continuar avanzando... Consciente de que si hacía lo segundo se quedaría sin oxígeno antes de poder volver a la cámara de aire. Decidió probar y ver hasta dónde podía aguantar bajo el agua. Tomó tanto aire como pudo y se sumergió. No se movió del sitio, sin embargo se imaginó que estaba nadando y contó las brazadas que podía dar antes de salir a respirar.

Logró dar dieciséis. Que serían menos cuando estuviera nadando realmente bajo el agua, de modo que redujo el número a catorce. Aquello suponía que al cabo de siete brazadas, o posiblemente ocho o nueve, teniendo en cuenta que a la vuelta iría más rápido por nadar a favor de la corriente, tendría que decidir si seguir adelante, y posiblemente ahogarse, o regresar. Se dijo que en el intento anterior había logrado dar cinco o seis brazadas y que había logrado volver por los pelos, de modo que el cálculo era bastante correcto.

Volvió a remontar la corriente y llegó justo al sitio en el que el techo del túnel se adentraba en el agua. Con las rodillas separadas y flexionadas, se agachó en vertical y torció la cabeza hacia atrás hasta que tuvo la frente literalmente pegada al techo. Hizo una breve pausa para dar tiempo a que sus músculos se reagrupasen, hizo las tres inspiraciones, retuvo el aire de la última y se sumergió.

Esta vez intentó avanzar más deprisa pataleando con más fuerza, manteniendo los brazos abajo, sin buscar una bolsa de aire, ahora que ya sabía que no la había aún. Mientras luchaba contra la corriente, sumido en una oscuridad total, iba contando mentalmente las brazadas.

Se le disparó el corazón cuando dio la sexta.

Y después la séptima.

Y la octava.

Levantó la mano, pero seguía dentro del agua. No había ninguna cámara de aire.

Tenía que tomar una decisión, ya mismo. Tenía que decidir si continuar adelante o dar media vuelta. La vez anterior le pareció que el techo se elevaba, pero ahora ya no estaba seguro. Tenía el cerebro embotado con demasiadas variables.

Nueve.

Diez.

Continuó avanzando.

48

Los pulmones echaban fuego.

A lo mejor había aire libre tan sólo cinco o seis brazadas más adelante. A lo mejor lograba llegar... Si se tranquilizaba. Pero el hecho de pensar en lo cerca que estaba de ahogarse, en la cantidad finita de tiempo que le quedaba, estaba empeorando la situación. Le estaba inundando el cuerpo de adrenalina y estaba forzando su corazón de tal manera que los pulmones estaban a punto de explotarle.

Durante una fracción de segundo imaginó lo que sería morir ahogado, pero rápidamente apartó aquel pensamiento y nadó con más fuerza, incluso más deprisa que antes. Continuaba pasando la mano por el liso techo del túnel, desesperado por buscar la salvación. Por un momento tuvo la sensación de que el techo se inclinaba hacia arriba, de forma apenas perceptible pero suficiente para darle esperanza, suficiente para impulsarlo a luchar contra el agua con más brío... Cuando de improviso sintió algo que tiraba de él y lo frenaba.

Era el cable, el que llevaba atado a la cintura. Se había acabado.

Se puso a manotear frenéticamente con el nudo intentando deshacerlo, y por fin consiguió librarse de él. Lo arrojó a un lado y volvió a empezar, pero comenzó a imponerse la cruda realidad, el pensamiento consciente de que ahora iba a morir, de que su fuerza de voluntad estaba perdiendo la batalla de reprimir la necesidad que tenían sus pulmones de aspirar algo, lo que fuera, incluso agua helada.

Sintió un golpe de sangre en la frente, una sensación de pánico que le corrió por todas las neuronas y le anegó el alma, y aunque no estaba dispuesto a rendirse, aunque de ninguna manera quería morir, la necesidad de respirar era más fuerte que él, más fuerte de lo que era capaz de soportar... Y en aquel momento de terror puro, en el instante en que su vida pareció estar a punto de diluirse en una corriente de nieve fundida, surgió algo, una señal, una sensación proveniente de las yemas de sus dedos que ahuyentó el pánico con una punzada de esperanza.

Un frescor.

El frescor del aire en contacto con la piel mojada.

Sus dedos habían encontrado aire.

Aquello le causó una descarga eléctrica que le recorrió todo el cuerpo y lo empujó con renovadas fuerzas. Apoyó los pies en el fondo, dio dos pasos adelante y, frenético, buscó con la mano el techo del túnel. El agua chapoteaba contra la roca y confundía a sus sentidos, pero levantó la cara para mirar con desesperación el espacio negro como la tinta que había allá arriba... Y ascendió. No podía aguantar ni un segundo más. Salió de golpe, con la cara vuelta hacia un lado, esperando no aplastársela contra la dura roca.

Encontró aire. La bolsa no medía más que cuatro o cinco centímetros, pero era suficiente. Aspiró profundamente dejando que el aire le silbara al penetrar en los pulmones, tosió y escupió el agua que tragó al mismo tiempo, emborrachado por el oxígeno y por la sensación de euforia.

Pasó casi un minuto entero sin moverse. Quería dar tiempo a que se le calmase el corazón, a que sus pulmones se atiborrasen de aire, a que se fuera disipando la tensión de los músculos. Cuando volvió a sentirse normal, avanzó un par de pasos más corriente arriba para explorar el techo.

Se elevaba de nuevo, despacio pero sin duda alguna. Y a lo lejos, como si alguien lo estuviera felicitando por haber superado una sádica prueba, vio un espectral halo luminoso que le hacía señas desde el techo del canal, como a unos treinta metros de donde se encontraba.

La parte más difícil de aquel vía crucis fue la de llegar hasta el pozo.

Reilly se ayudó con el pico para izarse hasta él, un esfuerzo que resultó todavía más arduo a causa de lo que le pesaba la ropa mojada. Los primeros intentos fracasaron, debido a que la toba era tan blanda que al clavar el pico se desmenuzaba, con lo cual volvió a caer al agua, pero al final consiguió trabar el pico en una parte más sólida e izarse al interior del pozo.

Igual que una polilla atraída por la luz, fue trepando hasta llegar a un pasadizo similar a aquel en el que había dejado a Tess. Buscó el cableado eléctrico y lo siguió, primero en una dirección, luego en la otra, hasta que vio unos escalones que ascendían.

Que ascendían.

Regresó a la boca del pozo y arrancó parte del cableado de la pared a fin de señalar aquel punto para cuando volviera. Luego se puso a seguir el trazado de los cables y fue atravesando una serie de cámaras y corredores. Cada vez que topaba con un aplique de luz, lo rompía para que le sirviera para encontrar el camino de vuelta. Y entonces surgió ante él, primero insinuando tímidamente su presencia, luego intensificándose poco a poco, hasta que por fin le permitió ver las cuevas que tenía a su alrededor: el resplandor del sol, fuerte, glorioso y tentador.

Emergió a un cañón que le resultó desconocido. No había ni un alma, únicamente un paisaje árido y desolado. Se parecía al cañón que llevaba a la ciudad subterránea —más formaciones rocosas que recordaban a unos incisivos enormes puestos boca abajo, más colinas semejantes a pegotes de merengue—, pero era distinto, de ello no le cupo duda. Dibujó con el pico una equis de gran tamaño a la entrada de la cueva por la que había emergido y después, sin olvidarse de anotar mentalmente cada curva que daba en el camino y sirviéndose del pico para ir haciendo marcas, echó a andar con paso tambaleante en busca de ayuda.

Su caminata sin rumbo se vio interrumpida por una mula solitaria que apareció atada a una estaca clavada en el suelo. Para mayor confusión, también oyó el carraspeo de una voz que llevaba varias décadas soportando los dañinos efectos de la nicotina:

—*Merhaba, oradaki.*

Se detuvo y miró en derredor. Allí no había nadie.

—*Iste burada. Buradayim* —dijo la voz.

Venía de un lugar elevado; Reilly levantó la vista y descubrió a un anciano sentado allí mismo, en mitad de la nada, retrepado en una desvencijada silla de madera, en el interior de una capilla al aire libre tallada en la roca. El anciano lo saludó despacio agitando un brazo de aspecto frágil. A su lado tenía una mesa y unas cuantas latas de refresco, y también un pequeño hornillo de campamento sobre el que reposaba una cafetera de aluminio. Le ofreció una sonrisa casi desdentada y, señalando las latas de refresco, le preguntó:

—*Içmek için birçey ister misiniz, efendi?*

Reilly negó con la cabeza y lo miró varios segundos con curiosidad para cerciorarse de que realmente existía y no era producto de su cansada imaginación. Y después echó a andar hacia él.

Tardó tres horas más en poder volver a buscar a Tess. Había traído ayuda consigo, un hijo y dos nietos del anciano, además de gran cantidad de cuerda y unas cuantas linternas.

No había sido capaz de explicar dónde había dejado a Tess, aunque tampoco lo sabía. La manera más segura de llegar hasta ella consistía en desandar lo andado. Con la ayuda de aquellos paisanos, el trayecto resultó más fácil que el camino que había recorrido él solo. El único problema al que se enfrentaban era la parte sumergida del canal; y la única solución posible fue emplear un cubo boca abajo a modo de campana escafandra, pero funcionó. Además, Reilly también trajo consigo precisamente una cosa que a Tess le daría mucha alegría, incluso más que verlo a él: una bolsa de plástico lo bastante grande para cerrarse de forma hermética. Para que no se mojaran los códices ni el documento de Osio.

La sonrisa que se dibujó en el rostro de Tess al verla le indicó que había acertado.

Ésta fue la parte positiva.

La negativa se confirmó cuando por fin llegaron a la entrada de la ciudad subterránea que habían utilizado para penetrar.

Abdülkerim seguía estando muerto. Y el iraní, al parecer, se había esfumado.

49

El cañón no tardó en convertirse en un hormiguero de policías.

La Yandarma ya se encontraba en estado de alerta, y la llamada que hizo el anciano al agente más cercano sirvió para que acudieran todos en masa. Sin embargo, no pudieron hacer gran cosa; los controles de carretera que montaron no lograron atrapar al iraní. La caballería había llegado demasiado tarde.

El desfile de malas noticias —en realidad, confirmaciones— no cesaba. Ertugrul no había sobrevivido a la herida sufrida en la cabeza. También había muerto Keskin, el capitán de la unidad Özel Tim, así como varios de sus hombres. Los agentes que se dispersaron por el cañón estaban enfurecidos por el baño de sangre sufrido en la montaña y rabiaban por vengarse, pero no hubo forma. Lo único que pudieron hacer fue llevarse el cadáver de Abdülkerim y sellar las diversas entradas de la ciudad subterránea mientras aguardaban a que llegase un experto en explosivos para desactivar el detonador oculto en el cinturón que había llevado Tess, suponiendo que lo encontraran.

Se envió una alerta urgente a la policía local para que se pusiera en contacto con los médicos y centros de asistencia sanitaria de la región. A juzgar por lo que había visto Reilly, la herida de bala que llevaba el iraní no era leve. No sabía con seguridad dónde le había acertado, pero conocía lo suficiente de armas de fuego para deducir que una herida en la mano como ésa no era fácil de curar. Si no se limpiaba bien, se estabilizaba la fractura y se administraban antibióticos, el iraní tenía muy pocas probabilidades de conservar los cinco dedos y de no perder de manera perenne el uso de la mano. Para evitar un daño irreversible, iba a tener que acudir a un buen centro de traumatología y a un cirujano experto.

Algo que no iban a hacer las autoridades turcas era analizar los códices que había encontrado Tess. Ella no había mencionado la visita que hizo a la iglesia excavada en la roca. Insistió en dejar fuera del informe aquel pequeño dato de su peripecia, y Reilly estuvo de acuerdo.

Una vez concluidas las formalidades, la policía los llevó a un hotel próximo y los dejó a la espera de recibir nuevas instrucciones. Era un edificio de quince habitaciones encaramado en un acantilado que daba a un río pequeño, construido sobre los restos de un monasterio. Los establos y los dormitorios comunes se habían transformado en habitaciones, y los nichos de las galerías se habían cubierto con cristales; ahora servían de vitrinas para exponer las curiosidades arqueológicas del pasado del monasterio. La habitación que les dieron a Reilly y a Tess era una capilla restaurada. El claro sol que penetraba por la única ventana inundaba aquel espacio oscuro de un resplandor atemporal e incidía indirectamente en los restos de los frescos milenarios que adornaban sus paredes. Al principio Tess se resistió a la idea de pasar más tiempo dentro de un lugar que se pareciese mínimamente a una cueva, pero el carácter afable del dueño del hotel y el aroma del guiso a base de alubias, cordero y tomate que estaba preparando su esposa, lograron calmar su inquietud.

Estimulado por varias tazas de café turco, dulce y espeso, Reilly pasó casi una hora entera en el despacho del propietario, al teléfono con Jansson, Aparo y varios agentes más, todos apiñados en una sala de reuniones de Federal Plaza, en el bajo Manhattan.

Las noticias no eran buenas, pero es que tampoco Reilly esperaba gran cosa de ellos; esto quedaba muy fuera de su terreno, y si acababan cazando al iraní, sería gracias a los esfuerzos de las autoridades turcas, no al FBI. Ellos no tenían información significativa para transmitir a Reilly en relación con la bomba del Vaticano o con el atentado al Patriarcado de Estambul, y no merecía la pena solicitar otro avión no tripulado, al menos hasta que tuvieran alguna pista referente al paradero del terrorista.

En cambio sí tenían una información nueva. En Italia se había encontrado un cadáver cerca de un sitio turístico de las montañas. Se trataba de un empleado de un pequeño aeródromo situado a hora y media de Roma, hacia el este. El estado de aquel individuo no se parecía a nada que hubieran visto las autoridades; decir que había sufrido traumatismos múltiples era quedarse corto. Tenía pulverizado hasta el último hueso del cuerpo. Llegaron a la conclusión de que debía de haberse precipitado desde una gran altura, o desde un helicóptero o un avión. Se había caído o, más probablemente, lo habían arrojado. Y dada la proximidad del aeródromo a Roma, decidieron que posiblemente estuviera relacionado con la bomba del Vaticano. Con lo cual, pensó Reilly, seguramente habían dado en el clavo.

Les refirió todo lo que le había dicho el iraní a Tess acerca de la Operación Ajax y del avión derribado. No le sorprendió tener que explicar a sus interlocutores lo que eran ambas cosas. Jansson le contestó que repasarían toda la información de que dispusieran respecto de la lista de pasajeros del avión siniestrado.

—Deberías regresar ahora mismo —concluyó Jansson—. Por lo que parece, nuestro hombre se ha esfumado. Quién sabe dónde volverá a aparecer. Entretanto, ya no tienes nada más que hacer ahí, deja que se encarguen de todo los turcos y la Interpol.

—Está bien —gruñó Reilly. Estaba demasiado cansado para discutir, y por más que odiara abandonar aquella persecución, sabía que Jansson estaba en lo cierto. A no ser que surgiera algo nuevo, había poca cosa que él pudiera hacer para justificar su permanencia en Turquía.

—Vuelve a Estambul —le dijo el subdirector encargado de

la oficina de campo de Nueva York—. Ya nos ocupamos nosotros de que la embajada te busque un medio de transporte.

—Y que incluyan también a Tess —dijo Reilly.

—De acuerdo. Ya te veré cuando vengas. Tenemos unos cuantos temas de que hablar —agregó Jansson en tono un tanto seco antes de colgar.

A Reilly no le gustó aquel tono. Era evidente que Jansson no iba a dejar pasar la aventurita que se había marcado él en solitario. Le iba a echar la bronca del siglo, sin duda.

Regresó a la habitación y encontró a Tess saliendo del cuarto de baño, recién duchada y envuelta en una gruesa toalla blanca. Al verlo, se le iluminó la cara con una sonrisa radiante, esa sonrisa suya que a Reilly le llegaba a lo más hondo y lo inflamaba como una antorcha. A pesar de todo lo que le daba vueltas en la cabeza, la deseó más que nunca y le entraron ganas de abrazarla y pasar varios días con ella en la cama. La atrajo hacia él y la besó largamente, despacio, paladeando el suave tacto de sus hombros, pero no fue más allá. Tenía demasiadas preocupaciones en su interior.

Tess debió de percibirlo.

—¿Alguna noticia bomba?

Reilly cogió una lata de Coca-Cola del minibar y se acomodó en la cama.

—No gran cosa. Nuestro hombre ha desaparecido. Eso es más o menos todo.

Tess hinchó los mofletes y resopló.

—Bueno, ¿y ahora qué hacemos?

—Marcharnos a casa.

El rostro de Tess se ensombreció.

—¿Cuándo?

—Van a mandar un avión para que nos lleve a Estambul.

Tess afirmó con la cabeza. A continuación dejó la toalla y, en vez de tumbarse con él en la cama, fue a coger su ropa.

—¿Adónde vas?

Tess tomó la carta de Osio y la sostuvo en alto.

—Antes de irnos, quiero saber qué dice aquí.

Reilly le lanzó una mirada.

—Venga, Tess.

—Relájate. Sólo voy a ver si tienen un ordenador que puedan prestarme. Y tal vez un escáner. No me vendría mal que me ayudasen a traducir esto.

Reilly la observó unos instantes y luego meneó la cabeza.

—¿Se puede saber qué es lo que te pasa con esos libros? —Lanzó un suspiro de exasperación—. ¿Te he hablado alguna vez de mi amigo Cotton Malone?

—No.

Reilly se recostó contra las almohadas.

—Un agente estupendo. Uno de los mejores. Hace unos años decidió que ya se había cansado de intrigas y se puso a buscar un lugar donde gozar de paz y tranquilidad. Así que dejó el servicio, se mudó a Copenhague y abrió una tienda de libros antiguos.

Tess lo miró de un modo que indicaba que ya sabía adónde quería llegar.

—¿Y...?

—Resultó que gozaba de mucha más tranquilidad cuando era un agente del gobierno y empuñaba un arma de fuego.

Tess sonrió.

—Ya me imagino. Deberías presentármelo. Seguro que tiene anécdotas jugosas que contar, la primera de todas cómo le pusieron ese nombre. Pero mientras tanto —dijo al tiempo que se dirigía hacia la puerta con el documento en la mano— me voy, tengo que hacer una traducción.

Reilly se encogió de hombros y se tendió en la cama.

—Que trabajes mucho —le dijo mientras ahuecaba una almohada y llegaba a la conclusión de que no le vendría mal un descanso.

—Sean, despierta.

Dio un brinco al oír la voz de Tess y sintió un escozor de protesta en los ojos. No se había dado cuenta de que se había quedado dormido.

—¿Qué hora es? —preguntó medio adormilado.

—Da igual. —Su tono de voz rebosaba de emoción. Se subió a la cama de un salto y le acercó las páginas del antiguo documento a la altura de la cara—. Lo he traducido. Dice que Osio lo escribió de su puño y letra en el año 325. En Nicea. Al finalizar el concilio. —Le bailaban los ojos, atentos a las reacciones del rostro aletargado de Reilly—. Lo redactó él mismo, Sean, después de aquella reunión tan importante.

El cerebro de Reilly todavía estaba arrancando.

—Vale, de acuerdo...

Pero Tess lo interrumpió con un entusiasmo arrollador:

—Creo que ya sé lo que guardaba Conrado en aquellos arcones.

50

Nicea, provincia romana de Bitinia
Año 325

En el palacio imperial reinaba el silencio.

El largo y cansado concilio había concluido por fin. Las semanas y meses de acalorados debates finalmente habían terminado con un compromiso a regañadientes. Todos los presentes habían firmado lo acordado y ahora emprendían el regreso a sus diócesis, hacia el este y hacia el oeste, esparcidas por todos los dominios del emperador.

Constantino se sentía complacido.

Resplandeciente con la púrpura de sus ropajes imperiales, festoneados con una deslumbrante ristra de oro y joyas —los mismos que llevó el primer día del evento, cuando se dirigió a los clérigos allí congregados, consciente del asombro reverencial que les inspirarían aquellas relucientes vestiduras—, se asomó por la ventana para contemplar la ciudad dormida y sonrió.

—Estoy complacido, Osio —le dijo a su huésped—. Hemos obtenido un gran logro. Y no podría haberlo conseguido sin ti.

Osio, el obispo de Córdoba, asintió graciosamente desde el sillón que ocupaba al lado de la gran chimenea, en la que rugía el fuego. Amable y conciliador por naturaleza, Osio estaba en su séptima década. Los últimos meses habían sido muy duros para él, y le habían hecho mella tanto en la mente como en el cuerpo. Al igual que casi todos los que detentaban un cargo alto en la Iglesia, Osio había sufrido la persecución de los emperadores romanos. En su piel arrugada se apreciaban todavía las huellas. Pero con Constantino había cambiado todo de repente. Aquel general convertido en emperador había abrazado la fe cristiana, y cuando consolidó su posición en el trono ordenó que ésta dejara de perseguirse. Osio poseía una reputación que le valió ser invitado a acudir a la corte imperial, y con el tiempo terminó por convertirse en el principal teólogo y consejero espiritual del nuevo emperador.

Desde entonces habían sucedido muchas cosas.

—Estas disputas —comentó Constantino—, Arrio, Atanasio, Sabelio y los demás, y todos sus pequeños desacuerdos... ¿Cristo era divino, o más bien un ser creado? ¿El Padre y el Hijo son una sola sustancia o no? ¿Era Jesucristo hijo de Dios o no? —Sacudió la cabeza, exasperado por lo que le habían contado (no lo había visto él personalmente) de que en las iglesias arrianas Jesucristo aparecía representado como un hombre viejo, que había alcanzado una edad muy avanzada y que incluso tenía el cabello blanco—. ¿Sabes cuál es el verdadero problema? Que a esos hombres les sobra mucho tiempo —afirmó, empleando un tono de ligero enfado—. No se dan cuenta de que las cuestiones que plantean, además de no tener respuesta, son peligrosas. Y por esa razón había que ponerles fin antes de que lo echaran todo a perder.

Constantino entendía lo que era el poder.

Ya había hecho lo que ningún otro emperador había logrado anteriormente: había unificado el imperio. Antes de que él ascendiese al trono, el Imperio romano estaba dividido entre Oriente y Occidente, cada uno gobernado por un emperador distinto. Las traiciones y las guerras territoriales eran cosa común. Pero Constantino cambió aquello por completo; se hizo con el poder mediante hábiles maniobras políticas y una serie de brillantes campañas militares, derrotó a los dos emperadores y en el año 324 se proclamó emperador único de Oriente y de Occidente.

En cambio su pueblo seguía estando dividido.

Aparte de Oriente y Occidente, tenía por delante importantes cismas religiosos que resolver: paganos contra cristianos, y algo más conflictivo todavía: cristianos contra cristianos. Porque existían muchas interpretaciones distintas respecto del legado de aquel predicador al que llamaban Jesucristo, y las disputas entre los diversos grupos de conversos estaban tornándose violentas. Unos y otros se lanzaban mutuamente acusaciones de herejía. Cada vez eran más crueles los incidentes de tortura. Hubo una víctima, Tomás, el obispo de Marash, a la que realmente daba horror mirar. Le habían arrancado los ojos, la nariz y los labios. Los dientes también, y le habían amputado los brazos y las piernas. Sus atormentadores cristianos lo tuvieron preso en Armenia durante más de veinte años, y en cada aniversario de su cautiverio lo mutilaban un poco más.

Aquello tenía que acabarse.

Por ese motivo Constantino llamó a los obispos y altos dignatarios eclesiásticos de todos los rincones del imperio y los hizo venir a la ciudad, para que asistieran al primer concilio general de la Iglesia. Más de trescientos prelados, acompañados de aún más sacerdotes, diáconos y presbíteros, respondieron a la llamada que se expresaba en sus apasionadas epístolas. Sólo estuvo ausente el obispo de Roma, el papa Silvestre I; en representación envió a dos de sus más antiguos legados. A Constantino no le importó que no acudiera, pues ya tenía bastantes cuestiones que dirimir contando con la presencia de los obispos de Oriente, más respetados que los demás. Gustosamente presidió él mismo la reunión y utilizó su bastón de mando para obligarlos a sentarse a debatir, a discutir quién era Cristo realmente y qué hizo, a deliberar cómo iban a repartirse la jurisdicción de su abundante legado... Y a llegar a un acuerdo.

Acerca de todo.

Constantino hacía mucho tiempo que era consciente de la imparable popularidad de la fe cristiana. Su madre era una cristiana ferviente. Veinte años atrás había sido testigo de la gran persecución lanzada por Diocleciano, el emperador que, actuando según lo que le había aconsejado el oráculo de Apolo, ordenó que se destruyeran todas las iglesias de su territorio, que saquearan sus tesoros y se quemaran sus escrituras sagradas... Y en cambio había fracasado. Constantino había visto el gran atractivo que contenía el mensaje igualitario y esperanzador de la fe cristiana, así como su incesante expansión por todo el imperio. Sabía que si él se presentaba como el gran defensor de aquella fe, en vez de emular a quienes lo precedieron y continuar persiguiéndola, ganaría para sí un gran número de seguidores. Además, en las tierras lejanas que había conquistado vivían diversas tribus de bárbaros, desde los alamanes hasta los pictos y los visigodos, y necesitaba encontrar una fe que los uniera.

Una sola religión, común a todos, lograría dicho objetivo sin duda alguna. Y él sabía que aquella religión era el cristianismo.

Y, tal como había descubierto, ni siquiera él era inmune a la misma.

Le vino a la memoria la batalla de Puente Milvio, librada hacía más de diez años, en la que su ejército venció a su cuñado, el emperador Majencio. Al inicio de aquella gran batalla vio una cosa en el cielo. Estaba totalmente seguro. Una señal. Era el lábaro, un monograma compuesto por dos letras griegas superpuestas, *Chi-Rho*, las primeras de la palabra Cristo. Aquella noche soñó que alcanzaba la victoria y tuvo la visión de un hombre —¿sería el propio Cristo?— que le decía que saliera a conquistar en el nombre de aquel signo. Terminó pintando el cristograma en los estandartes que portaban sus soldados, y le fue concedida una asombrosa victoria gracias a la cual obtuvo la mitad del imperio que codiciaba.

Aquel signo continuó dándole triunfos.

Constantino entendía lo que era el poder, pero también entendía el poder que tenían los mitos. Estaba muy imbuido de la religión, puesto que se había criado en torno a pensadores paganos y cristianos de Nicomedia, región situada en la parte oriental del imperio. Al igual que todos sus coetáneos, buscaba el consejo de los oráculos y creía en las recompensas que traía la piedad religiosa. Después de aquella profética batalla, y a lo largo de todas sus campañas, afirmó que lo había ayudado una mano divina a obtener sus victorias. E, inspirado por las antiguas escrituras, terminó considerándose un mesías, un rey guerrero ungido por Dios para gobernar al pueblo al que había unido y para conducirlo hacia una edad dorada de paz y prosperidad.

Efectivamente *In hoc signo vinces*, pensó. «Con este signo vencerás.» Pero el poder de aquel mensaje no sólo se hizo efectivo en la conquista de un enemigo, sino también en la conquista del corazón y el pensamiento del pueblo. Y por eso fue la obra de un genio.

—Tenemos que proteger esta fe, Osio —le dijo al obispo—. Debemos salvaguardarla y extinguir todo aquello que la desafíe antes de que cobre más importancia. Porque esta fe está verdaderamente inspirada por Dios. —Paseó por la sala con el rostro iluminado por el fervor y agitando los brazos con entusiasmo—. Es una fe que acoge a todos los seres humanos y que es fácil de abrazar. Los conversos no tienen la necesidad de dar un vuelco a su vida para formar parte de ella, no tienen que hacerse célibes ni preocuparse de lo que pueden o no pueden comer, ni cortarse partes de su virilidad para ser admitidos en su seno. Y la organización... La jerarquía del clero, las iglesias, la disciplina, todo ello es tremendamente eficaz a la hora de atraer conversos y conservarlos. Pero, por encima de todo, su inspiración divina radica en su mensaje. —Sonrió a su huésped con profunda satisfacción—. El bien y el mal, el cielo y el infierno, el paraíso eterno y la eterna condenación. Recompensas de la otra vida para insuflar esperanza en los que no tienen nada en ésta y evitar que se rebelen. El pecado y la necesidad de mantener a raya las tentaciones, todo ello administrado por hombres dotados de autoridad divina y grabado a fuego en la conciencia de los niños desde el día mismo en que nacen. —Rio—. Está tan bien pensado y resulta de una eficacia tan brutal que sólo podría haberse concebido mediante la intervención divina. Imagínate... Esa gente de ahí fuera, esos cristianos... Mis predecesores y mis rivales no han dejado de perseguirlos y matarlos, igual que mataron a Jesús hace trescientos años. Han sido perseguidos, humillados, encadenados y escupidos, abandonados en mazmorras hasta pudrirse porque no querían adorar a nuestros dioses paganos ni llevar a cabo los sacrificios que éstos requerían. Han sido acusados de todo, desde hambrunas hasta inundaciones, han visto cómo violaban a sus mujeres y confiscaban sus bienes... Y aun así se aferran a su fe, aun así no cejan en su empeño. —Calló unos instantes, maravillado por el concepto mismo que estaba describiendo—. Eso es poder, poder auténtico. Y nosotros tenemos que protegerlo para poder aprovechar todo el potencial que encierra.

El obispo hispano se aclaró la voz y dijo:

—Ya habéis conseguido mucho, majestad. Habéis puesto fin a esa persecución. Los habéis cubierto de donaciones y exenciones de impuestos, y les habéis brindado la oportunidad de formar parte de la clase gobernante, así como de prosperar y difundir su mensaje.

—Así es —convino el emperador—, y gracias a eso este imperio se convertirá en el más grandioso de toda la historia de la humanidad. Y por esa razón no puedo permitir que ese mensaje, esa visión, corra peligro. Ese amable revolucionario que vivió hace trescientos años es el que me ha facilitado la victoria, el instrumento que me ha permitido unificar el imperio y gobernar al pueblo esgrimiendo el mandato de Dios en persona. Y no puedo consentir que nada lo amenace. Sería un proceder sumamente insensato... Y peligroso para todos.

Pese a lo mucho que preocupaban las disensiones al gobernante pragmático que llevaba dentro, también sentía preocupación su faceta supersticiosa. Constantino temía que los cismas de la Iglesia fueran obra del diablo, y que una Iglesia dividida pudiera ofender a Dios y despertar su cólera. Constantino tenía que frustrar las ambiciones del demonio. Se veía a sí mismo como un sucesor de los evangelistas, un hombre al que Dios había encomendado la misión de proteger el cristianismo y llevar la palabra divina hasta los lugares más recónditos del imperio y más lejos todavía.

El apóstol número trece.

Tenía que poner fin a las luchas intestinas.

Y por aquel motivo había invitado a los obispos de su imperio a que acudieran a Nicea y les había dicho, sin dejar lugar a incertidumbres, que no iban a salir del palacio imperial hasta que hubieran resuelto sus disputas y hubieran llegado a un acuerdo respecto de la historia que iban a predicar desde sus púlpitos.

Una sola historia.

Un solo dogma.

Sin divergencias.

Al cabo de varias semanas de intensos debates, por fin alcanzaron un consenso. Estaban todos de acuerdo. Ya tenían la historia.

Osio guardó silencio por espacio de varios minutos, observando al emperador. Después, titubeando, le preguntó:

—Hay una última cuestión que debatir, majestad.

Constantino se volvió hacia él con curiosidad.

—¿Cuál?

—Los textos —dijo Osio—. ¿Qué os gustaría que se hiciera con ellos?

Constantino frunció el entrecejo. Los textos..., aquellas obras infernales que habían causado tanta discordia. Escritos antiguos, evangelios y reflexiones que databan de los albores mismos de la fe y que planteaban toda clase de preguntas.

Preguntas inoportunas.

—Hemos acordado una única ortodoxia —declaró el emperador—. Hemos decidido cuál va a ser la verdad evangélica de ahora en adelante. No veo la necesidad de embrollar más el asunto.

—¿Qué estáis diciendo, majestad?

Constantino reflexionó unos momentos, tras los cuales sintió un escalofrío de duda que le bajaba por la columna vertebral.

—Quémalos —le ordenó a su fiel consejero—. Quémalos todos.

Osio se acordó de las palabras del emperador mientras contemplaba a sus dos acólitos cargando el carro en el cobertizo para carruajes.

Comprendía la decisión del emperador, incluso se solidarizaba con ella en muchos sentidos. Era el modo correcto de obrar, aquellos textos eran ciertamente peligrosos.

Osio conocía a fondo los airados debates que había en el seno de la fe; había presenciado personalmente el celo con que defendían sus argumentos los diferentes movimientos cristianos. Sólo en aquel último año el emperador lo había enviado dos veces a Antioquía a mediar en disputas teológicas. Y no habían sido viajes agradables.

Pero también tenía sus dudas.

Sí, era necesario unificar la fe bajo una sola visión. Sí, una fe unificada traería consigo una era de paz y prosperidad sin parangón. Pero ¿a qué coste?

Osio sabía que una vez que Constantino hubiera completado su misión, el cristianismo se parecería mucho más a las creencias paganas a las que se había impuesto, en particular al mitraísmo y al culto del Sol Invictus, que a sus propios orígenes judíos. Por necesidad. La mayoría de los súbditos del emperador eran paganos, y para ganarse su fidelidad había que empujarlos suavemente hacia la nueva fe. No se los podía obligar por la fuerza a que abandonasen sus antiguos rituales y creencias, unas creencias por las que estaban dispuestos a dar la vida. Osio sabía que hasta el propio emperador albergaba dudas en su fuero interno, pues no quería correr el riesgo de contrariar a los dioses de su pasado.

Además, Osio veía otro peligro cercano. Era plenamente consciente de que la Iglesia había dado sus parabienes a la pretensión de Constantino de suplantar como mesías a Jesucristo. Ahora el enviado de Dios no era Cristo, sino el emperador. Era el rey guerrero que gozaba del respaldo divino, el hombre que iba a lograr con la espada lo que no había logrado Cristo con las palabras. Era el polo opuesto de aquel salvador pacífico y bondadoso, y contaba con el apoyo de los sacerdotes, diáconos y obispos de todos los rincones del imperio.

Ciertamente peligroso.

Pero si la Iglesia quería sobrevivir, necesitaba un adalid.

Constantino había abrazado el cristianismo, había puesto fin a las persecuciones y estaba convirtiendo la fe en la religión oficial del imperio. Iba a dar paso a una nueva edad de oro. Y, como parte del plan, pensaba convertir la antigua ciudad de Bizancio en su nueva capital, su nueva Roma. Una ciudad que tendría grandiosas avenidas, palacios magníficos y edificios sublimes. Edificios como la nueva Biblioteca Imperial, donde un pequeño ejército de calígrafos y bibliotecarios se afanaría en transcribir textos antiguos del frágil papiro en el que estaban escritos a un material más duradero, el pergamino, con el fin de mantener viva la llama del conocimiento.

Dicha biblioteca mantendría viva otra cosa más.

Algo que Osio sintió la necesidad de conservar.

Observó cómo cargaban sus acólitos el tercero de los arcones en el carro y lo cubrían con una lona bien sujeta. Se puso tenso al imaginar lo que vendría después. No tardarían en partir, protegidos por un pequeño destacamento armado, al amparo de la noche.

Esperaba que aquella traición no se descubriese jamás. Y aunque así fuera, estaba preparado para morir con tal de protegerla.

No podía quemar aquellos textos. Aunque representaran una amenaza para la ortodoxia. Aunque suscitaran preguntas peligrosas. Era preciso conservarlos y protegerlos. Porque eran sagrados. Y si no era en aquel momento presente, en vida de él o de sus descendientes, ya llegaría la hora en que fueran leídos y estudiados sin tapujos. Ya llegaría una época en la que sirvieran para ayudar al hombre a comprender mejor su pasado. Él iba a encargarse de que así fuera.

51

—De manera que Osio decidió que aquellos escritos no debían destruirse y los ocultó en un lugar seguro. ¿Y cómo acabaron en manos de los templarios?

—No lo sé —repuso Tess, estudiando distintas alternativas—. Pero de algún modo se presentaron en el monasterio los primeros templarios, los que iban con Everardo...

—Los que fueron envenenados por los monjes —añadió Reilly.

—Sí. No sabemos cómo, pero los apresaron. —De pronto se le encendió una luz y se lanzó tras ella—. Eso ocurrió en 1203, justo antes del saqueo de Constantinopla —le dijo a Reilly con los ojos brillantes por la emoción de haber establecido una conexión nueva—. ¿Y si fuera allí, en Constantinopla, donde estuvieron todo el tiempo? ¿Y si la persona a la que Osio confió la custodia de los textos decidió que era necesario sacarlos de allí y trasladarlos a algún lugar seguro antes de que la ciudad fuera arrasada por los cruzados?

—Los cruzados... o sea, el ejército del Papa.

Tess sintió una oleada de calor.

—El ejército del Papa tenía sitiada Constantinopla. Acababan de saquear Zara, que era una ciudad católica. Los habitantes de Constantinopla tenían motivos para esperar un fin peor, dado que su ciudad era la capital del cristianismo ortodoxo. Los patriarcas ortodoxos y los papas llevaban doscientos años intercambiando insultos y excomulgándose unos a otros. No hacía falta ser adivino para saber lo que les iban a hacer los cruzados cuando lograran penetrar las murallas. Con independencia de que el Papa supiera o no que se encontraban allí los documentos, éstos peligraban.

—¿Así que pidieron a los templarios que los llevasen a un lugar seguro? ¿Y por qué a los templarios?

Tess calculó la relación existente entre las fechas, y al momento se le encendió otra luz, intensa e irresistible.

—¿Y si los templarios estuvieran enterados del asunto desde el principio?

—¿Qué quieres decir?

—Hace tres años, en el Vaticano, cuando conociste al cardenal Brugnone, te dijo que los templarios habían encontrado el diario de Jesús en Jerusalén. Confirmó lo que ya había sospechado Vance: que se habían servido de él para chantajear al Papa y que por esa razón habían terminado siendo tan ricos y poderosos en poco tiempo. Bueno... ¿De dónde había salido aquel diario en realidad?

—¿No lo encontraron enterrado en los restos del antiguo Templo de Salomón? Yo pensé que habían pasado los cinco primeros años excavando por allí, y que cuando lo encontraron les sirvió para chantajear al Vaticano para que éste les diera su apoyo, y entonces fue cuando empezaron a lloverles todas las donaciones de dinero y tierras.

—Eso es lo que hemos supuesto siempre. Pero ¿y si estuviéramos equivocados?

Le vino a la memoria el origen de los templarios que conocía todo el mundo: que en el año 1118 se presentaron en Jerusalén nueve caballeros venidos de diversas partes de Europa, así, de improviso, y le comunicaron al rey que deseaban proteger a los peregrinos cristianos que acudían a ver la Ciudad Santa, que acababa de ser conquistada. El rey puso a su disposición un enclave enorme que podían utilizar como sede: el antiguo Templo de Salomón, y de ahí les viene el nombre de templarios, o caballeros del Templo. Por lo visto no abandonaron dicho enclave hasta nueve años después, un tiempo que supuestamente pasaron excavando en busca de algo que, cuando lo encontraron, les proporcionó grandes riquezas y un poder inmenso. Algo que Tess estaba convencida de haber desvelado tres años atrás en compañía de Reilly.

—¿De verdad lo encontraron los primeros templarios después de excavar en aquellas ruinas? —preguntó—. ¿No sería esa historia una tapadera? ¿Y si desde el principio hubiera formado parte del tesoro de Nicea?

—Entonces, ¿le mintieron al Papa con el fin de aumentar su atractivo? ¿Para que pareciera más misterioso, más mítico?

—En parte —especuló Tess—. De esa manera el resto del tesoro quedaría a salvo. No había motivo para alertar al Papa ni a sus compinches respecto de que allí había escondidos muchos más evangelios y escritos. ¿Para qué iban a ponerlos en peligro?

—Pero eso significaría que los templarios fundadores de la orden conocían desde el principio la existencia de aquel tesoro —observó Reilly.

—Lo cual nos lleva a preguntar —intervino Tess— quiénes eran en realidad, y por qué decidieron hacer aquella jugada y chantajear al Papa en ese momento.

Le costaba digerir lo que implicaba cada detalle nuevo que iban descubriendo. Todo lo que creían saber de los orígenes de los templarios: quiénes eran realmente, de dónde procedían, por qué aparecieron cuando aparecieron, qué intentaban conseguir en realidad; de pronto todo aquello era cuestionable.

—¿Cuándo aparecieron por primera vez en escena?

—En 1118. Una época bastante revolucionaria —contestó Tess, pensando en voz alta, con el cerebro a todo gas—. Era la primera vez que un papa, el jefe de la Iglesia católica y el representante de Jesucristo en la Tierra, no propagaba el mensaje divino de paz y amor. En lugar de eso, dijo a los integrantes de su rebaño que fueran a matar en el nombre de Cristo, en la seguridad de que todos sus pecados serían perdonados y de que alcanzarían el cielo si acudían a destripar infieles en nombre de la cruz. Y en aquel momento su sagrado ejército estaba ganando; habían conquistado Jerusalén, tenían a los musulmanes contra las cuerdas. El Papa era el jefe de la única superpotencia que existía por entonces, y tenía el mundo en sus manos.

Reilly reflexionó sobre esto último.

—¿Pudo ser que alguien, en alguna parte, decidiera crear un contrapeso? —sugirió—. ¿Una fuerza capaz de contrarrestar la supremacía de Roma y tal vez frenarla antes de que se les fuera todo de las manos?

Tess asintió con mirada ausente.

—Es posible que todo lo que creíamos saber de los templarios sea falso.

Se hizo un silencio durante el cual intentaron dar algún asidero a sus ideas. De repente, el semblante de Tess perdió el resplandor de la inspiración y adoptó una expresión de profunda inquietud.

—Ahora entiendo por qué nuestro amigo el iraní quería echarle la zarpa al alijo de Osio. Tenemos que encontrarlo, Sean. Si existe, tenemos que encontrarlo nosotros primero. No podemos permitir que unos cabrones de Teherán lo saquen a la luz ante un mundo que no está preparado.

—¿De verdad crees que aún puede causar problemas? —preguntó Reilly—. ¿En el mundo actual? La gente se ha vuelto bastante escéptica.

—En esto no. Ni en lo que atañe a la Biblia. Hay dos mil millones de cristianos, Sean, y muchos de ellos consideran que la Biblia es la palabra de Dios. La palabra auténtica de Dios. Creen que los veintisiete textos que conforman el Nuevo Testamento nos los entregó Dios mismo para que llevemos una vida mejor y logremos la salvación eterna. No se dan cuenta de que no hay nada más alejado de la verdad y de que lo que llamamos Biblia en realidad se compiló varios cientos de años después de la crucifixión de Cristo. Pero nosotros sabemos más, sabemos a ciencia cierta que el cristianismo primitivo era muy diverso en sus creencias y en sus escritos. Estaba formado por comunidades desperdigadas que sostenían interpretaciones muy dispares de lo que fue Jesús, de lo que predicó y de lo que hizo, comunidades que basaban su fe en ideas muy distintas. Y que no tardaron en pelearse por defender qué versión era la buena. En última instancia venció uno de aquellos grupos a fuerza de adquirir más conversos que los demás. Y los ganadores decidieron cuáles de aquellos escritos primitivos eran los que debían seguir sus conversos, los modificaron para que se ajustaran a la versión que habían adoptado, y a todos los demás los tacharon de blasfemos y heréticos, y los eliminaron. Enterraron a la competencia, junto con sus creencias y sus prácticas, y después reescribieron la historia de toda esa lucha. A lo que voy es que ellos decidieron lo que había que considerar escritura auténtica y sagrada, y lo que no. Y lo hicieron muy bien, porque casi no quedó nada de los textos que no les gustaron. La única razón por la qué sabemos que existieron es que aparecen mencionados de vez en cuando en los primeros escritos de la Iglesia, y el puñado de copias que tenemos de alguna de esas versiones de la competencia se deben a un hallazgo casual, como el descubrimiento en 1910 de ese conjunto de evangelios gnósticos de Nag Hammadi.

—Pero eso acaba de cambiar —apuntó Reilly.

—Desde luego. E imagínate por un segundo lo que habría ocurrido si dicha pelea la hubiera ganado uno de los otros grupos de cristianos. Ahora podríamos tener una religión muy diferente, sin mucho en común con lo que hoy llamamos cristianismo. Y eso, si hubiera conseguido llegar hasta la época actual. Porque es posible, incluso probable, que si el cristianismo no hubiera tomado la forma que tomó, esa historia tan acogedora y sobrenatural de muerte, resurrección y salvación eterna, que hizo una amalgama de elementos tomados de todas las religiones que existían en el imperio para formar un conjunto nuevo y de talla única (mitraísmo, Sol Invictus, nacimiento de una virgen, resucitar a los tres días, el día del sol, el veinticinco de diciembre), y le permitió crecer de manera organizada hasta convertirse en la religión oficial del Imperio romano... Es posible que Constantino no la hubiera abrazado. Es posible que no hubiera logrado convencer a su pueblo, que era pagano, de que la aceptase, y actualmente nuestro mundo sería muy distinto. Sin el cristianismo como columna vertebral, la civilización occidental se habría desarrollado de un modo que no somos capaces de imaginar. Y todo ello se debe a los textos sagrados que escogieron los fundadores para construir sobre ellos su Iglesia. Porque a eso se reduce toda religión, ¿no? A las escrituras. A unos textos sagrados. Un relato, una fábula, una narración mítica que escribió alguien hace muchísimo tiempo.

»Pero esos cristianismos primitivos que competían entre sí eran muy diferentes unos de otros. Y sus evangelios, sus escrituras, describían un conjunto de sucesos y de creencias muy distintos de los del Nuevo Testamento. Algunos describían a Jesús como un predicador del estilo de Buda, cuyos secretos sólo podían revelarse a un puñado de iniciados. Otros lo consideraban un líder revolucionario que iba a liberar a los pobres de sus opresores romanos por la fuerza. Otros lo pintaban como un guía inspirado por Dios que proporcionaba iluminación espiritual y que iba por ahí diciendo cosas muy del estilo Nueva Era, como "Habéis visto al Espíritu, y os habéis transformado en Espíritu. Habéis visto a Cristo, y os habéis transformado en Cristo. Habéis visto al Padre, y os transformaréis en el Padre". Tenían posturas radicalmente distintas acerca de si Jesús era humano o divino, y de cómo podemos alcanzar la salvación, aunque en líneas generales todo se reduce a entender el verdadero significado de lo que dijo Jesús y a descubrir la verdad acerca de nuestro yo divino sin necesidad de recurrir a sacerdotes, iglesias ni extraños rituales caníbales como comer el cuerpo de Cristo y beber su sangre. Y los defensores de esos evangelios no canónicos dirán que éstos anulan totalmente a los cuatro que se encuentran en la Biblia. Afirman, y hay abundantes pruebas que así lo demuestran, que los cuatro evangelios del canon fueron modificados y maquillados para que respaldasen la creación de una iglesia organizada en el nombre de Cristo y para justificar una jerarquía de obispos, sacerdotes y diáconos, y dar poder a éstos por encima de los fieles, por considerarlos los legítimos herederos de los apóstoles y, ahora viene la idea clave, los únicos que pueden otorgar la salvación. Y eso fue lo que consiguieron: la exclusividad. Acuérdate de que, antes del cristianismo, en el Imperio romano la gente adoraba a toda clase de dioses. En eso nadie tenía problemas. Había una gran tolerancia y un gran respeto, y el concepto de herejía y de creer en el "dios verdadero", o sea la ortodoxia, no existía. Y tampoco existía ningún pecado del que tuviéramos necesidad de ser salvados. Tan sólo con el cristianismo empezó a tener importancia aquello en lo que creyera una persona, porque ahora, de repente, de ello dependía su vida eterna.

»Por otro lado, los puristas y los defensores acérrimos de la Biblia dirán que todo aquello que no sea conforme a los cuatro evangelios canónicos tiene un origen dudoso. Dirán que tuvo que escribirse después de los cuatro evangelios que figuran en la Biblia y que su autor estaba "corrompido" por influencias gnósticas. Tachan todo de herético. ¿Sabes lo que significa esa palabra? Capaz de escoger. Literalmente. Ésa es la raíz del término. Significa simplemente una persona que escoge creer otra cosa. Eso es todo. En cambio, los que ganaron escogieron lo que debemos creer los demás; escogieron ellos qué escritos eran sagrados y cuáles eran heréticos.

»La cosa es que, en estos momentos, no sabemos a ciencia cierta cuál de los dos bandos tiene razón. No sabemos qué escritos son los que están "corrompidos". Todo son teorías y conjeturas, porque es muy poco lo que ha sobrevivido de esa época. No sabemos con seguridad cuándo se escribieron los evangelios de Mateo, Marcos, Lucas y Juan, ni en qué orden. En realidad, no sabemos quién los escribió, pero sí sabemos que no fue ninguno de ellos; para empezar, no están redactados en primera persona, y tenemos claro que se escribieron mucho después de que murieran los cuatro. Y en cambio se nos dice que son auténticos, se nos dice que son éstos los que narran la verdadera historia de Jesús y de lo que predicó, y que todo lo que se desvíe de ellos es falso. Pero no hay pruebas que lo demuestren. Y existe abundante material que justifica que lo cuestionemos. Los mejores especialistas de la Biblia han hallado en diversos documentos referencias que señalan otros muchos escritos, otros evangelios que jamás se han encontrado, pero que podrían anular a los que figuran en la Biblia. Son cerca de cincuenta, según el último recuento. Se trata de otros cincuenta evangelios que nunca hemos tenido ocasión de leer, y ésos son sólo los que conocemos. Aun así damos por sentado que el libro que se nos ha entregado es el auténtico, es el libro que rige todas las facetas de nuestra vida. Es el libro que citan en el Senado cuando tienen que decidir si ir a la guerra o no, o si una mujer puede abortar o no. Es el libro que la gente está convencida de que contiene la palabra de Dios. En sentido literal. Sin tener ni idea de dónde ha venido ni de cómo se compuso en realidad.

—Y este tesoro podría cambiar todo eso —observó Reilly.

Tess asintió.

—¿Te ríes de mí? No estamos hablando de unos fragmentos de sellos de correos como los manuscritos del mar Muerto, ni siquiera de unos cuantos códices sueltos como los de Nag Hammadi. Estamos hablando de una biblioteca entera de evangelios y escritos del cristianismo primitivo, Sean. Fechados, documentados, completos y originales, no traducciones de traducciones; un conjunto completo, auténtico y sin adulterar de todas las interpretaciones que existían de la vida y las palabras de Jesucristo. Podría revolucionar nuestra forma de entender el hombre y el mito. Estoy segura de que así sería. Porque no dudo ni por un segundo de que lo que dijo Jesús fue muy diferente de lo que nos llevan vendiendo desde el Concilio de Nicea. A ver, ¿cómo, si no, iba a ser posible que su mensaje de renunciar desinteresadamente a las posesiones, un mensaje que tenía por finalidad elevar la situación de los pobres y de los oprimidos, terminase dando lugar a una religión de los ricos y los poderosos de Roma, si no se hubiese adulterado para que encajase con los nuevos planes?

—La religión del emperador —dijo Reilly, acordándose de la carta de Osio.

—Exacto. Piensa un poco en lo que sucedió en realidad en el Concilio de Nicea. Un emperador, no un papa, reunió a los sacerdotes y obispos más influyentes de todo su imperio, los sentó en una sala y les ordenó que resolvieran sus diferencias y acordaran una doctrina que pasaría a ser la versión oficial del cristianismo. Un emperador, no un papa. Un rey guerrero, un gobernante, un mesías en realidad, si queremos utilizar el verdadero significado de esa palabra. Un hombre que acababa de derrotar a sus adversarios, que había asumido el control de un territorio dividido y necesitaba algo sumamente poderoso para unificar todas las piezas de su imperio. Tenemos la oportunidad de descubrir los textos que no pasaron el corte, las otras versiones de lo que hizo y dijo Jesús, aquellas cuya existencia Constantino y los fundadores de la Iglesia decidieron que no debíamos conocer.

Tess perforó a Reilly con los ojos brillantes.

—Tenemos que encontrarlo —insistió—. Constituye una clave crucial para nuestra historia, pero también podría resultar devastador. Tenemos que encontrarlo y cerciorarnos de que se le dé un uso adecuado. Esos escritos podrían dar respuesta a muchas preguntas formuladas por personas capaces de aceptar la verdad, pero también provocarían una crisis tremenda en quienes no sepan asumirla, que son muchos más. Hace unos años, bastó una sola frase, una sola, tomada de unos fragmentos de una supuesta versión más antigua del evangelio de Marcos, para dar lugar a una airada polémica, porque insinuaba que Jesús había pasado toda una noche enseñando «los secretos de su reino» a otro hombre que iba vestido únicamente con una «prenda de lino», con todas las connotaciones que entraña eso. Imagínate lo que podría provocar una lista entera de evangelios alternativos.

Reilly la observaba con gesto pensativo, absorbiendo sus palabras, pero incluso sin que hubiera terminado de hablar él ya se dio cuenta de que no podía volver a casa. Todavía no. Antes tenía que hacer todo lo que pudiera para encontrar aquellos arcones. Si caían en malas manos, eran potencialmente un arma, un arma de desesperación en masa si se tenía en cuenta que una tercera parte de los habitantes del planeta profesaba la religión cristiana y que muchos de ellos consideraban sagradas y exactas cada una de las palabras que contenía la Biblia. El problema estribaba en que no deseaba mezclar al FBI ni, por asociación, al Vaticano. La última vez, las cosas no habían salido demasiado bien en aquellos dos frentes. Y, por supuesto, tampoco quería implicar a los turcos; cualquier objeto histórico, sobre todo si era religioso, sería confiscado antes de que ellos tuvieran siquiera la oportunidad de examinarlo.

No; si Tess y él querían ocuparse de aquello, iban a tener que actuar por su cuenta. Por debajo del radar. Muy por debajo. Por el subsuelo.

—Estoy contigo —dijo por fin—. Pero en estos momentos ya no hay nada más que podamos hacer. Has topado con una pared, ¿no es así? Has dicho que la pista se ha enfriado.

Tess estaba de pie, paseando por la habitación hecha un manojo de nervios a causa del entusiasmo.

—Sí, pero... Hay algo que se nos escapa. Conrado debió de dejarnos una pista, incluso después de muerto. Seguro. —De pronto tuvo una revelación—. Tiene que estar en esa iglesia en la que está enterrado.

—Pero si ya has estado en ella. Dijiste que no había nada enterrado con él.

—Pues tiene que haber algo más —insistió Tess—. Algo que hemos pasado por alto. Tenemos que volver.

52

Tess disimuló la inquietud que la invadía viendo a Reilly adoptar su característica actitud de apisonadora para pasar por delante de los dos soldados de la Yandarma que había apostados a la puerta del hotel.

Les dijo que en el tiroteo del cañón se le había perdido la Blackberry, e insistió en que no tenía más remedio que regresar para recuperarlo, dado que contenía material confidencial del FBI. Al recibir la primera réplica, elevó ligeramente el tono de voz y habló como si aquello fuera a convertirse en un incidente diplomático en toda regla si no recuperaba pronto el teléfono, y advirtió a los soldados que aquello iba a llenarse de tropas norteamericanas, enviadas para proteger el perdido alijo de secretos de Estado.

La treta dio resultado. Veinte minutos después, la furgoneta del hotel los depositaba en la entrada del cañón. Todavía estaba estacionado allí un Humvee de la Yandarma. Aparte de éste, el único vehículo era el polvoriento Cherokee del historiador muerto, un recordatorio del reguero de sangre derramada.

No tardaron en pasar junto a la vivienda cónica donde habían disparado a Abdülkerim. La salpicadura de sangre ya había sido absorbida por aquella roca blanda y porosa, y la mancha borrosa que quedaba daba la impresión de ser un resto del pasado lejano. No había policía acordonando la zona, ni investigadores de la científica escudriñando los daños causados en la toba. No había necesidad. Estaba todo bastante claro, y si se llegaba a capturar al iraní, seguro que no lo juzgaba ningún jurado.

Tess sintió escalofríos al pasar por aquel punto, y no pudo apartar del pensamiento la cara de Abdülkerim contorsionada por la angustia cuando lo atravesaron las balas. Lo conocía de hacía muy poco, y apenas había tenido tiempo de saber cómo era. No sabía nada de él, desconocía si estaba casado y tenía hijos, y ahora estaba muerto. A las pocas horas de haberlo conocido.

Subieron hasta la iglesia. Con la ayuda de unas linternas que tomaron prestadas en el hotel, Tess le indicó a Reilly el mural que decoraba la semicúpula del ábside y lo condujo a la cripta. Todavía sentía escalofríos cuando penetraron en la cámara mortuoria, que estaba tal como la habían dejado. El hecho de encontrarse allí la hizo revivir la escena. Fue como si estuviera viéndose a sí misma en un diorama holográfico tridimensional, en cuyo centro se hallaba el semblante angustiado de Abdülkerim.

Reilly debió de notarlo.

—¿Te encuentras bien? —le preguntó.

Tess borró de su cerebro aquellas turbadoras imágenes y asintió, y a continuación le mostró la tumba abierta de Conrado. A un lado se encontraban los pedazos rotos de la vasija de arcilla. No se había movido nada.

Reilly recorrió la cámara con la vista.

—¿Y esas otras tumbas?

Tess alumbró con la linterna las marcas que había en las paredes.

—Pertenecen a dignatarios y benefactores de esta iglesia.

—Podrían ocultar algo más.

—Podrían —contestó Tess en tono escéptico—. Pero si no exhumamos los cuerpos, no hay forma de saberlo. La cosa es que si es aquí donde está enterrado el tesoro de Osio, yo creo que habrían dejado alguna señal, algún indicador que llevara hasta él. De lo contrario, podría perderse para siempre. Pero no hay más que nombres, y ninguno de ellos llama la atención.

—Está bien. Así que tenemos el mural y esta cripta. ¿Algo más?

Tess negó con la cabeza.

—Antes de irnos de aquí estuvimos inspeccionando el resto de la iglesia. No hay nada. —Pero en el momento en que decía esto le vino algo a la memoria, algo que se le había ocurrido cuando estaba al ordenador en el hotel, intentando traducir la carta de Osio, y repitió lo que había dicho Reilly—. El mural.

Casi en trance, condujo de nuevo a Reilly hasta el ábside. Observó el mural y alumbró con la interna las letras griegas que había encima de la pintura.

—Es de lo más raro —comentó para sí misma— que aquí, en una iglesia, haya unos versos de un poema sufí.

—¿Qué quiere decir sufí?

—Es una forma mística del islam —explicó Tess—, muy popular en Turquía. O por lo menos lo era, antes de que la prohibieran en la década de 1920.

—Espera un momento, ¿un poema musulmán en el interior de una iglesia?

—No es exactamente musulmán. El sufismo es diferente, tanto que los musulmanes más duros como nuestros amigos los saudíes y los talibanes consideran que quienes lo practican son herejes, y lo han prohibido. Le tienen terror, porque el sufismo es pacifista, tolerante y liberal, y porque no se basa en la adoración sino en la experiencia personal, en buscar la senda que ha de seguir cada persona para llegar a Dios e intentar el éxtasis espiritual. Rumi, el místico que escribió esos versos, fue uno de los padres fundadores del sufismo. Predicaba que el sufismo acogía por igual a las gentes de todas las religiones, y que la música, la poesía y la danza constituían la manera de abrir las puertas del paraíso y llegar hasta Dios, un dios no del castigo ni de la venganza, sino del amor.

—Suena genial —bromeó Reilly.

—Y lo es. Por eso Rumi es muy popular en nuestro país. Tremendamente popular. Incluso he leído no sé dónde que Sarah Jessica Parker practica aerobic acompañándose de versiones roqueras de sus poemas. Se ha convertido en el gurú de la Nueva Era, lo cual no hace justicia a la intensidad y la profundidad de lo que escribía Rumi, pero resulta comprensible teniendo en cuenta que dice cosas como: «Mi religión consiste en vivir mediante el amor», lo cual, hay que reconocerlo, resulta bastante radical para un predicador musulmán del siglo XIII.

—Ya veo por qué los saudíes no quieren que se difunda su mensaje.

—Es muy triste, la verdad. Trágico. Es un mensaje que podría hacer mucho bien en estos momentos.

Reilly volvió a contemplar el fresco.

—De acuerdo, pero sea herético o no, seguimos teniendo unos versos musulmanes en una iglesia de mil años de antigüedad. Y eso, como tú bien dices, resulta muy extraño. A propósito, ¿qué es lo que dice?

—Nos lo leyó Abdülkerim. —Tess iluminó el texto en griego y lo tradujo en voz alta, recordando lo que había dicho el historiador—: «En cuanto al dolor, igual que una mano amputada en el combate, considera que el cuerpo es una túnica que llevas puesta. Las acciones preocupadas y heroicas de un hombre y de una mujer son nobles para el pañero, donde los derviches disfrutan de la brisa liviana del espíritu.»

Reilly se encogió de hombros.

—«Una mano amputada en el combate.» Ahí tienes el motivo. No puede haber muchos poemas que tengan un verso así.

—Desde luego. Sin embargo, Rumi murió en 1273. Tuvo que escribirlo mucho antes de que Conrado perdiera la mano.

Reilly caviló pensando en aquellos versos.

—Pero ¿qué significa?

—No estoy segura. Tengo aquí el resto del poema, lo he bajado de la red. —Extrajo un fajo de papeles de la mochila y buscó la página en cuestión—. Aquí está. El poema se titula *Brisa liviana*, y dice así: «En cuanto al dolor, igual que una mano amputada en el combate, considera que el cuerpo es una túnica que llevas puesta. Las acciones preocupadas y heroicas de hombres y mujeres son cansadas y fútiles para los derviches que disfrutan de la brisa liviana del espíritu...» —De repente se interrumpió con un gesto de confusión—. Aguarda un segundo, esto es distinto de lo que pone en la pared.

—Vuelve a leerlo.

Tess se concentró en el texto griego y fue cotejándolo con lo que tenía impreso en el papel.

—En el mural dice que las acciones heroicas son nobles, no cansadas y fútiles. Y son las de un hombre y una mujer, no las de hombres y mujeres. Y lo demás también es muy distinto. —Calló unos instantes y se concentró en aquellas frases paralelas—. El que grabó esa inscripción intentaba decirnos algo. —Se le aceleró la respiración—. A lo mejor nos está diciendo dónde se encuentran los arcones.

—¿El resultado de las «acciones preocupadas y heroicas» de Conrado? —inquirió Reilly.

—No sólo las de Conrado. Dice las de «un hombre y una mujer». ¿Podría referirse a Conrado y a una mujer concreta? —Tess frunció el entrecejo, entregada a profundas cavilaciones—. ¿Habría una mujer con él? Y en ese caso, ¿quién era?

—Espera un momento, ¿los templarios no eran monjes? ¿Como los que hacen votos de castidad y todo eso?

—Te refieres al celibato. Sí, eran célibes. En su mundo no estaba permitido que entraran las mujeres.

—¿Y lo eran por voluntad propia? ¿En una época en la que no había televisión por cable?

Tess no le hizo caso y reflexionó unos segundos más. Luego sacó un bolígrafo y copió la versión que figuraba en el mural al lado de la versión original. Finalmente comparó las dos.

—Muy bien. Vamos a suponer que las modificaciones se llevaron a cabo por una razón concreta. Para conducirnos a algún sitio. De modo que el que escribió esto cambió las acciones de «cansadas y fútiles» a «nobles». ¿Y si se refiere al hecho de haber recuperado el tesoro de Nicea y haberlo guardado en un lugar seguro?

—Continúa.

Tess se sentía en un estado de máxima percepción. Era una

sensación que adoraba, estar en una concentración extrema siendo consciente de ello.

—Las acciones no son cansadas y fútiles, sino nobles. Y para el «pañero». «Donde» los derviches disfrutan de la brisa liviana del espíritu.

—Soy todo oídos, Yoda —dijo Reilly.

—¿Y si esto nos estuviera diciendo quién era el custodio?

—¿El «pañero»?

—Un pañero donde viven los derviches.

—Que es...

—En Konya, naturalmente.

Reilly se encogió de hombros.

—Ya lo sabía.

—Calla la boca. Ni siquiera sabes lo que es un derviche.

Reilly adoptó una expresión falsamente contrita.

—Tampoco me siento orgulloso de ello.

—Un derviche es un miembro de una hermandad sufí, so neandertal. Los más famosos son los seguidores de Rumi. Se los conoce como «derviches giróvagos» debido al ritual de oración que realizan girando sobre sí mismos como peonzas. Lo hacen para alcanzar un estado de trance que les permite concentrarse en el dios que llevan dentro.

—El dios que llevan dentro —anotó Reilly, ya con gesto serio—. Suena un tanto gnóstico, ¿no te parece?

Tess enarcó una ceja.

—Cierto. —Lo miró impresionada con una expresión que decía «Después de todo, a lo mejor no eres tan neandertal», y luego se puso a reflexionar sobre dicha idea. En efecto, el mensaje espiritual era similar. Aparcó el tema de momento y dijo—: Rumi y su hermandad tenían la sede en Konya. Allí es donde se encuentra enterrado, su tumba es actualmente un museo. —Su cerebro iba dos pasos por delante de sus labios—. Konya. Tiene que estar en Konya.

—Conrado murió aquí, y Konya... ¿a cuánto está de este sitio?

Tess intentó hacer memoria de lo que había dicho Abdülkerim.

—A unos trescientos kilómetros hacia el oeste.

—No es una distancia pequeña para aquella época. ¿Y cómo llegó allí el tesoro? ¿Quién lo trasladó?

—Puede que la misma persona que escribió esto —respondió Tess, indicando el texto griego del mural. Su cerebro continuaba adelantándose a ella, en busca de respuestas—. Pero en aquella época Konya era territorio sufí, y aún lo es en la actualidad. Si el alijo de Osio fue trasladado a Konya, quien lo trasladó debió de tener una estrecha relación con los sufíes, o bien era un sufí él mismo.

—O ella misma —la corrigió Reilly—. Acuérdate, un hombre y una mujer. ¿Podría tratarse de nuestra mujer misteriosa?

—Podría. En el sufismo, hombres y mujeres reciben igual consideración, y muchos santos sufíes tuvieron como mentor a una mujer. —Reflexionó unos momentos y dijo—: Tenemos que ir a Konya.

Reilly le dirigió una mirada de duda.

—Venga, no creerás de verdad que...

—Estos cambios se hicieron por un motivo específico, Sean. Y creo de verdad que hay muchas probabilidades de que nos estén diciendo que el tesoro de Osio le fue entregado en custodia a un pañero sufí de Konya —insistió Tess—. Y por ahí vamos a empezar.

—¿De qué manera?

—En esta parte del mundo, los oficios suelen transmitirse de una generación a la siguiente. Necesitamos encontrar a un pañero que tenga un antepasado que haya formado parte de alguna de las logias de Rumi.

Reilly no pareció muy convencido.

—¿De verdad piensas que vas a dar con una familia de pañeros de setecientos años de antigüedad?

—Lo que sé es que voy a intentarlo —lo provocó ella—. ¿Se te ocurre algo mejor?

53

Konya, Turquía

Unas pocas estrellas precoces ahuyentaban ya al sol poniente cuando un taxi dejó a Reilly y a Tess en el corazón de una de las poblaciones más antiguas del planeta.

Cada una de las piedras de aquella ciudad estaba cargada de historia. Según la leyenda, fue el primer núcleo urbano que emergió después del Diluvio, y los restos arqueológicos han demostrado que ha estado poblada sin interrupción desde que en la zona se asentaron varias tribus del Neolítico, hace más de diez mil años. Se dice que san Pablo estuvo predicando allí en tres ocasiones, la primera en el año 53 de nuestra era, lo cual situó a Konya en una trayectoria estelar que alcanzó su cumbre en el siglo XIII, cuando se convirtió en la capital del sultanato selyúcida, la misma época en que fue el hogar de Rumi y su hermandad de derviches. Tras los días gloriosos en que alojó a los sultanes había ido declinando rápidamente, pero aún en la actualidad era la segunda atracción más visitada de Turquía, y todos los años recibía más de dos millones de turistas que acudían a rendir homenaje al gran místico. Su mausoleo, el Yesil Turbe, la «Tumba Verde», era el epicentro espiritual de la fe sufí.

Y también era donde había decidido Tess iniciar la búsqueda.

Sabía que no iba a resultar fácil. En Turquía seguía estando prohibido el sufismo. No había logias en las que husmear ni ancianos a los que preguntar. Por lo menos a la vista. Las reuniones espirituales sufíes sólo se llevaban a cabo en la más estricta intimidad, ocultas a las miradas inoportunas. Y todavía se imponían importantes penas de prisión a quienes transgredieran la ley.

El sufismo se declaró ilegal en 1925, poco después de que Kemal Ataturk, el padre de la Turquía moderna, fundase su república sobre las cenizas del Imperio otomano, muy controlado por la religión. Deseoso de demostrar cuán occidentalizado iba a ser su nuevo país, Ataturk se aseguró de que el estado fuera estrictamente laico y levantó un muro impermeable entre la religión y el gobierno. Los sufíes, que tenían influencia en los niveles más altos de la sociedad y el gobierno otomanos, debían desaparecer. Todas las logias se cerraron y se transformaron en mezquitas. También se prohibieron los rituales así como todas las enseñanzas de dicha tradición, pues en opinión de Ataturk eran retrógrados y suponían una carga para la modernidad occidentalizada a la que aspiraban. De hecho, la única manifestación visible del sufismo que queda en Turquía son las danzas folclóricas de la *sema*, el baile de oración ceremonial de los discípulos de Rumi, que, ironías del destino, se ha convertido en uno de los principales símbolos turísticos del país. Y sólo porque en la década de 1950 volvió a permitirse a regañadientes, después de que la esposa de un diplomático americano que estaba de visita, picada por la curiosidad, solicitase presenciar una de esas danzas. Y así fue como aquella fe de corazón tan generoso terminó prohibida, tanto por los regímenes fundamentalistas más orientales, como Afganistán y Arabia Saudí, por ser herética de tan liberal, como por los turcos progresistas, por la razón contraria.

A juzgar por el mar de austeros rostros barbudos y pañuelos atados a la cabeza que los rodeaban, a Tess y Reilly les quedó claro que Konya era una ciudad muy piadosa y conservadora. Como contraste, también abundaban los occidentales vestidos con informales ropas veraniegas, y los dos grupos se mezclaban con total naturalidad. Ellos se sumaron al flujo de peregrinos, decenas de hombres y mujeres, viejos y jóvenes, llegados de todas partes, que se dirigían al santuario. Éste se erguía allá al frente, imposible de pasar inadvertido gracias a su gran cúpula color turquesa. Aquel enorme edificio medieval había sido el *tekke* de Rumi, la logia en la que vivían y meditaban sus discípulos. Ahora era un museo construido alrededor de las tumbas de él, de su padre y de otros santos sufíes.

Siguieron la procesión, que atravesó el gran pórtico en forma de arco y penetró en el corazón del mausoleo. La mayoría de las estancias mostraban dioramas de maniquíes ataviados con las vestiduras sufíes tradicionales, recreaciones inanimadas de prácticas ahora ilegales, un inquietante recordatorio de una tradición no tan lejana que había sido interrumpida de golpe.

Tess encontró un puesto en el que había folletos en varios idiomas y tomó uno en inglés. Fue leyéndolo mientras paseaban por las diversas exposiciones. Algo vio que la hizo afirmar con la cabeza para sí misma, y Reilly se percató.

—¿Qué pasa? —inquirió.

—Versos de Rumi. Escucha: «Busqué a Dios entre los cristianos y en la Cruz, y no lo encontré. Entré en los antiguos templos de la idolatría, y no hallé rastro de Él. Penetré en la cueva de Hira y me adentré en su interior, pero no hallé a Dios. Luego dirigí mi búsqueda hacia la Kaaba, el lugar al que acuden viejos y jóvenes, pero Dios no estaba allí. Por último miré en mi propio corazón, y entonces lo vi. No estaba en ninguna otra parte.»

—Muy valiente —comentó Reilly—. Me asombra que no le cortasen la cabeza.

—De hecho, el sultán de los selyúcidas lo invitó a vivir aquí. El sultán no tenía ningún problema con las ideas de Rumi, como tampoco tenía ningún problema con los cristianos de Capadocia.

—Echo de menos a esos selyúcidas.

Tess afirmó con la cabeza. Su cerebro recorría, flotando, paisajes imaginarios de mundos alternativos.

—Mira, cuanto más pienso en ello, más cuenta me doy de que había muchas cosas en común entre lo que creían los sufíes y lo que pretendían los templarios. Ambos consideraban que la religión era algo que debería unirnos, no un elemento de división.

—Por lo menos éstos no acabaron en la hoguera.

Tess se encogió de hombros.

—No tenían un rey que codiciara el oro que guardaban en sus cofres.

Cruzaron una entrada que conducía a la grandiosa sala en la que estaba enterrado Mavlana Yelaluddin Rumi, el *mevlana* en persona, es decir, el maestro. El amplio espacio que los rodeaba resultaba sobrecogedor. Sus paredes eran obras maestras de intrincada caligrafía dorada en relieve; sus techos, deslumbrantes caleidoscopios de arabescos. En el centro se encontraba la tumba. Era descomunal y majestuosa, y estaba cubierta por una enorme tela bordada en oro y coronada por un gigantesco turbante.

Sin acercarse demasiado, contemplaron a los peregrinos que, con ojos llorosos, tocaban con la frente un escalón de plata que había al pie del túmulo y después lo besaban. Otros se quedaban por la sala, leyendo las palabras del poeta para sí o en pequeños grupos, con el semblante resplandeciente de felicidad. En el ambiente reinaba un profundo silencio, y se respiraba un delicado respeto, más propio de visitantes ante la tumba de un gran poeta que de fervorosos peregrinos de alguna religión. Que era lo que había temido Tess. Por allí no había nada que pudiera ayudarla a localizar a aquella esquiva familia de pañeros, suponiendo que de verdad hubiera existido. Necesitaba preguntar a alguien, pero no sabía a quién.

Salieron del santuario y empezaron a pasear por un bulevar que llevaba al corazón del casco histórico. Estaba repleto de tiendas, cafés y restaurantes abarrotados de vecinos y turistas; también había niños jugando en libertad en las lomas que se elevaban en la pradera. Aquella ciudad exudaba una tranquilidad que Tess y Reilly echaban dolorosamente en falta.

—A lo mejor encontramos un ayuntamiento —dijo Tess, caminando con paso lento y parsimonioso y los brazos cruzados en un gesto de frustración—. Un sitio en el que lleven un registro de los habitantes.

—¿Y no habrá un apartado de pañeros en las páginas amarillas? —agregó Reilly.

Pero Tess no estaba de humor.

—¿Qué pasa? Estoy hablando en serio. —Reilly le ofreció una sonrisa amistosa y continuó—: El problema es que tenemos una pequeña barrera lingüística.

—Los únicos derviches que se ven son los que montan los espectáculos para los turistas. Tratan con extranjeros. Deberíamos encontrar a alguien que nos entienda y convencerlo de que nos presente a un anciano sufí.

Reilly hizo una señal con el dedo.

—Vamos a preguntar a ésos.

Tess se volvió. Había un cartel que anunciaba «Iconium Tours», y debajo, en letras más pequeñas, «Agencia de Viajes».

—Puedo conseguirles entradas para ver un *sema* esta noche —les dijo con entusiasmo el propietario de la agencia, un individuo de aspecto amable, cincuentón, que respondía al nombre de Levant—. Es un espectáculo maravilloso, les va a encantar. Les gusta la poesía de Rumi, ¿no?

—Mucho. —Tess sonrió incómoda—. Pero ¿va a ser una auténtica ceremonia de oración, o una cosa más... —gesticuló— turística?

Levant la miró con curiosidad. Se le veía un poco ofendido.

—Todos los *semas* son auténticas ceremonias de oración. Los derviches se toman muy en serio lo que hacen.

Tess lo desarmó con una cálida sonrisa.

—Naturalmente, no me refería a eso. —Respiró hondo y buscó la mejor forma de expresarse—. Es que... Verá, yo soy arqueóloga, y estoy intentando entender algo que he descubierto. Un libro antiguo. Habla de un pañero, de hace unos cuantos siglos. —Hizo una pausa y sacó un papel arrugado del bolsillo—. Es un *kazzaz*, o *bezzaz*, o *derzi*, o *çukaci* —dijo, peleando con las diferentes maneras de denominar a los fabricantes de telas. Se las había proporcionado el taxista. No sabía muy bien cómo se pronunciaba la última, así que le enseñó al agente de viajes lo que le había escrito el taxista... Con letras que ella podía leer, ya que otra de las impetuosas reformas de Ataturk consistió en abandonar el alfabeto arábigo y adoptar el latino para escribir el idioma turco—. Se trataba de un pañero que fue derviche aquí, en Konya. Probablemente era un hombre mayor, un anciano, algo así. Ya sé que es mucho pedir, pero... ¿No conoce usted a alguien que pudiera saber mucho de estas cosas, un experto en la historia de los derviches de Konya?

Levant se echó hacia atrás ligeramente, y su expresión se replegó hacia un territorio más reservado.

—Mire, no vengo con ninguna misión oficial —añadió Tess para tranquilizarlo—. Tengo un interés personal, nada más. Simplemente intento entender un detalle que aparece en ese libro antiguo que he descubierto.

El agente de viajes se tocó la boca y la barbilla, después se pasó la mano por la cara y por la calvicie incipiente. Luego miró a Reilly y lo estudió también. Éste guardó silencio y se quedó donde estaba, procurando parecer tímido e inofensivo. El calvo se volvió hacia Tess, se inclinó y adoptó una expresión conspirativa.

—Esta noche puedo llevarlos a un *dikr* privado —les dijo refiriéndose a una ceremonia sufí de conmemoración—. Es algo muy reservado, ya me entienden. Informal. Unos cuantos amigos que se juntan —hizo una pausa— para celebrar la vida. —Le sostuvo la mirada a Tess y esperó a ver si ella captaba lo que quería decir.

Tess asintió.

—¿Y cree usted que allí habrá alguien que pueda ayudarme?

Levant se encogió de hombros como diciendo «quizá», pero era un quizá claramente afirmativo.

Tess sonrió.

—¿A qué hora?

El anciano no fue de mucha ayuda.

La ceremonia de oración en sí resultó fascinante. Tuvo lugar en el elegante salón de una casa grande y antigua. Los derviches, aproximadamente una docena entre hombres y mujeres, bailaron sumidos en trance, girando sin acabar nunca, con los brazos extendidos, la mano derecha vuelta hacia arriba para recibir la bendición del cielo y la izquierda hacia abajo para canalizarla hacia la tierra. Seguían la música suave e hipnotizante de una flauta dulce —el querido *ney* de Rumi, el aliento divino que a todo le confiere vida— y un tambor. El maestro, un anciano sentado a un lado, los acompañaba recitando una y otra vez el nombre de Dios, la parte de la ceremonia que estaba más estrictamente prohibida. Pero nadie irrumpió en la casa, ni hubo ninguna detención. Por lo visto, los tiempos habían cambiado.

Pero el anciano no les sirvió de mucha ayuda. En realidad, no los ayudó en absoluto. Apoyándose en su nieto para ir traduciendo, le dijo a Tess que no tenía noticia de ninguna familia de pañeros ni fabricantes de telas que hubieran sido notables derviches, y que tampoco conocía a ninguna que lo fuera en la actualidad. Tess y Reilly dieron las gracias a los anfitriones por su hospitalidad y se encaminaron hacia el hotel que les había reservado la agencia de viajes.

—No debería haberme entusiasmado —se quejó Tess, desanimada y exhausta—. En Konya hubo numerosas logias, incluso en aquella época. Las probabilidades de tropezar con la que buscamos... No son muchas, ¿verdad? —Suspiró—. Esto podría llevarnos bastante tiempo.

—No podemos quedarnos más —dijo Reilly—. En mi caso, quieren que vuelva a Nueva York. Y no hemos traído una muda ni un cepillo de dientes. En serio, esto es una locura. Ni siquiera sabemos si es éste el lugar adecuado.

—Yo no pienso rendirme. Acabamos de llegar. Necesito asistir a más ceremonias de ésas, preguntar a más ancianos. —Se volvió hacia Reilly—. Tengo que hacer esto, Sean. Estamos muy cerca, lo noto. Y no puedo marcharme sin más. Tengo que continuar hasta el final. Vete tú, yo me quedo.

Reilly hizo un gesto negativo.

—Es demasiado peligroso. Ese hijo de puta todavía anda por ahí suelto. No pienso dejarte sola.

Aquel comentario ensombreció el semblante de Tess. La preocupación de Reilly no era infundada.

—Tienes razón, ya lo sé —dijo, asintiendo despacio para sí misma, sin saber qué hacer.

Reilly la rodeó con el brazo.

—Venga, vamos a buscar el hotel. Estoy hecho polvo.

Llegaron al distrito de los bazares, preguntaron por dónde se iba y a continuación atravesaron un mercadillo cubierto que tenía el tamaño de un hangar. Pese a lo tardío de la hora, aún era un hervidero de gente. Los invadió toda clase de olores, provenientes de los coloridos montones de frutas y verduras, de grandes cantidades de salsa de tomate, *dolmates salçasi,* y de enormes sacos de azúcar de remolacha y de especias de todos los colores. Aquel tapiz inmenso y suculento se encargaban de manejarlo ancianos tocados con gorros bordados, mujeres cubiertas con pañuelos multicolores y niños *çay* que iban de un lado para otro portando bandejas de té endulzado con almíbar. También había un puesto de *doner kebabs* y yogur líquido con menta que se hizo difícil de resistir; aquel día no habían comido gran cosa.

—¿No podrías quedarte un par de días más? —rogó Tess. La idea de regresar a casa y renunciar a la búsqueda le hacía un nudo en el estómago, así como la de quedarse sola en aquella ciudad.

—Lo dudo. —Reilly arrojó el envoltorio del sándwich a una papelera abarrotada y se terminó lo que le quedaba de la bebida—. Voy a tener que dar muchas explicaciones sobre lo que sucedió en Roma.

—Roma —repitió Tess en tono ausente. Tenía la sensación de que había pasado una vida entera.

—Ni siquiera saben que estamos en Konya. Tengo que llamarlos para saber cuándo van a recogernos y ver si puede ser desde aquí. Además, quiero volver. Aquí no puedo hacer gran cosa. Necesito sentarme a mi mesa para coordinar las operaciones de inteligencia y encargarme de que estén activadas todas las alertas, para que no se nos escape ese terrorista la próxima vez que asome la cara. —Apoyó las manos en los hombros de Tess y la atrajo hacia él—. Mira, eso no quiere decir que tú tengas que abandonar la búsqueda. Ahora contamos con un contacto en Konya, ese agente de viajes. Puedes llamarlo desde Nueva York. Deja que haga él la labor más pesada, ya que está mejor ubicado. Podemos pagarle, da la impresión de ser un tipo bastante servicial. Y si descubre algo, cogemos un avión y volvemos.

Tess no le respondió. Estaba mirando con curiosidad algo que había detrás de Reilly. Éste la observó unos instantes, después se volvió y vio de qué se trataba: una tienda de alfombras. Y un individuo calvo y regordete que entraba en ella con un letrero plegable que antes estaba en la acera. Por la pinta, estaban a punto de cerrar.

—¿Ahora quieres de ir de compras? —preguntó Reilly—. ¿Con la que está cayendo?

Tess le hizo una mueca de reproche y señaló con el dedo el letrero que colgaba encima de la tienda. Decía «Alfombras y kilims Kismet», debajo: «Taller tradicional de confección a mano.»

Reilly no acababa de entender.

Tess señaló de nuevo y le hizo un gesto como diciendo: «Mira otra vez.»

Reilly miró otra vez, y entonces lo vio.

En letras más pequeñas, en la parte inferior del letrero. Al lado del número de teléfono de la tienda. Un nombre. Seguramente, el del propietario. Hakan Kazzazoglu.

Kazzaz-oglu.

Reilly reconoció la primera parte de aquella palabra, pero no casaba con lo que esperaba ver. Allí no se veía ninguna tela.

—Pero es una tienda de alfombras —observó, desconcertado—. ¿Y qué quiere decir lo de «oglu»?

—Es un sufijo muy frecuente de los apellidos turcos —contestó Tess—. Significa hijos o descendientes.

Ya estaba entrando por la puerta de la tienda.

54

Tal como dedujo Tess, aquel vendedor de alfombras era, efectivamente, descendiente de un pañero. En su desesperación, fue con él todavía más directa que con el maestro sufí. Le contó que había descubierto unos manuscritos bíblicos muy antiguos e intentaba averiguar algo más sobre su origen. Tras dudar un instante, sacó uno de ellos de la mochila. Pero, lamentablemente, el comerciante no resultó ser de más ayuda que el anciano.

No era que se mostrara evasivo o difícil de abordar; es que de verdad no sabía de qué le estaba hablando Tess, a pesar de que fue muy sincero al contar la historia de su familia y al comentar que él mismo era un sufí practicante.

Pero aquello no la disuadió. Estaba segura de que habían dado con algo. Lo que estaban buscando no tenía por qué ser necesariamente un pañero y su tienda de telas, sino un nombre. Un apellido de familia que se pudiera asociar con una profesión o con un comercio. Y en ese sentido, aquel vendedor de alfombras sí les sirvió de ayuda. Les hizo una lista de todos los Kazzazoglu que conocía y las direcciones de sus establecimientos. Eran más de una docena, y había desde vendedores de alfombras hasta alfareros, e incluso un dentista. Además, les proporcionó varios apellidos que se derivaban de las distintas formas de decir «pañero» en turco, y empleó los mismos términos que el taxista.

Le dieron las gracias y se fueron para permitirle que cerrase la tienda.

Tess se sentía reanimada.

—Ya no podemos marcharnos —le dijo a Reilly, sosteniendo la lista en alto—. Venga. Sólo un día más. Consigue un día más. Dales a tus jefes alguna información o alguna pista que tenga que ver con el iraní. Seguro que se te ocurre algo.

Reilly se pasó una mano por la cara como para quitarse el cansancio y miró a Tess. Su entusiasmo contagioso se hacía difícil de resistir. Y pensando por lo que había pasado en aquellos últimos días, Reilly tenía todas las de perder.

—Eres mala —le dijo.

—La peor. —Ella sonrió y tiró de él en dirección al hotel.

Reilly le proporcionó a Aparo toda la información respecto de lo que se proponían hacer y le contó una historia un tanto vaga para que se la trasladara al jefe. A la mañana siguiente Tess y él salieron del hotel bien temprano y pasaron el día recorriendo las tiendas que les había anotado el vendedor de alfombras.

Las personas con que se encontraron fueron muy bondadosas y acogedoras. Con cada consulta que hacía, más fácil le resultaba a Tess abrirse y no sentir reparos en enseñar los dos códices. Pero al final no sirvió de nada. Nadie sabía nada de un escondite de libros antiguos, y si alguien sabía algo, lo disimulaba muy bien.

Dieron la jornada por finalizada investigando el último nombre de la lista. Era una tienda de alfarería y cerámica que tenía en el escaparate una asombrosa variedad de azulejos, platos y vasijas de múltiples colores y complicados adornos. El dueño era un individuo de cuarenta y tantos años, rechoncho y de hablar calmo, con unos ojos de pestañas muy largas y negras, dignas de servir de modelo a cualquier marca de cosmética. Estuvieron conversando sin interrupciones unos diez minutos; en la tienda no había nadie más, aparte de la hija del dueño, una adolescente que tenía las mismas pestañas que su padre pero distinto porte, y una anciana consumida que el hombre les presentó como su madre. Ella tampoco supo contestar a las preguntas de Tess.

A pesar de que no pudieron ayudarla, la visión de aquel libro tan insólito despertó la curiosidad del dueño y de su madre, tal como había ocurrido con los otros comerciantes. La anciana se aproximó y, en voz queda, pidió ver el libro más de cerca. Tess se lo puso en las manos. La mujer lo abrió con delicadeza, miró la página de dentro y volvió unas cuantas hojas más.

—Es muy bonito —comentó mientras lo examinaba—. ¿Qué antigüedad calcula usted que tiene?

—Unos dos mil años —respondió Tess.

La mujer abrió los ojos sorprendida, y asintió. Luego cerró el códice y acarició suavemente la frágil cubierta de cuero.

—Debe de valer mucho dinero, ¿no?

—Supongo —repuso Tess—. La verdad es que no se me ha ocurrido pensarlo.

Aquello pareció sorprender a la anciana.

—¿No es eso lo que pretende? ¿No espera poder venderlo?

—No, en absoluto.

—¿Y entonces?

—No estoy segura —dijo Tess, pensando en voz alta—. Este evangelio, y todos los demás que puedan existir, forman parte de nuestra historia. Es preciso estudiarlos, traducirlos, fecharlos. Y después, hay que darlos a conocer a las personas que puedan tener interés por conocer mejor lo que ocurrió en Tierra Santa en aquella época.

—Eso mismo podría hacerlo vendiéndoselo a un museo —le presionó la mujer, con los ojos animados por una chispa traviesa.

Tess sonrió a medias.

—Seguro que sí. Pero no es eso lo que busco, ni lo ha sido en ningún momento. Además, estos libros... —De pronto se le oscureció el semblante; alargó la mano y volvió a coger el códice—. Son muchas las personas que han sufrido por dar con ellos. Lo menos que puedo hacer es cerciorarme de que su dolor y su sufrimiento no hayan sido totalmente en vano. Estos libros son el legado de esas personas.

La anciana ladeó la cabeza y se encogió de hombros en un gesto, como diciendo: «Lástima.»

—Lamento no poder ayudarla —le dijo.

Tess hizo un gesto de asentimiento y volvió a guardar el códice en su mochila.

—No pasa nada —contestó—. Gracias por atenderme.

Como no había más de que hablar, lo único que les quedaba a Reilly y a ella era ver cómo salir de la tienda, ahora que la conversación había empezado a girar en torno a la hermosa cerámica que fabricaba la familia y los precios de ganga que pedían por ella.

Dejaron que las tres generaciones de Kazzazoglu cerrasen la tienda y salieron a la calle. Ya era de noche. El hotel no estaba muy lejos, como a diez minutos andando. Se trataba de un hostal sencillo, de tamaño mediano. Moderno, de tres plantas, típico de una ciudad con aeropuerto secundario. Sobrado de elementos funcionales, corto de encanto. Claro que Reilly y Tess no estaban precisamente en su luna de miel. Su habitación, que se encontraba en la última planta y daba a la calle central, contenía una ducha decente y una cama limpia, que era todo cuanto ellos necesitaban en aquel momento. Había sido un día muy largo, el último de una cadena de días largos y noches más largas todavía.

Tess estaba deprimida. Sabía que se le acababa el tiempo. Al día siguiente volverían a casa con las manos vacías. No había forma de evitarlo. Se besaron y se abrazaron en silencio durante largos minutos, arropados por la oscuridad de la habitación, hasta que por fin Reilly sacó el móvil y marcó el número de Aparo. Tess fue hasta la ventana y se asomó a la calle, sumida en sus reflexiones. La ciudad se había quedado dormida, y ahora se veía desierta. Una farola solitaria que hacía guardia a la izquierda de la entrada del hotel bañaba de una luz amarillenta las grietas de la acera. El único punto de movimiento era un trío de gatos callejeros que entraban y salían de debajo de los coches buscando algo que comer.

Mientras los contemplaba con gesto ausente, le vino a la memoria la última vez que había visto gatos: fue en Estambul, frente al Patriarcado, después de que le dijeran que en Turquía se los respetaba mucho pues traían buena suerte. Aquel recuerdo le produjo un escalofrío. En aquella ocasión no fue precisamente buena suerte lo que trajeron. Luego contempló los árboles y los tejados, y por un instante se imaginó allí sola, recorriendo la ciudad sin Reilly, y sintió una profunda inquietud. El iraní seguía en libertad, y seguro que estaba furioso. No, Reilly tenía razón; no podía quedarse. No era lo más sensato, y en aquel momento, con su madre y su hija esperándola en casa, lo mejor era actuar con sensatez.

Al volverse para regresar con Reilly, miró una vez más hacia la calle y vio otra vez los gatos. Pasaron por delante de una tienda y desaparecieron en una callejuela oscura... Junto a una figura solitaria, de pie en la esquina.

Una figura solitaria que miraba hacia ella.

Tess se puso tensa. Aquella silueta tenía algo familiar. Aguzó la vista para captar con nitidez la imagen.

Era una adolescente.

Pero no una adolescente cualquiera.

Sino la de la tienda de cerámica.

No se movía. Simplemente estaba allí de pie, en las sombras, vigilando el hotel. Y, pese a la oscuridad, Tess logró verle los ojos, dos faros luminosos que destacaban en lo desolado de la noche.

De pronto ambas cruzaron la mirada. Tess experimentó una sacudida en la nuca. La joven pareció haber sentido lo mismo, porque de repente dio media vuelta y huyó por la callejuela.

Tess se lanzó hacia la puerta y le gritó a Reilly:

—¡Es la chica de la tienda, nos está vigilando!

Voló escaleras abajo, salió como una exhalación por la puerta del hotel y echó a correr por la callejuela seguida de cerca por Reilly. No había ni rastro de la joven, pero Tess siguió adelante hasta que llegó a una calle estrecha que cruzaba en perpendicular. Miró a izquierda y derecha. Nada.

—¿Dónde diablos se habrá metido? ¡No puede haber llegado muy lejos! —escupió.

—¿Estás segura de que era ella?

—Completamente segura. Me miró directamente, Sean. Ha debido de seguirnos. Pero ¿por qué? —De pronto se acordó de algo—. Mierda. Los evangelios. Los tengo dentro de la mochila.

Dio media vuelta para regresar al hotel, pero Reilly la frenó y le enseñó la mochila, que le colgaba del hombro.

—Cálmate, la tengo yo.

Aquello era lo único que habían traído consigo a Konya. Además de los dos códices, la mochila contenía la pistola de Reilly.

Tess dejó escapar un suspiro de alivio.

—¿Tú crees que será esto lo que buscan? ¿Nos habrá estado estudiando para intentar robarnos los libros?

—No lo sé. Puede. —Reilly miró alrededor para orientarse y señaló hacia la derecha—. La tienda está en esa dirección. A lo mejor la chica ha ido hacia allá.

Tess reflexionó un segundo.

—Tiene lógica. Vamos nosotros también.

—¿Para qué?

—Quiero saber qué demonios estaba haciendo.

55

Dar con la tienda no fue fácil.

Las callejuelas y los pasajes del casco viejo de Konya formaban un laberinto que confundía a cualquiera, tanto más de noche, con las pocas farolas que había por allí. Cuando por fin dieron con la tienda, estaba totalmente a oscuras y con el cierre echado.

Tess empezó a aporrear la persiana de aluminio.

—¡Eh! —chilló—. ¡Abran! Sé que están ahí dentro.

Pero Reilly se interpuso y le impidió continuar.

—Vas a despertar a todo el vecindario.

—Me da igual —replicó ella—. A lo mejor a los vecinos les conviene saber que esta gente es una estafadora. —Volvió a golpear la persiana—. ¡Abran la puerta! No pienso marcharme.

Reilly estaba a punto de intervenir cuando se encendió una luz detrás de una persiana de madera del piso de arriba. Segundos después ésta se abría con un chirrido y se asomaba el propietario de la tienda.

—¿Qué está haciendo? —inquirió—. ¿Qué es lo que quiere?

—Hablar con su hija —contestó Tess.

—¿Con mi hija? —Era evidente que el tendero estaba estupefacto—. ¿Ahora? ¿Por qué?

—Usted dígale que he venido —insistió Tess—. Ella ya sabrá por qué.

—Oiga, no sé qué cree usted que va a...

De repente lo interrumpió una voz procedente de un callejón que discurría junto al lateral de la tienda.

—*Yatagina dön.*

De las sombras emergió la anciana. Se dirigió a su hijo en tono severo y le indicó gesticulando con ambas manos que volviera a entrar.

—*Yatagina dön* —repitió—. *Bunu haledebiliriz.*

El hijo afirmó con la cabeza, y seguidamente cerró la persiana y desapareció.

La mujer se volvió hacia Tess y se limitó a mirarla fijamente, sin decir nada, aunque de sobra se le notaba la tensión en las facciones, incluso a la tenue luz de una farola solitaria que había un poco más adelante. Se apartó a un lado y apareció la adolescente, detrás de ella.

—¿Qué estaba haciendo la chica delante de nuestro hotel? —preguntó Tess, sintiendo un hormigueo de emoción.

—Baje la voz —replicó la mujer—, va a despertar a todo el mundo. —Dirigió una rápida frase en turco a la chica, y ésta se esfumó.

—¡Eh! —protestó Tess dando un paso al frente—. ¿Adónde va?

—La chica no ha hecho nada malo —contestó la mujer—. Váyase.

—¿Que me vaya? No pienso irme. Quiero saber por qué nos ha seguido hasta el hotel. O tal vez debería dar parte a la policía, por si prefiere decírselo a ellos en vez de a mí.

Al oír aquello, la mujer dio un respingo.

—No. La policía no.

Tess mostró las manos y miró a la mujer en actitud interrogante.

La anciana frunció el ceño, visiblemente atormentada.

—Váyase, por favor.

Pero algo advirtió Tess que la hizo cambiar de táctica. Deseaba tanto proteger los códices que no había tomado en cuenta la otra posibilidad. Suavizó el tono y se acercó un poco más a la mujer.

—¿Sabe usted algo de esos libros?

—No, claro que no.

Aquella rápida negativa distaba mucho de ser convincente.

—Por favor —insistió Tess—. Si es así... le conviene saber que hay más personas que andan buscando esos libros. Asesinos. Han matado a mucha gente por encontrarlos. Y del mismo modo que nosotros hemos dado con usted, también podrían ellos. Si sabe algo, debería decírnoslo. En este momento corren ustedes un grave peligro.

La mujer miró a Tess con atención, los labios apretados, la frente fruncida, las manos temblando a pesar de la temperatura agradable. Los ojos delataban su intensa lucha interna.

—Le estoy diciendo la verdad —añadió Tess—. Por favor, confíe en mí.

Pasaron unos segundos, interminables, hasta que por fin la mujer dijo a regañadientes:

—Venga conmigo.

Acto seguido dio media vuelta y echó a andar por el callejón lateral.

La tienda era un pequeño edificio de piedra de dos plantas: la tienda propiamente dicha y la vivienda arriba. La mujer condujo a Tess y Reilly por unas escaleras que llevaban a la casa del tendero y se detuvo frente a una vieja puerta de roble situada al fondo. Abrió y los hizo pasar.

Cruzaron un pequeño vestíbulo y entraron en una habitación más grande, un cuarto de estar que la mujer iluminó con una lámpara de pie. Tenía unas puertas de cristal que daban a una especie de patio trasero y estaba repleto de recuerdos de una vida larga y plena: estanterías sobrecargadas que se combaban bajo innumerables libros, fotos y jarrones. En el centro, alrededor de una mesa de baja altura, había un sofá y dos butacas apenas visibles cubiertas por *kilims* y cojines de punto. Las paredes eran una composición de pinturas de pequeño tamaño y fotos familiares en blanco y negro.

—Voy a hacer café —gruñó la anciana—. Me parece que me va a hacer falta.

Salió del cuarto, y poco después se la oyó trajinar con un cazo y seguida por el ruido de una cerilla al encenderse y el suave siseo de un quemador de gas. Tess fue a echar un vistazo más de cerca a las fotos enmarcadas. Reconoció en varias a su arisca anfitriona, más joven y rodeada de diversas personas, memorias de otra era. Cuando ya llevaba vistas unas cuantas, se detuvo frente a una que le llamó poderosamente la atención. Se veía a una niña de pie junto a un hombre mayor en la orgullosa postura de padre e hija. A su espalda aparecía un artilugio grande de madera, propio de una época ya pasada, un telar semiautomático.

Un telar que se empleaba para fabricar paños.

La máquina que utilizaban los pañeros.

—Ésos son mi madre y su padre —dijo la anciana, que regresaba en aquel momento de la cocina, trayendo una bandeja pequeña que depositó sobre la mesa de centro—. Fue el oficio de mi familia desde tiempos inmemoriales.

Tess sintió un cosquilleo en la piel.

—¿Qué sucedió?

—Mi abuelo perdió todo el dinero que tenía. Se lo gastó todo en un telar moderno que iban a traerle de Inglaterra, pero el intermediario se quedó con el dinero y desapareció. —Sirvió un café denso en unas tacitas y les indicó por señas a Tess y a Reilly que la acompañaran—. Poco después, murió de pena. Mi abuela se vio obligada a ganarse la vida. Sabía cocer arcilla, porque era el oficio de su padre, y he aquí el resultado. —Señaló la habitación gesticulando con las manos.

—Vende usted objetos muy bonitos —comentó Tess con una sonrisa al tiempo que se sentaba en el sofá, al lado de la anciana. Reilly se acomodó en una butaca y puso la mochila a sus pies.

La anciana quitó importancia al comentario.

—Nos sentimos orgullosos de lo que hacemos, sea lo que sea. De no ser así, no merece la pena. —Bebió un sorbo de café, pero estaba demasiado caliente y volvió a dejarlo en la mesa. Permaneció unos instantes sin decir nada, después exhaló un profundo suspiro y miró a Tess—. Dígame, ¿quiénes son ustedes, exactamente? ¿Y cómo han terminado viniendo aquí, a este rincón perdido del mundo, con esos libros antiguos encima?

Tess miró a Reilly sin saber muy bien qué debía contestar. Momentos antes estaba hirviendo de indignación, en la idea de que aquella anciana se proponía robarles los códices; y en cambio aquí estaban ahora, sentados en su cuarto de estar, tomando café y charlando amistosamente.

Reilly, que sentía lo mismo, le dijo con una seña que hablase con toda libertad.

De modo que Tess se lo contó todo. De principio a fin, desde la aparición de Sharafi en Jordania hasta el tiroteo en la ciudad subterránea, aunque se saltó las partes más sangrientas porque no quería horrorizar a su anfitriona. La anciana la escuchó con atención, entre la sorpresa y el miedo, recorriendo el rostro de Tess con los ojos y mirando a Reilly de vez en cuando, interrumpiéndola en contadas ocasiones para que le aclarase algún detalle. Cuando el relato llegó al final, le temblaban las manos. Después guardó silencio durante largo rato, a todas luces debatiéndose entre la indecisión y el temor.

Tess no se atrevía a profundizar. Después de concederle un tiempo prudencial para que reflexionara, le preguntó:

—¿Por qué nos ha seguido su nieta hasta el hotel? Ha sido porque se lo ha mandado usted, ¿verdad?

Tuvo la impresión de que la anciana no la oyó, porque tenía la vista fija en la taza de café, ensimismada en sus pensamientos, debatiéndose nuevamente en alguna lucha interna. Al cabo de otro largo rato de deliberaciones, por fin habló, sin alzar la voz:

—No sabían qué hacer con ellos, ¿sabe? —le dijo a Tess, incapaz de mirarla—. Nunca hemos sabido qué hacer con ellos.

Cerró los ojos con remordimiento y luego se volvió hacia Tess. Fue como si acabara de cruzar una raya y ya no tuviera posibilidad de dar media vuelta.

Tess se la quedó mirando unos segundos, para cerciorarse de haberla oído bien. Y de pronto sintió una oleada de euforia que le surgía del corazón y se le extendía por todo el cuerpo.

—¿Los tienen ustedes? ¿Tienen los demás libros? —Ya estaba al borde mismo del sofá, exudando emoción por todos los poros del cuerpo.

La anciana la miró fijamente y asintió muy despacio.

—¿Cuántos son?

—Muchos. —Lo dijo con una naturalidad sorprendente, como si estuviera confirmando un comentario trivial—. La mujer, Maysun, fue la que los trajo aquí para ponerlos a salvo. Cuando murió Conrado.

A Tess le costaba creer lo que estaba oyendo. Notaba la cara como si le echara fuego. Volvió los ojos un instante hacia Reilly y se encontró con una sonrisa de solidaridad. Entonces se volvió de nuevo hacia la anciana y le preguntó:

—¿Así que Conrado tenía consigo a una mujer?

—Se conocieron en Constantinopla, donde vivían los dos.

—¿Ella era sufí? —inquirió Reilly.

—Sí.

—¿Y qué les sucedió? —quiso saber Tess—. Conrado murió en Zelve, ¿no es así?

56

Capadocia
Mayo de 1310

Los aldeanos les brindaron una acogida cálida, si bien con cierta inseguridad.

Conrado y Maysun encontraron aquel minúsculo poblado en el interior de un angosto cañón, oculto al mundo exterior. Lo formaban un puñado de formaciones cónicas alrededor de una iglesia excavada en la ladera de la montaña. Su llegada fue todo un acontecimiento; los aldeanos no recibían muchas visitas, de modo que al principio se sintieron recelosos. Así y todo, como Maysun y Conrado les trajeron noticias del mundo exterior y la sensación de estar ante un suceso extraordinario para aquella comunidad tan aislada, no tardaron en relajarse. El sacerdote también terminó concediéndoles su aprobación, a pesar del recelo que mostró inicialmente al ver a un caballero de la Cruz viajando con una mujer pagana. El hecho de que Conrado hubiera luchado por liberar Tierra Santa y en ello hubiera perdido la mano lo obligó a vencer parte de sus prejuicios. Además, Maysun lo ayudó a superarlos cuando, para gran sorpresa suya, citó fragmentos de las sagradas escrituras que había aprendido de pequeña, cuando su maestro sufí le enseñaba tolerancia.

La comadrona local, que también hacía las veces de médico, ayudó a Conrado a inmovilizar y vendar la muñeca de Maysun, y el pueblo les dio de comer y de beber. Cuando se hizo de noche, ambos estaban acurrucados el uno junto al otro bajo la ventana de una vivienda cuyo único ocupante había muerto hacía poco, contemplando cómo iba tiñéndose el cielo con toda la gama de rosas y morados antes de desaparecer en una negrura densa y uniforme.

Conrado no había hablado mucho durante aquella tarde, y tampoco había dicho nada en la última media hora. En cada respiro despedía una nube de desesperanza. Maysun, que estaba apoyada en su pecho, se incorporó y escrutó su semblante.

—¿Qué te ocurre? —le preguntó.

Al principio Conrado no respondió, ni tampoco la miró a los ojos; al parecer, se hallaba hundido en la melancolía. Pero transcurridos unos instantes dijo:

—Esto. Lo que estoy haciendo. Es inútil.

—¿Por qué dices eso?

—Porque es inútil. Héctor, Miguel... Ya no están. A saber qué es lo que me aguarda en Chipre. —Dejó escapar un profundo suspiro—. No puedo hacerlo yo solo.

—No estás solo.

Conrado la miró, y se le iluminó levemente el semblante.

—Tú has estado magnífica, pero aun así es inútil. Ni siquiera juntos podemos hacer esto. He sido un necio al creer que iba a ser capaz de cambiar las cosas.

Maysun se le acercó un poco más.

—Nada de eso. Hiciste bien en ir a recuperar esos libros, hiciste bien en encontrarlos y traerlos. Pero si no consigues terminar la misión que te impusiste... Eso no quiere decir que sea tarde para que cambies el mundo.

—¿A qué te refieres?

—Tú deseabas emplear esos escritos, esos conocimientos, del mismo modo en que se han empleado durante doscientos años. Tú querías hacer chantaje al Papa con ellos y obligarlo a que pusiera en libertad a tus amigos y restaurase tu orden. Lo cual es un fin noble, por supuesto. Tenías que intentarlo. Pero si hubieras tenido éxito... Lo que contienen esos libros habría permanecido oculto al resto del mundo.

Conrado contrajo el rostro, confuso.

—El hecho de mantenerlo en secreto era la razón de que los papas nos concedieran todo lo que quisiéramos, es lo que nos permitió adquirir fuerza y prestigio mientras esperábamos a que llegara el momento adecuado para compartirlo con todos los demás.

—¿Es que alguna vez iba a llegar ese momento adecuado? ¿Acaso no es oportuno cualquier momento? —Sacudió la cabeza—. Esos textos han permanecido ocultos mil años. Tú y los templarios que te antecedieron lleváis siglos empleándolos como armas, y si Héctor y Miguel estuvieran vivos, tú seguirías en la idea de usarlos de ese modo. Puede que haya llegado el momento de ver las cosas de otra manera. Que empieces a pensar en cómo sacar esos textos a la luz, en vez de continuar ocultándolos.

—Eso no es posible —replicó Conrado— en este momento, en esta época en la que el Papa es una figura tan fuerte. Mira lo que les ocurrió a los cátaros. El Vaticano tiene inquisidores por todas partes. De ninguna forma podrá hacerse oír nada que se considere herético.

—Siempre existe un modo. Fíjate en Rumi. Sus prédicas hablaban del amor y de buscar la iluminación dentro de nosotros mismos. El clero conservador lo habría considerado blasfemo, en cambio cautivó el corazón del propio sultán, quien lo invitó a vivir y predicar en su capital y se convirtió en su protector.

—Pero yo no soy un predicador.

Maysun sonrió.

—No, pero puede que haya llegado el momento de que empieces a pensar como si lo fueras. —Se inclinó, lo besó, y se retiró la túnica de los hombros—. Claro que no en todos los sentidos de la palabra.

Los días siguientes los pasaron trabajando en el campo con los aldeanos, y por las noches estudiaban las opciones que se les ofrecían. Un problema crucial era el transporte de los textos. Sólo tenían un caballo propio, y no podían disponer del único carro que había en el asentamiento —además de que carecían de recursos para pagarlo— porque lo necesitaban los aldeanos.

Conrado no veía la forma de salir de aquel dilema, y cada día que pasaba se incrementaban su frustración y su rabia. Lo carcomían el hecho de pensar que sus hermanos estaban pudriéndose en cárceles francesas y la impotencia de no poder hacer nada para socorrerlos. Una semana antes estaba convencido de poder cambiar aquello, pero todo se vino abajo con la emboscada que sufrieron en el cañón.

En la mañana del noveno día todo cambió de nuevo. Por la aldea se oyó el golpeteo de los cascos de media docena de caballos y una voz familiar que tronaba:

—¡Maysun! —Era una voz de hombre—. ¡Conrado! ¡Dejaos ver, si no queréis que perezca hasta el último habitante de este pueblo, sea hombre, mujer o niño!

Conrado corrió a la ventana, y Maysun también. Vieron a Qassem y a los dos jinetes contratados que habían sobrevivido, trotando despacio por el centro de la aldea. Su hermano tenía consigo a una mujer, que iba sentada de lado en su mismo caballo, delante de él. La amenazaba con una daga en el cuello. Conrado y Maysun la reconocieron de haberla visto trabajando en el campo; era la hermana de la partera que había curado la muñeca a Maysun.

—¿Cómo han sabido que éramos nosotros? —preguntó Maysun.

—Por la mujer —repuso Conrado, indicando a la rehén—. Sabe cómo nos llamamos.

—Pero ¿cómo nos han encontrado?

—A fuerza de avaricia y sed de venganza —contestó Conrado—. No existe una motivación mejor.

—¿Qué vamos a hacer?

Conrado observó a aquellos tres hombres. Habían matado a sus amigos, habían desbaratado sus planes y sellado el destino de sus hermanos. Tenían que pagar por ello.

—Poner fin a esto —respondió. A continuación se asomó por el ventanuco y voceó—: ¡Soltad a la mujer! ¡Ya salgo!

Qassem levantó la vista, vio a Conrado y no dijo nada. Se limitó a arrojar a la mujer al suelo y dirigió al templario una mirada feroz.

Conrado se fijó en que Qassem tenía consigo su mano postiza, que colgaba de la silla de montar, y aquello sólo sirvió para enfurecerlo más. Se apartó de la ventana y fue hasta un nicho de la pared para coger su cimitarra.

—No vas a bajar solo —le dijo Maysun al tiempo que tomaba su ballesta, pero la muñeca no soportó el peso del arma. La dejó caer al suelo con un gesto de dolor.

—¡No! —estalló Conrado—. De ninguna manera, teniendo así la muñeca. Necesito que te quedes aquí. Esto me corresponde a mí resolverlo.

—Pero quiero ayudarte —insistió ella.

—Ya has hecho más que suficiente, más de lo que yo tenía derecho a pedirte —replicó el templario con los ojos llameantes de determinación—. Esto tengo que hacerlo solo.

El tono en que habló dejó bien claro que no estaba dispuesto a negociar.

Maysun quiso resistirse, pero finalmente asintió de mala gana.

Conrado recogió la ballesta, la dejó dentro del nicho y tomó la daga.

—Ayúdame aquí —le pidió a Maysun al tiempo que pegaba la hoja del cuchillo contra su antebrazo izquierdo—. Átamelo al brazo.

—Conrado...

—Por favor.

Maysun buscó unas correas de cuero y las utilizó para sujetar la empuñadura de la daga al muñón del antebrazo.

—Más fuerte —dijo Conrado.

Maysun apretó más, haciendo casi la fuerza de un torniquete, hasta que la hoja se convirtió en una prolongación del brazo.

Conrado levantó la cimitarra con la mano derecha. Sintió cómo se le hinchaban las venas de furia. Miró a Maysun, se acercó a ella y la envolvió en un beso largo y ardiente. Acto seguido salió a la luz del sol.

—¿Dónde está la ramera de mi hermana? —ladró Qassem.

—Dentro —contestó Conrado al tiempo que, avanzando de costado, se desplazaba hacia un terreno más abierto—. Pero antes vas a tener que pasar por encima de mí.

Qassem entrecerró los ojos hasta convertirlos en dos estrechas rendijas y sonrió.

—Eso tenía pensado.

El turco hizo una seña a sus hombres. Los dos jinetes desenvainaron las cimitarras, espolearon a sus monturas y se lanzaron a la carga.

Conrado vio que se abalanzaban contra él, codo con codo, y adoptó una postura defensiva: rodillas flexionadas, hombros cuadrados, la hoja de la espada alzada a la altura del rostro. Entonces entraron en acción los instintos de antaño y ralentizaron el tiempo, lo cual le permitió ver con total nitidez hasta el último detalle de sus enemigos y le dio tiempo para planificar sus golpes con precisión mortal. Descubrió un punto vulnerable en la postura del jinete que se le acercaba por la izquierda, que era diestro, y decidió librarse primero de aquél. Cuando ambos se encontraban a menos de diez pasos, arremetió contra ellos siguiendo una trayectoria en diagonal y se dirigió en línea recta hacia el de la izquierda. Aquella maniobra desconcertó a sus adversarios, que frenaron violentamente los caballos para corregir el rumbo. Conrado lo calculó a la perfección y se lanzó a por el jinete de su izquierda antes de que el de la derecha tuviera tiempo de rectificar. El turco, que también estaba esforzándose por controlar su montura, no pudo evitar ofrecer el flanco desprotegido a la hoja de Conrado, que se le hundió en la cintura y le abrió un tajo de parte a parte. El jinete se tambaleó y cayó del caballo. En el momento de chocar contra el suelo, Conrado lo remató con una cuchillada en el corazón.

El segundo atacante hizo girar a su caballo y, enfurecido por el contraataque del templario, se lanzó a la carga. Conrado no se movió; permaneció en el sitio, dejando que su cerebro buscara un hueco en la arremetida, preparando los músculos para el siguiente enfrentamiento.

Lo vio y llevó a cabo su jugada. Saltó de costado y se situó de forma que el cadáver de su primer enemigo quedara entre el jinete y él, a fin de frenar su avance. El jinete cometió el mismo error que su compinche y le permitió a Conrado alcanzarlo por el flanco que tenía desprotegido. El templario blandió su espada con fuerza brutal y le atravesó el muslo de tal manera que casi se lo seccionó. El otro tiró de las riendas instintivamente, con la conmoción de verse abiertas las carnes, pero Conrado no le concedió respiro; embistió contra él y, antes de que se diera cuenta, lo atacó por la derecha y le abrió la espalda de un tajo. Seguidamente lo descabalgó y lo remató en el suelo con otro mandoble.

Y entonces fue cuando lo alcanzó la flecha en el hombro.

Chocó contra él por detrás, con un impacto mudo y violento.

Conrado avanzó un par de pasos tambaleándose por efecto del golpe, y después se volvió. Qassem había desmontado y estaba de pie junto a su caballo, mirándolo fijamente, sujetando en la mano la ballesta que acababa de disparar. Arrojó ésta al suelo, desenvainó su cimitarra y echó a andar en dirección al templario con una expresión de ferocidad.

Conrado supo que aquello era grave. La flecha lo había herido en el hombro derecho, el único brazo útil, el que necesitaba para manejar la espada. Se le había quedado alojada en el hueso del omóplato, y cada movimiento que hacía, por minúsculo que fuese, le provocaba un dolor indecible. Un dolor del que iba a tener que hacer caso omiso si quería defenderse.

Qassem no se detuvo. Traía la mirada fija en su enemigo y la espada aguardando a un costado. Entonces empezó a trotar, después a correr, y finalmente, lanzando un aullido, alzó la cimitarra y la descargó con fuerza sobre Conrado.

Conrado se echó hacia un lado para esquivar el golpe y lo detuvo con su espada. Ambas hojas chocaron pesadamente una contra otra. La colisión le reverberó a Conrado por todo el cuerpo y le causó un dolor abrasador en el hombro. Sintió que se le doblaban las rodillas, pero en aquel momento no podía permitir que le fallaran, ni que el dolor lo dejara incapacitado. Qassem giró en redondo y atacó otra vez; su espada describió un amplio arco y fue a estrellarse contra la hoja del templario.

Aquel tercer mandoble logró que Conrado, que ya no pudo ignorar el intenso dolor del hombro, soltara la cimitarra. Qassem se detuvo unos instantes, con la respiración jadeante, y sonrió. Su mirada se posó en la daga que llevaba Conrado atada al brazo izquierdo, y su sonrisa se transformó en una mueca de burla.

—No sé si matarte o cortarte la otra mano... Y puede que también los pies... Y dejar que vivas como un patético gusano lisiado —se mofó—. A lo mejor debería hacerlo con los dos.

A Conrado le fallaron las piernas. Le costaba trabajo respirar y notaba un sabor a sangre en la boca. Se le encogió el corazón al comprender que la flecha no sólo se le había alojado en el hombro, sino que también le había perforado el pulmón.

Ya sabía cómo iba a acabar aquello. Lo había visto muchas veces.

Levantó la vista hacia Qassem y vio que él también se había dado cuenta. El turco le sostuvo la mirada por espacio de unos instantes, luego levantó la cimitarra en alto, como haría un verdugo, y aguardó.

—Qué diablos. Yo creo que es mejor que lo haga ahora mismo, antes de que me quites ese placer...

De pronto su expresión se congeló en una mueca rígida. Algo lo había alcanzado por detrás y le asomaba por el pecho.

Una flecha.

Contempló la punta de flecha que sobresalía de su torso goteando sangre, y una expresión de sorpresa le cubrió el rostro. Se volvió muy despacio. Conrado le siguió la mirada.

En el claro se encontraba Maysun, junto al caballo. Con una ballesta en las manos y un visible dolor en la cara. A su lado estaba la mujer del campo, la que había tomado como rehén el turco, con un puñado de flechas en la mano.

Qassem hizo ademán de echar a andar hacia ellas, pero Conrado no estaba dispuesto a concederle semejante oportunidad.

Haciendo fuerza con las piernas, se incorporó y se valió del impulso para arrojarse contra el turco y hundirle la daga en la espalda. La clavó y la retorció con saña para asegurarse de que alcanzaba tantos órganos, conductos y arterias como fuera posible.

Los dos hombres cayeron al suelo entre una nube de sangre y polvo.

El turco, con los ojos muy abiertos y mirando a Conrado con una expresión de rabia, aguantó unos segundos entre espasmos y gorgoteos, hasta que por fin, con un último estremecimiento, su cuerpo quedó inerte.

Conrado dejó caer la cabeza contra el suelo duro y reseco, y contempló el cielo. Sintió que Maysun acudía a su lado y, con lágrimas en la cara, le tomaba la cabeza y le acariciaba el cabello.

—No me abandones —sollozaba.

—De ningún modo —contestó él, pero estaba mintiendo.

Echaba sangre por la boca y su respiración era cada vez más áspera. El aire se le escapaba antes de que pudiera aspirarlo.

—Pon a salvo los libros —murmuró—. Busca la manera. Ponlos a salvo. Y a lo mejor un día alguien puede hacer lo que no hemos hecho nosotros.

—Así lo haré, te lo prometo... Así lo haré.

De pronto, con velocidad sorprendente, los labios del templario se tornaron azules y su piel adquirió una tonalidad oscura. La boca comenzó a pesarle y, conforme a su cerebro le faltaba el oxígeno, el habla se le fue volviendo más gangosa.

Y finalmente expiró.

57

—Lo enterraron allí, en la iglesia. Después la mujer vino a Konya y se quedó a vivir aquí —prosiguió la anciana—. Se convirtió en miembro de un *tekke*. Y durante los meses siguientes regresó muchas veces a aquella cueva, ella sola, siempre llevando consigo un caballo de más, y fue trayendo los textos poco a poco. Los mantuvo ocultos y no habló a nadie de ellos. Y entonces, unos años más tarde, conoció a una persona.

—Un pañero —adivinó Tess. Estaba fascinada, prendida de cada una de las palabras de la anciana.

—Sí. Era miembro de la misma logia. Maysun se confió a él y le contó su secreto. Terminaron casándose e iniciaron una vida nueva juntos aquí, en Konya. —Su semblante se suavizó con una sonrisa agridulce—. Fueron antepasados míos.

—Así que el mural, los versos tomados del poema... ¿Todo eso vino después? —preguntó Tess.

La anciana afirmó.

—Sí. Maysun regresó mucho más tarde y los escribió. En la iglesia en la que estaba enterrado Conrado, la que vio usted.

—¿Cómo sabe usted todo esto? —inquirió Reilly.

La mujer se puso de pie y fue hasta un aparador viejo. Rebuscó en su interior y sacó una llave pequeña con la que abrió uno de sus cajones. Extrajo un documento plegado y se lo enseñó a Tess.

Estaba compuesto por varias páginas escritas a mano, viejas

y amarillentas. Tess no pudo leerlas, ya que contenían caracteres árabes, el alfabeto empleado en Turquía hasta 1928.

—Aquí se cuenta toda la historia —dijo la anciana—. Es lo que le relató Conrado a Maysun. Ha pasado de una generación a otra, a lo largo de casi setecientos años.

—Y durante todo este tiempo, los textos han permanecido ocultos —dijo Tess.

—Maysun le prometió a Conrado que los pondría a salvo e intentaría darlos a conocer al mundo, pero en aquella época no encontró la manera. Existía una fuerte división entre Oriente y Occidente. En esta tierra se estaban marchando los selyúcidas y llegaban los otomanos con sus hordas de «guerreros de la fe». Pretendían crear un imperio islámico, y lo que menos deseaba Maysun era que aquellos escritos se utilizasen como arma para desacreditar a una religión enemiga.

Tess miró a Reilly. Él también había percibido el eco que llevaban las palabras de la anciana y respondió con un gesto de cabeza que le provocó un aleteo en el estómago.

La anciana captó la insinuación y esbozó una sonrisa triste. Luego torció la boca en un gesto de desprecio.

—Maysun tampoco sabía a quién recurrir en Occidente. Los templarios ya no estaban, desde luego, y en aquella época la Iglesia tenía muchísimo poder. Nadie, ni siquiera un rey, se hubiera atrevido a defender algo que hiciera peligrar su autoridad.

—¿De modo que mantuvo los textos ocultos..., aquí?

—Así es —contestó la anciana—. Bien guardados, a la espera de que llegase el día adecuado.

A Tess se le hizo un nudo en la garganta. Tenía que preguntarlo otra vez:

—¿Quiere decir..., aquí mismo?

La anciana hizo un gesto de asentimiento.

Tess se tragó el nudo haciendo un esfuerzo.

—¿Podría enseñárnoslos?

La anciana no contestó inmediatamente. Luego se levantó del sofá, fue de nuevo hasta el aparador y sacó unas cuantas llaves. Se volvió hacia Tess y Reilly.

—Vengan.

Salieron del cuarto de estar y fueron por un pasillo estrecho y oscuro, que parecía conducir a un dormitorio al fondo. Éste tenía el techo más bajo que el cuarto de estar y estaba forrado de puertas de armario en uno de sus lados; en el otro se veía un *kilim* colgado de un raíl de bronce. La anciana abrió una de las puertas y extrajo una linterna, acto seguido fue hasta el *kilim* y lo apartó. En el muro que había detrás, y apenas visible en la oscuridad, apareció una escalera de caracol no más ancha que los hombros de un hombre.

La anciana penetró en el hueco y comenzó a descender por la empinada escalera pisando cada peldaño con sumo cuidado, apoyándose en la pared curva, alumbrando con la linterna una superficie basta y llena de agujeros. Tess y Reilly fueron tras ella. La escalera dio dos vueltas antes de desembocar en un túnel, igualmente angosto y basto. La sensación era la misma que se respiraba en la ciudad subterránea en la que habían quedado atrapados, y Tess se preguntó si tendría también la misma antigüedad.

La anciana los hizo pasar junto a una serie de viejas puertas de madera que había a un lado del túnel y recorrió unos treinta metros más, hasta que llegó a la última puerta, que daba al fondo del pasadizo. Abrió la cerradura, entró, y les indicó por señas que hicieran lo mismo.

Se encontraron en una habitación pequeña. En realidad era más bien una despensa. Carecía de ventanas, tenía el techo muy bajo y, al igual que las cavernas de la ciudad subterránea, reinaba una temperatura agradable a pesar del calor que hacía en la calle, tampoco había humedad.

Tess miró alrededor y sintió que se le escapaba hasta la última molécula de aire que conservaba en los pulmones.

Todas las paredes de aquel cuarto, aparte de la que incluía la puerta, estaban forradas de estanterías abarrotadas de libros. Libros antiguos. Códices pequeños, encuadernados en cuero, con toda seguridad muy viejos. Los más viejos del planeta: evangelios de dos mil años de antigüedad, de los primeros tiempos de la Iglesia.

Decenas.

A Tess le costaba trabajo creerlo. Consiguió preguntar, señalando uno de aquellos volúmenes:

—¿Me permite?

La anciana le hizo un gesto como diciendo: «Sírvase usted misma.»

Tess cogió un libro. Se parecía mucho a los dos códices que había encontrado en la tumba de Conrado, la misma encuadernación de cuero, la misma solapa, la misma correa alrededor. Y también daba la impresión de hallarse en buen estado de conservación. Dudó un momento, pero después retiró la solapa y lo abrió para verlo por dentro. El texto era similar, griego koiné.

Tradujo en voz alta la página que contenía el título:

—Evangelio de Eva.

No le sonaba de nada. La anciana la miró con una expresión divertida y le dijo:

—A mí también me resultó curioso ése. Pero no es la Eva que usted está pensando.

Tess la miró con curiosidad.

—¿Usted sabe lo que hay en estos libros? ¿Los ha leído?

—Del todo, no. Simplemente he aprendido por mi cuenta un poco de copto y otro poco de griego, y así me las he arreglado para entender en parte lo que dicen.

Había una pregunta de Tess que pugnaba por salir al exterior.

—Si yo le preguntase por un texto concreto, ¿sabría decirme si se encuentra aquí o no?

La anciana se encogió de hombros.

—Probablemente.

Tess tomó aire con gesto nervioso.

—Hace unos años, tuve en las manos un texto que estaba convencida de que era el diario personal de Jesucristo. Lo que escribió él mismo.

La mujer abrió unos ojos como platos.

—¿Lo vio?

—Sí, pero no supe distinguir si era auténtico o una falsificación. Y no tuve la oportunidad de someterlo a ninguna prueba de laboratorio para averiguarlo. ¿Sabe usted algo al respecto? ¿Sabe si era auténtico?

La mujer sonrió y negó con la cabeza.

—No. Era falso.

Su respuesta fue tan rotunda que Tess se quedó estupefacta.

—¿Cómo lo sabe?

—Por la carta de Maysun. Conrado se lo contó todo. —Ordenó un poco las ideas y después agregó—: Si fueron capaces de confeccionarlo fue porque para trabajar contaban con todo esto —dijo, señalando las estanterías repletas de textos antiguos.

—Espere un segundo, ¿está diciendo que los templarios supieron todo el tiempo de la existencia de este tesoro?

—¿Que si lo sabían? Sin él no habrían existido. Así fue como empezó todo, con los guardianes originales de este tesoro, los que cuidaron de él y lo mantuvieron a salvo, oculto en la Biblioteca Imperial de Constantinopla. Todo fue planeado por ellos.

—¿Está diciendo que la orden de los templarios nació en Constantinopla?

La anciana asintió.

—Los Guardianes llevaban siglos custodiando el tesoro de Nicea, desde que Osio lo salvó de la hoguera y lo envió a Constantinopla en secreto. Los Guardianes lo cuidaron esperando que llegase el momento adecuado de darlo a conocer al resto del mundo. Pero ese momento no acababa de llegar... y cuando finalizó el primer milenio, el mundo dio un giro siniestro. El Papa estaba descontrolado, y cuando se le ocurrió la idea de lanzar una santa cruzada y ordenó a los cristianos que fueran a la guerra a matar en nombre de Cristo, quedó claro que había perdido completamente la razón. El mensaje de Jesús había quedado eclipsado por completo. Pero los cruzados estaban ganando batallas y otorgaban cada vez más poder al Papa; teniendo el control de Tierra Santa y a todos los monarcas de Europa besándole los pies, gozaría de un poder supremo sobre la mayor parte del mundo conocido. Los Guardianes se sentían horrorizados ante lo que estaba sucediendo y pensaron que tenían que hacer algo. Necesitaban encontrar la manera de refrenarlo. Y entonces se les ocurrió una idea radical. Decidieron crear una fuerza que hiciera de contrapeso, una organización militar capaz de desafiar la supremacía de Roma y mantener a raya su influencia. Para ello contaban con todo esto —señaló una vez más la asombrosa colección de escritos—. La amenaza de sacarlo a la luz seguramente habría bastado para asustar al Papa y obligarlo a que les diera lo que quisieran, pero se dieron cuenta de que necesitaban más. Necesitaban estar seguros. Necesitaban un libro más, un texto poderosísimo que aterrorizase a Roma y la obligara a someterse. De modo que decidieron fabricar el evangelio definitivo.

—El diario personal de Jesús —dijo Tess.

—Exacto —dijo la anciana, afirmando con la cabeza.

Tess miró a Reilly, y enseguida le vino a la memoria aquel fatídico instante que habían vivido tres años antes. Los dos, de pie en aquel acantilado, contemplando cómo se llevaba el viento aquellas páginas de vitela y desaparecían engullidas por el mar. La respuesta que no llegaron a obtener... hasta este momento.

La anciana continuó:

—Contaban con todo esto para tener en qué basarse, para fabricar una obra maestra de la falsificación, para hacerla bien. Además, de ese modo, el hallazgo parecería totalmente creíble, sin duda alguna. Al fin y al cabo, todos estos libros son auténticos; era lógico que el diario personal de Jesús formara parte de esta colección. De manera que una vez que lo tuvieron preparado, pasaron a la acción. Buscaron a otros que compartieran sus mismas preocupaciones, caballeros, hombres cultos e ilustrados de toda Europa que ellos habían conocido en la biblioteca a lo largo de los años. Encontraron nueve.

—Los primeros nueve templarios. Hugo de Payns y sus hombres —dijo Tess.

La anciana asintió de nuevo.

—Fueron a Jerusalén y se dirigieron al rey. Le contaron que su propósito era proteger a los peregrinos que acudían a visitar la Ciudad Santa y consiguieron que les cediera las ruinas del antiguo templo para que las utilizaran como base. Tras pasar varios años supuestamente excavando en aquel lugar, enviaron a Roma el mensaje de que habían descubierto algo. Algo... Inquietante. El Papa envió a sus legados. Los templarios les mostraron varios de los evangelios que ven ustedes aquí, y por último les dejaron ver el más importante de todos. Los enviados del Papa quedaron horrorizados. Regresaron a Roma y confirmaron el hallazgo. El Papa concedió a los templarios todo lo que le pidieron, a cambio de que guardasen el secreto.

A Tess le daba vueltas la cabeza. Era mucho que digerir.

—Y después de eso, ¿los templarios volvieron a traer aquí los evangelios... Mejor dicho, a Constantinopla?

—Llevaban muchos siglos allí a buen recaudo. Tierra Santa era un territorio en guerra. Los Guardianes querían asegurarse de que los evangelios estuvieran sanos y salvos.

—¿En cambio el diario de Jesús no?

—No —respondió la anciana—. El diario se lo quedaron los templarios, en Acre. Era de donde provenía su fuerza, por lo tanto deseaban tenerlo bien cerca, vigilado por ellos mismos. Lo cual fue un error. Pero recuerde que también era una falsificación. Para los Guardianes poseía un valor estratégico, no histórico.

Tess estaba completando mentalmente el rompecabezas.

—Así que en 1203 llega el ejército del Papa a las puertas de Constantinopla. Los Guardianes están preocupados ante la posibilidad de perder el tesoro, y envían una petición de socorro.

—Sí. Los templarios mandan a unos cuantos hombres para que lo saquen de allí en secreto y lo pongan a salvo. Pero lo pierden, hasta que Conrado y Maysun consiguen recuperarlo... Cien años después.

—Pero entonces ya es demasiado tarde para hacer nada con él. Tierra Santa vuelve a estar en manos de los musulmanes, el falso diario de Cristo se ha perdido, y la Orden del Temple ha sido exterminada por el rey de Francia con ayuda del Papa, que es un títere suyo. —Tess frunció el entrecejo al acordarse del infortunado relato de los últimos supervivientes del *Falcon*

Temple que habían descubierto Reilly y ella tres años atrás—. Imaginemos... Si Conrado hubiera conseguido encontrar todo esto sólo unos pocos años antes, podría haber cambiado todo.

Pero la anciana meneó la cabeza.

—No existía ninguna posibilidad de que ocurriera algo así. Conrado sólo sabía de su existencia porque vivía en Constantinopla, y la única razón de que estuviera allí era que los templarios eran buscados por la justicia.

Tess asintió. Las crueles maquinaciones del destino habían cargado los dados en su contra desde el principio.

—Esos Guardianes —prosiguió Tess—, ¿qué fue de ellos? ¿Intentó Maysun encontrarlos?

—Desde luego —respondió la anciana—, pero no había rastro de ellos. Lo más probable es que murieran durante el saqueo de Constantinopla, tal vez a manos de agentes del Papa que estaban buscando el tesoro.

—De manera que Maysun y sus descendientes, la familia de usted, se convirtieron en los nuevos Guardianes —observó Tess.

La anciana asintió.

—Vengan —dijo—. Vamos arriba otra vez. Voy a preparar más café.

Regresaron en fila india por el pasadizo y subieron a la cocina. Se quedaron allí mientras la anciana llenaba la cafetera y la ponía al fuego. Se hizo un silencio denso en la habitación. Transcurridos unos momentos, Tess lo rompió para decir:

—Bueno, ¿y qué hacemos ahora?

La mujer sopesó lo que iba a decir, luego miró a Tess y contestó:

—No sé. —Calló unos instantes y preguntó—: Esos asesinos que dicen, ¿siguen siendo una amenaza?

Tess afirmó con la cabeza.

—Pues en ese caso habrá que trasladar los libros a otra parte, ¿no? —razonó la anciana—. No pueden quedarse aquí. —Dejó escapar un profundo suspiro—. ¿Ustedes pueden llevarlos a un lugar seguro?

Tess había estado cavilando acerca de diversas maneras de

proponerle la misma idea, pero la tomó totalmente por sorpresa que la anciana se lo ofreciera sin más.

—Por supuesto.

A la anciana se le hundieron ligeramente los hombros bajo el peso de aquella decisión.

—No tengo mucho donde elegir, ¿verdad? Y puede que no sea tan mala cosa. Tienen ustedes que entenderlo. Esto... —Hizo un amplio ademán con las manos para abarcar el suelo que tenía bajo los pies y el secreto que albergaba— es mucho más grande que nosotros. Lo ha sido siempre. Es una carga que ha ido pasando de generación en generación... —Sacudió la cabeza con tristeza—. Yo no pedí cargar con ella, pero no pude elegir, como tampoco pudieron mis antepasados. Sin embargo, he hecho lo que se esperaba que hiciera, como otros muchos en el pasado. Y no dudo de que, cuando llegue el día, mi hijo hará lo mismo. Pero ¿con qué finalidad? ¿Qué podemos hacer con ese tesoro a partir de ahora? Somos personas sencillas, señorita Chaykin, llevamos vidas sencillas. Y esto... Esto merece una atención un poco más seria. Una atención que podrían prestarle personas como usted. Me haría un favor enorme, a mí y a mis descendientes, nos libraría de este peso tan tremendo, sobre todo ahora que me ha dicho que hay gente dispuesta a matar por este tesoro. —Apoyó las manos en los brazos de Tess—. Es necesario trasladarlo sin que sufra ningún daño. Tiene que sacarlo de aquí y hacer lo que considere más adecuado. ¿Querrá usted?

—Sería un privilegio.

—Y no se preocupe —añadió Reilly—, yo me encargaré de que esté usted bien protegida hasta que termine todo.

El rostro de la mujer se relajó en un gesto de alivio, pero enseguida se tensó para formular otra pregunta:

—¿Qué van a hacer con los libros?

—Es necesario fotografiarlos y catalogarlos como es debido —respondió Tess—. Y seguidamente traducirlos. Después tendremos que pensar a quién vamos a darlos a conocer y cómo podemos hacerlo sin levantar demasiado alboroto.

Pero la anciana no parecía convencida.

—Los manuscritos del mar Muerto todavía están bajo sospecha. Los evangelios de Nag Hammadi apenas se conocen... ¿Qué la hace a usted pensar que estos libros van a tener mejor acogida?

—Tenemos que intentarlo. Estos textos... Forman parte de nuestra evolución como civilización. Nos ayudarán a crecer en madurez e iluminación. Pero es preciso proceder despacio, con precaución, dosificando bien el ritmo de avance. Y no todo el mundo va a quedar convencido ni va a mostrar interés; a los que quieren creer, a los que necesitan creer, esto no va a importarles lo más mínimo. En su caso no va a cambiar nada, ellos siempre tendrán fe, pase lo que pase. Eso es lo que significa para ellos tener fe: mantener una creencia firme e inquebrantable a pesar de que existan pruebas en contra. Pero las personas que poseen una mentalidad más abierta y que quieren decidir por sí mismas, ésas se merecen tener acceso a toda la información que les ayude a tomar dicha decisión. Se lo debemos.

La anciana asintió. Parecía haber aceptado aquella decisión tan precipitada. De pronto se oyó un crujido proveniente del cuarto de estar que le llamó la atención y la hizo fruncir el ceño. Reilly y Tess se pusieron en tensión y se quedaron quietos. Reilly se llevó un dedo a los labios para indicar silencio. Fue hasta la puerta de la cocina y escuchó. No oyó nada. Permaneció un momento más escuchando, por si acaso, pero siguió sin oír nada. A pesar de eso, no quiso hacer caso omiso del crujido. De nuevo les hizo una seña a las mujeres para que no hicieran ruido y, de forma instintiva, se llevó una mano a la pistola..., pero cayó en la cuenta de que no la llevaba encima. Estaba en el cuarto de estar, dentro de la mochila.

Miró alrededor y vio un cuchillo de cocina de gran tamaño en el escurridor, junto al fregadero. Lo cogió, volvió a la puerta y apagó la luz. La cocina quedó sumida en la oscuridad, y tan sólo se vio el resplandor frío y parpadeante de la llama azulada del gas.

La anciana dejó escapar una exclamación ahogada.

Tess se puso aún más tensa. Vio que la silueta negra de Reilly desaparecía por la puerta y se perdía de vista. Contuvo la respiración y esperó, escuchando. Toda la euforia de la última media hora se había evaporado de pronto. Durante unos segundos que se le hicieron eternos, no percibió nada más que el frenético retumbar de sus propios oídos... Hasta que de repente se oyó un chasquido seco seguido de un gemido de dolor, luego el rebotar de un objeto metálico y un fuerte golpe, como el de una masa voluminosa chocando contra el suelo. Una masa de carne humana.

Aquel ruido brusco la dejó petrificada. Y entonces oyó la voz que había esperado no volver a oír jamás, la voz que pensaba expulsar de su memoria sin el menor reparo, aquella voz teñida de una satisfacción irritante.

—Ya pueden salir, señoras —dijo el iraní antes de presentarse en la puerta de la cocina y accionar el interruptor de la luz. Sonrió y, con toda naturalidad, les indicó con el arma que salieran al pasillo—. Vengan con nosotros. La fiesta no ha hecho más que empezar.

58

Reilly, tirado en el suelo del cuarto de estar, notaba la visión borrosa y sentía un dolor intenso. El porrazo había sido rápido y fuerte, un golpe asestado en la mandíbula con la culata de un rifle que le dobló las piernas y lo hizo derrumbarse en el suelo incluso antes de saber quién le había atacado.

Ahora sí lo vio. Unos hombres que no conocía, tres en total, armados y rápidos, que se movían alrededor. Entonces acertó a ver a uno que sí reconoció, el iraní; estaba trayendo a Tess y a la anciana al cuarto de estar a punta de pistola. Tumbado en el suelo y con la cabeza torcida hacia un lado, desde su ángulo de visión la escena le resultó incluso más inquietante.

—Siéntense —ordenó el iraní a la vez que empujaba a Tess hacia el sofá con el silenciador del arma.

Las mujeres se sentaron en el borde del sofá, las dos juntas. Acto seguido, el iraní escupió varias órdenes a sus hombres en un idioma que Reilly no entendió y los hizo salir de allí. Los tres abandonaron la habitación, supuestamente para registrar el resto de la casa.

Reilly cruzó la mirada con Tess. Intentó tranquilizarla con un lento parpadeo y un gesto imperceptible de cabeza; aquello no sirvió de mucho para aliviar el miedo que reflejaban los ojos de ella, pero así y todo logró responderle con un gesto similar. Él recorrió la habitación con la vista y descubrió la mochila de Tess, la que llevaba dentro la pistola. Seguía donde la había dejado, apoyada contra la butaca, junto al sofá. A unos tres metros. Era una distancia insignificante para salvarla en dos zancadas, pero considerable dada la postura en que se encontraba en aquel momento.

Hizo una inspiración profunda y procuró disipar la niebla que le embotaba el cerebro. Observó al iraní; éste, como si se hubiera percatado, bajó la vista hacia él. Estaba bastante desmejorado; tenía la cara más demacrada de lo que recordaba Reilly, y le brillaba la frente de sudor. Pero más llamativa era la rabia que le ardía en los ojos. Reilly tuvo la impresión de que a duras penas lograba reprimir la furia que le quemaba las entrañas, y decidió guardar silencio. Su situación era demasiado precaria y la posición demasiado débil para provocar más al terrorista. Así que decidió ganar tiempo y bajar la mirada.

La herida que le había hecho al iraní en la mano por lo visto se la habían curado debidamente. Llevaba un vendaje limpio y bien hecho, aunque se había filtrado un poco de sangre. Reilly evaluó lo que estaba sucediendo, y llegó a la conclusión de que probablemente los hombres del iraní eran del PKK, el partido armado de separatistas kurdos que llevaba varios años recibiendo financiación y armas de Irán. Sin duda contaban con médicos sumamente experimentados en atender heridas de guerra. Y también podían viajar por toda Turquía sin que nadie los detuviera —dado que eran turcos— a fin de echar una mano a un terrorista iraní si era preciso.

Mala cosa.

Reilly no sabía cuántos hombres se habría traído consigo el iraní. Él había visto tres, pero tenía que haber más en la calle.

Mala de verdad.

—A ver, ¿qué es lo que pasa aquí? —preguntó el iraní, abriendo los brazos con gesto teatral y recorriendo la habitación con la mirada—. Estabais tan cómodos en la acogedora habitación del hotel, a punto de iros a la camita, y de repente os ponéis a corretear como gallinas por las callejuelas de este pueblo. ¿Qué puede haber pasado para que hayáis acudido a esta urgente reunión a altas horas de la noche?

De pronto se oyó una voz proveniente del interior de la casa. El iraní volvió la cabeza, contestó con una respuesta lacónica, y después se volvió hacia Tess y sonrió. Al cabo de un momento apareció uno de sus hombres en el umbral. Llevaba un fusil AK-47 colgado del hombro y traía en las manos unos cuantos libros antiguos.

El iraní los cogió y los miró detenidamente durante unos instantes, luego levantó la vista hacia Tess y esbozó una mueca de diversión.

—¿Más evangelios? —Le sostuvo la mirada unos momentos y después preguntó algo a su hombre. Éste le respondió algo que pareció impresionarlo—. ¿Una habitación entera? —dijo, dirigiéndose a Tess con una amplia sonrisa—. Yo diría que tu constancia ha rendido sus frutos.

Tess no respondió.

El iraní se encogió de hombros, lanzó un torrente de instrucciones al individuo que le había traído los libros, dirigió una última mirada a Reilly y salió de la habitación. El otro levantó su Kalashnikov y lo sostuvo con mano firme, luego comenzó a moverlo lentamente entre Reilly y las dos mujeres sin quitarles los ojos de encima.

Reilly ardía por dentro en llamas. Sabía que aquélla bien podía ser la última ocasión de hacer algo.

Un solo hombre vigilándolos.

Un arma dentro de la mochila.

Una oportunidad.

Aguardó a que el vigilante apartase la mirada de él y llevó a cabo su jugada: se incorporó y se dirigió a cuatro patas hacia la mochila.

Pero fue un movimiento torpe.

El vigilante lo vio. Se puso como loco y empezó a gritarle a la vez que se abalanzaba sobre él. Reilly vio cómo se le acercaban aquellas botazas y oyó el chillido que profirió Tess cuando alargó la mano para coger la mochila, pero no fue lo bastante rápido y el vigilante lo frenó en seco propinándole un fuerte puntapié en el costado izquierdo. Reilly, con los riñones destrozados, cayó hacia atrás y rodó por el suelo gimiendo de dolor. El vigilante fue detrás de él y se agachó a su lado en cuclillas, al tiempo que gritaba un torrente de maldiciones y advertencias sin dejar de mover el cañón del arma entre el rostro de su víctima y las dos mujeres.

Reilly dejó de rodar al topar con una mesita auxiliar que había a un lado de la butaca, y se quedó encorvado, gimiendo de dolor y con la respiración jadeante. Con el rabillo del ojo vislumbró que el vigilante estaba de pie con mirada enloquecida, en estado de agitación, a poco más de medio metro de él. Contuvo la respiración un instante mientras deslizaba la mano con sigilo por debajo de la mesita auxiliar. Sabía que iba a tener una sola oportunidad, y las consecuencias de un fracaso eran demasiado horribles de imaginar.

Palpó con los dedos las baldosas del suelo y encontró el cuchillo de cocina que se le había caído cuando lo golpearon, el que había visto cuando estaba tumbado en el suelo.

Cerró los dedos en torno al mango.

Desde el interior de la casa se oyó al iraní voceando algo en tono de pregunta.

El vigilante volvió la atención hacia la puerta para responderle.

Y Reilly saltó.

Se dio la vuelta como un rayo, levantó el brazo y hundió el cuchillo en el pie del vigilante, hasta el fondo. La hoja se abrió paso por la bota, la piel y el hueso con un crujido espeluznante, una mezcla de desgarro y succión, y el otro lanzó un aullido de dolor que Reilly supo que lo tendría distraído un segundo, tal vez dos; el tiempo suficiente para arremeter contra él.

Saltó como un resorte y asió con una mano la culata de madera del arma, a la vez que con la otra le asestaba al vigilante un potente codazo en plena cara. Huesos y músculos se mezclaron con piel y cartílago cuando la nariz de su víctima estalló en un géiser de sangre al tiempo que el fusil soltaba una ráfaga descontrolada de tres balas que fueron a incrustarse en la alfombra y el suelo. Reilly empujó con más fuerza para que el AK-47 no apuntase a las mujeres, y al mismo tiempo giró sobre sí mismo, apoyó el otro codo en el pecho de su adversario, le dio la espalda y se sirvió del impulso para intentar arrebatarle el arma. Justo en aquel momento apareció en la puerta otro de los hombres del iraní.

El vigilante herido no soltaba el fusil, lo aferraba con tenacidad y tenía los dedos fuertemente cerrados en torno. Reilly vio que el segundo hombre levantaba su arma, e hizo dos cosas en rápida sucesión: echó la cabeza hacia atrás para golpear con el cráneo el rostro ya destrozado del vigilante y obligarlo a volver el cuerpo para situarlo de frente al que acababa de entrar. En el mismo movimiento alzó el AK-47. El cañón apuntó en línea recta al segundo hombre una fracción de segundo antes de que el arma que apuntaba en dirección contraria tuviera tiempo de hacer lo mismo, y Reilly apretó los dedos del vigilante contra el gatillo. Se oyó otra ráfaga triple de disparos, y el de la puerta retrocedió tambaleándose al tiempo que le surgían enormes manchones de color rojo oscuro en el pecho y el hombro.

Tess y la anciana estaban acurrucadas en el sofá, Tess rodeando a la mujer con un brazo. Cruzó la mirada con ella.

—¡Salid de aquí! —le chilló mientras peleaba con el vigilante, que seguía sin soltar el arma—. ¡Salid por ahí! —Les indicó con la cabeza las puertas de cristal que daban al patio trasero.

Al principio Tess no se movió, pero en aquel momento se oyeron unas fuertes pisadas y varios gritos provenientes del pasillo que llevaba a la cocina.

—¡Marchaos! —ladró Reilly otra vez sin dejar de forcejear con el vigilante—. ¡Vamos!

Vio que las dos mujeres se levantaban y corrían hacia el patio, y en aquel preciso instante apareció en la puerta un tercer hombre armado. Detrás de él venía el iraní. Ambos con los fusiles en alto.

El primero volvió la cabeza y vio a Tess y a la anciana en el momento en que éstas llegaban a las puertas del patio y trataban de abrirlas. Gritó algo y volvió el arma hacia ellas. Reilly, dando un tirón salvaje, le arrancó el Kalashnikov al vigilante y lo arrojó contra el otro. El fusil voló por el cuarto girando sobre sí mismo en sentido horizontal, como un bumerán, pasó por encima del sofá y acabó estrellándose contra el pecho del otro, con lo que logró desviar los disparos que estaba haciendo con su arma.

Reilly había saltado a la hipervelocidad. No había un segundo que perder si quería que las dos mujeres pudieran escapar. Ya no pensaba ni se movía de manera consciente; el instinto, afinado por los años de entrenamiento y trabajo de campo, estaba ordenando a sus músculos que se pusieran en movimiento. Tuvo la sensación de girar, como si súbitamente hubiera quedado atrapado en un torbellino invisible, notó que se le endurecía el puño y se estampaba contra el rostro del contrincante; seguidamente, antes de que éste se desplomase en el suelo, ya estaba yendo a buscar el fusil que había salido volando por la habitación. Dio dos amplias zancadas, saltó por encima del sofá y se lanzó contra el hombre que estaba en la entrada y contra el iraní, empujando violentamente a ambos contra el marco de la puerta.

Oyó que el iraní dejaba escapar un grito de dolor al golpear el suelo con la mano herida, y consiguió atizar dos potentes puñetazos al otro y dejarlo fuera de combate. Pero el terrorista logró liberar una rodilla de aquella maraña de brazos y piernas, y se la clavó de lleno en la ingle. Reilly, sin aire, retrocedió tambaleándose y cayó con la cabeza contra el suelo. Borrosamente pudo ver a Tess y a la anciana; por fin habían conseguido abrir las puertas de cristal y estaban a punto de huir... Pero el iraní había recuperado su arma y se había incorporado.

Reilly tenía que dar un poco más de tiempo a las dos mujeres.

Se lanzó hacia el iraní, agarró el Kalashnikov con ambas manos e hizo fuerza para estamparlo contra la pared. El terrorista soltó un gruñido de rabia. Reilly contaba con la ventaja de tener las dos manos útiles, de modo que le arrebató el AK-47 y le propinó un tremendo porrazo en el mentón con el extremo del arma. Al instante surgió un chorro de sangre de la boca del iraní que salpicó la pared, al tiempo que éste levantaba la mano herida para bloquear otro golpe.

Aquello fue para Reilly como si le hubieran mostrado un trapo rojo.

Giró el fusil boca abajo y, como si fuera un ariete, lo usó para clavar la mano del iraní a la pared.

El terrorista lanzó un alarido primitivo cuando la culata de metal le pulverizó los huesos y le desgarró los tendones. El insoportable dolor lo hizo doblar las rodillas y se derrumbó en el suelo igual que una muñeca de trapo, con los ojos fuertemente cerrados. Reilly sentía las venas rebosantes de ansia asesina. Volvió a girar el arma, esta vez para golpear al iraní en la cabeza, consciente de que aquel porrazo le aplastaría el cráneo y posiblemente le quitaría la vida allí mismo...

... pero antes de que pudiera hacer nada sintió que algo lo golpeaba por detrás, en la nuca, y cortaba el suministro de energía a los brazos.

Uno de los hombres armados se había puesto en pie.

Mientras se desmoronaba en el suelo, llegó a ver que la situación era aún peor: se habían incorporado dos, el hombre al que le había machacado la cara y el individuo que había venido acompañando al iraní.

Lo demás fue una mancha borrosa de puñetazos, codazos y patadas que le llovieron de todas partes. Con cada golpe se le escapaban las fuerzas, la sangre de las heridas le nublaba la vista y le anegaba la garganta, sus pulmones luchaban por aspirar una pizca de aire, mientras que las manos perdían sensibilidad por la falta de circulación. Lo último que vio fue la cara del iraní mirándolo con rabia entre una niebla de sonrisas sarcásticas que destilaban veneno puro... Hasta que finalmente un último puntapié en la cara apagó todas las luces y lo sumió en un sueño indoloro.

59

Rodas, Grecia

—*Endaxi,* torre. Permiso para despegar, pista dos cinco, procedo. Solicito mantener a mil quinientos pies a alfa para disfrutar de una buena panorámica de su hermosa isla, Niner Mike Alfa.

—Autorizado para mantener a mil quinientos pies a alfa. Disfrute del paisaje.

Steyl sonrió y comenzó a avanzar.

—Roger. *Efjaristó polí.*

Sacó la Cessna Conquest de la pista y despegó hacia el cielo de la mañana. Daba gusto volver a sentirse en el aire. Ya había empezado a ponerse nervioso sentado sin hacer nada en Diágoras, el Aeropuerto Internacional de Rodas, con el depósito lleno y preparado para despegar, sin poder alejarse mucho de la avioneta, esperando la señal de Zahed. Cuando por fin llegó la llamada, ya muy tarde y de noche, lo pilló profundamente dormido. Después volvió a dormir unas pocas horas más antes de partir con las primeras luces.

Estaba volando con rumbo suroeste, en dirección a otra isla, esta vez una mucho más pequeña, Kassos, su destino oficial. La isla se encontraba en dirección contraria al lugar al que debía llegar, pero era la maniobra más adecuada, dado que su diminuto aeropuerto no tenía torre de control y, si no quería despertar sospechas, le convenía respetar rigurosamente todos los requisitos. Y no iba a despertarlas. Su especialidad era encontrar agujeros en los procedimientos, por más rigurosos que fueran éstos. Sabía bien lo que hacía, probablemente mejor que ninguna otra persona que se moviera en aquel mundillo.

Alcanzó la altitud para la que le habían dado autorización en menos de un minuto y volvió a establecer contacto con la torre. Le ordenaron que cambiase a la frecuencia del controlador de aproximación. Así lo hizo, recibió permiso para permanecer a mil quinientos pies hasta que llegara a Kassos y le dijeron que para el resto del vuelo volviera a cambiar, esta vez para contactar con Información de Atenas. Y así lo hizo. Pero también hizo otra cosa más: desconectó el transpondedor. Sin él, el código de la avioneta, su altitud y su matrícula no aparecerían en el radar de la torre. Se vería únicamente un pitido anónimo.

Continuó con la farsa y mantuvo el rumbo anunciado durante otro minuto más, a la vez que iba descendiendo suavemente hasta los mil quinientos pies. De nuevo contactó con la torre, pero no recibió nada. Eso le hizo sonreír. No le oían. Estaba fuera de contacto por radio, o sea, que se encontraba fuera del alcance del radar.

Ahora podía ir a donde se le antojara, sin que nadie lo molestase.

Viró hacia la izquierda para dirigirse hacia el sur y rebasó la punta suroeste de Rodas. Mantuvo el rumbo durante otros diez kilómetros sobre mar abierto y luego ejecutó una curva cerrada para dirigirse al noreste, hacia su verdadero destino: un lugar remoto ubicado casi a quinientos kilómetros de allí, en el corazón de Turquía.

A aquella altitud tan baja la visibilidad era muy mala. La ligera brisa y la alta presión barométrica habían generado una neblina que pendía amenazante cerca de la superficie del mar. Por su culpa ya no se veía Rodas, lo que era positivo: así no lo vería nadie desde tierra. El único peligro era que lo localizase un barco, de modo que encendió el radar meteorológico, para ver cualquier embarcación que hubiera delante. Si aparecía alguna, tenía tiempo de sobra para rodearla y proseguir con su sigilosa trayectoria.

Volando a baja altitud llegaría a su destino en poco más de una hora. No tenía pensado pasar en tierra más que unos cuantos minutos, de manera que invertiría dos horas y media en total, en el viaje de ida y vuelta. Muy razonable para realizar una excursión turística a baja altitud hasta una isla minúscula que carecía de torre de control. Nadie iba a echarle en falta.

Consultó su reloj, sacó el teléfono por satélite y llamó a Zahed para informarle del curso de la operación. Acto seguido se relajó y disfrutó del paisaje mientras las dos turbohélices de la Conquest recorrían la costa de Turquía. Si todo salía bien, esperaba estar con el iraní al finalizar la jornada. Después regresaría a la villa que tenía en Malta, a tumbarse al sol con una cerveza bien fría y calcular cómo iba a gastarse la pasta gansa que acababa de ganar.

Zahed aguardaba a la orilla del lago salado contemplando la caída del sol al otro lado de su lisa y prístina superficie.

A media mañana era una extensión infinita de color blanco bajo una cúpula azul radiante. En aquel momento el sol poniente lo teñía de un bronce bruñido. Parecía una lámina de metal que se extendiera desde sus pies hasta el horizonte mismo. «Otro paisaje absurdo», se dijo. En los últimos días había visto más paisajes de los que creía posible que existieran. Toda aquella maldita región se le antojaba cortada y pegada de otro planeta. Se consoló con la idea de que no iba a tardar mucho en marcharse de allí, de que pronto iba a verse otra vez en un entorno cómodo, conocido, terrenal. En su país. Donde lo aclamarían por haber conseguido lo imposible.

Por haber llevado consigo su trofeo.

A aquellas horas de la mañana el aire estaba fresco y sereno, y olía a sal. Le ayudó a despejarse un poco la cabeza, pero no la garganta, que sentía tan reseca como el árido territorio que se extendía ante él. Y además estaba temblando. Había perdido mucha sangre, y a pesar de los analgésicos todavía le dolía mucho la herida. Y el temblor estaba empeorando. Necesitaba atención médica, y pronto. Sabía que tenía mal la mano, que quizá no volviera a funcionar como era debido, que podía perderla. Pero aquello tendría que esperar; lo más urgente era marcharse de allí. La americana había conseguido escapar y seguramente habría alertado a los turcos. La mano representaba un precio muy alto que pagar, pero seguía siendo barato si lo comparaba con conservar la libertad y, con toda probabilidad, la vida.

De pronto sonó el teléfono. Lo cogió y se volvió para mirar en la dirección contraria y concentrarse en el horizonte. No tardó mucho en localizar un punto minúsculo que se acercaba volando bajo, lanzando destellos bajo el sol desde el parabrisas. Le confirmó a Steyl que todo estaba despejado, luego hizo una seña a sus hombres y dio un paso atrás para tener una panorámica más amplia. Los motores de dos monovolúmenes que estaban aparcados a cien metros de allí, uno detrás de otro, cobraron vida con un rugido. Acto seguido encendieron los faros y los intermitentes, dos juegos de nítidas balizas rojas y amarillas que destacaban en contraste con el fondo cobrizo perfectamente uniforme.

Zahed observó cómo se alineaba la avioneta con el eje formado por los dos coches y examinó la improvisada pista de aterrizaje que había un poco más allá. Era perfecta. Terreno seco y duro, liso como un campo de fútbol, sin una sola protuberancia visible para el ojo humano. El nombre de aquel lago, Tuz Gölü, significaba simplemente «lago de sal». Y eso era, un estanque gigantesco, mil quinientos metros cuadrados de agua salobre poco profunda que todos los veranos se secaba y se transformaba en una enorme lámina de sal. De allí procedían las dos terceras partes de la sal que llegaba a las mesas de toda Turquía, pero las minas y las plantas procesadoras se encontraban situadas más al norte, en la otra orilla del lago. La zona que había escogido Steyl, tal como había predicho éste, se encontraba desierta. Y además estaba a menos de una hora en coche de Konya. Otro punto más que añadir a la pericia de aquel piloto, y otro detalle que confirmaba a Zahed que había elegido bien.

Unos momentos después, el silencio fue roto por el leve zumbido de la avioneta. Al principio fue apenas audible, pero se convirtió en un estruendo ensordecedor cuando la aeronave pasó en vuelo rasante por encima de los dos coches con los separadores inerciales abiertos para desviar de los motores las partículas de sal que pudieran levantarse del lecho del lago. El tren de aterrizaje prácticamente rozó el techo de uno de ellos antes de tomar tierra de forma impecable. Zahed ya había echado a andar y estaba subiendo al primer monovolumen al tiempo que Steyl metía la marcha atrás y echaba el freno.

Los dos coches aceleraron y fueron detrás de la avioneta. Tras recorrer menos de setecientos metros, estacionaron al costado.

El traslado no llevó mucho tiempo. Sin detener las hélices, lo primero que cargaron fueron las cajas que contenían los códices y las amontonaron detrás de los dos asientos traseros. Seguidamente procedieron a trasvasar la carga humana.

Reilly.

Lo subieron a la avioneta y lo dejaron detrás de una mampara que había al fondo de la cabina.

Aún inconsciente. Pero vivo.

Que era lo que quería el iraní.

Menos de cuatro minutos después de haber aterrizado, la Cessna volvió a surcar el aire. Transcurridos una hora y once minutos estaba de vuelta en la pista de Diágoras. No pasó más de veinte minutos sobre el asfalto; el empleado que se acercó a la avioneta era el mismo que el que trató con Steyl la vez anterior, de modo que no necesitó volver a inspeccionar la avioneta. Zahed soportó en silencio las formalidades agazapado detrás de la mampara, al lado de Reilly. Steyl rellenó el plan de vuelo y firmó los impresos, recibió el permiso pertinente y volvió a despegar.

El espacio aéreo iraní se encontraba a menos de tres horas de allí.

60

Sentada en la parte de atrás del Humvee de la Yandarma, Tess se sentía hecha polvo.

Después de aquella cadena interminable de horrores, por fin había encontrado algo que la hiciera sentirse bien, una rendija de luz en la oscuridad que la asfixiaba desde aquel aciago día de Jordania, pero ahora había desaparecido rápidamente. Toda la euforia, la emoción y el alivio se habían esfumado en cuestión de minutos, y en su lugar se habían instalado de nuevo el pesimismo y el desánimo.

Odiaba aquella impotencia, aquella sensación de derrota, que una vez más los hubieran vencido. Y sobre todo temía descubrir lo que le había sucedido a Reilly, y no pudo evitar imaginarse lo peor. El iraní ya había conseguido lo que buscaba, así que no tenía motivos para perder más el tiempo, ni para hacer con él lo que tuviera previsto.

Ese pensamiento le encogió el estómago.

La policía local se había presentado poco después del tiroteo, alertada por los disparos. Y un poco más tarde llegó la Yandarma. El iraní y sus matones se habían llevado el cadáver de su compañero, pero en la casa de la anciana seguía habiendo numerosas pruebas de la sangrienta refriega, lo que enfureció aún más al jefe de la Yandarma. Tess se quedó sentada en actitud pasiva mientras éste le recriminaba que hubiera salido del hotel de Zelve sin autorización, se hizo la tonta y dijo que se había limitado a seguir a Reilly. En ningún momento desveló el papel que había desempeñado la anciana en todo aquello, y se cercioró de que ésta entendiera que debía seguirle la corriente y no mencionar los evangelios que perseguía el iraní ni el alijo escondido en la cripta subterránea.

Al parecer, funcionó. Las llevaron a ambas a la comisaría a fin de protegerlas y, sin duda, para hacerles más preguntas. No se sentía cómoda con esa mentira, porque sabía que los policías representaban su única esperanza, pero no le pareció pertinente darles aquella información. Lo único que podía hacer ahora era esperar... Y no desesperar. A lo mejor conseguían cerrar las fronteras antes de que el iraní lograra escapar. A lo mejor tenían suerte y lo detenían en algún control de carreteras. A lo mejor lo atrapaban en un paso fronterizo o en algún aeropuerto.

Se frotó los ojos y se masajeó las sienes para eliminar las preocupaciones. Pensar no le procuraba demasiado consuelo, tan sólo le servía para revivir las angustiosas imágenes de una pelea sangrienta que terminó en desastre para el hombre que amaba.

—Lo siento mucho —dijo la anciana en un tono amable que sacó a Tess de su desesperación.

—¿Por qué?

—Si no hubiera mandado a mi nieta... Si me hubiera quedado escondida... No habría sucedido nada de esto.

Tess se encogió de hombros. Desde luego, en eso había algo de verdad; a estas alturas Reilly y ella quizás estuvieran en un avión, regresando a Nueva York. Pero sabía que la vida no funcionaba así, que una parte intrínseca de ella eran las consecuencias imprevistas, y que no merecía la pena recrearse en lamentaciones.

—Esto no ha terminado —le dijo, intentando creerlo ella misma.

A la anciana se le iluminó el rostro.

—¿Usted cree...?

—Siempre hay una posibilidad. Y a Sean se le da muy bien encontrarlas.

La anciana sonrió.

—Espero que esté usted en lo cierto.

Tess se esforzó por responderle con una sonrisa y procuró no pensar en las horribles situaciones que podían darse en el peor de los casos, situaciones que no sólo eran posibles sino también probables.

61

Reilly se despertó con un sobresalto y se echó hacia atrás al tiempo que aspiraba aire de golpe. Sintió un olor penetrante, una fetidez intensa que le recordó a los cadáveres en descomposición. Abrió los ojos y trató de ver a través de la capa de alquitrán que le inundaba el cerebro.

Delante mismo tenía al iraní, en íntima compañía, a escasos centímetros de su cara, con una mano bajo la nariz de Reilly, sosteniendo la pequeña ampolla algo más del tiempo necesario. El hombre sudaba y parpadeaba nervioso, y se le notaba que disfrutaba del malestar que estaba causando a su víctima. Luego retiró el frasquito de amoníaco, con lo que Reilly pudo verlo con más claridad.

—Te has despertado —comentó el iraní—. Estupendo. Porque no quería que te perdieras esto.

Reilly no sabía de qué estaba hablando. Había un claro retardo entre el momento en que salían las palabras de la boca del iraní y el momento en que él captaba el significado de las mismas. Y no le sonaron prometedoras. De pronto se acordó de Tess y miró alrededor, preocupado de que también estuviera allí, pero no la vio.

—No, no está aquí —le dijo el iraní como si le hubiera leído el pensamiento—. No tuvimos tiempo de ir a buscarla. Pero estoy seguro de que ya me tropezaré con ella en algún momento. Me encantaría.

Reilly sintió que le hervía la sangre, pero lo disimuló. No valía la pena darle la satisfacción de que lo viera alterado. En lugar de eso, sonrió e intentó contestar algo, pero notó que se le agrietaban los labios. Los humedeció con la lengua y dijo:

—Sabes, no es tan mala idea. Tess no tiene ningún amigo marica.

El iraní le cruzó la cara de un fuerte puñetazo.

Reilly permaneció unos momentos sin volver el rostro, para que se calmara el dolor, y después se encaró de nuevo con el iraní y le respondió con una sonrisa:

—Cuánto lo siento, supongo que aún no has salido del armario, ¿a que no? No te preocupes, será un secreto entre tú y yo.

El iraní volvió a levantar la mano para golpearlo de nuevo, pero la bajó y sonrió.

—A lo mejor ella logra convertirme. ¿Qué opinas?

Con la cabeza embotada como la tenía, Reilly decidió que no merecía la pena continuar provocando a su secuestrador. Se concentró en examinar el entorno y vio que era una avioneta pequeña, de las que no permiten estar de pie. Y de hélices, a juzgar por el ruido del motor.

Y estaban volando.

Cuando asimiló esto último se le disparó la presión, lo cual no le vino nada bien a su organismo, en estado lamentable. Tenía un dolor de cabeza formidable, como si estuviera pasando una resaca de campeonato. Le costaba trabajo respirar y le dolía al mismo tiempo; tenía las fosas nasales taponadas por costras de sangre seca que impedían la entrada de aire y le dolían los pulmones a causa de las patadas que le habían atizado en las costillas. Además, una mezcla nauseabunda de sangre y mucosidad se le estaba acumulando en la garganta, pero la sensación no tardó en ser reemplazada por el dolor que le telegrafiaban todas las partes del cuerpo a medida que iban volviendo a la vida sus neuronas. Sentía los párpados pesados, y ahora se dio cuenta de que tenía un ojo semicerrado a causa de la hinchazón, y los labios hinchados, llenos de cortes ya resecos. Sabía que debía de tener alguna costilla magullada y que incluso habría perdido uno o dos dientes. Cosa extraña, también le faltaban los zapatos.

Lo habían puesto encima de una especie de asiento con cojines que había en la parte posterior de la avioneta, un banco en forma de L montado contra una mampara de madera que separaba aquel pequeño espacio de la cabina. Intentó moverse, mas se dio cuenta de que le habían atado las manos y los pies. Las manos a la espalda, de modo que no podía ver con qué se las habían amarrado, pero en los tobillos llevaba una cuerda de color blanco. Las extremidades le dolían a causa de la tensión, y además empezaba a apreciarse hinchazón y hematoma en la carne donde se le clavaba la ligadura. Pensó que aquella cuerda podían haberla sacado de las cortinas de la anciana; no era muy gruesa, pero se veía fuerte, y había habido cantidad suficiente para darle muchas vueltas alrededor de los tobillos.

Se dijo que iba a tardar mucho en poder desatarse.

Miró por la pequeña ventana ovalada que tenía enfrente, en la pared de la cabina. No vio ninguna nube. Sólo un cielo azul infinito, despejado y sin mácula. Intentó calcular en qué dirección estaban volando. El sol parecía penetrar en la cabina de la avioneta por la parte delantera, ligeramente a la derecha y en un ángulo de unos cuarenta y cinco grados. Y brillaba con la intensidad propia de la mañana. Parecía indicar que llevaban rumbo este. Partiendo desde algún punto del centro de Turquía.

Visualizó mentalmente el mapa. Al este no había nada bueno, al menos para él. Estaban Siria, Iraq, Irán. Aquéllos no eran países amigos para un agente americano del FBI.

La tensión se le disparó todavía más.

Miró al iraní y le dijo:

—Nos dirigimos hacia el este.

El iraní no reaccionó.

—¿Qué, te ha caducado el visado? —preguntó Reilly.

El iraní sonrió ligeramente.

—Es que echo de menos la comida.

Reilly le miró la mano. No tenía buena pinta. El vendaje

estaba suelto y sucio, y muy manchado de sangre. La señaló con la cabeza y comentó:

—Puede que necesites que te ayuden a cortar los filetes.

La sonrisa del iraní se esfumó. Tras pensárselo durante unos instantes, le arreó otro puñetazo a Reilly. Luego respiró hondo y le dijo:

—Agárrate a esa idea, porque vas a necesitarla al bajar.

Al momento desfilaron toda una serie de imágenes desagradables para Reilly. Imágenes de rehenes recluidos durante años en territorio hostil en el interior de celdas mugrientas, encadenados a la pared, violados y apaleados, olvidados hasta que por fin alguna enfermedad los liberaba de su tormento. Estaba a punto de decir algo, pero de pronto se acordó de otra cosa, y su tensión volvió a pasar la franja roja.

El informe. El que le habían proporcionado en Estambul.

El que hablaba de aquel administrativo del aeródromo que tenía todos los huesos hechos polvo porque seguramente lo habían arrojado desde un helicóptero o un avión.

Vivo.

Apartó el miedo a un lado y se burló de la sonrisa de satisfacción del iraní.

—Ni siquiera sé cómo coño te llamas.

El hombre reflexionó un momento si debía contestar o no, y por fin pareció llegar a la conclusión de que no iba a perjudicarlo.

—Zahed. Mansur Zahed.

—Me alegro de saberlo, porque no quisiera enterrarte en una tumba anónima. Eso no sería justo, ¿verdad?

Zahed le contestó con una leve sonrisa.

—Como digo, agárrate a esa idea. Vas a tener tiempo de sobra para saborearla.

El iraní observó a Reilly con curiosidad. Aunque creía haber decidido lo que iba a hacer con él, seguía sin estar convencido del todo. Tenía dos opciones igual de atractivas.

Podía llevárselo consigo a Irán y encerrarlo en una de las cárceles de aquel país, en algún agujero aislado. Y divertirse con él durante unos cuantos años. Iba a ser una importante fuerte de información. Quebrarían su resistencia, sin duda alguna, y él les diría todo lo que supiera de los procedimientos y los protocolos tanto del FBI como de la Seguridad Nacional. Además de recuperar el tesoro de Nicea, para él sería un golpe espectacular haber capturado y traído a Irán al jefe de la Unidad Antiterrorismo del FBI en Nueva York, y sin dejar ningún rastro de miguitas de pan.

Todo parecía de color de rosa... Hasta que se impuso drásticamente la realidad. Zahed era un hombre pragmático y sabía cómo podían salir las cosas de verdad. Probablemente terminaría perdiendo el control del destino que sufriría Reilly. Aunque procurase ocultarlo, un agente americano representaba tal trofeo que no tardaría en saberse algo así. Despertaría un gran interés. Intervendrían otras personas, quizá con ideas diferentes respecto de cuál era el mejor uso que se podía dar a un trofeo semejante. Incluso podían servirse de Reilly a modo de pieza de canje para obtener algo importante. Y si sucedía tal cosa, Reilly quedaría libre. Y entonces se dedicaría a hacerle la vida imposible a él, incluso a miles de kilómetros de distancia.

Y esa posibilidad volvía inaceptable aquella alternativa.

Volvió a pensar que había tomado la decisión acertada. No podía regresar a Irán llevando a Reilly consigo. Además, la opción que había escogido le proporcionaría un placer inmenso, sería un momento que no iba a olvidar jamás, que paladearía hasta el final de sus días. Era una lástima que no pudiera ver el cuerpo destrozado de Reilly tras estrellarse contra la superficie del agua, igual de dura que el hormigón a la velocidad a la que viajaban. El americano estaría muerto incluso antes de notar el sabor del agua salada.

Disfrutó unos instantes imaginando mentalmente todo aquello, y después tomó un teléfono interno que había en la pared y pulsó dos teclas.

Steyl respondió al momento desde la cabina del piloto.

—¿Ya se ha despertado?

—Sí. ¿Dónde estamos?

—Acabamos de entrar en el espacio aéreo de Chipre. Falta como media hora para aterrizar.

—Pues vamos allá —dijo Zahed.

—Muy bien —repuso Steyl.

Zahed colgó el teléfono y sonrió a Reilly.

—La verdad es que voy a disfrutar mucho de esto, muchísimo.

Y le arreó otro puñetazo.

62

—Niner Mike Alfa, tenemos un problema. No puedo mantener la presión de la cabina. Solicito descender a nivel de vuelo uno, dos, cero.

El controlador respondió enseguida:

—Niner Mike Alfa, ¿está declarando una emergencia?

Steyl mantuvo la voz serena.

—Negativo. A estas horas no, Mike Alfa. Sospechamos que llevamos una puerta abierta. Tenemos que despresurizar, cerrarla y presurizar de nuevo. Ya nos ha ocurrido más veces.

—Roger, Mike Alfa. Descienda hasta donde le resulte cómodo. No hay tráfico por debajo. Base de espacio aéreo controlado a ocho mil pies. Buena suerte.

Steyl dio las gracias a la torre y seguidamente ajustó el control de inclinación del piloto automático hacia arriba, con lo cual la avioneta inclinó el morro hacia abajo y cerró gases, y así redujo drásticamente la potencia de ambos motores. La avioneta creyó que iba a aterrizar, y disparó la advertencia del tren de aterrizaje para recordar al piloto que debía sacarlo. Steyl ya tenía previsto los molestos pitidos de la alarma que comenzaron a extenderse por la cabina, y apretó un botón con la rodilla derecha para acallarla.

Con el morro inclinado en un ángulo de quince grados, la Conquest inició un pronunciado descenso para abandonar la altitud de crucero de veinticinco mil pies y situarse en doce mil.

Era la máxima altitud de cabina que permitirían los sistemas de la avioneta, dado que ésta ya estaba presurizada. Así pues, Steyl giró el mando de presurización en el sentido de las agujas del reloj hasta su posición máxima, para que los compresores elevasen la altitud de la cabina, fijada en la posición de crucero de ocho mil pies, hasta el nivel equivalente de doce mil, menos cómodo debido a que contenía una menor cantidad de oxígeno. A un ritmo de descenso de quinientos pies por minuto, la presión tardaría ocho minutos en alcanzar dicho nivel. Luego, una vez que estuvieran igualadas la presión interior y la exterior, Zahed podría abrir la puerta de la cabina. El iraní le había dicho a su piloto que quería que Reilly hiciera una caída lo más larga posible, y aunque Steyl sabía que era viable abrir la puerta dos mil pies más arriba, prefería no correr riesgos y descender hasta los doce mil. Desde aquella altitud, la caída de Reilly duraría algo más de un minuto. Steyl sabía que, si por Zahed fuera, cuanto más durase mejor, pero un minuto entero ya era bastante; a cualquiera le parecería una eternidad, sobre todo si la persona era consciente de lo que le aguardaba al final.

Reilly oyó que los motores aminoraban la potencia y notó que la cabina se inclinaba hacia delante y que la avioneta comenzaba a descender, y supo lo que estaba ocurriendo.

Lo recorrió un espasmo de pánico, pero en lugar de paralizarlo estimuló su cerebro y puso en marcha su instinto de conservación. No había gran cosa que él pudiera hacer, dado que estaba atado de pies y manos, pero tenía que intentar algo.

Miró alrededor. Tenía la visión limitada por la mampara situada a su derecha, y sólo alcanzaba a ver el fondo de la cabina. Descubrió un montón de cajas de cartón apiladas detrás del iraní y vislumbró la encuadernación de cuero de un códice antiguo asomando de una de ellas. Se le endureció el semblante al acordarse de que ahora eran Zahed y sus hombres quienes tenían en su poder el tesoro de Nicea. Desvió la mirada de las cajas y examinó el resto de aquel espacio. Debajo de uno de los asientos traseros descubrió un cajón con una cruz verde. Era el botiquín de primeros auxilios. Pensó que allí dentro encontraría unas tijeras pequeñas con las que cortarse las ataduras. Pero entre el botiquín y él se interponía un ligero obstáculo: el iraní, que lo vigilaba como un halcón y se había fijado hacia dónde estaba mirando.

El iraní no dijo nada, simplemente alzó la mano buena y le hizo el gesto de negar con el dedo índice.

Reilly clavó los ojos en el iraní y logró esbozar una sonrisa irónica, relajada, que hizo que Zahed se pusiera tenso.

Reilly dejó escapar una risa breve. Tal vez no fuera gran cosa, pero en aquel preciso momento, poner nervioso a aquel terrorista, aunque fuera sólo un poco, era una auténtica gozada.

Cuando ya llevaban casi seis minutos descendiendo, la Conquest se niveló en doce mil pies. Steyl miró el indicador de altitud de la cabina; seguía subiendo en dirección a su objetivo.

Había llegado el momento de situar a Reilly en posición.

Se levantó del asiento y fue con Zahed, a la parte de atrás de la avioneta.

—¿Por dónde prefieres? —preguntó a Zahed.

—Encárgate tú de las piernas.

Steyl asintió.

Agarró a Reilly por las piernas y le rodeó los tobillos con el brazo para sujetarlo bien, a continuación dio un paso hacia atrás, encorvado para no tropezar con el techo de la cabina, lo sacó del banco y lo dejó caer sobre la moqueta del suelo.

Acto seguido comenzó a arrastrarlo hacia la puerta.

63

Cuando Reilly cayó sobre la moqueta con un golpe sordo, se puso hecho un basilisco.

Empezó a forcejear y a debatirse furiosamente, intentando zafarse del sudafricano. Se retorcía a izquierda y derecha, y lanzaba golpes imprevistos doblando y estirando las rodillas, a pesar de tener los tobillos firmemente sujetos. Con cada giro y cada patada se provocaba él mismo un intenso dolor por todo el cuerpo, pero no hizo caso y siguió peleando. De repente intervino el iraní, que estaba a su espalda, y lo sujetó por el cuello con el brazo bueno. Reilly se vio aprisionado por ambos extremos, de modo que tuvo que redoblar los esfuerzos. El iraní lo tenía atenazado con la fuerza de un torniquete, pero después de varios retorcimientos y convulsiones salvajes, Reilly consiguió soltarse del sudafricano. Se ayudó de las manos para recobrar el equilibrio y empezó a darle de patadas con los dos pies para apartarlo de sí, a la vez que intentaba librarse del iraní lanzando cabezazos hacia atrás.

—Joder, pensaba que ibas a sedar a este cabrón —se quejó el sudafricano al tiempo que intentaba controlar las piernas de Reilly.

—No —replicó Zahed luchando por sujetar a Reilly por el cuello—, quiero que esté totalmente despierto, que viva cada segundo con la cabeza bien despejada.

Aquello sólo sirvió para espolear aún más a Reilly, que empezó a patalear con más fuerza apuntando a la cara del piloto. Pero se encontraba en una postura demasiado incómoda para imprimir mucho ímpetu a cada golpe, y el otro lograba bloquearlos todos antes de que lo alcanzasen. De modo que Reilly decidió redoblar sus esfuerzos en la zona del iraní, que era el más débil de los dos. Si consiguiera encajarle un golpe decente, a lo mejor cambiaban las tornas.

Pero antes tenía que acertarle.

Movió la cabeza con furia de un lado al otro, igual que un pez espada que se debate colgando del sedal, intentando zafarse del brazo del iraní, agrandando la zona que necesitaba éste para esquivar los cabezazos... Hasta que de pronto percibió que lo tenía a tiro; entonces se arqueó hacia atrás y le sacudió un porrazo con la cabeza. Su cráneo chocó contra alguna parte del rostro del terrorista. No pudo ver con cuál, pero llevaba la suficiente fuerza para que se oyera el crujido. Al sentir que Zahed aflojaba la garra, Reilly reaccionó con rapidez y procedió a liberar la cabeza del brazo que se la aprisionaba. El iraní intentó recobrarse, pero Reilly ya se había soltado... Y de improviso le hundió los dientes en el brazo igual que un perro rabioso.

Zahed lanzó una maldición de dolor y echó el codo hacia arriba. Reilly no lo soltó, sino que le clavó todavía más los dientes en el antebrazo. Pero al concentrarse en el iraní dejó de prestar atención al sudafricano, que intervino para sujetarlo con fuerza por los tobillos para reducirlo de nuevo. En aquel momento Zahed liberó el brazo y le asestó un fuerte codazo a Reilly debajo del oído. El golpe le sacudió toda la cabeza al americano y le permitió a él sujetarlo otra vez por el cuello.

Reilly seguía retorciéndose, pero ambos lo tenían firmemente sujeto. Lo fueron arrastrando entre sacudidas, pasaron junto a las cajas de textos antiguos y cruzaron el estrecho espacio que había entre las dos butacas que miraban hacia delante, y finalmente lo dejaron caer de bruces en el breve rellano que se abría entre aquellas dos butacas y las otras dos que miraban hacia atrás. El suelo de la cabina era demasiado estrecho para que cupiera de través, así que tuvieron que girarlo para tumbarlo en sentido longitudinal, con los pies junto a la butaca derecha y la cabeza a escasos centímetros de la base de la puerta.

—¿Vas a poder sujetarlo? —preguntó el piloto.

—Tú haz lo que tengas que hacer —replicó Zahed jadeante. Se sentó a horcajadas en la espalda de Reilly, para sujetarle los brazos con su peso, y le apoyó el antebrazo derecho, el bueno, en la nuca, con lo cual apenas le dejaba respirar—. Ya es mío.

Steyl aguardó unos segundos más para cerciorarse de que Zahed tenía bien aprisionado al americano, y seguidamente dejó de agarrarle los tobillos, muy despacio, atento a cualquier reacción repentina de la víctima.

Pero no hubo ninguna.

—Voy a llamar por radio para que me den permiso para aminorar —le dijo a Zahed—. Concédeme un minuto.

—Adelante.

Steyl volvió a sentarse en la cabina del piloto.

Llamó por radio a control de Nicosia para informar de que se encontraba en nivel de vuelo uno, dos, cero y solicitar permiso para reducir la velocidad hasta cien nudos. Su petición le fue concedida de inmediato. Una vez reducida la potencia de los motores, la avioneta comenzó a volar más despacio. Steyl incrementó la inclinación de las hélices para cambiar el ángulo de las palas; fue como cambiar de marcha un coche, de quinta a segunda. Las hélices comenzaron a girar a casi mil novecientas revoluciones por minuto, y el ruido que se percibía en el interior de la cabina pasó de un rugido de baja frecuencia a un aullido agudo.

Steyl aguardó a que la velocidad aerodinámica disminuyera hasta el nivel deseado.

Llegó a cien.

Ya estaban listos.

—¡Abre la puerta! —voceó en dirección a Zahed—. ¡Cuando esté abierta del todo, voy yo a ayudarte! —Tenía que quedarse en su asiento mientras se abrían las dos secciones de la puerta, con el fin de hacer frente a las posibles complicaciones que pudieran presentarse durante dicha maniobra tan poco ortodoxa.

Volvió la cabeza y vio que Zahed, todavía sentado a horcajadas encima de Reilly, alzaba el brazo y giraba la palanca que abría la sección superior de la puerta.

El iraní la empujó hacia fuera.

El viento se la arrebató y la abrió del todo.

Al instante penetró en la cabina un chorro de aire frío que produjo un rugido ensordecedor.

Y entonces empezó el frenesí.

64

Reilly sentía que iban descontándose los segundos en su interior, como si se hubiera tragado una bomba de relojería. Tenía la cara aplastada contra la áspera moqueta de nailon, una postura que le cerraba el ojo derecho y le impedía respirar bien.

No podía moverse. El iraní lo tenía inmovilizado contra el suelo. Pero por lo menos su captor estaba solo; si quería hacer algo, tendría que ser antes de que regresara el piloto, porque, atado como estaba, iba a tener muy poco que hacer contra los dos juntos.

Lo cual significaba que tenía que realizar la jugada ya mismo.

De pronto oyó que el piloto daba luz verde al iraní y notó que éste levantaba ligeramente el peso para girar la palanca.

Sabía que el iraní tenía la mano buena ocupada en abrir la puerta, y que la otra no podía usarla para contrarrestar el movimiento que hiciera él.

Así que llegó a la conclusión de que era ahora o nunca.

Hizo acopio de fuerzas y las concentró donde más falta hacían.

Oyó que se abría la puerta con un latigazo, sintió el chorro de aire que entró a continuación y notó el aguijón vigorizante de la urgencia que llevaba dentro.

Se olvidó del nunca y se zambulló de lleno en el ahora.

Atacó de pronto volviéndose de costado contra el hombro izquierdo y levantándose del suelo con todas sus fuerzas, con la intención de separar la espalda de la parte posterior de la cabina y del iraní. Al mismo tiempo entrelazó los dedos y, en un movimiento de vaivén, echó el codo derecho hacia atrás y flexionó las rodillas para lanzar una fuerte patada también hacia atrás. Codo y pies chocaron con carne y hueso y generaron una serie de gruñidos de dolor que carecían de rostro, pero que en sí mismos no consiguieron cambiar las tornas. Reilly sabía que no iba a hacer daño de verdad al iraní con aquellos movimientos, simplemente necesitaba desestabilizarlo y quitárselo de encima —en sentido literal— durante un par de segundos.

Y eso fue lo que consiguió.

El iraní perdió el equilibrio y se inclinó hacia un lado durante no más de un par de segundos valiosísimos, pero bastó para que Reilly terminara de efectuar su maniobra.

Envuelto en un torrente de aire gélido que lo azotaba con el ímpetu de un tornado, Reilly continuó rodando hasta quedar totalmente boca arriba, y entonces hizo dos cosas en rápida sucesión: recogió las piernas y seguidamente las estiró otra vez para soltar una tremenda patada con ambos pies que acertó al iraní en pleno pecho y lo arrojó contra la mampara. Acto seguido, flexionó las rodillas para adoptar una postura fetal y arqueó la espalda para acortar la distancia que había entre sus hombros y sus caderas, y así poder pasar las manos por debajo de los pies. Todavía las tenía atadas, pero por lo menos ya no a la espalda.

Zahed se incorporó a la vez que él. Estaba delante de la puerta a medio abrir, pero se apartó despacio hacia el centro de la cabina. Ambos se midieron durante unos instantes, encorvados a causa de la baja altura del techo, observándose fijamente, sopesando el siguiente movimiento. De pronto Reilly captó un ligero temblor en la mirada del iraní y se dio cuenta de que estaba a punto de caer en una emboscada.

Se volvió tan deprisa como le fue posible, dado que tenía atados los tobillos, y, con los brazos extendidos hacia delante, arremetió contra el piloto sudafricano por el estrecho espacio que separaba las dos butacas que miraban de frente. No podía servirse de los brazos para asestar un golpe decente, teniéndolos amarrados y sin apoyarse bien en los pies, de modo que los utilizó para agarrar al piloto del cuello y tirar de él, al tiempo que un segundo antes adelantaba un poco la frente para golpearlo en el puente de la nariz. Fue el cabezazo más salvaje que había atizado en toda su vida, produjo un crujido que se oyó incluso por encima del estruendo del viento que penetraba en la cabina. El sudafricano retrocedió tambaleándose por el espacio que había entre las butacas, rebotó como la bola de un videojuego, y terminó golpeándose la cabeza contra la mampara de madera y desmoronándose por el hueco que dejaba ésta.

Reilly sabía que Zahed ya habría saltado hacia él, pero así y todo no fue capaz de volverse a tiempo para esquivarlo. El iraní sacó la pistola con la mano derecha, le apuntó con gesto sanguinario y disparó. Le hirió de refilón en la mandíbula. No fue una herida profunda, pero aun así le causó graves destrozos, le provocó un agudo dolor por toda la cara y le nubló la vista durante unos instantes.

Reilly saltó hacia su derecha, en la dirección del movimiento del arma, y se arrojó contra la butaca izquierda que miraba hacia atrás, la que estaba de espaldas a la cabina del piloto. Volvió la cabeza a tiempo para ver que Zahed se acercaba con la intención de disparar otra vez, el brazo en alto, el metal color antracita lanzando destellos bajo las luces de la cabina, y consiguió levantarse de la butaca a tiempo para embestir a Zahed y hacerlo retroceder varios metros.

Volvió a caer contra la butaca con la cabeza dando vueltas, las piernas inseguras y el cuerpo entero surcado por un dolor intenso. En medio de su aturdimiento vio que Zahed se recobraba y venía otra vez contra él, lo vio blandir la pistola como si fuera un martillo, sintió que se le escapaban las fuerzas y que los brazos no le obedecían cuando les dio la orden de esquivar otro golpe más. Miró buscando un arma, algo, cualquier cosa para bloquear el ataque, pero lo único que captaron sus ojos fue una maleta de nailon amarillo fluorescente que tenía dos asas negras. Mediría unos sesenta centímetros de largo, treinta de alto y quince de ancho, y descansaba inofensivamente detrás de la butaca derecha, haciéndole señas.

La cogió con las manos. Pesaba mucho, como diez kilos, puede que doce, que en el estado en que se encontraba le parecieron un centenar.

No tuvo tiempo para pensar. Ni siquiera sabía lo que estaba haciendo. Actuó dejándose guiar por el instinto, permitiendo que su sistema límbico tomara las riendas de la situación mientras él daba tiempo a su yo consciente para recuperarse. Simplemente agarró la maleta y se la estrelló a Zahed en el pecho. El iraní salió despedido contra la butaca izquierda, situada justo detrás de la puerta semiabierta. Tras asestar el golpe, Reilly soltó una de las asas, la inercia y el peso abrieron los cierres de velcro y dejaron al descubierto el contenido: otro bulto de nailon amarillo fluorescente, sólo que éste tenía dos asas de forma distinta.

De pronto Reilly entendió.

Aquello era la balsa de salvamento de la avioneta. Colocada en un sitio fácil de alcanzar y claramente visible, por si ocurría una emergencia.

Y desde luego, aquello era una emergencia en toda regla.

Vio que Zahed se levantaba de la butaca y se lanzaba a por las asas de la balsa salvavidas, de modo que se le adelantó, las asió él mismo, dio un fuerte tirón y se echó hacia atrás, hacia el lado contrario de la cabina, para alejarse de Zahed y de la puerta.

La balsa comenzó a inflarse instantáneamente y fue desplegándose con un fuerte y violento siseo, a una velocidad sorprendente. Como medía más de dos metros, el metro y medio de la cabina del pasaje le impedía inflarse del todo hacia arriba, hacia abajo o hacia los lados; el único espacio hacia el que podía expandirse era el eje longitudinal de la avioneta, para quedar dentro de un anillo ovalado. Además, el espacio era tan estrecho que se infló de manera mucho más violenta que en circunstancias normales, sin tantas apreturas. Al cabo de cuatro segundos ya era lo bastante grande para actuar de barrera de separación entre Reilly y Zahed; al cabo de ocho ya estaba inflada del todo, la cara inferior mirando a Reilly, la superior mirando a Zahed y la proa metiéndose por la mampara. Cuando irrumpió en la cabina del piloto, el gemido de los motores se incrementó hasta convertirse en un aullido agudo. La avioneta aceleró, ya que ahora las hélices giraban más deprisa, y se inclinó hacia delante como unos diez grados. La balsa había empujado las palancas de potencia, las de las hélices y la rueda de control de inclinación del piloto automático; todos aquellos mandos se encontraban juntos, en la consola central de la cabina de pilotaje.

La avioneta estaba perdiendo altura.

Reilly contuvo la respiración y se agarró a la butaca que tenía más cerca para no perder el equilibrio. Oyó el ruido del viento al arrancar la puerta de sus bisagras y vio cómo salía volando hacia el vacío. Alarmado, miró a izquierda y derecha en busca de algún sitio al que ir, al tiempo que intentaba calmarse, imponerse al pánico primitivo generado por el torrente de sustancias químicas que estaba enviando la amígdala a su cerebro, y recuperar un poco de control racional.

Pero el proceso se vio interrumpido por una ráfaga de disparos.

Zahed estaba disparando con furia desde el otro lado de la balsa salvavidas, obviamente con la intención de desinflarla o matar a Reilly.

O las dos cosas.

Las balas perforaban el nailon de la balsa, y no quedó ningún sitio donde refugiarse. Reilly se agachó y se movió hacia delante en el preciso momento en que caían varios objetos al suelo: el contenido del paquete de emergencia de la balsa salvavidas, que se había soltado.

El americano examinó a toda prisa la cascada de objetos para valorar la utilidad que podían tener. Un remo extensible. Un espejo de señales. Una jarra con asa para achicar agua. Un cabo de rescate. Bengalas.

Y un cuchillo.

No era muy grande. No era una navaja de combate, fabricada con acero al carbono, capaz de destripar a un cocodrilo. Era simplemente un cuchillo auxiliar provisto de un mango flotante de color naranja y una hoja de sierra, de doce centímetros de largo y aspecto inofensivo.

Estaba allí mismo, descansando contra el pie de la butaca.

Llamándolo.

Llenándolo de esperanza.

Alargó el brazo y lo cogió. Cinco segundos después tenía libres las manos y los pies. De pronto oyó un disparo que perforó la butaca que tenía detrás y taladró el grueso forro de cuero, y una segunda bala le pasó rozando el hombro izquierdo y fue a incrustarse en el respaldo. La balsa salvavidas estaba formada por varios compartimientos, y, a pesar de los agujeros que la habían atravesado de parte a parte, todavía seguía inflada, pero ya no iba a tardar mucho en empezar a deshincharse, con lo cual Zahed tendría la oportunidad de escapar de ella.

Reilly tenía que dejarlo fuera de combate antes de que sucediera tal cosa. Y también tenía que actuar deprisa, porque la avioneta continuaba descendiendo.

Se agachó y corrió hacia la parte posterior de la cabina para huir del sitio donde estaban cayendo las balas. Al llegar al borde de la balsa salvavidas se detuvo un instante, respiró hondo para serenarse, y de improviso apartó el borde de la balsa con el brazo derecho al tiempo que arremetía empuñando el cuchillo en la mano izquierda.

Pilló al iraní por sorpresa y lo hirió con el cuchillo en la muñeca izquierda.

El iraní soltó el arma; un chorro de sangre brotó de sus arterias. Se quedó donde estaba, inmóvil, mirando a Reilly conmocionado, todavía aprisionado contra la puerta de la cabina por el tejadillo autoextensible de la balsa salvavidas.

Reilly lo fulminó con la mirada. Le hubiera gustado saborear aquella escena un poco más de tiempo, pero no podía esperar más. La avioneta continuaba descendiendo, suavemente, sin inclinarse a izquierda o derecha, simplemente bajaba hacia el mar en línea recta. Estaba claro que seguía conectado el piloto automático.

Reilly miró ceñudo al iraní.

Alargó el brazo por detrás de él y abrió el panel inferior de la puerta.

Grabó en su memoria hasta el último píxel de la expresión de Mansur Zahed, los ojos abiertos como platos, el gesto lívido, y gritó:

—¡Me parece que, después de todo, no vas a necesitar una lápida en tu tumba!

Y lo empujó fuera de la avioneta con un puntapié en la entrepierna.

65

El iraní se perdió de vista instantáneamente, sin emitir ni un sonido.

Reilly se quedó de pie en medio del helado ventarrón, mirando el mar por la puerta abierta. Por un momento se preguntó si el iraní no habría sido el más afortunado de los dos. Después volvió a fijarse en el enorme bulto de nailon que le cerraba el paso a los mandos de la avioneta, fue hasta la puerta de la cabina del piloto, obstruida por la balsa, y empezó a apuñalar ésta con el cuchillo.

Desgarró, rasgó, destrozó y arrancó aquella pared de nailon amarillo como si fuera un psicópata desenfrenado.

Ya no le dolía nada.

El entrenamiento recibido estaba rindiendo sus frutos, estaba ajustando y optimizando las funciones de su organismo para adaptarlas a la única tarea en la que debían concentrarse en aquel momento: sobrevivir. Todo iba dirigido a dicho fin. Sus glándulas habían inundado el organismo de adrenalina, habían aumentado la capacidad de procesar información del cerebro y lo habían vuelto más sensible a una avalancha de datos sensoriales. Las endorfinas se encargaban de ahogar cualquier dolor que pudiera distraerlo. El cerebro había lanzado una descarga de dopamina para que el corazón latiera más deprisa y aumentara la presión arterial. Los bronquios se habían dilatado a fin de permitir la entrada de más oxígeno a los pulmones para alimentar más rápidamente al torrente sanguíneo. El hígado estaba secretando glucosa en grandes cantidades con el objeto de incrementar la energía. Incluso se le habían dilatado las pupilas, para mejorar la visión.

Era una maquinaria totalmente sincronizada, dedicada a velar por su propia supervivencia.

Al fin logró destrozar la balsa lo suficiente para abrirse paso hasta la cabina de pilotaje. Por todas partes volaban páginas sueltas de la carpeta de anillas de Steyl, arrancadas por el huracán que barría el interior de aquel exiguo espacio. Reilly apartó un par con la mano, pasó por encima del cuerpo tendido boca abajo del piloto y se instaló en el asiento.

Se guardó el cuchillo en el cinto, se abrochó a toda prisa el cinturón de seguridad y miró por el parabrisas. El nivel del mar resultaba preocupante, de tan cerca que se veía, y se aproximaba más a cada segundo que pasaba. Más grave aún era que la avioneta estaba vibrando violentamente, debido a que la velocidad aerodinámica era demasiado elevada.

Reilly escrutó el panel de instrumentos. Nunca había pilotado un avión, pero a lo largo de su experiencia laboral había estado dentro de muchas cabinas de avionetas y sabía en líneas generales para qué servía cada mando y qué significaba cada relojito. Vio una esfera que le dijo que estaba descendiendo a un ritmo de casi mil quinientos pies por minuto. Otras cuantas tenían las agujas muy adentradas en la franja roja. Una de ellas, el indicador de la velocidad aerodinámica, tenía la aguja ya al final, fuera del gráfico y muy rebasada la señal roja y blanca de «Velocidad máxima operativa». Sabía que debía reducir gases para disminuir la velocidad, pero antes de que pudiera poner la mano en las palancas oyó un traqueteo mecánico por encima del aullido de los motores. Procedía de su derecha. Miró por la ventanilla y vio que el tubo de escape del motor de estribor iba soltando llamaradas y una estela de humo negro.

En cuestión de segundos, el motor de babor hizo lo mismo.

Volar a toda potencia y a baja altitud era algo para lo que no estaban diseñados aquellos motores. El humo comenzó a penetrar en la cabina por los orificios de ventilación del techo. En el panel de instrumentos se encendieron un montón de luces de advertencia, las dos más prominentes llevaban la instrucción siguiente: «FUEGO. PURGAR Y CORTAR ENTRADA AIRE.» Con el corazón a cien por hora, Reilly levantó las tapas de seguridad y pulsó los botones cuadrados que cerraban la entrada de aire a los motores y sacaban el humo de la cabina. Justo en aquel momento se encendieron otros dos botones que decían: «EXT ACTIVADO.» No sabía muy bien qué eran, pero los pulsó. Debieron de accionar los extintores, porque las llamas y el humo negro de los motores dejaron de salir. Pero claro, también se pararon los motores. Se detuvieron en seco, cesaron de hacer ruido y ralentizaron el descenso de la avioneta. Al cabo de unos segundos también dejaron de girar las hélices. Reilly vio que habían variado la inclinación, que ahora las palas estaban paralelas al flujo del aire y perpendiculares a las alas. De pronto, como si hubieran captado aquella señal, comenzaron a parpadear en el panel dos luces verdes de inclinación automática de las hélices.

Había logrado apagar el fuego, pero al mismo tiempo había apagado los motores.

La Conquest caía en picado hacia el mar. Como detalle desconcertante, seguía descendiendo de forma controlada, pues el piloto automático se encargaba de que mantuviera una trayectoria limpia y lineal.

Una trayectoria que Reilly tenía que invertir.

Agarró firme el volante y tiró con fuerza hacia sí. Notó que la avioneta levantaba mínimamente el morro, pero le costaba mucho continuar tirando, y en el momento mismo en que se relajó, apenas nada, el morro volvió a caer y a colocarse de nuevo en la postura descendente, para dirigirse a toda prisa hacia una tumba de agua marina. Reilly tenía la batalla perdida, algo estaba bloqueando sus esfuerzos y obligaba a la avioneta a ceñirse tercamente a su trayectoria.

De repente lo vio. El interruptor rojo del volante, que decía «DESCONECTAR PA».

Desconectar el piloto automático.

No tenía nada que perder. Si allí mandaba el piloto automático, era el enemigo, y había que eliminarlo.

Accionó el interruptor y oyó algo que, cosa rara, sonó igual que el timbre de una puerta. De inmediato se aflojó el volante que tenía entre las manos. Volvió a tirar de él cuidando de mantenerlo centrado, igual que los pedales, a fin de que las alas continuaran niveladas. Esta vez sí hubo un cambio: el morro estaba levantándose. No mucho, pero sí lo suficiente para que se notara. Aquel éxito lo animó a esforzarse más aún. Siguió tirando del volante, todo lo que pudo. Vio que el mar acudía vertiginosamente a su encuentro y tiró con más fuerza todavía. Tenía la sensación de estar intentando físicamente levantar la avioneta él solo, cosa que, en cierto modo, era lo que estaba haciendo.

Con cada tirón se levantaba un poco más el morro y la avioneta reducía su velocidad aerodinámica. Pero si Reilly aflojaba un poco la mano, aunque fuera muy poco, para coger fuerzas y tirar de nuevo, el morro podía más que él y volvía a caer. Era como intentar cobrar un atún gigantesco tirando del sedal. Para cuando alcanzó a ver la textura de las olas que agitaban la superficie del mar, el indicador ya le estaba diciendo que avanzaba a algo más de cien nudos. El agua corría rauda por debajo de él, una infinita cinta transportadora de color azul oscuro que se desplazaba velozmente, con una proximidad que tentaba, que invitaba, y que sin embargo podía resultar mortal si el contacto se hacía de forma incorrecta.

Reilly procuró serenar la respiración y mantuvo la avioneta recta y casi nivelada, evitando que se ladease, planeando muy suavemente. No había prisa por tocar el agua. A no ser que apareciera en su trayectoria un carguero, tal como iba se sentía sano y salvo. Y mientras no intentase aterrizar, no corría el riesgo de estrellarse contra el mar y acabar hecho trizas.

Así y todo, en algún momento iba a tener que aterrizar, y antes de avistar tierra, que acabaría apareciendo tarde o temprano.

Se concentró con todas sus fuerzas y siguió tirando del volante para mantener el morro más o menos nivelado y controlar el planeo. De repente sonó una alarma... La advertencia de que la avioneta iba a perder sustentación.

Tenía que descender de inmediato.

Empujó el volante hacia delante una fracción de milímetro. La avioneta descendió despacio, poco a poco, con elegancia. Rozó las crestas de las olas levantando un velo de agua pulverizada y seguidamente se posó. El mar estaba bastante calmo, y aunque el fuselaje de la Conquest temblaba con las embestidas del suave oleaje, no volcó ni se rompió. Además, la inclinación de las hélices ayudaba a amortiguar el cabeceo. La avioneta avanzó un poco más balanceándose hasta que finalmente el peso del agua pudo más que el impulso que llevaba y se detuvo de golpe en medio de una nube de espuma blanca.

La desaceleración fue brutal, de noventa nudos a cero en menos de un segundo. Reilly se vio desplazado hacia delante, contra el arnés de seguridad, pero éste cumplió con su cometido y evitó que se estrellara contra los controles o que saliera despedido por el parabrisas.

Al instante comenzó a entrar agua en la cabina.

Reilly sabía que no disponía de mucho tiempo para salir, pues la cabina tenía las puertas arrancadas. Se quitó a toda prisa el cinturón de seguridad, se levantó del asiento, salió de la cabina de pilotaje y echó a correr por el estrecho hueco que había entre las dos butacas delanteras, pasando por encima del cadáver del piloto. Dentro de la avioneta el agua tenía ya una altura de varios centímetros, y a cada segundo que pasaba iba penetrando más. Reilly miró a un lado y a otro buscando un chaleco salvavidas, pero encontró algo mejor: otro recipiente de color amarillo, éste guardado detrás de la otra butaca delantera y más pequeño que el que contenía la balsa de salvamento, con unas letras grandes y de color azul que indicaban que era la «Bolsa de emergencia». Perfecto.

La cogió y corrió a la puerta, pero frenó en seco para volver la vista hacia las cajas apiladas al fondo de la cabina, entre los asientos traseros y la mampara.

Los textos.

Los mismos que habían sobrevivido desde los albores del cristianismo.

El legado de dos mil años de antigüedad que había sacado Tess a la luz.

Se le encogió el pecho ante la idea de perderlos, de decepcionar a Tess, después de todo lo que había sucedido.

Tenía que hacer algo.

Tenía que salvarlos.

Fue a toda prisa hasta donde estaban las cajas y se puso a inspeccionar la cabina buscando algo donde pudiera meterlos y que fuera hermético. Cualquier cosa, una bolsa, un plástico grande... Claro, la balsa salvavidas. Estaba allí mismo, hecha pedazos, convertida en un montón de jirones de plástico amarillo que se mecían en el agua.

Aquello iba a tener que servir.

Agarró un trozo grande y lo acercó para buscar una parte lo bastante decente para lo que pretendía hacer. Encontró una pieza que podría servirle, una parte del aro tubular de la balsa. Sacó el cuchillo y, tras serrarlo, obtuvo un trozo en forma de petate abierto por un extremo y cerrado por el otro.

El agua le llegaba ya a las rodillas y seguía subiendo.

Fue hasta las cajas, abrió la primera y empezó a cargar en el tubo de nailon los códices encuadernados, de uno en uno. Sabía que no los estaba manipulando con el esmero que merecían, pero no tenía más remedio. Y también sabía que no iba a poder salvarlos todos, pero ya era algo poder salvar unos cuantos.

El agua le alcanzó los muslos.

No se detuvo. Abrió la tapa de la segunda caja y empezó a descargar más libros.

El agua le llegaba a la cintura. Lo cual quería decir que la tercera caja ya estaba sumergida.

Tenía que marcharse. Tenía que intentar sellar el tubo de nailon y salir de allí. Si no se daba prisa, se quedaría atrapado en el interior de la avioneta.

Retorció el extremo del tubo y lo apretó todo lo que pudo.

No iba a ser hermético, ya lo sabía, pero era todo lo que podía hacer. A continuación lo asió por el cuello y luchó contra el torrente de agua para llegar a la puerta.

Fue como intentar meterse por un desagüe durante una inundación.

Respiró hondo, se zambulló en el agua y se impulsó a través de la estrecha abertura tirando del tubo de nailon con una mano y de la bolsa de emergencia con la otra.

Emergió por el otro lado con la avioneta ya parcialmente sumergida, y se subió al ala. Seguidamente fue hasta el motor de babor y se sentó encima de la cubierta del mismo, que todavía asomaba fuera del agua. Rebuscó en la bolsa de emergencia y extrajo un chaleco salvavidas, se lo puso y lo infló, y también una baliza localizadora personal; se ajustó ésta al chaleco y la activó.

Permaneció sentado en el motor a medida que éste iba hundiéndose. Después, menos de un minuto más tarde, se hundió la cola de la Conquest, y él se quedó flotando en el agua, contemplando la silueta blanca de la avioneta, serena y fantasmal, que iba perdiéndose en la oscuridad.

Se aferró al tubo de nailon con todas sus fuerzas. Pero sabía que no había esperanza. Ya veía filtrarse el agua por entre los pliegues. El nailon no había sido diseñado para doblarse sino para ser resistente, para soportar pinchazos y golpes de mar. Por más que lo intentó, Reilly supo que aquélla era otra batalla perdida.

A cada minuto entraba más agua. Y cuanta más entraba, más pesaba el tubo. Transcurrida aproximadamente media hora, y habiendo consumido hasta el último microgramo de energía que le quedaba, Reilly fue incapaz de seguir manteniéndolo a flote. Sencillamente, pesaba demasiado. Y además sabía que seguramente ya no merecía la pena; a aquellas alturas los textos estaban totalmente empapados. Sin duda se habían estropeado, el tesoro de información que contenían se había perdido para siempre. Y si continuaba aferrándose a ellos, no tardarían en arrastrarlo a él consigo.

De modo que, dejando escapar un gemido desgarrador, soltó la carga.

Los libros permanecieron un momento a la deriva, y luego comenzaron a hundirse, un tubo de nailon de un valor incalculable, y él se quedó flotando sin saber qué hacer, una mota de vida solitaria en medio de un mar implacable.

66

Reilly notó en varias ocasiones que perdía el conocimiento y volvía a recuperarlo; cada vez que su organismo intentaba echar el cierre, el agua fría le mojaba la cabeza y lo despertaba de nuevo.

El mar estaba siendo bondadoso con él, tan sólo se mecía con un suave bamboleo que hacía todavía más difícil permanecer despierto. Pero sabía que cuando cayera la noche, el agua iría tornándose más fría, y posiblemente también más encrespada. El chaleco lo mantendría a flote, pero no lo mantendría vivo si el mar se picaba y su cuerpo decidía claudicar de agotamiento.

Sin darse cuenta se puso a pensar en Tess, se dijo que lo más probable era que se encontrase sana y salva, lo cual era estupendo, pero que la había decepcionado al perder el tesoro de Nicea, y aquello iba a ser un verdadero mazazo. Procuró concentrarse en esa decepción y se sirvió de ella para continuar a flote; si por lo menos se mantenía con vida, no le causaría más pérdidas a Tess, y podría contarle qué había pasado exactamente. Así, eliminaría la incertidumbre que de lo contrario iba a carcomerla sin remedio hasta el final de su vida.

Pasado un rato dejó de pensar y confió en que el chaleco salvavidas y la baliza localizadora cumplirían con su cometido. Se dejó llevar por el mar, completamente extenuado, esperando que finalmente llegara una partida de rescate.

Ciento ochenta millas al este de su posición, el controlador de tráfico aéreo que había seguido la trayectoria de la Conquest después de que Steyl le hubiera solicitado permiso advirtió que algo había sucedido, al ver que la avioneta descendía por debajo de doce mil pies y aumentaba la velocidad.

Tras efectuar tres llamadas sin recibir respuesta y menos de un minuto después de haber notado el insólito comportamiento de la avioneta, el controlador activó el plan de emergencia del SAR. De la base de Acrotiri, ubicada en Chipre, despegó un helicóptero de Búsqueda y Rescate Sea King HAR3 de la Marina Real Británica, precisamente en el momento en que la avioneta de Reilly tocaba el agua.

La señal de la baliza localizadora de Reilly, que transmitía la posición del náufrago, le fue comunicada al piloto mientras el helicóptero se dirigía veloz hacia la última ubicación conocida de la Conquest. Y poco más de una hora después de que Reilly quedase flotando a la deriva en el Mediterráneo, descendió del mismo un buceador con un arnés para rescatarlo sano y salvo.

Lo llevaron de vuelta a Acrotiri. Allí se ocupó de curarle las heridas el personal médico militar del hospital Princess Mary de la Base Soberana ubicada en dicha localidad.

Aunque la avioneta había caído en aguas internacionales, Reilly iba a tener que responder a muchas preguntas acerca de las personas que viajaban a bordo, de lo sucedido y por qué. Los británicos querían saberlo. No tardaron en presentarse varios altos cargos de la Dirección de Aviación Civil y de la Guardia Nacional de Chipre, y también quisieron saberlo todo.

Reilly quedó un rato a solas. Había soportado los interrogatorios manteniendo la compostura, pero se encontraba cansado y dolorido, y se le estaba acabando la paciencia. Hizo una llamada a Nueva York, pidió que le pusieran con Aparo y le dijo que lo ayudase a salir de allí, pero sabía que aquello iba a llevar tiempo. La embajada de Estados Unidos se encontraba en Nicosia, a una hora en coche, y el FBI no tenía allí ningún delegado. Aun así se efectuaron varias llamadas, y a eso del mediodía se presentó el agregado de Defensa de la embajada, tomó las riendas de la situación y se llevó a Reilly. Más importante: consiguió ayudarlo respecto de un asunto que lo tenía angustiado desde el momento mismo en que lo izaron a bordo del helicóptero de rescate.

No fue una pregunta fácil de responder. Con todo lo que había sucedido, y habiendo muerto Ertugrul, en el consulado de Estambul reinaba la confusión y costaba trabajo decidir quién era la persona más adecuada para dar con Tess. Hicieron falta muchas llamadas telefónicas y varias esperas, pero al final lograron ubicarla en una comisaría de Konya.

El hecho de oír la voz de Tess resultó más eficaz para mitigar sus dolores y sufrimientos que todos los analgésicos que le habían administrado. Se encontraba sana y salva. Pero también necesitaba ayuda. Estaba atrapada en una madeja burocrática similar. Había otro montón de preguntas, y no estaban dispuestos a permitirle que se fuera sin responderlas.

—Aguanta un poco más —le dijo—. Enseguida voy a buscarte.

El avión llegó ya entrada la noche, semejante a un caballero de un blanco inmaculado que portaba el discreto emblema de la Gulfstream Aerospace Corporation. Reilly, cada vez más impaciente, observó cómo iba rodando hasta el hangar privado y apagaba poco a poco los motores. A continuación se abrió la puerta de la cabina y salió el cardenal Mauro Brugnone, secretario de Estado del Vaticano.

Su arrugado semblante se contrajo en una expresión de sorpresa y solidaridad cuando se fijó en los hematomas y las magulladuras que salpicaban la cara y los brazos de Reilly. Extendió las manos y abrazó al agente, luego se apartó apenas y le dijo:

—Y bien... ¿Se ha perdido? ¿Se ha perdido definitivamente?

Ya sabía que sí. Reilly se lo había dicho cuando lo llamó por teléfono, pero no le había contado la historia completa.

—Eso me temo —repuso Reilly.

—Cuénteme —pidió el cardenal al tiempo que lo invitaba a subir al avión.

Mientras el piloto se daba prisa en cumplimentar el papeleo que les permitiría volver a despegar, Reilly le refirió a su anfitrión lo que había sucedido. Cuando llegó al final del relato, el cardenal estaba encorvado hacia delante, con unas profundas ojeras a consecuencia de aquellas angustiosas revelaciones.

Permanecieron unos instantes sentados en silencio, luego reapareció el piloto y confirmó que el despegue estaba previsto para dentro de unos minutos. Brugnone no dijo nada y se limitó a asentir con la cabeza; todavía estaba asimilando lo que le había contado Reilly.

—Tal vez podamos recuperar los libros —propuso Reilly—. En ese sitio no puede haber tanta profundidad. Estoy seguro de que se puede llegar hasta ellos. Y si así fuera, a lo mejor todavía se puede leer lo que contienen. Hoy en día los laboratorios hacen cosas increíbles.

Brugnone lo miró encogiéndose de hombros. Era evidente que no creía en esas palabras más de lo que creía el propio Reilly.

—Esto le viene bien a usted, ¿no es cierto? —comentó Reilly—. Que esos textos se hayan pedido para siempre. Así se ahorra preguntas, revelaciones peligrosas... Dolores de cabeza.

Brugnone frunció el entrecejo y contestó:

—Desde luego, prefiero que jamás salga a la luz lo que hubiera en esos libros. No quisiera que todo el mundo supiera lo que decían. Pero a mí sí me hubiera gustado saberlo. Me hubiera gustado mucho.

Le sostuvo la mirada a Reilly unos instantes, después volvió el rostro y contempló la oscuridad que reinaba en el exterior, como quien llora profundamente una pérdida.

67

En el pequeño aeropuerto fueron recibidos por Rich Burston, el legado de la oficina que tenía el FBI en Ankara. Había venido desde la capital en un helicóptero militar. Era el jefe de Ertugrul, y mientras recorrían en coche las desiertas y oscuras llanuras en dirección a la ciudad, Reilly pudo proporcionarle un relato de primera mano respecto de cómo había muerto su agente.

El legado estaba nervioso.

—Tenemos que entrar y salir lo más rápidamente posible —dijo—. No quiero que esos tipos averigüen quién es usted en realidad. A no ser que quiera pasarse unos cuantos días contestando preguntas.

Reilly comprendió lo que quería decir el delegado. La avioneta había caído en aguas internacionales y antes había despegado de una isla griega. Hasta ahí podrían exigir saber las autoridades chipriotas. Pero esto era diferente. Él había participado en acontecimientos en los que habían muerto varios soldados turcos, entre ellos, bien lo sabía, un alto cargo muy respetado. Las autoridades turcas iban a querer saber exactamente cómo y por qué había sucedido tal cosa.

—Preferiría hablar con ellos por teléfono, desde Federal Plaza —respondió Reilly.

—Ya me lo figuro. Usted déjeme a mí lo de hablar y sígame la corriente.

Reilly contestó que así lo haría, y se volvió hacia el cardenal. Brugnone mostró su aprobación con un gesto de cabeza.

Al final todo salió razonablemente bien. Consiguieron rescatar a Tess y a la otra mujer de la custodia de la policía sin causar demasiada irritación. A ello contribuyó lo tardío de la hora, así como el hecho de que en Konya no se encontrasen los altos mandos de la Yandarma.

Se dispuso una pequeña fuerza policial para que vigilase durante unos días a la anciana y a su negocio familiar, aunque Reilly no creía que fuera a correr más peligro, ahora que Zahed estaba muerto y los códices habían desaparecido. Pero así y todo, más valía prevenir que curar, y se alegró de saber que la anciana iba a contar con protección hasta que fueran calmándose las cosas.

Cuando salían de la comisaría los saludó el tenue resplandor del amanecer. La calle estaba desierta. La ciudad aún tenía la inercia del sopor nocturno, y tan sólo le restaba serenidad el zumbido de los aparatos de aire acondicionado.

Tess cogió la mano de Reilly cuando echaron a andar hacia los coches que los aguardaban. Se sentía agotada, física y mentalmente. Y también muy decepcionada. Reilly le había contado en unas pocas palabras, susurradas en un momento que robó para estar a solas con ella y con la anciana, que los textos se habían perdido, que se los había tragado el mar. La noticia la hundió totalmente. Aquellos códices habían sobrevivido a casi dos mil años de intrigas. Habían logrado superar las cruzadas, la caída de un imperio expansionista y dos guerras mundiales, y en cambio no habían podido sobrevivir al salvajismo del siglo XXI.

Se detuvieron ante el coche policial que iba a trasladar a la anciana a la vivienda de su hijo, encima de la tienda. Tess se soltó de la mano de Reilly y dio un abrazo a la mujer.

La anciana dejó pasar unos momentos abrazada, y después le preguntó:

—¿Nos veremos mañana? —Le sujetaba una mano con fuerza entre las suyas.

Tess dudó y se volvió hacia Reilly. Éste estaba todavía atiborrado de analgésicos y tenía muy mala cara. Tess sabía que deseaba irse de allí lo antes posible. El avión de Brugnone estaba esperando para sacarlos del país y regresar a Roma, donde tomarían un vuelo comercial a Nueva York. Ella también quería verse en casa para dejar atrás de una vez toda aquella locura, pero estando allí de pie, mirando los delicados ojos de aquella anciana, comprendió que no podía marcharse sin más. Que quería pasar más tiempo con ella. En poco más de veinticuatro horas habían pasado mucho las dos juntas, y sería de muy mala educación desaparecer de su vida de repente, aunque no fuera para siempre. Pero no creía tener otra alternativa.

La expresión grave de Reilly se lo confirmó.

—Lo siento mucho —le dijo—. No podemos quedarnos. Tenemos un avión esperándonos.

El semblante de la anciana se entristeció.

—¿Ni siquiera unas pocas horas, mañana por la mañana? Esperaba que vinieran a desayunar al piso de mi hijo, el que está encima de la tienda. —Intentó sonreír, pero no logró sobreponerse a la melancolía que se había abatido sobre ella.

Reilly volvió la mirada hacia el legado. Éste negó lentamente con la cabeza y su expresión le comunicó que lo lamentaba sinceramente.

—Lo siento —dijo Reilly.

La mujer asintió despacio, resignada. Un policía le abrió la portezuela del coche. Ella permaneció inmóvil unos instantes, luego se volvió hacia Tess y le preguntó:

—¿Le importa seguirme hasta la tienda, ya que van para el aeropuerto?

Aquella invitación sorprendió a Tess.

—¿Cómo, ahora?

La anciana le apretó la mano con más fuerza.

—Sí. Quisiera darle una cosa. Un *souvenir*. Así se llevará mejor recuerdo de Konya que el que tiene en este momento.

Tess miró a la anciana a los ojos. En ellos había algo más, algo que callaban. Algo que aquella mujer quería hacerle comprender.

Procurando no dejar ver que sospechaba algo, y preocupada súbitamente por la presencia del cardenal, lanzó una mirada interrogante a Reilly y al legado.

Éste se encogió de hombros y contestó:

—Supongo que no hay problema. Siempre que sea una visita rápida, y me refiero a rápida de verdad. No quiero que ninguno de ustedes dos permanezca aquí ni un minuto más de lo necesario.

El legado y el cardenal se quedaron esperando cómodamente dentro del coche con aire acondicionado, mientras Tess y Reilly acompañaban a la anciana hasta la tienda.

La anciana despertó a su hijo y le ordenó que bajara a abrirles la puerta, a continuación lo despachó otra vez y le dijo que regresara al piso de arriba antes de invitarlos a ellos a entrar.

Tess no se había fijado en lo hermosas que eran las cerámicas que fabricaba aquella familia. Había jarrones, cuencos y platos de todos los tamaños, moldeados con formas elegantes y pintados con gusto exquisito.

—Escojan lo que quieran, por favor —les dijo la anciana—. Enseguida vuelvo.

Tess se la quedó mirando mientras desaparecía en la trastienda y bajaba por una escalera que debía de conducir a un sótano.

Se volvió hacia Reilly. Éste tenía un gesto cansado, como si lo que menos necesitara en el mundo fuera estar en aquel lugar. Para ser justos, seguramente era así.

Sin embargo, ella esperaba algo distinto.

Estaba a punto de confiarle lo que sospechaba, cuando regresó la anciana. De inmediato vio dos cosas que le dijeron que no se había equivocado, y sintió un aleteo en la boca del estómago. Una fue la mirada furtiva que lanzó la mujer hacia el escaparate de la tienda, como si quisiera ver si los estaba observando alguien; la otra fue lo que traía en las manos.

Una caja de zapatos vieja.

La anciana miró de nuevo hacia la calle y después le entregó la caja a Tess.

—Esto es para usted.

A Tess se le aceleró el corazón de golpe e interrogó con la mirada a la mujer. Estaba deseando formularle una pregunta, pero se le quedó atorada en la garganta. Así que se limitó a abrir la caja.

Estaba llena de fundas de plástico, varias decenas.

Tomó una y la abrió. Medía como quince centímetros de ancho y estaba doblada sobre sí misma en muchos pliegues, de modo similar a esas ristras de fotos familiares en forma de acordeón que llevaba la gente en la cartera cuando no existía el i-Phone.

Tess la desplegó. Estaba formada por dos decenas de bolsillos, cada uno de unos cuatro centímetros de alto. Dentro de cada bolsillo había una tira de quince centímetros de largo, y en cada tira cuatro negativos de 35 milímetros.

Tess supo lo que eran ya antes de acercar los negativos a la luz. Aunque la imagen se veía oscura y estaba del revés, logró distinguir con nitidez la silueta de un objeto rectangular sobre un fondo neutro. En algunas se veían con toda claridad las solapas y las cubiertas de cuero. La imagen de cada negativo estaba invertida, de tal modo que los objetos se veían oscuros y el fondo claro. En el interior de los rectángulos había renglones de caracteres muy pequeños que aparecían en tono claro, como si los hubieran escrito con tinta blanca sobre una página negra.

Eran los textos escritos en los códices. Allí estaban, por centenares.

—¿Estas fotografías las ha hecho usted? —quiso saber Tess.

—Mi marido. Hace muchos años, mucho antes de morir. Pensamos que era necesario guardar una copia de los libros, por si se destruían en un incendio o lo que fuera. Eran tan frágiles que tuvimos que manejarlos con mucho cuidado, pero nos las arreglamos. También tengo guardadas las fotos en papel, pero pesan demasiado para que puedan ustedes llevárselas sin que se dé cuenta nadie.

Tess hundió los dedos en la caja.

—¿Están todos aquí dentro?

La anciana afirmó con la cabeza.

—Hasta la última página del último libro. —Luego se encogió de hombros con una mueca de resignación y añadió—: Ya sé que no van a convencer a nadie, que la gente dirá que estas fotos son falsas. Pero es todo lo que puedo hacer.

Tess reflexionó un momento, y luego negó con la cabeza.

—No importa. —Obsequió a la anciana con una cálida sonrisa de consuelo—. No se trata de convencer a nadie de nada, nunca ha sido ésa la intención. La intención es saber más, conocer la historia y la verdad. Los que creen que cada palabra que figura en la Biblia ha sido dictada por Dios no van a dejarse influir por nada. Eso ya lo sabemos. Ni aun viendo y examinando estos códices con sus propios ojos cambiarían de opinión. Pero los que queremos comprender mejor las raíces de la fe, los que sentimos curiosidad por nuestra historia y por saber cómo hemos llegado a ser como somos, estos libros tienen mucho valor. Créame. Mucho.

La anciana quedó complacida con lo que le dijo Tess y afirmó con la cabeza para indicar que coincidía con ella.

—Cuídelos mucho.

—Oh, puede fiarse de mí, pienso encargarme de que no les ocurra nada. —Se volvió hacia Reilly con la cara radiante y una expresión de felicidad, casi de euforia infantil—. Nos vamos a encargar los dos, ¿verdad?

Reilly la miró unos segundos con una expresión divertida en su magullado rostro, y luego alzó una ceja.

—¿Tienes ya el final que querías?

—Ya lo creo que sí —respondió ella sonriendo—. Venga, vámonos a casa.

Agradecimientos

Doy las gracias a todos los amigos y colegas: Bashar, Nic, Carlos, Ben, Jon, Brian, Claire, Susan, Eugenie, Jay, Raffaella, y a toda la gente de Dutton, NAL, y Orion; sin ellos, mis esfuerzos no serían más que píxeles de la pantalla de mi portátil. Gracias también a los Burston, los Jooris y los Chalabi por prestarme sus tranquilas casas (y su velero), donde esos esfuerzos pudieron rendir frutos sin demasiadas distracciones.

Pero en esta ocasión debo mostrar mi mayor agradecimiento a todos los amigos y familiares que nos han ayudado a lo largo de esta etapa que más conviene olvidar. Sois demasiados para mencionaros a cada uno, pero todos sabéis quiénes sois, y tenemos la gran fortuna de que estéis con nosotros. Vuestra amistad, ayuda y apoyo han sido fenomenales, y si hay alguien que merezca el agradecimiento por haber hecho posible este libro, sois vosotros.